UM MILHÃO DE PEQUENAS COISAS

JODI PICOULT
UM MILHÃO DE PEQUENAS COISAS

Tradução
Cecília Camargo Bartalotti

1ª edição
Rio de Janeiro-RJ / Campinas-SP, 2021

VERUS
EDITORA

Editora
Raïssa Castro

Coordenadora editorial
Ana Paula Gomes

Copidesque
Lígia Alves

Revisão
Maria Lúcia A. Maier

Diagramação
Beatriz Carvalho
Mayara Kelly

Título original
Small Great Things

ISBN: 978-85-7686-482-0

Copyright © Jodi Picoult, 2016
Todos os direitos reservados.
Edição publicada mediante acordo com Ballantine Books, selo da Random House, divisão da Penguin Random House LLC.

Tradução © Verus Editora, 2021
Direitos reservados em língua portuguesa, no Brasil, por Verus Editora. Nenhuma parte desta obra pode ser reproduzida ou transmitida por qualquer forma e/ou quaisquer meios (eletrônico ou mecânico, incluindo fotocópia e gravação) ou arquivada em qualquer sistema ou banco de dados sem permissão escrita da editora.

Verus Editora Ltda.
Rua Benedicto Aristides Ribeiro, 41, Jd. Santa Genebra II, Campinas/SP, 13084-753
Fone/Fax: (19) 3249-0001 | www.veruseditora.com.br

CIP-BRASIL. CATALOGAÇÃO NA FONTE
SINDICATO NACIONAL DOS EDITORES DE LIVROS, RJ

P666m

Picoult, Jodi, 1966-
  Um milhão de pequenas coisas / Jodi Picoult ; tradução Cecília Camargo Bartalotti. - 1. ed. - Campinas [SP] : Verus, 2021.
  518p.

  Tradução de: Small Great Things
  ISBN 978-85-7686-482-0

  1. Ficção americana. I. Bartalotti, Cecília Camargo. II. Título.

20-67918
CDD: 813
CDU: 82-3(73)

Camila Donis Hartmann - Bibliotecária - CRB-7/6472

Revisado conforme o novo acordo ortográfico.

Seja um leitor preferencial Record.
Cadastre-se no site www.record.com.br e receba informações sobre nossos lançamentos e nossas promoções.

Atendimento e venda direta ao leitor:
sac@record.com.br

Para Kevin Ferreira,
cujas ideias e ações fazem do mundo um lugar melhor,
e que me ensinou que somos todos obras em andamento.
Bem-vindo à família.

FASE 1

TRABALHO DE PARTO LATENTE

A justiça não será alcançada até que aqueles que não são afetados se sintam tão indignados como os que são.

— Benjamin Franklin

RUTH

O milagre aconteceu na West 74th Street, na casa em que minha mãe trabalhava. Era uma casa grande de pedra circundada por um gradil de ferro forjado. E, vigiando as laterais do portão adornado, havia gárgulas, seu rosto de granito entalhado com a forma dos meus pesadelos. Elas me aterrorizavam, então eu não me importava por termos sempre que entrar pelo menos impressionante portão lateral, cujas chaves minha mãe mantinha presas a uma fita em sua bolsa.

Mamãe trabalhava para Sam Hallowell e sua família desde antes de minha irmã e eu nascermos. O nome talvez não pareça conhecido, mas você saberia quem ele é no momento em que ele abrisse a boca. Ele tinha sido a voz inconfundível que, em meados dos anos 60, anunciava antes de cada programa na televisão: "O programa a seguir é trazido até você em cores na NBC!" Em 1976, quando o milagre aconteceu, ele era o chefe de programação da rede. O som da campainha abaixo das gárgulas eram as famosas três notas que todo mundo associa à NBC. Às vezes, quando ia para o trabalho com minha mãe, eu saía escondida, apertava o botão e cantarolava com as notas.

A razão de estarmos com a mamãe nesse dia era que havia nevado. As aulas tinham sido canceladas, e éramos muito pequenas para ficar sozinhas em casa enquanto a mamãe ia trabalhar — o que ela nunca deixava de fazer, fosse com neve ou granizo, e provavelmente também com um terremoto ou o Armagedom. Ela murmurava, enquanto nos enrolava em casacos de neve e botas, que não importava se tivesse que atravessar uma nevasca para chegar lá, mas Deus livrasse a sra. Mina de ter que espalhar o creme de amendoim em seu próprio sanduíche. Na verdade, a única vez que me lembro de minha mãe tirar uma folga no trabalho foi vinte e cinco anos depois, quando ela teve que fazer uma cirurgia bilateral de prótese de quadril, generosamente paga pelos Hallowell. Ela ficou em casa por uma semana, e, mesmo depois disso, quando ainda não estava totalmente curada e insistiu em voltar ao trabalho, Mina encontrou tarefas que ela podia fazer sentada. Mas, quando eu era pequena, durante as férias escolares e em crises de febre e dias de neve como aquele, minha mãe nos levava junto no trem B para a cidade.

O sr. Hallowell estava na Califórnia naquela semana, o que acontecia com frequência, por isso a sra. Mina e Christina precisavam ainda mais de minha mãe. Rachel e eu também precisávamos dela, mas acho que sabíamos cuidar melhor de nós mesmas do que a sra. Mina.

Quando finalmente saímos do trem na 72nd Street, o mundo era branco. Não só porque o Central Park parecia estar dentro de um globo de neve. Os rostos dos homens e mulheres que atravessavam a tempestade encolhidos para chegar ao trabalho não se pareciam em nada com o meu, ou com o dos meus primos e vizinhos.

Eu nunca estivera em nenhuma casa em Manhattan sem ser a dos Hallowell, então não sabia como era fora do comum uma única família, sozinha, morar naquela mansão. Mas me lembro de pensar que não fazia sentido Rachel e eu termos que pôr nossos casacos de neve e nossas botas no armário minúsculo e apertado da cozinha, quando havia muitos ganchos e espaços vagos na entrada principal, onde os casacos de Christina e da sra. Mina ficavam pendurados. Minha mãe guardou seu casaco também, e seu cachecol da sorte — aquele macio que cheirava como ela, e que Rachel e eu brigávamos para usar em casa, porque era como acariciar um porquinho-da-índia ou um coelhinho. Esperei mamãe se mover pelos aposentos escuros como a Sininho, pousando em um interruptor, ou em uma alavanca, ou uma maçaneta, e fazendo o grande animal adormecido que era a casa gradualmente ganhar vida.

— Fiquem quietas, as duas — mamãe nos disse —, que eu faço o chocolate quente da sra. Mina para vocês.

Era importado de Paris e tinha um sabor celestial. Então, enquanto a mamãe amarrava seu avental branco, peguei um pedaço de papel em uma gaveta da cozinha e uma caixa de giz de cera que tinha trazido de casa e comecei a desenhar em silêncio. Fiz uma casa tão grande quanto aquela. Pus uma família dentro: eu, mamãe, Rachel. Tentei desenhar neve, mas não consegui. Os flocos que eu fazia com o giz de cera branco ficavam invisíveis no papel. O único jeito de vê-los era inclinar a folha na direção da luz do lustre, para poder discernir o brilho onde o giz de cera tinha passado.

— A gente pode brincar com a Christina? — Rachel perguntou. Christina tinha seis anos, o que encaixava direitinho entre a minha idade e a de Rachel. O quarto de Christina era o maior que eu já tinha visto, e ela tinha mais brinquedos do que qualquer pessoa que eu conhecia. Quando ela estava em casa e nós íamos para o trabalho com nossa mãe, brincávamos de escolinha com ela e seus ursinhos de pelúcia, bebíamos água em xícaras de porcelana de verdade em miniatura e fazíamos tranças nos cabelos cor de milho de suas bonecas. A não ser que alguma amiga dela estivesse lá; nesse caso, ficávamos na cozinha desenhando.

Antes que a mamãe pudesse responder, ouvimos um grito tão agudo e tão áspero que me perfurou o peito. Eu soube que a mamãe sentiu o mesmo, porque quase derrubou o bule de água que estava carregando para a pia.

— Fiquem aqui — falou, sua voz já sumindo enquanto corria escada acima.

Rachel foi a primeira a sair da cadeira; ela não costumava seguir instruções. Fui puxada por seu movimento, um balão preso ao seu pulso. Minha mão pairou sobre o corrimão da escada curva, sem tocá-lo.

O quarto da sra. Mina estava com a porta aberta e ela se agitava na cama em meio a um redemoinho de lençóis de seda. Sua barriga redonda se erguia como uma lua; o branco brilhante de seus olhos me fez pensar em cavalos de carrossel, congelados em pleno voo.

— É cedo demais, Lou — ela arfou.

— Diga isso para o bebê — mamãe respondeu. Ela estava segurando o telefone. A sra. Mina agarrava a outra mão dela com muita força.

— Pare de empurrar agora — disse ela. — A ambulância vai chegar a qualquer momento.

Eu me perguntei quanto tempo uma ambulância demoraria com toda aquela neve.

— Mamãe?

Foi só ao ouvir a voz de Christina que eu percebi que o barulho a havia acordado. Ela estava parada entre mim e Rachel.

— Vocês três, vão para o quarto da srta. Christina — mamãe mandou, com a voz firme como aço. —*Agora*.

Mas continuamos grudadas no lugar, já que minha mãe se esqueceu rapidamente de nós, perdida em um mundo feito da dor e do medo da sra. Mina, tentando ser o mapa que ela pudesse seguir. Notei os tendões se destacando no pescoço da sra. Mina quando ela gemia; vi mamãe se ajoelhar na cama entre as pernas dela e levantar sua camisola acima dos joelhos. Vi os lábios rosados entre as pernas da sra. Mina se apertarem, incharem e abrirem. Houve a coroa redonda de uma cabeça, uma ponta de ombro, uma golfada de sangue e líquido, e de repente um bebê estava aninhado nas mãos de minha mãe.

— Olhe só para você — disse ela, com o amor escrito no rosto. — Quer dizer que estava com pressa de vir para este mundo?

Duas coisas aconteceram ao mesmo tempo: a campainha tocou e Christina começou a chorar.

— Ah, minha querida — a sra. Mina murmurou, não mais com medo, mas ainda suada e com o rosto vermelho. Ela estendeu a mão, mas Christina estava aterrorizada demais pelo que tinha visto e, em vez de se aproximar da mãe, se apertou mais contra mim. Rachel, sempre prática, foi atender a porta da frente. Ela voltou com dois paramédicos, que entraram e assumiram o controle, de modo que o que a mamãe tinha feito pela sra. Mina se tornou como tudo o mais que ela fazia para os Hallowell: natural e invisível.

Os Hallowell chamaram o bebê de Louis, em homenagem à minha mãe. Ele estava bem, apesar de quase um mês adiantado, efeito da queda da pressão atmosférica com a nevasca, que causou uma RPM, ou ruptura prematura de membranas. Claro que eu não sabia disso na época.

Só sabia que, em um dia de neve em Manhattan, eu tinha visto o início da vida de alguém. Eu tinha estado com aquele bebê antes que qualquer pessoa ou qualquer coisa neste mundo tivesse uma chance de decepcioná-lo.

A experiência de assistir ao nascimento de Louis afetou cada uma de nós de maneira diferente. Christina teve seu bebê por barriga de aluguel. Rachel teve cinco filhos. E eu me tornei enfermeira obstetra.

Quando conto essa história para as pessoas, elas acham que o milagre a que estou me referindo durante aquela nevasca muito tempo atrás é o nascimento de um bebê. É verdade, aquilo foi espantoso. Mas, naquele dia, eu testemunhei um assombro maior. Enquanto Christina segurava minha mão e a sra. Mina segurava a mão de minha mãe, houve um momento — um batimento cardíaco, uma respiração — em que todas as diferenças de escolaridade e dinheiro e cor de pele evaporaram como miragens no deserto. Em que todos eram iguais, e era apenas uma mulher ajudando outra.

Passei trinta e nove anos esperando para ver *esse* milagre de novo.

FASE 1

TRABALHO DE PARTO ATIVO

Nem tudo o que se enfrenta pode ser modificado.
Mas nada pode ser modificado até que seja enfrentado.

— James Baldwin

RUTH

O bebê mais bonito que eu já vi nasceu sem rosto.

Do pescoço para baixo, ele era perfeito: dez dedos nas mãos, dez dedos nos pés, a barriga gordinha. Mas, onde deveria estar a orelha, havia uma torção de lábios e um único dente. Em vez do rosto, havia um redemoinho de pele, sem nenhum traço distintivo.

Sua mãe — minha paciente — era uma gesta 1 para 1 de trinta anos que havia feito pré-natal e um ultrassom, mas o bebê estava posicionado de maneira que não permitira que a deformidade facial fosse visível. A coluna vertebral, o coração, os órgãos pareciam todos bem, portanto ninguém esperava aquilo. Talvez por essa razão, ela escolheu ter o bebê no Mercy West Haven, nosso pequeno hospital local, e não no Yale New Haven, mais bem equipado para emergências. Ela veio com gravidez a termo e passou por dezesseis horas de trabalho de parto antes do nascimento. O médico levantou o bebê e não houve nada além de silêncio. Um silêncio branco e agitado.

— Ele está bem? — a mãe perguntou, entrando em pânico. — Por que ele não está chorando?

Eu tinha uma estudante de enfermagem me acompanhando, e ela gritou.

— Saia — falei, firme, empurrando-a da sala de parto. Depois, peguei o recém-nascido das mãos do obstetra e o coloquei sobre a mesa térmica para limpar o vérnix de seus membros. O obstetra fez um exame rápido, me olhou em silêncio e se voltou de novo para os pais, que, a essa altura, sabiam que algo estava terrivelmente errado. Com palavras gentis, o médico disse que o filho deles tinha deficiências de nascença sérias e incompatíveis com a vida.

Em uma ala obstétrica, a Morte é uma paciente mais comum do que se imagina. Quando temos anencefalia ou morte fetal, sabemos que os pais ainda têm que viver o vínculo e o luto pelo bebê. Aquele bebê — vivo, pelo tempo que fosse — ainda era filho daquele casal.

Então eu o limpei e o enrolei, como faria com qualquer outro recém-nascido, enquanto a conversa atrás de mim entre os pais e o médico parava e recomeçava, como um carro engasgando no inverno. "Por quê? Como? E se você…? Quanto tempo até…?" Perguntas que ninguém jamais deseja fazer, e ninguém jamais deseja responder.

A mãe ainda estava chorando quando eu ajeitei o bebê na curva do seu braço. As mãozinhas se agitaram no ar. Ela sorriu para o bebê, com o coração nos olhos.

— Ian — sussurrou. — Ian Michael Barnes.

A expressão dela era algo que eu só tinha visto em quadros de museus, um amor e um sofrimento tão intensos que se fundiam para criar uma emoção nova e crua.

Eu me virei para o pai.

— Quer segurar o seu filho?

Ele parecia prestes a vomitar.

— Não posso — murmurou e saiu depressa da sala.

Eu o segui, mas fui interceptada pela enfermeira em treinamento, que estava chateada e nervosa.

— Desculpe — disse ela. — Mas é que… era um *monstro*.

— É um *bebê* — corrigi e abri passagem. Alcancei o pai na sala de espera. — Sua esposa e seu filho precisam de você.

— Aquele não é o meu filho — disse ele. — Aquela… coisa…

— Ele não vai ficar neste mundo por muito tempo. O que significa que é melhor você lhe dar agora todo o amor que guardou para a vida inteira. — Esperei até ele me encarar e então dei meia-volta. Não precisei olhar para trás para saber que ele estava me seguindo.

Quando entramos no quarto do hospital, sua esposa ainda estava ninando o bebê, com os lábios pressionados em sua testa lisa. Peguei o pequeno embrulho de seus braços e passei o bebê para o pai. Ele respirou fundo antes de puxar o cobertor do lugar onde o rosto do bebê deveria estar.

Pensei depois sobre as minhas ações. Se eu agi certo forçando o pai a confrontar seu bebê moribundo, se esse era o meu papel como enfermeira. Se a minha supervisora tivesse me perguntado na ocasião, eu teria dito que fui treinada para ajudar pais enlutados a lidar com a dor. Se aquele homem não reconhecesse que algo verdadeiramente horrível havia acontecido — ou, pior, se ele fingisse pelo resto da vida que *nunca* havia acontecido —, um buraco se abriria dentro dele. Bem pequeno no começo, esse fosso ia se desgastar e ficar cada vez maior, até que um dia, quando ele não estivesse esperando, ia se dar conta de que estava totalmente oco.

Quando o pai começou a chorar, os soluços sacudiram seu corpo como um furacão verga uma árvore. Ele se sentou ao lado da esposa, e ela pôs uma das mãos nas costas do marido e a outra no topo da cabeça do bebê.

Eles se revezaram segurando o filho por dez horas. Essa mãe... ela até tentou fazê-lo mamar. Eu não conseguia parar de olhar. Não porque fosse feio ou errado, mas porque era a coisa mais extraordinária que eu já tinha visto. Era como se eu estivesse olhando para o sol: quando desviava o olhar, me sentia cega para todo o resto.

Em certo momento, eu trouxe aquela estudante de enfermagem desmiolada para o quarto comigo, com a desculpa de checar os sinais vitais da mãe, mas na verdade para que ela visse com os próprios olhos que o amor não depende do que se está vendo, mas de quem está vendo.

Quando o bebê morreu, foi em paz. Fizemos moldes da mão e do pé do recém-nascido para os pais guardarem. Soube que esse mesmo casal voltou dois anos depois e teve uma filha saudável, embora eu não estivesse no plantão quando aconteceu.

Isso é para mostrar que todo bebê nasce lindo.

É o que projetamos neles que os faz feios.

* * *

Logo depois que tive Edison, dezessete anos atrás neste mesmo hospital, eu não estava preocupada com a saúde do meu bebê, ou como ia me virar sozinha com ele enquanto meu marido estivesse no exterior, ou como minha vida ia mudar agora que eu era mãe.

Eu estava preocupada com meu cabelo.

A última coisa em que se pensa quando se está em trabalho de parto é a aparência, mas, quando se é como eu, é a primeira coisa que passa pela cabeça assim que o bebê vem ao mundo. O suor que faz o cabelo de todas as minhas pacientes brancas grudar na testa fazia, em mim, as raízes se enrolarem e se levantarem do couro cabeludo. Pentear o cabelo em espiral em volta da cabeça, como um sorvete de casquinha, e enrolá-lo em um lenço todas as noites era o que o mantinha em ordem na manhã seguinte quando eu o soltava. Mas o que as enfermeiras brancas não sabiam, ou entendiam, era que o pequeno frasco de xampu fornecido pelo grupo de auxiliares do hospital só ia deixar meu cabelo ainda mais arrepiado. Eu tinha certeza de que, quando minhas bem-intencionadas colegas viessem conhecer Edison, ficariam paralisadas de choque ao ver o pandemônio em cima da minha cabeça.

No fim, terminei enrolando o cabelo em uma toalha e dizendo às visitas que tinha acabado de tomar banho.

Conheço enfermeiros que trabalham nas alas de pacientes cirúrgicos e me contam de homens que saem da cirurgia e insistem em colocar a peruca na sala de recuperação antes de encontrar a esposa. E nem saberia dizer o número de vezes que uma paciente que passou a noite gemendo, gritando e fazendo força para dar à luz com o marido ao lado expulsa o cônjuge da sala depois do parto para que eu possa ajudá-la a vestir uma camisola e um robe bonitos.

Compreendo a necessidade que as pessoas têm de mostrar determinada imagem para o resto do mundo. E é por isso que, quando chego para o meu turno, às 6h40, nem vou para a sala dos funcionários, onde logo mais receberemos da enfermeira-chefe as atualizações sobre o turno da noite. Em vez disso, sigo pelo corredor até a paciente com quem estive ontem, antes que meu turno terminasse. Seu nome é Jessic; é uma mulher miúda que chegou à ala obstétrica parecendo mais uma primeira-dama em campanha do que uma mulher em trabalho de parto ativo: o cabelo estava perfeitamente penteado, o rosto bem retocado com maquiagem, até as roupas de grávida eram ajustadas e elegantes. Isso era uma pista clara, porque, com quarenta semanas de gravidez, a maioria das futuras mamães não se incomodaria de vestir uma barraca de acampamento. Dei uma olhada em seu histórico — G1, agora P1 — e sorri. A última coisa que eu disse para Jessie antes de passá-la para a colega da noite e ir para casa foi que, na próxima vez que a visse, ela teria um bebê e eu teria um novo paciente. Enquanto eu dormia, Jessie teve uma menina saudável de 3,340 quilos.

Abro a porta e encontro Jessie cochilando. O bebê está todo enrolado no bercinho ao lado da cama; o marido dela está esparramado em uma cadeira, roncando. Jessie se mexe quando eu entro, e imediatamente ponho um dedo nos lábios. *Quieta.*

Da minha bolsa, tiro um espelhinho e um batom vermelho.

Parte do trabalho de parto é conversa; ela é a distração que faz a dor diminuir e é a cola que cria o vínculo entre enfermeira e paciente. Em que outra situação um mesmo profissional de saúde passa até doze horas atendendo uma única pessoa? Como resultado, a ligação que construímos com essas mulheres é firme e forte. Fico sabendo coisas sobre elas, em questão de horas, que seus amigos mais próximos às vezes não sabem: que ela conheceu o parceiro em um bar num dia em que havia bebido demais; que seu pai não viveu o suficiente para ver o neto; que ela se preocupa com a ideia de ser mãe agora, porque detestava cuidar de bebês quando era adolescente. Na noite passada, nas horas difíceis do trabalho de parto de Jessie, quando ela estava chorosa, exausta e começou a ser ríspida com o marido, sugeri que ele fosse até a lanchonete tomar um café. Assim que ele saiu, o ar no quarto ficou mais fácil de respirar e ela se recostou naqueles horríveis travesseiros plásticos que temos na ala obstétrica. "E se o bebê mudar tudo?", soluçou. Ela confessou que nunca ia a lugar nenhum sem sua "pintura de guerra", que o marido nunca a tinha visto sem rímel; e agora ele estava vendo seu corpo se contorcer daquele jeito, e como ele poderia voltar a olhá-la do mesmo modo outra vez?

"Escute", eu disse a ela. "Deixe que *eu* me preocupe com isso."

Gosto de pensar que eu ter tirado esse pequeno peso das costas dela foi o que lhe deu forças para chegar à fase de transição.

É engraçado. Quando digo às pessoas que sou enfermeira obstetra há mais de vinte anos, elas ficam impressionadas com o fato de eu ter assistido cesarianas, de poder fazer um acesso venoso até dormindo, de saber a diferença entre uma desaceleração na frequência cardíaca que é normal e uma que requer intervenção. Mas, para mim, ser enfermeira obstetra tem a ver com conhecer a paciente e saber do que ela precisa. Uma massagem nas costas. Uma epidural. Um pouco de maquiagem.

Jessie dá uma olhada para o marido, ainda morto para o mundo. Depois, pega o batom da minha mão.

— Obrigada — sussurra, e nossos olhares se conectam. Seguro o espelho enquanto ela, uma vez mais, se reinventa.

Às quintas-feiras, meu turno vai das sete da manhã às sete da noite. Durante o dia no Mercy West Haven, geralmente temos duas enfermeiras na ala obstétrica — três se estivermos com abundância de recursos humanos naquele dia. Enquanto caminho pelo corredor, observo de passagem quantas das nossas salas de parto estão ocupadas: são três no momento, o que é uma maneira tranquila de começar o dia. Marie, a enfermeira-chefe, já está na sala onde fazemos nossa reunião matinal quando entro, mas Corinne, a enfermeira que divide o turno comigo, ainda não chegou.

— O que vai ser hoje? — Marie pergunta enquanto folheia o jornal da manhã.

— Pneu furado — respondo. Nosso jogo de adivinhação é uma rotina: *Que desculpa Corinne vai usar hoje para o atraso?* É um belo dia de outono em outubro, portanto ela não pode culpar o clima.

— Essa foi na semana passada. Eu vou de gripe.

— Falando nisso, como está a Ella? — A filha de oito anos de Marie pegou a virose estomacal que anda atacando muita gente.

— Voltou para a escola hoje, graças a Deus — responde Marie. — Agora foi o Dave que pegou. Acho que tenho vinte e quatro horas antes de ser a próxima vítima. — Ela levanta os olhos da seção regional do jornal. — Vi o nome do Edison aqui outra vez.

Meu filho entrou na lista de melhores alunos em todos os semestres do ensino médio. Mas, como eu digo a ele, isso não é motivo para se vangloriar.

— Há muitos garotos inteligentes na cidade — desconverso.

— Mesmo assim — diz Marie. — Para um menino como o Edison, ser tão bem-sucedido... Bom, você devia estar orgulhosa, só isso. Espero que a Ella seja tão boa aluna quanto ele.

Um menino como o Edison. Eu sei o que ela está dizendo, mesmo ela tendo o cuidado de não dizer claramente. Não há muitos meninos negros no colégio, e, até onde eu sei, Edison é o único na lista de melhores alunos. Comentários como esse cortam feito folhas de papel, mas eu trabalho com Marie há mais de dez anos, então tento ignorar a ardência. Sei que ela não teve má intenção ao dizer isso. Ela é uma amiga, afinal. Veio à minha casa com a família para a ceia de Páscoa no ano passado, assim como algumas das outras enfermeiras, e às vezes nós saímos para tomar coquetéis ou ir ao cinema, e uma vez passamos o fim de semana em um spa, só as garotas. Ainda assim, Marie não tem ideia de quantas vezes tenho que respirar fundo e seguir em frente. Pessoas brancas não falam por mal metade das coisas ofensivas que saem de sua boca, então eu tento não me irritar.

— Talvez primeiro seja melhor você esperar que a Ella chegue até o fim do dia na escola sem ter que ir para a enfermaria outra vez — respondo, e Marie ri.

— Tem razão. Uma coisa de cada vez.

Corinne irrompe na sala.

— Desculpem, estou atrasada — diz ela, e Marie e eu nos entreolhamos. Corinne é quinze anos mais nova que eu, e há sempre alguma emergência: um carburador que pifou, uma briga com o namorado, um acidente de trânsito na 95N. Corinne é uma dessas pessoas para quem a vida é apenas o espaço entre as crises. Ela tira o casaco e consegue derrubar um vaso com uma planta que morreu há meses e ninguém se preocupou em substituir.

— Droga — ela murmura, endireitando o vaso e recolocando a terra dentro dele. Limpa as palmas na roupa e se senta com as mãos unidas. — Desculpe mesmo, Marie. Aquela porcaria de pneu que eu troquei na semana passada está com um vazamento ou algo assim; tive que dirigir até aqui a cinquenta por hora.

Marie enfia a mão no bolso, tira uma nota de um dólar e joga sobre a mesa para mim. Eu rio.

— Então vamos lá — diz Marie. — Relatório do andar. No quarto 2 o bebê está com a mãe. Jessica Myers, G 1 P 1 com quarenta semanas e dois dias. Ela teve parto normal às três da manhã, sem complicações, sem analgesia. A bebê, uma menina, está mamando bem; já fez xixi, cocô ainda não.

— Eu fico com ela — Corinne e eu dizemos em uníssono.

Todos querem uma paciente que já deu à luz; é o trabalho mais fácil.

— Eu fiquei com ela durante o trabalho de parto — comento.

— Certo — diz Marie. — Ruth, ela é sua. — Empurra os óculos de leitura mais para cima no nariz. — No quarto 3 está Thea McVaughn, G 1 P 0, quarenta e uma semanas e três dias, em trabalho de parto ativo e quatro centímetros de dilatação, membranas intactas. Batimentos fetais parecem bons no monitor, o bebê está ativo. Ela pediu uma epidural e está com bólus intravenoso.

— A Anestesia já foi avisada? — pergunta Corinne.

— Sim.

— Eu fico com ela.

Só pegamos uma paciente em trabalho de parto ativo por vez, se possível, o que significa que a terceira paciente, a última naquela manhã, vai ser minha.

— O quarto 5 é uma recuperação. Brittany Bauer, G1 P1 a trinta e nove semanas e um dia, fez epidural e teve parto normal às cinco e meia da manhã. O bebê é menino e eles querem a circuncisão. A mãe teve DG A1, o bebê está medindo a glicemia a cada três horas por vinte e quatro horas. A mãe quer muito amamentar. Eles ainda estão em contato pele a pele.

Uma recuperação ainda é muito trabalho — uma relação individualizada entre enfermeira e paciente. Sim, o trabalho de parto já passou, mas ainda há coisas a serem feitas, uma avaliação física do recém-nascido e uma papelada para preencher.

— Eu pego — digo e me afasto da mesa para ir procurar Lucille, a enfermeira da noite que esteve com Brittany durante o parto.

Ela me encontra primeiro, na sala de descanso dos funcionários, lavando as mãos.

— Aqui, está com você — diz ela, me entregando o prontuário de Brittany Bauer. — Vinte e seis anos, G 1, agora P 1, parto vaginal hoje às cinco e meia com períneo intacto. Ela é O positivo, imunizada para rubéola, negativo para hepatite B e HIV, GBS negativo. Diabete gestacional controlada com dieta. Nenhuma outra complicação. Ainda está com o acesso intravenoso no braço esquerdo. Eu retirei a epidural, mas ela ainda não saiu da cama, então pergunte se ela precisa levantar para fazer xixi. O sangramento foi bom. Fundo uterino firme na cicatriz umbilical.

Abro o prontuário e examino as anotações, tentando memorizar os detalhes.

— Davis — leio. — É o bebê?

— É. Os sinais vitais foram normais, mas a glicemia de uma hora estava em quarenta, então estamos incentivando a amamentação. Ele pegou um pouquinho de cada lado, mas está regurgitando um pouco e sonolento, e não conseguiu se alimentar muito.

— Colírio e vitamina K?

— Sim, e ele fez xixi, mas não cocô. Ainda não fiz o banho e a avaliação neonatal.

— Tudo bem — digo. — Mais alguma coisa?

— O nome do pai é Turk — Lucille responde, hesitante. — Tem alguma coisa meio... esquisita nele.

— Tipo o Pai Tarado? — pergunto. No ano passado, tivemos um pai que ficou flertando com a aluna de enfermagem dentro da sala durante o parto da esposa. Quando a mulher acabou precisando de uma cesariana, em vez de ficar atrás do pano, perto da cabeça da esposa, ele caminhou pela sala e disse para a aluna de enfermagem: "Está quente aqui dentro ou é você?"

— Não desse jeito — diz Lucille. — Ele é adequado com a mãe. É que ele parece... meio sinistro. Não consigo explicar direito.

Sempre achei que, se eu não fosse enfermeira obstetra, seria uma ótima falsa vidente. Somos habilidosas em ler nossas pacientes e saber do que elas precisam momentos antes de elas mesmas se darem conta. E também somos talentosas para sentir vibrações estranhas. Há apenas um mês, meu radar disparou quando uma paciente com problemas psiquiátricos chegou com uma mulher ucraniana mais velha que havia feito amizade com ela na mercearia em que ela trabalhava. Havia algo esquisito na dinâmica entre as duas, e eu segui minha intuição e chamei a polícia. Acabamos descobrindo que a ucraniana havia cumprido pena em Kentucky por roubar o bebê de uma mulher com síndrome de Down.

Então, quando entro no quarto de Brittany Bauer pela primeira vez, não estou preocupada. Estou pensando: *Deixa comigo.*

Bato de leve e abro a porta.

— Eu sou a Ruth — digo. — Vou ser sua enfermeira hoje. — Caminho direto até Brittany e sorrio para o bebê aninhado em seus braços. — Que docinho! Qual é o nome dele? — pergunto, embora eu já saiba. É um jeito de começar a conversa, de me conectar com a paciente.

Brittany não responde. Ela olha para o marido, um sujeito grandalhão sentado na beirada da poltrona. Ele tem cabelo curto em estilo militar e está batendo o salto de uma das botas no chão, como se não conseguisse ficar parado. Percebo o que Lucille viu nele. Turk Bauer me faz pensar em um cabo elétrico que rompeu durante uma tempestade e está estendido na rua, só esperando que alguém toque nele para soltar faíscas.

Não importa se a pessoa é tímida ou recatada, ninguém que acabou de ter um bebê fica em silêncio por muito tempo. As pessoas *querem* compartilhar esse momento tão transformador. Elas *querem* reviver o parto, o nascimento, a beleza de seu bebê. Mas Brittany, bem, é quase como se ela precisasse da permissão dele para falar. *Abuso doméstico?*, eu me pergunto.

— Davis — ela fala rigidamente. — O nome dele é Davis.

— Oi, Davis — murmuro, me aproximando da cama. — Você me dá licença para escutar o coração e os pulmões dele e medir a temperatura?

Os braços dela se apertam em torno do recém-nascido, puxando-o mais para si.

— Eu posso fazer isso aqui mesmo — digo. — Você não precisa soltá-lo.

É preciso ser flexível com uma mãe recente, especialmente uma mãe que soube que seu bebê tem um nível muito baixo de açúcar no sangue. Então eu ponho o termômetro sob a axila de Davis e obtenho um resultado normal. Depois dou uma olhada nos cachos de seu cabelo: uma mecha de cabelo branco pode indicar perda auditiva; um padrão de cor irregular pode sinalizar problemas metabólicos. Pressiono o estetoscópio nas costas do bebê, para ouvir seus pulmões. Deslizo a mão entre ele e sua mãe e escuto o coração.

Wuuush.

É um som tão tênue que acho que foi um engano.

Escuto de novo, para ter certeza de que não foi um acaso, e aquele ligeiro sopro está ali, por trás dos batimentos cardíacos.

Turk se levanta e para ao meu lado; ele cruza os braços.

O nervosismo pode ser diferente nos pais. Eles às vezes se mostram combativos. Como se pudessem expulsar qualquer coisa que esteja errada.

— Eu ouço um sopro muito leve — digo delicadamente. — Mas pode não ser nada. Neste momento ainda há partes do coração que estão se desenvolvendo. Mesmo que *seja* um sopro, pode desaparecer em alguns dias. Só por precaução, vou tomar nota e pedir para a pediatra acompanhar. — Enquanto estou falando, tentando me mostrar tão calma quanto possível, faço outra dosagem glicêmica. É um Accu-Chek, que dá resultado imediato. E dessa vez a leitura é cinquenta e dois. — Mas *esta* é uma boa notícia — informo, tentando dar aos Bauer algo positivo a que se agarrar. — A glicemia está muito melhor. — Vou até a pia, abro a água quente, encho um recipiente de plástico e o coloco na mesa térmica. — O Davis está se recuperando bem e provavelmente logo vai começar a se alimentar. Que tal eu fazer uma limpeza nele e despertá-lo um pouco, e então nós podemos tentar a amamentação outra vez?

Eu me inclino e pego o bebê. Virando as costas para os pais, coloco Davis na mesa térmica e começo o exame. Escuto Brittany e Turk sussurrarem vigorosamente atrás de mim enquanto checo as fontanelas na cabeça do bebê para conferir as linhas de sutura e verificar se os ossos não estão se sobrepondo. Os pais estão preocupados, e isso é normal. Muitos pacientes não gostam de receber a opinião da enfermeira sobre questões médicas; eles precisam ouvir de um médico para acreditar, embora as enfermeiras obstetras sejam com frequência as primeiras a notar um sinal peculiar ou um sintoma. A pediatra deles é a dra. Atkins; vou chamá-la assim que terminar o exame e pedir que escute o coração do bebê.

Neste momento, porém, minha atenção está em Davis. Examino se há equimoses faciais, hematomas ou formato anormal do crânio. Verifico as pregas palmares em suas mãos pequeninas e a posição das orelhas em relação aos olhos. Meço a circunferência da cabeça e o comprimento do corpo que não para quieto. Vejo se há fendas na boca e nas orelhas. Apalpo as clavículas e ponho o dedo mínimo em sua boca para testar o reflexo de sucção. Estudo o subir e descer dos pequenos pulmões em seu peito, para ter certeza de que a respiração não é difícil. Pressiono a barriga para ver se é macia, verifico os dedos das mãos e dos pés, analiso a pele em busca de erupções, ou lesões, ou marcas de nascença. Me certifico de que seus testículos tenham descido e vejo se não há hipospadia, conferindo se a uretra está no lugar certo. Depois o viro delicadamente e examino a base da coluna em busca de depressões, tufos de pelos ou algum outro indicador de defeito no tubo neural.

Percebo que os sussurros atrás de mim pararam. Mas, em vez de me tranquilizar, isso parece ameaçador. *O que eles acham que estou fazendo errado?*

Quando o viro de frente outra vez, os olhos de Davis estão começando a se fechar. Os bebês costumam ficar sonolentos algumas horas depois do parto, o que é uma razão para fazer o banho agora: isso o deixará acordado por tempo suficiente para tentar amamentar outra vez. Há uma pilha de toalhinhas na mesa térmica; com movimentos experientes e seguros, mergulho uma delas na água morna e passo no bebê da cabeça aos pés. Depois ponho a fralda, enrolo-o rapidamente em um cobertor como um burrito e lavo seu cabelo sob a torneira com xampu de bebê. A última coisa que faço é pôr nele uma pulseirinha de identificação igual à de seus pais e uma minúscula tornozeleira eletrônica de segurança, que vai disparar um alarme se o bebê chegar perto demais de alguma das saídas do hospital.

Sinto os olhos dos pais fixos nas minhas costas. Eu me viro para eles com um sorriso pregado no rosto.

— Pronto — digo, entregando o bebê de volta para Brittany. — Bem limpinho. Agora vamos ver se ele consegue mamar.

Eu me inclino para ajudar a posicionar o bebê, mas Brittany se retrai.

— Saia de perto dela — diz Turk Bauer. — Quero falar com a sua chefe.

São as primeiras palavras que ele me fala nos vinte minutos que passei no quarto com ele e sua família, e elas carregam um tom de insatisfação. Tenho certeza de que ele não quer falar com Marie sobre o trabalho maravilhoso que fiz. Mas concordo rigidamente com a cabeça e saio do quarto, repassando na mente cada palavra e gesto meu desde que me apresentei a Brittany Bauer. Vou para o balcão da enfermagem e encontro Marie preenchendo um quadro.

— Temos um problema no 5 — digo, tentando manter a voz calma. — O pai quer falar com você.

— O que aconteceu? — Marie pergunta.

— Absolutamente nada — respondo, e sei que é verdade. Sou uma boa enfermeira. Às vezes excelente. Cuidei do bebê da mesma maneira que teria cuidado de qualquer recém-nascido naquela ala. — Eu disse a eles que ouvi o que me pareceu um sopro cardíaco e que ia falar com a pediatra. Dei banho no bebê e fiz os exames.

Mas devo estar sendo bem ruim em esconder meus sentimentos, porque Marie me olha com ar solidário.

— Talvez eles estejam preocupados com o coração do bebê — diz ela.

Estou apenas um passo atrás dela conforme voltamos ao quarto, então posso perceber claramente o alívio no rosto dos pais quando veem Marie.

— Queria falar comigo, sr. Bauer? — pergunta ela.

— Essa enfermeira — diz Turk. — Não quero que ela toque no meu filho outra vez.

Sinto o calor se espalhando do decote do meu uniforme para o couro cabeludo. Ninguém gosta de ser questionado na frente de seu supervisor.

Marie estica o corpo e enrijece a coluna.

— Posso lhe garantir que Ruth é uma das nossas melhores enfermeiras, sr. Bauer. Se houver alguma reclamação formal...

— Não quero ela nem ninguém parecido com ela encostando no meu filho — o pai interrompe e cruza os braços sobre o peito. Ele arregaçou as mangas enquanto eu estava fora do quarto. Do pulso ao cotovelo de um braço ele tem uma tatuagem da bandeira dos Confederados.

Marie para de falar.

Por um momento, eu sinceramente não entendo nada. E então a compreensão me atinge com a força de um soco: o problema deles não está em nada que eu tenha feito.

Está em quem eu sou.

TURK

O primeiro preto que eu vi matou meu irmão mais velho. Eu estava sentado entre meus pais em um tribunal de Vermont, usando uma camisa de colarinho duro que me sufocava, enquanto homens de terno discutiam e apontavam para diagramas de carros e derrapagem de pneus. Eu tinha onze anos, e Tanner, dezesseis. Ele tinha tirado a carta de motorista fazia apenas dois meses. Para comemorar, minha mãe fez um bolo para ele, decorado com uma estrada de gelatina de frutas e um dos meus carrinhos Matchbox velhos. O cara que o matou era de Massachusetts, mais velho que o meu pai. Sua pele era mais escura que a madeira do banco das testemunhas, e os dentes pareciam quase elétricos em contraste. Eu não conseguia parar de olhar.

Os jurados não conseguiram chegar a um veredito — um impasse, eles disseram —, por isso o homem foi liberado. Minha mãe ficou fora de si, gritando e balbuciando sobre seu bebê e justiça. O assassino apertou a mão de seu advogado e, então, se virou e caminhou na nossa direção, de modo que ficamos separados apenas por uma cerca.

— Sra. Bauer — disse ele. — Eu sinto muito pela sua perda.

Como se ele não tivesse nada a ver com aquilo.

Minha mãe parou de soluçar, juntou os lábios e cuspiu.

Brit e eu, a gente esperou tanto por esse momento.

Estou dirigindo com uma das mãos no volante da picape e a outra entre nós sobre o assento inteiriço; ela a aperta cada vez que sente uma contração. É evidente que dói pra caralho, mas Brit só cerra os olhos e o maxilar. Isso não me surpreende — eu já a vi quebrar os dentes de um chicano que bateu no carro dela com um carrinho de supermercado desgovernado na Stop & Shop —, mas acho que ela nunca esteve tão bonita como agora, forte e silenciosa.

Dou umas olhadas rápidas para seu perfil enquanto esperamos no sinal vermelho. Estamos casados há dois anos e ainda não consigo acreditar que Brit é minha. Para começar, ela é a garota mais bonita que eu já vi. Além disso, no Movimento, ela está tão próxima da realeza quanto é possível chegar. Seu cabelo escuro serpenteia em uma trança nas costas; suas faces estão coradas. Está ofegante, respirações curtas, como se estivesse correndo uma maratona. De repente ela se vira, os olhos brilhantes e azuis, como o centro de uma chama.

— Ninguém me disse que ia ser tão difícil — ela arqueja.

Aperto sua mão, o que não é simples, porque ela já está apertando a minha a ponto de fazê-la doer.

— Esse guerreiro — digo a ela — vai ser tão forte quanto a mãe. — Durante anos, me ensinaram que Deus precisa de soldados. Que nós somos os anjos nesta guerra racial, e sem nós o mundo voltaria a ser Sodoma e Gomorra. Francis, o legendário pai de Brit, levantava-se e pregava para todos os novatos a necessidade de aumentarmos nossas fileiras, para podermos combater. Mas, agora que Brit e eu estamos aqui, neste momento, prestes a trazer um bebê ao mundo, me vejo preenchido por partes iguais de triunfo e terror. Porque, por mais que eu tenha me esforçado, este lugar ainda é uma latrina. Meu bebê agora é perfeito. Mas, a partir do instante em que ele chegar, está condenado a se contaminar.

— Turk! — Brittany grita.

Faço uma curva repentina para a esquerda, porque quase passei a entrada para o hospital.

— O que você acha de Thor? — pergunto, voltando a conversa para nomes de bebês, desesperado para distrair Brit da dor. Um dos caras que conheço do Twitter acabou de ter um menino e deu a ele o nome de Loki. Alguns dos grupos mais antigos eram vidrados em mitologia nórdica, e, mesmo eles tendo se dividido em células menores, velhos hábitos não morrem tão fácil.

— Ou Batman, ou Lanterna Verde? — Brittany protesta. — Não vou batizar o meu filho com o nome de um personagem de quadrinhos. — Ela faz uma careta com outra contração. — E se for menina?

— Mulher Maravilha — sugiro. — Como a mãe.

Depois que meu irmão morreu, tudo desmoronou. Foi como se o julgamento tivesse arrancado nossa pele e tudo o que restasse da minha família fosse apenas um monte de sangue e tripas, sem nada para juntar aquilo. Meu pai se desprendeu e foi morar em um apartamento em que tudo era verde — as paredes, o tapete, o vaso sanitário, o fogão. Toda vez que eu o visitava, não conseguia deixar de me sentir enjoado. Minha mãe começou a beber; um copo de vinho no almoço, depois a garrafa inteira. Ela perdeu o emprego de auxiliar na escola fundamental quando desmaiou no parquinho e a criança que ela acompanhava — uma menina com síndrome de Down — caiu do trepa-trepa e fraturou o pulso. Uma semana depois, pusemos tudo o que tínhamos em um caminhão de mudança e fomos morar com meu avô.

Vovô era um veterano que nunca deixou a guerra. Eu não o conhecia muito bem, porque ele nunca gostara do meu pai, mas, agora que esse obstáculo tinha sido removido, ele assumiu para si a tarefa de me criar do jeito que achava que eu deveria ter sido criado desde sempre. Meu pais, ele dizia, haviam sido muito moles comigo, e eu era um mariquinha. Ele ia me endurecer. Meu avô me acordava ao amanhecer nos fins de semana e me arrastava para o bosque para fazer o que chamava de Treinamento Básico. Aprendi a diferenciar frutinhas venenosas das que podiam ser comidas. Era capaz de identificar excrementos para poder rastrear animais. Sabia dizer a hora pela posição do sol. Era mais ou menos como um escoteiro, exceto pelo fato de as aulas do meu avô serem intercaladas com histórias dos chinas que ele tinha combatido no Vietnã, das florestas que os engoliriam se não tivessem cuidado, do cheiro de um homem sendo queimado vivo.

Em um fim de semana, ele resolveu me levar para acampar. Estava muito frio e havia previsão de neve, mas não fazia diferença. Seguimos até a borda nordeste do estado, perto da fronteira com o Canadá. Fui ao banheiro e, quando voltei, meu avô tinha desaparecido.

A caminhonete, que ele deixara estacionada ao lado de uma bomba de gasolina, havia sumido. A única pista de que esteve ali era a marca dos pneus na neve. Ele tinha ido embora com minha mochila, meu saco de dormir e a barraca. Entrei no posto de gasolina outra vez e perguntei para a atendente se ela sabia o que havia acontecido com o cara da caminhonete azul, mas ela só sacudiu a cabeça. "Comment?", ela disse, fingindo que nem falava inglês, embora ainda estivesse em Vermont.

Eu estava de casaco, mas sem gorro ou luvas, que tinham ficado no carro. Contei sessenta e sete centavos no bolso. Esperei até que outro cliente entrasse no posto e então, enquanto a atendente estava ocupada, roubei um par de luvas, um boné cor de laranja e uma garrafa de refrigerante.

Levei cinco horas para rastrear meu avô — uma combinação de forçar meu cérebro a se lembrar do que ele ficou tagarelando sobre o caminho naquela manhã enquanto eu ainda estava meio dormindo e de caminhar pela estrada à procura de pistas, como a embalagem do fumo que ele gostava de mascar e uma das minhas luvas. Quando finalmente encontrei sua caminhonete estacionada na lateral da estrada e pude seguir suas pegadas pela neve para dentro do bosque, não estava mais tremendo. Eu fumegava. Descobri que a raiva é uma fonte renovável de combustível.

Ele estava agachado ao lado de uma fogueira quando cheguei à clareira. Sem dizer uma palavra, eu me aproximei e o empurrei, de modo que ele quase caiu sobre as brasas ardentes.

— Seu filho da puta! — gritei. — Você não pode me abandonar assim.

— Por que não? Se eu não fizer de você um homem, quem vai fazer? — ele respondeu.

Embora ele tivesse o dobro do meu tamanho, eu o agarrei pela gola do casaco e o levantei do chão. Levei o punho para trás e tentei socá-lo, mas ele segurou minha mão antes que o golpe o atingisse.

— Está querendo briga? — meu avô disse, recuando e me rodeando.

Meu pai tinha me ensinado a socar alguém. Polegar do lado de fora do punho e girar o pulso no final do golpe. Mas era tudo conversa; eu nunca tinha socado ninguém na vida.

Então, puxei o punho para trás e o disparei para a frente como uma flecha, mas meu avô me segurou e me dobrou o braço nas costas. A respiração dele era quente em minha orelha.

— O seu pai molenga te ensinou isso? — ele falou. Eu me contorci, mas ele não me soltou. — Quer aprender a lutar? Ou quer aprender a *ganhar*?

Apertei os dentes.

— Eu... quero... ganhar — ofeguei.

Gradualmente, ele foi afrouxando a mão em meu braço e mantendo a outra firme em meu ombro esquerdo.

— Como você é pequeno, chegue bem por baixo. Então, vai estar tampando a minha visão com o seu corpo e eu vou esperar que você golpeie para cima. Se eu desviar, o meu punho vai atingir você no rosto, por isso vou continuar de pé e me deixar aberto. A última coisa que eu vou esperar é que você venha por cima do ombro, assim.

Ele levantou o punho direito e fez um arco vertiginoso pelo alto que parou um milímetro antes de tocar minha face. Então me soltou e deu um passo para trás.

— Vamos lá.

Eu só fiquei olhando para ele.

Esta é a sensação de espancar alguém: como um elástico tão esticado que até dói e começa a tremer. E então, quando você lança o golpe, quando solta o elástico, o estalo é elétrico. Você está em brasa e nem sequer tinha percebido que era inflamável.

O sangue borrifou do nariz de meu avô para a neve e encapou seu sorriso.

— Esse é o meu garoto — disse ele.

Cada vez que Brit se levanta durante o trabalho de parto, as contrações ficam tão fortes que a enfermeira, uma ruiva chamada Lucille, diz para ela deitar outra vez. Mas, quando ela deita, as contrações param, então Lucille lhe manda andar um pouco. É um círculo vicioso, já faz sete horas, e estou começando a me perguntar se meu filho vai ser adolescente quando decidir vir para este mundo.

Não que eu diga isso a Brit.

Eu a segurei enquanto o anestesista aplicava a epidural — algo pelo que Brit implorou, o que me surpreendeu, porque tínhamos planejado um parto natural, sem drogas. Anglos como nós ficamos longe delas; a grande maioria das pessoas no Movimento despreza os viciados. Enquanto ela se curvava na cama com o médico tateando sua coluna, eu lhe sussurrei se aquilo era uma boa ideia. "Quando *você* tiver um bebê", Brit disse, "você decide."

E, tenho de admitir, seja o que for que jogaram nas veias dela, realmente ajudou. Ela está amarrada à cama, mas não está mais se contorcendo. Brit me disse que não sente nada do umbigo para baixo. Que, se não estivesse casada comigo, ia pedir o anestesista em casamento.

Lucille entra e confere a leitura da máquina que está ligada a Brit e mede os batimentos cardíacos do bebê.

— Você está indo muito bem — diz ela, embora eu possa apostar que fala isso para todo mundo. Eu me desligo enquanto ela conversa com Brit, não porque não me importe, mas porque são umas coisas técnicas em que é melhor não pensar se eu quiser ver a minha esposa como uma mulher sexy outra vez. E, então, ouço Lucille dizer a Brit que está na hora de empurrar.

Os olhos de Brit se prendem nos meus.

— Amor? — ela diz, mas a palavra seguinte se enrola em sua garganta e ela não consegue falar o que quer.

Percebo que ela está apavorada. Essa mulher destemida está realmente com medo do que vai acontecer em seguida. Enlaço meus dedos nos dela.

— Eu estou aqui — digo a ela, embora esteja igualmente aterrorizado.

E se isso mudar tudo entre mim e Brit?

E se o bebê chegar e eu não sentir nada por ele?

E se eu acabar sendo um exemplo horrível para ele? Um pai horrível?

— Da próxima vez que sentir uma contração — diz Lucille —, eu quero que você faça força para baixo. — Ela olha para mim. — Pai, atrás dela. Quando ela tiver uma contração, ajude-a a se sentar para ela poder empurrar.

Fico grato pela instrução. *Isso* eu posso fazer. Quando o rosto de Brit fica vermelho, quando seu corpo se curva como um arco, eu seguro os ombros dela. Ela faz um som rouco e gutural, como se estivesse agonizando.

— Respire fundo — Lucille orienta. — Você está no auge da contração... agora leve o queixo para o peito e empurre com força...

Então, com um arquejo, Brit fica mole e se sacode para me afastar, como se não suportasse ter minhas mãos nela.

— Me largue — ela diz.

Lucille faz um sinal para eu me aproximar.

— Ela não está falando sério.

— É claro que estou! — Brit revida, enquanto outra contração começa.

Lucille levanta as sobrancelhas para mim.

— Fique aqui — ela sugere. — Vou segurar a perna esquerda da Brit e você segura a direita...

É uma maratona, não uma corrida de velocidade. Uma hora depois, o cabelo de Brit está grudado na testa; a trança está emaranhada. As unhas dela cortaram pequenas luas no dorso da minha mão, e o que ela fala nem faz mais sentido. Não sei quanto mais disso nós dois vamos aguentar. Mas então os ombros de Lucille se endireitam durante uma longa contração e a expressão no rosto dela muda.

— Segure aí um minuto — Lucille diz e envia uma mensagem para o médico. — Quero que você respire bem devagar, Brit... e se prepare para ser mamãe.

Em questão de minutos o obstetra entra no quarto e calça um par de luvas de látex, mas tentar ajudar Brit a *não* empurrar é como pedir para segurar um maremoto com um saco de areia.

— Olá, sra. Bauer — diz o médico. — Vamos ter um bebê. — Ele se senta em um banquinho baixo enquanto o corpo de Brit se contrai outra vez. Meu cotovelo está enganchado em seu joelho, para que ela possa fazer força contra ele, e, quando olho para baixo, a testa do nosso bebê surge como uma lua no vale das pernas dela.

É azul. Onde não havia nada um segundo atrás, agora há uma cabeça perfeitamente redonda do tamanho de uma bola de softbol, e ela é azul.

Em pânico, olho para o rosto de Brit, mas os olhos dela estão apertados com a força que ela está fazendo. A raiva, que parece estar sempre em fogo brando no meu sangue, começa a ferver. *Eles estão tentando nos fazer de bobos. Estão mentindo. Esses malditos...*

E então o bebê chora. Em um fluxo de sangue e líquido, ele desliza para este mundo, gritando e socando o ar com seus punhos pequeninos, ficando rosado. Eles colocam meu bebê, o *meu filho*, sobre o peito de Brit e o limpam com um pano. Ela está soluçando, e eu também. O olhar de Brit está fixo no bebê.

— Olhe o que nós fizemos, Turk.

— Ele é perfeito — sussurro junto à pele dela. — *Você é* perfeita. — Ela põe a mão na cabeça do nosso recém-nascido, como se nós fôssemos um circuito elétrico que agora está completo. Como se pudéssemos energizar o mundo.

Quando eu tinha quinze anos, meu avô caiu duro como uma pedra no chuveiro e morreu de ataque cardíaco. Eu reagi do jeito como reagia a tudo naquela época: arrumando encrenca. Ninguém parecia saber o que fazer comigo — nem minha mãe, que havia se apagado tanto que às vezes se confundia com as paredes e eu passava por ela sem perceber que ela estava na sala; nem meu pai, que agora morava em Brattleboro e vendia carros em uma concessionária Honda.

Conheci Raine Tesco quando fui passar um mês com meu pai nas férias de verão, depois do primeiro ano do ensino médio. Um amigo do meu pai, Greg, tinha uma cafeteria alternativa (O que isso poderia significar? Que eles serviam chá?) e me ofereceu um emprego de meio período. Pela lei, eu ainda não tinha idade para trabalhar, então Greg me pagava informalmente para fazer coisas como arrumar o estoque e ajudar em pequenas tarefas. Raine era um barista com o braço coberto de tatuagens, que fumava um cigarro atrás do outro nos fundos da loja em todos os intervalos. Ele tinha um chihuahua de três quilos chamado Bife, a quem ele havia ensinado a tragar o cigarro.

Raine foi a primeira pessoa que realmente me sacou. Na primeira vez que o vi nos fundos, quando fui tirar o lixo, ele me ofereceu um trago, embora eu fosse uma criança. Fingi que sabia o que estava fazendo, e, quando me matei de tossir, ele não riu de mim.

— Deve ser um saco ser você, cara — disse ele, e eu concordei com a cabeça. — O que é aquele seu pai? — Ele fez uma careta em uma imitação perfeita do meu pai, pedindo um café médio descafeinado sem espuma com leite de soja.

Toda vez que eu ia visitar meu pai, Raine arranjava tempo para me ver. Eu conversava com ele sobre como era injusto levar suspensão na escola por agredir um menino que tinha chamado minha mãe de bêbada. Ele dizia que o problema não era eu, e sim meus professores, que não percebiam o potencial que eu tinha e como eu era inteligente. Ele me deu livros para ler, como *O diário de Turner*, para me mostrar que eu não era o único garoto que me sentia como se houvesse uma conspiração para me reprimir. Ele me dava CDs para levar para casa, de bandas "white power" com batidas que pareciam marteladas. Nós andávamos sem rumo em seu carro e ele me dizia que os donos das principais redes de comunicação tinham sobrenome judeu, como Moonves e Zucker, e que eram eles que nos passavam todas as notícias, para que acreditássemos no que eles queriam que acreditássemos. O que ele dizia eram as coisas que as pessoas talvez pensassem, mas nunca tinham coragem suficiente para dizer em público.

Se alguém achava estranho um cara de vinte anos querer ser amigo de um menino de quinze, ninguém comentava. Provavelmente meus pais ficavam aliviados por saber que, quando eu estava com Raine, não estava batendo em ninguém, ou matando aula, ou me metendo em encrenca. Então, quando ele me convidou para ir a um festival com alguns amigos, eu agarrei a oportunidade.

— Vai ter bandas tocando lá? — perguntei, imaginando que fosse um dos festivais de música que aconteciam por todo o estado de Vermont no mês de julho.

— Vai, mas é mais como um acampamento de verão — explicou Raine. — Eu contei para todo mundo que você vai. Eles estão malucos para te conhecer.

Ninguém *nunca* ficava maluco para me conhecer, então eu estava muito animado. Naquele sábado, apanhei uma mochila e um saco de dormir e me sentei no banco do passageiro com Bife, o chihuahua, no colo, enquanto Raine pegava três amigos. Todos eles me conheciam pelo nome, como se Raine realmente tivesse falado de mim. Todos usavam camiseta preta com um logotipo no peito: EMA.

— O que quer dizer isso? — perguntei.

— Esquadrão da Morte da América — Raine respondeu. — É o nosso lance.

Eu queria tanto ter uma camiseta daquelas.

— Como a gente consegue ser parte disso? — indaguei, tão naturalmente quanto consegui.

Um dos outros caras riu.

— A gente é convidado — disse ele.

Decidi naquele momento que ia fazer tudo o que fosse preciso para conseguir um convite.

Rodamos por cerca de uma hora, depois Raine pegou uma saída e virou à esquerda em uma placa escrita a mão que dizia simplesmente "II". Havia mais placas como essa, indicando caminhos em meio a campos de milho e passando por celeiros abandonados, e até por um pasto cheio de vacas. Quando chegamos ao alto de uma colina, vi uma centena de carros estacionados em um campo lamacento.

Parecia uma grande festa. Havia um palco e uma banda tocando tão alto que meu coração ressoava no ritmo das batidas. Havia famílias andando por todo o espaço, comendo salsicha no palito e bolinho frito, crianças pequenas encarapitadas nos ombros dos pais usando camisetas com os dizeres "EU SOU A CRIANÇA BRANCA PARA QUEM VOCÊ ESTÁ SALVANDO A RAÇA!". Bife se movia em volta dos meus pés em sua coleira, que se enrolava toda enquanto ele devorava pipocas que alguém tinha deixado cair. Um cara bateu no ombro de Raine e o recebeu com um grande abraço de reencontro, e eu me afastei alguns metros na direção de um estande de tiro.

Um homem gordo com sobrancelhas se estendendo como lagartas na testa sorriu para mim.

— Quer tentar, menino?

Havia um garoto mais ou menos da minha idade atirando em um alvo pregado na frente de uma pilha de tocos de madeira. Ele devolveu a Browning semiautomática para o velho e foi pegar seu alvo. Era o perfil de um homem com um nariz adunco exagerado.

— Parece que você matou esse judeu, Gunther — o homem disse, sorrindo, depois pegou Bife no colo e apontou para uma mesa. — Eu seguro o cãozinho. Escolha ali o que você quiser.

Havia pilhas de alvos: outros perfis de judeus, mas também negros, com lábios gigantes e a testa baixa. Havia Martin Luther King Jr., em um alvo com palavras pintadas no alto: "MEU SONHO SE TORNOU REALIDADE".

Por um momento, senti um frio no estômago. As imagens me lembraram os cartuns políticos que estudávamos nas aulas de história, exageros grosseiros que levaram a guerras mundiais. Imaginei que tipo de empresa fabricava alvos como aqueles, porque com certeza não eram vendidos em lugares como a seção de caça do Walmart. Era como se houvesse toda uma sociedade secreta que eu nunca imaginara que existisse e da qual eu tinha acabado de receber a senha de admissão.

Peguei um alvo com um negro de cabelo enorme, que ultrapassava as bordas do papel. O homem o prendeu em um varal.

— Não dá nem para dizer que isso é uma silhueta — disse ele, com um risinho. Pôs Bife na mesa para cheirar os alvos enquanto posicionava o meu diante da pilha de tocos. — Você sabe manusear uma arma? — perguntou.

Eu já havia atirado com o revólver do meu avô, mas nunca tinha usado nada como aquilo. Escutei o homem explicar como a arma funcionava, depois pus os protetores de ouvido e os óculos de segurança, apoiei a coronha no ombro, apertei os olhos para mirar e puxei o gatilho. Houve uma saraivada de tiros, como um acesso de tosse. O som chamou a atenção de Raine e ele aplaudiu, impressionado, quando o alvo se voltou para mim com três tiros perfeitos na testa.

— Olha só para você! — ele exclamou. — Tem jeito para a coisa.

Raine dobrou o alvo e o enfiou no bolso de trás da calça, para poder mostrar aos amigos como eu era bom de tiro. Peguei a guia de Bife outra vez e nós caminhamos pelo espaço. No palco, um homem fazia um discurso inflamado. Sua presença era tão dominante que a voz se tornava um ímã, e eu me vi sendo atraído para ouvi-lo com mais clareza.

— Quero contar a vocês todos uma pequena história — o homem dizia. — Havia um crioulo em Nova York, um sem-teto, claro. Ele estava andando pelo Central Park e várias pessoas o ouviram vociferar, dizendo que ia socar um branco durante o sono. Mas essas pessoas, elas não viam que nós estamos em guerra. Que estamos protegendo a nossa raça. Então, elas não fizeram nada. Ignoraram as ameaças como delírios de um louco. E o que aconteceu? Esse animal dos campos se aproximou de um anglo-saxão branco, um homem como você, talvez, ou como eu, que não estava fazendo nada além de viver a vida que Deus pretendeu que ele vivesse, um homem que cuidava da mãe de noventa anos. Esse animal dos campos socou o homem, que caiu, bateu a cabeça no chão e morreu. Esse homem branco, que estava apenas caminhando pelo parque, sofreu uma lesão fatal. No entanto, eu pergunto a vocês, o que aconteceu com o maldito crioulo? Pois eu lhes digo, meus irmãos e irmãs... *absolutamente nada*.

Me lembrei do assassino do meu irmão, saindo livre do tribunal. Vi as pessoas à minha volta concordarem com a cabeça e aplaudirem e pensei: *Não estou sozinho*.

— Quem é ele? — perguntei.

— Francis Mitchum — Raine murmurou. — É um cara da velha guarda. Mas é, sei lá, um mito. — Ele disse o nome do orador do modo como um homem devoto fala de Deus: meio um sussurro, meio uma oração. — Está vendo a teia de aranha no cotovelo dele? Só se pode ter essa tatuagem depois de matar alguém. Para cada morte, uma mosca é incluída. — Raine fez uma pausa. — O Mitchum tem *dez*.

— Por que os pretos nunca são acusados de crimes de ódio? — indagou Francis Mitchum, em uma pergunta retórica. — Por que eles têm passe livre? Eles não teriam sido nem domesticados se não fosse a ajuda dos brancos. Olhem para os lugares de onde eles vêm, na África. Não há governo civilizado. Eles estão todos matando uns aos outros no Sudão. Os hutus estão matando os tutsis. E eles estão fazendo isso no nosso país também. As gangues nas nossas cidades... isso não passa de uma guerra tribal entre pretos. E agora eles estão vindo atrás dos anglo-saxões. *Porque eles sabem que conseguem se safar.* — A voz subiu enquanto seu olhar percorria a multidão. — Matar um preto é igual a matar um veado. — Ele fez uma pausa. — Não, retiro o que eu disse. Pelo menos se pode *comer* carne de veado.

Muitos anos depois, percebi que, naquela primeira vez que estive no acampamento II, o Império Invisível — naquela primeira vez que ouvi Francis Mitchum falar —, Brit devia estar ali também, com o pai dela. Eu gostava de pensar que talvez ela estivesse de pé do outro lado do palco, ouvindo-o hipnotizar a multidão. Que talvez nós tenhamos nos esbarrado no estande de algodão-doce, ou parado um ao lado do outro quando as faíscas da cruz em chamas brilharam no céu noturno.

Que nós estávamos destinados um ao outro.

Por uma hora, Brit e eu lançamos nomes como arremessos de beisebol: Robert, Ajax, Will. Garth, Erik, Odin. Cada vez que eu acho que encontrei algo forte e ariano, Brit se lembra de algum garoto na classe dela com esse nome que comia cola ou que vomitou dentro da tuba. Toda vez que ela sugere um nome de que gosta, ele me lembra algum idiota que cruzou meu caminho.

Quando ele finalmente me chega, com a sutileza de um relâmpago, olho para o rosto do meu filho adormecido e sussurro: Davis. O sobrenome do presidente da Confederação.

Brit experimenta a palavra em sua boca.

— É diferente.

— Diferente é bom.

— Davis, mas não Jefferson — ela esclarece

— Não, porque senão ele vai ser Jeff.

— E Jeff é um cara que fuma maconha e mora no porão da casa da mãe — Brit acrescenta.

— Mas Davis — digo —, Davis é o garoto que as outras crianças admiram.

— Não Dave. Nem Davy ou David.

— Ele vai bater em qualquer um que o chamar assim por engano — prometo.

Toco a ponta do cobertor do bebê, porque não quero acordá-lo.

— Davis — digo, testando. As mãozinhas se abrem, como se ele já conhecesse seu nome.

— Devíamos comemorar — Brit sussurra.

Sorrio para ela.

— Será que vendem champanhe na cafeteria?

— Sabe o que eu *realmente* quero? Um milk-shake de chocolate.

— Eu achava que os desejos aconteciam *antes* do nascimento...

Ela ri.

— Tenho certeza que posso usar a desculpa dos hormônios por pelo menos mais três meses...

Eu me levanto, imaginando se a cafeteria estará aberta às quatro da manhã. Mas não tenho vontade de sair. Davis *acabou* de chegar.

— E se eu perder alguma coisa? — pergunto. — Algum marco de desenvolvimento?

— Ele não vai levantar e andar nem dizer a primeira palavra — Brit responde. — Se você perder alguma coisa, vai ser o primeiro cocô, e eu sei que isso é algo que você *prefere* evitar. — Ela ergue para mim aqueles olhos azuis que às vezes são escuros como o mar e às vezes claros como vidro, e sempre conseguem que eu faça qualquer coisa. — São só cinco minutos — diz.

— Cinco minutos. — Olho para o bebê mais uma vez, sentindo como se minhas botas estivessem presas em piche. Quero ficar aqui e contar os dedos dele de novo, e as unhas impossivelmente pequenas. Quero ver seus ombros subirem e descerem enquanto ele respira. Quero ver seus lábios se projetarem, como se ele estivesse beijando alguém nos sonhos. É louco olhar para ele, em carne e osso, e saber que Brit e eu conseguimos produzir algo real e sólido com um material tão indistinto e intangível quanto o amor.

— Chantili e cereja — Brit acrescenta, rompendo meu devaneio. — Se eles tiverem.

Relutante, saio para o corredor, passo pelo posto de enfermagem e desço pelo elevador. A cafeteria está aberta, atendida por uma mulher com uma redinha no cabelo que faz um jogo de caça-palavras.

— Vocês têm milk-shake? — pergunto.

Ela levanta os olhos.

— Não.

— E sorvete?

— Temos, mas acabou. O caminhão de entrega chega de manhã.

Ela não parece muito inclinada a me ajudar e volta a concentrar a atenção em seu passatempo.

— Acabei de ter um bebê — digo.

— Uau — ela diz, sem alterar a voz. — Um milagre da medicina bem na minha frente no balcão.

— Bom, a minha *esposa* teve um bebê — corrijo. — E ela quer um milk-shake.

— Eu quero um bilhete de loteria premiado e o amor eterno do Benedict Cumberbatch, mas tive que me contentar com esta vida glamorosa. — Ela me olha como se eu a estivesse fazendo perder tempo, como se houvesse cem pessoas esperando na fila atrás de mim. — Quer um conselho? Leve um doce. Todo mundo gosta de chocolate. — Ela põe a mão para trás sem olhar e me estende um pacote de chocolates Ghirardelli. Eu o viro, examinando o rótulo.

— Você só tem este?

— O Ghirardelli está com desconto.

Vejo no rótulo o símbolo OU, que prova que o produto é kosher e que se está pagando uma taxa para a máfia judaica. Coloco-o de volta na prateleira e ponho um pacote de Skittles no balcão, com dois dólares.

— Pode ficar com o troco — digo a ela.

Pouco depois das sete, a porta se abre e eu fico totalmente alerta.

Desde que Davis chegou, Lucille esteve aqui duas vezes: para olhar Brit e o bebê e para ver como estava a amamentação. Mas essa... essa não é Lucille.

— Eu sou a Ruth — ela anuncia. — Vou ser sua enfermeira hoje.

Tudo que posso pensar é: *Nem por cima do meu cadáver.*

Preciso usar toda a minha força de vontade para não empurrá-la para longe da minha esposa, do meu filho. Mas os seguranças estão a uma campainha de distância, e, se eles me expulsarem do hospital, de que isso vai adiantar para nós? Se eu não puder estar aqui para proteger minha família, já terei perdido.

Então, em vez disso, eu me sento na beirada da poltrona, cada músculo do meu corpo pronto para reagir.

Brit segura Davis com tanta força que eu acho que ele vai começar a chorar.

— Que docinho! — a enfermeira negra diz. — Qual é o nome dele?

Minha esposa olha para mim com indagação nos olhos. Ela não quer conversar com essa enfermeira mais do que ia querer conversar com uma cabra ou qualquer outro animal. Mas, como eu, ela tem consciência de que os brancos se tornaram minoria neste país e de que estamos sempre sob ataque; temos que passar despercebidos.

Levanto o queixo, um movimento tão infinitesimal que nem sei se Brit vai perceber.

— O nome dele é Davis — ela fala rigidamente.

A enfermeira se aproxima mais de nós, dizendo algo sobre examinar Davis, e Brit se retrai.

— Você não precisa soltá-lo — ela diz.

As mãos dela começam a se mover sobre o meu filho, como uma espécie de feiticeira tribal. Ela pressiona o estetoscópio nas costas dele, depois no espaço entre ele e Brit. Diz algo sobre o coração de Davis e eu mal consigo ouvir, por causa do sangue pulsando nos meus ouvidos.

E, então, ela o pega.

Brit e eu estamos tão chocados por ela ter levado o nosso bebê — só até a mesa térmica para um banho, mas mesmo assim — que, por um instante, nenhum de nós consegue falar.

Dou um passo em direção a ela, inclinada sobre o meu menino, mas Brit segura a ponta da minha camisa.

— Não faça uma cena.

— E eu tenho que ficar parado aqui sem fazer nada?

— Quer que ela saiba que você está irritado e desconte nele?

— Quero a Lucille de volta. O que aconteceu com a Lucille?

— Não sei. Talvez ela tenha ido embora.

— Como ela pode fazer isso enquanto os pacientes dela ainda estão aqui?

— Não tenho ideia, Turk, eu não dirijo o hospital.

Observo, como um gavião, a enfermeira negra limpar Davis, lavar o cabelo dele e o enrolar no cobertor outra vez. Ela põe uma pequena pulseira eletrônica em seu tornozelo, como as que às vezes se veem em prisioneiros que saem em liberdade condicional. Como se ele já estivesse sendo punido pelo sistema.

Estou olhando tão intensamente para a enfermeira negra que não me surpreenderia se ela pegasse fogo. Ela sorri para mim, mas não parece um sorriso sincero.

— Bem limpinho — ela anuncia. — Agora vamos ver se ele consegue mamar.

Ela vai afastar o decote da camisola de Brit, e eu não aguento mais.

— Saia de perto dela — digo, minha voz grave e certeira como uma flecha. — Quero falar com a sua chefe.

Um ano depois de eu ir ao acampamento Império Invisível, Raine me perguntou se eu gostaria de fazer parte do Esquadrão da Morte da América. Não era suficiente apenas acreditar no que Raine acreditava, sobre os brancos serem uma raça superior. Não era suficiente ter lido *Mein Kampf* três vezes. Para ser um deles de verdade, eu precisava provar meu valor, e Raine me prometeu que eu saberia onde e quando chegasse o momento certo.

Uma noite, quando eu estava na casa do meu pai, acordei com batidas na janela do meu quarto. Não fiquei com medo de eles acordarem a casa inteira; meu pai tinha saído para um jantar de negócios em Boston e devia chegar só depois da meia-noite. Assim que levantei a vidraça, Raine e mais dois caras entraram, vestidos de preto como ninjas. Raine imediatamente me jogou no chão e pressionou o braço na minha garganta.

— Regra número um — disse ele. — Não abra a porta se você não souber quem vai entrar. — Ele esperou até eu estar vendo estrelas e então me soltou. — Regra número dois: não faça prisioneiros.

— Não entendi — falei.

— Esta noite, Turk — ele me explicou —, nós somos guardiões. Vamos limpar o lixo de Vermont.

Encontrei uma calça de moletom preta e uma camiseta com um desenho na frente que usei do avesso, para que ficasse toda preta também. Como eu não tinha um gorro preto, Raine me deixou usar o dele e prendeu o cabelo em um rabo de cavalo. Fomos no carro dele, passando uma garrafa de Jägermeister de um para outro e ouvindo música punk no último volume, até Dummerston.

Eu nunca tinha ouvido falar do Rainbow Cattle Company, mas, assim que chegamos lá, logo entendi que tipo de lugar era aquele. Havia homens de mãos dadas caminhando do estacionamento para o bar, e a cada vez que a porta se abria dava para ver de relance um palco muito iluminado e uma drag queen fazendo dublagem.

— Faça o que quiser, mas não se curve — Raine me disse e deu uma risadinha.

— O que nós estamos fazendo aqui? — perguntei, sem entender bem por que ele havia me arrastado para um bar gay.

Nesse instante, dois homens saíram abraçados.

— Isto — disse Raine, e pulou sobre um dos caras e bateu a cabeça dele no chão. O namorado dele começou a correr, mas foi pego por um dos amigos de Raine.

A porta se abriu mais uma vez e outra dupla de homens saiu para a noite. Com as cabeças unidas, eles riam de alguma piada particular. Um deles pôs a mão no bolso para pegar uma chave e, quando se virou para o estacionamento, seu rosto foi iluminado pelos faróis de um carro que passava.

Eu devia ter juntado as peças mais cedo: um barbeador elétrico no armário do banheiro, quando meu pai sempre usou lâmina de barbear; o desvio que ele fazia para tomar um café na loja do Greg todos os dias na ida e na volta do trabalho; o jeito como ele havia deixado minha mãe tantos anos atrás, sem nenhuma explicação; o fato de meu avô nunca ter gostado dele. Puxei meu gorro preto mais para baixo e levantei o cachecol de lã que Raine tinha me dado, para não ser reconhecido.

Ofegando, Raine deu mais um chute em sua vítima e depois deixou o cara fugir pela noite. Ele endireitou o corpo, sorriu para mim e inclinou a cabeça, esperando que eu assumisse a liderança. E foi assim que percebi que, embora eu não tivesse nenhuma ideia, Raine sabia do meu pai o tempo todo.

Quando eu tinha seis anos, a caldeira da nossa casa explodiu em um momento em que não havia ninguém lá. Lembro de ter perguntado ao vistoriador da seguradora que veio avaliar os danos o que tinha acontecido de errado. Ele disse algo sobre válvulas de segurança e corrosão, depois balançou sobre os calcanhares e falou que, quando há vapor demais e a estrutura não é forte o suficiente para contê-lo, algo assim tende a acontecer. Por dezesseis anos eu vinha acumulando vapor, porque eu não era meu irmão morto e nunca seria; porque não consegui manter meus pais juntos; porque eu não era o neto que meu avô queria; porque eu era muito burro, ou irritado, ou esquisito. Quando penso naquele momento, é com uma sensação de calor incandescente: agarrar meu pai pela garganta e bater sua testa no chão, prender seu braço para trás e chutá-lo nas costas até ele cuspir sangue. Virar seu corpo largado e chamá-lo de veado enquanto socava sua cara sem parar. Resistir a Raine quando ele me puxou dali e as sirenes soavam cada vez mais altas e luzes azuis e vermelhas inundavam o estacionamento.

A história se espalhou, como sempre acontece, e, conforme se espalhava, ela inchava e se transformava: o mais novo membro do Esquadrão da Morte da América — *eu* — tinha atacado seis caras de uma só vez. Eu tinha um cano de chumbo em uma das mãos e uma faca na outra. Arranquei a orelha de um cara com os dentes e engoli o lóbulo.

Nada disso, claro, era verdade. Mas isto era: eu espanquei meu pai tão violentamente que ele foi hospitalizado e teve que ser alimentado por um canudo durante meses.

E, por causa disso, eu virei um mito.

— Queremos a outra enfermeira de volta — digo a Mary ou Marie, qualquer que seja o nome da enfermeira-chefe. — A que estava aqui à noite.

Ela pede para a enfermeira negra sair, então ficamos só nós. Baixei as mangas outra vez, mas os olhos dela ainda escapam para o meu braço.

— Posso assegurar a vocês que Ruth tem mais de vinte anos de experiência aqui — diz ela.

— Acho que você e eu sabemos que a minha objeção não tem a ver com a experiência dela — respondo.

— Não podemos afastar uma profissional por causa da raça dela. Isso é discriminação.

— Se eu pedisse uma obstetra mulher em vez de um homem, isso seria discriminação? — Brit pergunta. — Ou um médico em vez de um estudante de medicina? Vocês fazem essas concessões o tempo todo.

— É diferente — diz a enfermeira.

— Qual é a diferença? — pergunto. — Até onde eu sei, você trabalha em um serviço de atendimento a clientes e eu sou o cliente. E você deve fazer o cliente se sentir bem. — Eu me levanto e respiro fundo, me erguendo acima dela, intimidando-a propositalmente. — Não posso imaginar como seria perturbador para todas essas mães e pais aqui se, você sabe, as coisas saíssem do controle. Se, em vez desta conversa calma e tranquila que estamos tendo, as nossas vozes se elevassem. Se os outros pacientes começassem a pensar que talvez os direitos *deles* possam ser ignorados também.

A enfermeira aperta os lábios.

— Está me ameaçando, sr. Bauer?

— Não acho que isso seja necessário — respondo. — Você acha?

Há uma hierarquia de ódio, e ela é diferente para cada pessoa. Eu odeio chicanos mais que asiáticos, odeio judeus mais ainda do que isso e, no topo de tudo, eu desprezo os negros. Mas, acima de qualquer desses grupos, o que a gente sempre odeia mais é branco antirracista. Porque esses são vira-casacas.

Por um momento, espero para ver se Marie é um deles.

Um músculo se contrai em seu pescoço.

— Tenho certeza de que vamos encontrar uma solução adequada para todos — ela murmura. — Vou colocar uma observação no prontuário do Davis declarando o seu... desejo.

— Acho que é uma boa solução — respondo.

Quando ela sai do quarto, de cara amarrada, Brit começa a rir.

— Meu amor, você é demais quando está bravo. Mas saiba que isso significa que vão cuspir na minha gelatina antes de trazer para o quarto.

Eu me abaixo junto ao berço e pego Davis no colo. Ele é tão pequeno que mal alcança o comprimento do meu antebraço.

— Eu trago waffles de casa para você — digo para Brit. Então baixo os lábios até a testa do meu filho e sussurro junto à sua pele, um segredo só entre nós. — E você — prometo —, você eu vou proteger pelo resto da vida.

* * *

Alguns anos depois que entrei para o Movimento da Supremacia Branca, quando estava dirigindo o EMA em Connecticut, o fígado da minha mãe finalmente entregou os pontos. Voltei para casa para cuidar do inventário e vender a casa do meu avô. Enquanto limpava os pertences dela, encontrei as transcrições do julgamento do caso do meu irmão. Por que estavam com ela eu não sei; ela deve ter ido atrás disso em algum momento. Mas sentei no chão de madeira da sala, cercado pelas caixas que iriam para doação e para o depósito de lixo, e li — página por página.

Boa parte dos depoimentos era novidade para mim, como se eu não tivesse vivido cada minuto daquilo. Eu não sabia se era pequeno demais para lembrar ou se havia esquecido intencionalmente, mas as provas se concentravam na faixa divisória da estrada e em exames toxicológicos. Não do réu — mas do meu irmão. Foi o carro do *Tanner* que saiu para a pista contrária, porque ele estava chapado. Estava tudo ali nos diagramas das marcas de pneus: a prova de que o homem sendo julgado por homicídio culposo havia feito o possível para evitar o carro que entrou de repente em sua pista. Por que os jurados não puderam dizer, sem margem de dúvida, que o acidente tinha sido unicamente culpa do réu.

Fiquei ali sentado um longo tempo com a transcrição no colo. Lendo. Relendo.

Mas eis como eu vejo a situação: se aquele preto não estivesse ali com o seu carro naquela noite, meu irmão não estaria morto.

RUTH

Em vinte anos, fui dispensada uma única vez por uma paciente, e por duas horas. Ela me xingou de tudo que era possível e jogou um vaso de flores na minha cabeça no meio das dores do parto. Mas me aceitou de volta quando entrei para medicá-la.

Depois que Marie me pede para sair do quarto, fico parada no corredor por um momento, sacudindo a cabeça.

— O que aconteceu? — Corinne pergunta, levantando os olhos de uma tabela no posto de enfermagem.

— Só um pai que ganha de qualquer outro — digo, com a expressão séria.

Corinne aperta os olhos.

— Pior que o Vasectomizado?

Uma vez, tive uma paciente em trabalho de parto cujo marido tinha feito vasectomia dois dias antes. Toda vez que ela reclamava de dor, ele reclamava também. Em determinado momento, ele me chamou no banheiro e baixou a calça para me mostrar seu escroto inflamado, enquanto minha paciente arfava e bufava. "Eu disse que ele devia chamar o médico", ela falou.

Mas Turk Bauer não é bobo e egoísta; a julgar pelo modo como ele brandiu aquela tatuagem da bandeira dos Confederados, desconfio de que ele não gosta muito de pessoas de cor.

— Pior.

— Bem... — Corinne encolhe os ombros. — A Marie é boa para acalmar as pessoas. Tenho certeza de que ela vai conseguir resolver o problema, qualquer que seja.

Só se ela conseguir me transformar em branca, penso.

— Vou dar uma corridinha até a cafeteria. Você me cobre por cinco minutos?

— Só se você me trouxer Twizzlers — diz Corinne.

Na cafeteria, fico por vários minutos na frente do balcão, pensando na tatuagem de Turk Bauer. Não tenho problema com pessoas brancas. Vivo em uma comunidade branca; tenho amigos brancos; meu filho estuda em uma escola predominantemente branca. Trato todos da maneira como quero ser tratada: com base em seus méritos individuais como seres humanos, não pela cor da pele.

Mas as pessoas brancas com quem trabalho, com quem almoço e que ensinam meu filho não são abertamente preconceituosas.

Pego um pacote de Twizzlers para Corinne e um café para mim. Levo minha xícara para o balcão de condimentos, onde há leite, açúcar, adoçante. Há uma senhora idosa atrapalhada com a tampa do pote de creme, tentando abri-lo. A bolsa dela está sobre o balcão, e, quando me aproximo, ela a puxa para o lado e enfia o braço por dentro da alça.

— Ah, esse pote é um pouco complicado — digo. — Posso ajudar?

Ela agradece e sorri quando lhe passo o creme de volta.

Sei que ela nem percebeu que moveu a bolsa quando me aproximei. Mas *eu* percebi.

Deixe isso pra lá, Ruth, digo a mim mesma. Não sou o tipo de pessoa que vê maldade em todo mundo; quem é assim é minha irmã, Adisa. Entro no elevador e volto para o meu andar. Quando chego, jogo os Twizzlers para Corinne e caminho em direção ao quarto de Brittany Bauer. Seu prontuário e o do pequeno Davis estão do lado de fora da porta; pego o do bebê para garantir que a pediatra seja alertada sobre o possível sopro cardíaco. Mas, quando abro a pasta, há um post-it rosa-choque colado nos papéis.

ESTE PACIENTE NÃO DEVE SER
ATENDIDO POR AFRO-AMERICANOS.

Meu rosto fica quente. Marie não está em sua mesa na enfermagem; começo a procurá-la metodicamente pelo andar até encontrá-la conversando com um dos pediatras no berçário.

— Marie — digo, colando um sorriso no rosto. — Posso falar com você um minuto?

Ela me segue de volta para o posto de enfermagem, mas eu realmente não quero ter essa conversa em público. Em vez disso, entro na sala de descanso.

— Você está brincando comigo?

Ela não finge que não entende.

— Ruth, não é nada. Pense nisso como pensaria em uma família com preferências religiosas determinando o tipo de atendimento.

— Você não pode estar querendo comparar isso com uma preferência religiosa.

— É só uma formalidade. O pai é esquentado. Essa pareceu a maneira mais fácil de acalmá-lo antes que ele fizesse alguma coisa extrema.

— *Isso* não é extremo? — pergunto.

— Escute — diz Marie. — Pense que eu estou lhe fazendo um favor. Assim você não vai mais ter que lidar com aquele sujeito. Sinceramente, não tem a ver com *você*, Ruth.

— É mesmo? — digo, sem alterar a voz. — Quantos outros afro-americanos atendem este andar?

Nós duas sabemos a resposta. Um grande e redondo zero.

Olho diretamente em seus olhos.

— Você não quer que eu toque naquele bebê? Tudo bem. Feito.

E saio batendo a porta com tanta força que ela até sacode.

Uma vez, tive uma questão religiosa envolvida em meu atendimento a um recém-nascido. Um casal de muçulmanos veio ter o bebê e o pai disse que tinha que ser a primeira pessoa a falar com o recém-nascido. Quando ele me contou isso, expliquei que faria o possível para respeitar seu pedido, mas que, se houvesse alguma complicação no nascimento, minha prioridade era garantir que o bebê fosse salvo, o que exigiria comunicação e significava que silêncio na sala de parto não seria provável ou possível.

Dei ao casal privacidade para conversar sobre isso, e, por fim, o pai me chamou de volta.

— Se houver complicações — ele me disse —, espero que Alá compreenda.

Sua esposa acabou tendo um parto exemplar. Logo antes de o bebê nascer, lembrei ao médico o pedido do paciente e ele parou de narrar a aparição da cabeça, ombro direito, esquerdo, como num jogo de futebol. O único som no quarto era o choro do bebê. Peguei o recém-nascido, escorregadio como um peixinho, e o coloquei em um cobertor nos braços do pai. O homem se inclinou junto à cabecinha do filho e sussurrou para ele em árabe. Depois pôs o bebê nos braços da esposa e o quarto explodiu em sons outra vez.

Mais tarde naquele dia, quando entrei para verificar meus pacientes, encontrei-os adormecidos. O pai estava de pé ao lado do berço, olhando para o filho como se não entendesse bem como aquilo havia acontecido. Era uma expressão que eu via com frequência no rosto dos pais, para quem a gravidez não era real até aquele momento. A mãe tem nove meses para se acostumar a dividir o espaço de seu coração; para o pai, vem tudo de repente, como uma tempestade que muda a paisagem para sempre.

— Que menino lindo vocês têm — falei, e ele engoliu em seco. Há alguns sentimentos, eu descobri, para os quais nunca inventamos as palavras certas. Hesitei antes de lhe perguntar o que estava em minha cabeça desde o parto. — Se não for indelicado da minha parte perguntar, poderia me contar o que você sussurrou para o seu filho?

— O adhan — o pai explicou. —"Deus é o maior; não há outro Deus senão Alá. Maomé é o mensageiro de Alá."— Ele olhou para mim e sorriu. — No islamismo, queremos que as primeiras palavras que a criança ouve sejam uma oração.

Parecia totalmente adequado, considerando que cada bebê é um milagre.

A diferença entre o pedido do pai muçulmano e o pedido feito por Turk Bauer era como a diferença entre dia e noite.

Entre amor e ódio.

* * *

É uma tarde corrida, então não tenho tempo de conversar com Corinne sobre a paciente que ela herdou até estarmos vestindo o casaco e caminhando para o elevador.

— O que aconteceu, afinal? — pergunta Corinne.

— A Marie me tirou do caso porque eu sou negra — conto.

Ela torce o nariz.

— Isso não parece coisa da Marie.

Eu me viro para ela, com as mãos imobilizadas nas lapelas do casaco.

— Está me chamando de mentirosa?

Corinne põe a mão no meu braço.

— Claro que não. Só acho que deve ter mais alguma coisa acontecendo.

É errado descontar minha frustração em Corinne, que é quem vai ter que lidar com aquela família horrível agora. É errado eu ficar brava com ela, quando na verdade estou brava com Marie. Corinne sempre foi minha parceira, não minha adversária. Mas eu me sinto como se pudesse falar até ficar roxa e ela não fosse entender de verdade como é.

Talvez eu devesse falar até ficar roxa. Quem sabe então eu seria aceitável para os Bauer.

— Tanto faz — digo. — Aquele bebê não significa nada para mim.

Corinne inclina a cabeça.

— Quer tomar uma taça de vinho antes de irmos embora?

Deixo os ombros relaxarem.

— Não posso. O Edison está esperando.

O elevador chega e as portas se abrem. Está lotado, porque é fim de turno. Vejo um mar de rostos brancos inexpressivos olhando para mim.

Normalmente eu nem penso nisso. Mas, de repente, é tudo que consigo ver.

Estou cansada de ser a única enfermeira negra na ala obstétrica.

Estou cansada de fingir que isso não importa.

Estou cansada.

— Quer saber? — digo para Corinne. — Acho que vou pela escada.

* * *

Quando eu tinha cinco anos, não conseguia combinar consoantes. Embora eu lesse desde os três anos — resultado de minha mãe me ensinar diligentemente todas as noites ao chegar do trabalho —, quando encontrava a palavra *braço* pronunciava "raço". Até meu sobrenome, Brooks, virava "rooks". Mamãe foi a uma livraria, comprou um livro sobre encontros consonantais e me orientou por um ano. Depois me levou para ser testada em um programa de altas habilidades, e, em vez de estudar em uma escola no Harlem, onde morávamos, minha irmã e eu viajávamos uma hora e meia de ônibus com ela todas as manhãs para uma escola pública no Upper West Side, com uma população de alunos predominantemente judaica. Ela me deixava na porta da minha classe e ia pegar o metrô para o trabalho na casa dos Hallowell.

Mas minha irmã, Rachel, não era tão boa aluna quanto eu, e a viagem de ônibus estava esgotando todas nós. Então, no segundo ano, voltamos para nossa velha escola no Harlem. Passei um ano tendo minha capacidade desperdiçada, o que deixava minha mãe arrasada. Quando ela contou isso para sua patroa, a sra. Mina conseguiu uma entrevista para mim em Dalton. Era a escola particular que sua filha, Christina, frequentava, e eles estavam buscando diversidade. Recebi uma bolsa de estudos integral, estava sempre entre os melhores da classe, ganhava prêmios e me dedicava loucamente para recompensar mamãe por sua fé em mim. Enquanto Rachel fazia amizade com as crianças da nossa vizinhança, eu não conhecia ninguém. Eu não me entrosava realmente em Dalton, e definitivamente não me entrosava no Harlem. O fato é que eu era uma aluna que só tirava nota máxima, e ainda assim não conseguia combinar.

Algumas das minhas colegas me convidavam para ir à casa delas, meninas que diziam coisas como "Você não fala como uma negra!" ou "Eu não penso em você desse jeito!". Claro que nenhuma dessas meninas jamais foi me visitar no Harlem. Havia sempre uma aula de dança no mesmo horário, um compromisso familiar, muita lição de casa. Às vezes eu as imaginava, com seus cabelos loiros sedosos e aparelhos dentais, passando pela loja que trocava cheques na esquina da rua em que eu morava. Era como imaginar um urso-polar nos trópicos, e eu nunca me permiti pensar nisso por tempo suficiente para me perguntar se era assim que elas me viam em Dalton.

Quando entrei na Universidade Cornell e muitos outros da minha escola não conseguiram, eu não podia deixar de ouvir os sussurros. *É porque ela é negra*. Não importava que minha média fosse 3,87 de um máximo de 4,0, que eu tivesse me saído bem nos exames SAT no fim do curso. Não importava que eu não tivesse condições de pagar a faculdade e que, por isso, tenha tido que aceitar a bolsa integral oferecida pela SUNY Plattsburgh.

— Minha querida — dizia minha mãe —, não é fácil uma menina negra ter o que quer. Você tem que mostrar a eles que não é uma menina negra. Você é Ruth Brooks. — Ela apertava minha mão. — E vai receber tudo de bom que está vindo até você. Não porque implorou por isso, e não por causa da sua cor. Porque você merece.

Eu sei que não seria enfermeira se minha mãe não tivesse se esforçado tanto para me colocar no caminho de uma boa educação. Também sei que decidi há muito tempo tentar contornar alguns dos problemas que tive quando chegou a vez do meu próprio filho. Então, quando Edison tinha dois anos, meu marido e eu fizemos a escolha de nos mudar para um bairro branco com escolas melhores, embora isso significasse que seríamos uma das únicas famílias de cor na área. Saímos do nosso apartamento perto dos trilhos do trem em New Haven e, depois de várias opções "desaparecerem" quando o corretor descobria como éramos, finalmente encontramos um lugarzinho na comunidade mais abastada de East End. Matriculei Edison em uma pré-escola ali, para que ele começasse com todas as outras crianças e ninguém pudesse vê-lo como alguém de fora. Meu filho era um deles, desde o começo. Quando ele quisesse convidar os amigos para dormir em casa, nenhum pai ou mãe poderia dizer que era uma área perigosa demais para seu filho visitar. Era, afinal, o bairro deles também.

E deu certo. Caramba, como deu certo. Precisei interceder no início, garantir que ele tivesse professores que notassem sua inteligência além da cor de sua pele, mas, como resultado, Edison é um dos três melhores alunos da classe. Obteve uma bolsa de estudos por mérito para o ensino superior. Vai para a faculdade e será o que ele quiser ser.

Passei a vida me esforçando para garantir isso.

Quando chego do trabalho, Edison está fazendo a lição de casa na mesa da cozinha.

— Oi, meu bem — digo, me inclinando para beijar o topo de sua cabeça. Só posso fazer isso quando ele está sentado. Ainda me lembro do momento em que me dei conta de que ele estava mais alto que eu; como era estranho levantar os braços para seu pescoço em vez de abaixá-los, saber que alguém que eu apoiei a vida toda estava em posição de me apoiar.

Ele não levanta os olhos.

— Como foi o trabalho?

Colo um sorriso no rosto.

— Ah, o de sempre.

Tiro o casaco, pego a jaqueta de Edison que está jogada sobre o encosto do sofá e penduro ambos no armário.

— Eu não vou fazer serviço de arrumadeira aqui...

— Então deixe onde estava! — Edison explode. — Por que tudo tem que ser minha culpa? — Ele se afasta da mesa tão depressa que quase derruba a cadeira. Deixando o computador e o caderno aberto para trás, sai irritado da cozinha. Ouço a porta de seu quarto bater.

Esse não é o meu menino. Meu menino é o que sobe três lances de escada carregando as sacolas de supermercado da velha sra. Laska sem que ela precise pedir. Meu menino é o que sempre segura a porta aberta para uma senhora, que diz por favor e obrigado, que ainda guarda em sua mesa de cabeceira todos os cartões de aniversário que eu já lhe escrevi.

Às vezes uma mãe de primeira viagem se volta para mim com o bebê aos gritos nos braços e me pergunta como ela pode saber do que o filho precisa. Em vários aspectos, ter um adolescente não é tão diferente de ter um recém-nascido. A gente aprende a ler as reações, porque eles são incapazes de dizer exatamente o que está causando dor.

Então, embora tudo que eu queira fazer seja ir ao quarto de Edison, abraçá-lo com força e embalá-lo como eu fazia quando ele era pequeno e estava sofrendo, respiro fundo e vou para a cozinha. Edison me deixou o jantar, uma vasilha coberta com papel-alumínio. Ele sabe fazer três pratos: macarrão com queijo, ovo frito e sanduíche de carne moída. No resto da semana, ele esquenta a comida que eu faço nos meus dias de folga. Esta noite tem torta de enchilada, mas Edison também cozinhou ervilhas, porque eu ensinei a ele anos atrás que um prato não é uma refeição se não tiver mais de uma cor.

Eu me sirvo de um pouco de vinho de uma garrafa que ganhei de Marie no último Natal. Está azedo, mas me forço a engolir até sentir meus ombros relaxarem, até conseguir fechar os olhos e não ver o rosto de Turk Bauer.

Depois de dez minutos, bato de leve na porta do quarto de Edison. O quarto é dele desde os treze anos; eu durmo no sofá-cama na sala. Viro a maçaneta e o encontro deitado na cama, com os braços atrás da cabeça. Com a camiseta esticada nos ombros e o queixo levantado, vejo tanto de seu pai nele que, por um momento, sinto que voltei no tempo.

Eu me sento ao lado dele no colchão.

— Você quer conversar ou vai fingir que não há nada errado? — pergunto.

Edison torce a boca.

— Eu tenho escolha?

— Não — respondo, sorrindo um pouco. — É sobre a prova de cálculo?

Ele franze a testa.

— A prova de cálculo? Isso não foi problema nenhum; tirei 9,6. É que eu briguei com o Bryce hoje.

Bryce é o melhor amigo de Edison desde a quinta série. Sua mãe é juíza de família e seu pai é professor de línguas clássicas em Yale. Na sala de estar deles há uma caixa de vidro, como as que se encontram em museus, abrigando uma urna grega legítima. Eles levaram Edison para Gstaad e Santorini nas férias.

É bom que Edison passe essa carga para mim, para que eu me envolva um pouco nas dificuldades de outra pessoa. É isso que é tão perturbador no incidente do hospital: sou conhecida como aquela que conserta, aquela que encontra uma solução. Eu não sou o problema. Eu *nunca* sou o problema.

— Tenho certeza de que vai passar — digo a Edison, dando um tapinha em seu braço. — Vocês dois são como irmãos.

Ele vira de lado e puxa o travesseiro sobre a cabeça.

— Ei — digo. — Ei. — Levanto o travesseiro e percebo que há um único risco, deixado por uma lágrima, escurecendo a pele em sua têmpora. — Meu bem — murmuro. — O que aconteceu?

— Eu disse a ele que ia convidar a Whitney para o baile de início das aulas.

— Whitney... — repito, tentando localizar a menina entre as muitas amigas de Edison.

— A irmã do Bryce — ele diz.

Tenho uma rápida visão de uma menina de tranças loiras que conheci anos atrás quando fui buscar Edison na casa deles.

— A menininha bochechuda de aparelho nos dentes?

— É. Ela não usa mais aparelho. E *definitivamente* não é bochechuda. Ela ficou... — Os olhos de Edison se suavizam e eu imagino o que meu filho está vendo.

— Não precisa terminar essa frase — digo depressa.

— Bom, ela é incrível. Está no segundo ano agora. E eu conheço ela desde sempre, mas nos últimos tempos, quando olho para ela, não é mais só a irmãzinha do Bryce, entende? Eu planejei tudo, um dos meus amigos ia ficar esperando do lado de fora da classe dela depois de cada período, levando um bilhete. O primeiro bilhete ia dizer "VOCÊ". O segundo ia dizer "QUER". Depois "IR", "AO", "BAILE". E então, na saída da escola, eu estaria esperando com um papel escrito "COMIGO" e ela finalmente ia saber quem estava convidando.

— É assim que funciona agora? — interrompo. — Você não convida simplesmente uma menina para o baile... Tem que produzir todo um evento da Broadway para isso acontecer?

— Mãe, isso não vem ao caso. A questão é que eu pedi para o Bryce ser o que ia entregar o bilhete escrito "BAILE" e ele deu para trás.

Eu respiro fundo.

— Bom — digo, escolhendo as palavras com cuidado. — Às vezes é difícil um rapaz ver a irmãzinha como possível namorada de alguém, por mais próxima que seja a pessoa que quer sair com ela.

Edison revira os olhos.

— Não é isso.

— O Bryce pode precisar de tempo para se acostumar com a ideia. Talvez ele tenha sido pego de surpresa por você pensar na irmã dele desse jeito. Porque você é como alguém da família para ele.

— O problema é… que eu *não* sou. — Meu filho se senta, as pernas longas balançando na lateral da cama. — O Bryce riu. Ele disse: "Cara, uma coisa é *nós* sermos amigos. Mas você e a Whit? Os meus pais iam ficar putos". — Seu olhar se desvia. — Desculpe o palavrão.

— Não tem problema, querido. Continue.

— Então eu perguntei por quê. Não fazia nenhum sentido pra mim. Eu fui para a *Grécia* com a família dele. E ele disse: "Não me leve a mal, mas os meus pais *não* iam encarar numa boa a minha irmã namorando um cara negro". Tipo, tudo bem ter um amigo negro que viaja com a gente nas férias de família, mas não está tudo bem esse amigo se envolver com a nossa filha.

Eu me esforcei tanto para evitar que Edison sentisse essa linha sendo traçada que nunca me ocorreu que, quando acontecesse — o que, acho, era inevitável —, doeria ainda mais, porque ele não estaria esperando.

Seguro a mão do meu filho e a aperto.

— Você e a Whitney não seriam o primeiro casal a se encontrar em lados opostos de uma montanha — comento. — Romeu e Julieta, Anna Karenina e Vronsky. Maria e Tony. Jack e Rose.

Edison olha para mim horrorizado.

— Você percebe que, em todos os exemplos que me deu, pelo menos um deles morre?

— O que eu estou *tentando* dizer é que, se a Whitney vir como você é especial, vai querer ficar com você. E, se ela não vir, não vale a briga.

Eu o abraço; Edison se encosta em mim.

— Isso não faz ser menos fodido.

— Olha a boca — digo automaticamente. — Não, não faz.

Não pela primeira vez, eu desejo que Wesley estivesse vivo. Desejo que ele tivesse voltado daquela segunda missão no Afeganistão; que não estivesse dirigindo o comboio quando a bomba caseira explodiu; que ele tivesse conhecido Edison não só como criança, mas como adolescente e, agora, como um jovem adulto. Desejo que ele estivesse aqui para dizer ao filho que, quando uma menina faz seu sangue ferver, é só a primeira vez de muitas.

Desejo que ele estivesse aqui, ponto.

Se ao menos você pudesse ver o que fizemos, penso em silêncio. *Ele é o melhor que havia em nós dois.*

— O que aconteceu com o Tommy? — pergunto de repente.

— Tommy Phipps? — Edison franze a testa. — Acho que foi preso por vender heroína atrás da escola no ano passado. Está em um centro para adolescentes infratores.

— Lembra na pré-escola, quando esse pequeno delinquente disse que você parecia uma torrada queimada?

Um sorriso se abre lentamente no rosto de Edison.

— Lembro.

Foi a primeira vez que uma criança mencionou para Edison que ele era diferente dos outros da classe. E fez isso de um jeito que também sugeria que era uma coisa ruim. Queimado. Carbonizado. estragado.

Antes disso, talvez Edison tivesse notado, talvez não. Mas foi a primeira vez que tive A Conversa com meu filho sobre cor de pele.

— Você lembra do que eu te disse?

— Que a minha pele era marrom porque eu tinha mais melanina que as outras pessoas na escola.

— Certo. E todo mundo sabe que é melhor ter *mais* de alguma coisa do que *menos*. E a melanina protege a sua pele de danos causados pelo sol e ajuda você a ter uma visão melhor, e o Tommy Phipps estaria sempre em falta disso. Então, na verdade, você era o mais sortudo.

Lentamente, como água no asfalto quente, o sorriso evapora do rosto de Edison.

— Não me sinto tão sortudo agora — diz ele.

Quando pequenas, minha irmã mais velha e eu não éramos nada parecidas. Rachel tinha cor de café recém-coado, como a mamãe. Eu tinha sido despejada do mesmo bule, mas com tanto leite acrescentado que nem se podia mais sentir o gosto.

O fato de eu ser mais clara me trouxe privilégios que eu não entendia, privilégios que deixavam Rachel louca. Os caixas nos bancos me davam pirulitos e só depois, como se caísse a ficha, ofereciam um para a minha irmã. Os professores me chamavam de "a irmã Brooks bonita", a "irmã Brooks boa". Nas fotografias da escola, eu era trazida para a primeira fila; Rachel era escondida nos fundos.

Rachel me disse que meu pai verdadeiro era branco. Que eu não era realmente parte da nossa família. Então nós brigamos um dia e começamos a gritar uma com a outra e eu falei que ia embora morar com meu pai verdadeiro. Naquela noite, minha mãe sentou comigo e me mostrou fotos do meu pai, que também era o pai de Rachel — um homem de pele marrom-clara como a minha —, me segurando nos braços quando eu era recém-nascida. A data na foto era de um ano antes de ele nos deixar, nós três, para sempre.

Rachel e eu crescemos tão diferentes quanto duas irmãs podem ser. Eu sou baixa e ela é alta como uma rainha. Eu era uma estudante ávida; ela era naturalmente mais inteligente do que eu, mas detestava a escola. Ela abraçou o que chamava de suas "raízes étnicas" aos vinte e poucos anos, mudou legalmente seu nome para Adisa e começou a usar o cabelo no estado crespo natural. Embora muitos nomes étnicos sejam suaíli, *Adisa* vem do iorubá, que ela lhe explicará que é da África ocidental — "de onde nossos ancestrais *realmente* vieram quando foram escravizados e trazidos para cá". Significa *A que tem clareza*. Ou seja, até o nome dela julga o resto de nós por não sabermos as verdades que ela sabe.

Hoje, Adisa mora perto dos trilhos do trem em New Haven, em uma área em que traficantes de drogas atuam em plena luz do dia e jovens atiram uns nos outros à noite; ela tem cinco filhos, e tanto ela como o pai das crianças recebem salário mínimo e mal ganham o suficiente para viver. Eu amo profundamente a minha irmã, mas não entendo as escolhas que ela fez, do mesmo modo que ela não entende as minhas.

Sempre me pergunto se meu empenho para ser enfermeira, para querer mais, para conseguir mais para Edison teria vindo todo do fato de que, mesmo entre duas pequenas irmãs negras, eu comecei na vantagem. Eu me pergunto se a razão de Rachel ter se transformado em Adisa foi porque alimentar esse fogo dentro dela era exatamente do que ela precisava para acreditar que tinha uma chance de alcançar a turma da frente.

Na sexta-feira, meu dia de folga, tenho hora marcada na manicure com Adisa. Nós nos sentamos lado a lado, com as mãos sob o secador de unhas. Adisa olha para o frasco de esmalte OPI que eu escolhi e sacode a cabeça.

— Não posso acreditar que você escolheu um esmalte chamado Juice Bar Hopping — diz ela. — Deve ser a cor mais branca que existe.

— É laranja — corrijo.

— Estou falando do nome, Ruth, do *nome*. Você já viu um negro em um *juice bar*, um bar de sucos? Não. Porque ninguém vai a um bar para beber suco. Como ninguém pede uma mamadeira cheia de tequila.

Faço cara de impaciência.

— Sério mesmo? Acabei de contar que fui proibida de atender um paciente e você quer falar da cor de esmalte que eu passei?

— Estou falando da cor que você escolheu para viver a sua vida, menina — diz Adisa. — O que aconteceu com você acontece com o resto de nós todos os dias. Todas as *horas*. Você só está tão acostumada a jogar pelas regras deles que esqueceu que tem a cor da pele no jogo. — Ela faz uma careta. — Bom, mais clara, mas mesmo assim.

— Que história é essa agora?

Ela encolhe os ombros.

— Quando foi a última vez que você disse a alguém que a mamãe ainda trabalha como empregada doméstica?

— Ela quase não trabalha mais. Você sabe disso. Ela é praticamente uma obra de caridade para a qual Mina contribui.

— Você não respondeu à minha pergunta.

Franzo a testa.

— Não sei qual foi a última vez que contei isso a alguém. Por acaso essa é a primeira coisa que *você* menciona em uma conversa? Além disso, não importa a minha cor. Eu sou boa no meu trabalho. Não merecia ser tirada daquele caso.

— E eu não mereço morar na Church Street South, mas vai ser preciso mais do que eu para mudar duzentos anos de história.

Minha irmã gosta de se fazer de vítima. Já tivemos discussões bastante acaloradas sobre isso. Se você não quer ser vista como um estereótipo, então, no meu modo de ver, não *seja* um. Mas, para minha irmã, isso significa jogar o jogo do homem branco e ser quem *eles* querem que ela seja, em vez de ser ela mesma sem dar satisfações. Adisa pronuncia a palavra *assimilação* com tanta virulência que é como se quem a escolhe — como eu fiz — estivesse engolindo veneno.

Também é muito típico de minha irmã pegar um problema que *eu* tenho e transformá-lo em seu próprio discurso.

— Nada do que aconteceu no hospital é sua culpa — minha irmã diz, me surpreendendo. Achei que ela fosse dizer que eu tive o que merecia, porque vinha fingindo ser alguém que não sou e, em algum momento no meio do fingimento, esqueci a verdade. — Este é o mundo deles, Ruth. Nós só vivemos nele. É como se você mudasse para o Japão. Poderia escolher ignorar os costumes e nunca aprender a língua, mas vai se virar com muito mais facilidade se aprender, não é? Mesma coisa aqui. Toda vez que liga a TV ou o rádio, você vê e ouve sobre brancos indo para o colégio ou a faculdade, jantando, ficando noivos, bebendo pinot noir. Você aprende como eles vivem a vida e fala a língua deles bem o bastante para se entrosar. Mas quantos brancos você conhece que se interessam em ver filmes do Tyler Perry para aprender a agir quando estão com negros?

— A questão não é essa...

— Não, a questão é que você pode *agir como os romanos* quanto quiser, mas isso não significa que o imperador vai deixar você entrar no palácio dele.

— Os brancos não governam o mundo, Adisa — argumento. — Há muitas pessoas negras de sucesso. — Cito os três primeiros que me surgem na cabeça. — Colin Powell, Cory Booker, Beyoncé...

— ... e nenhum deles é tão escuro quanto eu — ela rebate. — Você sabe o que dizem: quanto mais você afunda nos conjuntos habitacionais, mais escura é a pele.

— Clarence Thomas — anuncio. — Ele é mais escuro que você e está na Suprema Corte.

Minha irmã ri.

— Ruth, ele é tão conservador que provavelmente *sangra* branco.

Meu celular faz um som e eu o tiro com cuidado da bolsa para não estragar as unhas.

— Edison? — Adisa pergunta imediatamente. Diga-se o que quiser sobre ela, mas minha irmã ama meu filho tanto quanto eu.

— Não. É a Lucille, do trabalho. — Só de ver o nome dela no meu celular minha boca fica seca; ela era a enfermeira durante o parto de Davis Bauer. Mas isso não tem nada a ver com aquela família. Lucille está com um problema de estômago e precisa de alguém para cobri-la esta noite. Está se oferecendo para trocar comigo, e assim, em vez de trabalhar o dia inteiro no sábado, eu sairia às onze da manhã. Isso significa dobrar o turno, mas já começo a pensar no que eu poderia fazer com o tempo livre no sábado. Edison precisa de um casaco novo para o inverno; posso jurar que ele cresceu dez centímetros durante o verão. Poderíamos almoçar juntos depois das compras. Talvez haja algum filme em cartaz que possamos ir ver. Isso é algo que está pegando para mim ultimamente: a constatação de que ajudar meu filho a ser aceito na faculdade também significa que vou ficar sozinha. — Eles querem que eu vá trabalhar hoje à noite.

— Eles quem? Os nazistas?

— Não, uma enfermeira que está doente.

— Uma enfermeira *branca* — Adisa esclarece.

Eu nem respondo.

Ela se recosta em sua poltrona.

— Eu diria que eles não estão em posição de pedir favores a você.

Estou prestes a defender Lucille, que não teve absolutamente nada a ver com a decisão de Marie de pôr um post-it no prontuário do bebê, quando a manicure nos interrompe, verificando se o esmalte em nossas unhas já secou.

— Ótimo — diz ela. — Está pronto.

Adisa balança os dedos com unhas pink vibrantes.

— Por que a gente continua vindo aqui? Eu odeio este salão — ela diz em voz baixa. — Elas não me olham de frente e não põem o troco direto na minha mão. É como se achassem que a minha cor vai passar para elas.

— São coreanas — eu a lembro. — Já pensou que talvez seja uma questão cultural?

Adisa levanta uma sobrancelha.

— Tudo bem, Ruth. Continue dizendo a si mesma que não tem nada a ver com você.

Ainda não se passaram dez minutos do meu turno extra e já me arrependo de ter concordado. Há uma tempestade estrepitando lá fora, que os meteorologistas não previram, e a pressão atmosférica despencou — o que provoca a ruptura precoce de membranas, mulheres entrando em trabalho de parto prematuro, pacientes se contorcendo nos corredores porque não temos espaço suficiente para elas. Estou correndo de um lado para outro como uma galinha sem cabeça, o que é bom, porque me impede de ficar pensando em Turk e Brittany Bauer e seu bebê.

Mas não tanto a ponto de eu não ter checado casualmente o prontuário assim que entrei em serviço. Digo a mim mesma que só quero garantir que alguém — alguém *branco* — tenha agendado a consulta com o cardiologista pediátrico antes que o bebê receba alta. E, sim, está ali na agenda, com o registro da coleta de sangue do calcanhar feita por Corinne na sexta-feira à tarde para a triagem neonatal. Mas então alguém me chama e eu me vejo às voltas com uma mulher em trabalho de parto sendo trazida de cadeira de rodas da emergência. Seu parceiro tem um ar aterrorizado, o tipo de homem que está acostumado a resolver as coisas e percebe de repente que aquilo está fora do seu controle.

— Eu sou a Ruth — digo para a mulher, que parece se encolher mais para dentro de si mesma a cada contração. — Vou ficar aqui com você o tempo todo.

O nome dela é Eliza e suas contrações acontecem a cada quatro minutos, de acordo com o marido, George. É sua primeira gravidez. Acomodo a paciente na última sala de parto que temos disponível e colho a amostra de urina, depois a conecto ao monitor e examino o gráfico da frequência cardíaca. Obtenho seus sinais vitais e começo a fazer perguntas: "Qual é a força das contrações? Onde você as sente, na frente ou atrás? Está saindo algum líquido? Você está sangrando? Como estão os movimentos do bebê?"

— Se estiver pronta, Eliza — digo —, vou examinar seu colo do útero. — Ponho as luvas, caminho até os pés da cama e toco seu joelho.

Uma expressão estranha passa pelo rosto dela e me faz parar.

A maioria das mulheres em trabalho de parto faz qualquer coisa para o bebê sair logo. Há medo de passar pelo parto, sim, mas é diferente do medo de ser tocada. E é isso o que estou lendo no rosto de Eliza.

Uma dúzia de perguntas corre até a ponta da minha língua. Eliza se trocou no banheiro com a ajuda do marido, então não vi se ela apresentava algum hematoma que pudesse indicar um relacionamento abusivo. Dei uma olhada em George. Ele parece um futuro pai comum — nervoso, deslocado — e não um cara com problemas de raiva.

Mas Turk Bauer também parecia bem normal para mim até o momento em que arregaçou as mangas da camisa.

Sacudindo a cabeça para afastar os pensamentos, eu me viro para George e prego um sorriso por cima dos meus instintos.

— Você se importaria de ir até a cozinha e trazer algumas pedrinhas de gelo para a Eliza? — peço. — Seria uma ajuda enorme.

Não importa que isso seja trabalho da enfermeira. George parece extremamente aliviado por eu ter lhe dado uma tarefa. No minuto em que ele sai do quarto, eu me viro para Eliza.

— Está tudo bem? — pergunto, olhando-a nos olhos. — Há alguma coisa que você precise me dizer e que não podia falar com George no quarto?

Ela sacode a cabeça e, então, começa a chorar.

Tiro as luvas — o exame de colo do útero pode esperar — e seguro a mão dela.

— Eliza, você pode falar comigo.

— Eu fiquei grávida porque fui estuprada — ela soluça. — O George nem sabe que isso aconteceu. Ele está tão feliz com a bebê... Eu não tenho coragem de contar que ele talvez não seja o pai.

A história sai sussurrada, no meio da noite, quando Eliza parou em sete centímetros de dilatação e George saiu para comer alguma coisa na cafeteria. O trabalho de parto é assim — um vínculo de esforço compartilhado, um catalisador que torna as relações mais fortes. Por isso, embora eu seja pouco mais que uma estranha para Eliza, ela abre a alma para mim, como se tivesse caído no mar e eu fosse o único vislumbre de terra firme no horizonte. Ela estava em uma viagem de trabalho, comemorando a assinatura de um contrato com um cliente importante e difícil. O cliente a convidou para jantar com algumas outras pessoas e lhe ofereceu um drinque, e depois disso Eliza só se lembra de ter acordado no quarto de hotel dele, toda dolorida.

Quando ela termina, ficamos as duas sentadas em silêncio, deixando as palavras assentarem.

— Eu não podia contar para o George — Eliza diz, apertando o lençol áspero do hospital entre as mãos. — Ele teria ido falar com o meu chefe e, acredite em mim, eles não iam se arriscar a perder esse contrato só por causa de uma coisa que aconteceu comigo. O melhor cenário que eu podia imaginar é que me mandassem embora com um acordo de indenização para manter a boca fechada.

— Então ninguém sabe?

— *Você* sabe. — Eliza olha para mim. — E se eu não conseguir amar a bebê? E se eu me lembrar do que aconteceu toda vez que olhar para ela?

— Você poderia fazer um teste de DNA — sugiro.

— De que adiantaria?

— Bem — digo —, você *saberia*.

Ela sacode a cabeça.

— E depois?

É uma boa pergunta, que eu sinto bem no fundo de mim. É melhor não saber a verdade horrível e fingir que ela não existe? Ou é melhor enfrentá-la, mesmo que esse conhecimento seja um peso que você vai carregar para sempre?

Antes que eu possa lhe dar minha opinião, Eliza sente outra contração. De repente, estamos ambas nas trincheiras outra vez, lutando pela vida.

Leva três horas, e então Eliza põe sua filha no mundo. Eliza começa a chorar, como muitas novas mamães fazem, mas eu sei que não é pelas mesmas razões. A obstetra entrega a recém-nascida para mim e eu olho para o oceano furioso nos olhos da bebê. Não importa como ela foi concebida. Só importa que chegou até aqui.

— Eliza — digo, acomodando a bebê no peito dela —, aqui está sua filha.

George se aproxima sobre o ombro da esposa para acariciar a pele avermelhada da coxa da recém-nascida, mas Eliza ainda não olha para ela. Eu levanto o bebê, segurando-a mais perto do rosto da mãe.

— Eliza — repito, com mais firmeza. — Sua filha.

Ela arrasta o olhar para a bebê em minhas mãos. E vê o que eu vejo: os olhos azuis do marido. O nariz idêntico. O buraquinho no queixo igual ao dele. Essa bebê poderia ser um pequeno clone de George.

Toda a tensão some dos ombros de Eliza. Seus braços envolvem a filha, segurando-a tão perto de si que não há espaço para *mas e se*.

— Oi, bebê — ela murmura.

Essa família, eles vão construir sua própria realidade.

Eu só gostaria que fosse fácil assim para o resto de nós.

Às nove horas na manhã seguinte, tenho a sensação de que New Haven inteira veio ao hospital para dar à luz. Estou tomando café na veia, correndo de um lado para outro entre três pacientes em pós-parto e rezando fervorosamente no intervalo para não aparecer outra mulher em trabalho de parto ativo antes de eu sair daqui, às onze. Além do parto de Eliza, tive mais duas pacientes esta noite: uma G3 P3 que, verdade seja dita, poderia ter tido o bebê sozinha, e quase o fez, e uma G4 P1 que fez uma cesariana de emergência. Seu bebê, de apenas vinte e sete semanas, está na UTI neonatal.

Quando Corinne chega para seu turno, às sete, estou no centro cirúrgico com a cesariana de emergência, então só nos encontramos às nove horas, no berçário.

— Eu soube que você dobrou o turno — diz ela, trazendo um berço para a sala. — O que está fazendo aqui dentro?

O berçário costumava ser onde os bebês ficavam enquanto as mães tinham uma noite decente de sono, antes de começarem a ficar em tempo integral no quarto delas. Agora ele é usado essencialmente para armazenar material e para procedimentos de rotina, como circuncisões, a que nenhum pai ou mãe quer assistir.

— Me escondendo — digo a Corinne, tirando uma barra de granola do bolso e devorando-a em duas mordidas.

Ela ri.

— O que está acontecendo aqui hoje? Eu perdi o memorando que avisava do Apocalipse ou algo assim?

— Nem me fale. — Dou uma olhada no bebê que ela está trazendo e sinto um arrepio percorrer a espinha. "DAVIS BAUER", diz a plaquinha no berço. Sem querer, dou um passo para trás.

— Como ele está? — pergunto. — Está comendo melhor?

— A glicemia subiu, mas ele ainda está letárgico — responde Corinne. — Não mamou nas duas últimas horas, porque a Atkins vai fazer a circuncisão.

Como se Corinne a tivesse conjurado, dra. Atkins, a pediatra, entra no berçário.

— Tudo dentro do horário — diz ela, vendo o berço. — A anestesia teve tempo suficiente para fazer efeito e eu já conversei com os pais. Ruth, já deu água com açúcar para o bebê?

A gente esfrega um pouco de água açucarada nas gengivas do bebê para acalmá-lo e distraí-lo do desconforto. Eu teria feito isso com o bebê antes da circuncisão, se fosse a enfermeira dele.

— Eu não estou mais cuidando desse paciente — respondo, rígida.

A dra. Atkins levanta a sobrancelha e abre o prontuário do bebê. Vejo o post-it colado e, quando ela o lê, faz-se um silêncio incômodo que suga todo o ar da sala.

Corinne pigarreia.

— Eu dei a água com açúcar para ele faz uns cinco minutos.

— Ótimo — diz a dra. Atkins. — Então vamos começar.

Fico ali por um momento, vendo Corinne desenrolar o bebê e prepará-lo para o procedimento de rotina. A dra. Atkins se vira para mim. Há compaixão em seus olhos, e essa é a última coisa que eu quero ver.

Não preciso de pena só por causa de uma decisão idiota que Marie tomou. Não preciso de pena por causa da cor da minha pele.

Então faço piada com a situação.

— Talvez — sugiro — você possa aproveitar para esterilizá-lo.

Há poucas coisas mais assustadoras do que uma cesariana de emergência. O ar se torna elétrico quando o médico toma essa decisão, e as conversas ficam esparsas e vitais: "Já fiz o acesso; você pode pegar a cama? Alguém leve a caixa de instrumentos e reserve a sala". Você diz à paciente que há algo errado e que precisamos ser rápidos. Qualquer pessoa da equipe que esteja fora do prédio é chamada com urgência, enquanto você e a enfermeira-chefe levam a paciente para o centro cirúrgico. Enquanto a enfermeira-chefe abre os invólucros esterilizados dos instrumentos e liga o equipamento de anestesia, você põe a paciente na mesa, prepara a barriga, arruma a cortina. No momento em que o médico e o anestesiologista entram pela porta, o corte é feito, o bebê é tirado. Leva menos de vinte minutos. Em grandes hospitais, como o Yale New Haven, eles conseguem fazer em sete.

Vinte minutos depois de Davis Bauer sofrer a circuncisão, outra das pacientes de Corinne tem uma ruptura de bolsa. Uma alça de cordão umbilical aponta entre suas pernas e Corinne é chamada com urgência do berçário.

— Monitore o bebê para mim — ela diz, enquanto sai correndo para o quarto da mulher. Um momento depois, vejo Marie na cabeceira da cama da paciente, levando-a para o elevador com um atendente. Corinne está agachada na cama entre as pernas da paciente, com a mão enluvada na sombra, tentando manter o cordão umbilical dentro do corpo.

Monitore o bebê para mim. Ela está me pedindo para cuidar de Davis Bauer. O protocolo diz que um bebê que passou por circuncisão precisa ser verificado rotineiramente para garantir que não esteja com sangramento. Com Marie e Corinne no meio de uma cesariana de emergência, não há absolutamente mais ninguém para fazer isso.

Entro no berçário, onde Davis está dormindo depois do trauma matinal.

Serão apenas vinte minutos até que Corinne volte, digo a mim mesma. Ou até que Marie venha me substituir.

Cruzo os braços e olho para o recém-nascido. Bebês são uma lousa em branco. Eles não vêm para este mundo com as crenças que seus pais criaram, ou com as promessas que sua igreja dará, ou com a capacidade de classificar pessoas em grupos de que eles gostam e não gostam. Eles não vêm para este mundo com nada, na verdade, a não ser a necessidade de conforto. E o aceitam de qualquer pessoa, sem julgar quem seja.

Eu me pergunto quanto tempo demora para que o verniz dado pela natureza seja deteriorado pela criação.

Quando volto a olhar para o berço, Davis Bauer parou de respirar.

Chego mais perto, porque com certeza apenas não estou percebendo o subir e descer de seu peito pequenino. Deste ângulo, posso ver que sua pele está azulada.

Vou até ele imediatamente, pressiono o estetoscópio sobre seu coração, dou batidinhas em seus calcanhares, desenrolo o cobertor. Muitos bebês têm apneia do sono, mas, se você movê-los um pouco, mudar a posição de costas para de bruços ou de lado, a respiração retorna automaticamente.

Então, minha cabeça alcança as mãos: *Este paciente não deve ser atendido por afro-americanos.*

Dou uma olhada sobre o ombro para a porta do berçário e movo o corpo de modo que, se alguém entrar, só vai ver minhas costas. Não vai ver o que estou fazendo.

Será que estimular o bebê é o mesmo que ressuscitá-lo? Tecnicamente, tocar o bebê é atendê-lo?

Eu poderia perder meu emprego por isso?

Importa se eu estou me apegando a minúcias?

Qualquer coisa importa se este bebê começar a respirar outra vez?

Meus pensamentos giram velozmente em um furacão: deve ser uma parada respiratória; recém-nascidos nunca têm paradas cardíacas. Um bebê pode ficar sem respirar por três a quatro minutos e ainda assim ter uma frequência cardíaca de 100, porque sua frequência normal é 150. O que significa que, mesmo que o sangue não esteja chegando ao cérebro, está irrigando o restante do corpo, e, assim que se conseguir fazer o bebê oxigenar, a frequência cardíaca vai subir. Por essa razão, é menos importante fazer compressões torácicas em um bebê do que fazê-lo respirar. Nisso, é o oposto do modo como se lida com um paciente adulto.

Mas, mesmo quando deixo as dúvidas de lado e tento tudo o que pode ser feito sem interação médica, ele não volta a respirar. Normalmente eu pegaria um oxímetro para monitorar sua oxigenação e frequência cardíaca. Buscaria uma máscara de oxigênio. Chamaria ajuda.

O que eu devo fazer?

O que eu não devo fazer?

A qualquer momento, Corinne ou Marie podem entrar no berçário. Elas me veriam interferindo com este bebê, e aí?

O suor corre pelas minhas costas enquanto enrolo o bebê novamente em seu cobertor. Fico olhando para o corpo pequenino. Meu coração pulsa nos ouvidos, um metrônomo de fracasso.

Não sei ao certo se três minutos se passaram, ou apenas trinta segundos, quando ouço a voz de Marie atrás de mim.

— Ruth — diz ela —, o que você está fazendo?

— Nada — respondo, paralisada. — Não estou fazendo nada.

Ela olha sobre meu ombro, vê a pele azulada no rosto do bebê e, por um segundo intenso, seu olhar encontra o meu.

— Traga um ressuscitador — Marie ordena. Ela desenrola o bebê, dá palmadinhas em seus pequenos pés, muda-o de posição.

Exatamente o que eu fiz.

Marie ajusta a máscara pediátrica do ressuscitador sobre o nariz e a boca de Davis e começa a pressionar o balão, inflando seus pulmões.

— Acione o código...

Sigo sua ordem e disco 1500 no telefone do berçário.

— Código azul no berçário neonatal — digo e imagino a equipe sendo tirada de seu trabalho normal no hospital: um anestesista, uma enfermeira de tratamento intensivo, uma enfermeira responsável, um auxiliar de enfermagem de outro andar. E a dra. Atkins, a pediatra que atendeu este bebê apenas alguns minutos atrás.

— Comece as compressões — Marie me diz.

Desta vez eu não hesito. Com dois dedos, pressiono o peito do recém-nascido, duzentas compressões por minuto. Quando o carrinho de emergência é empurrado para dentro do berçário, alcanço os fios com a mão livre e prendo os eletrodos no bebê, para ver os resultados dos meus esforços no monitor cardíaco. De repente, o pequeno berçário está abarrotado de gente, todos competindo por um lugar junto a um paciente que tem apenas cinquenta centímetros de comprimento.

— Estou tentando entubar aqui — o anestesista grita para a enfermeira intensivista que tenta encontrar uma veia na cabeça.

— Mas eu não estou conseguindo fazer o acesso antecubital — devolve ela.

— Entrei — diz o anestesista e se afasta para deixar a enfermeira ter mais espaço. Ela procura, e eu pressiono os dedos com mais força, esperando fazer uma veia, qualquer veia, se destacar com nitidez.

O anestesista olha para o monitor.

— Pare as compressões — ele diz, e eu ergo as mãos como se tivesse sido pega cometendo um crime.

Todos nós olhamos para a tela, mas a frequência do bebê está em 80.

— As compressões não estão adiantando — diz ele, então eu pressiono com mais força sobre a caixa torácica. É uma linha tão tênue. Não há músculos abdominais protegendo os órgãos dentro daquela pequena barriga redonda; se a pressão for um pouco demais ou um tiquinho fora do centro, posso romper o fígado do recém-nascido.

— O bebê não está ficando rosado — diz Marie. — O oxigênio está ligado?

— Alguém pode fazer a gasometria? — pede o anestesista, sua pergunta se misturando com a dela em cima do corpo do bebê.

A enfermeira intensivista procura a pulsação na virilha do bebê, tentando obter uma amostra de sangue da artéria femoral para ver se ele está acidótico. Um mensageiro, outro membro da equipe de emergência, corre com o frasco para o laboratório. Mas quando tivermos os resultados, em meia hora, não vai importar mais. Até lá, o bebê já vai estar respirando outra vez.

Ou não.

— Droga, por que ainda não temos um acesso?

— Quer tentar? — a enfermeira intensivista diz. — Fique à vontade.

— Pare as compressões — o anestesista ordena, e eu paro. A frequência cardíaca no monitor é 90.

— Me dê atropina. — Uma seringa é entregue ao médico, que puxa a ponteira, remove o balão do ressuscitador e esguicha a droga pelo tubo para os pulmões do bebê. Depois, ele continua a pressionar o balão, empurrando oxigênio e atropina pelos brônquios, as membranas mucosas.

No meio de uma crise, o tempo é viscoso. Nadamos por ele tão lentamente que é impossível dizer se estamos vivendo ou revivendo cada momento horrível. Vemos nossas mãos fazendo o trabalho, cuidando, como se pertencessem a outra pessoa. Ouvimos vozes subirem uma escada de pânico e tudo se torna uma única nota dissonante e ensurdecedora.

— Que tal canular a artéria umbilical? — a enfermeira intensivista pergunta.

— Já passou muito tempo desde o nascimento — Marie responde.

A situação está se complicando depressa. Instintivamente, pressiono com mais força.

— Você está sendo muito agressiva — o anestesista me diz. — Mais leve.

Mas o que quebra meu ritmo é o grito. Brittany Bauer entrou na sala e está gemendo. Ela está sendo segurada pela enfermeira responsável, enquanto luta para se aproximar do bebê. Seu marido — imóvel, atordoado — olha fixamente para os meus dedos pressionando o peito de seu filho.

— O que está acontecendo com ele? — Brittany grita.

Não sei quem os deixou entrar ali. Mas não havia ninguém disponível para impedi-los. A ala obstétrica está sobrecarregada de trabalho e com falta de funcionários desde ontem à noite. Corinne continua no centro cirúrgico com a cesariana, e Marie está aqui comigo. Os Bauer devem ter ouvido os chamados de emergência. Eles devem ter visto a equipe médica correndo para o berçário, onde seu recém-nascido deveria estar dormindo sob efeito da anestesia após um procedimento de rotina.

Eu também teria corrido para lá.

A porta se abre e a dra. Atkins, a pediatra, imediatamente força o caminho até a cabeceira do berço.

— O que está acontecendo?

Não há resposta, e percebo que sou eu quem deveria responder.

— Eu estava aqui com o bebê — digo, minhas sílabas acentuadas no ritmo das compressões que continuo fazendo. — Ele estava azulado e a respiração tinha parado. Nós o estimulamos, mas não houve arfada nem respiração espontânea, então começamos a RCP.

— Há quanto tempo estão fazendo isso? — a dra. Atkins pergunta.

— Quinze minutos.

— Está bem, Ruth. Por favor, pare por um seg... — Ela olha para o monitor cardíaco. A frequência agora é 40.

— Lápides — Marie murmura.

É o termo que usamos quando vemos complexos QRS alargados no eletrocardiograma: o lado direito do coração está respondendo devagar demais ao lado esquerdo; não há débito cardíaco.

Não há esperança.

Alguns segundos depois, os batimentos cardíacos param por completo.

— Vou declarar — diz a dra. Atkins. Ela respira fundo. Isso nunca é fácil, mas é ainda pior com um recém-nascido. Ela puxa o balão do ressuscitador do tubo e o joga no cesto de lixo. — Hora?

Todos nós olhamos para o relógio.

— Não — Brittany ofega, caindo de joelhos. — Por favor, não parem. Por favor, não desistam.

— Eu sinto muito, sra. Bauer — diz a pediatra. — Não há mais nada que possamos fazer pelo seu filho. Ele se foi.

Turk sai do lado da esposa e pega o balão do ressuscitador no cesto. Ele empurra o anestesista e tenta fixá-lo outra vez no tubo de respiração de Davis.

— Mostrem como se faz — ele implora. — Eu assumo. Vocês não podem desistir.

— Por favor...

— Eu posso fazer ele respirar. Eu sei que posso...

A dra. Atkins põe a mão no ombro dele e Turk desmorona em uma implosão de dor.

— Não há como trazer o Davis de volta — ela diz, e ele cobre o rosto e começa a soluçar. —Hora? — a dra. Atkins repete.

Parte do protocolo da morte é que todos concordem com o momento em que ela ocorre.

— Dez e quatro — diz Marie, e todos nós murmuramos, em um coro sombrio: "Concordo".

Eu me afasto, olhando para minhas mãos. Meus dedos estão duros de fazer as compressões. Meu coração dói.

Marie mede a temperatura do bebê: frios trinta e cinco graus. Turk agora está muito junto da esposa, apoiando-a para ajudá-la a ficar de pé. Seus rostos estão vazios, atordoados em descrença. A dra. Atkins está falando delicadamente com eles, tentando explicar o impossível.

Corinne entra no berçário.

— Ruth? O que foi que aconteceu?

Marie enrola Davis bem apertado no cobertor e põe o pequeno gorro de volta em sua cabeça. A única evidência do trauma que ele sofreu é um tubinho, fino como um canudo, saindo do meio de seus lábios fechados. Ela aninha o bebê nos braços, como se a ternura ainda fosse importante, e o entrega para a mãe.

— Desculpe — digo para Corinne ao esbarrar nela, quando o que eu realmente quero dizer é *Perdão*. Passo por ela, desvio dos pais enlutados e do bebê morto e quase não consigo chegar ao banheiro antes de ficar violentamente nauseada. Pressiono a testa na porcelana fria do vaso sanitário e fecho os olhos, mas mesmo então ainda posso sentir as pequenas costelas cedendo sob meus dedos, o fluxo de seu sangue em meus ouvidos, a verdade ácida em minha língua: se eu não tivesse hesitado, aquele bebê ainda poderia estar vivo.

Tive uma paciente uma vez, uma adolescente, cujo bebê nasceu morto devido a um descolamento prematuro da placenta de classe 3. A placenta se desprendeu do revestimento uterino e o bebê ficou sem oxigênio; a intensidade do sangramento fez com que quase perdêssemos a mãe, além do recém-nascido. O bebê foi enviado para o nosso necrotério à espera da autópsia — que é automática em Connecticut para morte de neonatos. Doze horas depois, a avó da adolescente chegou de Ohio. Ela queria segurar o bisneto no colo, só uma vez.

Desci ao necrotério, onde os bebês mortos são mantidos em um refrigerador comum, empilhados nas prateleiras em pequenos sacos mortuários. Peguei o bebê, tirei-o do saco e fiquei olhando por um minuto para seu pequeno corpo perfeito. Parecia uma boneca. Parecia estar dormindo.

Não tive coragem de entregar àquela mulher um bebê gelado, então o embrulhei outra vez e fui à sala de emergência pegar cobertores aquecidos. No necrotério, enrolei o bebê neles, um após o outro, tentando afastar o frio de sua pele. Peguei um dos gorrinhos de lã que costumamos usar nos recém-nascidos e cobri o topo de sua cabeça, arroxeada com sangue coagulado.

Temos uma política quando um recém-nascido morre: nunca o tiramos da mãe. Se a mãe enlutada quiser segurar o bebê por vinte e quatro horas, dormir com ele junto do coração, pentear seu cabelo, dar banho nele e ter todos os momentos com o filho que ela nunca poderá ter, nós deixamos. Esperamos até a mãe estar pronta para soltá-lo.

Aquela mulher segurou o bisneto no colo a tarde inteira. Então, pôs o bebê de volta em meus braços. Coloquei uma toalha no ombro, como se ele tivesse acabado de mamar, e fui para o elevador, para levá-lo de volta ao porão do hospital, onde fica o necrotério.

As pessoas talvez pensem que a parte mais difícil de uma experiência como essa é o momento em que a mãe lhe entrega seu filho, mas não é. Porque, naquele momento, ainda é uma criança, ainda é dela. A parte mais difícil é tirar o gorrinho de lã, o cobertor enrolado, a fralda. Puxar o zíper do saco mortuário. Fechar a porta do refrigerador.

Uma hora mais tarde, estou na sala dos funcionários, tirando meu casaco do armário, quando Marie chega.

— Você ainda está aqui? Ótimo. Tem um minuto?

Concordo com a cabeça e me sento na frente dela à mesa. Alguém deixou um punhado de balas ali. Pego uma, tiro o papel e deixo o caramelo derreter em minha língua. Espero que ele me impeça de dizer o que não devo.

— Que manhã — Marie suspira.

— Que noite — respondo.

— É verdade, você dobrou. — Ela sacode a cabeça. — Pobre família.

— É horrível. — Posso não concordar com as crenças deles, mas isso não quer dizer que eu ache que eles merecem perder um bebê.

— Tivemos que sedar a mãe — Marie me conta. — O bebê já desceu.

Sabiamente, ela não menciona o pai para mim.

Marie passa a mão sobre um formulário na mesa.

— Isso obviamente é só protocolo. Preciso escrever o que aconteceu quando Davis Bauer entrou em parada respiratória. Você estava no berçário?

— Eu estava cobrindo para a Corinne — respondo. Minha voz é firme, suave, embora cada sílaba pareça tão perigosa quanto uma lâmina em minha garganta. — Ela foi chamada para uma emergência no centro cirúrgico. O bebê Bauer tinha feito uma circuncisão às nove e não podia ser deixado sozinho. Como você também estava na cesariana de emergência, eu era a única pessoa disponível para ficar com ele.

A caneta de Marie se move sobre o formulário; nada disso é algo que ela não saiba ou espere.

— Quando você notou que o bebê tinha parado de respirar?

Enrolo a língua em volta da bala.

— Um momento antes de você chegar — digo.

Marie abre a boca para falar, depois morde o lábio. Ela bate a caneta duas vezes no papel antes de deixá-la sobre a mesa com um clique definitivo.

— Um momento — ela repete, como se estivesse pesando o alcance e o tamanho da palavra. — Ruth... quando eu entrei, você estava *parada* ali.

— Eu estava fazendo o que recebi ordens para fazer — corrijo. — Eu não estava tocando naquele bebê. — Eu me levanto da mesa, abotoando o casaco e esperando que ela não perceba que minhas mãos estão trêmulas. — Mais alguma coisa?

— Foi um dia difícil — diz Marie. — Vá descansar.

Concordo com a cabeça e saio da sala. Mas, em vez de pegar o elevador para o térreo, mergulho nas entranhas do hospital. Sob as luzes fluorescentes superexpostas do necrotério, eu pisco, deixando os olhos se ajustarem. Me pergunto por que a claridade é sempre assim tão malditamente branca.

Ele é o único bebê morto ali. Seus membros ainda são flexíveis, sua pele ainda não está gelada. Há manchas vermelhas em suas faces e seus pés, mas essa é a única pista de que ele seja qualquer outra coisa além do que parece à primeira vista: alguém amado.

Eu me apoio em uma maca de metal, aconchegando-o nos braços. Seguro-o do jeito que teria feito se me tivesse sido permitido. Sussurro seu nome e rezo por sua alma. Dou-lhe as boas-vindas a este mundo ferrado e, ao mesmo tempo, digo-lhe adeus.

KENNEDY

Foi uma manhã e tanto.

Primeiro, nós todos dormimos demais, porque achei que Micah tivesse ligado seu alarme e ele achou que eu tivesse ligado o meu. Depois, nossa filha de quatro anos, Violet, se recusou a comer uma tigela de cereal e soluçou até que Micah concordasse em fritar um ovo para ela, mas nesse ponto ela já tinha avançado tanto pelo caminho da fusão nuclear que irrompeu em lágrimas outra vez quando o prato foi colocado à sua frente.

— E a merda do garfo! — ela berrou, chorosa, fazendo com que Micah e eu parássemos, incrédulos, em nossa correria frenética.

— Ela disse o que eu acho que disse? — Micah perguntou.

Violet repetiu o gemido, agora mais claramente.

— E me dá o garfo!

Comecei a rir, o que fez Micah me lançar um olhar cortante.

— Quantas vezes eu já te disse para não falar palavrões? — ele lançou. — Você acha engraçado que a nossa filha de quatro anos fale como um marinheiro?

— Ela não fez isso. Na verdade, foi você que entendeu mal.

— Não venha dar uma de advogada para cima de mim — Micah murmurou.

— Não venha dar uma de professor para cima de mim — eu disse.

Assim, na hora em que saímos — Micah levando Violet para a pré-escola antes de ir fazer seis cirurgias uma atrás da outra; eu dirigindo para meu escritório na direção oposta —, a única pessoa da família que estava de bom humor era Violet, que teve seu café da manhã com os utensílios necessários e estava usando seus sapatos Mary Jane com lantejoulas, porque seus pais não tiveram energia para discutir com ela sobre isso também.

Uma hora depois, meu dia passou de mau a pior. Porque, apesar de eu ter cursado direito em Columbia, me formado entre os cinco por cento melhores da classe, passado três anos trabalhando para um juiz federal, hoje meu superior — o chefe do Distrito Judiciário de New Haven, da Divisão de Defensoria Pública do Estado de Connecticut — me mandou negociar sobre sutiãs.

Al Wojecwicz, o diretor do presídio de New Haven, está sentado em uma sala de reuniões abafada comigo, seu diretor assistente e um advogado do setor privado, Arthur Wang. Sou a única mulher na sala, veja bem. Essa reunião do que passei a chamar de Comitê dos Sem Peito foi provocada pelo fato de que, dois meses atrás, advogadas mulheres foram proibidas de entrar no presídio se estivessem usando sutiã com aro. Nós vivíamos disparando os detectores de metal.

O presídio não aceitou uma revista simples, insistindo em revista íntima, o que era ilegal e demorado. Sempre engenhosas, começamos a ir ao banheiro feminino e deixar nosso sutiã lá, para podermos entrar e visitar nossos clientes. Mas então o presídio determinou que não podíamos entrar sem sutiã.

Al massageia as têmporas.

— Sra. McQuarrie, a senhora precisa entender que isso tem a ver com minimizar riscos.

— Diretor — respondo —, eles nos deixam entrar com *chaves*. O que acha que eu vou fazer? Tirar alguém da cadeia com a roupa de baixo?

O diretor assistente não me encara. Ele pigarreia.

— Eu estive na Target e dei uma olhada nos sutiãs que eles vendem lá e...

Minhas sobrancelhas sobem até o alto da testa e eu me viro para Al.

— Você o mandou fazer pesquisa de campo?

Antes que ele possa responder, Arthur se recosta na cadeira.

— O que me faz pensar se toda a política de vestimentas não deveria ser revista — ele comenta. — No ano passado, eu estava tentando ver um cliente de última hora, antes de sair de férias. Estava de chinelo de dedo e me disseram que eu não podia entrar na prisão com aquilo. Mas o único outro calçado que eu tinha eram sapatos de golfe com travas, o que foi perfeitamente aceitável.

— Sapatos com travas — repito. — Aqueles com verdadeiros *pregos* na sola? Por que vocês deixariam alguém entrar com sapatos com travas, mas não com chinelos de dedo?

O diretor e o assistente se entreolham.

— Bom, é por causa de fetiches por pés — diz o assistente.

— Vocês têm medo de que alguém lamba os nossos pés?

— É — o assistente responde, impassível. — Acredite, é para a sua própria proteção. É como uma visita íntima com seu pé.

Por um instante, imagino a vida que eu poderia ter tido se tivesse entrado para um escritório de advocacia asséptico, a caminho de uma sociedade. Me vejo encontrando meus clientes em salas de reuniões revestidas de madeira, em vez de salas de depósito readaptadas cheirando a água sanitária e xixi. Imagino cumprimentar um cliente cuja mão não esteja trêmula — por abstinência de metadona ou puro terror de um sistema de justiça em que ele não confia.

Mas sempre há compensações. Quando conheci Micah, ele era médico-residente em oftalmologia no Hospital Yale New Haven. Ele me examinou e disse que eu tinha as colobomas mais lindas que já tinha visto. Em nosso primeiro encontro, comentei que realmente acreditava que a justiça era cega, e ele falou que só era assim porque ele ainda não havia tido a chance de operá-la. Se eu não tivesse me casado com Micah, provavelmente teria acompanhado o resto da equipe da revista jurídica e ido para os elegantes escritórios cromados das grandes cidades. Em vez disso, ele foi clinicar e eu parei de trabalhar para ter Violet. Quando voltei ao trabalho, foi Micah que me lembrou do tipo de direito que eu costumava defender. Graças ao salário dele, tive a possibilidade de praticá-lo. "Eu ganho o dinheiro", Micah me dizia. "Você faz a diferença." Como defensora pública, eu nunca ia ser rica, mas poderia olhar para mim mesma no espelho.

E, como moramos em um país em que a justiça supostamente é administrada com igualdade, sem importar quanto dinheiro você tem ou qual é sua idade, raça, gênero ou etnia, os defensores públicos não precisam ser tão inteligentes, agressivos e criativos quanto qualquer advogado contratado?

Então, eu apoio as mãos na mesa.

— Sabe, diretor, eu não jogo golfe. Mas eu uso sutiã. Sabe quem mais usa? Minha amiga Harriet Strong, que é advogada da União Americana pelas Liberdades Civis. Nós fizemos faculdade de direito juntas e procuramos nos encontrar para um almoço uma vez por mês. Acho que ela ficaria fascinada ao ouvir sobre esta reunião, considerando que Connecticut proíbe a discriminação baseada em orientação sexual e em identidade de gênero e dado que apenas advogadas mulheres e as que se identificam como sendo do gênero feminino estariam usando sutiã ao visitar clientes neste local. O que significa que a sua política está infringindo os direitos das advogadas *e* nos impedindo de prestar os nossos serviços. Também tenho certeza de que a Harriet adoraria conversar com a Associação de Advogadas de Connecticut para saber quantas outras advogadas reclamaram. Em outras palavras, esta situação cai exatamente na categoria de *Você está ferrado se isto chegar à imprensa*. Portanto, na próxima vez que eu for visitar um cliente, vou levar meu Le Mystère meia-taça 34C e, com o perdão da metáfora, vou pressupor que não seja preciso peitar ninguém. Minha suposição vai estar certa?

O diretor aperta os lábios.

— Tenho certeza de que nós podemos rever a proibição dos sutiãs com aro.

— Ótimo — digo, pegando minha pasta. — Obrigada pelo seu tempo, mas preciso ir para o tribunal.

Deslizo para fora da pequena sala, com Arthur nos meus calcanhares. Assim que saímos do presídio, sob a luz cegante do sol, ele sorri.

— Me lembre de nunca ser seu adversário no tribunal.

Sacudo a cabeça.

— Você *realmente* joga golfe?

— Quando quero puxar o saco de algum juiz — diz ele. — E você *realmente* usa 34C?

— Isso você nunca vai saber, Arthur — rio, e seguimos para nossos carros separados no estacionamento, para exercer nossas funções em dois mundos muito diferentes.

Meu marido e eu não fazemos sexo pelo telefone. Geralmente, nossas conversas telefônicas consistem em uma lista de nacionalidades. Vietnamita. Etíope. Mexicano. Grego. Como em: "Onde vamos comprar comida esta noite?" Mas, quando saio da minha reunião no presídio, há uma mensagem de Micah à minha espera: *Desculpe, fiz merda hoje de manhã.*
Sorrio e escrevo de volta. *Olha aí por que a nossa filha fala palavrão.*
Encontro esta noite?, Micah escreve.
Meus polegares voam sobre o teclado. *Você me ganhou no fiz merda*, digito. *Indiano?*
Eu achutney perfeito, ele responde.
Está vendo? É por isso que nunca consigo ficar brava com ele.

Minha mãe, que cresceu na Carolina do Norte no circuito das debutantes, acredita que não há nada que um pouco de amolecedor de cutícula e creme para olhos não possa resolver. Com isso, ela vive tentando me fazer "cuidar de mim mesma", que é o código para "fazer um esforço para ficar bonita", o que é totalmente ridículo, já que eu tenho uma filha pequena e uma centena de clientes necessitados a cada momento do dia, todos os quais merecem meu tempo mais que uma cabeleireira que poderia fazer reflexos no meu cabelo.

No ano passado, no meu aniversário, minha mãe me deu um presente que eu evitei conscientemente até hoje: um vale para uma massagem de noventa minutos em um spa. Posso fazer muita coisa em noventa minutos. Apresentar um ou dois memoriais, sustentar uma petição, preparar o café da manhã de Violet e alimentá-la, ou até (para ser bem sincera) me enroscar com Micah embaixo dos lençóis para uma brincadeirinha agradável. Quando tenho noventa minutos, a última coisa que desejo fazer é passá-los nua sobre uma mesa enquanto um estranho me esfrega com óleos.

Mas, como minha mãe me lembra, o vale vai expirar em uma semana e eu ainda não o usei. Então, porque sabe que sou muito ocupada para cuidar desses detalhes, ela tomou a liberdade de agendar um horário para mim no Spa-ht On, que atende profissionais ocupadas, ou pelo menos isso é o que diz a propaganda. Eu me sento na sala de espera até ser chamada, imaginando se eles pensaram bem naquele nome esquisito.

Fico sem saber se devo ou não usar a calcinha sob o roupão, depois tenho dificuldade para descobrir como abrir e fechar meu armário. Talvez este seja o plano por trás de tudo: os clientes chegam tão estressados à massagem que não têm outra opção a não ser sair de lá em um estado melhor do que quando começaram.

— Sou a Clarice — minha terapeuta me diz, em uma voz tão suave quanto um gongo tibetano. — Vou sair um pouco enquanto você se acomoda.

A sala é escura, iluminada com velas. Há uma música insípida tocando. Tiro o roupão e os chinelos e deito embaixo do lençol, encaixando o rosto no pequeno buraco da mesa de massagem. Alguns momentos depois, uma batidinha leve na porta.

— Estamos prontas?

Não sei. *Estamos?*

— Agora é só relaxar — diz Clarice.

Eu tento. Realmente tento. Fecho os olhos por uns trinta segundos. Depois pisco e os abro e fico olhando para os pés dela em seus tênis confortáveis pelo buraco do rosto na mesa de massagem. Suas mãos firmes começam a percorrer a extensão de minha coluna.

— Você trabalha aqui há muito tempo? — pergunto.

— Três anos.

— Aposto que tem alguns clientes que você entra, vê e preferia não ter que tocar — comento. — Pelos nas costas, por exemplo? *Argh.*

Ela não responde. Seus pés se movem no chão. Imagino se ela está pensando que eu sou um desses clientes agora.

Será que ela realmente vê meu corpo como um médico veria, como uma chapa em que ele vai trabalhar? Ou será que está reparando na celulite em minha bunda e nas sobras de gordura que costumo esconder sob a faixa do sutiã e pensando que a senhora praticante de ioga que ela esfregou há pouco estava em muito melhor forma?

Clarice, não era esse o nome da moça de *O silêncio dos inocentes?*

— Favas e um bom chianti — sussurro.

— O quê?

— Não é nada — murmuro, com o queixo esmagado contra a mesa de massagem. — É difícil falar nesta geringonça.

Sinto que meu nariz está entupindo. Quando fico com o rosto para baixo deste jeito por muito tempo, isso acontece. E, então, tenho que respirar pela boca, e acho que a terapeuta está ouvindo, e às vezes até babo pelo buraco. Mais razões de eu não gostar de massagens.

— Às vezes eu penso no que aconteceria se eu sofresse um acidente de carro e ficasse presa com o rosto para baixo deste jeito — digo. — Não no carro, mas no hospital, em um daqueles imobilizadores de pescoço que são parafusados no crânio para as vértebras não saírem do lugar, sabe? E se os médicos me virassem de barriga para baixo e eu ficasse congestionada como estou agora e não pudesse avisá-los? Ou se eu estivesse em uma espécie de coma em que se está acordado, mas preso dentro do corpo sem poder falar, e precisasse desesperadamente assoar o nariz? — Minha cabeça está latejando agora, de ficar nesta posição. — Nem precisa ser assim tão complicado. E se eu viver até os cento e cinco anos e estiver em uma casa de repouso, ficar resfriada e ninguém se lembrar de me trazer umas gotas de Afrin?

Os pés de Clarice se movem para fora do meu campo de visão e eu sinto o ar frio nas pernas quando ela começa a massagear a panturrilha esquerda.

— Minha mãe me deu este tratamento como presente de aniversário — conto.

— Que bom...

— Ela é uma grande fã de hidratantes. Disse que não seria mau eu fazer algum esforço para minha pele não ficar como couro de dinossauro se quiser manter meu marido por perto. Eu falei para ela que, se fosse o hidratante que estivesse segurando meu casamento, então eu tinha um problema muito maior do que ter ou não tempo para agendar uma massagem...

— Sra. McQuarrie — diz a terapeuta. — Acho que nunca tive um cliente que precisasse tanto de uma massagem como a senhora.

Por alguma razão, isso me deixa orgulhosa.

— E, com o risco de perder minha gorjeta, acho que também nunca tive um cliente com tanta dificuldade para receber uma massagem.

Isso me deixa mais orgulhosa ainda.

— Obrigada — digo.

— Talvez a senhora pudesse apenas tentar... relaxar. Parar de falar. Limpar a mente.

Fecho os olhos outra vez. E começo a percorrer a lista de coisas a fazer em minha cabeça.

— A propósito — murmuro —, sou ruim em ioga também.

Nos dias em que eu trabalho até tarde e Micah ainda está no hospital, minha mãe pega Violet na escola. É bom para todos nós: eu não tenho que pagar uma babá, minha mãe pode passar um tempo com sua única neta, e Violet a adora. Ninguém faz uma festa de chá como minha mãe, que insiste em usar suas velhas porcelanas de casamento e seus guardanapos de linho e servir chá adoçado no bule. Sei que, quando eu chegar em casa, Violet vai estar de banho tomado e aconchegada debaixo do cobertor, já sonolenta pelas historinhas que minha mãe lhe contou. Haverá balas de limão ou cookies de aveia e passas do chá da tarde ainda quentes dentro de um Tupperware. Minha cozinha estará mais limpa do que eu a deixei de manhã.

Minha mãe também enlouquece Micah.

— Ava tem boa intenção — ele gosta de dizer. — Mas Joseph McCarthy também tinha. — Ele diz que minha mãe é um rolo compressor vestido como uma bela dama sulista. De certa forma, é verdade. Minha mãe tem talento para conseguir o que quer antes mesmo que a gente se dê conta de que foi manipulado.

— Oi — digo, largando a pasta no sofá quando Violet se lança em meus braços.

— Eu pintei com os dedos — ela anuncia, levantando a palma das mãos para mim. Elas ainda estão ligeiramente azuis. — Não pude trazer o desenho para casa porque ainda está molhado.

— Oi, meu bem — diz minha mãe, vindo da cozinha. — Como foi o seu dia? — A voz dela sempre me faz lembrar girassóis, um passeio de carro conversível e o sol batendo no alto da cabeça.

— Ah, como sempre — digo. — Não tive nenhum cliente tentando me matar hoje, então isso foi um ponto positivo. — Na semana passada, um homem que eu estava representando em uma acusação de agressão com agravantes tentou me estrangular na mesa da defesa quando o juiz definiu uma fiança incomumente alta. Ainda não tenho certeza se meu cliente estava mesmo bravo ou plantando a semente para alegar insanidade. Se tiver sido essa última hipótese, tenho até que cumprimentá-lo por ser previdente.

— Kennedy, não na frente da M-E-N-I-N-A. Vi, meu amor, pode pegar a bolsa da vovó? — Ponho Violet no chão e ela corre para a salinha da entrada. — Quando você fala essas coisas me dá vontade de arrumar uma receita de Xanax — minha mãe suspira. — Eu achei que você fosse começar a procurar um emprego de verdade quando a Violet fosse para a escola.

— Um, eu tenho um emprego de verdade, e dois, você já toma Xanax, então essa é uma ameaça vazia.

— Você tem que argumentar com *tudo*?

— Tenho, eu sou advogada. — Percebo então que minha mãe está de casaco. — Você está com frio?

— Eu te disse que não podia ficar até tarde hoje. A Darla e eu vamos ao baile conhecer uns coroas gatões.

— Número um, credo. Número dois, você não me disse isso.

— Disse, sim. Na semana passada. Você só escolheu não ouvir, meu bem. — Violet entra de novo na sala e lhe entrega a bolsa. — Boa menina — diz ela. — Agora me dê um beijo.

Violet abraça minha mãe.

— Mas você não pode ir — digo. — Eu tenho um encontro.

— Kennedy, você é casada. Se alguém precisa de um encontro, sou eu. E a Darla e eu temos grandes planos para isso.

Ela vai embora e eu me sento no sofá.

— Mamãe — diz Violet —, podemos pedir pizza?

Olho para os sapatos com glitter em seus pés.

— Tenho uma ideia melhor — respondo.

— Ei! — exclama Micah, quando me vê sentada à mesa do restaurante indiano com Violet, que nunca esteve em nenhum restaurante de verdade. — Que surpresa.

— Nossa babá pulou fora — eu lhe conto, dando uma olhada de lado para Violet. — E estamos quase entrando em nível de alerta 4, então já fiz o pedido.

Violet está colorindo a toalha de papel.

— Papai — ela anuncia. — Eu quero pizza.

— Mas você adora comida indiana, Vi — diz Micah.

— Não. Eu quero pizza — ela insiste.

Nesse momento, o garçom chega com a comida.

— Cronometragem perfeita — murmuro. — Viu, querida?

Violet levanta o rosto para o garçom e seus olhos azuis se arregalam quando vê o turbante sikh.

— Por que ele está com uma toalha na cabeça?

— Não seja mal-educada, meu bem — respondo. — Isso se chama turbante e é o que algumas pessoas na Índia usam.

Ela franze a testa.

— Ele não parece a Pocahontas.

Quero que o chão se abra e me engula, mas, em vez disso, colo um sorriso no rosto.

— Desculpe — digo ao garçom, que descarrega nossos pratos o mais depressa possível. — Violet... olhe, é o seu favorito. Frango tikka masala.

Coloco um pouco no prato dela, tentando distraí-la até que o garçom se afaste.

— Ai, meu Deus — sussurro para Micah. — E se ele achar que nós somos pais horríveis? Ou *pessoas* horríveis?

— Culpe a Disney.

— Será que eu devia ter sugerido algo diferente?

Micah se serve de uma colherada de vindaloo.

— É — diz ele. — Você poderia ter escolhido uma cantina italiana.

TURK

Estou parado no meio do quarto que meu filho nunca vai usar.

Meus punhos são como duas bigornas. Quero esmurrar as paredes. Quero que essa merda de quarto desmorone.

De repente, sinto uma mão firme em meu ombro.

— Está pronto?

Francis Mitchum, meu sogro, está de pé atrás de mim.

Este duplex é dele. Brit e eu moramos em um lado e ele mora no outro. Francis atravessa o quarto e arranca as cortinas de Peter Rabbit. Depois, despeja tinta em uma pequena bandeja e começa a pintar as paredes de branco outra vez, cobrindo o amarelo-claro que Brit e eu passamos nelas menos de um mês atrás. A primeira camada não cobre direito a tinta de baixo, de modo que a cor espreita, como algo preso sob uma camada de gelo. Com um suspiro profundo, levanto a chave sextavada e começo a soltar os parafusos debaixo do berço, que havia apertado com tanto cuidado, porque eu não queria dar motivo para que nada de ruim acontecesse ao meu filho.

Quem poderia saber que não *precisava* dar algum motivo?

Deixei Brit dormindo com um sedativo, o que é uma melhora em relação ao jeito que ela estava hoje de manhã no hospital. Achei que nada poderia ser pior que seu choro incessante, o som dela se desfazendo em pedaços. Mas então, por volta das quatro da manhã, tudo parou. Brit ficou calada. Só ficava olhando, apática, para a parede. Não respondia quando eu chamava seu nome; ela nem olhava para mim. Os médicos lhe deram um remédio para dormir. O sono, eles me disseram, é o melhor modo de curar o corpo.

Eu não dormi. Nem por um minuto. Mas sabia que não era o sono que me faria sentir melhor. Que seria preciso algo mais violento, um momento de destruição. Eu precisava descarregar a dor de dentro de mim, dar morada a ela em algum outro lugar.

Com uma última volta da chave, o berço desaba e o colchão pesado aterrissa sobre meu peito. Francis se vira com o som da batida.

— Tudo bem aí?

— Tudo — digo, sem fôlego. Dói, mas é um tipo de dor que eu compreendo. Vou ficar com um hematoma; ele vai desaparecer. Deslizo para fora do emaranhado de madeira e chuto os pedaços com a bota. — Provavelmente vai virar lixo mesmo.

Francis franze a testa.

— O que você vai fazer com isso?

Não posso guardar. Sei que Brit e eu podemos ter outro bebê um dia, se tivermos sorte, mas pôr este berço de volta em um quarto de criança seria como fazer nosso novo filho dormir com um fantasma.

Como eu não respondo, Francis limpa as mãos em um pedaço de pano e começa a juntar as partes de madeira.

— A Liga das Mulheres Arianas recebe — ele diz. Brit foi a algumas de suas reuniões. Eram um punhado de ex-skinheads que iam ao serviço de assistência social com identidades falsas pegar leite infantil de graça, fraudando o sistema para levar leite a mulheres cujos maridos estavam presos por lutar pela causa.

Francis não parece grande coisa agora. Ele é dono da empresa de colocação de painéis de parede em que eu trabalho, tem uma classificação decente na lista de empresas de serviços e vota no Tea Party. (Velhos skinheads não morrem. Eles antes entravam para o KKK, mas agora se unem ao Tea Party. Não acredita em mim? Vá ouvir um antigo orador do Klan e compare com o discurso de um Tea Party Patriot. Em vez de dizer "judeu", eles agora falam "governo federal". Em vez de dizer "veados", dizem "lixo social do nosso país". Em vez de "preto", dizem "beneficiário de programas sociais".) Mas, nas décadas de 80 e 90, ele era uma lenda. Seu Exército da Aliança Branca tinha tanta influência quanto a Resistência Ariana Branca de Tom Metzger, a Igreja Mundial do Criador de Matt Hale, a Aliança Nacional de William Luther Pierce e o Nações Arianas de Richard Butler. Naquela época, ele criava Brit sozinho, e seu esquadrão do terror percorria as ruas de New Haven com martelos, bastões de hóquei quebrados, porretes, canos de chumbo, batendo nos pretos, veados e judeus enquanto Brit, ainda bebê, dormia no carro.

Mas, quando as coisas começaram a mudar em meados da década de 90 — quando o governo caiu matando em cima dos grupos de skinheads —, líderes como Francis se viram fodidos por seus próprios colhões, arriscados a ser presos. Francis entendeu que, quando não se quer quebrar, é preciso vergar. Ele foi o cara que mudou a estrutura do Movimento da Supremacia Branca, transformando-a de uma organização em pequenas células de amigos com inclinações políticas comuns. Ele nos disse para deixar o cabelo crescer. Ir para a faculdade. Entrar no exército. Disse para nos misturarmos. Com minha ajuda, criou e administrou um site e um quadro de mensagens. "Não somos mais um grupo organizado", ele me dizia sempre. "Somos bolsões de insatisfação dentro do sistema."

E, na verdade, era ainda mais aterrorizante para as pessoas saber que andávamos e vivíamos entre elas sem ser vistos.

Penso na Liga das Mulheres Arianas levando o berço. A mesa-trocador que comprei em liquidação e lixei. As roupas de bebê que Brit pegou nas doações da Goodwill e estão dobradas na penteadeira. O talco, o xampu e as mamadeiras de recém-nascido. Penso em algum outro bebê, algum bebê *vivo*, usando-os.

Eu me levanto tão depressa que fico tonto e me vejo olhando para um espelho com balõezinhos pintados na moldura. Cheguei em casa do trabalho, encontrei Brit sentada à mesa com um pincel na mão e brinquei que ela ia se tornar Martha Stewart. Ela disse que o que tinha em comum com Martha Stewart era uma ficha criminal, mas disse isso rindo. Ela pintou um balão em meu rosto e eu a beijei, e naquele momento, segurando-a em meus braços com o bebê na barriga se equilibrando entre nós, tudo era perfeito.

Agora, meus olhos estão rodeados por círculos escuros; minha barba começou a crescer; meu cabelo está emaranhado. Pareço estar fugindo de alguma coisa.

— Que se foda — sussurro e saio do quarto batendo a porta, em direção ao banheiro.

Lá, encontro meu barbeador elétrico. Ligo-o na tomada e, em um único movimento decidido, abro uma trilha pelo centro da cabeça. Raspo cada lado, deixando tufos de cabelo caírem sobre meus ombros e na pia. Como mágica, enquanto os cabelos vão caindo, uma figura é revelada bem no alto da minha cabeça, logo acima da linha dos cabelos: uma grossa suástica preta, com minhas iniciais e as de Brit no centro.

Eu a fiz quando ela aceitou se casar comigo.

Eu tinha vinte e um anos e estava caindo de bêbado na ocasião.

Quando fui mostrar a Brit esse testemunho do meu amor, ela nem teve chance de comentar, antes de Francis entrar e me dar um tapa violento na cabeça.

— Você é tão imbecil quanto parece? — ele perguntou. — Que parte de *disfarçado* você não entendeu?

— É o meu segredo — eu disse a ele e sorri para Brit. — O *nosso* segredo. Quando o meu cabelo crescer, ninguém vai saber que está aí a não ser nós.

— E se você ficar careca? — Francis perguntou.

Ele soube, pela expressão no meu rosto, que eu não havia pensado nisso.

Francis não me deixou sair de sua casa pelas duas semanas seguintes, até que tudo que se pudesse ver fosse uma sombra escura sob os tocos de cabelo, que tinha mais jeito de sarna.

Agora, pego uma navalha e um pouco de creme de barbear e termino o trabalho. Passo a mão pela minha cabeça lisa. Ela parece mais leve. Sinto o movimento do ar atrás das orelhas.

Volto para o quarto, que não é mais um quarto de bebê. O berço não está mais lá e o restante da mobília está empilhado no corredor. Todo o resto está em caixas, graças a Francis. Antes de Brit ter alta do hospital esta tarde, vou trazer de volta a cama e a mesinha de cabeceira e ela o verá como o quarto de hóspedes que era alguns meses atrás.

Olho firmemente para Francis, desafiando-o a me censurar. Seu olhar percorre as linhas da minha tatuagem, como se estivesse tocando uma cicatriz.

— Eu entendo, garoto — ele diz com suavidade. — Você está indo para a guerra.

* * *

Não há nada pior do que sair de um hospital sem o bebê que você entrou lá para ter. Brit está na cadeira de rodas (mais protocolo do hospital). Fui relegado a ficar atrás, com um gorro puxado sobre a testa. Brit mantém os olhos fixos nas mãos, dobradas no colo. É só impressão minha ou todos estão olhando para nós? Estão imaginando qual seria o problema médico daquela mulher que não é careca, nem tem um gesso, nem qualquer outra coisa visivelmente errada?

Francis já parou o SUV na entrada em forma de ferradura do hospital. Um segurança abre a porta traseira e eu ajudo Brit a sair da cadeira. Fico surpreso por ela parecer tão leve e me pergunto se ela vai sair flutuando para longe de mim assim que suas mãos pararem de apertar os braços da cadeira de rodas.

Por um momento, o pânico atravessa seu rosto. Percebo que ela resiste a entrar na caverna escura do banco de trás, como se pudesse haver um monstro escondido lá dentro.

Ou uma cadeirinha de bebê.

Deslizo o braço em volta da cintura dela.

— Amor — sussurro —, está tudo bem.

Ela estica a coluna e enrijece o corpo antes de entrar no carro. Quando percebe que não está sentada ao lado de um bebê-conforto vazio, todos os músculos relaxam e Brit se recosta no banco, com os olhos fechados.

Deslizo para o banco da frente. Francis me olha rapidamente e levanta as sobrancelhas.

— Como está se sentindo, florzinha? — ele pergunta, usando o apelido carinhoso com que a chamava quando criança.

Ela não responde. Apenas sacode a cabeça enquanto uma lágrima espessa desce por seu rosto.

Francis dá a partida e sai do hospital, como se pudesse deixar para trás tudo que aconteceu ali.

Em algum lugar, em um freezer no porão, está o meu filho. Ou talvez ele agora já tenha ido embora, trinchado como um peru de Ação de Graças na mesa do legista.

Eu poderia contar a ele o que aconteceu. Poderia contar a Coisa Horrível que vejo cada vez que fechos os olhos: aquela vagabunda preta batendo no peito do meu filho.

Ela estava sozinha com Davis. Ouvi as outras enfermeiras falando sobre isso no corredor. Ela estava sozinha, quando não deveria estar. Quem sabe o que aconteceu quando ninguém estava olhando?

Dou uma espiada em Brit. Quando olho em seus olhos, eles estão vazios.

E se a pior coisa não for eu ter perdido meu filho, mas também a minha mulher?

Terminado o colégio, me mudei para Hartford e arranjei um emprego na Colt's Manufacturing. Fiz algumas aulas na faculdade comunitária de lá, mas o lixo liberal que aqueles professores despejavam me deixou tão doente que desisti. No entanto, não parei de andar pela área da faculdade. Meu primeiro recruta foi um skatista, um garoto magricela de cabelo comprido que furou a fila na frente de um negro na cafeteria dos alunos. O crioulo o empurrou e Yorkey o empurrou de volta e disse: "Se você odeia tanto aqui, volte para a África". A briga de comida que se seguiu foi épica e terminou comigo estendendo a mão para Yorkey e tirando-o do meio da confusão. "Você não precisa ser a vítima", eu disse a ele, enquanto fumávamos do lado de fora.

Então eu lhe entreguei uma cópia do *The Final Call*, o boletim da Nação do Islã que eu tinha plantado nos quadros de avisos por todo o campus.

— Está vendo isso? — eu disse, começando a andar e sabendo que ele ia me seguir. — Sabe por que ninguém invade a união dos estudantes negros e os prende por discurso de ódio? E, a propósito, por que não há uma união de estudantes *brancos*?

Yorkey bufou.

— Porque — disse ele — *isso* seria *discriminação*.

Eu o encarei como se ele fosse Einstein.

— Exatamente.

Depois disso, foi fácil. Encontrávamos os garotos que eram intimidados pelos atletas babacas e interferíamos, para que eles soubessem que tinham protetores. Nós os convidávamos para sair conosco depois da aula e, em meu carro, eu punha uma playlist de Skrewdriver, No Remorse, Berzerker, Centurion. Bandas White Power que soavam como um demônio rosnando, que davam vontade de brigar com o mundo.

Eu os fazia acreditar que tinham valor simplesmente por causa da cor com que haviam nascido. Quando eles reclamavam de alguma coisa no campus, do processo de matrícula à comida, eu lembrava a eles que o diretor da escola era judeu e que tudo isso era parte de um plano maior do Governo de Ocupação Sionista para nos esmagar. Ensinava a eles que "nós" significava "brancos".

Peguei a erva e as anfetaminas deles e joguei tudo no lixo, porque viciados soltam a língua. Eu os fiz à minha imagem.

— Tenho um excelente par de botas Doc Martens — eu disse a Yorkey. — Elas são do seu tamanho. Mas de jeito nenhum eu vou dar essas botas para um cara de cabelo seboso que usa coque.

No dia seguinte, ele apareceu com o cabelo bem cortado, a barba raspada. Não demorou até eu criar o meu próprio esquadrão feroz: a recém-formada divisão Hartford do EMA.

Aposto que ensinei mais aos alunos daquela escola do que qualquer professor figurão. Mostrei a eles as diferenças elementares entre as raças. Provei que, se você não for o predador, vai ser a presa.

Acordo em uma poça de suor, saindo aflito de um sonho ruim. Imediatamente, tateio o cobertor ao meu lado à procura de Brit, mas não há ninguém ali.

Viro as pernas para a lateral da cama e começo a me mover, abrindo passagem pelo escuro como se fosse uma multidão. Pareço até um sonâmbulo, pela maneira como sou atraído para o quarto que Francis e eu trabalhamos com tanto empenho para repintar antes que Brit saísse do hospital.

Ela está parada à porta, com os braços envolvendo o corpo, como se precisasse de ajuda para se manter em pé. O luar entra pela janela, de modo que ela está presa em sua própria sombra. Conforme meus olhos se ajustam à noite, tento ver o que ela vê: a velha poltrona com a toalhinha de crochê sobre o encosto; a armação de ferro da cama de hóspedes. As paredes, brancas outra vez. Ainda sinto o cheiro de tinta fresca.

Pigarreio.

— Nós achamos que seria melhor assim — digo em voz baixa.

Ela se vira, só um pouco, e, por um segundo, parece ser feita de luz.

— E se nunca aconteceu? — Brit murmura. — E se tiver sido só um pesadelo?

Ela está com uma das minhas camisas de flanela, que é o que gosta de usar para dormir, e suas mãos estão espalmadas sobre a barriga.

— Brit — digo, dando um passo em direção a ela.

— E se ninguém se lembrar dele?

Eu a puxo para meus braços, sinto o círculo quente de sua respiração em meu peito. É como fogo.

— Amor — prometo —, eu não vou deixar ninguém esquecer.

Eu tenho só um terno. Na verdade, Francis e eu temos só um terno que compartilhamos. Não há muita necessidade de roupas finas quando se trabalha com revestimento de paredes durante o dia e se administra um site sobre supremacia branca à noite. Na tarde seguinte, porém, eu visto o terno — preto risca de giz, o tipo de coisa em que imagino que Al Capone teria ficado muito elegante — com uma camisa branca e gravata, e Brit e eu voltamos ao hospital para nos encontrar com Carla Luongo, a advogada de gestão de riscos que concordou em nos receber.

Mas, quando saio do banheiro de barba feita, a tatuagem atrás da minha cabeça nítida e inconfundível, fico surpreso por encontrar Brit enrolada na cama, em minha camisa de flanela e calça de moletom.

— Meu amor — digo —, nós temos uma reunião com a advogada, lembra? — Falei com ela sobre isso há meia hora. Não há como ela ter esquecido.

Seus olhos giram para mim como se fossem esferas de rolamento, soltas na cabeça. Sua língua mastiga as palavras na boca como se fossem comida.

— Não... quero... voltar.

Ela se vira para o outro lado, puxa a coberta, e é quando vejo o frasco na mesa de cabeceira: os comprimidos para dormir que o médico receitou para ajudá-la na transição. Respiro fundo e levanto minha esposa. Ela parece um saco de areia, pesada e imóvel. *Chuveiro*, penso, mas isso exigiria que eu entrasse com ela e não temos tempo. Em vez disso, pego um copo de água e jogo no rosto dela. Ela cospe, mas isso a faz se sentar sozinha. Tiro seu pijama e apanho as primeiras peças que encontro na gaveta que parecem decentes: calça preta e uma blusa que abotoa na frente. Enquanto a visto, tenho uma imagem súbita de mim mesmo fazendo essa mesma coisa com meu bebê e acabo puxando o braço de Brit com tanta força que ela grita e eu beijo seu pulso.

— Desculpa, amor — murmuro e, mais gentilmente, passo um pente por seus cabelos e faço o melhor que posso para prendê-los em um rabo de cavalo. Enfio os pés dela em pequenos sapatos pretos que poderiam ser na verdade chinelos de quarto e a levanto nos braços em direção ao carro.

Quando chegamos ao hospital, ela está quase catatônica.

— Só fique acordada — imploro a ela, apoiando-a ao meu lado enquanto entramos. — Pelo Davis.

Talvez isso a tenha alcançado, porque, quando somos conduzidos à sala da advogada, seus olhos se abrem um pouco mais.

Carla Luongo é chicana, como eu já havia adivinhado pelo nome. Ela se senta em uma cadeira e nos oferece um sofá. Eu a observo quase engolir a língua quando tiro meu gorro de lã. Ótimo. É bom que ela saiba desde já com quem está lidando.

Brit se encosta em mim.

— Minha esposa — explico — ainda não está se sentindo bem.

A advogada move a cabeça em um gesto de compreensão.

— Sr. e sra. Bauer, antes de tudo, quero dizer que sinto muito pela sua perda.

Não respondo.

— Estou certa de que vocês têm perguntas — diz ela.

Eu me inclino para a frente.

— Não tenho perguntas. Eu sei o que aconteceu. Aquela enfermeira negra matou o meu filho. Eu a vi com meus próprios olhos, batendo no peito dele. Eu disse à supervisora dela que não queria que ela tocasse no meu bebê, e o que aconteceu? Meus piores medos viraram realidade.

— Com certeza os senhores entendem que a sra. Jefferson só estava fazendo o trabalho dela...

— Ah, é? Também era trabalho dela ir contra as ordens da chefe dela? Está tudo no prontuário do Davis.

A advogada se levanta para pegar uma pasta na mesa. Há pequenos adesivos coloridos nas margens que devem ser algum código secreto, imagino. Ela a abre e, mesmo daqui, consigo ver o aviso no post-it. As narinas dela se alargam, mas ela não fala nada.

— Aquela enfermeira não devia cuidar do meu filho — digo —, e ela foi deixada sozinha com ele.

Carla Luongo olha para mim.

— Como sabe disso, sr. Bauer?

— Porque os seus funcionários não conseguem falar baixo. Eu ouvi quando ela disse que estava cobrindo a outra enfermeira. No dia anterior, ela estava aos gritos só porque eu pedi que ela não atendesse mais o meu filho. E o que aconteceu? Ela estava batendo no meu bebê. Eu *vi* — digo, com lágrimas brotando nos olhos. Eu as limpo depressa, me sentindo bobo, me sentindo fraco. — Quer saber? Que se foda. Vou fazer este hospital enfiar a mão no bolso. Vocês mataram o meu filho e vão pagar por isso.

Sinceramente, não tenho nenhuma ideia de como o sistema jurídico funciona; sempre fiz de tudo para evitar ser pego pela polícia. Mas assisti a programas suficientes na TV para acreditar que, se pessoas conseguem dinheiro em uma ação coletiva por terem doença pulmonar causada por amianto, certamente você tem direitos se o seu bebê morre quando deveria estar recebendo atendimento médico.

Pego meu paletó com uma das mãos e quase arrasto Brit para a porta da sala. Acabo de abri-la quando ouço a voz da advogada atrás de mim.

— Sr. Bauer — diz ela. — Por que quer processar o hospital?

— Você só pode estar brincando.

Ela avança e, gentilmente, mas com firmeza, fecha a porta da sala outra vez.

— Por que o senhor que processar o *hospital* — ela repete —, quando tudo sugere que Ruth Jefferson foi a pessoa que matou o seu bebê?

Cerca de um ano depois de eu formar meu grupo do EMA em Hartford, tínhamos uma entrada de dinheiro estável. Eu conseguia desviar armas da Colt's falsificando os registros de estoque e, depois, vendê-las na rua. Vendíamos principalmente para os negros, porque eles iam matar uns aos outros com elas mesmo, e também porque pagavam três vezes mais por uma arma do que os italianos. Yorkey e eu dirigíamos as operações e, uma noite, estávamos a caminho de casa depois de fechar uma venda quando um carro de polícia apareceu atrás de mim, com as luzes piscando.

Yorkey quase cagou nas calças.

— Merda, cara. O que a gente vai fazer agora?

— A gente vai parar — eu disse. Não estávamos mais com a arma roubada no carro. Para todos os efeitos, Yorkey e eu voltávamos de uma festa no apartamento de um amigo. Mas, quando os policiais nos mandaram sair do carro, Yorkey suava como um porco. Ele era a cara da culpa, e deve ter sido por isso que os policiais revistaram o carro. Esperei, porque sabia que não tinha nada a esconder.

Aparentemente, Yorkey não podia dizer o mesmo. Aquela arma não tinha sido a única transação que acontecera naquela noite. Enquanto eu a negociava, Yorkey tinha comprado três gramas e meio de metadona.

Mas, como estava no *meu* porta-luvas, sobrou para mim.

O lance de cumprir pena é que era um mundo que eu entendia, onde todos eram separados por raça. Minha sentença por porte de drogas foi de seis meses, e decidi passar cada minuto planejando minha vingança. Yorkey usava drogas antes de entrar para o EMA; era parte da cultura do skate. Mas meu esquadrão não tocava nelas. E com certeza não as escondia em meu porta-luvas.

Na prisão, as gangues dos negros são maiores que todas as outras, então às vezes as gangues de latinos e brancos se unem. Mas, na cadeia, você basicamente só tenta manter a cabeça no lugar e evitar problemas. Eu sabia que, se houvesse alguém do Movimento da Supremacia Branca que por acaso estivesse ali cumprindo pena, ele ia me encontrar mais cedo ou mais tarde. Mas eu esperava que os pretos não me encontrassem primeiro.

Comecei a viver com o nariz enterrado na Bíblia. Precisava de Deus na minha vida, porque eu tinha um defensor público, e, quando se tem um defensor público, é melhor torcer para Deus também estar do seu lado. Mas eu não estava lendo as partes da Escritura que já tinha lido antes, quando aprendia as doutrinas da teologia da Identidade Cristã. Em vez disso, eu me via folheando as páginas sobre sofrimento, salvação e esperança. Jejuei, porque li algo sobre isso na Bíblia. E, durante meu jejum, Deus me disse para eu me cercar de outras pessoas como eu.

Então, no dia seguinte, apareci no grupo de estudo da Bíblia na prisão. Eu era o único cara ali que não era negro.

Quando entrei, nós só ficamos nos encarando. Então, o sujeito que estava dirigindo a reunião levantou o queixo para um garoto que não podia ser muito mais velho que eu, e ele abriu um espaço para mim ao seu lado. Nós todos demos as mãos, e, quando eu segurei a dele, ela era macia, como as mãos de meu pai. Não sei por que isso me veio à cabeça, mas era o que eu estava pensando quando eles começaram a rezar o pai-nosso e, de repente, eu estava rezando junto.

Eu ia para o estudo da Bíblia todos os dias. Quando terminávamos de ler a Escritura, dizíamos "Amém", e então o Big Ike, que conduzia o grupo, perguntava:

— Quem vai para o tribunal amanhã?

Quase sempre alguém dizia que tinha uma audiência preliminar ou que o policial que fez a prisão ia testemunhar ou algo assim, e o Big Ike falava:

— Certo, então vamos rezar para que o policial não jogue você na fogueira — e ele encontrava uma passagem na Bíblia sobre redenção.

Twinkie era o garoto negro da minha idade. A gente falava muito sobre meninas e como sentíamos falta de ficar com elas. Mas, acredite ou não, o que mais falávamos era sobre as comidas que tínhamos vontade de comer. Eu cometeria um assalto a mão armada pelo Taco Bell; Twinkie só queria macarrão enlatado. De alguma maneira, não importava tanto qual era a cor da pele dele. Se eu o tivesse encontrado nas ruas de Hartford, teria caído de porrada em cima dele. Mas, na prisão, era diferente. Nós fazíamos dupla quando jogávamos cartas e roubávamos com sinais de mão e movimentos de olhos que combinávamos entre nós, porque ninguém esperava que o cara da supremacia branca e o garoto negro estivessem trabalhando juntos.

Um dia, eu estava sentado na sala comunitária com uma turma de caras brancos quando apareceu um tiroteio entre gangues no noticiário do meio-dia. O âncora na TV falava de balas perdidas e de quantas pessoas haviam se ferido acidentalmente.

— É por isso que, se a gente resolver ir contra as gangues, nós ganhamos — eu disse. — Eles não treinam tiro ao alvo como nós. Não sabem nem empunhar uma arma, olha só como seguram com força. Típica merda de preto.

Twinkie não estava sentado conosco, mas eu o vi do outro lado da sala. Os olhos dele passaram por mim, depois voltaram para o que ele estava fazendo. Mais tarde naquele dia, estávamos jogando cartas apostando cigarros, e eu fiz um sinal a ele para jogar ouros, porque eu ia cortar o ouros com um trunfo. Em vez disso, ele jogou paus e nós perdemos. Quando estávamos saindo da sala comunitária, eu me virei para ele.

— Que porra foi essa, cara? Eu te fiz um sinal.

Ele olhou direto para mim.

— Acho que foi só uma típica merda de preto — ele respondeu.

Eu pensei: *Cacete, ele ficou magoado comigo.* Depois: *E daí?*

Não é que eu tenha parado de me referir aos negros assim. Mas admito que às vezes, quando falava, a palavra parava em minha garganta como uma espinha de peixe antes de eu conseguir fazê-la sair.

Francis me encontra assim que enfio a bota na janela da frente do nosso duplex, empurrando para fora a velha moldura, que explode na varanda em uma chuva de lascas de madeira e vidro. Ele cruza os braços e ergue a sobrancelha.

— A madeira estava podre — explico. — E eu não tinha um pé de cabra.

Com o buraco aberto na parede, o ar frio invade a casa. A sensação é boa, porque estou ardendo em chamas.

— Então isso não tem nada a ver com a sua reunião — diz Francis, de uma maneira que sugere que tem *tudo* a ver com a última meia hora que passei no departamento de polícia local. Foi minha parada seguinte depois do hospital. Passei em casa para deixar Brit, que se enfiou de novo na cama, e fui direto para lá.

Minha reunião, na verdade, nem foi uma reunião. Só eu sentado na frente de um policial gordo chamado MacDougall, que registrou minha queixa contra Ruth Jefferson.

— Ele disse que ia investigar — murmuro. — O que quer dizer que nunca mais vou ter notícias disso.

— O que você falou para ele?

— Que aquela vagabunda matou o meu bebê.

MacDougall não sabia nada sobre meu filho ou sobre o que havia acontecido no hospital, então tive que contar toda a história triste outra vez. Ele me perguntou o que eu queria dele, como se não fosse evidente.

— Quero enterrar o meu filho — eu disse a ele. — E quero que ela pague pelo que fez.

O policial perguntou se não seria possível que eu estivesse apenas atordoado pela dor. Se eu não poderia ter interpretado mal o que vi.

— Ela não estava só fazendo ressuscitação — eu disse a MacDougall. — Ela estava machucando o meu bebê. Até um dos médicos disse para ela pôr menos força.

Eu falei que ela estava com raiva de mim. Imediatamente, o policial olhou para minhas tatuagens.

— Entendo — disse ele.

— Foi a porra de um crime de ódio — digo a Francis agora. — Mas imagine se alguém vai levantar a voz em nosso favor, mesmo a gente sendo minoria agora.

Meu sogro vem até o meu lado e arranca um pedaço de metal da cavidade da janela com as mãos desprotegidas.

— Você está ensinando o pai-nosso ao vigário, Turk — diz ele.

Francis não fala publicamente sobre supremacia branca há anos, mas eu sei que, em um depósito trancado a cinco quilômetros daqui, ele está armazenando armas para a guerra santa racial.

— Espero que você conserte isso — ele diz, e eu finjo não perceber que não está falando sobre a janela.

Nesse momento, meu celular toca. Eu o pego no bolso, mas não reconheço o número no visor.

— Alô?

— Sr. Bauer? É o sargento MacDougall. Conversamos algumas horas atrás.

Ponho a mão em volta do fone e me viro, produzindo um muro de privacidade com minhas costas.

— Eu queria lhe dizer que consegui falar com o departamento de gestão de riscos do hospital e com o médico-legista. A advogada Carla Luongo confirmou a sua história. O legista me disse que o seu filho morreu por convulsão hipoglicêmica, que levou a uma parada respiratória e depois a uma parada cardíaca.

— E o que isso quer dizer?

— Bom — diz ele —, a certidão de óbito já foi emitida para o hospital. Você pode enterrar o seu filho.

Fecho os olhos e, por um momento, não consigo nem encontrar uma resposta.

— Está bem — falo.

— Há mais uma coisa, sr. Bauer — MacDougall acrescenta. — O legista confirmou que havia hematomas na caixa torácica do seu filho.

Todo o meu futuro se equilibra no pequeno intervalo entre essa frase e a seguinte.

— Há indícios de que Ruth Jefferson pode ter tido culpa na morte do seu filho. E que esse pode ter sido um incidente com motivação racial — diz MacDougall. — Vou entrar em contato com o Ministério Público.

— Obrigado — respondo bruscamente e desligo. Então meus joelhos cedem e aterrisso com tudo na frente da janela quebrada. Sinto a mão de Francis em meu ombro. Embora não haja nenhuma barreira entre mim e o ar exterior, tenho dificuldade para respirar.

— Eu sinto muito, Turk — diz Francis, interpretando mal a minha reação.

— Não sinta. — Eu me levanto e corro para o quarto escuro onde Brit hiberna sob uma montanha de cobertores. Abro as cortinas e deixo o sol inundar o aposento. Eu a vejo se virar, apertando os olhos e fazendo uma careta, e seguro sua mão.

Não posso dar a ela o nosso bebê. Mas posso lhe dar a segunda melhor coisa.

Justiça.

Enquanto eu planejava minha vingança contra Yorkey durante os seis meses que passei na prisão, ele também andou ocupado. Ele havia se aliado a um grupo de motociclistas chamado Os Pagãos. Eram caras grandalhões que, eu imaginava, estavam envolvidos com drogas como ele. E ficaram mais do que satisfeitos em lhe dar proteção se isso significava que poderiam derrubar o líder do EMA de Hartford. Esse tipo de moral nas ruas era muito valorizado.

Passei meus primeiros dias fora da cadeia tentando reunir os antigos membros do grupo, mas eles sabiam o que estava para acontecer e todos tinham uma desculpa. "Eu larguei tudo por vocês", falei, quando vi que tinha perdido até os mais novos do esquadrão. "E é assim que me pagam?"

Mas a última coisa que eu ia fazer era deixar que alguém pensasse que ter ido para a prisão tinha me amolecido. Então, naquela noite, fui para a pizzaria que costumava ser o quartel-general não oficial do meu grupo e esperei até ouvir o ronco de uma dúzia de motocicletas estacionarem. Tirei a jaqueta, estalei as articulações dos dedos e saí para a viela atrás do restaurante.

Yorkey, o filho da puta, estava escondido atrás de uma muralha de músculos. Sério, o menor dos Pagãos tinha um e noventa de altura e cento e quarenta quilos.

Eu podia ser menor, mas era rápido. E nenhum daqueles caras tinha crescido se desviando dos punhos do meu avô.

Eu gostaria de poder contar o que aconteceu naquela noite, mas tudo o que posso dizer é o que os outros me falaram. Que eu corri como um alucinado para cima do maior dos caras e girei o punho de modo que o soco o atingiu direto na boca e arrancou todos os dentes da frente. Que levantei um deles do chão e o lancei como uma bola de canhão contra os demais. Que chutei um motoqueiro com tanta força na altura dos rins que ele ficou mijando vermelho por um mês. Que o sangue correu pela viela como chuva no calçamento.

Tudo que sei é que não tinha mais nada a perder a não ser minha reputação e que isso é munição suficiente para armar uma guerra. Não me lembro de nada, exceto de acordar na manhã seguinte na pizzaria, com um saco de gelo sobre a mão quebrada e um olho fechado de tão inchado.

Não lembro de nada, mas a notícia se espalhou. Não lembro de nada, mas, uma vez mais, eu virei uma lenda.

* * *

No dia em que enterro meu filho, o sol está brilhando. O vento vem do oeste e é cortante. Estou em pé diante do pequeno buraco na terra.

Não sei quem organizou todo esse funeral. Alguém teve que conseguir um lugar no cemitério, avisar as pessoas. Imagino que tenha sido Francis, que agora está de pé na frente do caixão, lendo um versículo da Escritura:

— "Eu orava por este menino, e o Senhor atendeu à minha súplica" — Francis recita. — "Da minha parte eu o dedico ao Senhor por todos os dias que viver. E se prostraram diante do Senhor."

Há colegas do trabalho aqui, e algumas amigas de Brit do Movimento. Mas há também pessoas que eu não conheço, que vieram em consideração a Francis. Um deles é Tom Metzger, o homem que fundou a Resistência Ariana Branca. Ele tem setenta e oito anos agora, e é um recluso como Francis.

Quando Brit começa a soluçar durante a leitura do salmo, eu estendo a mão para ela, mas ela se afasta. Em vez disso, volta-se para Metzger, que ela chamava de Tio Tommy quando criança. Ele põe o braço sobre os ombros de Brit e eu tento não sentir a ausência dela como um tapa.

Ouvi muitos lugares-comuns hoje: "Ele está em um lugar melhor"; "Ele agora é uma estrelinha no céu"; "O tempo cura todas as feridas". O que ninguém me contou sobre a dor é quanto ela é solitária. Não importa quem mais esteja sofrendo; você está em sua própria pequena cela. Mesmo quando as pessoas tentam consolá-lo, há a consciência de que agora existe uma barreira entre você e elas, construída pela coisa horrível que aconteceu, que o mantém isolado. Pensei que, no mínimo, Brit e eu sofreríamos juntos, mas ela mal suporta olhar para mim. Imagino se é pela mesma razão que tem me feito evitá-la: porque eu olho nos olhos dela e os vejo no rosto de Davis; porque noto a covinha em seu queixo e penso que meu filho tinha uma igual. Ela, que antes era tudo o que eu podia querer, é agora uma lembrança constante de tudo o que perdi.

Concentro a atenção no caixão que está sendo baixado. Mantenho os olhos muito abertos, porque assim as lágrimas não vão sair e eu não vou ficar parecendo uma mulherzinha.

Começo a produzir uma lista na cabeça de todas as coisas que nunca vou fazer com meu filho. *Vê-lo sorrir pela primeira vez. Comemorar seu pri-*

meiro Natal. Comprar uma pistola de ar comprimido para ele. Dar conselhos sobre como convidar uma garota para sair. Marcos de crescimento. A estrada da paternidade para mim perdeu todos os seus marcos.

De repente, Francis está na minha frente com a pá. Engulo em seco, pego-a e me torno a primeira pessoa a começar a enterrar meu filho. Depois de despejar uma porção de terra dentro do rasgo no chão, enfio a pá no solo outra vez. Tom Metzger ajuda Brit a levantá-la, com as mãos trêmulas, e a fazer a parte dela.

Sei que eu deveria ficar de vigília enquanto todos aqui ajudam a cobrir Davis de terra. Mas estou ocupado demais lutando contra a vontade de mergulhar naquela pequena cova. De tirar a terra com minhas próprias mãos. De levantar o caixão, abrir a tampa, salvar meu bebê. Estou me controlando com tanto empenho que meu corpo vibra com o esforço.

E, então, algo acontece que alivia toda essa tensão, que aciona a válvula de escape e deixa o vapor dentro de mim escapar. A mão de Brit desliza para a minha. Seus olhos ainda estão vazios por causa dos remédios e do sofrimento; seu corpo se inclina para longe de mim, mas ela definitivamente fez um gesto em minha direção. Ela definitivamente precisou de mim.

Pela primeira vez em uma semana, começo a pensar que talvez consigamos sobreviver.

Quando Francis Mitchum chama, você vai.

Após acabar com os Pagãos, recebi um bilhete escrito a mão de Francis, dizendo que ele tinha ouvido os rumores e queria saber se eram verdadeiros. Ele me convidou para encontrá-lo no sábado seguinte em New Haven e me passou um endereço. Fiquei um pouco surpreso quando dirigi até lá e descobri que era bem no meio de um bairro, mas imaginei que fosse uma reunião de seu esquadrão quando vi todos os carros estacionados na frente. Toquei a campainha e ninguém atendeu, mas ouvi a atividade nos fundos, então dei a volta pela lateral da casa e entrei pelo portão destrancado.

Quase imediatamente, fui atropelado por um enxame de crianças. Deviam ter uns cinco anos de idade, não que eu tivesse muita experiência com humanos desse tamanho. Estavam correndo na direção de uma mulher que segurava um bastão de beisebol, tentando organizar o grupo agitado em alguma forma de fila.

— É meu aniversário — disse um menininho. — Então eu tenho que ser o primeiro! — Ele agarrou o bastão e começou a batê-lo em uma pinhata: um preto de papel machê pendurado em uma forca.

Bem, pelo menos eu soube que estava no lugar certo.

Eu me virei para o outro lado e dei de cara com uma garota que segurava estrelas nas mãos. Tinha longos cabelos encaracolados e seus olhos eram do tom de azul mais pálido que eu já tinha visto.

Eu já tinha me encantado uma centena de vezes antes, mas nunca desse jeito. Não conseguia me lembrar nem mesmo da palavra *oi*.

— Você é um pouco velho para brincar — disse ela. — Mas pode tentar, se quiser.

Só fiquei olhando para ela, confuso, até entender que ela estava falando do cartaz com um perfil de nariz adunco pregado na lateral da casa. Eu queria brincar, sim, mas Pregue a Estrela no Judeu não era o que eu tinha em mente.

— Estou procurando Francis Mitchum — falei. — Ele me pediu para encontrá-lo aqui.

Ela estreitou os olhos para mim.

— Você deve ser o Turk — disse ela. — Ele está te esperando. — Ela se virou e caminhou para a casa com a graça de quem estava acostumado a ter pessoas seguindo seus passos.

Passamos por algumas mulheres na cozinha, que corriam da geladeira para os armários e de volta como grãos de pipoca pulando na chapa quente, explodindo uma de cada vez aos comandos: "Pegue os pratos! Não esqueça o sorvete!" Havia mais crianças dentro da casa, mas essas eram mais velhas — pré-adolescentes, imaginei, porque me faziam lembrar de mim mesmo não muito tempo antes —, totalmente absorvidas pelas palavras do homem que estava de pé na frente delas. Francis Mitchum era mais baixo do que eu me lembrava, mas a verdade era que eu só o vira sobre um pódio. Seu cabelo grisalho era volumoso e penteado para trás, e ele falava sobre a teologia da Identidade Cristã.

— A cobra — ele explicava — faz sexo com Eva. — As crianças se entreolharam quando ele disse a palavra *sexo*, como se ouvi-la falada em voz alta com tanta naturalidade fosse suas boas-vindas ao santuário da vida adulta. — Por que outro motivo Deus diria que ela não podia comer a maçã? Eles estão em um jardim, faça-me o favor. A maçã é um símbolo, e a queda do homem é fazer sexo. O Demônio vem a Eva na forma de uma cobra e a seduz a se deitar com ele, e ela fica grávida. Mas, então, ela se volta para Adão e o seduz para terem sexo. Ela tem Caim, que nasce com a marca do Demônio — um 666, uma Estrela de Davi. Isso mesmo, Caim é o primeiro judeu. Mas ela também dá à luz Abel, que é filho de Adão. E Caim mata Abel porque tem inveja, e ele é a semente de Satanás.

— Você acredita em toda essa bobagem? — perguntou a garota bonita ao meu lado. A voz dela era perfeitamente calma. Parecia um truque.

Algumas pessoas da supremacia branca eram seguidoras da Identidade Cristã, outras não. Raine era. Francis era. Eu era. Acreditávamos que nós éramos a *verdadeira* Casa de Israel, os escolhidos de Deus. Os judeus eram impostores e seriam varridos durante a guerra racial.

Eu sorri.

— Quando eu tinha mais ou menos a idade deles, estava com fome e roubei um sanduíche de linguiça em um posto de gasolina. Eu não me importei tanto por roubar, mas passei duas semanas convencido de que Deus ia me fulminar por ter comido carne de porco.

Quando o olhar dela encontrou o meu, foi como o intervalo entre o momento em que se liga o fogão e o momento em que a chama fica azul e ardente. Senti a possibilidade de uma explosão.

— Papai — ela anunciou. — Seu convidado está aqui.

Papai?

Francis Mitchum olhou para mim, desviando a atenção do grupo de pré-adolescentes com quem estava falando. Agora eles também olhavam para mim.

Ele passou por cima do emaranhado de pernas e segurou meu ombro.

— Turk Bauer. Que gentileza sua ter vindo.

— Foi uma honra ser convidado — respondi.

— Vejo que já conheceu Brittany — disse Francis.

Brittany.

— Não oficialmente. — Estendi a mão. — Oi.

— Oi — Brit repetiu, rindo. Ela segurou minha mão por um momento a mais, mas não o suficiente para alguém notar.

Exceto Mitchum, que, imaginei, não deixava muita coisa passar despercebida.

— Vamos caminhar um pouco? — disse ele, e eu o acompanhei de volta ao pátio.

Conversamos sobre o clima (a primavera está começando tarde este ano) e a viagem de Hartford para New Haven (obras demais na I-91S). Quando chegamos a um canto do quintal, perto de uma macieira, Mitchum sentou-se em uma cadeira de jardim e fez um gesto para que eu o imitasse. Dali, tínhamos uma visão panorâmica do jogo da pinhata. O menino aniversariante estava com o bastão outra vez, mas, até o momento, nenhum doce ainda havia sido derrubado.

— Ele é meu afilhado — disse Mitchum.

— Eu fiquei curioso por ter sido convidado para uma festa infantil.

— Gosto de conversar com a próxima geração — ele admitiu. — Me faz sentir que ainda sou relevante.

— Não diga isso, senhor. Eu acho que o senhor ainda é muito relevante.

— Agora, vamos falar de *você* — disse Mitchum. — Você ficou bastante conhecido nos últimos tempos.

Apenas concordei com a cabeça. Ainda não entendia por que Francis Mitchum havia me chamado.

— Eu soube que o seu irmão foi morto por um preto — disse ele. — E que o seu pai é veado...

Levantei a cabeça na mesma hora, com as faces em brasas.

— Ele não é mais meu pai.

— Calma, garoto. Nenhum de nós pode escolher os nossos pais. É o que nós escolhemos fazer com eles que importa. — Ele olhou para mim. — Quando foi a última vez que você o viu?

— Quando bati nele até ele desmaiar.

Uma vez mais, senti como se estivesse passando por um teste e devo ter respondido certo, porque Mitchum continuou falando.

— Você começou o seu próprio grupo e, pelo que muitas pessoas me disseram, é o melhor recrutador da Costa Leste. Levou a culpa por causa do seu segundo no comando e depois lhe deu uma lição assim que saiu da cadeia.

— Só fiz o que precisava ser feito.

— Bem — Mitchum respondeu —, não há muitos como você atualmente. Achei que honra fosse um artigo em extinção.

Nesse instante, um dos outros meninos arrebentou o pescoço da pinhata e as balas se derramaram em uma cascata sobre a grama. As crianças caíram sobre os doces, recolhendo-os nas mãos.

A mãe do aniversariante veio da cozinha trazendo uma bandeja de cupcakes.

— Parabéns a você — ela começou a cantar, e as crianças se aglomeraram em volta da mesa de piquenique.

Brittany saiu na varanda. Seus dedos estavam azuis de cobertura de bolo.

— Quando eu tinha um esquadrão — disse Mitchum —, ninguém no Movimento queria ter qualquer ligação com drogas. Agora, pelo amor de Deus, os garotos arianos estão se juntando aos skinheads vermelhos em reservas para *fazer* metadona num lugar onde a polícia federal não possa intervir.

Nesta data querida!

— Eles não estão se juntando — eu disse a Mitchum. — Eles estão se unindo contra inimigos comuns: os mexicanos e os negros. Não defendo o que eles estão fazendo, mas entendo por que acabam sendo aliados improváveis.

Muitas felicidades!

Mitchum apertou os olhos.

— Aliados improváveis — repetiu. — Por exemplo, um cara velho com experiência... e um jovem com os maiores colhões que eu já vi. Um homem que conhece a geração anterior de anglos e um que poderia liderar a próxima. Um cara que cresceu nas ruas... e outro que cresceu com tecnologia. Ora, essa poderia ser uma dupla e tanto.

Muitos anos de vida!

Do outro lado do pátio, o olhar de Brit cruzou com o meu e ela ficou vermelha.

— Estou escutando — falei.

Depois do funeral, todos voltam para nossa casa. Há cozidos, tortas e bandejas de salgados que não vou comer. As pessoas ficam me dizendo que sentem muito pela minha perda, como se tivessem alguma coisa a ver com isso. Francis e Tom sentam-se do lado de fora, na varanda, que ainda tem alguns cacos de vidro de meu projeto com a janela, e bebem a garrafa de uísque que Tom comprou.

Brit está sentada no sofá como o centro de uma flor, cercada pelas pétalas de suas amigas. Quando alguém que ela não conhece bem chega perto demais, elas se fecham em volta. Por fim, elas vão embora, dizendo coisas como "Ligue se precisar de mim" e "Vai ficar um pouco mais fácil a cada dia". Em outras palavras: mentiras.

Estou acompanhando o último visitante até a porta quando um carro estaciona. A porta se abre e MacDougall, o policial que registrou minha queixa, sai na calçada. Ele caminha até os degraus onde estou, com as mãos nos bolsos.

— Ainda não tenho nenhuma informação para você — diz ele, com objetividade. — Vim dar minhas condolências.

Sinto Brit se aproximar por trás de mim como uma sombra.

— Meu bem, este é o policial que vai nos ajudar.

— Quando? — ela pergunta.

— Bem, senhora, as investigações dessas coisas levam tempo…

— Essas coisas — Brit repete. — Essas *coisas*. — Ela passa por mim me empurrando da sua frente e fica cara a cara com o policial. — O meu filho não é uma *coisa*. *Era* — ela corrige, a voz travando. — Não *era* uma coisa.

Então ela se vira e desaparece nas entranhas da casa. Eu olho para o policial.

— Foi um dia difícil.

— Eu entendo. Assim que o promotor entrar em contato comigo, vou…

Mas ele não conclui a frase, porque o som de algo se quebrando enche o espaço atrás de mim.

— Preciso ir — digo, fechando a porta na cara dele.

Há outro estrondo antes de eu chegar à cozinha. Assim que entro, uma vasilha de macarrão passa voando ao lado do meu rosto e atinge a parede atrás de mim.

— Brit! — exclamo, me aproximando dela, e ela atira um copo na minha cabeça. Ele bate em minha testa e, por um momento, vejo estrelas.

— Isto era para eu me sentir melhor? — Brit grita. — Eu odeio essa merda de macarrão com queijo!

— Amor. — Eu a seguro pelos ombros. — Eles estavam tentando ser amáveis.

— Eu não quero que eles sejam amáveis — diz ela, com as lágrimas correndo pelo rosto agora. — Eu não quero a piedade deles. Não quero nada, exceto aquela vagabunda que matou o meu bebê.

Eu a abraço, embora ela continue com o corpo rígido.

— Isso ainda não acabou.

Ela me empurra com tanta força e tão inesperadamente que cambaleio para trás.

— Deveria ter acabado — diz ela, com tanto veneno nas palavras que fico paralisado. — *Já teria acabado*, se você fosse homem de verdade.

Um músculo se contrai em meu queixo e eu aperto os punhos, mas não reajo. Francis, que entrou na cozinha em algum momento, aproxima-se por trás de Brit e passa o braço por sua cintura.

— Venha, florzinha. Vou te levar para cima. — Ele a conduz para as escadas.

Eu sei o que ela está dizendo: que um guerreiro não é muito guerreiro quando luta atrás de um computador. É verdade que tornar nosso movimento clandestino foi ideia do Francis, e foi um plano brilhante e astucioso, mas Brit tem razão. Há uma grande diferença entre a gratificação instantânea que vem de acertar um soco e o orgulho mais lento que vem de espalhar o medo pela internet.

Pego a chave do carro no balcão da cozinha e, um momento mais tarde, estou cruzando a cidade, perto dos trilhos do trem. Penso, por um rápido instante, em encontrar o endereço daquela enfermeira negra. Tenho o conhecimento tecnológico para fazer isso em menos de dois minutos.

O que é mais ou menos o tempo que a polícia levaria para apontar o dedo para mim, caso algo acontecesse com ela ou com sua propriedade.

Em vez disso, estaciono sob um viaduto e saio do carro. Meu coração bate apressado, a adrenalina a mil. Faz tanto tempo que não vou para as ruas que tinha me esquecido da sensação de euforia, diferente de qualquer coisa que o álcool, os esportes ou uma paixão podem provocar.

A primeira pessoa que aparece no meu caminho está inconsciente. Um sem-teto, bêbado, drogado ou adormecido sobre um pedaço de papelão embaixo de uma montanha de sacos plásticos. Ele nem sequer é negro. Só é... fácil.

Eu o agarro pela garganta e ele desperta de um pesadelo para outro.

— O que está olhando? — grito na cara dele, embora eu o tenha preso pelo pescoço, de modo que ele não poderia olhar para mais nada a não ser para mim. — Qual é o seu problema?

Então dou uma cabeçada em sua boca que lhe arranca os dentes. Jogo-o de volta na calçada e escuto um estalo satisfatório quando o crânio dele bate no chão.

A cada golpe, consigo respirar um pouco melhor. Há anos não faço isso, mas é como se fosse ontem: meus punhos têm memória muscular. Soco esse estranho até ele se tornar alguém que nunca será reconhecido, porque essa é a única maneira de lembrar quem eu sou.

RUTH

Quando se é enfermeira, sabe-se melhor do que a maioria das pessoas que a vida continua. Há dias bons e dias ruins. Há pacientes que ficam na lembrança e aqueles que você só quer esquecer. Mas há sempre mais uma mãe em trabalho de parto, ou dando à luz, que leva você adiante. Há sempre uma nova ninhada de pequeninos seres humanos que ainda não escreveram nem a primeira frase na história de sua vida. O processo de nascimento é uma tamanha linha de montagem, na verdade, que sempre me surpreendo quando sou forçada a parar e olhar duas vezes — como quando uma bebê que ajudei a nascer aparentemente ontem reaparece de repente como minha paciente, prestes a ter seu próprio filho. Ou quando o telefone toca e a advogada do hospital me pergunta se eu poderia ir até lá para *conversar*.

Não lembro se alguma vez já conversei com Carla Luongo. Para ser sincera, nem sei se sabia que a advogada do hospital — perdão, a *coordenadora de gestão de riscos* — se chamava Carla Luongo. Mas eu nunca tive problemas antes. Nunca fui um risco que precisasse ser gerido.

Faz duas semanas desde a morte de Davis Bauer. Catorze dias em que continuo indo para o hospital e fazendo meu trabalho de pendurar bolsas de soro, dizer às mulheres para fazer força e ensiná-las a fazer o recém-nascido pegar o seio. Mas, mais importante, são catorze noites em que acordo assustada, revivendo não a morte daquele bebê, mas os momentos anteriores a ela. Reproduzindo as cenas em câmera lenta e de trás para a frente, e aparando as arestas da narrativa em minha cabeça de modo que comece a acreditar no que disse a mim mesma. No que disse aos outros.

No que digo a Carla Luongo, ao telefone, quando ela liga.

— Será um prazer conversar com você — falo, quando o que realmente penso é: *Estou encrencada?*

— Ótimo — ela responde. — Que tal às dez horas?

Hoje meu turno começa às onze, então digo a ela que tudo bem. Anoto o andar da sala dela enquanto Edison entra na cozinha. Ele abre a geladeira e pega o suco de laranja. Parece que vai beber direto da garrafa, mas eu levanto a sobrancelha e ele muda de ideia.

— Ruth? — Carla Luongo diz ao meu ouvido. — Ainda está aí?

— Estou. Desculpe.

— Vejo você logo mais, então?

— Com certeza — respondo animada e desligo.

Edison senta e despeja uma pilha de cereal em uma tigela.

— Estava falando com alguém branco?

— Que pergunta esquisita é essa?

Ele dá de ombros e vira o leite na tigela, depois enrola a resposta em volta da colher que enfia na boca.

— Sua voz muda.

Carla Luongo tem um furo na meia-calça. Eu devia estar pensando em muitas outras coisas, inclusive em qual seria a necessidade daquela entrevista, mas me vejo focada no furo em sua meia de seda e imaginando que, se ela fosse outra pessoa — alguém que eu considerasse *amiga* —, eu a avisaria discretamente para poupá-la de algum constrangimento.

A questão é que, embora Carla fique me dizendo que está do meu lado (há lados?) e que isso é uma formalidade, tenho dificuldade de acreditar nela.

Passei os últimos vinte minutos relatando minuciosamente como acabei ficando sozinha no berçário com o bebê Bauer.

— Então você foi instruída a não encostar no bebê — a advogada repete.

— Sim — digo, pela vigésima vez.

— E você não encostou nele até… Como foi mesmo que disse? — Ela clica o botão da caneta.

— Até receber a ordem de Marie, a enfermeira-chefe.

— E o que ela disse?

— Ela me mandou começar as compressões. — Suspiro. — Escute, você já escreveu tudo isso. Não tenho mais nada para lhe contar além do que já disse. E o meu turno já vai começar. Será que terminamos?

A advogada se inclina para a frente e apoia os cotovelos nos joelhos.

— Você teve alguma interação com os pais?

— Brevemente. Antes de eu ser proibida de atender o bebê.

— Você ficou brava?

— O quê?

— Você ficou brava? Quer dizer, você foi deixada com esse bebê, sozinha, quando já tinha recebido ordens para não tocar nele.

— Estávamos com pouca gente. Eu sabia que não seria muito tempo até Corinne ou Marie voltarem para me substituir —digo, e então percebo que não respondi à pergunta dela. — Eu não estava brava.

— No entanto, a dra. Atkins alega que você fez um comentário inconsequente sobre esterilizar o bebê — a advogada retruca.

Fico boquiaberta.

— Você falou com a pediatra?

— É meu trabalho falar com todo mundo — ela responde.

Eu a encaro.

— Os pais obviamente acham que eu estou contaminada — digo. — Foi só uma brincadeira idiota. — Que poderia não ter significado absolutamente nada, se todo o resto não tivesse acontecido. *Se. Se. Se.*

— Você estava prestando atenção no bebê? Você estava pelo menos olhando para ele?

Eu hesito e, mesmo naquele instante, sinto que esse é o ponto principal, o momento a que vou voltar e esfregar em minha mente até que ele esteja tão gasto que eu não consiga mais me lembrar de nenhum detalhe. Não posso contar à advogada que desobedeci às ordens de Marie, porque isso pode custar meu emprego. Mas também não posso contar que tentei ressuscitar o bebê porque, nesse caso, essas ordens pareceriam legítimas.

Pois eu toquei naquele bebê, e ele morreu.

— O bebê estava bem — digo com cuidado. — E então eu o ouvi ofegar.

— O que você fez?

Olho para ela.

— Segui as ordens. Minhas instruções eram para não fazer nada — digo a Carla Luongo. — Então eu não fiz. — Hesito. — Claro que outra enfermeira na minha situação poderia ter olhado para aquele aviso no prontuário do bebê e o achado... preconceituoso.

Ela sabe o que estou querendo dizer. Eu poderia processar o hospital por discriminação. Ou, pelo menos, quero que ela pense que eu poderia, quando, na verdade, fazer isso ia me custar um dinheiro que não tenho para um advogado, além dos meus amigos e do meu emprego.

— Naturalmente — Carla diz com tranquilidade — esse não é o tipo de funcionário que gostaríamos de ter em nosso quadro. — Em outras palavras: *Continue ameaçando processar o hospital e sua carreira aqui está terminada.* Ela anota alguma coisa em seu pequeno caderno com capa de couro preto e se levanta. — Bem, obrigada pelo seu tempo.

— De nada. Você sabe onde me encontrar.

— Ah, eu sei — diz ela, e durante todo o caminho para a ala obstétrica tento descartar a sensação de que essas três simples palavras podem ser uma ameaça.

Quando chego ao meu andar, porém, não tenho tempo para me afogar em dúvidas. Marie me vê sair do elevador e agarra meu braço com expressão de alívio.

— Ruth — diz ela. — Esta é a Virginia. Virginia, esta é a Ruth, uma das nossas enfermeiras obstétricas mais experientes.

A mulher parada à minha frente observa de olhos arregalados uma maca que está sendo empurrada pelo corredor para o que deve ser uma cesariana de emergência. Isso é tudo de que preciso para entender o que está acontecendo ali.

— Virginia — digo com gentileza —, a Marie está um pouco sobrecarregada agora, então por que não vem comigo?

Marie me lança um olhar de agradecimento silencioso e corre atrás da maca.

— Então — digo para Virginia —, uma aluna não convencional?

Ao contrário da maioria das candidatas a enfermeira com carinhas de bebê que costumamos ver por aqui, Virginia tem mais de trinta anos.

— Comecei tarde — ela explica. — Ou cedo, dependendo do ponto de vista. Tive meus filhos cedo e quis vê-los fora de casa antes de começar minha carreira oficial. Você deve achar que eu sou louca por voltar a estudar com esta idade.

— Antes tarde do que nunca — digo. — Além disso, ser mãe devia contar como treinamento em obstetrícia, não acha?

Intercepto a enfermeira que está encerrando seu turno e descubro quais são os quartos que vou assumir: uma dupla com uma G1 DMG agora P1 de quarenta semanas e quatro dias que teve parto vaginal às cinco da manhã; o bebê está em glicemia Q3h por vinte e quatro horas; uma G2 P1 de trinta e oito semanas e dois dias em trabalho de parto ativo.

— Quantas letrinhas — diz Virginia.

— São abreviações — rio. — A gente se acostuma. Mas vou traduzir para você. Vamos pegar dois quartos. Um é uma mãe com diabete gestacional que deu à luz hoje de manhã e um bebê que precisa medir a glicemia a cada três horas. O outro é uma mulher em trabalho de parto que já tem um filho — explico —, então pelo menos ela já fez isso antes. É só seguir as minhas orientações.

Com isso, entro no quarto dessa última.

— Olá, sra. Braunstein — digo para a paciente, que aperta com força a mão do parceiro. —Eu soube que você já tem experiência. Meu nome é Ruth e esta é Virginia. Virginia, pegue uma cadeira para o sr. Braunstein, por favor? — Mantenho uma conversa calma e constante enquanto examino o monitor fetal e apalpo sua barriga. — Tudo parece bem.

— Mas eu não estou me *sentindo* bem — a mulher diz, apertando os dentes.

— Vamos cuidar disso — respondo com tranquilidade.

A sra. Braunstein olha para Virginia.

— Quero um parto na água. Isso está no meu plano.

Virginia concorda com a cabeça, hesitante.

— Está bem.

— Depois que monitorarmos por uns vinte minutos, vamos ver como o bebê está indo e, se for possível, com certeza vamos levar você para a banheira — digo.

— A outra coisa é que não queremos circuncisão se for menino — diz a sra. Braunstein. — Vamos fazer um bris.

— Sem problemas — respondo. — Vou deixar anotado no prontuário.

— Eu sei que devo estar com uns seis centímetros — diz ela. — Quando tive o Eli, vomitei bem nessa fase e estou começando a ficar enjoada agora...

Pego a cuba e a passo para Virginia.

— Vamos ver se conseguimos examinar você primeiro — sugiro, calçando um par de luvas de látex e levantando os lençóis no pé da cama.

A sra. Braunstein se vira para Virginia.

— Tem certeza de que é uma boa ideia?

— Humm. — Ela se vira para mim. — Sim?

Baixo o lençol.

— Sra. Braunstein — digo —, a Virginia é *estudante* de enfermagem. Eu estou nisto há vinte anos. Se quiser, tenho certeza de que ela adoraria aperfeiçoar a formação dela medindo a sua dilatação. Mas, se estiver sentindo algum desconforto e quiser apenas terminar logo com esta parte, vou ter prazer em cuidar disso.

— Ah! — A paciente fica muito vermelha. — Eu pensei...

Que ela fosse a enfermeira responsável. Porque, embora Virginia seja dez anos mais nova que eu, ela é branca.

Solto o ar, do mesmo modo que ensino minhas futuras mães a fazer, e, como elas, com essa expiração deixo a contrariedade ir embora. Ponho a mão gentilmente sobre o joelho da sra. Braunstein e lhe ofereço um sorriso profissional.

— Vamos ajudar o bebê a sair — sugiro.

* * *

Minha mãe ainda trabalha para Mina Hallowell na mansão em Upper West Side. Desde que o sr. Sam morreu, é a sra. Mina que minha mãe ajuda. Sua filha, Christina, mora perto, mas tem a própria vida. Seu filho, Louis, mora em Londres com o marido, que é diretor teatral em West End. Aparentemente, eu sou a única pessoa que acha irônico que minha mãe seja três anos mais *velha* que a mulher que ela ajuda. Todas as vezes que lhe falo para se aposentar, porém, ela desconversa e diz que os Hallowell precisam dela. Eu arriscaria dizer que minha mãe precisa igualmente dos Hallowell, nem que seja apenas para sentir que ainda tem um propósito na vida.

Mamãe tem folga apenas aos domingos e, como eu geralmente estou dormindo nesse dia depois de um longo plantão noturno no sábado, quando a visito tem que ser na casa dos Hallowell. Mas não a visito com muita frequência. Digo a mim mesma que é por causa do trabalho, ou de Edison, ou de mil outras razões que acabam passando na frente, mas na verdade um pequeno pedaço de mim morre toda vez que entro lá e vejo minha mãe naquele triste uniforme azul, com um avental branco amarrado na cintura. Eu imaginaria que, depois de todo esse tempo, a sra. Mina diria simplesmente para minha mãe se vestir como quisesse, mas não. Talvez seja por essa razão que, *quando* a visito, faço questão de usar a porta da frente, com o porteiro, em vez do elevador de serviço nos fundos. Há uma parte perversa de mim que gosta de saber que vou ser anunciada como qualquer outro visitante. Que o nome da filha da empregada vai ser escrito em um livro de registro.

Hoje, quando minha mãe me recebe, ela me dá um abraço apertado.

— Ruth! Se essa não é a melhor das surpresas! Eu sabia que hoje ia ser um bom dia.

— Mesmo? — digo. — Por quê?

— Eu pus meu casaco pesado porque o tempo está mudando e, imagine só, achei uma nota de vinte dólares no bolso que estava lá desde o outono passado. E aí eu disse para mim mesma: *Lou, ou isso é um bom presságio, ou é o começo do Alzheimer.* — Ela sorri. — Escolhi o primeiro.

Adoro o jeito como as rugas desgastaram seu sorriso. Adoro ver como a idade vai ficar no meu rosto um dia.

— O meu netinho está aqui também? — ela pergunta, olhando atrás de mim no corredor. — Você trouxe o menino para mais uma daquelas visitas a faculdades?

— Não, mamãe, ele está no colégio agora. Vai ter que ser só eu.

— *Só você* — ela brinca. — Como se não fosse suficiente. — Ela fecha a porta enquanto desabotoo o casaco. Ela estende a mão para pegá-lo, mas eu mesma vou pendurá-lo no armário. A última coisa que quero é que minha mãe me sirva também. Ponho o casaco ao lado do dela e, pelos velhos tempos, passo a mão no avesso macio do cachecol da sorte da mamãe antes de fechar o armário.

— Onde está a sra. Mina? — pergunto.

— Fazendo compras no centro, com a Christina e o bebê — diz ela.

— Não quero interromper se você estiver ocupada...

— Para você, minha querida, eu sempre tenho tempo. Venha comigo para a sala de jantar. Só estou fazendo uma limpezinha. — Ela caminha pelo corredor e eu a sigo, observando com atenção o modo como ela se apoia mais no joelho direito por causa da bursite no esquerdo.

Sobre a mesa da sala de jantar há um lençol branco estendido, e os fios de cristais que formam o enorme candelabro do teto estão depositados sobre ele como trilhas de lágrimas. No centro há uma vasilha cheirando forte a solução de amônia. Minha mãe se senta e retoma sua tarefa de mergulhar cada fio e depois deixá-lo secar ao ar.

— Como você tirou esses fios? — pergunto, olhando para o candelabro.

— Com cuidado — minha mãe responde.

Penso nela se equilibrando sobre a mesa ou numa cadeira.

— É muito perigoso você continuar fazendo esse tipo de coisa...

Ela faz um gesto me dispensando.

— Faço isso há cinquenta anos. Posso limpar os cristais até em coma.

— Bom, continue subindo para tirar os fios do candelabro e pode ter que ser assim mesmo. — Franzo a testa. — Você foi ao ortopedista que eu indiquei?

— Ruth, pare de me tratar como bebê. — Ela começa a preencher o espaço entre nós perguntando sobre as notas de Edison. Diz que Adisa está preocupada que seu menino de dezesseis anos largue a escola (algo que ela não mencionou para mim na manicure). Enquanto conversamos, eu a ajudo a levantar os fios de cristais e mergulhá-los na solução de amônia, sentindo o líquido queimar minha pele, e o orgulho, ainda mais ardido, queimar minha garganta.

Quando minha irmã e eu éramos pequenas, mamãe costumava nos trazer aqui com ela aos sábados. Ela apresentava isso como um grande acontecimento, um privilégio: "Nem todas as crianças são tão comportadas que possam ir com a mãe para o trabalho! Se vocês forem boazinhas, deixo apertarem o botão do elevador que traz os pratos da sala de jantar para a cozinha!" Mas o que começava como diversão perdia a graça depressa para mim. É verdade que às vezes a gente brincava com Christina e suas Barbies, mas, quando havia alguma amiga dela na casa, Rachel e eu ficávamos confinadas à cozinha ou à lavanderia, onde a mamãe nos ensinava a passar a ferro punhos e colarinhos. Aos dez anos, finalmente me rebelei. "Talvez isso esteja bom para *você*, mas eu não quero ser escrava da sra. Mina", falei para minha mãe, alto o bastante para talvez ser ouvida, e ela me deu um tapa. "*Não* use essa palavra para descrever um trabalho pago e honesto", corrigiu. "O mesmo emprego que pôs este blusão no seu corpo e estes sapatos nos seus pés."

O que eu não percebia na época era que nosso aprendizado tinha um propósito mais elevado. Estávamos aprendendo o tempo todo: a dobrar as pontas dos lençóis ao arrumar a cama, a limpar rejuntes de azulejos, a engrossar molhos. Minha mãe vinha nos ensinando a ser autossuficientes, para que nunca estivéssemos na posição em que a sra. Mina estava, incapazes de fazer as coisas por conta própria.

Acabamos de limpar as gotas de cristal e eu subo na cadeira enquanto minha mãe as passa para mim uma a uma, para pendurar no candelabro outra vez. Elas são ofuscantes em sua beleza.

— E agora — diz mamãe, quando quase terminamos —, você vai me contar o que está acontecendo ou vou ter que arrancar à força?

— Não tem nada acontecendo. Eu só fiquei com saudade de você, só isso.

É verdade. Eu vim para Manhattan porque queria vê-la. Queria ir a algum lugar em que soubesse que seria valorizada.

— O que aconteceu no trabalho, Ruth?

Quando eu era criança, a intuição de minha mãe era tão assustadora que levei muitos anos para perceber que ela não tinha poderes psíquicos. Ela não conhecia o futuro; ela só *me* conhecia.

— Geralmente você não para de falar de trigêmeos ou de um sogro que deu um soco em um novo papai na sala de espera. Hoje, nem mencionou o hospital.

Desço da cadeira e cruzo os braços. As melhores mentiras são as que se enrolam em volta de um núcleo de verdade. Então, embora eu deixe nitidamente de fora qualquer menção a Turk Bauer ou ao bebê morto ou a Carla Luongo, conto à minha mãe sobre a estudante de enfermagem e a paciente que pressupôs tão facilmente que ela era a enfermeira responsável, não eu. As palavras são despejadas como uma cachoeira, com mais força do que eu esperava. Quando termino, estamos as duas sentadas na cozinha, e minha mãe pôs uma xícara de chá na minha frente.

Mamãe aperta os lábios, como se pesasse os fatos.

— Pode ser só impressão sua.

Imagino se é por isso que sou do jeito que sou, se é essa a razão de eu tender a arrumar desculpas para todos, exceto para mim, e de tentar com tanto empenho me encaixar naturalmente. Minha mãe tem sido o modelo desse comportamento há anos.

Mas e se ela estiver certa? Será que estou exagerando? Reproduzo a interação em minha cabeça. Não é a mesma coisa que o incidente com Turk Bauer. A sra. Braunstein nunca mencionou a cor da minha pele. E se minha mãe estiver certa e eu só estiver sendo extremamente sensível? E se *eu* estiver supondo que os comentários da paciente aconteceram porque Virginia é branca e eu não? Isso faria de *mim* aquela que não consegue ver além da questão da raça?

Ouço a voz de Adisa em minha mente com perfeita clareza: *Isso é exatamente o que eles querem, que você se questione. Enquanto conseguirem fazer você pensar que não tem valor, eles a mantêm acorrentada.*

— Tenho certeza que a moça não quis dizer nada com isso — mamãe declara.

Mas me fez sentir menor mesmo assim.

Não digo isso em voz alta, mas penso, e sinto um calafrio na espinha. Essa não sou eu. Eu não acuso; não acredito que a maioria das pessoas brancas me julgue porque eu sou negra ou suponha que são superiores a mim. Não ando pelo mundo à procura de uma desculpa para começar uma briga. Deixo isso para Adisa. Quanto a mim, faço o possível para voar abaixo do radar. Claro, eu sei que o racismo existe e que pessoas como Turk Bauer estão agitando essa bandeira, mas não julgo todos os brancos pelas ações históricas de uns poucos.

Ou, pelo menos, nunca tinha feito isso antes.

É como se o pequeno post-it colado no prontuário de Davis Bauer tivesse feito um corte em uma artéria vital e eu não soubesse como estancar o sangramento.

De repente, ouço um tilintar de chaves e uma movimentação quando a sra. Mina, sua filha e o neto voltam para casa. Mamãe corre até o hall para pegar seus casacos e sacolas de compras e eu vou atrás. Os olhos de Christina se arregalam quando me veem, e ela me abraça enquanto mamãe tira o casaco de neve de seu filho de quatro anos, Felix.

— Ruth! — ela exclama. — É o destino. Mamãe, eu não estava agora mesmo falando com você sobre o filho da Ruth?

A sra. Mina olha para mim.

— Ela estava mesmo. Ruth, querida, como você está bonita. Nem uma ruguinha nessa pele. Incrível, você não envelhece.

Uma vez mais, ouço Adisa em minha mente: *Negro não envelhece.* Vigorosamente, abafo essa voz e envolvo com carinho a pequena sra. Mina em meu abraço.

— A senhora também não, sra. Mina.

— Ah, vá em frente com essas mentiras. — Ela finge descartar minhas palavras, depois dá um sorriso maroto. — Não, sério. Vá em frente. Eu adoro ouvir cada uma delas.

Tento fazer um sinal para minha mãe.

— Acho melhor eu ir...

— Não encurte a sua visita por nossa causa — diz a sra. Mina, pegando Felix dos braços de minha mãe. — Fique o tempo que quiser. — Ela se vira para mamãe. — Lou, nós vamos tomar o chá na sala dourada.

Christina segura minha mão.

— Venha comigo — diz e me arrasta escada acima para o quarto em que costumávamos brincar.

É uma espécie de santuário, com a mesma mobília de quando ela era criança, mas agora há um berço e uma desordem de brinquedos pelo chão. Piso em algo que quase me desequilibra, e Christina sacode a cabeça.

— Ah, meu Deus, o Playmobil do Felix. Não é loucura gastar centenas de dólares nessas coisas de plástico? Mas você conhece o Felix. Ele adora esses piratas.

Eu me agacho para examinar o navio cheio de detalhes enquanto Christina remexe em seu guarda-roupa. Há um capitão de casaco vermelho e chapéu preto com uma pena e vários piratas enfiados na teia plástica dos cordames. No convés, há um boneco com a pele plástica de um tom marrom-alaranjado e um pequeno aro prateado no pescoço.

Meu Deus, isso seria um escravo?

Sim, é historicamente exato. Mas, ainda assim, é um *brinquedo*. Por que representar *essa* parte do passado? O que virá em seguida, um campo de concentração de prisioneiros de guerra japoneses? Um Lego das Trilhas das Lágrimas dos indígenas americanos? Um jogo da caça às bruxas de Salem?

— Eu queria contar antes que você lesse no jornal — diz Christina. — O Larry está pensando em concorrer ao Congresso.

— Uau — respondo. — E o que você está achando disso?

Ela me abraça.

— *Obrigada*. Sabia que você é a primeira amiga para quem eu conto que não age como se esse fosse o primeiro passo para a Casa Branca ou começa a falar se devíamos arranjar uma casa em Bethesda ou em Arlington? Você é a primeira pessoa, ponto, a quem ocorreu que eu pudesse ter alguma escolha nessa questão.

— E você não tem? Parece uma mudança bastante grande para toda a família.

— É — diz Christina. — Não sei se eu tenho força para ser mulher de político.

Eu rio.

— Você tem força para governar o país sozinha.

— É *exatamente* isso que estou dizendo. Aparentemente, eu tenho que esquecer o fato de que sou graduada *summa cum laude* e, em vez disso, ficar em volta segurando meu lindo filhinho e sorrindo como se o único pensamento que pudesse ter na cabeça fosse o tom de batom que combina com a blusa. — Christina suspira. — Me promete uma coisa? Se eu um dia cortar o cabelo curtinho parecendo um capacete, você faz uma eutanásia em mim?

Olha só, digo a mim mesma. *Aqui está a prova*. Conheço Christina a minha vida inteira. E, sim, pode haver diferenças entre nós — socioeconômicas, políticas, raciais —, mas isso não significa que não podemos nos conectar, humana com humana, amiga com amiga.

— Para mim parece que você já está decidida — comento.

Ela me olha com ar desamparado.

— Não consigo dizer "não" para ele. — Suspira. — Foi por isso que eu me apaixonei.

— Eu sei — digo. — Mas poderia ser pior.

— Como?

— Os congressistas têm mandato de dois anos. Dois anos passam em um piscar de olhos. Imagine se ele decidisse ser *senador*.

Ela estremece, depois sorri.

— Se ele chegar até a Casa Branca — diz Christina —, vou contratar você como minha chefe de gabinete.

— Talvez ministra da Saúde — contraponho.

Christina dá o braço para mim enquanto voltamos à sala dourada, onde minha mãe pousa uma bandeja com xícaras de porcelana na mesa, um bule de chá e uma travessa de cookies caseiros de amêndoas. Felix está sentado no chão, brincando com um trenzinho de madeira.

— Humm, Lou, eu sonho com esses cookies — diz Christina. Ela abraça minha mãe antes de pegar um. — Nós somos tão felizes de ter você como parte da família.

Família não recebe salário, penso.

E sorrio. Mas, como qualquer coisa que a gente veste e não serve direito, sinto o sorriso repuxar.

Durante um daqueles Sábados de Servidão Contratada, quando eu estava brincando de esconde-esconde com Christina e Rachel, fiz uma curva errada e me vi em uma sala que ficava fora dos nossos limites. O escritório do sr. Hallowell costumava ficar trancado, mas quando virei a maçaneta, desesperada para me esconder do grito agudo de Christina avisando: "Prontas ou não, aqui vou eu...", acabei tropeçando para dentro do santuário secreto.

Rachel e eu tínhamos passado muito tempo imaginando o que poderia haver por trás daquela porta fechada. Ela achava que fosse um laboratório, com fileiras e fileiras de partes de corpos em conserva. Eu achava que eram doces, porque, para a minha cabeça de sete anos, esse era o bem mais valioso que justificava ficar trancado. Mas, quando aterrissei sobre as mãos e os joelhos no tapete oriental do escritório do sr. Hallowell, a realidade foi bem decepcionante: havia um sofá de couro. Prateleiras e prateleiras do que pareciam rodas prateadas. Uma tela de projeção portátil. E, passando o filme pelos dentes rangentes de um projetor, estava o próprio Sam Hallowell.

Sempre achei que o sr. Hallowell parecia um ator de cinema, e mamãe costumava dizer que ele praticamente *era* um. Quando ele se virou, fixando-me com seu olhar, tentei arrumar uma desculpa para ter invadido seu território proibido, mas fui distraída pela imagem granulosa, na tela, da Sininho acendendo fogos de artifício animados sobre um castelo.

— Isso é tudo que vocês já conheceram — disse ele, e eu percebi que a fala dele era esquisita, que as palavras se misturavam umas com as outras. Ele levou um copo à boca e ouvi o tilintar das pedras de gelo. — Vocês não têm ideia de como foi ver o mundo mudar diante dos olhos.

Na tela, um homem que não reconheci estava falando. "As cores iluminam tudo, não é?", disse ele, enquanto uma parede preto e branca de fotos atrás dele explodia em todos os tons do arco-íris.

— Walt Disney era um gênio — comentou o sr. Hallowell. Ele se sentou no sofá e bateu no assento ao seu lado, e eu subi lá. Um pato de desenho animado com óculos e um forte sotaque enfiava a mão em latas de tinta animadas e derrubava o conteúdo no chão. "Mistura-se tudo e elas formam uma lama… e depois se tem preto", o pato dizia, misturando a tinta com seu pé de dedos ligados, até ela ficar cor de ébano. "Isto é exatamente como as coisas eram no começo dos tempos. Pretas. O homem estava completamente no escuro no que se refere a cores. Por quê? Porque ele era ignorante."

O sr. Hallowell estava suficientemente perto agora para eu sentir seu hálito — azedo, como o do meu tio Isaiah, que havia perdido o Natal no ano anterior porque a mamãe disse que ele tinha enchido a cara.

— Christina e Louis e você e sua irmã não conhecem nada diferente. Para vocês, sempre foi assim. — Ele se levantou de repente e virou para mim de um jeito que o projetor deixou seu rosto na sombra, em uma dança de silhuetas brilhantes. — O programa a seguir é trazido até você em cores na NBC! — exclamou, estendendo tanto os braços que o líquido em seu copo derramou no tapete. — O que acha, Ruth?

Eu achava que queria que ele saísse da frente para poder ver o que o pato ia fazer.

A voz do sr. Hallowell se acalmou.

— Eu dizia isso antes de todos os programas — ele me contou. — Até que a TV em cores se tornou tão comum que ninguém mais precisava lembrar que aquilo era um milagre. Mas antes disso, *antes* disso, eu era a voz do futuro. Eu. Sam Hallowell. *O programa a seguir é trazido até você em cores na NBC!*

Eu não disse para ele sair da frente para eu poder ver o desenho. Fiquei sentada com as mãos no colo, porque sabia que, às vezes, quando as pessoas falavam, não era porque tinham algo importante para dizer. Era porque tinham uma necessidade muito forte de que alguém as ouvisse.

De madrugada, depois que minha mãe já tinha nos trazido para casa e colocado na cama, tive um pesadelo. Abri os olhos e tudo estava em tons de cinza, como o homem na tela antes de ficar rosado e o fundo explodir em cores. Vi a mim mesma correndo pela mansão, forçando portas trancadas, até que o escritório do sr. Hallowell se abriu. O filme a que havíamos assistido estava passando no projetor, mas as imagens eram em preto e branco agora. Comecei a gritar e minha mãe veio correndo, e Rachel e a sra. Mina e Christina, e até o sr. Hallowell, mas, quando contei que meus olhos não estavam funcionando e que toda a cor no mundo tinha desaparecido, eles riram de mim. "Ruth", disseram, "este é o jeito que sempre foi. E sempre será."

Quando o trem chega de volta a New Haven, Edison já está em casa, debruçado sobre a mesa da cozinha, fazendo sua lição.

— Oi, meu bem — digo, dando um beijo no topo de sua cabeça ao entrar, depois um abraço extraforte. — Este é da sua avó Lou.

— Você não devia estar no trabalho?

— Ainda tinha meia hora até meu turno começar e decidi que prefiro passar esse tempo com você e não no trânsito.

Os olhos dele voam para mim.

— Você vai chegar atrasada.

— Você vale isso — digo. Pego uma maçã na vasilha no centro da mesa da cozinha (sempre deixo algo saudável ali, porque Edison come o que quer que esteja fácil de pegar) e dou uma mordida, enquanto estendo a mão para alguns dos papéis espalhados na frente do meu filho.

— Henry O. Flipper — leio. — Parece nome de duende.

— Ele foi o primeiro afro-americano a se graduar em West Point. Todo mundo no programa avançado de história tem que dar uma aula sobre um herói americano, e estou pesquisando qual vai ser o meu.

— Quem mais está concorrendo?

Edison olha para mim.

— Bill Pickett, caubói e astro de rodeios negro. E Christian Fleetwood, um soldado negro na Guerra Civil que ganhou uma Medalha de Honra.

Vejo as fotografias granulosas de cada homem.

— Eu não conheço nenhuma dessas pessoas.

— É, essa é a questão — diz Edison. — Nós conhecemos Rosa Parks, o dr. King e é praticamente isso. Já ouviu falar de um cara chamado Lewis Latimer? Ele fez o desenho das peças do telefone para os registros de patente de Alexander Graham Bell e trabalhou como desenhista e especialista em patentes para Thomas Edison. Mas você não me deu o nome dele, porque nem sabia que ele existia. Nas poucas vezes que pessoas que se parecem conosco estão fazendo história, é uma nota de rodapé.

Ele diz isso sem amargura, do mesmo jeito como anunciaria que acabou o ketchup ou que suas meias ficaram cor-de-rosa na máquina de lavar — como se fosse algo que não o deixa feliz, mas com que não adianta se abalar muito, porque é improvável que consiga mudar o resultado neste momento específico. Eu me vejo pensando na sra. Braunstein e em Virginia outra vez. É como uma farpa toda hora cutucando minha mente, e Edison acabou de pressioná-la com força de novo. Será que eu realmente nunca havia notado essas coisas antes? Ou estive diligentemente mantendo os olhos fechados?

Edison dá uma olhada em seu relógio de pulso.

— Mãe — diz —, você vai chegar *muito* atrasada.

Ele tem razão. Digo o que ele pode esquentar para o jantar, a que horas deve ir para a cama, a que horas meu turno termina. Depois me apresso para o carro e dirijo até o hospital. Pego todos os atalhos que posso, mas ainda assim estou dez minutos atrasada. Subo as escadas em vez de esperar o elevador e, quando chego à área obstétrica, estou ofegante e suada. Marie está de pé no posto de enfermagem, como se estivesse à minha espera.

— Desculpe — digo imediatamente. — Eu estava em Nova York com a minha mãe, depois fiquei presa no trânsito e...

— Ruth... não posso deixar você trabalhar esta noite.

Estou perplexa. Corinne se atrasa mais da metade do tempo, já eu tenho uma única transgressão e sou punida por isso?

— Não vai mais acontecer — digo.

— Não posso deixar você trabalhar — Marie repete, e percebo que ela não me olhou de frente nem uma vez. — Fui informada pelo RH que a sua licença está sendo suspensa.

De repente, meu corpo é uma pedra.

— O quê?

— Sinto muito — ela sussurra. — A segurança vai escoltá-la para fora do prédio depois que você esvaziar o seu armário.

— Espere — digo, notando os dois grandalhões rondando atrás do balcão. — Isso não pode ser sério. Por que a minha licença está sendo suspensa? E como eu vou trabalhar sem ela?

Marie respira fundo e vira para os seguranças. Eles avançam.

— Senhora? — um deles me diz e me indica a sala de repouso, como se, depois de vinte anos, eu talvez não soubesse o caminho.

A pequena caixa de papelão que carrego para o carro tem uma escova de dentes, pasta, um frasco de Advil, um blusão e uma coleção de fotos de Edison. Isso é tudo que deixo em meu armário no trabalho. Ela está no banco de trás e a toda hora chama minha atenção no espelho retrovisor e me surpreende, como um passageiro inesperado.

Ligo para o advogado do sindicato antes mesmo de sair do estacionamento. São cinco da tarde e as chances de que ele esteja em sua sala são mínimas, por isso, quando ele atende o telefone, começo a chorar. Conto sobre Turk Bauer e o bebê, e ele me tranquiliza e diz que vai dar uma investigada e depois me retorna.

Tenho que ir para casa. Tenho que ver se está tudo bem com Edison. Mas isso vai provocar uma conversa sobre por que não estou no trabalho e não sei se consigo lidar com essa situação neste momento. Se o advogado do sindicato fizer seu trabalho, de repente eu posso até ser reintegrada antes do meu turno amanhã à noite.

Então meu telefone toca.

— Ruth? — diz Corinne. — Que *porra* é essa que está acontecendo?

Eu me recosto no banco do carro e fecho os olhos.

— Eu não sei — admito.

— Espere aí — diz ela, e ouço sons abafados. — Estou dentro da droga do armário de suprimentos para ter privacidade. Liguei assim que fiquei sabendo.

— Ficou sabendo do quê? Eu não sei de nada, exceto que minha licença está sendo suspensa.

— Bom, aquela bruxa da advogada do hospital disse alguma coisa para a Marie sobre má conduta profissional...

— Carla Luongo?

— Quem é essa?

— A bruxa da advogada do hospital. Ela me jogou na fogueira — digo com amargura. Carla e eu havíamos tido uma ideia das cartas uma da outra e eu tinha achado que isso era suficiente para concordarmos implicitamente que ambas tínhamos ases. Mas nunca esperei que ela fosse abrir seu jogo tão depressa. — Aquele pai racista deve ter ameaçado com um processo e ela me sacrificou para salvar o hospital.

Houve uma pausa. Tão pequena que talvez, se eu não estivesse prestando atenção, nem a teria percebido. E então Corinne, minha colega, minha amiga, diz:

— Não deve ter sido intencional.

Na Dalton, havia uma mesa no refeitório em que todos os outros alunos negros se sentavam, exceto eu. Uma vez, outra aluna bolsista negra me convidou para sentar com eles. Eu agradeci, mas expliquei que geralmente passava esse horário ajudando uma amiga branca que não entendia trigonometria. Não era verdade. A verdade é que a mesa dos negros deixava minhas amigas brancas nervosas, porque, mesmo que elas fossem se sentar lá comigo, seriam toleradas, mas não bem-vindas. Em um mundo em que elas sempre estavam integradas, o único lugar em que isso *não* acontecia incomodava muito.

A outra verdade era que, se eu me sentasse com os alunos negros, não poderia fingir que era diferente deles. Quando o sr. Adamson, meu professor de história, começou a falar de Martin Luther King e ficava toda hora olhando para mim, minhas amigas brancas desconsideraram: "Ele não teve essa intenção". Na mesa dos negros, se uma aluna falasse que o sr. Adamson tinha olhado muito para ela durante essa mesma aula, outro aluno afro-americano validaria a experiência: "Aconteceu comigo também".

Eu queria tanto me integrar no colégio que me cercava de pessoas que pudessem me convencer de que, se eu sentisse que estivesse sendo excluída por causa da cor da minha pele, só estaria vendo o que não existia, imaginando, sendo ridícula.

Não havia uma mesa de negros na cafeteria do hospital. Havia vários funcionários de limpeza negros, e um ou dois médicos, e eu.

Tenho vontade de perguntar a Corinne quando foi a última vez que ela foi negra, porque só então teria o direito de me dizer se as ações de Carla Luongo eram intencionais ou acidentais. Em vez disso, respondo que preciso ir e desligo enquanto ela ainda está respondendo. Depois saio do estacionamento do hospital onde estive me escondendo por duas décadas, sob a autopista que pulsa como uma artéria com o tráfego que segue na direção de Nova York. Passo por um pequeno mar de barracas de veteranos de guerra sem-teto e por uma negociação de drogas em andamento e estaciono na frente do conjunto habitacional onde minha irmã mora. Ela atende a porta com um bebê no quadril, uma colher de pau na mão e uma expressão no rosto que sugere que estava me esperando há anos.

— Por que você está surpresa? — pergunta Adisa. — O que achou que ia acontecer quando se mudou para a Vila Branca?

— East End — corrijo, e ela só me olha de lado.

Estamos sentadas à mesa da cozinha. Considerando o número de crianças que moram lá, o apartamento é incrivelmente limpo. Páginas de cadernos de colorir estão pregadas na parede e há uma travessa de macarrão no forno. Na cozinha, a filha mais velha de Adisa, Tyana, está alimentando a bebê no cadeirão. Dois dos meninos estão jogando Nintendo na sala. Seu outro filho está em algum lugar pela rua.

— Detesto dizer que eu avisei...

— Não, não detesta — murmuro. — Você estava *esperando* desde sempre para me dizer isso.

Ela encolhe os ombros, concordando.

— Era você quem vivia dizendo: "Adisa, você não sabe do que está falando. A cor da minha pele não interfere em nada". E, quem diria, você *não* é um deles, é?

— Se eu estivesse com vontade de ser saco de pancadas, teria ficado no hospital. — Escondo o rosto nas mãos. — O que vou falar para o Edison?

— A verdade? — Adisa sugere. — Não há vergonha nisso. Você não fez nada errado. É melhor ele aprender mais cedo do que a mãe que ele pode andar no meio dos brancos, mas isso não o torna menos negro.

Quando Edison era mais novo, Adisa ficava com ele depois da escola nos meus turnos da tarde, até que ele me implorou para deixá-lo ficar em casa sozinho. Seus primos riam dele por não entender as gírias que eles falavam, e, quando ele começou a dominá-las, seus amigos brancos na escola o encaravam como se ele fosse um extraterrestre. Eu também tinha dificuldade para entender meus sobrinhos, que se cutucavam e riam no sofá, até que Tyana bateu nos dois com um pano de prato para eles saírem e a deixarem pôr o bebê para dormir. ("Tamo vazando", ouvi um dos meninos dizer e levei alguns minutos até perceber o que significava, e que Tabari estava zombando da cara do irmão por achar que era grande coisa só por ter ganhado uma rodada do jogo.) Edison talvez não se encaixasse entre os meninos brancos da escola, mas isso pelo menos ele podia atribuir à sua pele. Só que ele não se encaixava entre os primos também, e *estes* eram como ele.

Adisa cruza os braços.

— Você precisa arranjar um advogado e processar logo esse hospital.

— Advogados custam dinheiro — gemo. — Eu só quero que tudo isso desapareça.

Meu coração começa a bater muito forte. Não posso perder nossa casa. Não posso pegar minhas economias, que são todas para financiar a faculdade do Edison, e acabar com elas para podermos comer, pagar a hipoteca da casa e comprar gás. Não posso arruinar as oportunidades deomeu filho só porque as minhas explodiram na minha cara.

Adisa deve ter notado que estou à beira de um colapso, porque segura minha mão.

— Ruth — ela diz com doçura —, seus amigos podem ter se voltado contra você. Mas sabe qual é a coisa boa de ter uma irmã? É para sempre.

Ela fixa os olhos nos meus, os dela tão escuros que mal dá para distinguir a borda entre a íris e a pupila. Mas eles são firmes, e ela não me solta, e devagar, devagar, eu me permito respirar.

Quando volto para casa, às sete horas, Edison vem correndo para a porta.
— O que está fazendo em casa? — ele pergunta. — Está tudo bem?
Colo um sorriso no rosto.
— Eu estou bem, meu amor. Só houve uma confusão com os turnos, então a Corinne e eu fomos jantar no Olive Garden.
— Trouxe alguma sobra?
Abençoado seja o adolescente, que não vê nada além da própria fome.
— Não — eu lhe digo. — Nós dividimos um prato.
— Lá se foi minha esperança — ele resmunga.
— Você acabou escrevendo sobre Latimer?
Ele sacode a cabeça.
— Não. Acho que vou escolher Anthony Johnson. Primeiro proprietário de terras negro. Em 1651.
— Uau — respondo. — Impressionante.
— É, mas tem um probleminha. Ele era um escravo que veio da Inglaterra para a Virgínia e trabalhava em uma plantação de tabaco, até que ela foi atacada por nativos e só cinco pessoas sobreviveram. Ele e a esposa, Mary, reivindicaram cem hectares de terra. O problema é que ele tinha escravos. E não sei se quero ser eu a contar isso para o resto da classe, entende? É uma coisa que eles podem usar contra mim algum dia em uma discussão. — Ele sacode a cabeça, perdido em pensamentos. — Como ele *pôde* fazer isso, se ele mesmo sabia como era ser escravo?
Penso em todas as coisas que fiz para sentir que pertencia ao topo: instrução, casamento, esta casa, manter uma barreira entre mim e minha irmã.
— Não sei — digo devagar. — Neste mundo, as pessoas com poder eram donas de outras pessoas. Talvez ele tenha achado que era isso que precisava fazer para se sentir poderoso também.

— Isso não significa que seja certo — Edison diz.

Eu o abraço pela cintura e aperto com força, pressionando o rosto em seu ombro para que ele não possa ver as lágrimas em meus olhos.

— Por que isso?

— Porque — murmuro — você faz este mundo ser um lugar melhor.

Edison retribui o abraço.

— Imagine o que eu poderia fazer se você tivesse me trazido frango à parmegiana.

Depois que ele vai para a cama, eu olho a correspondência. Contas, contas e mais contas, e um envelope fino do Departamento de Saúde Pública, revogando minha licença de enfermagem. Fico olhando para ele por cinco minutos inteiros, mas as palavras não se materializam em nada além do que elas são: a prova de que isto não é um pesadelo de que eu vou acordar, surpresa com minha própria imaginação maluca. Em vez disso, eu me sento na sala de estar, com os pensamentos correndo depressa demais para que eu tenha alguma esperança de dormir. É um engano, nada mais. Eu sei disso e só preciso fazer todos os outros verem também. Sou enfermeira. Eu curo pessoas. Eu levo conforto a elas. Eu conserto coisas. Posso consertar *isto*.

O celular toca em meu bolso. Dou uma olhada no número: é o advogado do sindicato me ligando de volta.

— Ruth — diz ele, quando atendo. — Espero que não seja muito tarde.

Quase dou risada. Como se eu fosse conseguir dormir esta noite.

— Por que o Departamento de Saúde Pública suspendeu a minha licença?

— Por causa de uma alegação de possível negligência — ele explica.

— Mas eu não fiz nada errado. Trabalho lá há vinte anos. Eles podem me demitir?

— Você tem problemas maiores do que manter o emprego. Foi aberto um processo criminal contra você, Ruth. O Estado está te acusando de ser responsável pela morte daquele bebê.

— Eu não entendo — digo, a frase afiada como uma faca em minha língua.

— Eles já solicitaram o acolhimento da acusação pelo juiz. Meu conselho é que você contrate um advogado de defesa. Isso está fora da minha alçada.

Isso não é real. *Não pode* ser real.

— Minha supervisora me disse para não encostar no bebê e eu não encostei, e agora vou ser punida por isso?

— O Estado não se importa com o que a sua supervisora disse — o advogado sindical responde. — O Estado só vê um bebê morto. Eles estão te acusando porque acham que você falhou como enfermeira.

— Você está errado. — Sacudo a cabeça no escuro e digo as palavras que engoli durante minha vida inteira. — Eles estão me acusando porque eu sou negra.

Apesar de tudo, eu adormeço. Sei disso porque, quando ouço a britadeira às três da manhã, penso que é parte de um sonho: eu, presa no trânsito, atrasada para o trabalho, enquanto um grupo de trabalhadores na pista cria um cânion entre mim e o lugar para onde tenho que ir. Em meu sonho, aperto a buzina do carro. A britadeira não para.

E então, de repente, estou atravessando a superfície da consciência e a britadeira de batidas explode quando a polícia arranca a porta das dobradiças e invade minha sala de estar, de armas na mão.

— O que vocês estão fazendo? — grito. — O que estão fazendo?

— Ruth Jefferson? — um deles grita de volta, e não encontro minha voz, não consigo falar, então só sacudo o queixo: *Sim*. Imediatamente, ele puxa meu braço para trás, me empurra para o chão com o rosto para baixo e apoia o joelho em minhas costas enquanto prende uma pulseira plástica em volta dos meus pulsos. Os outros estão virando a mobília, derrubando gavetas no chão, jogando os livros das prateleiras. — O juiz acolheu a denúncia contra você de homicídio doloso e homicídio culposo — diz o policial. — Você está presa.

Outra voz perfura o pequeno eco dessas palavras.

— Mamãe? — Edison pergunta. — O que está acontecendo?

Todos os olhos se voltam para a porta do quarto.

— Não se mova! — grita outro policial, apontando a arma para o meu bebê. — Mãos para cima!

Eu começo a gritar.

Eles estão em cima de Edison, três deles forçando-o a se deitar. Ele tem os pulsos imobilizados. Vejo-o tentando vir em minha direção, o pânico tensionando cada músculo de seu pescoço, o branco de seus olhos virando enquanto ele tenta ver se estou bem.

— Larguem o meu filho — soluço. — Ele não tem nada a ver com essa história!

Mas eles não sabem disso. Tudo o que veem é um garoto negro de um metro e oitenta de altura.

— Faça o que eles mandam, Edison — falo, chorando. — E avise a sua tia.

Minhas articulações estalam quando o policial que me segura no chão me levanta de repente pelos pulsos, puxando meu corpo de um jeito que ele não quer ir. Os outros policiais seguem atrás, deixando o conteúdo dos meus armários de cozinha, minhas estantes, minhas gavetas em pilhas no chão.

Estou bem acordada agora, sendo arrastada de camisola e chinelos pelos degraus da varanda, o que me faz tropeçar e raspar o joelho na calçada antes de ser empurrada para a traseira de um carro de polícia. Rezo a Deus para alguém ter lembrado de soltar as mãos do meu filho. Rezo a Deus para que meus vizinhos, que foram acordados pela algazarra em nossa área tranquila às três da manhã e estão parados na porta com seus rostos brancos refletindo a lua, se perguntem um dia por que permaneceram em completo silêncio, sem se questionarem se havia alguma coisa que pudessem fazer para ajudar.

Eu já estive na delegacia antes. Fui lá quando rasparam a lateral do meu carro no estacionamento do supermercado e o imbecil que causou o estrago simplesmente fugiu. E segurei a mão de uma paciente que havia sofrido agressão sexual e não conseguia ter coragem de contar para as autoridades. Mas, agora, sou trazida para a delegacia pela porta traseira, onde as luzes fluorescentes brilhantes me fazem piscar. Sou entregue a outro policial, quase um menino, que me faz sentar e pergunta meu nome, endereço, data de nascimento, número do Seguro Social. Falo tão baixo que algumas vezes ele tem que me pedir para falar mais alto. Depois sou levada para o que parece uma copiadora, só que não é. Meus dedos são rolados um por um pela superfície de vidro e as digitais aparecem em uma tela.

— Incrível isto, não é? — o garoto diz.

Imagino se minhas impressões digitais já estão no sistema. Quando Edison estava no jardim da infância, fui com ele a um evento de dia da segurança da comunidade, para colher suas impressões digitais. Ele estava apavorado, então eu as colhi primeiro. Naquela época, eu acreditava que a pior coisa que poderia acontecer no mundo era que ele fosse tirado de mim.

Nunca me ocorreu que *eu* pudesse ser tirada *dele*.

Sou então posicionada na frente de uma parede de concreto e fotografada de frente e de perfil.

O jovem policial me conduz para a única cela que nossa delegacia tem, que é pequena, escura e muito fria. Há um vaso sanitário no canto e uma pia.

— Por favor — digo, pigarreando quando ele fecha a porta da cela. — Quanto tempo vou ficar aqui?

Ele me olha, não sem compaixão.

— O tempo que for necessário — responde, enigmático, e vai embora.

Eu me sento no longo banco. Ele é de metal e o frio atravessa minha camisola. Tenho vontade de fazer xixi, mas sinto vergonha de fazer isso aqui, neste lugar aberto. E se eles vierem me buscar bem agora?

Eu me pergunto se Edison falou com Adisa, se agora mesmo ela está tentando me tirar daqui. Imagino se Adisa contou a história para ele sobre o bebê que morreu. Imagino se meu próprio menino está me culpando.

Tenho um repentino vislumbre de mim mesma apenas doze horas atrás, mergulhando fios de cristal em uma solução de amônia enquanto música clássica tocava na mansão dos Hallowell. A incongruência me faz engasgar com uma risada. Ou talvez seja um soluço. Não sei mais.

Talvez, se Adisa não conseguir me tirar daqui, os Hallowell consigam. Eles conhecem pessoas que conhecem pessoas. Mas primeiro seria preciso contar para a minha mãe o que aconteceu, e, embora ela fosse me defender até a morte, sei que haveria uma parte dela que pensaria: *Como chegou a esse ponto? Como essa menina, por quem eu trabalhei tanto para dar uma vida feliz, acabou em uma cela de delegacia?*

E eu não saberia a resposta. De um lado da balança está minha educação. Minha formação como enfermeira. Meus vinte anos de trabalho no hospital. Minha pequena e boa casa. Meu Toyota RAV4 impecável. Meu filho membro da National Honor Society por mérito escolar. Todos esses blocos compondo minha existência, e, no entanto, a única característica que pesa para o outro lado é tão volumosa e densa que inclina a balança todas as vezes: minha pele marrom.

Bem.

Eu não me esforcei tanto na vida para nada. Ainda posso usar aquele belo diploma universitário e os anos que passei na companhia de pessoas brancas para reverter esta situação, para fazer os policiais compreenderem que isso é um mal-entendido. Como eles, eu moro nesta cidade. Como eles, eu pago meus impostos. Eles têm muito mais em comum comigo do que com o fanático furioso que deu início a esta catástrofe.

Não tenho ideia de quanto tempo se passou até alguém voltar para a cela; não tenho relógio. Mas é tempo suficiente para aquela faísca de esperança arder em meu peito outra vez. Então, quando ouço o barulho da chave na fechadura, levanto os olhos com um sorriso de gratidão.

— Vou levar você para o interrogatório — diz o jovem policial. — Tenho que... hum... você sabe. — Ele aponta para as minhas mãos.

Eu me levanto.

— Você deve estar exausto — comento. — Acordado a noite inteira.

Ele encolhe os ombros, mas também enrubesce.

— Alguém tem que fazer o trabalho.

— Aposto que a sua mãe tem muito orgulho de você. Eu sei que *eu* teria. Acho que o meu filho é só um pouco mais novo que você. — Estendo as mãos à frente, inocente e de olhos arregalados, e ele olha para os meus pulsos.

— Eu... acho que não precisa — diz, depois de um instante. Mas pega meu braço e me conduz com firmeza.

Escondo um sorriso dentro de mim. Conto isso como uma vitória.

Sou deixada sozinha em uma sala com um grande espelho que tenho certeza de que é uma janela para um espaço do outro lado da parede. Há um gravador sobre a mesa e um ventilador está girando no teto, embora esteja muito frio aqui também. Flexiono as mãos sobre o colo, esperando. Não olho para meu reflexo, porque sei que eles estão observando, e assim só consigo ter um vislumbre de mim mesma. Vestida em minha camisola, eu poderia bem ser um fantasma.

Quando a porta se abre, dois detetives entram: um grandalhão e uma mulherzinha pequena como um elfo.

— Sou o detetive MacDougall — diz o homem. — E esta é a detetive Leong.

Ela sorri para mim. Tento interpretar aquilo. *Você também é mulher*, penso, com esperança na telepatia. *Você é uma asiática americana. Já esteve no meu lugar metaforicamente, se não literalmente.*

— Gostaria de um copo de água, sra. Jefferson? — oferece a detetive Leong.

— Eu agradeceria — digo.

Enquanto ela vai buscar a água, o detetive MacDougall me explica que eu não preciso falar com eles, mas, se falar, o que eu disser poderá ser usado contra mim no tribunal. No entanto, ele acrescenta, se eu não tiver nada a esconder, talvez queira lhes dar o meu lado da história.

— Sim — digo, embora já tenha assistido a séries policiais suficientes para saber que deveria ficar de boca fechada. Mas aquilo é ficção; isto é vida real. Eu não fiz nada ilegal. E, se eu não explicar, como alguém vai ficar sabendo? Se eu não explicar, isso não me fará parecer culpada?

Ele pergunta se pode ligar o gravador.

— Claro — respondo. — E obrigada. Obrigada por se dispor a me ouvir. Acho que tudo isso é um grande mal-entendido.

A detetive Leong está de volta. Ela me dá a água e eu bebo tudo, um copo inteiro de duzentos e cinquenta mililitros. Não sabia até começar como eu estava com sede.

— Seja como for, sra. Jefferson — diz MacDougall —, nós temos indícios bem fortes para contradizer o que está dizendo. A senhora não nega que estava presente quando Davis Bauer morreu?

— Não. Eu estava lá. Foi horrível.

— O que estava fazendo na hora?

— Eu fazia parte da equipe de emergência. O bebê ficou muito mal, muito depressa. Fizemos o melhor que pudemos.

— No entanto, acabei de examinar fotos do médico-legista que sugerem que a criança sofreu abuso físico...

— Escute — interrompo —, eu não toquei naquele bebê.

— A senhora acabou de dizer que fez parte da equipe de emergência — MacDougall lembra.

— Mas eu não toquei no bebê até ele começar a entrar em parada cardíaca.

— E, nesse ponto, a senhora começou a bater no peito do bebê...

Meu rosto fica vermelho de calor.

— O quê? Eu não fiz nada disso. Eu estava fazendo RCP...

— Com entusiasmo um pouco excessivo, de acordo com testemunhas — o detetive acrescenta.

Quem?, penso, percorrendo em minha mente uma lista de todas as pessoas que estavam lá comigo. Quem teria visto o que eu estava fazendo e não reconhecido o que era: um atendimento médico de emergência?

— Sra. Jefferson — pergunta a detetive Leong —, a senhora teve alguma discussão com alguém no hospital sobre seus sentimentos por esse bebê e sua família?

— Não. Eu fui tirada do caso e só.

MacDougall estreita os olhos.

— A senhora não teve um problema com Turk Bauer?

Eu me forço a respirar fundo.

— Nós temos discordâncias.

— A senhora se sente assim em relação a todas as pessoas brancas?

— Alguns dos meus melhores amigos são brancos. — Eu o encaro com firmeza.

MacDougall me olha por tanto tempo que consigo ver suas pupilas encolherem. Sei que ele está esperando que eu desvie o olhar primeiro. Em vez disso, levanto o queixo.

Ele se afasta da mesa e se levanta.

— Tenho que dar um telefonema — diz e sai da sala.

Conto isso como uma vitória também.

A detetive Leong se senta na borda da mesa. Seu distintivo está preso no quadril; é brilhante, como um brinquedo novo.

— Você deve estar cansada — diz ela, e posso ouvir em sua voz o mesmo jogo que tentei jogar com o jovem policial na cela.

— Enfermeiras se acostumam a trabalhar dormindo muito pouco — digo, sem alterar a voz.

— E você é enfermeira há um bom tempo, certo?

— Vinte anos.

Ela ri.

— Nossa, eu estou neste trabalho há nove meses. Nem imagino fazer qualquer coisa por tanto tempo assim. Mas acho que não é trabalho se você ama o que faz, não é?

Concordo com a cabeça, ainda cautelosa. Mas, se tenho alguma chance de fazer esses detetives compreenderem que estou sendo acusada injustamente, será com ela.

— É verdade. E eu amo o que faço.

— Deve ter sido horrível para você quando a sua supervisora lhe falou que não poderia mais cuidar daquele bebê — diz ela. — Especialmente com o seu nível de experiência.

— É, não foi o melhor dos meus dias.

— Quer saber como foi o meu primeiro dia no emprego? Dei perda total em um carro de polícia. Entrei direto em uma barreira num local fechado para obras. Sério. Eu tive a nota mais alta no exame para detetive, mas, em campo, fui uma piada. Os outros caras da minha classe ainda me chamam de Colisão. Vamos ser sinceras: uma detetive mulher tem que trabalhar duas vezes melhor que os caras, mas eles só se lembram de mim por um único erro. Fiquei tão brava. Ainda *estou*.

Olho para ela, com a verdade se equilibrando na ponta da língua, como uma bala dura. *Eu não devia tocar o bebê. Mas toquei, mesmo sabendo que poderia ter problemas por causa disso. E, ainda assim, não foi suficiente.*

— Escute, Ruth — a detetive acrescenta —, se foi um acidente, agora seria o momento para você me dizer. Talvez a mágoa que estava sentindo tenha afetado você. Seria totalmente compreensível, dadas as circunstâncias. Apenas me diga, e eu vou fazer o que puder para que isso tudo transcorra mais facilmente.

E é quando eu percebo que ela ainda acha que eu tive culpa.

Que ela não está sendo simpática comigo ao contar sua própria história. Ela está sendo manipuladora.

Aquelas séries de TV estão certas.

Engulo em seco e mando a honestidade para o fundo da barriga. Em vez dela, falo três palavras curtas em uma voz que não reconheço.

— Quero um advogado — digo.

FASE 1

TRANSIÇÃO

As teclas do piano são pretas e brancas, mas soam como um milhão de cores na mente.

— María Cristina Mena

KENNEDY

Quando chego ao escritório, Ed Gourakis, um dos meus colegas, está falando sem parar do novo contratado. Uma das nossas defensoras públicas júnior saiu para ter bebê e avisou ao RH que não vai voltar. Eu sabia que Harry, nosso chefe, andava fazendo entrevistas, mas só quando Ed me cerca em meu cubículo descubro que a decisão já foi tomada.

— Você já se encontrou com ele? — Ed pergunta.

— Ele quem?

— Howard. O novato.

Ed é o tipo de cara que foi para a defensoria pública porque *podia*. Em outras palavras: ele tem uma herança tão grande que não importa se nossos salários são péssimos. No entanto, apesar de ter crescido com todos os privilégios possíveis, para ele nada está bom o bastante. O Starbucks do outro lado da rua serve café quente demais. Houve um acidente na I-95N que o fez se atrasar vinte minutos. A máquina automática no tribunal não tem mais Skittles.

— Eu entrei aqui há exatamente quatro segundos. Como poderia ter encontrado alguém?

— Bom, é evidente que ele está aqui para cumprir a meta da diversidade. É só você ir seguindo as poças no chão. O garoto ainda nem deixou as fraldas.

— Em primeiro lugar, a piada não funciona porque fralda boa não vaza. Segundo, e daí se ele é jovem? Eu sei que é difícil alguém com a sua idade avançada lembrar... mas você também já foi jovem um dia.

— Havia — diz Ed, baixando a voz — candidatos mais *merecedores*.

Procuro os arquivos de que preciso entre as pilhas em minha mesa. Há um punhado de bilhetes cor-de-rosa de mensagens telefônicas esperando por mim que eu ignoro solenemente.

— Sinto muito que o seu sobrinho não tenha sido escolhido — murmuro.

— Muito engraçado, McQuarrie.

— Ed, estou cheia de trabalho para fazer. Não tenho tempo para fofocas de escritório. — Eu me inclino para a tela do computador e finjo estar incrivelmente concentrada no primeiro e-mail que aparece, que, por acaso, é uma propaganda de loja.

Por fim, Ed percebe que não vou continuar a conversa e se dirige à sala de intervalo, onde, claro, o café não vai estar do jeito certo e seu creme favorito vai estar em falta. Fecho os olhos e me recosto na cadeira.

De repente, escuto uma movimentação do outro lado do meu cubículo e um rapaz negro alto e magro aparece. Ele está usando um terno barato com gravata-borboleta e óculos hipster. É evidente que é o novo contratado do escritório e estava sentado ali o tempo todo, ouvindo os comentários de Ed.

— Hashtag constrangido — diz ele. — Eu sou o Howard, caso você ainda tenha alguma dúvida.

Estico o rosto em um sorriso tão largo que penso nos bonecos que Violet vê em *Vila Sésamo*, cujas mandíbulas caem da articulação quando sentem uma emoção grande demais.

— Howard — repito, me levantando depressa e imediatamente lhe estendendo a mão. — Eu sou a Kennedy. É um *grande* prazer conhecer você.

— Kennedy — diz ele. — Como John F.?

É a pergunta que me fazem o tempo todo.

— Ou Robert! — respondo, embora Howard na verdade esteja certo. Eu preferiria que meu nome fosse uma homenagem ao político que fez tanto pelos direitos civis, mas a realidade é que minha mãe tinha fascínio por seu desventurado irmão e pela mitologia de Camelot.

Farei o que for preciso para que esse pobre garoto saiba que pelo menos uma pessoa neste escritório está feliz por ele estar aqui.

— Então, bem-vindo! — digo, animada. — Se precisar de alguma coisa, se tiver alguma dúvida sobre como nós trabalhamos aqui, sinta-se à vontade para me perguntar.

— Ótimo. Obrigado.

— E talvez possamos almoçar juntos?

Howard concorda com a cabeça.

— Seria um prazer.

— Bem, tenho que ir para o tribunal. — Hesito, depois vou direto ao ponto que está incomodando. — E não dê muito ouvido ao Ed. Nem todos aqui pensam como ele. — Sorrio. — Por exemplo, eu acho muito legal você estar contribuindo com este serviço para a sua comunidade.

Howard sorri de volta para mim.

— Obrigado, mas... eu sou de Darien.

Darien. Uma das cidades mais ricas do estado.

Então ele volta a sentar, invisível atrás da partição que nos separa.

Ainda nem tomei minha segunda xícara de café e já tive que me espremer no meio de muito trânsito e um emaranhado de repórteres, o que me leva a perguntar o que estaria acontecendo na primeira instância na sala onde eu *não* estou, porque a única razão de uma equipe de TV querer cobrir audiências preliminares é oferecer uma ajuda para induzir o sono em pessoas que sofrem de insônia. Até agora, passamos por três casos: uma violação criminosa de uma medida cautelar de afastamento com um réu que não falava inglês; uma infratora reincidente de cabelo descolorido e olheiras profundas acusada de emitir um cheque sem fundos de mil e duzentos dólares para comprar uma bolsa de grife; e um homem que foi burro o bastante para não só roubar a identidade de alguém e começar a usar os cartões de crédito e a conta bancária, mas ainda ter escolhido alguém chamado Cathy e não imaginar que seria pego.

Mas, como eu sempre digo a mim mesma, se meus clientes fossem todos espertos, meu trabalho seria desnecessário.

O modo como as coisas funcionam no Tribunal de Primeira Instância de New Haven em dia de audiências preliminares é que um de nós do escritório da Defensoria Pública representa todas as pessoas que são trazidas diante do juiz e não têm um advogado, mas precisam de um. É como ficar preso em uma porta giratória e, cada vez que se entra no prédio, há uma decoração e um arranjo totalmente diferentes e você tem que se virar para saber aonde ir e como se localizar. Na maior parte do tempo, eu conheço meus novos clientes na mesa da defesa e tenho o tempo de uma respiração para assimilar os fatos de sua prisão e tentar tirá-los de lá sob fiança.

Eu já disse que odeio dias de audiências preliminares? Eles basicamente exigem que eu seja Perry Mason com percepção extrassensorial, e, mesmo que eu faça um trabalho brilhante e consiga obter liberdade provisória para um réu que, de outra maneira, ficaria preso aguardando julgamento, as chances são grandes de que eu não serei a advogada que cuidará do caso. Os casos mais atraentes que eu *gostaria* de levar para julgamento serão tirados de minhas mãos por alguém com mais tempo na Defensoria ou transferidos para um advogado particular (leia-se *pago*).

Essa certamente será a trajetória do próximo réu.

— Próximo: o Estado contra Joseph Dawes Hawkins Terceiro — lê o escrivão.

Joseph Dawes Hawkins ainda é tão jovem que tem acne. Ele parece totalmente aterrorizado, que é o que uma noite na cadeia faz com você quando sua experiência no crime é limitada a uma maratona de episódios de *The Wire*.

— Sr. Hawkins — pergunta o juiz —, poderia, por favor, se identificar?

— Hum. Joe Hawkins — o garoto responde. Sua voz falha.

— Endereço?

— Grand Street, 139, Westville.

O escrivão lê a acusação: tráfico de drogas.

Vou chutar, com base no corte de cabelo caro do garoto e em sua reação de olhos arregalados ao sistema judiciário, que ele estava passando algo como oxicodona, não metadona ou heroína. O juiz registra uma alegação automática de negação da acusação.

— Joe, você foi acusado de tráfico de drogas. Compreende o que essa acusação significa? — O garoto confirma com a cabeça. — Você tem um advogado presente hoje?

Ele dá uma olhada sobre o ombro para a sala, fica um pouco mais pálido e responde:

— Não.

— Você gostaria de falar com a defensora pública?

— Sim, Excelência — ele diz, e essa é a minha deixa.

A privacidade é limitada ao chamado cone de silêncio na mesa da defesa.

— Sou Kennedy McQuarrie — digo. — Qual é a sua idade?

— Dezoito. Estou no último ano no Hopkins.

O colégio particular. Claro.

— Há quanto tempo você mora em Connecticut?

— Desde os dois anos?

— Isso é uma pergunta ou uma resposta?

— Resposta — diz ele e engole. Seu pomo de adão é do tamanho de um nó punho de macaco, o que me faz pensar em marinheiros, o que me faz pensar em Violet falando palavrão.

— Você trabalha?

Ele hesita.

— Quer dizer, além de vender oxicodona?

— Eu não ouvi isso — respondo imediatamente.

— Eu disse...

— *Eu não ouvi isso.*

Ele levanta os olhos e assente.

— Entendi. Não. Eu não trabalho.

— Com quem você mora?

— Meus pais.

Percorro uma lista de itens na cabeça e o crivo com uma chuva de perguntas.

— Seus pais têm recursos para contratar um advogado? — indago, por fim.

Ele dá uma olhada para o meu tailleur, que é da Target e tem uma mancha do leite que Violet despejou em sua tigela de cereal esta manhã.

— Têm.

— Fique de boca fechada e deixe que eu falo — instruo e me viro para o juiz. — Excelência — digo —, o jovem Joseph tem apenas dezoito anos e este é seu primeiro delito. Ele está no último ano do colégio e mora com o pai e a mãe, um presidente de banco e uma professora de pré-escola. A casa é de propriedade de seus pais. Pedimos que seja concedida liberdade provisória sob palavra para Joseph.

O juiz se vira para minha antagonista nesta dança, a promotora, que está no lado oposto à mesa da defesa. Seu nome é Odette Lawton e ela é tão bem-humorada quanto uma pena de morte. Enquanto a maioria dos promotores e defensores públicos reconhece que somos os lados contrários da mesma moeda podre da escala salarial estadual e que podemos deixar a animosidade no tribunal e socializar fora dele, Odette mantém o isolamento.

— O que o Estado deseja, senhora promotora?

Ela levanta os olhos. Os cabelos são cortados muito curtos e os olhos são tão escuros que não dá para ver as pupilas. Ela parece estar bem descansada, como se tivesse acabado de sair de uma massagem facial; sua maquiagem está impecável.

Olho para minhas mãos. As cutículas estão mordidas e eu tenho tinta verde sob as unhas, ou então estou apodrecendo de dentro para fora.

— Essa é uma acusação séria — diz Odette. — Não só um narcótico de venda controlada estava em posse do sr. Hawkins como havia a intenção de vendê-lo. Soltá-lo na comunidade seria uma ameaça e um erro grave. O Estado solicita que a fiança seja fixada em dez mil dólares mediante caução.

— A fiança está fixada em dez mil dólares — o juiz repete, e Joseph Dawes Hawkins III é levado para fora da sala por um oficial de justiça.

Bem, não se pode ganhar todas. A boa notícia aqui é que a família de Joseph pode pagar a fiança, mesmo que isso signifique que ele terá que desistir do Natal em Barbados. A notícia melhor ainda é que eu nunca mais verei Joseph Dawes Hawkins III. Seu pai pode ter querido lhe dar uma lição ao não mandar o advogado da família logo de cara, para que Joey tivesse que passar uma noite na cadeia, mas com certeza é só questão de tempo até que esse advogado caro ligue para meu escritório e pegue o caso de Joey.

— O Estado contra Ruth Jefferson — escuto.

Levanto os olhos quando uma mulher é conduzida para o tribunal algemada, ainda de camisola, com um lenço enrolado na cabeça. Seus olhos procuram nervosamente pela sala, e, pela primeira vez, percebo que o lugar está mais cheio que de hábito para as audiências preliminares das terças-feiras. Lotado, até.

— Poderia, por favor, se identificar? — pede o juiz.

— Ruth Jefferson — diz ela.

— Assassina! — uma mulher grita. Há um burburinho na multidão que se eleva para um alarido. Nesse momento, Ruth recua a cabeça. Eu a vejo virar o rosto para o ombro e percebo que está limpando a saliva que alguém cuspiu nela por sobre a grade.

Os oficiais de justiça já estão retirando a pessoa: um homem grandalhão que só consigo ver de costas. Em sua cabeça há a tatuagem de uma suástica, entrelaçada com letras.

O juiz pede ordem. Ruth Jefferson se mantém ereta e continua procurando alguém — ou algo — que não consegue encontrar.

— Ruth Jefferson — lê o escrivão —, a senhora é acusada de: primeira acusação, homicídio doloso; segunda acusação, homicídio culposo por negligência.

Estou tão ocupada tentando entender o que está acontecendo aqui que não percebo que todos estão olhando para mim, e que a ré aparentemente disse ao juiz que precisa de um defensor público.

Odette levanta.

— Este é um ato criminoso hediondo que envolve um bebê de três dias, Excelência. A ré expressou de própria voz sua animosidade e hostilidade em relação aos pais da criança, e o Estado vai provar que ela agiu intencional e deliberadamente, com premeditação e indiferença negligente em relação à segurança do recém-nascido, e que, nas mãos dela, o bebê sofreu traumatismos que o levaram à morte.

Esta mulher matou um recém-nascido? Imagino cenários em minha cabeça. Ela é babá? Sacudiu o bebê? Ou é um caso de síndrome da morte súbita infantil?

— Isso é loucura! — Ruth Jefferson explode.

Toco-a gentilmente com o cotovelo.

— Este *não* é o momento.

— Quero falar com o juiz — ela insiste.

— Não — eu lhe digo. — Deixe que *eu* falo com o juiz por você. — Viro para a mesa. — Excelência, posso conversar um instante com a ré?

Eu a conduzo até a mesa da defesa, apenas alguns passos de onde estamos de pé.

— Sou Kennedy McQuarrie. Vamos conversar sobre os detalhes do seu caso depois, mas agora preciso lhe fazer algumas perguntas. Há quanto tempo você mora aqui?

— Eles me *algemaram* — diz ela, com a voz feroz e sombria. — Essas pessoas entraram na minha casa no meio da noite e me algemaram. Eles algemaram o meu *filho*...

— Eu entendo que esteja nervosa — explico. — Mas temos uns dez segundos para eu tentar conhecer você e ajudá-la nesta audiência preliminar.

— Você acha que pode me conhecer em dez segundos? — diz ela.

Recuo. Se essa mulher quer sabotar a própria audiência preliminar, não é *minha* culpa.

— Sra. McQuarrie — diz o juiz. — Antes que eu me aposente, por favor...

— Sim, Excelência — respondo, virando para ele.

— O Estado reconhece a natureza insidiosa e repulsiva desse crime — diz Odette, olhando direto para Ruth. A dicotomia entre essas duas mulheres negras é notável: o tailleur elegante, os saltos altos e a camisa imaculada feita sob medida da promotora em contraposição à camisola amassada e ao lenço de cabeça de Ruth. Parece mais do que um retrato do momento. Parece uma declaração, como um estudo de caso para um curso em que não lembro de ter me matriculado. — Dada a magnitude das acusações, o Estado solicita que a ré fique presa sem fiança.

Posso sentir todo o ar sair dos pulmões de Ruth.

— Excelência — digo e paro.

Não tenho nada com que trabalhar. Não sei o que Ruth Jefferson faz da vida. Não sei se ela tem uma casa ou se mudou para Connecticut ontem. Não sei se ela segurou um travesseiro no rosto do bebê até que ele parasse de respirar ou se está justificadamente brava com uma acusação indevida.

— Excelência — repito —, o Estado não apresentou nenhuma prova para tais alegações. Essa é uma acusação muito grave, praticamente sem nenhum indício. Diante disso, peço ao tribunal a fixação de uma fiança razoável no valor de vinte e cinco mil dólares.

É o melhor que posso fazer diante da falta de informações sobre o caso. Meu trabalho é conseguir que Ruth Jefferson passe pela audiência preliminar de forma eficiente e justa. Dou uma olhada no relógio. Deve haver mais uns dez clientes depois dela.

De repente, sinto um puxão em minha manga.

— Está vendo aquele menino? — Ruth murmura e olha para o público. Seu olhar para em um rapaz no fundo da sala, que se levanta como se tivesse sido atraído por um ímã. — Aquele é o meu filho — diz e vira para mim. — Você tem filhos?

Penso em Violet. Penso em como seria se o maior problema na vida não fosse ver a filha fazer birra, mas ver o filho ser algemado.

— Excelência — digo —, eu gostaria de retirar o que acabei de dizer.

— Como, senhora defensora?

— Antes de discutirmos a fiança, eu gostaria de uma oportunidade de conversar com a minha cliente.

O juiz franze a testa.

— A senhora já *teve* essa oportunidade.

— Gostaria de uma oportunidade de conversar com a minha cliente por mais de dez segundos — corrijo.

Ele passa a mão no rosto.

— Muito bem — aceita. — Pode conversar com a sua cliente no recesso e voltaremos a tratar dessa questão em uma segunda chamada.

Os oficiais de justiça seguram os braços de Ruth. É fácil perceber que ela não tem a menor ideia do que está acontecendo.

— Vou daqui a pouco — consigo lhe dizer, e então ela é arrastada para fora da sala. Antes de dar por mim, já estou defendendo um jovem de vinte anos que chama a si mesmo com o símbolo # ("Como o Prince, só que não", ele me diz), pichou um pênis gigante em uma ponte e não entende por que isso é uma contravenção penal e não arte.

* * *

Tenho mais dez audiências preliminares, e, durante todas elas, penso em Ruth Jefferson. Abençoado o contrato com o sindicato dos estenógrafos, que exige um intervalo de quinze minutos para ir ao banheiro, durante o qual percorro as entranhas úmidas e sujas do tribunal até a cela para onde levaram minha cliente.

Ela levanta os olhos da cama de metal onde está sentada, esfregando os pulsos. Não está mais usando as algemas que tinha no tribunal, como qualquer outro réu acusado de homicídio usaria, mas é quase como se não notasse que elas não estão mais lá.

— Onde você estava? — ela pergunta, com a voz ríspida.

— Fazendo o meu trabalho — respondo.

Ruth me encara.

— Era o que eu estava fazendo também — diz ela. — Sou enfermeira.

As peças do quebra-cabeça começam a se encaixar: algo deve ter dado errado enquanto Ruth cuidava do bebê, algo que a promotoria acredita que não foi acidental.

— Preciso de algumas informações suas. Se não quiser ficar presa esperando o julgamento, temos que trabalhar juntas.

Por um longo momento, Ruth fica em silêncio, e isso me surpreende. A maioria das pessoas em sua situação agarra a corda lançada pelo defensor público. Esta mulher, no entanto, parece avaliar se eu vou estar à altura.

É uma sensação bastante perturbadora, devo admitir. Meus clientes não tendem a fazer julgamentos; são eles que estão acostumados a ser julgados... e desaprovados.

Por fim, ela concorda com a cabeça.

— Certo — digo, soltando o ar que não percebi que estava segurando. — Qual é a sua idade?

— Quarenta e quatro.

— Você é casada?

— Não — diz Ruth. — Meu marido morreu no Afeganistão, durante a segunda missão dele lá. Explosão de uma bomba caseira. Faz dez anos.

— Seu filho... ele é filho único? — pergunto.

— É. O Edison está no ensino médio — ela responde. — Está se candidatando às faculdades agora. Aqueles animais entraram na minha casa e algemaram um aluno que só tira nota A.

— Vamos chegar a isso daqui a pouco — prometo. — Você é formada em enfermagem?

— Sim, cursei a SUNY Plattsburgh, depois a Faculdade de Enfermagem de Yale.

— Você está empregada?

— Trabalhei no Hospital Mercy West Haven por vinte anos, na maternidade. Mas ontem eles tiraram o meu emprego.

Faço uma anotação no meu bloco.

— Que fonte de renda você tem agora?

Ela sacode a cabeça.

— Acho que a pensão pela morte do meu marido.

— Você tem casa própria?

— Tenho uma casa em East End.

Essa é a área em que eu e Micah moramos. É um bairro branco de alto poder aquisitivo. Os rostos negros que vejo por lá geralmente estão passando de carro. A violência é rara, e, quando um assalto ou roubo de carro acontece, a seção de comentários online do *New Haven Independent* fica cheia de pessoas de East End lamentando que "elementos" de áreas pobres como Dixwell e Newhallville estejam invadindo a nossa aldeia perfeita.

Por "elementos" eles se referem, claro, a pessoas negras.

— Você parece surpresa — Ruth comenta.

— Não — respondo depressa. — É que eu também moro lá e nunca vi você.

— Eu sou bem discreta — ela diz, seca.

Pigarreio.

— Você tem parentes em Connecticut?

— Minha irmã, Adisa. É ela que está sentada com o Edison. Ela mora em Church Street South.

É um conjunto residencial de baixa renda na área de Hill, entre a estação de trem e o distrito médico da Yale. Cerca de noventa e sete por cento das crianças vivem na pobreza, e já tive um bom número de clientes de lá. Fica a poucos quilômetros de East End, no entanto é outro mundo: crianças vendendo drogas para os irmãos mais velhos, irmãos mais velhos vendendo drogas porque não há emprego, meninas se prostituindo, tiroteios de gangues todas as noites. Eu me pergunto como Ruth acabou tendo uma vida tão diferente da de sua irmã.

— Seus pais estão vivos?

— Minha mãe trabalha em Upper West Side, em Manhattan. — Os olhos de Ruth se desviam dos meus. — Você se lembra de Sam Hallowell?

— O cara da rede de TV? Ele não morreu?

— Sim. Mas ela ainda é a empregada da família.

Abro a pasta com o nome de Ruth, que contém a denúncia expedida pelo Estado que levou à sua prisão. Até este momento, eu não tinha tido tempo de dar uma examinada rápida em nada além das acusações, mas agora passo os olhos pelo texto com aquele superpoder que os defensores públicos têm de fazer certas palavras saltarem da página e se alojarem em nossa consciência.

— Quem é Davis Bauer?

A voz de Ruth amolece.

— Um bebê — diz ela — que morreu.

— Me conte o que aconteceu.

Ruth começa a tecer uma história. Para cada fato denso e sombrio que suas palavras trançam, há uma cintilação de vergonha. Ela me conta sobre os pais, a nota da supervisora colada no prontuário, a circuncisão, a cesariana de emergência, a convulsão do recém-nascido. Diz que o homem com a tatuagem da suástica que cuspiu nela no tribunal era o pai do bebê. Os fios se emaranham em volta de nós, como a seda de um casulo.

— ... e então, de repente — diz Ruth —, o bebê estava morto.

Olho para o relatório policial.

— Você não encostou nele? — indago.

Ela fica me olhando por um longo momento, como se tentasse determinar se pode confiar em mim. Então sacode a cabeça.

— Não, até que a enfermeira-chefe me mandou começar as compressões.

Eu me inclino para a frente.

—Se eu conseguir tirar você daqui para voltar para casa e para o seu filho, vai ter que depositar uma porcentagem do valor da fiança. Você tem algum dinheiro guardado?

Ela enrijece os ombros.

—Tenho o fundo para a faculdade do Edison, mas não vou mexer nele.

—Você estaria disposta a oferecer a sua casa?

— Como assim?

—Você deixaria o Estado ficar com a sua casa como garantia? — explico.

— E depois? Se eu for condenada, isso significa que o Edison não vai ter onde morar?

— Não. Isso é só uma medida para garantir que você não fuja da cidade se eles deixarem você sair.

Ruth respira fundo.

—Está certo. Mas você tem que me fazer um favor. Tem que dizer ao meu filho que eu estou bem.

Concordo com a cabeça, e ela concorda também.

Nesse momento, não somos negra e branca, ou advogada e acusada. Não estamos separadas pelo que eu sei sobre o sistema judiciário e o que ela ainda tem que aprender. Somos apenas duas mães, sentadas lado a lado.

Dessa vez, enquanto entro na sala do tribunal, sinto como se tivesse colocado lentes corretivas. Noto espectadores em que não havia prestado atenção antes. Eles podem não ser tatuados como o pai do bebê, mas são brancos. Apenas alguns estão usando botas Doc Martens; o resto está de tênis. Serão skinheads também? Alguns seguram placas com o nome de Davis, outros usam fitas azul-claras presas à blusa em solidariedade. Como eu não percebi isso na primeira vez que entrei na sala? Será que eles se reuniram aqui para apoiar a família Bauer?

Penso em Ruth andando pela rua em East End e me pergunto quantos outros moradores questionaram o que ela estaria fazendo ali, mesmo nunca tendo dito isso a ela. *Como é incrivelmente fácil se esconder atrás da pele branca*, penso, olhando para os prováveis supremacistas. O benefício da dúvida está a seu favor. Você não parece suspeito.

Os poucos rostos negros na sala se destacam em um vivo contraponto. Caminho até o garoto que Ruth me mostrou antes, que se levanta imediatamente.

— Edison? — digo. — Meu nome é Kennedy.

Ele é quase trinta centímetros mais alto que eu, mas ainda tem o rosto de um menino.

— Minha mãe está bem?

— Ela está bem e me pediu para te dizer isso.

— E você não fez questão de se apressar — diz a mulher ao lado dele. Ela tem longas tranças entrelaçadas com fios vermelhos e sua pele é muito mais escura que a de Ruth. Está tomando Coca-Cola, embora comida e bebida não sejam permitidas no tribunal, e, quando me vê olhando para a lata, levanta uma sobrancelha, como se me desafiasse a dizer algo.

— Você deve ser a irmã da Ruth.

— Por quê? Porque sou a única crioula nesta sala além do filho dela?

Eu me surpreendo com a palavra que ela usa e sei que essa é exatamente a reação que ela espera. Se Ruth parecia desconfiada ou irritável, sua irmã é um porco-espinho com dificuldade de controlar a raiva.

— Não — respondo, no mesmo tom que uso com Violet quando tento argumentar com ela. — Em primeiro lugar, você não é a única... negra... aqui. E, segundo, a sua irmã me disse que você estava com o Edison.

— Você pode tirar ela daqui? — pergunta Edison.

Foco a atenção nele.

— Vou fazer todo o possível.

— Eu posso falar com ela?

— Não agora.

A porta que leva aos gabinetes se abre e o escrivão entra e pede que fiquemos em pé enquanto anuncia a volta do juiz.

— Tenho que ir — eu lhe digo.

A irmã de Ruth fixa os olhos em mim.

— Faça o seu trabalho, garota branca.

O juiz se acomoda e anuncia novamente o caso de Ruth. Ela é trazida das entranhas do prédio outra vez e senta ao meu lado. Em seguida me lança um olhar interrogativo e eu faço um gesto afirmativo com a cabeça: *Ele está bem.*

— Sra. McQuarrie — o juiz suspira. — Teve tempo suficiente para conversar com a sua cliente?

— Sim, Excelência. Até alguns dias atrás, Ruth Jefferson era enfermeira no Hospital Mercy West Haven e cuidava de mulheres em trabalho de parto e dos recém-nascidos, como fez nos últimos vinte anos. Quando aconteceu uma emergência médica com o bebê, Ruth trabalhou com o restante da equipe do hospital na tentativa de salvar a vida da criança. Tragicamente, os esforços não tiveram sucesso. Na investigação que se seguiu ao caso, Ruth teve a licença suspensa. Ela é graduada em enfermagem, e o filho dela é um excelente aluno. O marido é um herói militar que deu a vida pelo país no Afeganistão. Ela tem família na comunidade e é proprietária da casa onde mora. Peço que a corte fixe uma fiança razoável. Minha cliente não apresenta risco de fuga, não tem antecedentes criminais e está disposta a cumprir qualquer condição que o tribunal imponha para estabelecer a fiança. Este é um caso bastante defensável.

Pintei Ruth como uma cidadã americana respeitável que foi mal compreendida. Só faltou mesmo pegar a bandeira dos Estados Unidos e começar a balançá-la.

O juiz vira para Ruth.

— Qual é o valor líquido de que estamos falando?

— Como?

— Qual é o valor da hipoteca da sua casa? — pergunto.

— Cem mil dólares — Ruth responde.

O juiz concorda com a cabeça.

— Vou fixar a fiança em cem mil dólares. Como condição para a fiança, aceitarei a casa como garantia. Próximo caso?

Os apoiadores do supremacista branco na sala começam a vaiar. Não sei se ficariam satisfeitos com qualquer veredito que não fosse linchamento público. O juiz pede ordem e bate o martelo.

— Tirem-nos daqui — nos diz por fim, e os oficiais de justiça se movem pelos corredores.

— O que vai acontecer agora? — Ruth pergunta.

— Você vai sair.

— Graças a Deus. Quanto tempo vai demorar?

Levanto os olhos.

— Alguns dias.

Um oficial de justiça segura o braço de Ruth para levá-la de volta à cela. Enquanto ela está sendo levada, a cortina por trás de seus olhos escorrega e, pela primeira vez, eu vejo pânico.

Não é como na TV e nos filmes; não se sai simplesmente do tribunal, livre. Há documentos a serem processados e é preciso falar com os representantes da companhia de seguros para acertar a garantia. Eu sei disso porque sou defensora pública. A maioria dos meus clientes sabe disso porque geralmente não estão lá pela primeira vez.

Mas Ruth não é como a maioria dos meus clientes.

Ela *nem* é um dos meus clientes, pensando bem.

Estou no escritório da Defensoria Pública há quase quatro anos e já avancei da fase das contravenções. Já fiz tantos casos de furto com arrombamento, crime de dano, roubo de identidade e cheques sem fundo que, a esta altura, provavelmente poderia defendê-los até dormindo. Mas este é um caso de homicídio, um julgamento de alta visibilidade que vai ser arrancado das minhas mãos assim que a data do júri for marcada. Ele vai para alguém em meu escritório que tenha mais experiência do que eu, ou que jogue golfe com o chefe, ou que tenha um pênis.

Ou seja, no longo prazo, não serei eu a advogada de Ruth. Mas, neste momento, eu ainda sou e posso ajudá-la.

Faço um agradecimento silencioso aos supremacistas brancos que criaram esse tumulto. Depois sigo o corredor central até Edison e sua tia.

— Ouça, eu preciso de uma cópia autenticada da escritura da casa da Ruth — digo à sua irmã. — E de uma cópia autenticada da declaração de imposto de renda e uma cópia do comprovante mais recente de pagamento da hipoteca, que mostre qual é o saldo a pagar atual, e você precisa trazer esses documentos para o gabinete do escrivão...

Percebo que a irmã de Ruth me olha como se eu, de repente, tivesse começado a falar em húngaro. Então lembro que ela mora em Church Street South e não é proprietária do imóvel. Isso poderia muito bem ser uma língua estrangeira para ela.

Mas então percebo que Edison está anotando tudo que eu disse no verso de um recibo que estava em sua carteira.

— Vou providenciar — ele promete.

Eu lhe dou meu cartão.

— Este é o número do meu celular. Se tiver alguma dúvida, pode me ligar. Mas não vou ser eu a advogada no caso da sua mãe. Alguém do meu escritório vai entrar em contato com vocês depois que ela sair.

Essa informação põe a irmã de Ruth novamente em ação.

— Então é só isso? Você dá a casa dela como garantia para ela sair da cadeia e a sua boa ação acaba aqui? Acho que, como a minha irmã é negra, ela obviamente cometeu o crime e você prefere não sujar as mãos, certo?

Isso é ridículo em tantos níveis, entre eles o fato de que meus clientes são na maioria afro-americanos. Mas, antes que eu possa explicar a hierarquia da política no escritório da Defensoria Pública, Edison intercede.

— Tia, vai com calma. — Então ele vira para mim. — Desculpe.

— Não — eu lhe digo. — *Eu* é que peço desculpas.

Quando finalmente chego em casa naquela noite, minha mãe está sentada com os pés em meias de seda e uma taça de vinho branco na mão, assistindo ao canal Disney Junior na televisão. Ela toma uma taça de vinho branco todas as noites desde que posso me lembrar. Quando eu era pequena, ela dizia que era seu remédio. Ao seu lado no sofá está Violet, aconchegada junto a ela, dormindo profundamente.

— Não tive coragem de tirá-la daqui — diz minha mãe.

Eu me sento com cuidado ao lado de minha filha, pego a garrafa de vinho que está na mesinha de centro e bebo no gargalo. As sobrancelhas de minha mãe se levantam.

— Tão ruim assim? — pergunta.

— Você não tem ideia. — Afago os cabelos de Violet. — Deve ter deixado a pobrezinha cansada hoje.

— Bom... — Minha mãe hesita. — Tivemos uma pequena explosão no jantar.

— Foram os palitos de peixe? Ela não quer comer desde que começou com sua paixão pela Pequena Sereia.

— Não, ela comeu, e você vai ficar satisfeita de saber que a Ariel perdeu o trono. Na verdade, foi isso que causou toda a irritação. Começamos a ver *A princesa e o sapo* e a Violet me informou que quer ser a Tiana no Halloween.

— Que alívio — digo. — Uma semana atrás ela estava decidida a usar um biquíni de conchas, e o único jeito de isso acontecer seria por cima da segunda pele.

Minha mãe ergue as sobrancelhas.

— Kennedy — diz ela —, não acha que a Violet ficaria mais feliz como Cinderela? Ou Rapunzel? Ou mesmo aquela nova de cabelo branco que faz tudo ficar coberto de gelo?

— Elsa? — falo. — Por quê?

— Não me faça dizer em voz alta, querida — mamãe responde.

— Você está falando isso porque a Tiana é negra? — Imediatamente, penso em Ruth Jefferson e nos supremacistas brancos vaiando no tribunal.

— Acho que a Violet tem tanta preocupação com igualdade como com sapos. Aliás, ela me disse que vai pedir um de presente de Natal para beijá-lo e ver o que acontece.

— Ela não vai ganhar um sapo de presente de Natal. Mas, se quiser ser a Tiana no Halloween, eu vou comprar a roupa para ela.

— Eu vou *costurar* a roupa para ela — minha mãe corrige. — Nenhuma netinha minha vai sair para fazer gostosuras ou travessuras usando um lixo qualquer comprado em loja que provavelmente vai pegar fogo se ela passar perto de uma abóbora acesa. — Não discuto por causa disso. Eu não sei costurar nem uma bainha. Tenho duas calças de trabalho no guarda-roupa com a bainha feita com supercola.

— Ótimo. Fico feliz por você conseguir superar sua resistência para realizar um sonho da Violet.

Minha mãe levanta um pouco o queixo.

— Eu não lhe contei isso para você me repreender, Kennedy. Não é porque eu nasci no sul que tenho que ser preconceituosa.

— Mãe — eu a lembro —, você teve uma *babá* negra.

— E eu adorava a Beattie como se ela fosse da família — ela diz.

— Só que... ela não era.

Minha mãe despeja mais vinho na taça.

— Kennedy — ela suspira. — Isso é só uma fantasia. Não é uma causa a ser defendida.

De repente, eu me sinto incrivelmente cansada. Não é só o ritmo do meu trabalho ou o número enorme de casos sob minha responsabilidade que me esgotam. É pensar se alguma coisa que eu faço realmente produz alguma diferença.

— Uma vez — minha mãe diz, com a voz suave —, quando eu tinha mais ou menos a idade da Violet e a Beattie não estava olhando, tentei beber água no bebedouro colorido do parque. Subi no bloco de cimento e apertei o botão. Eu esperava ver algo extraordinário, um *arco-íris*. Mas... era só água como a de todo mundo. — Ela olha para mim. — A Violet ia ser uma pequena Cinderela tão linda.

— Mãe...

— Só estou falando. Quantos anos a Disney demorou para dar a todas as menininhas negras a sua própria princesa? Você acha que é certo a Violet querer algo que elas esperavam desde sempre?

— *Mãe!*

Ela levanta as mãos, se rendendo.

— Certo. Tiana. Feito.

Ergo a garrafa de vinho, inclino e bebo até a última gota.

Depois que minha mãe vai embora, adormeço no sofá com Violet e, quando acordo, está passando *O rei leão* na Disney Junior. Pisco bem em tempo de ver a morte de Mufasa aparecendo na tela. Ele está sendo pisoteado por um búfalo na hora em que Micah entra, afrouxando o garrote da gravata com uma das mãos.

— Oi! — digo. — Não ouvi o carro chegar.

— Porque eu sou um ninja engenhosamente disfarçado de cirurgião oftalmologista. — Ele se inclina e me beija, depois sorri para Violet, que ressona baixinho. — Meu dia foi cheio de glaucoma e humor vítreo. Como foi o seu?

— Bem menos nojento — respondo.

— A Sharon Louca voltou?

Sharon Louca é uma reincidente, uma stalker que tem fixação por Peter Salovey, o presidente da Universidade Yale. Ela lhe deixa flores, bilhetes de amor e, uma vez, uma calcinha. Já fiz seis audiências preliminares com ela, e Salovey só está no cargo desde 2013.

— Não — digo e lhe conto sobre Ruth, Edison e os skinheads na sala do tribunal.

— Sério? — Micah fica mais interessado nessa última parte. — De suspensórios, jaqueta militar, botas e tudo o mais?

— Número um, não, e número dois, eu não devia estar com medo por você saber tudo isso? — Movo os pés na mesinha de centro para ele poder se sentar na minha frente. — Na verdade, eles eram bem como a gente. O que é assustador. Quer dizer, e se o seu vizinho de porta fosse um supremacista branco e você nem soubesse?

— Vou correr o risco e dizer que acho que a sra. Greenblatt não é uma skinhead. — Enquanto fala, Micah levanta delicadamente Violet nos braços.

— De qualquer modo, não faz muita diferença. É um caso grande demais para ficar na minha mão — eu lhe digo, e subimos a escada para o quarto da nossa filha. Depois acrescento: — Ruth Jefferson mora em East End.

— Hum — Micah responde. Ele põe Vi na cama, puxa os cobertores e dá um beijo em sua testa.

— O que isso quer dizer? — pergunto, combativa, embora eu tenha tido o mesmo tipo de reação.

— Não quer dizer *nada* — diz Micah. — Foi só uma resposta.

— O que você realmente quer dizer, embora seja educado demais para falar, é que não há famílias negras em East End.

— É. Talvez.

Eu o sigo para nosso quarto, abro o zíper da saia e tiro a meia-calça. Quando estou com a camiseta e o short com que costumo dormir, vou para o banheiro escovar os dentes ao lado de Micah. Cuspo e enxugo a boca nas costas da mão.

— Você sabia que, em O *rei leão*, as hienas, que são más, falam com gírias de negros ou latinos? E que os leõezinhos são orientados a não ir aonde as hienas moram?

Ele olha para mim, surpreso.

— Você percebe que Scar, o vilão, é mais escuro que Mufasa?

— Kennedy. — Micah põe as mãos em meus ombros, se inclina e me beija. — Há uma *pequena* chance de que você esteja exagerando em tudo isso.

Este é o momento em que eu sei que vou mover céus e terra para ser a defensora pública de Ruth.

TURK

Acho que esse advogado deve ser bem decente, pelo jeito como seu escritório é chique. As paredes não são pintadas, são revestidas. O copo de água que sua secretária me traz é de um cristal pesado. Até o ar tem cheiro de riqueza, como o perfume de uma mulher que normalmente se afastaria de mim na rua.

Estou usando outra vez o paletó que Francis e eu compartilhamos e passei a calça a ferro. Tenho um gorro de lã bem puxado sobre a cabeça e fico girando sem parar minha aliança no dedo. Poderia passar por um cara comum que quer processar alguém, em vez de ser uma pessoa que normalmente atropela o sistema judiciário e faz justiça com as próprias mãos.

De repente, Roarke Matthews está parado na minha frente. Sua calça tem vincos bem marcados, os sapatos são muito polidos. Parece um galã de novela, exceto pelo nariz um pouco torto, como se o tivesse quebrado jogando futebol americano no colégio. Ele estende a mão para me cumprimentar.

— Sr. Bauer — diz —, pode me acompanhar?

Ele me conduz para um escritório ainda mais imponente, cheio de couro preto e cromados, e me indica um sofazinho.

— Quero lhe dizer novamente como sinto por sua perda — fala Matthews, como todo mundo tem feito estes dias. As palavras já ficaram tão comuns que são como chuva; eu quase nem as noto mais. — No telefone, nós conversamos sobre a possibilidade de entrar com um processo civil...

— Não me importa como se chama — interrompo. — Só quero que alguém pague por isso.

— Ah — diz Matthews. — E foi por isso que eu lhe pedi para vir aqui. Entenda, é um tanto complicado.

— O que é tão complicado? Você processa a enfermeira. Foi ela que fez isso.

Matthews hesita.

— Você poderia processar Ruth Jefferson — ele concorda. — Mas, sejamos realistas, ela não tem onde cair morta. Como você sabe, já há um processo criminal em andamento movido pelo Estado. Isso significa que, se você entrar com um processo civil simultaneamente, a sra. Jefferson solicitaria a suspensão da produção antecipada de provas, para não incriminar a si própria durante o processo criminal em andamento. E o fato de ter entrado com um processo civil contra ela pode ser usado contra você na inquirição durante o processo criminal.

— Eu não entendo.

— A defesa vai pintá-lo como uma pessoa vingativa interessada em arrancar dinheiro — Matthews diz, sem meias palavras.

Eu me recosto no sofá, com as mãos nos joelhos.

— Então é isso? Não posso processá-la?

— Não foi o que eu disse — responde o advogado. — Só acho que você escolheu o alvo errado. Ao contrário da sra. Jefferson, o hospital *tem* os bolsos cheios. Além disso, eles têm a obrigação de supervisionar seus funcionários e são responsáveis pelas ações ou omissões da enfermeira. É esse o processo que eu recomendaria. Agora, mesmo assim nós citaríamos Ruth Jefferson. Nunca se sabe. Hoje ela não tem nada, mas amanhã pode ganhar na loteria ou receber uma herança. — Ele ergue uma sobrancelha. — E assim, sr. Bauer, você poderia não obter apenas justiça. Poderia obter uma compensação muito substancial.

Balanço a cabeça, imaginando isso. Penso em poder dizer a Brit como vou fazer justiça a Davis.

— O que nós precisamos fazer para começar?

— Agora? — diz Matthews. — Nada. Não até que o processo criminal termine. O processo civil ainda será viável e não poderá ser usado para incriminar o seu caráter. — Ele se recosta na poltrona e estende as mãos. — Volte a me procurar depois do julgamento. Eu ainda estarei aqui.

* * *

A princípio, não acreditei em Francis quando ele disse que a nova onda de supremacia branca não seria uma guerra lutada com os punhos, mas com ideias, espalhadas subversiva e anonimamente pela internet. Mesmo assim, era esperto o bastante para não lhe dizer que ele era um velho maluco. Para começar, ele ainda era uma das lendas do Movimento. E, mais importante, era o pai da garota que não saía da minha cabeça.

Brit Mitchum era linda, mas de uma maneira que me tirava do sério. Tinha a pele mais macia que eu já havia tocado e olhos azul-claros que ela contornava com delineador escuro. Ao contrário de outras garotas skinhead, ela não cortava o cabelo curto no topo deixando mechas mais compridas em volta do rosto e na nuca. Em vez disso, Brit tinha cabelos espessos que desciam até o meio das costas. Às vezes ela os trançava, e a trança era tão grossa quanto o meu pulso. Eu pensava muito em como seria sentir aqueles cachos caindo sobre o meu rosto como uma cortina quando ela me beijasse.

Mas a última coisa que eu faria era passar uma cantada em uma garota cujo pai poderia mandar quebrar minha espinha com um único telefonema. Então, em vez disso, eu sempre ia visitá-los. Fingia ter uma pergunta para Francis, que gostava de me ver porque isso lhe dava a chance de falar sobre sua ideia para um website anglo. Eu o ajudei a trocar o óleo da caminhonete e consertei um triturador de lixo que estava furado. Eu me fazia útil, mas, quando se tratava de Brit, eu a venerava de longe.

Por isso, foi uma surpresa quando um dia ela veio até o cepo onde eu estava cortando madeira para Francis.

— E então — perguntou ela —, é verdade o que dizem?

— O quê?

— Dizem que você acabou com uma gangue inteira de motociclistas e que matou seu próprio pai.

— Nesse caso, não — falei.

— Então você é só mais um boiola como os outros que gostam de fingir que são grandes anglos malvados só para brilhar na luz do meu pai?

Chocado, olhei para ela e vi sua boca se torcer em um sorriso. Levantei o machado sobre a cabeça, flexionei os músculos e desci a lâmina com força sobre o pedaço de madeira, que se partiu com perfeição.

— Prefiro pensar que estou em algum lugar entre os dois extremos — eu disse.

— Talvez eu queira ver por mim mesma. — Ela chegou um pouco mais perto. — Na próxima vez que seu grupo sair à caça.

Eu ri.

— De jeito nenhum eu vou levar a filha de Francis Mitchum com o meu pessoal.

— Por que não?

— Porque você é filha de Francis Mitchum.

— Isso não é resposta.

Era, sim, uma resposta, mesmo que ela não pudesse entender.

— A vida inteira o meu pai me levou com o grupo dele.

Achei essa história difícil de acreditar. (Mais tarde descobri que era verdade, mas ele deixava Brit presa no cinto de segurança em sua cadeirinha, dormindo na parte de trás da caminhonete.)

— Você não aguenta o tranco com o meu grupo — falei, só para ela parar de me amolar.

Quando ela não respondeu, achei que fosse assunto encerrado. Levantei o machado outra vez e comecei a descê-lo e, de repente, Brit se enfiou com a velocidade de um raio no caminho da lâmina. Larguei o cabo no mesmo instante, sentindo o machado sair das minhas mãos para se fincar profundamente no chão, a uns quinze centímetros dela.

— Puta que pariu! — gritei. — Você ficou maluca?

— Não aguento o tranco? — ela respondeu.

— Quinta-feira — eu disse. — Depois que escurecer.

Todas as noites, eu ouço meu filho chorar.

O som me acorda, e é assim que eu sei que é um fantasma. Brit nunca o escuta, mas ela ainda está flutuando em uma névoa de comprimidos para dormir e oxicodona que sobrou de quando estourei meu joelho. Saio da cama, faço xixi e sigo o barulho, que fica mais alto e mais alto e mais alto até que desaparece quando chego à sala de estar. Não há ninguém lá, apenas a tela do computador, verde, olhando para mim.

Eu me sento no sofá, tomo seis latas de cerveja e ainda escuto meu menino chorar.

Meu sogro me dá quase duas semanas de licença e então começo a esvaziar toda a cerveja da casa. Uma noite, Francis chega e me encontra sentado no sofá da sala, com a cabeça nas mãos, tentando afogar os soluços do bebê. Penso por um minuto que ele vai me dar um soco — ele pode ser velho, mas ainda poderia me derrubar. Em vez disso, ele arranca o notebook da tomada e o joga em cima de mim.

— Vingue-se — ele diz apenas, e volta para o seu lado do duplex.

Por um longo tempo, só fico sentado ali, com o computador pressionado ao meu lado, como uma garota suplicando uma dança.

Não posso dizer que estendi o braço para ele. É mais como se ele tivesse voltado para mim.

Com o toque de uma tecla, carrego uma webpage. Não entrava aqui desde antes de Brit ter o bebê.

Quando Francis e eu nos unimos para criar nosso site, eu li manuais sobre codificação e metadados, enquanto Francis me fornecia o material que íamos postar. Chamamos nosso site de LOBO SOLITÁRIO, porque é isso que todos nós tivemos que nos tornar.

Estes não eram mais os anos 80. Estávamos perdendo nossos melhores homens para o sistema prisional. A velha guarda estava ficando velha demais para quebrar dentes em calçadas e usar nunchakus. Os novatos estavam muito conectados para se entusiasmar com um comício do KKK em que um punhado de antigos valentões se sentava para beber e falar dos bons velhos tempos. Eles não queriam ouvir historinhas sobre como pessoas negras fediam quando seu cabelo ficava molhado. Queriam estatísticas que pudessem levar para seus professores e parentes comunas que ficavam exaltados quando eles diziam que *nós* éramos as verdadeiras vítimas de discriminação neste país.

Então, nós dávamos o que eles queriam.

Postávamos a verdade: que o Departamento do Censo dos Estados Unidos dizia que os brancos seriam minoria em 2043. Que quarenta por cento dos negros inseridos em programas sociais *podiam* trabalhar, mas não queriam. Que o fato de que o Governo de Ocupação Sionista estava tomando conta da nossa nação podia ser observado diretamente em Alan Greenspan no Banco Central.

A Lobosolitario.org cresceu depressa. Nós éramos a alternativa mais jovem e mais antenada. A nova cara da rebelião.

Agora, minhas mãos se movem pelo teclado enquanto me conecto como administrador. Parte da razão para administrar esse site é o anonimato, a possibilidade de me esconder atrás daquilo em que acredito. Somos todos anônimos aqui, e somos também todos irmãos. Este é meu exército de amigos sem nome e sem face.

Mas, hoje, tudo isso está prestes a mudar.

"Muitos de vocês me conhecem pelas minhas postagens no blog e responderam com seus comentários. Como eu, você é um Verdadeiro Patriota. Como eu, você queria seguir uma ideia, não uma pessoa. Mas hoje eu vou sair do anonimato, porque quero que você me conheça. Eu quero que você saiba o que *aconteceu* comigo."

"Meu nome é Turk Bauer", digito. "E vou contar a história do meu filho."

Depois que pressiono o botão para postar, vejo a história da vida breve e corajosa do meu filho aparecer na tela do computador. Quero acreditar que, se ele teve que morrer, foi por uma causa. Pela *nossa* causa.

Eu não bebo esta noite e não vou dormir. Em vez disso, fico observando o contador numérico acima do título, que marca as visualizações da página.

1 leitor.

6 leitores.

37 leitores.

409 leitores.

Quando o sol nasce, mais de treze mil pessoas já sabem o nome do Davis.

Faço café e dou uma olhada na seção de comentários enquanto tomo a primeira xícara.

"Sinto muito pela sua perda."

"Seu menino foi um guerreiro da raça."

"Essa preta maldita não devia ter permissão para trabalhar em um hospital de brancos."

"Fiz uma doação no nome do seu filho para o Partido da Liberdade Americana."

Mas um dos comentários me faz parar:

"Romanos 12,19", diz. "Não façais justiça por vossa conta, caríssimos, mas dai lugar à ira, pois está escrito: A mim pertence a vingança, eu é que retribuirei, diz o Senhor."

Na quinta-feira depois que Brit escapou do meu machado, eu havia jantado com ela e seu pai. Já estávamos na sobremesa quando Brit levantou os olhos como se tivesse acabado de se lembrar de algo que precisava nos contar.

— Bati com o carro em um preto hoje — ela anunciou.

Francis se recostou na cadeira.

— E o que ele estava fazendo na frente do seu carro?

— Não tenho ideia. Andando, acho. Mas ele amassou o para-choque dianteiro.

— Posso dar uma olhada — falei. — Eu sei como dar um trato nisso.

Um sorriso brincou nos lábios de Brit.

— Aposto que sim.

Fiquei em trinta tons de vermelho enquanto Brit contava a seu pai que havia me convencido a levá-la ao cinema depois do jantar, um filme romântico qualquer. Francis bateu nas minhas costas.

— Melhor você que eu, garoto — disse ele, e em seguida estávamos em meu carro para nosso programa noturno.

Brit parecia um fio elétrico, zumbindo no assento do passageiro. Não conseguia parar de falar; não conseguia parar de fazer perguntas. Para onde íamos? Quem seria nosso alvo? Era algum lugar onde eu já havia estado antes?

O que passava pela minha cabeça era que havia duas opções: ou tudo corria bem naquela noite e eu ganhava o respeito eterno de Brit ou seria uma noite ruim e seu pai quebraria meu pescoço por colocá-la em perigo.

Eu a levei para um estacionamento abandonado perto de uma barraca de cachorro-quente muito frequentada por bichas, que às vezes se encontravam ali para transar nas moitas ao fundo. (Mas, sério, poderia haver clichê maior do que gays se encontrando em uma barraca de salsicha? Só por isso eles já mereciam apanhar.) Eu tinha pensado em ir atrás de uns negros, mas eles eram basicamente animais e podiam ser bem fortes em uma briga, enquanto até Brit poderia socar um mulherzinha.

— Os outros caras vão encontrar a gente aqui? — ela quis saber.

— Não há outros caras — admiti. — Eu tinha um grupo, mas, depois que um deles aprontou para mim, percebi que gosto de trabalhar sozinho. Foi assim que começou aquela história sobre a gangue de motociclistas. A única razão de eu ter acabado com a gangue inteira sozinho foi que não posso confiar em mais ninguém.

— Eu entendo — disse Brit. — É foda ser abandonado pelas pessoas que deveriam te apoiar.

Dei uma olhada para ela.

— Eu imagino que você sempre teve uma vida bem privilegiada.

— É, exceto a parte em que a minha mãe foi embora e me largou quando eu era um bebê, como se eu fosse só... lixo.

Eu sabia que Francis não tinha esposa, mas não sabia o que havia acontecido.

— Nossa, que foda. Eu sinto muito.

Para minha surpresa, Brit não estava chateada. Ela estava furiosa.

— Mas *eu* não. — Os olhos dela queimavam como carvões em brasa. — Meu pai disse que ela fugiu com um preto.

Bem naquele momento, dois homens se aproximaram da barraca de cachorro-quente para fazer o pedido. Eles pegaram seus sanduíches e foram até uma mesa de piquenique meio quebrada.

— Está pronta? — perguntei a Brit.

— Eu nasci pronta.

Disfarcei um sorriso; será que eu já fui corajoso assim? Saímos de meu carro e atravessamos a rua, como se fôssemos comprar alguma coisa para comer também. Mas, em vez disso, parei ao lado da mesa de piquenique e sorri agradavelmente.

— Ei, algum de vocês dois desmunhecados tem um cigarro?

Eles trocaram um olhar. Eu *adoro* esse olhar. É igual ao que se vê em um animal quando percebe que foi encurralado.

— Vamos embora — o loiro disse para o cara baixo magricela.

— Isso não funciona para mim — falei, chegando mais perto. — Porque eu vou continuar sabendo que vocês estão por aí. — Agarrei a bicha loira pelo pescoço e o nocauteei com um soco.

Ele caiu como uma pedra. Eu me virei para ver Brit, que tinha pulado nas costas do magricela e o cavalgava como um pesadelo. Suas unhas se enfiaram no rosto dele, e, quando ele tropeçou e caiu, ela começou a chutar seus rins, depois sentou em cima dele, levantou sua cabeça e a bateu com força no chão.

Eu já tinha lutado ao lado de mulheres antes. Há uma ideia errada comum de que garotas skinhead passam a maior parte do tempo subservientes, descalças e grávidas. Mas, para ser uma skinhead, é preciso ser durona. Brit talvez não tivesse sujado as mãos antes, mas estava em seu sangue.

Quando ela já estava batendo em um corpo inerte e inconsciente, eu a puxei do chão.

— Vamos — chamei, e corremos juntos para o carro.

Fomos até uma colina que oferecia uma excelente vista de aviões decolando e pousando no aeroporto de Tweed. As luzes da pista piscavam para nós, que estávamos sentados no capô do carro, Brit nadando em adrenalina.

— Meu Deus — ela gritou, levantando a garganta para o céu noturno. — Isso foi muito louco! Deu uma sensação de... de...

Ela não conseguiu encontrar a palavra, mas eu, sim. Eu sabia como era ter tanta coisa presa dentro de si que era preciso explodir. Eu sabia como era causar dor, por alguns segundos, em vez de senti-la. A fonte da agitação de Brit podia ser diferente da minha, mas ela havia sido refreada também e acabara de encontrar o buraco na cerca.

— Dá uma sensação de liberdade — eu disse.

— Isso. — Ela ofegou, olhando fixamente para mim. — Você já se sentiu como um estranho dentro da sua própria pele? Como se devesse ser uma pessoa diferente?

O tempo todo, pensei. Mas, em vez de dizer isso, eu me inclinei e a beijei.

Ela virou e sentou em cima de mim, frente a frente comigo, depois me beijou com mais força, mordendo meu lábio, me devorando. Suas mãos estavam dentro da minha camisa, mexendo nos botões do meu jeans.

— Ei — falei, tentando segurá-la pelos pulsos. — Não precisa ter pressa.
— Precisa, sim — ela sussurrou em meu pescoço.

Ela estava ardendo e, quando se chega perto demais do fogo, as chamas o envolvem também. Então eu a deixei deslizar a mão sob o meu zíper, ajudei-a a puxar a saia e arrancar a calcinha. Brit baixou sobre mim e eu me movi dentro dela como o início de algo.

Na manhã da audiência preliminar, eu me visto enquanto Brit ainda está dormindo com o pijama que usou nos últimos quatro dias. Como uma tigela de cereal e me preparo para a guerra.

No tribunal, encontro uns vinte amigos que não sabia que tinha.

Eles são seguidores fiéis do LOBO SOLITÁRIO, contribuidores frequentes do meu site, homens e mulheres que leram sobre Davis e quiseram fazer mais do que apenas digitar mensagens de solidariedade. Como eu, eles não têm a aparência que a maioria das pessoas esperaria de um skinhead. Ninguém é careca, exceto eu. Todos estão usando roupas normais. Alguns têm pequenos pins com o sol negro no colarinho. Muitos usam um laço azul-bebê por Davis. Alguns batem em meu ombro ou me chamam pelo nome. Outros só movem a cabeça com a menor das inclinações, para que eu saiba que estão lá por mim enquanto passo pelo corredor.

Nesse momento, uma preta vem em minha direção. Quase a empurro quando ela começa a falar, uma reação instintiva, mas então percebo que conheço sua voz e que ela é a promotora.

Falei com Odette Lawton pelo telefone, mas ela não pareceu negra. É como um tapa na cara, como algum tipo de conspiração.

Talvez isso seja bom. Não é surpresa que os liberais que dirigem o sistema judicial estejam contra os anglos, e, por causa disso, não existe como conseguirmos um julgamento justo. Eles vão voltar tudo contra *mim*, em vez daquela enfermeira. Mas, se a advogada que está do meu lado é negra, então eu não posso ser preconceituoso, certo?

Eles não precisam saber o que eu *realmente* penso.

Alguém lê o nome do juiz — DuPont —, que não parece um nome judeu, o que é um bom começo. Então eu espero quatro outros réus passarem antes de eles chamarem o nome de Ruth Jefferson.

A sala ferve como uma grelha. Pessoas começam a vaiar e levantar placas com o rosto do meu filho, uma foto que eu pus no site, a única que tenho dele. Então a enfermeira é trazida, de camisola e algemas nos pulsos. Ela olha pela sala. Imagino se está tentando me encontrar.

Decido facilitar para ela.

Em um único movimento rápido, estou de pé e inclinado sobre a grade baixa que nos separa dos advogados e do estenógrafo. Respiro fundo e lanço uma cusparada que atinge a vagabunda na lateral do rosto.

Percebo o segundo em que ela me reconhece.

Imediatamente, aparecem oficiais de justiça ao meu lado que me levam para fora da sala, mas tudo bem. Porque, enquanto estou sendo retirado, a enfermeira vai ver a suástica descendo por trás da minha cabeça.

Não há problema em perder uma batalha quando o que se quer é vencer a guerra.

Os dois oficiais de justiça imbecis me largam do lado de fora das portas pesadas da sala do tribunal.

— Nem pense em voltar — um deles avisa, e eles desaparecem dentro da sala.

Apoio as mãos nos joelhos, recuperando o fôlego. Posso não ter acesso à sala do tribunal, mas, até onde eu sei, este é um país livre. Eles não podem me impedir de ficar aqui e ver Ruth Jefferson ser levada de volta para a cadeia.

Decidido, levanto os olhos, e é quando as vejo: as vans, com antenas parabólicas. As repórteres alisando suas pequenas saias e testando os microfones. A imprensa que veio cobrir este caso.

A advogada disse que eles precisavam de um pai enlutado e não de um pai furioso? Posso lhes dar isso.

Mas, primeiro, pego o celular e ligo para Francis em casa.

— Tire a Brit da cama e a leve para a frente da televisão. — Dou uma olhada nas vans. — Canal Quatro.

Então tiro um gorro do bolso, o que usei no tribunal esta manhã para não chamar a atenção para minha tatuagem até o momento em que eu quisesse. Centro-o na cabeça.

Penso em Davis, porque isso é tudo que preciso fazer para as lágrimas me virem aos olhos.

— Você viu aquilo, não viu? — falo para uma repórter japa que já vi na NBC. — Você me viu ser expulso da sala?

Ela dá uma olhada para mim.

— Hum, é. Desculpe, mas estamos aqui para cobrir outra história.

— Eu sei — digo. — Mas eu sou o pai do bebê que morreu.

Conto à repórter que Brit e eu estávamos tão felizes pelo nosso primeiro bebê. Digo que nunca tinha visto nada tão perfeito quanto suas mãozinhas, seu narizinho, que era igual ao de Brit. Digo que minha esposa ainda está tão abalada com o que aconteceu a Davis que não consegue sair da cama e nem pôde vir ao tribunal hoje.

Digo que é uma tragédia que alguém que fez um juramento para curar mate intencionalmente um bebê indefeso só porque está brava por ter sido afastada do atendimento de um paciente.

— Eu entendo que nós tivemos uma divergência — digo, olhando para a repórter. — Mas isso não significa que o meu filho merecesse morrer.

— Que resultado espera, sr. Bauer? — ela indaga.

— Quero o meu filho de volta — respondo. — Mas isso não vai acontecer.

Então peço licença. A verdade é que estou sufocando de pensar em Davis. E não vou aparecer na televisão soluçando como uma menininha.

Tento evitar as outras repórteres, que agora estão tropeçando umas nas outras para falar comigo, mas elas se distraem quando as portas da sala se abrem e Odette Lawton sai. Ela começa a falar que esse é um crime hediondo, como o Estado vai garantir que a justiça seja feita. Escapo pela lateral do prédio, cruzo com um faxineiro fumando um cigarro e vou até uma entrada de carga e descarga nos fundos. Esta, eu sei, leva a uma porta no andar de baixo, que leva às celas do tribunal.

Eu não posso entrar; há guardas posicionados ali. Mas fico a alguma distância, encolhido contra o vento, até que chega uma van com as palavras "INSTITUIÇÃO PRISIONAL YORK" impressas na lateral. Esse é o único presídio para mulheres no Estado, em Niantic. É para onde a enfermeira deve ser levada.

No último minuto, eu me posto em seu caminho, de modo que o motorista tem que desviar.

Eu sei que, dentro da van, Ruth Jefferson vai ser sacudida por esse movimento. Que ela vai olhar pela janela para ver o que o causou.

A última coisa que ela vai ver antes de ser presa serei eu.

Depois que levei Brit para as ruas comigo, me tornei visita regular em sua casa e praticamente administrava o site na sala de estar de Francis. No LOBO SOLITÁRIO, hospedávamos discussões: fóruns sobre impostos que punham Joe Legal, o trabalhador branco, contra José, o Ladrão de Empregos Ilegal; conversas sobre por que nossa economia estava sendo arruinada por Obama; um clube do livro on-line; uma seção para escrita criativa e poesia, que incluía um final alternativo de trezentas páginas para a Guerra Civil. Havia uma seção para mulheres brancas se conectarem entre si, e outra para adolescentes que os ajudava a lidar com situações como o que fazer quando um amigo contava que era gay (terminar a amizade imediatamente ou explicar que ninguém nasce assim e que essa tendência vai acabar desaparecendo). Havia tópicos de opinião. ("O que é pior: um branco gay ou um negro hétero?" "Quais universidades são mais antibrancos?") Nosso tópico mais popular foi sobre a formação de uma escola de ensino básico nacionalista branca. Tivemos mais de um milhão de postagens nele.

Mas também tínhamos uma seção do site em que dávamos sugestões sobre o que as pessoas poderiam fazer individualmente ou dentro de suas células se quisessem entrar em ação sem promover violência direta. Essencialmente, encontrávamos maneiras de deixar as minorias nervosas acreditando que havia um exército de nós em seu meio, quando, na realidade, eram apenas uma ou duas pessoas.

Francis e eu praticávamos o que pregávamos. Adotamos um trecho de estrada em uma área majoritariamente negra e colocamos uma placa que dizia que ele estava sendo mantido pela KKK. Uma noite, fomos até o Centro da Comunidade Judaica em West Hartford. Durante os serviços de sexta-feira à noite, prendemos um panfleto no limpador do para-brisa de cada carro no estacionamento: uma foto de Adolf Hitler na posição da saudação *sieg heil* e, embaixo, em letras garrafais: "O HOLOCAUSTO FOI UMA FARSA". No verso, havia uma lista de fatos:

- O Zyklon B era uma substância para matar piolhos; para ser usado como gás, seriam necessárias quantidades enormes e câmaras hermeticamente fechadas, as quais não estavam presentes nos campos.
- Não há nenhum vestígio de assassinatos em massa nos campos. Onde estavam os fragmentos de ossos e dentes? Onde estavam as pilhas de cinzas?
- Incineradores americanos queimam um corpo em oito horas, mas dois crematórios em Auschwitz queimavam vinte e cinco mil corpos por dia? Impossível.
- A Cruz Vermelha inspecionava os campos a cada três meses e fazia várias queixas, mas nenhuma delas mencionou o extermínio por gás de milhões de judeus.
- A imprensa judaica liberal perpetuou esse mito para promover interesses próprios.

Na manhã seguinte, o *Hartford Courant* veicularia um artigo sobre o elemento neonazista que estava infiltrado na comunidade. Pais se preocupariam com os filhos. Todos ficariam com os nervos à flor da pele.

Era exatamente assim que gostávamos. Não precisávamos praticar terrorismo com ninguém desde que pudéssemos deixar todos apavorados.

— Bom — disse Francis enquanto voltávamos para o duplex. — Foi uma boa noite de trabalho.

Concordei com a cabeça, mantendo os olhos na estrada. Francis era exigente quanto a isso. Ele não me deixava dirigir com o rádio ligado, por exemplo, para eu não me distrair muito facilmente.

— Tenho uma pergunta para você, Turk — disse ele. Esperei que fosse me perguntar como poderíamos fazer o LOBO SOLITÁRIO aparecer mais no topo das pesquisas do Google ou se poderíamos transmitir podcasts, mas, em vez disso, ele se virou para mim. — Quando você vai fazer da minha filha uma mulher honesta?

Quase engoli a língua.

— Eu, hum, ficaria honrado em fazer isso.

Ele me observou, avaliando.

— Ótimo. Faça logo.

Mas acabei demorando um pouco. Eu queria que fosse perfeito, então pedi sugestões no LOBO SOLITÁRIO. Um cara havia se vestido com o traje completo da SS para fazer o pedido. Outro levou a amada para o local de seu primeiro encontro, mas eu não achava que uma barraca de cachorro-quente com gays fazendo boquete um no outro no meio do mato seria um lugar muito propício. Várias pessoas entraram em uma discussão veemente quanto a ser ou não necessário um anel de noivado, uma vez que os judeus comandavam a indústria dos diamantes.

No fim, decidi apenas dizer a ela o que eu sentia. Então, um dia, eu a peguei com meu carro e a levei à minha casa.

— Sério? — ela falou. — *Você* vai cozinhar?

— Pensei que poderíamos fazer o jantar juntos — sugeri enquanto íamos para a cozinha. Desviei o olhar, porque achei que ela com certeza perceberia como eu estava aterrorizado.

— O que nós vamos fazer?

— Bom, não fique decepcionada. — Entreguei a ela uma embalagem de peixe em conserva. No alto, eu havia escrito: "Estou muito apeixonado".

Ela riu.

— Bonitinho.

Passei a ela uma espiga de milho e fiz um gesto de descascá-la. Ela puxou a casca para baixo e um bilhete caiu: "Quero você por um milhão de anos".

Sorrindo, ela estendeu a mão, esperando mais.

Dei-lhe um prato de sobremesa com um adesivo no fundo: "Eu te amo *pra toda a* vida".

— Já está forçando — disse Brit, sorridente.

— Criatividade limitada. — Passei-lhe uma laranja: "Você é minha outra metade".

Depois, abri a geladeira.

Na prateleira superior, havia uma linguiça formando um C, três pepinos criando um A, um S feito de pão de forma e cenourinhas formando um E.

Na prateleira seguinte, havia um bolo retangular com a palavra "COMIGO" escrita com chantilly.

Na última prateleira, estava uma abóbora com o nome de Brit entalhado.

Brit cobriu a boca com a mão enquanto eu me ajoelhava na sua frente. Entreguei-lhe uma caixinha. Dentro dela, havia um anel de topázio azul, da cor exata de seus olhos.

— Diga "sim" — pedi.

Ela pôs o anel no dedo e eu me levantei.

— Eu já estava esperando uma argola de biscoito, depois de tudo isso — disse Brit, e me abraçou.

Nós nos beijamos e eu a levantei para cima do balcão. Ela me envolveu com as pernas. Pensei na ideia de passar o resto da vida com ela. Pensei em nossos filhos; que eles seriam parecidos com ela; que teriam um pai que seria um milhão de vezes melhor do que o meu havia sido.

Uma hora mais tarde, quando estávamos deitados abraçados no chão da cozinha sobre uma pilha de roupas, segurei Brit mais junto de mim.

— Imagino que isso seja um sim — falei.

Os olhos dela se acenderam e ela correu para a geladeira, voltando alguns segundos depois.

— Sim — ela disse. — É assim que vai ser. Um... — E pôs um bolinho em minha mão.

Sonho.

Quando volto do tribunal e entro em casa, a televisão ainda está ligada. Francis me recebe à porta e eu olho para ele com uma pergunta nos lábios. Mas, antes que ele possa responder, vejo que Brit está sentada no chão da sala, com o rosto a centímetros da tela. Está passando o noticiário do meio-dia e lá está Odette Lawton, falando com os repórteres.

Brit se vira e, pela primeira vez desde que nosso filho nasceu, pela primeira vez em semanas, ela sorri.

— Amor — diz ela, feliz e linda e minha outra vez. — Amor, você está *famoso*.

RUTH

Eles me algemam.

Simples assim, prendem minhas mãos à frente, como se isso não fizesse duzentos anos de história correrem por minhas veias como uma corrente elétrica. Como se eu não pudesse sentir minha trisavó e a mãe dela de pé sobre uma plataforma de leilão. Eles me algemam, e meu filho — a quem eu tenho dito todos os dias desde que ele nasceu: "Você é mais do que a cor da sua pele"—, meu filho assiste.

É mais humilhante do que estar em público de camisola, do que ter que urinar sem privacidade na cela do tribunal, do que levar uma cusparada de Turk Bauer, do que ouvir uma estranha falar por mim na frente do juiz.

Ela me perguntou se eu toquei o bebê, e eu menti para ela. Não porque eu achasse, a esta altura, que ainda tinha um emprego para salvar, mas porque não consegui pensar suficientemente rápido qual seria a resposta certa, a que poderia me libertar. E porque não confiava naquela estranha sentada à minha frente, quando eu não era nada mais para ela do que os outros vinte clientes que ela teria que atender hoje.

Ouço essa advogada — Kennedy alguma coisa, eu já esqueci o sobrenome — trocar argumentações com a outra advogada. A promotora, que é uma mulher negra, nem sequer faz contato visual comigo. Eu me pergunto se isso é porque ela sente apenas desprezo por mim, uma suposta criminosa, ou porque ela sabe que, se quiser ser levada a sério, tem que ampliar o abismo entre nós.

Kennedy cumpre sua palavra e consegue uma fiança para mim. De repente quero abraçar essa mulher, agradecer a ela.

— O que vai acontecer agora? — pergunto, quando as pessoas na sala do tribunal ouvem a decisão e se tornam uma coisa viva e respirante.

— Você vai sair — ela me responde.

— Graças a Deus. Quanto tempo vai demorar?

Espero que sejam minutos. Uma hora, no máximo. Deve haver alguma papelada, que eu posso depois guardar para provar que tudo isso foi um mal-entendido.

— Alguns dias — Kennedy diz. Então um guarda musculoso segura meu braço e me empurra com firmeza de volta para a coelheira de celas no porão daquele maldito prédio.

Espero na mesma cela a que fui levada durante o recesso no tribunal. Conto todos os blocos de concreto na parede: trezentos e sessenta. Conto outra vez. Penso na tatuagem peçonhenta na cabeça de Turk Bauer e em como eu não acreditava que ele poderia ser pior do que já era, mas estava errada. Não sei quanto tempo passa até Kennedy voltar.

— O que está acontecendo? — explodo. — Não posso passar dias aqui!

Ela fala sobre escrituras e porcentagens, números que nadam pela minha cabeça.

— Eu sei que você está preocupada com o seu filho. Tenho certeza de que a sua irmã vai cuidar dele.

Um soluço sobe como uma canção em minha garganta. Penso na casa da minha irmã, onde seus meninos discutem com o pai quando ele os manda levar o lixo para fora. Onde o jantar não é hora de conversa, mas de comida chinesa pronta devorada na frente da televisão. Penso em Edison me mandando uma mensagem de texto no trabalho, coisas como *LendoLolita pro ing. Nabokov = cara mto loko*.

— Então eu vou ficar aqui? — pergunto.

— Você vai ser levada para a prisão.

— Prisão? — Um arrepio me percorre a espinha. — Mas eu não consegui fiança?

— Sim, mas as rodas da justiça se movem incrivelmente devagar, e você terá que ficar até a fiança ser processada.

De repente, um guarda que eu não tinha visto antes aparece na porta na cela.

— O intervalo para o café acabou, senhoras — diz ele.

Kennedy olha para mim, suas palavras rápidas e duras como balas de revólver.

— Não fale com ninguém sobre suas acusações. Pessoas vão tentar conseguir um acordo arrancando informações de você. Não confie em ninguém.

Incluindo você?, eu me pergunto.

O guarda abre a porta da cela e me diz para estender as mãos. Lá vêm as algemas outra vez.

— Isso é mesmo necessário? — indaga Kennedy.

— Não sou eu que faço as regras — diz o guarda.

Sou levada por outro corredor até uma área de embarque, onde uma van está esperando. Dentro dela, há outra mulher algemada. Ela está com um vestido justo e delineador com glitter e tem um aplique no cabelo que vai até a metade das costas.

— Gostou? — ela pergunta, e eu desvio os olhos imediatamente.

O xerife entra no banco da frente da van e liga o motor.

— Xerife — a mulher chama. — Eu sou uma garota que adora joias, mas estes braceletes estão acabando com o meu estilo.

Quando ele não responde, ela faz um olhar de enfado.

— Sou a Heidi — diz ela. — Heidi Vina.

Não consigo não rir.

— Esse é mesmo o seu nome?

— É bom que seja, porque eu mesma escolhi. Gosto dele muito mais do que... Bruce. — Ela aperta os lábios e fica olhando para mim, à espera da minha reação. Meus olhos se movem de suas grandes mãos manicuradas para o rosto marcante. Se ela espera que eu fique chocada, está perdendo seu tempo. Sou enfermeira. Já vi literalmente de tudo, incluindo um homem trans que engravidou porque sua esposa era estéril e uma mulher com duas vaginas.

Eu encontro o olhar dela, recusando-me a ser intimidada.

— Sou a Ruth.

— Pegou seu sanduíche, Ruth?
— O quê?
— A comida, doçura. É muito melhor no tribunal do que na cadeia, não acha?

Sacudo a cabeça.

— Nunca estive aqui antes.

— Já eu devia ter um cartão fidelidade. Sabe, daquele tipo que você ganha um café ou um rímel grátis na décima compra. — Ela sorri. — Por que você está aqui?

— Bem que eu queria saber — digo, antes de lembrar que não é para dizer nada.

— Que porra é essa, garota? Você estava no tribunal, teve sua audiência preliminar. Não ouviu qual era a acusação?

Desvio o olhar e me concentro na paisagem pela janela.

— Minha advogada me disse para não conversar com ninguém sobre isso.

— Bom. — Ela funga. — Perdão, majestade.

No espelho retrovisor, os olhos do xerife aparecem, penetrantes e azuis.

— Ela está aqui por homicídio — diz ele, e nenhum de nós torna a falar pelo resto da viagem.

Quando me candidatei à especialização na Faculdade de Enfermagem de Yale, minha mãe pediu ao seu pastor para fazer uma oração extra por mim, na esperança de que Deus pudesse influenciar o comitê de admissão se meu histórico universitário não conseguisse. Lembro como me senti constrangida sentada na igreja ao lado dela, quando todos elevaram o espírito e a voz aos céus em meu nome. Havia pessoas morrendo de câncer, casais inférteis desejando um bebê, guerra em países de terceiro mundo — em outras palavras, tantas coisas mais importantes que o Senhor tinha a fazer com seu tempo. Mas minha mãe disse que eu era igualmente importante, pelo menos para nossa comunidade. Eu era sua história de sucesso, a universitária que ia Fazer a Diferença.

Na véspera do início das aulas, mamãe me levou para jantar fora. "Você está destinada a fazer pequenas grandes coisas", ela me disse. "Como o dr. King falou." Ela estava se referindo a uma de suas citações preferidas: "Se eu não puder fazer coisas grandes, posso fazer coisas pequenas de forma grandiosa". "Mas", continuou, "não se esqueça de onde você veio." Eu não entendi muito bem o que ela queria dizer. Eu era uma de uma dúzia de jovens da nossa vizinhança que tinha ido para a faculdade e apenas um punhadinho deles ia fazer uma especialização. Eu sabia que ela sentia orgulho de mim; sabia que ela sentia que seus esforços para me colocar em um caminho diferente tinham dado frutos. Considerando que ela havia tentado me empurrar para fora do ninho desde que eu era pequena, por que ia querer que eu continuasse a carregar os gravetos que o haviam construído? Eu não poderia voar para mais longe sem eles?

Tive aulas de anatomia e fisiologia, de farmacologia e princípios de enfermagem, mas montava meu horário para sempre estar em casa no jantar e contar para a mamãe sobre o meu dia. Não importava que a viagem para a cidade e de volta levasse duas horas. Eu sabia que, se minha mãe não tivesse passado trinta anos esfregando o chão na casa da sra. Mina, eu nem estaria naquele trem.

"Conte tudo", minha mãe dizia enquanto colocava em meu prato o que quer que tivesse cozinhado. Eu falava das coisas interessantes que tinha aprendido: que metade da população carrega as bactérias SARM no nariz; que a nitroglicerina pode induzir movimentos peristálticos dos intestinos se fizer contato com a pele; que somos quase um centímetro mais altos de manhã do que à noite, por causa do fluido entre os discos da coluna vertebral. Mas havia outras coisas que eu não contava a ela.

Embora eu estivesse em uma das melhores escolas de enfermagem do país, isso importava só dentro do campus. Em Yale, outros estudantes de enfermagem pediam para ver minhas anotações meticulosas ou me chamavam para fazer parte do seu grupo de estudos. Durante as rotações clínicas no hospital, os professores elogiavam minha habilidade. Mas, quando o dia terminava, eu entrava em uma loja de conveniência para comprar uma Coca-Cola e o proprietário me seguia para garantir que eu não roubasse nada. Enquanto eu estava sentada no trem, idosas brancas passavam por mim sem me olhar mesmo se houvesse um assento vago ao meu lado.

Depois de um mês na faculdade de enfermagem, comprei uma caneca térmica de Yale. Minha mãe achou que era porque eu tinha que sair de casa muito cedo para pegar o trem para New Haven todos os dias e começou a levantar e fazer café fresco para eu pôr na caneca. Mas não era de cafeína que eu precisava; era de uma passagem para um mundo diferente. Eu punha a caneca no colo cada vez que entrava no trem, com a palavra YALE propositalmente virada para a frente, para que os outros passageiros pudessem ler quando embarcavam. Era uma bandeira, um sinal que dizia: *Eu sou uma de vocês.*

O presídio feminino fica a uma boa hora de viagem de New Haven. Depois que chegamos, Heidi e eu somos enfiadas em uma cela provisória que é exatamente como aquela em que fiquei no tribunal, só que mais cheia. Há quinze outras mulheres já aqui dentro. Não há bancos, então eu deslizo por uma parede e me sento no chão, entre duas mulheres. Uma tem as mãos unidas à frente e está rezando baixinho em espanhol. A outra está roendo as cutículas.

Heidi encosta nas grades e começa a enrolar seus longos cabelos em uma trança espinha de peixe.

— Por favor — digo baixinho —, você sabe se eles me deixariam dar um telefonema?

Ela olha para mim.

— Ah, *agora* você quer falar comigo.

— Desculpe. Eu não quis ser mal-educada. Eu... Tudo isso é novo para mim.

Ela prende um elástico no fim da trança.

— Claro, você pode dar um telefonema. Logo depois que eles te servirem caviar e fizerem uma bela massagem.

Fico chocada. Um telefonema não é um direito básico dos prisioneiros?

— Não é como nos filmes — murmuro.

Heidi põe as mãos sob os seios e os levanta.

— Não acredite em nada que vê.

Uma guarda abre a porta da cela. A mulher que estava rezando se levanta, seus olhos cheios de esperança, mas a guarda se aproxima de Heidi.

— Misericórdia, Heidi. Você aqui outra vez?

— Você não sabe nada de economia? É uma questão de oferta e demanda. Não estou nesse negócio por vontade própria. Se não houvesse uma demanda tão grande pelos meus serviços, a oferta ia acabar.

A guarda ri.

— Foi uma boa explicação — diz e pega Heidi pelo braço para levá-la para fora.

Uma por uma, somos tiradas da cela. Nenhuma que sai volta. Para me distrair, começo a fazer listas do que preciso me lembrar de contar a Adisa um dia, quando puder olhar de volta para isso tudo e rir: que a comida que nos dão durante a espera de múltiplas horas é tão estranha que eu não sei dizer se é verdura ou carne; que a presidiária que estava passando um esfregão no chão quando fomos trazidas para dentro parecia exatamente com a minha professora do segundo ano; que, embora eu esteja constrangida em minha camisola, há uma mulher na cela temporária comigo que está usando uma fantasia de mascote do tipo que se vê em jogos de futebol americano no colégio. Então, finalmente, a mesma guarda que levou Heidi abre a porta e chama o meu nome.

Sorrio para ela, tentando ser tão obediente quanto possível. Leio o nome no crachá.

— Policial Gates — digo quando nos distanciamos das outras mulheres na cela. — Eu sei que você só está fazendo o seu trabalho, mas eu vou ser libertada sob fiança. A questão é que preciso entrar em contato com o meu filho...

— Guarde isso para o seu orientador, detenta. — Ela tira outra foto minha de frente e obtém minhas digitais outra vez. Preenche um formulário que pergunta desde meu nome, endereço e gênero até se tenho HIV e se uso drogas. Depois, ela me leva para uma sala pouco maior que um armário, sem nada além de uma cadeira.

— Tire a roupa — ela anuncia. — Pode colocar na cadeira.
Olho espantada para ela.
— *Tire a roupa* — ela repete.

Ela cruza os braços e se recosta na porta. Se a primeira liberdade que se perde na prisão é a privacidade, a segunda é a dignidade. Eu me viro de costas e puxo a camisola sobre a cabeça. Dobro-a com cuidado e coloco-a na cadeira. Tiro a calcinha e a dobro também. Ponho os chinelos no topo da pilha.

Como enfermeira, a gente aprende a deixar o paciente à vontade durante momentos que poderiam ser humilhantes: cobrir as pernas abertas de uma mulher em trabalho de parto ou amarrar um avental sobre um traseiro despido. Quando uma mulher em trabalho de parto defeca por causa da pressão da cabeça do bebê, nós limpamos depressa e dizemos que acontece com todo mundo. Pegamos uma situação constrangedora e fazemos o possível para amenizá-la. Enquanto estou ali de pé, tremendo, nua, imagino se o trabalho dessa guarda é o oposto absoluto do meu. Se só o que ela deseja é fazer com que eu sinta vergonha.

Decido que não vou lhe dar esse prazer.

— Abra a boca — diz a policial, e eu ponho a língua para fora como se estivesse em um consultório médico. — Incline-se para a frente e me mostre o que tem atrás das orelhas.

Faço como ela manda, embora não consiga imaginar o que alguém poderia esconder atrás das orelhas. Sou instruída a levantar o cabelo, abrir os dedos dos pés e levantá-los os pés para que ela possa ver as solas.

— Agache — diz ela — e tussa três vezes.

Imagino o que uma mulher poderia ser capaz de trazer para dentro da cadeia, dada a flexibilidade notável da anatomia feminina. Penso em como, quando eu era estudante de enfermagem, tive que praticar a avaliação da largura do colo do útero dilatado. Um centímetro era uma abertura do tamanho da ponta do dedo. Dois centímetros e meio eram o segundo e o terceiro dedos, colocados em uma abertura do tamanho do gargalo de um frasco de removedor de esmalte. Quatro centímetros de dilatação eram esses mesmos dedos abertos no gargalo do frasco de um quilo de molho barbecue. Cinco centímetros era a abertura de um frasco de ketchup Heinz de um quilo e meio. Sete centímetros: um pote plástico de queijo parmesão Kraft.

— Abra as nádegas.

Algumas vezes, assisti o parto de vítimas de violência sexual. Faz perfeito sentido que, durante o parto, lembranças do estupro sejam desencadeadas. Um corpo em trabalho de parto é um corpo em estresse, e, para uma sobrevivente de estupro, isso pode levar a um reflexo de sobrevivência que, fisiologicamente, retarda ou interrompe o progresso. Nesses casos, é ainda mais importante que a sala obstétrica seja um espaço seguro. Para que a mulher seja ouvida. Para que ela sinta que tem algo a dizer sobre aquilo que lhe acontece.

Posso não ter muito a dizer aqui, mas ainda posso fazer a escolha de não ser uma vítima. O objetivo deste exame é fazer com que eu me sinta menos do que sou, como um animal. Fazer com que eu tenha vergonha da minha nudez.

Mas eu passei vinte anos vendo como as mulheres são bonitas — não por causa da aparência, mas pelo que seu corpo pode suportar.

Então eu me levanto e encaro a policial, desafiando-a a desviar os olhos da minha pele marrom e lisa, dos anéis escuros dos meus mamilos, da curva da minha barriga, do tufo de pelos entre as minhas pernas. Ela me entrega a roupa cor de laranja projetada para me uniformizar e o crachá com meu número de detenta, destinado a me definir como parte de um grupo em vez de um indivíduo. Eu a olho fixamente, até que ela encontre meu olhar.

— Meu nome — digo — é Ruth.

Quinto ano, café da manhã. Meu nariz estava enterrado em um livro e eu lia os fatos em voz alta.

— Houve gêmeos que nasceram com oitenta e sete dias de diferença — anunciei.

Rachel, sentada à minha frente, mexia em seus flocos de milho.

— Então eles não eram gêmeos, burra.

— Mamãe — gritei automaticamente. — A Rachel me chamou de burra. — Virei a página. — Sigurd, o Poderoso, foi morto por um homem morto que ele tinha decapitado. Ele amarrou a cabeça do cara em sua sela, se arranhou em um dente, pegou uma infecção e morreu.

Minha mãe veio depressa para a cozinha.

— Rachel, não chame a sua irmã de burra. E, Ruth, pare de ler coisas horríveis enquanto as pessoas estão tentando comer.

Relutante, fechei o livro, mas não antes de deixar meus olhos pousarem em um último fato: havia uma família em Kentucky que, por gerações, nasceu com a pele azul. Isso foi resultado de cruzamentos consanguíneos e genética. *Legal*, pensei, estendendo a palma da mão e virando-a.

— Ruth! — minha mãe chamou, brava, e foi o suficiente para eu saber que não era a primeira vez que ela chamava meu nome. — Vá trocar de blusa.

— Por quê? — perguntei, antes de lembrar que eu não devia discutir.

Minha mãe puxou minha blusa do uniforme, que tinha uma mancha do tamanho de uma moeda nos quadris. Fiz um som de pouco-caso.

— Mãe, ninguém vai ver isso depois que eu puser o casaco.

— E se você tirar o casaco? — ela perguntou. — Você não vai com a blusa manchada para a escola porque, se fizer isso, as pessoas não vão te julgar por ser desleixada. Elas vão te julgar por ser negra.

Eu sabia que não devia discutir com a mamãe quando ela ficava assim. Então peguei o livro e corri para o quarto que dividia com Rachel para vestir uma blusa branca limpa. Enquanto a abotoava, meu olhar deslizou para o livro de curiosidades no lugar onde ele havia caído aberto sobre minha cama.

"A criatura mais solitária da Terra é uma baleia que passou mais de vinte anos chamando um parceiro para acasalar", eu li, "mas tinha uma voz tão diferente da das outras baleias que nenhum deles nunca respondeu."

* * *

No material para a noite, recebo lençóis, um cobertor, xampu, sabonete, pasta e uma escova de dentes. Sou confiada à custódia de outra detenta, que me conta coisas importantes: de agora em diante, todos os meus itens de higiene pessoal terão que ser comprados na cantina; se eu quiser ver *Judge Judy* na sala de recreação, tenho que chegar cedo para pegar um bom lugar; as refeições halal são as únicas que prestam, então talvez eu queira dizer sou muçulmana; alguém chamado Wig faz as melhores tatuagens, porque sua tinta é misturada com urina, o que faz com que fique mais permanente.

Quando passamos pelas celas, noto que há duas ocupantes em cada uma, que a maioria das prisioneiras é negra e as policiais não são. Há uma parte de mim que se sente como eu costumava me sentir quando minha mãe fazia minha irmã me levar para sair com suas amigas em nossa vizinhança. As meninas riam de mim por ser uma Oreo: negra por fora, branca por dentro. Eu acabava ficando muito quieta por medo de fazer algo errado. E se uma mulher assim for minha companheira de cela? O que poderíamos ter em comum?

O fato de estarmos ambas presas, para começar.

Viro a esquina e a detenta estende o braço em um gesto majestoso.

— Lar, doce lar — ela anuncia, e eu espio lá dentro e encontro uma mulher branca sentada em uma cama.

Ponho as roupas de cama no colchão vazio e começo a abrir os lençóis e o cobertor.

— Eu disse que você podia dormir aqui? — a mulher pergunta.

Congelo.

— Eu... hum, não.

— Sabe o que aconteceu com a minha última colega de cela? — Ela tem cabelos ruivos crespos e olhos que não olham exatamente para a mesma direção. Sacudo a cabeça. Ela chega mais perto, até estar a uma respiração de distância. — Nem você, nem ninguém — sussurra. Depois começa a rir. — Desculpe, só estava te assustando. Meu nome é Wanda.

Meu coração está batendo no fundo da garganta.

— Ruth — consigo dizer. Faço um gesto para o colchão vazio. — Então, este é...

— É. como quiser. Pouco me importa, desde que você fique longe das minhas coisas.

Balanço a cabeça, concordando, e arrumo a cama enquanto Wanda observa.

— Você é daqui de perto?

— East End.

— Sou de Bantam. Já esteve lá? — Sacudo a cabeça. — Ninguém nunca esteve em Bantam. Esta é a sua primeira vez?

Olho para ela, confusa.

— Em Bantam?

— Na *prisão*.

— É, mas não vou ficar aqui muito tempo. Estou esperando acertarem a minha fiança.

Wanda ri.

— Então está bem.

Lentamente, eu me viro.

— O quê?

— Estou esperando a mesma coisa. Já vai fazer três semanas.

Três semanas. Sinto os joelhos cederem e desabo no colchão. Três semanas? Digo a mim mesma que minha situação não é a de Wanda. Mesmo assim: *três semanas*.

— Por que você está aqui? — ela pergunta.

— Nada.

— É impressionante como ninguém aqui fez nada ilegal. — Wanda deita em sua cama e estende os braços sobre a cabeça. — *Eles* dizem que eu matei meu marido. *Eu* digo que ele correu para a minha faca. — Ela olha para mim. — Foi um acidente. Como o jeito que ele quebrou o meu braço, e me deixou com o olho roxo, e me empurrou da escada, esses foram acidentes também.

Há pedras na voz dela. Eu me pergunto se, com o tempo, a minha também vai ficar assim. Penso em Kennedy me dizendo para ficar quieta.

Penso em Turk Bauer e lembro da tatuagem que vi no tribunal, reluzindo em sua cabeça raspada. Imagino se ele já esteve preso. Se isso significa que nós também temos algo em comum.

Depois lembro de seu bebê, aconchegado em meus braços no necrotério, frio e azul como granito.

— Eu não acredito em acidentes — digo e encerro a conversa aí.

O orientador, policial Ramirez, é um homem de rosto tão redondo e macio quanto um donut, que está sorvendo sua sopa. Ele fica deixando respingar na camisa e eu tento não olhar toda vez que isso acontece.

— Ruth Jefferson — diz ele, lendo meu arquivo. — Você tinha uma pergunta sobre visitas?

— Sim — respondo. — Meu filho, Edison. Preciso entrar em contato com ele para explicar como juntar os documentos de que precisamos para a fiança. Ele só tem dezessete anos.

Ramirez procura em sua gaveta. Ele tira uma revista — *Guns & Ammo* — e uma pilha de folhetos sobre depressão, então me entrega um formulário.

— Escreva o nome e o endereço das pessoas que você quer na lista de visitas.

— E depois?

— Depois nós enviamos pelo correio, e, quando elas assinarem e enviarem de volta, o formulário é aprovado e elas podem vir.

— Mas isso pode levar semanas.

— Geralmente uns dez dias — diz Ramirez. *Slurrrrp*.

Lágrimas enchem meus olhos. É como um pesadelo, do tipo em que alguém sacode seus ombros quando você diz a si mesma que é só um sonho e fala: "Isto não é um sonho".

— Não posso deixá-lo sozinho todo esse tempo.

— Posso falar com o conselho tutelar...

— Não! — exclamo. — Não faça isso.

Algo o faz baixar a colher e olhar para mim com alguma simpatia.

— Também tem o diretor. Ele pode conceder a você uma visita de cortesia de dois adultos antes que a solicitação oficial seja processada. Como seu filho tem dezessete anos, ele teria que vir acompanhado de um adulto.

Adisa, penso. Mas imediatamente lembro que ela nunca será aprovada pelo diretor para uma visita: ela tem passagem pela polícia, graças a um cheque falsificado para o aluguel cinco anos atrás.

Empurro o formulário sobre a mesa de volta para ele. As paredes parecem o obturador de uma câmera se fechando.

— Obrigada de qualquer modo — consigo dizer e volto para minha cela.

Wanda está sentada em sua cama, mordiscando uma barra de Twix. Ela dá uma olhada para mim, depois quebra um pedacinho bem pequeno e me oferece.

Eu o pego e fecho a mão em volta dele. O chocolate começa a derreter.

— Nada de telefonema? — Wanda pergunta, e eu sacudo a cabeça. Sento em minha cama e desvio os olhos para a parede.

— Está na hora de *Judge Judy* — diz ela. — Quer assistir?

Não respondo e, então, ouço Wanda sair da nossa cela, presumivelmente para a sala de recreação. Lambo o chocolate da mão, depois uno as palmas e falo com a única migalha de esperança que ainda me resta. *Deus*, rezo, *por favor, por favor, me escute*.

Quando eu era pequena, às vezes dormia com Christina na mansão. Nós desenrolávamos nossos sacos de dormir na sala de estar e Sam Hallowell trazia um projetor de cinema com desenhos animados antigos que ele devia ter conseguido quando era executivo na rede de televisão. Na época, isso era o máximo — não havia videocassetes ou vídeos sob demanda; uma sessão de cinema particular era um luxo reservado para astros do cinema e, imagino, seus filhos. Embora eu fosse um pouco resistente a ficar longe de casa, mamãe aliviava o impacto: ela arrumava a banheira para nós, punha meu pijama e preparava chocolate quente e cookies antes de ir embora; e, quando eu acordava, ela já estava de volta, fazendo panquecas.

As diferenças que existiam entre mim e Christina ficaram mais indisfarçáveis conforme crescíamos. Era mais difícil fingir que não importava que minha mãe trabalhasse para a dela; ou que eu tivesse que trabalhar depois da escola enquanto ela se tornava atacante do time de futebol; ou que as roupas que eu usava nas sextas-feiras sem uniforme tinham pertencido a ela. Não era que ela não me desse atenção. A barricada foi construída com minhas próprias desconfianças, um tijolo de constrangimento por vez. As amigas de Christina eram todas loiras, bonitas, atléticas, e circulavam em torno dela como os eixos simétricos de um floco de neve; se eu não ficava em volta delas, eu dizia a mim mesma, era porque não queria que Christina sentisse que *tinha* que me incluir. Mas a verdadeira razão de eu me distanciar era que doía menos sair de perto do que me arriscar ao inevitável momento em que eu me tornaria alguém de quem elas sempre só se lembrariam depois.

O único problema de me dissociar de Christina era que eu não tinha muitas outras amigas. Havia uma aluna de intercâmbio paquistanesa e uma menina com catarata que eu ajudava em matemática, mas o que tínhamos em comum era o fato de que não nos encaixávamos de fato em nenhum outro lugar. Havia um grupo de outros alunos negros, mas o ambiente familiar deles ainda estava a um mundo de distância do meu, com pais corretores de ações, aulas de esgrima e chalés de verão em Nantucket. Havia Rachel, que tinha agora dezoito anos e estava grávida de seu primeiro filho. Ela provavelmente precisava de uma amiga, mas, mesmo quando estávamos frente a frente na mesa da cozinha, eu não conseguia pensar em uma palavra para dizer a ela, porque as coisas que ela queria da vida eram tão diferentes das que eu esperava para a minha, e porque, sinceramente, eu tinha um pouco de medo que, se começasse a andar muito com ela, todos os estereótipos com que ela havia se cercado pudessem grudar em mim como graxa de sapato e tornar ainda mais difícil eu me misturar impecavelmente nos corredores de Dalton.

Então talvez tenha sido por isso que, quando Christina me convidou para uma festa de pijama que ia fazer numa sexta-feira, eu disse "sim" antes de conseguir lembrar de me conter. Eu disse "sim" e esperei que pudesse provar a mim mesma que estava gloriosamente errada. Na companhia de todas essas novas amigas dela, eu queria contar todas as nossas piadas internas do tempo em que Christina e eu fazíamos capacetes de papel-alumínio e nos escondíamos no elevador de comida da cozinha fingindo que era uma espaçonave para a lua; ou quando o cachorro da sra. Mina, Fergus, fez cocô na cama dela e nós usamos tinta branca para cobrir a mancha, certas de que ninguém ia perceber. Eu queria ser a única que sabia em qual armário da cozinha ficavam os salgadinhos e onde estava guardada a roupa de cama extra e o nome de cada um dos bichinhos de pelúcia de Christina. Eu queria que todos soubessem que Christina e eu éramos amigas havia mais tempo que elas.

Christina tinha convidado mais duas meninas da segunda série: Misty, que dizia ser disléxica para ter lição de casa mais fácil, mas parecia não ter nenhuma dificuldade para ler em voz alta a pilha de revistas *Cosmo* que Christina tinha trazido para o terraço; e Kiera, que estava obcecada por Rob Lowe e por seu próprio espaço entre as coxas. Nós tínhamos estendido toalhas no terraço de madeira. Christina aumentou o volume do rádio quando uma música do Dire Straits começou e cantou a letra inteira de cor. Pensei em como costumávamos colocar os discos da sra. Mina para tocar, todos gravações com elencos originais da Broadway, e dançar fingindo que éramos Cinderela, ou Eva Perón, ou Maria von Trapp.

Tirei um tubo de protetor solar da mochila. As outras meninas haviam se esfregado com óleo de bebê, como se fossem carne na grelha, mas a última coisa que eu queria era ficar mais escura. Notei Kiera olhando para mim.

— Você se queima?

— Hum, sim — falei, mas fui poupada de entrar em detalhes pela interrupção de Misty.

— Isto é incrível — disse ela. — A invasão britânica. — Ela virou a revista para podermos ver as modelos, cada uma mais magra que a outra, vestidas com roupas da próxima estação, com bandeiras inglesas e casacos vermelhos de botões dourados que me fizeram pensar em Michael Jackson.

Christina se sentou ao meu lado, apontando.

— A Linda Evangelista é... perfeita.

— Ai, você acha? Ela parece uma nazista. A Cindy Crawford é tão *natural* —Kiera contrapôs. Eu olhei as fotografias. — Minha irmã vai para Londres no verão — Kiera acrescentou. — Fazer mochilão pela Europa. Fiz meu pai prometer, por escrito, que eu vou poder ir também quando tiver dezoito anos.

— Mochilão? — Misty estremeceu. — Por quê?

— Porque é romântico, ué. Pense só. Viagens de trem. Albergues da juventude. Conhecer caras muito gatos.

— Eu acho que o Savoy é muito romântico também — disse Misty. — E tem *chuveiro*.

Kiera fez ar de enfado.

— Me ajude, Ruth. Ninguém nos livros de romance jamais tem um encontro no saguão do Savoy. As pessoas se esbarram em uma plataforma de trem ou pegam acidentalmente a mochila um do outro, certo?

— Tem cara de destino — eu disse, mas o que estava pensando era que de jeito nenhum eu poderia planejar ficar um verão sem trabalhar se quisesse ir para a faculdade.

Christina virou de bruços em sua toalha.

— Estou morrendo de fome. Precisamos de salgadinhos. — Ela olhou para mim. — Ruth, você poderia ir pegar alguma coisa para a gente comer?

Minha mãe sorriu quando entrei na cozinha, que tinha um cheiro celestial. Uma assadeira de cookies estava esfriando e outra remessa estava indo para o forno. Ela levantou a colher e me deixou lamber a massa.

— Como estão as coisas em Saint-Tropez?

— Todas estão com fome — respondi. — A Christina quer comida.

— Ah, ela quer, é? Então por que não é ela que está aqui na minha cozinha pedindo comida?

Abri a boca para responder, mas não consegui encontrar a resposta. Por que ela havia me pedido? Por que eu tinha vindo?

Minha mãe apertou a boca.

— Por que você está aqui, meu bem?

Baixei os olhos para meus pés descalços.

— Eu já disse. Nós estamos com fome.

— Ruth — ela repetiu. — Por que você está aqui?

Dessa vez, não pude fingir que não tinha entendido.

— Porque — falei tão baixo que mal podia ouvir, tão baixo que esperava que minha mãe também não ouvisse — não tenho nenhum outro lugar para ir.

— Isso *não* é verdade — ela insistiu. — Quando estiver pronta para nós, estaremos à sua espera.

Peguei uma bandeja e comecei a empilhar cookies. Não sabia o que minha mãe quis dizer e nem queria saber. Eu a evitei pelo resto da tarde, e, quando ela foi embora à noite, já estávamos trancadas no quarto de Christina, ouvindo Depeche Mode e dançando em cima do colchão. Ouvi as outras meninas confessarem suas paixões secretas e fingi ter uma também, para poder ser parte da conversa. Quando Kiera pegou um cantil cheio de vodca ("É o que tem menos calorias, sabe, se a gente quiser ficar bêbada"), agi como se fosse tudo muito natural, embora meu coração estivesse acelerado. Não bebi, porque mamãe teria me matado, e porque sabia que não podia perder o controle. Todas as noites, antes de dormir, eu passava hidratante na pele e esfregava manteiga de cacau nos joelhos, calcanhares e cotovelos para eles não ficarem acinzentados; enrolava o cabelo em volta da cabeça para incentivar o crescimento e o envolvia com um lenço. Minha mãe fazia isso, e Rachel também, mas eu tinha certeza de que esses rituais seriam estranhos para todas ali, até mesmo para Christina. Eu não queria explicar nada nem me destacar mais do que já acontecia normalmente, então meu plano era ser a última a ir ao banheiro e ficar lá até todas terem dormido... e então acordar bem cedo e arrumar o cabelo antes que as outras despertassem.

Por isso, fiquei acordada enquanto Misty contava em minuciosos detalhes como era fazer um boquete e Kiera vomitava no banheiro. Deixei todas escovarem os dentes antes de mim e esperei até ouvir que elas ressonavam antes de sair no escuro.

Íamos dormir encaixadas como sardinhas, quatro meninas na cama larga de Christina. Levantei as cobertas e me acomodei ao lado de Christina, sentindo o aroma do conhecido xampu de pêssego que ela usava desde sempre. Achei que ela estava dormindo, mas ela virou e olhou para mim.

O lenço estava enrolado na minha cabeça, vermelho como uma ferida, com as pontas descendo pelas minhas costas. Vi os olhos de Christina passarem rapidamente por ele antes de voltarem para os meus. Ela não mencionou o lenço.

— Estou feliz por você estar aqui — Christina sussurrou e, por um breve e abençoado momento, eu fiquei feliz também.

Tarde naquela noite, enquanto os roncos de Wanda assobiam através da cama, eu continuo acordada. A cada meia hora um agente penitenciário vem com uma lanterna para verificar se todas estão dormindo. Quando ele passa, eu fecho os olhos, fingindo. Penso se, com o tempo, vai ficando mais fácil dormir com os sons de uma centena de mulheres à sua volta. Penso se vai ficando mais fácil, ponto.

Durante um desses circuitos, a lanterna balança com os passos do agente e, então, para em nossa cela. Imediatamente, Wanda se senta e franze a testa.

— Levante — o agente penitenciário diz.

— Que inferno é isso? — Wanda questiona. — Estão revistando celas à meia-noite agora? Já ouviu falar de direitos dos prisioneiros...

— Não você. — O agente move a cabeça em minha direção. — Ela.

Nisso, Wanda ergue as mãos e recua. Ela pode ter se disposto a me dar um pedaço de Twix, mas agora estou por minha conta.

Meus joelhos tremem quando me levanto e caminho para a porta aberta da cela.

— Para onde você vai me levar?

O agente não responde, só me conduz pelo corredor. Ele para em uma porta, aperta um botão na mesa de controle e ouço um rangido de metal quando a tranca é aberta. Entramos em um compartimento fechado e esperamos a porta se fechar atrás de nós antes que a próxima porta se abra magicamente.

Em silêncio, ele me leva para uma pequena sala que parece um armário e me entrega um saco de papel.

Olho dentro e vejo minha camisola e meus chinelos. Tiro o uniforme, começo a dobrá-lo por força do hábito, depois o largo em uma pilha no chão. Visto minha velha roupa, minha velha vida.

O agente está ali parado quando torno a abrir a porta. Desta vez passamos pela cela em que fiquei esperando quando cheguei aqui, em que estão apenas duas mulheres agora, ambas dormindo encolhidas no chão, cheirando a álcool e vômito. Então, de repente estamos do lado de fora, atravessando uma cerca com um colar de arame farpado.

Viro para ele, em pânico.

— Eu não tenho dinheiro — digo. Sei que estamos a mais ou menos uma hora de New Haven e não tenho dinheiro para o ônibus, nem telefone, nem mesmo uma roupa adequada.

O agente move a cabeça a distância e então eu noto que o escuro está se movendo, uma sombra na noite sem lua. A silhueta vai tomando forma até que vejo os contornos de um carro e uma pessoa dentro, que sai e começa a correr para mim.

— Mãe — diz Edison, com o rosto enterrado em meu pescoço —, vamos para casa.

KENNEDY

Há dois tipos de pessoas que se tornam defensores públicos: as que acreditam que podem salvar o mundo e as que sabem muito bem que não podem. Os primeiros são os recém-formados nas faculdades de direito, de olhos brilhantes e convencidos de que podem fazer a diferença. Os segundos são aqueles de nós que já trabalharam no sistema e sabem que os problemas são muito maiores do que nós ou do que os clientes que representamos. Quando um coração partido cicatriza em realismo, as vitórias se tornam individuais: conseguir reunir uma mãe que estava internada por dependência química com seu filho que tinha sido posto em um abrigo para menores; obter o deferimento de uma petição para invalidar provas de uma dependência anterior que poderiam interferir no caso de um cliente atual; ser capaz de equilibrar centenas de casos e avaliar quais são os que precisam de mais do que uma representação rápida na audiência preliminar. Na vida real, defensores públicos são menos Super-Homem e mais Sísifo, e não é pequeno o número de advogados que acabam esmagados sob o peso de uma carga infinita de casos, horas sem fim de trabalho e um salário insignificante. Por isso, aprendemos rapidamente que, se pretendemos manter uma pequena parcela da nossa vida intocada, não trazemos trabalho para casa.

E é por isso que, quando sonho com Ruth Jefferson por duas noites consecutivas, sei que estou com um problema.

No primeiro sonho, Ruth e eu estamos tendo uma reunião. Eu faço a ela um conjunto padrão de perguntas que faria a qualquer cliente, mas, cada vez que ela fala, é em uma língua que não entendo. Não é nem sequer em uma língua que eu reconheça. Constrangida, tenho que ficar pedindo para ela repetir. Por fim, ela abre a boca e despeja um bando de borboletas azuis.

Na segunda noite, sonho que Ruth me convidou para jantar. É uma mesa suntuosa, com comida suficiente para um time de futebol, e cada prato é mais delicioso que o outro. Bebo um copo de água, depois outro e um terceiro, e a jarra está vazia. Pergunto se posso beber um pouco mais e Ruth fica horrorizada. "Eu achei que você soubesse", diz ela, e, quando levanto os olhos, percebo que estamos trancadas em uma cela de prisão.

Acordo, morrendo de sede. Rolo para o lado, alcanço o copo de água que deixo em minha mesinha de cabeceira e tomo um gole longo e refrescante. Sinto o braço de Micah deslizar pela minha cintura e me puxar para mais perto. Ele beija meu pescoço; suas mãos sobem por dentro de minha blusa de pijama.

— O que você faria se eu fosse para a prisão? — pergunto de repente.

Micah abre os olhos.

— Tenho certeza que, como você é minha esposa e tem mais de dezoito anos, isto é permitido.

— Não. — Viro de frente para ele. — E se eu fizesse alguma coisa... e fosse condenada?

— Que sexy. — Micah sorri. — Advogada na prisão. Certo, vou entrar no jogo. O que você fez? Diga atentado violento ao pudor. *Por favor,* diga atentado violento ao pudor. — Ele me puxa para junto de seu corpo.

— Sério. O que aconteceria com a Violet? Como você explicaria a ela?

— K, essa é sua maneira de me contar que você finalmente *matou* mesmo o seu chefe?

— É só uma hipótese.

— Nesse caso, podemos voltar à questão daqui a uns quinze minutos? — Ele aperta os olhos e me beija.

* * *

Enquanto Micah faz a barba, tento prender o cabelo em um coque com grampos.

— Vai para o tribunal hoje? — ele pergunta.

O rosto dele ainda está corado; o meu também.

— À tarde. Como você sabe?

— Você só enfia essas agulhas na cabeça quando vai para o tribunal.

— São grampos. E é para parecer profissional — respondo.

— Você é sexy demais para parecer profissional.

Eu rio.

— Espero que os meus clientes não pensem o mesmo. — Espeto um fio de cabelo rebelde e apoio o quadril na pia. — Estou pensando em pedir ao Harry para me dar um crime grave.

— Ótima ideia — diz Micah, com um leve sarcasmo. — Quer dizer, como você já tem quinhentos casos abertos, sem dúvida deveria pegar um que requeira ainda mais tempo e energia.

É verdade. Ser defensora pública significa que eu tenho cerca de dez vezes mais casos que o recomendado pela ordem dos advogados e que, em média, tenho menos de uma hora para preparar cada caso que vai a julgamento. Na maior parte do tempo em que estou trabalhando, não almoço nem faço intervalo para ir ao banheiro.

— Se isso faz você se sentir melhor, ele provavelmente não vai concordar.

Micah bate a lâmina de barbear na porcelana. Logo que nos casamos, eu costumava olhar para os pelinhos que secavam na cuba da pia com curiosidade, imaginando que poderia ler neles nosso futuro como um vidente lê folhas de chá.

— Essa ambição súbita tem alguma coisa a ver com a pergunta sobre ir para a prisão?

— Talvez — admito.

— Bom, acho melhor você pegar o caso dele do que se juntar a ele atrás das grades.

— Ela — corrijo. — É Ruth Jefferson. Aquela enfermeira. Não consigo tirar a história dela da cabeça.

Mesmo quando um cliente fez algo ilegal, eu consigo encontrar empatia. Reconheço que uma escolha ruim foi feita, mas ainda acredito na justiça, desde que todos tenham igual acesso ao sistema — e é exatamente essa a razão de eu fazer o que faço.

Mas, com Ruth, há alguma coisa que não bate.

De repente, Violet entra correndo no banheiro. Micah aperta depressa a toalha na cintura e eu amarro o roupão.

— Mamãe, papai — diz ela. — Hoje eu estou como a Minnie.

Ela está agarrada a uma Minnie Mouse de pelúcia e, de fato, pôs uma saia de bolinhas, tênis amarelos, a parte de cima de um biquíni vermelha e luvas brancas longas da caixa de fantasias. Olho para ela, tentando pensar em como explicar que ela não pode ir de biquíni para a escola.

— A Minnie é uma mulher desonrada — Micah comenta. — Já faz setenta anos. O Mickey devia assumir o compromisso.

— O que é uma mulher desonrada? — Violet pergunta.

Eu beijo Micah.

— Vou matar você — digo com um sorriso.

— Ah — ele responde. — Então é por isso que você vai para a prisão.

No escritório, temos uma televisão, uma tela bem pequena que fica entre a máquina de café e o abridor de latas. É uma necessidade profissional, por causa da cobertura na imprensa que nossos clientes às vezes recebem. Mas, de manhã, antes mesmo de começarem as sessões no tribunal, ela costuma estar ligada no jornal *Good Morning America*. Ed tem obsessão pelo guarda-roupa da âncora Lara Spencer e, para mim, George Stephanopoulos é o equilíbrio perfeito de repórter incisivo e colírio para os olhos. Assistimos a uma rodada de pesquisa de intenção de voto para candidatos presidenciais enquanto Howard faz café e Ed conta do jantar com seus sogros. Sua sogra ainda o chama pelo nome do ex de sua esposa, embora eles estejam casados há nove anos.

— Então, desta vez — diz Ed — ela me perguntou quanto papel higiênico eu uso.

— O que você disse a ela?

— O suficiente — Ed responde.

— Por que ela queria saber isso?

— Ela disse que estão tentando *cortar despesas*. Que o dinheiro *está curto*. Veja só, eles ficam no hotel Foxwoods em três a cada quatro fins de semana por mês, mas agora estão racionando papel higiênico?

— Que merda — digo, sorrindo. — Isso ficou engraçado.

Robin Roberts está entrevistando um homem ruivo e corpulento de meia-idade cujo poema foi aceito para uma conceituada antologia literária, mas só depois de ele o ter apresentado com um pseudônimo japonês. "Ele foi rejeitado trinta e cinco vezes", diz o homem. "Então eu achei que talvez fosse mais notado se meu nome fosse mais..."

"Exótico?", Robin Roberts sugere.

Ed bufa.

— As notícias estão devagar hoje.

Atrás de mim, Howard derruba uma colher. Ela ressoa na pia.

— A troco de quê isso é notícia? — Ed pergunta.

— Porque é mentira — digo. — Ele é um corretor de seguros branco que se apropriou de outra cultura para poder ter quinze minutos de fama.

— Se isso bastasse, não haveria centenas de poemas de poetas japoneses sendo publicados todos os anos? É evidente que o que ele escreveu era bom. Por que ninguém fala disso?

Harry Blatt, meu chefe, entra de repente na sala de intervalo, o casaco longo se enroscando como um tornado entre as pernas.

— Detesto chuva — ele anuncia. — Por que não me mudei para o Arizona? — Após esse cumprimento, ele pega um copo de café e se enfurna em seu escritório.

Eu o sigo e bato de leve na porta fechada.

Harry ainda está pendurando o casaco ensopado quando entro.

— O que foi? — ele pergunta.

— Lembra daquele caso que peguei na audiência preliminar, Ruth Jefferson?

— Prostituição?

— Não, ela é a enfermeira do Mercy West Haven. Posso ficar com ele?

Ele se senta atrás da mesa.

— Ah, sim. O bebê que morreu.

Como ele não diz mais nada, eu prossigo para preencher o vazio.

— Já estou trabalhando aqui há quase cinco anos. E fiquei realmente interessada nesse caso. Gostaria de ter a oportunidade de me encarregar dele.

— É homicídio — diz Harry.

— Eu sei. Mas eu acho sinceramente que sou a defensora pública certa para esse caso — digo. — E, você vai ter que me dar um crime grave mais cedo ou mais tarde. — Sorrio. — Então, estou sugerindo que seja mais cedo.

Harry resmunga. O que é melhor que um "não".

— Seria bom ter mais uma advogada de confiança para os casos grandes. Mas, como você é novata, vou pedir ao Ed para lhe dar assistência.

Eu preferiria ter um neandertal sentado à mesa comigo.

O que não é muito diferente.

— Eu posso fazer sozinha — digo a Harry. E, só quando ele finalmente concorda, percebo que estava prendendo a respiração.

Conto as horas e as audiências preliminares que preciso resolver antes de estar livre para dirigir até o presídio feminino. Enquanto enfrento o trânsito, planejo conversas introdutórias que possam ajudar Ruth a ter confiança em mim como sua advogada. Posso não ter trabalhado com homicídio antes, mas fiz dezenas de julgamentos com júri de tráfico de drogas, agressão e violência doméstica.

— Esta não é minha primeira vez — digo em voz alta para o espelho retrovisor e reviro os olhos, reprovando. — É uma honra representar você.

Não. Parece um relações-públicas se encontrando com Meryl Streep.

Respiro fundo.

— Oi — experimento. — Sou a Kennedy.

Dez minutos depois, estaciono, visto uma capa de falsa autoconfiança e caminho para o prédio. Um agente penitenciário com uma barriga que faz parecer que ele está com dez meses de gravidez me avalia de cima a baixo.

— Já acabou o horário de visita — diz ele.

— Estou aqui para ver minha cliente. Ruth Jefferson.

O policial procura no computador.

— Você está sem sorte.

— O quê?

— Ela foi liberada há dois dias — ele responde.

Minhas faces ficam em brasa. Só posso imaginar como pareço ridícula, sem saber onde está minha própria cliente.

— Sim! Claro! — Finjo que sabia disso o tempo todo e só o estava testando.

Ainda posso ouvi-lo rindo baixinho quando a porta do presídio se fecha atrás de mim.

Alguns dias depois que envio uma carta formal para a casa de Ruth, cujo endereço obtive no registro da fiança, ela vem ao escritório. Estou indo para a copiadora no momento em que a porta se abre e ela entra, nervosa e hesitante, como se este não pudesse ser o lugar certo. Com a escassez de móveis e as pilhas de caixas e papéis, parecemos mais uma empresa que está sendo montada ou fechando as portas do que um escritório jurídico em funcionamento.

— Ruth! Oi! — Estendo a mão. — Kennedy McQuarrie.

— Eu me lembro.

Ela é mais alta que eu e tem uma postura notável. Penso, distraidamente, que minha mãe ficaria impressionada.

— Você recebeu minha carta — declaro o óbvio. — Estou feliz por ter vindo, porque temos muito o que conversar. — Olho em volta, tentando decidir para onde levá-la. Meu cubículo mal é suficiente para mim. A sala de intervalo é informal demais. Há o escritório de Harry, mas ele está lá. Ed usa a única sala de reuniões que temos para colher um depoimento. — Gostaria de comer alguma coisa? Há uma boa padaria logo virando a esquina. Você gosta de...

— Comida? — ela completa. — Sim.

Eu lhe pago uma sopa e salada e nos sentamos a uma mesa nos fundos. Conversamos sobre a chuva e como ela era necessária, e sobre quando o tempo deve melhorar.

— Por favor — digo, fazendo um gesto para a comida dela. — Pode ir comendo.

Pego meu sanduíche e dou uma mordida enquanto Ruth baixa a cabeça e diz:

— Senhor, agradecemos por nosso alimento, que sustenta o nosso corpo, pela graça de Cristo.

Minha boca ainda está cheia quando digo "Amém".

— Então você frequenta a igreja — falo, depois de engolir.

Ruth olha para mim.

— Isso é algum problema?

— De modo algum. Na verdade é bom saber, porque é algo que pode ajudar o júri a gostar de você.

Pela primeira vez, olho para Ruth com atenção. Na última vez que a vi, afinal, seu cabelo estava preso em um lenço e ela usava uma camisola. Agora ela está vestida de maneira conservadora, com uma blusa de listras, saia azul-marinho e sapatilhas reluzentes com um pequeno ponto gasto no calcanhar. Seu cabelo é liso, preso em um nó na base do pescoço. Sua pele é mais clara do que eu me lembrava, quase da mesma cor do café com leite que minha mãe me deixava beber quando eu era pequena.

O nervosismo se manifesta de modo diferente em diferentes pessoas. Eu fico tagarela. Micah fica pensativo. Minha mãe fica esnobe. E Ruth, aparentemente, fica rígida. O que é mais uma coisa que eu anoto, porque jurados que veem isso podem interpretar erradamente como raiva ou arrogância.

— Eu sei que é difícil — digo, baixando a voz para termos privacidade —, mas preciso que você seja cem por cento sincera comigo. Mesmo eu sendo uma estranha. Quer dizer, espero que eu não seja uma estranha por muito tempo. Mas é importante saber que nada que me disser poderá ser usado contra você. O sigilo de cliente é total.

Ruth baixa o garfo cuidadosamente e concorda com a cabeça.

— Está bem.

Tiro um caderninho da bolsa.

— Bom, para começar, você prefere o termo *negra* ou *afro-americana*?

Ruth fica olhando para mim.

— Negra — ela responde, depois de um momento.

Eu anoto. Sublinho.

— Só quero que você se sinta bem. Sinceramente, eu nem *vejo* a cor. Afinal, a única raça que importa é a raça *humana*, certo?

Ela aperta os lábios com força.

Pigarreio, rompendo o nó de silêncio.

— Onde foi mesmo que você estudou?

— SUNY Plattsburgh, depois na Faculdade de Enfermagem de Yale.

— Bem impressionante — murmuro, fazendo a anotação.

— Sra. McQuarrie — ela diz.

— Kennedy.

— Kennedy... Eu não posso voltar para a prisão. — Ruth olha em meus olhos, e, por um momento, consigo ver direto em seu coração. — Tenho o meu menino, e não há mais ninguém que possa criá-lo para ser o homem que eu sei que ele vai ser.

— Eu sei. Escute, vou fazer todo o possível. Tenho muita experiência em casos envolvendo pessoas como você.

Isso congela sua expressão outra vez.

— Pessoas como eu?

— Pessoas acusadas de crimes graves — explico.

— Mas eu não fiz nada.

— Eu acredito em você. Mas ainda temos que convencer o júri. Então precisamos voltar ao começo e entender por que você foi acusada.

— Isso é bem óbvio — Ruth diz baixinho. — O pai do bebê não me queria perto do filho dele.

— O supremacista branco? Ele não tem nada a ver com o seu caso.

Ruth pisca.

— Não entendo como isso é possível.

— Não foi ele que denunciou você. Nada disso importa.

Ela me olha como se eu estivesse louca.

— Mas eu sou a única enfermeira negra na ala obstétrica.

— Para o Estado, não importa se você é negra, branca, azul ou verde. Para eles, você tinha a obrigação legal de atender um bebê deixado aos seus cuidados. O fato de a sua chefe ter dito para não tocar o bebê não significa que você ganha passe livre para ficar de pé ali e não fazer nada. — Eu me inclino para a frente. — O Estado não precisa nem especificar qual é o grau do homicídio. Eles podem defender várias teorias, até mesmo teorias contraditórias. É como jogar um dado: qualquer número que sair, você está em apuros. Se o Estado conseguir demonstrar má-fé implícita porque você estava furiosa por ter sido afastada do atendimento do bebê e sugerir que você premeditou a morte, o júri pode condená-la por homicídio doloso. Mesmo que nós disséssemos ao júri que foi um acidente, você estaria admitindo o descumprimento do dever de prestar atendimento e negligência criminosa com desconsideração imprudente e temerária pela segurança do bebê. Você estaria basicamente entregando a eles um homicídio culposo em uma bandeja de prata. Em qualquer um desses cenários, você vai para a prisão. E, em qualquer um desses cenários, não importa qual é a cor da sua pele.

Ela inspira fundo.

— Você realmente acredita que, se eu fosse branca, estaria sentada aqui neste momento?

Não há como olhar para um caso que tenha, em seu núcleo, uma enfermeira que é a única funcionária negra do departamento, um pai supremacista branco e a decisão impulsiva de um administrador hospitalar... e não pensar que a questão racial tenha desempenhado um papel.

Mas.

Qualquer defensor público que diga que a justiça é cega está dizendo uma grande mentira. É só ver a cobertura pela mídia de julgamentos que tenham implicações raciais e o que sempre sobressai é a maneira como advogados, juízes e jurados fazem de tudo para dizer que a raça *não* tem nada a ver aquilo, mesmo que claramente tenha. Qualquer defensor público lhe dirá também que, embora a maioria de nossos clientes sejam pessoas negras, não se pode usar o argumento da raça durante um julgamento.

Isso porque é suicídio certo em um tribunal trazer o assunto de raça. Não dá para adivinhar o que os jurados estão pensando. Ou não se pode saber ao certo em que o juiz acredita. De fato, a maneira mais fácil de perder um caso que tenha um incidente de motivação racial em seu núcleo é chamá-lo pelo seu verdadeiro nome. Em vez disso, é preciso encontrar alguma outra coisa para convencer o júri. Algum indício que possa remover a culpa de seu cliente e permitir que aqueles doze homens e mulheres voltem para casa ainda fingindo que o mundo em que vivemos é igualitário.

— Não — admito. — Mas acho que é arriscado demais usar esse argumento no tribunal. — Eu me inclino para a frente. — Não estou dizendo que não houve discriminação contra você, Ruth. Estou dizendo que esta não é a hora nem o lugar de lidarmos com isso.

— Então *quando* é? — ela pergunta, a voz brava. — Se ninguém nunca falar de raça no tribunal, como podemos esperar que isso um dia mude?

Não tenho a resposta para isso. As rodas do sistema jurídico são lentas; mas, felizmente, há um pouco mais de óleo nas engrenagens da justiça pessoal, que joga dinheiro para as vítimas a fim de remover parte da indignidade.

— Você entra com uma ação civil. Eu não posso fazer isso, mas posso pesquisar e encontrar alguém que atue com discriminação no local de trabalho.

— Mas eu não posso pagar um advogado...

— Eles vão aceitar pegar o seu caso com base em honorários de êxito. Vão receber um terço de qualquer valor de indenização que você ganhar — explico. — Para ser sincera, com aquele post-it no prontuário, eu acho que você vai receber indenização compensatória por danos materiais pelos salários que perdeu, além de danos morais pela decisão imbecil que a sua chefe tomou.

Ela me olha, boquiaberta.

— Está dizendo que eu posso receber dinheiro?

— Eu não ficaria surpresa se fosse algo na casa de uns dois milhões — admito.

Ruth Jefferson está sem fala.

— Você tem cento e oitenta dias para entrar com um processo por discriminação no local de trabalho.

— E depois?

— Depois o processo vai ficar parado até que o julgamento criminal esteja encerrado.

— Por quê?

— Porque um veredito de culpa contra o autor da ação civil é significativo — digo com franqueza. — Isso vai mudar o modo como seu advogado civil vai apresentar a sua denúncia. Um veredito de culpa é admissível como prova e iria prejudicar o seu caso civil.

Ela reflete sobre tudo aquilo.

— E é por isso que você não quer falar em discriminação durante *este* julgamento — diz Ruth. — Para não acontecer um veredito de culpa. — Ela une as mãos no colo, em silêncio. Sacode a cabeça uma vez, depois fecha os olhos.

— Você foi impedida de fazer o seu trabalho — digo com suavidade. — Não me impeça de fazer o meu.

Ruth respira fundo, abre os olhos e me encara.

— Está bem — diz ela. — O que você quer saber?

RUTH

Na manhã depois que fui liberada da cadeia, acordo e fico olhando para a mesma rachadura no teto que sempre digo que vou consertar e sempre acabo deixando para depois. Sinto a barra do sofá-cama espetando minhas costas e agradeço por isso. Fecho os olhos e escuto a doce harmonia do caminhão de lixo em nossa rua.

De camisola (uma limpa; vou doar aquela que usei na audiência preliminar para uma instituição de caridade na primeira chance que tiver), começo a fazer um bule de café e ando pelo corredor até o quarto de Edison. Meu menino dorme como uma pedra; mesmo quando viro a maçaneta, entro e sento na beira da cama, ele nem se mexe.

Quando Edison era pequeno, meu marido e eu ficávamos olhando enquanto ele dormia. Às vezes Wesley punha a mão nas costas de Edison e nós mediamos o subir e descer de seus pulmões. A ciência de criar outro ser humano é incrível, e, por mais vezes que eu tenha aprendido sobre células e mitoses e tubos neurais e todo o resto que está envolvido na formação de um bebê, não consigo deixar de pensar que há um toque de milagre envolvido também.

Edison dá um ronco profundo e esfrega os olhos.

— Mãe? — diz ele, sentando, instantaneamente desperto. — Aconteceu alguma coisa?

— Nada — digo. — Tudo está certo no mundo.

Ele solta o ar e olha para o relógio.

— Preciso me arrumar para a escola.

Eu sei, por nossa conversa no carro na noite passada a caminho de casa, que Edison perdeu um dia inteiro de aulas para conseguir registrar a fiança para mim, tendo aprendido mais sobre hipotecas e imóveis do que provavelmente eu mesma sei.

— Vou ligar para a secretaria da escola e explicar sobre ontem.

Mas nós dois sabemos que há uma diferença entre "Desculpem por Edison ter faltado; ele estava com um problema de estômago" e "Desculpem por Edison ter faltado; ele estava providenciando a fiança para tirar a mãe da cadeia". Ele sacode a cabeça.

— Não tem problema. Eu falo com os meus professores.

Ele não me encara e eu sinto uma mudança sísmica entre nós.

— Obrigada — digo baixinho. — De novo.

— Você não tem que me agradecer, mãe — ele murmura.

— Eu tenho, sim. — Percebo, para minha consternação, que todas as lágrimas que consegui manter dentro de mim durante as últimas vinte e quatro horas de repente inundam meus olhos.

— Ah, mãe — diz Edison e me puxa para seus braços.

— Desculpe — digo, soluçando de encontro ao seu ombro. — Não sei por que estou desabando *agora*.

— Vai dar tudo certo.

Sinto outra vez aquele movimento da terra sob meus pés, o reassentamento dos meus ossos sobre o pano de fundo da minha alma. Levo um segundo para perceber que, pela primeira vez em nossa vida, é Edison quem me conforta, e não o contrário.

Sempre me perguntei se uma mãe pode ver a mudança quando o filho se torna adulto. Eu me perguntava se seria clínico, como o início da puberdade, ou emocional, como o primeiro coração partido, ou temporal, como o momento em que ele dissesse "Eu vou me casar". Eu me perguntava se seria talvez uma massa crítica de experiências de vida — graduação, primeiro emprego, primeiro bebê — que moveria os pratos da balança; se seria o tipo de coisa que a gente percebe assim que vê, como uma mancha de vinho do Porto subitamente madura, ou se viria se insinuando devagar, como a idade no espelho.

Agora eu sei: a vida adulta é uma linha traçada na areia. Em algum ponto, seu filho vai estar de pé do outro lado.

Achei que ele fosse oscilar. Achei que a linha pudesse mudar de lugar.

Nunca esperei que algo que eu fizesse seria aquilo que o empurraria para o outro lado da linha.

Demoro um longo tempo para decidir o que vestir para ir ao escritório da Defensoria Pública. Há vinte e cinco anos eu me visto com uniforme hospitalar; minhas roupas boas são reservadas para a igreja. Mas um vestido floral com gola de renda e sapatos de saltinho não me parecem certos para uma reunião de negócios. No fundo do armário, acho uma saia azul-marinho que usei na noite de encontro entre pais e professores na escola de Edison e a combino com uma blusa de listras que mamãe me deu de Natal e ainda está com a etiqueta. Procuro em minha coleção de tamancos Dansko — os salvadores das enfermeiras em toda parte — e encontro um par de sapatilhas que estão um pouco gastas, mas combinam.

Quando chego ao endereço que estava no papel timbrado, tenho certeza de que é o lugar errado. Não há ninguém na recepção. Na verdade, nem há uma recepção. Há cubículos e torres de caixas que formam um labirinto, como se os funcionários fossem camundongos e tudo isso fosse parte de alguma grande experiência científica. Dou alguns passos para dentro e, de repente, ouço meu nome.

— Ruth! Oi! Kennedy McQuarrie!

Como se eu pudesse ter me esquecido dela. Cumprimento-a com a cabeça e aperto sua mão, porque ela a estendeu para mim. Não entendo muito bem por que ela é minha advogada. Ela me disse na audiência preliminar que não seria.

Ela começa a tagarelar tanto que não consigo encontrar espaço para dizer nenhuma palavra. Mas tudo bem, porque estou com os nervos à flor da pele. Não tenho dinheiro para um advogado particular, a não ser que acabe com tudo o que poupei para a faculdade de Edison, e prefiro passar a vida na cadeia a fazer isso. Ainda assim, o simples fato de que todos *podem* ter um advogado neste país não significa que todos os advogados sejam *iguais*. Na TV, as pessoas que têm advogados particulares são absolvidas, e as que contam com defensores públicos fingem que não há diferença.

A sra. McQuarrie sugere que saiamos para almoçar, embora eu esteja tensa demais para comer. Pego minha carteira depois que fazemos os pedidos, mas ela insiste em pagar. A princípio eu resisto — desde que era pequena e comecei a usar as roupas antigas de Christina, não quis mais aceitar a caridade de ninguém. Mas, antes de reclamar, eu me controlo. E se esse for um costume dela com todos os clientes, para criar uma ligação? E se ela estiver tentando me fazer gostar dela tanto quanto eu quero que ela goste de mim?

Depois que nos sentamos com nossas bandejas, por mero hábito, faço uma oração. Pois é, já estou acostumada a ser a única a fazer isso à mesa. Corinne é uma ateia que vive fazendo piada sobre o Monstro do Espaguete no Céu quando me ouve rezar ou me vê baixar a cabeça sobre meu lanche. Por isso não me surpreendo ao encontrar a sra. McQuarrie olhando com espanto para mim quando termino.

— Então você frequenta a igreja — ela diz.

— Isso é algum problema? — Talvez ela saiba alguma coisa que eu não sei, por exemplo, que os jurados têm mais probabilidade de condenar pessoas que acreditam em Deus.

— De modo algum. Na verdade é bom saber, porque é algo que pode ajudar o júri a gostar de você.

Ao ouvi-la dizer isso, baixo os olhos para o colo. Será que eu sou tão naturalmente difícil de gostar que ela precisa encontrar coisas que possam inclinar as pessoas a meu favor?

— Para começar — diz ela —, você prefere o termo *negra* ou *afro-americana*?

O que eu prefiro, penso, *é Ruth*. Mas engulo a resposta e digo:

— Negra.

Uma vez, no trabalho, um auxiliar chamado Dave começou a resmungar sobre o termo *pessoa de cor*. "Até parece que eu não tenho cor", ele disse, estendendo os braços leitosos. "Não sou transparente, certo? Mas acho que as *pessoas de mais cor* não perceberam." Então ele me notou na sala de repouso e ficou vermelho até a raiz dos cabelos. "Desculpe, Ruth. Mas, sabe, é que eu nem penso em você como negra."

Minha advogada continua está falando.

— Eu nem *vejo* a cor — ela me diz. —Afinal a única raça que importa é a raça *humana*, certo?

É fácil acreditar que *estamos todos juntos nessa* quando não é você que foi arrastada da sua casa pela polícia. Mas eu sei que, quando pessoas brancas dizem coisas assim, fazem isso porque acham que é a coisa certa a dizer, sem perceber como soam frívolas. Alguns anos atrás, Adisa ficou furiosa quando a hashtag #todasasvidasimportam tomou conta do Twitter em resposta aos ativistas que erguiam placas com "VIDAS NEGRAS IMPORTAM". "O que eles estão realmente dizendo é que vidas *brancas* importam", Adisa me disse. "E que é bom que os negros se lembrem disso antes de ficarmos ousados demais para o nosso próprio bem."

A sra. McQuarrie dá uma tossidinha e eu percebo que minha mente esteve divagando. Eu me forço a olhar para o rosto dela e dou um sorriso apertado.

— Onde foi mesmo que você estudou? — ela pergunta.

Sinto-me como se isso fosse um teste.

— SUNY Plattsburgh, depois na Faculdade de Enfermagem de Yale.

— Impressionante.

O que é impressionante? Que eu tenha um diploma universitário? Que eu tenha estudado em Yale? É isso que Edison vai enfrentar pelo resto da vida também?

Edison.

— Sra. McQuarrie — começo.

— Kennedy.

— Kennedy. — A familiaridade soa incômoda em minha língua. — Eu não posso voltar para a prisão. — Penso em como, quando Edison era muito pequeno, ele calçava os sapatos de Wesley e saía arrastando os pés. Edison terá uma vida inteira para ver a mágica em que ele acreditava quando criança ser metodicamente apagada, um confronto por vez. Não quero que ele tenha que enfrentar isso antes do necessário. — Tenho o meu menino, e não há mais ninguém que possa criá-lo para ser o homem que eu sei que ele vai ser.

A sra. McQuarrie... *Kennedy*... se inclina para a frente.

— Vou fazer todo o possível. Tenho muita experiência em casos envolvendo pessoas como você.

Mais um rótulo.

— Pessoas como eu?

— Pessoas acusadas de crimes graves.

Imediatamente, eu me ponho na defensiva.

— Mas eu não fiz nada.

— Eu acredito em você. Mas ainda temos que convencer o júri. Então precisamos voltar ao começo e entender por que você foi acusada.

Olho para ela com atenção, tentando lhe dar o benefício da dúvida. Este é o único caso para mim, mas ela talvez esteja lidando com centenas. Talvez ela *tenha* se esquecido sinceramente do skinhead de cabeça tatuada que cuspiu em mim no tribunal.

— Isso é bem óbvio. O pai do bebê não me queria perto do filho dele.

— O supremacista branco? Ele não tem nada a ver com o seu caso.

Por um momento, fico sem fala. Fui proibida de atender um paciente por causa da cor da minha pele e, depois, penalizada por seguir essa ordem quando o paciente teve problemas. Como as duas coisas podem não estar relacionadas?

— Mas eu sou a única enfermeira negra na ala obstétrica.

— Para o Estado, não importa se você é negra, branca, azul ou verde — Kennedy explica. — Para eles, você tinha a obrigação legal de atender um bebê deixado aos seus cuidados. — Ela começa a descrever todas as maneiras pelas quais o júri pode encontrar uma razão para me condenar. Cada uma delas parece um tijolo sendo assentado e me prendendo neste buraco. Percebo que cometi um erro grave: imaginei que a justiça fosse realmente justa, que os jurados considerariam que eu sou inocente até prova em contrário. Mas preconceito é exatamente o oposto: julgar antes da existência de provas.

Eu não tenho nenhuma chance.

— Você realmente acredita que, se eu fosse branca — digo, sem alterar a voz —, estaria sentada aqui neste momento?

Ela sacode a cabeça.

— Não. Mas acho que é arriscado demais usar esse argumento no tribunal.

Então devemos ganhar o caso fingindo que a razão pela qual ele aconteceu não existe? Parece desonesto, indiferente. Como dizer que um paciente morreu por causa de uma unha infeccionada sem mencionar que ele tinha diabete tipo 1.

— Se ninguém nunca falar de raça no tribunal — digo —, como podemos esperar que isso um dia mude?

Ela cruza as mãos na mesa entre nós.

— Você entra com uma ação civil. Eu não posso fazer isso, mas posso pesquisar e encontrar alguém que atue com discriminação no local de trabalho. — Ela me explica, em termos jurídicos, o que isso significa.

A indenização que ela menciona é mais do que eu jamais imaginei em meus sonhos mais loucos.

Mas há um porém. Sempre há um porém. A ação civil que poderia me proporcionar essa indenização, que poderia me ajudar a contratar um advogado particular que talvez estivesse realmente disposto a admitir que o racismo foi o que me levou ao tribunal em primeiro lugar, não pode ser movida até que *este* processo termine. Em outras palavras, se eu for considerada culpada agora, posso dar adeus a esse dinheiro futuro.

De repente, percebo que a recusa de Kennedy a mencionar raça no tribunal pode não ser ignorância. É bem o oposto. É porque ela sabe exatamente o que eu tenho que fazer para conseguir o que mereço.

Talvez eu esteja cega e perdida, e Kennedy McQuarrie seja a única pessoa com um mapa. Então eu a olho nos olhos.

— O que você quer saber? — digo.

KENNEDY

Quando chego em casa à noite, depois do meu primeiro encontro com Ruth, Micah está no trabalho e minha mãe está com Violet. A casa cheira a orégano e algo recém-saído do forno.

— Hoje é meu dia de sorte? — falo, pondo de lado o peso do trabalho quando Violet se levanta da mesa onde estava colorindo e corre para mim. — Temos pizza feita em casa para o jantar?

Levanto minha filha no colo. Ela está segurando um giz de cera vermelho-vivo em um de seus pequenos punhos.

— Eu fiz uma para você. Adivinhe o que é.

Minha mãe vem da cozinha trazendo uma forma ameboide em um prato.

— Ah, com certeza é um... alie... — Olho para minha mãe e ela sacode a cabeça. Atrás de Violet, ela levanta as mãos e mostra os dentes. — Dinossauro — corrijo. — Claro.

Violet dá um largo sorriso.

— Mas ele está doente. — Ela aponta para o orégano salpicando o queijo. — É por isso que tem essas bolinhas.

— É catapora? — pergunto, dando uma mordida.

— Não — diz ela. — Ele tem uma disfunção réptil.

Quase cuspo a pizza. Imediatamente, ponho Violet no chão. Quando ela corre de volta para a mesa para continuar a pintar, eu aperto os olhos.

— O que vocês estavam vendo na televisão? — pergunto calmamente para minha mãe.

Ela sabe que só deixamos Violet ver *Vila Sésamo* ou o canal Disney Junior. Mas, pela estudada camada de inocência no rosto da minha mãe, percebo que ela está escondendo alguma coisa.

— Nada.

Eu me viro e olho para a tela desligada. Por intuição, pego o controle remoto no sofá e a ligo.

Wallace Mercy está se pavoneando em toda a sua glória, fazendo um discurso inflamado na porta do prédio da prefeitura em Manhattan. Seus cabelos brancos indomáveis estão de pé, como se ele estivesse sendo eletrocutado. O punho está erguido em solidariedade a seja lá qual for a aparente injustiça contra a qual ele se revolta no momento. "Meus irmãos e irmãs! Eu lhes pergunto: quando a palavra *mal-entendido* se tornou sinônimo de *filtragem racial*? Nós exigimos um pedido de desculpas do chefe de polícia de Nova York, pela vergonha e constrangimento sofridos por esse reconhecido atleta..." O logotipo da Fox News aparece abaixo do rosto ligeiramente conhecido de um homem bonito de pele escura.

Fox News. Um canal a que Micah e eu não costumamos assistir. Um canal que poderia facilmente abrigar vários comerciais sobre disfunção erétil.

— Você deixou a Violet ver isto?

— Claro que não — diz minha mãe. — Só liguei enquanto ela estava dormindo.

Violet levanta os olhos de seu desenho.

— O Show das Cinco!

Lanço para minha mãe o Olhar da Morte.

— Você estava vendo esse programa com a minha filha de quatro anos!

Ela levanta as mãos.

— Está bem, admito, eu às vezes vejo. Mas são notícias, pelo amor de Deus. Não estou vendo P-O-R-N-Ô. Aliás, você já ouviu sobre essa história? Foi um simples mal-entendido, e esse reverendo fajuto ridículo está de novo metendo a boca no trombone só porque a polícia estava tentando fazer o seu trabalho.

Olho para Violet.

— Meu bem — digo —, vá escolher o pijama que você quer vestir e dois livros para antes de dormir.

Ela corre para cima e eu me viro de novo para a televisão.

— Se você quer ver o Wallace Mercy, pelo menos ponha na MSNBC — falo.

— Eu não quero ver o Wallace. Nem acho que ele está fazendo algum bem ao Malik Thaddon ao abraçar a sua causa.

Malik Thaddon, *por isso* ele parece conhecido. Ele ganhou o U.S. Open alguns anos atrás.

— O que aconteceu?

— Ele saiu do hotel e foi detido por quatro policiais. Aparentemente, foi um caso de engano de identidade.

Ava se senta ao meu lado no sofá enquanto a câmera dá um zoom no acesso verbal de Wallace Mercy. Os tendões de seu pescoço estão saltados e há uma veia pulsando em sua têmpora; esse homem é um ataque cardíaco à espera de acontecer.

— Se não estivessem tão *bravos* o tempo todo — minha mãe diz —, talvez mais gente desse atenção a eles.

Não preciso perguntar quem são *eles*.

Dou mais uma mordida na pizza-dinossauro.

— Que tal voltarmos a só ligar a televisão em canais que não tenham comerciais com efeitos colaterais?

Minha mãe cruza os braços.

— Eu achava que você, Kennedy, mais do que qualquer pessoa, ia querer que sua a filha fosse uma aluna do mundo.

— Ela é um bebê, mãe. A Violet não precisa pensar que a polícia pode vir atrás *dela* um dia.

— Ah, por favor. A Violet estava pintando. Tudo aquilo nem entrou na cabeça dela. Tudo que ela comentou foi a escolha extremamente ruim de penteado do Wallace Mercy.

Pressiono os dedos no canto dos olhos.

— Tudo bem. Estou cansada. Vamos deixar essa conversa para depois.

Minha mãe pega meu prato vazio e se levanta, visivelmente ofendida.

— Longe de mim pretender ser mais do que apenas uma ajudante contratada.

Ela desaparece na cozinha e eu vou pôr Vi na cama. O livro escolhido é sobre um ratinho com um nome complicado que nenhum de seus amigos consegue pronunciar, e *Go, Dog. Go!*, que é o livro que eu detesto mais que qualquer outro na biblioteca dela. Subo na cama com ela e dou um beijo no topo de sua cabeça. Ela cheira a espuma de banho de morango e xampu Johnson's, exatamente como a minha própria infância. Quando começo a ler em voz alta, penso que preciso me lembrar de agradecer à minha mãe por dar banho em Violet, alimentá-la e amá-la tão intensamente quanto eu, mesmo que a *tenha* exposto à ira justiceira de Wallace Mercy.

Nesse momento, meu pensamento desliza para Ruth. "A Violet não precisa pensar que a polícia pode vir atrás *dela* um dia", eu disse para minha mãe.

Mas, sinceramente, a probabilidade de minha filha ser vítima de erro de identidade é consideravelmente menor que a de, por exemplo, Ruth.

— Mamãe! — Violet reclama, e percebo que parei de ler sem querer, perdida em pensamentos.

— "Você gosta do meu chapéu?" — leio em voz alta. — "Eu não."

RUTH

Adisa diz que eu preciso cuidar bem de mim, então me convida para almoçar. Vamos a um pequeno bistrô que assa seu próprio pão e serve porções tão grandes que sempre se acaba levando metade para casa. Como está lotado, nos sentamos no balcão.

Tenho passado mais tempo com minha irmã, o que é tão reconfortante quanto estranho. Antes eu estava quase sempre trabalhando quando não estava com Edison; agora, minha agenda está vazia.

— Hoje eu vou pagar e está tudo certo — Adisa me diz —, mas você já pensou como vai fazer para pagar seu próprio almoço no futuro?

Penso no que Kennedy disse ontem sobre entrar com uma ação civil. É dinheiro, mas é dinheiro com o qual não posso contar ainda. Talvez nunca.

— Estou um pouco mais preocupada com a comida do meu filho — admito.

Ela aperta os olhos.

— Suas reservas dão para quanto tempo?

Não há motivo para mentir para ela.

— Uns três meses.

— Você sabe que, se ficar apertada, pode me pedir ajuda, certo?

Ao ouvir isso, não consigo evitar um sorriso.

— Sério? Eu fiz um empréstimo para *você* no mês passado.

Adisa sorri.

— Eu disse que você pode me pedir ajuda. Não falei que ia conseguir dar. — Ela encolhe os ombros. — Mas você sabe que há uma resposta.

O que eu aprendi esta semana é que sou qualificada demais para praticamente todos os empregos administrativos de nível inicial em New Haven, incluindo todas as vagas abertas para secretária e recepcionista. Minha irmã acha que eu devia dar entrada no seguro-desemprego. Mas vejo isso como desonesto, porque, assim que tudo isso estiver acertado, pretendo voltar ao trabalho. Arrumar um emprego de meio período é outra alternativa, mas tenho qualificação como enfermeira e minha licença está suspensa. Então a verdade é que tenho evitado o assunto.

— Tudo que eu sei é que, quando o namorado da Tyana foi preso por furto e foi a julgamento, demorou oito meses — diz Adisa. — O que deixa você no buraco por cinco meses. Que conselho aquela advogada branca magricela deu a você?

— O nome dela é Kennedy e nós estávamos ocupadas demais tentando encontrar uma maneira de eu não ir para a prisão para discutir como eu vou me sustentar enquanto espero a data do julgamento.

Adisa bufa com desprezo.

— É, porque esse tipo de detalhe provavelmente nunca ocorre a alguém como ela.

— Você encontrou com ela *uma vez* — eu a lembro. — Não sabe nada sobre ela.

— Eu sei que as pessoas que se tornam defensoras públicas fazem isso porque a moral é mais importante para elas que o dinheiro, senão entrariam em sociedades em escritórios de advocacia na cidade grande. O que significa que a dona Kennedy tem um bom fundo de investimento ou alguém para pagar as contas dela.

— Ela me tirou da cadeia sob fiança.

— Correção: o seu *filho* tirou você sob fiança.

Lanço um olhar irritado para Adisa e volto a atenção para o atendente, que está enxugando copos.

Adisa revira os olhos.

— Você não quer conversar, tudo bem. — Ela olha para a televisão sobre o balcão, em que está passando um programa de televendas. — Ei — ela chama o atendente. — Podemos ver outra coisa?

— Você que manda — diz ele e lhe entrega o controle remoto.

Um minuto depois, Adisa está mudando os canais de TV a cabo. Ela para quando ouve um jingle gospel conhecido: "Senhor, Senhor, Senhor, tende piedade!" Em seguida, a câmera muda direto para Wallace Mercy, o ativista. Hoje ele está vociferando contra um distrito escolar do Texas que prendeu um garoto muçulmano depois que ele levou um relógio feito em casa para a escola para mostrar ao professor de ciências e o objeto foi confundido como uma bomba.

— Ahmed — diz Wallace —, se estiver ouvindo, eu quero lhe dizer uma coisa. Quero dizer a todas as crianças negras e marrons que estão me escutando, que têm medo de também serem mal-entendidas por causa da cor da sua pele...

Eu sei que Wallace Mercy já foi pregador, mas imagino que nunca o tenham avisado que não precisa gritar quando está com o microfone diante de uma câmera de TV.

— Eu quero dizer que também já fui considerado menos do que eu era por causa da minha aparência. Não vou mentir. Às vezes, quando o Demônio está sussurrando dúvidas no meu ouvido, eu ainda penso que aquelas pessoas estavam certas. Mas, na maior parte do tempo, penso: *Eu deixei todos aqueles agressores para trás. Venci apesar deles. E... você também pode.*

Adisa puxa o ar.

— Ah, meu Deus, Ruth, é disso que você precisa. Wallace Mercy.

— Tenho cem por cento de certeza de que Wallace Mercy é a *última* coisa de que eu preciso.

— Do que você está falando? Ele vive exatamente pelo seu tipo de história. Discriminação no trabalho por causa de raça? Ele vai adorar. Vai garantir que todo mundo neste país saiba que você foi injustiçada.

Na televisão, Wallace está sacudindo um punho fechado.

— Ele precisa ficar tão bravo assim o tempo todo?

Adisa ri.

— Que inferno, menina, *eu* estou brava assim o tempo todo. Fico exausta só por ser negra o dia inteiro — diz ela. — Pelo menos ele dá voz a pessoas como nós.

— Uma voz bem alta.

— Exatamente. Acorda, Ruth, para de tomar suquinho em pó. Você está nadando com os tubarões há tanto tempo que esqueceu que é krill.

— O quê?

— Tubarões não comem krill?

— Eles comem *pessoas*.

— É isso que eu estou dizendo! — Adisa suspira. — Os brancos passaram anos dando a liberdade aos negros no papel, mas, bem no fundo, ainda esperam que a gente diga "sim, sinhô" e fique quieto e agradecido pelo que recebemos. Se a gente falar o que pensa, pode perder o emprego, a casa, até a vida. O Wallace é o homem que fica bravo por nós. Se não fosse por ele, os brancos nunca saberiam que a merda idiota que eles fazem nos prejudica, e os negros ficariam cada vez mais bravos porque não podem se arriscar a revidar. Wallace Mercy é o que impede a panela de pressão neste país de explodir.

— Certo, tudo isso faz sentido, mas eu não vou a julgamento porque sou negra. Vou a julgamento porque um bebê morreu quando estava sob os meus cuidados.

Adisa faz uma careta.

— Quem te disse isso? Aquela sua advogada branca como um copo-de-leite? Claro que ela não acha que isso tem a ver com raça. Ela não pensa em raça, ponto-final. Porque não *precisa* pensar.

— Tudo bem. Quando você pegar seu diploma de advogada, pode me aconselhar sobre esse caso. Até lá, vou confiar na palavra dela. — Eu hesito. — Sabe, para alguém que detesta ser estereotipada, você mesma faz muito isso.

Minha irmã levanta as mãos, se rendendo.

— Tudo bem, Ruth. Você está certa. Eu estou errada.

— Só estou dizendo… Até aqui, Kennedy McQuarrie está fazendo o trabalho dela.

— O trabalho dela é salvar você para que ela possa se sentir bem consigo mesma — diz Adisa. — Existe um motivo para o herói ser o cavaleiro branco. — Ela estreita os olhos para mim. — E você sabe o que está do outro lado do espectro de cores.

Não lhe dou a satisfação de uma resposta. Mas nós duas sabemos. Preto. A cor do vilão.

Só estive na casa de Christina em Manhattan uma vez, logo depois de ela se casar com Larry Sawyer. Foi para deixar um presente de casamento, e a experiência toda foi incômoda. Christina e Larry fizeram o casamento nas ilhas Turks e Caicos, e Christina repetiu mais de mil vezes quanto sentia por não poder convidar *todos* os seus amigos e, em vez disso, ter que limitar a lista de convidados. Quando abriu meu presente — um conjunto de toalhas de chá de linho, impressas em serigrafia com as receitas manuscritas dos cookies, bolos e tortas da minha mãe de que ela mais gostava —, ela chorou e me abraçou, dizendo que era o presente mais pessoal e carinhoso que havia recebido e que as usaria todos os dias.

Agora, mais de dez anos depois, eu me pergunto se alguma vez ela usou sua cozinha, que dirá as toalhas de chá. Os balcões com topo de granito brilham, e, em uma vasilha de vidro azul, há maçãs frescas que parecem ter sido polidas. Não há nenhum sinal de que uma criança de quatro anos viva nas proximidades. Sinto a tentação de abrir o forno duplo só para ver se há uma única migalha ou mancha de gordura.

— Por favor — diz Christina, indicando uma das cadeiras da cozinha. — Sente-se.

Eu me sento, surpresa ao descobrir que há uma música suave saindo da parede atrás de mim.

— É um alto-falante — ela explica, rindo da minha expressão. — Está escondido.

Imagino como deve ser morar em um lugar que parece constantemente preparado para uma sessão de fotos. A Christina que eu conhecia deixava um rastro de destruição do hall até a cozinha no momento em que chegava em casa da escola, largando casaco e mochila e arrancando os sapatos. Nesse instante, uma mulher aparece tão silenciosamente que poderia também ter saído da parede. Ela coloca um prato de salada com frango na minha frente e outro na frente de Christina.

— Obrigada, Rosa — Christina diz, e imagino que ela provavelmente ainda larga seu casaco, suas bolsas e sapatos pelo chão quando entra em casa. Mas Rosa é sua Lou. É só uma pessoa diferente que recolhe as coisas dela agora.

A empregada se retira discretamente outra vez, e Christina começa a falar sobre uma campanha para levantar fundos para um hospital e como Bradley Cooper tinha concordado em vir mas então cancelou no último minuto por causa de uma faringite e depois a *Us Weekly* o fotografou naquela mesma noite em um bar em Chelsea com a namorada. Ela está tagarelando tanto sobre um assunto que não me interessa que, antes de ter chegado à metade da salada, eu percebo por que ela me convidou para vir aqui.

— Então — interrompo. — Você ficou sabendo pela minha mãe?

Ela fica séria.

— Não. Larry. Agora que ele entrou oficialmente na disputa política, assistimos aos noticiários o tempo todo. — Ela morde o lábio inferior. — Foi horrível?

Uma risada borbulha em minha garganta.

— Qual parte?

— Bom, tudo. Ser demitida. Ser presa. — Ela arregala os olhos. — Você teve que ir para a prisão? Foi como em *Orange Is the New Black?*

— Sim, sem o sexo. — Olho para ela. — Não foi minha culpa, Christina. Você tem que acreditar em mim.

Ela estende o braço sobre a mesa e segura minha mão.

— Eu acredito. Eu acredito, Ruth. Espero que você saiba disso. Eu quis ajudar você. Disse ao Larry para contratar alguém da própria firma para representar você.

Congelo. Tento ouvir isso como um gesto de amizade, mas a sensação que tenho é a de que sou um problema a ser resolvido.

— Eu... Eu não poderia aceitar...

— Bom, antes que você comece a pensar que sou sua fada madrinha, o Larry recusou. Ele sente tanto quanto eu, sinceramente, mas, com a candidatura, não é um bom momento para estar associado a uma situação escandalosa.

Escandalosa. Giro a palavra na boca mordo-a como uma cereja, sinto-a explodir.

— Tivemos uma briga feia sobre isso. Eu o fiz se mudar para o outro quarto e tudo o mais. Não é que ele esteja atrás dos votos de neonazistas. Mas não é tão simples, eu acho. As relações de raça estão complicadas no momento, com o comissário de polícia sendo questionado e tudo, e o Larry precisa ficar tão longe disso quanto possível, ou pode lhe custar a eleição. — Ela sacode a cabeça. — Desculpe, Ruth.

Meu queixo está muito tenso.

— Foi por isso que você me chamou aqui? — pergunto. — Para me dizer que não pode mais estar associada a mim?

O que eu fui besta de achar? Que era uma visita social? Que, pela primeira vez em uma década, Christina tinha subitamente decidido que queria que eu aparecesse para almoçar? Ou será que eu sabia o tempo todo que, se vim aqui, foi porque estava esperando um milagre na forma dos Hallowell, embora fosse orgulhosa demais para admitir?

Por um longo momento, só olhamos uma para a outra.

— Não — diz Christina. — Eu precisava ver você com meus próprios olhos. Queria ter certeza de que você está... bem.

O orgulho é um dragão do mal; ele dorme sob seu coração e ruge quando você precisa de silêncio.

— Então você já pode riscar esse item da sua lista de boas ações — digo, seca. — Estou *muito* bem.

— Ruth...

Levanto a mão.

— Não, Christina, está bem? Não.

Tento tatear a corrente da nossa história em busca do gancho, da emenda nos elos, onde passamos de duas meninas que sabiam tudo uma da outra — o sabor favorito de sorvete, o New Kids on the Block favorito, o crush celebridade — para duas mulheres que não sabem nada sobre como a outra vive. Nós nos afastamos, ou a nossa proximidade é que era a fraude? Nossa familiaridade seria por causa de amizade ou de geografia?

— Eu sinto muito — diz Christina, com a voz muito miúda.
— Eu também — murmuro.

De repente, ela corre da mesa e volta um momento depois, esvaziando o conteúdo da bolsa. Óculos de sol e chaves e batons e recibos se esparramam sobre a mesa; comprimidos de Advil, soltos no fundo da bolsa, se espalham como balas. Ela abre a carteira, tira um maço grosso de notas e o enfia em minha mão.

— Pegue — diz. — Só entre nós duas.

Quando nossas mãos se tocam, sinto um choque elétrico. Eu me levanto depressa, como se tivesse sido um raio.

— Não — digo, recuando. Essa é uma linha e, se eu atravessá-la, tudo muda entre mim e Christina. Talvez nunca tenhamos sido iguais, mas pelo menos consegui fingir. Se eu pegar esse dinheiro, não vou mais poder continuar me enganando. — Não posso.

Ela insiste e dobra meus dedos em volta do dinheiro.

—Aceite — diz. E então me olha como se tudo estivesse bem no mundo, como se nada tivesse mudado, como se eu não tivesse me tornado simplesmente uma pedinte aos seus pés, uma ação de caridade, uma causa. — Tem sobremesa. Rosa?

Tropeço na cadeira na pressa de escapar.

— Não estou com muita fome. — Desvio o olhar. — Preciso ir.

Pego meu casaco e a bolsa no suporte no hall de entrada, me apresso para a porta e a fecho atrás de mim. Aperto o botão do elevador repetidamente, como se isso o fizesse vir mais depressa.

E conto as notas. Quinhentos e cinquenta e seis dólares.

O elevador soa.

Corro para o capacho de boas-vindas na frente da porta de Christina e enfio o dinheiro embaixo dele.

Esta manhã, eu disse a Edison que não poderíamos mais usar o carro. O licenciamento expirou e não tenho dinheiro para renová-lo. Vendê-lo seria meu último recurso, mas enquanto isso, enquanto tento poupar o suficiente para cobrir todos os impostos e a gasolina, vamos andar de ônibus.

Entro no elevador e fecho os olhos até chegar ao térreo. Atravesso correndo o Central Park West até ficar sem fôlego, até saber que não vou mudar de ideia.

O prédio na Humphrey Street se parece com qualquer outro prédio público: um bloco quadrado e burocrático de cimento. O escritório para solicitação de benefícios sociais está lotado, todas as cadeiras de plástico ocupadas por alguém inclinado sobre uma prancheta. Adisa me leva até o balcão. Ela está trabalhando agora — ganhando salário mínimo como caixa em meio período —, mas já esteve neste escritório meia dúzia de vezes entre um emprego e outro e conhece os trâmites.

— Minha irmã precisa solicitar benefício — ela anuncia, como se essa declaração não me fizesse morrer um pouco por dentro.

A secretária parece ter a idade de Edison. Usa longos brincos balançantes em forma de tacos mexicanos.

— Preencha isto — diz ela e me entrega uma prancheta com um formulário.

Como não há onde sentar, encostamos em uma parede. Enquanto Adisa procura uma caneta na caverna de sua bolsa a tiracolo, passo os olhos pelas mulheres que equilibram pranchetas e crianças pequenas nos joelhos, os homens que cheiram a bebida e suor, uma mulher com uma longa trança grisalha que está segurando uma boneca e cantando para si mesma. Cerca de metade da sala é formada por pessoas caucasianas: mães limpando o nariz dos filhos em chumaços de lenço de papel e homens nervosos de camisa social que batem a caneta contra a perna enquanto leem cada linha do formulário. Adisa me vê olhando para eles.

— Dois terços dos benefícios vão para pessoas brancas — diz ela. — Vai entender.

Nunca estive tão agradecida por minha irmã.

Preencho os primeiros itens: nome, endereço, número de dependentes.

"Renda", leio.

Começo a escrever meu salário anual, depois risco.

— Escreva zero — Adisa me orienta.

— Eu recebo um pouco da pensão do Wesley...

— Escreva zero — ela repete. — Eu conheço pessoas que foram rejeitadas por ter um *carro* que valia muito. Você vai ferrar o sistema do jeito que o sistema ferrou você.

Como eu hesito, ela pega o formulário, preenche os espaços e o devolve à secretária.

Uma hora se passa e nem uma única pessoa é chamada da sala de espera.

— Quanto tempo demora? — pergunto baixinho para minha irmã.

— O tempo que eles quiserem fazer você esperar — responde Adisa. — Metade da razão de essas pessoas não conseguirem arrumar um emprego é que estão muito ocupadas sentadas aqui esperando os benefícios em vez de se candidatar a qualquer outra coisa.

São quase três da tarde, quatro horas desde que chegamos, quando uma analista de solicitações vem até a porta.

— Ruby Jefferson? — ela diz.

Eu me levanto.

— Ruth?

Ela olha para o papel.

— É, pode ser — concorda.

Adisa e eu a seguimos por um corredor até um cubículo e nos sentamos.

— Vou lhe fazer umas perguntas — ela diz em tom monótono. — Você ainda está empregada?

— É complicado... Estou suspensa.

— O que isso significa?

— Sou enfermeira, mas minha licença foi suspensa até o fim de um processo judicial. —Digo essas palavras depressa, como se elas estivessem sendo despejadas do fundo de mim.

— Isso não importa — Adisa intervém. — A parada é esta: ela não tem trampo e não tem grana. — Olho boquiaberta para minha irmã; eu esperava que talvez a analista e eu pudéssemos encontrar algum terreno em comum, que ela pudesse me reconhecer não como uma beneficiária típica do governo, mas alguém da classe média que está passando por um momento difícil. Adisa, por outro lado, já apelou para a gíria e fugiu totalmente da minha tática.

A analista arruma os óculos no nariz.

— E o fundo para o ensino superior do seu filho?

— É um plano de poupança para a universidade. Só pode ser usado para educação.

— Ela precisa de seguro-saúde — Adisa interrompe.

A mulher olha para mim.

— Quanto você está pagando hoje para o seu plano de saúde empresarial?

— Mil e cem dólares mensais — respondo, sentindo o rosto esquentar. — Mas não vou mais poder pagar isso a partir do próximo mês.

A mulher balança a cabeça, com a expressão inalterada.

— Largue esse plano de saúde empresarial. Você se qualifica para o Obamacare.

— Ah, não, você não está entendendo. Eu não quero largar o meu plano, só quero auxílio temporário — explico. — Esse é o seguro-saúde do hospital. Eu vou voltar para o meu emprego em algum momento e...

Adisa vira para mim.

— E se, enquanto isso, o Edison quebrar a perna?

— Adisa...

— Você acha que é O. J. Simpson? Que vai cair fora e continuar a vida como se nada tivesse acontecido? Tenho uma notícia para você, Ruth. Você não é o O. J. Você não é a Oprah, tá ligada? Você não é a Kerry Washington. Os brancos pegam leve porque eles são famosos. Você é só mais uma preta que tá se ferrando.

Tenho certeza de que a analista pode ver a fumaça subindo da minha cabeça. Meus punhos estão tão apertados que me sinto capaz de enfiá-los na cara de alguém. Não sei o que provocou essa transformação em Adisa, mas vou matar minha irmã.

Já estou mesmo indiciada por homicídio.

A analista olha de Adisa para mim, depois para o papel. Pigarreia.

— Bom — diz, ansiosa para se livrar de nós —, você se qualifica para assistência de saúde, assistência de alimentação e benefício em dinheiro. Vamos entrar em contato.

Adisa passa o braço pelo meu e me puxa da cadeira.

— Obrigada — murmuro, enquanto minha irmã me arrasta para fora do cubículo.

— Não foi tão ruim, foi? — diz ela depois que nos afastamos, enquanto esperamos o elevador ao lado de um vaso de plantas. Ela está repentinamente de volta ao normal.

Eu me viro para ela.

— O que aconteceu lá dentro? Você foi ridícula.

— Uma ridícula que conseguiu o dinheiro de que você precisa — Adisa me lembra. — Pode me agradecer depois.

Minha treinadora é uma menina chamada Nahndi e eu tenho idade para ser sua mãe.

— Então, basicamente, há cinco posições — ela me diz. — Caixa, recebimento de pedidos, recebimento de pedidos do café, atendente e apoio. Bom, há pessoas na mesa também, claro, elas são as que estão fazendo a comida...

Eu a sigo, puxando meu uniforme, que tem uma etiqueta incômoda no pescoço. Estou trabalhando em um turno de oito horas, com um intervalo de trinta minutos, uma refeição grátis e salário mínimo. Depois de esgotar todas as agências de emprego temporário, me candidatei a uma vaga no McDonald's. Disse que tinha dado um tempo no trabalho para ser mãe. Nem sequer mencionei a palavra *enfermeira*. Eu só queria ser contratada, para poder renunciar a alguns dos benefícios que recebi do governo. Para minha própria sanidade, eu precisava acreditar que ainda podia, pelo menos em parte, cuidar de mim e do meu filho.

Quando o gerente me ligou para me oferecer o emprego, ele perguntou se eu podia começar de imediato, porque estavam com falta de funcionários. Então eu deixei um bilhete para Edison no balcão da cozinha dizendo que tinha uma surpresa para ele e peguei um ônibus para o centro.

— Aqui é onde as fritas são guardadas. Há três tamanhos de cestas para usar, dependendo do movimento — diz Nahndi. — Há um cronômetro aqui que você aciona quando mergulha a cesta. Mas, aos dois e quarenta, você precisa sacudir para as fritas não ficarem todas grudadas, certo?

Concordo com a cabeça, observando enquanto o funcionário, um estudante universitário chamado Mike, faz tudo que ela vai dizendo.

— Quando o cronômetro tocar, você levanta a cesta sobre a cuba e deixa o óleo escorrer por uns dez segundos. Depois as despeja na estação de fritas, com muito cuidado, porque é quente, e põe o sal.

— A não ser que alguém peça sem sal — diz Mike.

— Vamos nos preocupar com isso depois — responde Nahndi. — A máquina de sal coloca a mesma quantidade em cada lote. Então você mistura com a espátula e aciona o cronômetro. Todas essas batatas precisam ser vendidas em cinco minutos, e, se não forem, são descartadas.

Movo a cabeça para indicar que entendi. É muita coisa para processar. Eu tinha milhares de coisas para lembrar como enfermeira, mas, depois de vinte anos, fica tudo automático. Aqui é tudo novo.

Mike me deixa experimentar. Fico surpresa com o peso da cesta quando o óleo está escorrendo. Minhas mãos estão escorregadias nas luvas de plástico. Sinto o óleo penetrar pela minha rede de cabelo.

— Excelente! — diz Nahndi.

Aprendo a embalar corretamente, quantos minutos cada alimento pode ficar em um recipiente aquecido antes de ser descartado, quais produtos de limpeza são usados em quais superfícies, como avisar ao gerente que você precisa de mais moedas, como pressionar o botão de tamanho médio no caixa antes de pressionar o botão do combo Número 1, ou o cliente não vai receber fritas com seu pedido. Nahndi tem uma paciência de Jó quando esqueço o molho ranch ou ponho as fatias de queijo no lugar errado no Triplo Cheeseburger. Depois de uma hora, ela se sente confiante para me pôr na mesa montando os sanduíches.

Nunca fui de fugir de trabalhos menos especializados. Deus sabe que na enfermagem temos que fazer nossa parte de segurar bacias para o paciente vomitar e trocar lençóis sujos. O que eu sempre dizia a mim mesma era que, depois de um episódio como esse, o paciente se sentia mais incomodado — fisicamente, emocionalmente ou ambos — que eu. Meu trabalho era aliviar a situação da maneira mais profissional possível.

Portanto, arrumar um emprego em uma loja de fast-food não me perturba de fato. Não estou aqui pela glória. Estou aqui pelo salário, por menor que seja.

Respiro fundo, pego o pão cortado em três partes e as coloco em seus lugares na chapa. Enquanto isso, abro uma caixa de Big Mac. Isso é mais fácil de falar do que de fazer usando luvas de plástico. A parte de cima do pão com sementes de gergelim vai virada para baixo na parte de cima da caixa; a parte do meio equilibra-se sobre ela; a parte de baixo fica com a base para baixo na parte inferior da caixa. Duas esguichadas de molho do recipiente de metal gigante em cada lado; alface cortada e cebolas picadas são espalhadas em cima disso. A parte do meio recebe dois pedaços de picles estrategicamente localizados (eles devem ser "amigos, não amantes", disse Nahndi). A parte de baixo recebe uma fatia de queijo. Então pego dois hambúrgueres do tamanho certo no aquecedor e os coloco um na parte de cima e um na parte de baixo. Levanto a parte do meio e a coloco sobre a parte de baixo, ponho a parte de cima do pão sobre tudo isso e a caixa é fechada e entregue a um funcionário de apoio para ser embalada ou enviada para o balcão.

Não é como ajudar um bebê a nascer, mas dá a mesma sensação de vitória por um trabalho bem feito.

Depois de um turno de seis horas, meus pés doem e estou cheirando a óleo. Limpei os banheiros duas vezes, incluindo uma depois que uma criança de quatro anos vomitou por todo o chão. Mal comecei a trabalhar como apoio para a registradora de Nahndi quando uma mulher pede uma caixa com vinte McNuggets. Confiro a caixa eu mesma antes de colocá-la na bandeja e, como fui ensinada, digo o número de seu pedido e lhe desejo bom-dia enquanto lhe entrego a comida. Ela se senta a três metros de mim e come todos os pedaços de frango. Então, de repente, volta ao balcão.

— Esta caixa estava vazia — ela diz a Nahndi. — Eu paguei por *nada*.

— Desculpe — responde Nahndi. — Vamos lhe trazer outra.

Eu me aproximo e baixo a voz.

— Eu mesma conferi a caixa. E a vi comer todos aqueles vinte nuggets.

— Eu sei — Nahndi sussurra de volta. — Ela faz isso o tempo todo.

O gerente de plantão, um homem cadavérico com uma barbinha embaixo do lábio inferior, se aproxima.

— Tudo bem por aqui?

— Tudo certo — responde Nahndi. Ela pega a nova caixa de nuggets da minha mão e a entrega à cliente, que a leva para o estacionamento. O gerente volta para a posição de entrega dos pedidos no drive-thru.

— Isso não pode ser sério — murmuro.

— Se você deixar essas coisas te perturbarem, não vai chegar nem ao fim de um turno. — Nahndi volta a atenção para um grupo animado de garotos que passa pela porta surfando no som de suas próprias risadas. — O rush de depois da aula — ela alerta. — Prepare o sorriso no rosto.

Olho para a tela, esperando o próximo pedido aparecer magicamente.

— Bem-vindos ao McDonald's — diz Nahndi. — O que vão querer?

Espero que não seja um milk-shake. Essa é a única máquina que ainda não me sinto segura para operar, e Nahndi já me contou uma história sobre como, em sua primeira semana, ela esqueceu de fechar a alavanca e o leite explodiu todo em cima dela e no chão.

— Hum... quero um Big Mac — ouço. — E você quer o quê?

— Eu deixei minha carteira em casa...

Eu me viro, porque conheço a voz. De pé na frente do balcão está Bryce, amigo de Edison, e ao lado dele, com as mãos enfiadas nos bolsos da jaqueta, vejo meu filho.

Percebo o horror absoluto na expressão de Edison quando ele passa os olhos por minha rede de cabelo, meu uniforme, minha nova vida. Então, em vez de sorrir para ele, ou dizer "oi", eu me viro de costas outra vez antes que Bryce também me reconheça. Antes que eu tenha que ouvir Edison inventar mais uma desculpa para a situação em que eu o coloquei.

* * *

Edison não está em casa quando chego, tiro meu uniforme e tomo um banho para me livrar do cheiro de óleo. Mando uma mensagem de texto, mas ele não responde. Então preparo o jantar, fingindo que não há nada errado. Quando ele finalmente chega, acabei de pôr uma torta na mesa.

— Está quente — eu digo, mas ele vai direto para o quarto. Acho que ainda está chateado com meu novo emprego, mas, um momento depois, ele reaparece trazendo um grande jarro cheio de moedas e um talão de cheques. Ele os joga na mesa.

— Dois mil, trezentos e oitenta e seis — Edison anuncia. — E deve ter mais uns duzentos no jarro.

— Isso é dinheiro para a faculdade — digo.

— Nós precisamos dele agora. Tenho toda a primavera e o verão para trabalhar; posso ganhar mais.

Eu sei do cuidado com que Edison poupou seus salários do armazém onde trabalha desde os dezesseis anos. Sempre ficou entendido que ele ia colaborar com sua educação e, juntando bolsas de estudos, o auxílio financeiro governamental e o fundo de investimento que começamos quando ele era bebê, eu me encarregaria do restante das despesas. A ideia de pegar dinheiro que estava destinado à faculdade me deixa doente.

— Edison, não.

Ele franze a testa.

— Mãe, eu não posso. Não posso deixar você trabalhar no McDonald's quando eu tenho dinheiro que nós poderíamos usar. Você tem ideia de como eu me sinto com isso?

— Primeiro, não é dinheiro, é o seu futuro. Segundo, não há vergonha nenhuma em um bom dia de trabalho honesto. Mesmo que seja fazendo batata frita. — Aperto a mão dele. — E é só por um tempo, até tudo isso se resolver e eu poder voltar ao trabalho no hospital.

— Se eu largar o atletismo, posso pegar mais turnos na loja.

— Você não vai largar o atletismo.

— Eu não me importo com um esporte idiota.

— Eu não me importo com nada a não ser *você* — digo e me sento na frente dele. — Meu amor, me deixe fazer isso. Por favor. — Sinto meus olhos se encherem de lágrimas. — Se você tivesse me perguntado quem é Ruth Jefferson um mês atrás, eu diria que ela é uma boa enfermeira e uma boa mãe. Mas, agora, tenho pessoas me dizendo que eu não era uma boa enfermeira. E, se eu não puder pôr uma torta na mesa e roupas em você, vou começar a duvidar de mim mesma como mãe também. Se você não me deixar fazer isso.... se não me deixar cuidar de você... então eu não sei mais quem eu vou ser.

Ele cruza os braços apertados diante do peito e desvia o olhar.

— Todo mundo sabe. Eu ouço as pessoas sussurrando, e elas param quando eu chego perto.

— Os alunos?

— Os professores também — ele admite.

Sinto um arrepio.

— Isso é inadmissível.

— Não, não é assim. Eles estão tentando fazer de tudo para ajudar, entende? Me dão tempo a mais para entregar os trabalhos e dizem que sabem que as coisas estão difíceis em casa para mim neste momento... e toda vez que um deles é assim... tão *bom* e tão *compreensivo*... eu sinto vontade de socar alguma coisa, porque é ainda pior do que quando as pessoas fingem que não sabem que você faltou na escola porque a sua mãe está presa. — Ele faz uma careta. — Aquele exame em que eu fui mal? Não foi porque eu não sabia a matéria. Foi porque eu faltei nas aulas depois que o sr. Herman me pegou em um canto e perguntou se havia algo que ele poderia fazer para ajudar.

— Ah, Edison...

— Eu não quero a ajuda deles — ele explode. — Não quero ser alguém que *precisa* da ajuda deles. Quero ser como todo mundo, não um caso especial. E então eu fico furioso comigo mesmo por estar choramingando como se fosse o único a ter problemas quando você... quando você... — Ele para de falar e esfrega as mãos nos joelhos.

— Não diga isso — falo, abraçando-o. — Nem pense nisso. — Seguro o rosto bonito de meu filho entre as mãos. — Nós *não* precisamos da ajuda deles. Vamos superar isso. Você acredita em mim, não é?

Ele me olha, realmente me olha, como um peregrino que perscruta o céu noturno em busca de significado.

— Não sei.

— Bom, eu acredito — digo com firmeza. — Agora, coma o que está no seu prato. Porque eu te garanto que não vou ao McDonald's se a comida ficar fria.

Edison pega o garfo, grato pela distração. E eu tento não pensar no fato de que, pela primeira vez na vida, menti para o meu filho.

Uma semana depois, estou correndo pela casa, tentando encontrar meu boné do uniforme, quando a campainha toca. De pé em minha varanda, para meu espanto, está Wallace Mercy — com a juba de cabelos brancos, terno completo, relógio de bolso e tudo.

— Ah, não — digo. As palavras são sopros de ar, secas no deserto de minha descrença.

— Minha irmã! — ele estrondeia. — Meu nome é Wallace Mercy. Eu rio. Eu realmente *rio*. Porque, caramba, quem *não* sabe disso?

Olho em volta para ver se ele está sendo seguido por uma comitiva, por câmeras. Mas o único sinal de seu renome é um lustroso carro preto de luxo estacionado com o pisca-alerta ligado e um motorista no banco da frente.

— Será que eu poderia ocupar um momento do seu tempo?

O mais perto que cheguei da fama foi quando a esposa grávida do apresentador de um programa noturno na TV sofreu um acidente de carro perto do hospital e ficou em observação por vinte e quatro horas. Embora tudo tenha dado perfeitamente certo, meu papel se alternou de profissional de saúde para relações-públicas, tendo que conter a multidão de repórteres que ameaçavam invadir a ala obstétrica. É lógico que, agora, a única outra vez em minha vida que me encontro com uma celebridade, eu o esteja recebendo com um uniforme de poliéster.

— Claro. — Eu o faço entrar, agradecendo silenciosamente a Deus por já ter arrumado o sofá-cama de volta para a posição de sofá. — Gostaria de algo para beber?

— Um café seria uma bênção — diz ele.

Enquanto ligo a cafeteira elétrica, penso que Adisa ia morrer se estivesse aqui. Imagino se seria muito mal-educado tirar uma selfie com Wallace Mercy e mandar para ela.

— Você tem uma bela casa — ele me diz, olhando as fotos na prateleira sobre a lareira. — Este é seu filho? Ouvi dizer que ele é incrível.

Ouviu quem dizer?, penso.

— Quer com leite? Açúcar?

— Os dois — Wallace Mercy responde. Ele pega a xícara e faz um gesto indicando o sofá. — Posso me sentar? — Eu concordo com a cabeça e ele se senta, e eu me acomodo na cadeira ao lado. — Sra. Jefferson, sabe por que estou aqui?

— Sinceramente, eu ainda nem consigo acreditar que você *está* aqui, quanto mais imaginar por quê.

Ele sorri. Tem os dentes mais brancos e regulares que já vi, em um contraste vivo com o escuro de sua pele. Percebo que, de perto, ele é mais jovem do que eu imaginava.

— Vim lhe dizer que você não está sozinha.

Confusa, eu inclino a cabeça.

— Isso é muito gentil, mas eu já tenho um pastor…

— Mas a sua comunidade é muito maior do que apenas a sua igreja. Minha irmã, esta não é a primeira vez que o nosso povo vira alvo. Podemos não ter o poder ainda, mas temos uns aos outros.

Minha boca se move para procurar as palavras enquanto começo a montar o quebra-cabeça. É como Adisa falou: meu caso é só mais uma caixa para ele subir em cima e ganhar holofotes.

— Foi muita gentileza sua vir até aqui, mas não acho que a minha história possa ser muito interessante para você.

— Ao contrário. Posso tomar a liberdade de lhe fazer uma pergunta? Quando você foi especificamente selecionada para não interferir no atendimento de um bebê branco, algum de seus colegas veio em sua defesa?

Penso em Corinne, disfarçando o constrangimento quando reclamei da ordem injusta de Marie e depois defendendo Carla Luongo.

— Minha amiga sabia que eu estava chateada.

— Ela ficou do seu lado? Ela arriscaria o emprego por você?

— Eu não pediria isso a ela — digo, um pouco irritada.

— Qual é a cor da pele da sua colega? — Wallace pergunta diretamente.

— O fato de eu ser negra nunca foi um problema no meu relacionamento com meus colegas.

— Não até eles precisarem de um bode expiatório. O que estou tentando dizer, Ruth... posso chamá-la assim?... é que *nós* estamos do seu lado. Seus irmãos e irmãs negros *vão* à luta por você. Eles *vão arriscar* o emprego por você. Eles vão marchar em sua defesa e fazer um barulho que não pode ser ignorado.

Eu me levanto.

— Obrigada pelo seu... interesse no meu caso. Mas isso é algo que eu preciso conversar com a minha advogada, e não adianta...

— Qual é a cor da pele da sua advogada? — Wallace interrompe.

— Que diferença faz? — desafio. — Como você pode esperar ser bem tratado pelas pessoas brancas se ficar o tempo todo procurando defeitos nelas?

Ele sorri, como se já tivesse ouvido isso antes.

— Você soube de Trayvon Martin, imagino?

Claro que sim. A morte do garoto me afetou profundamente. Não só porque ele tinha mais ou menos a idade do Edison, mas porque, como meu filho, ele era um excelente aluno que não estava fazendo nada errado, exceto ser negro.

— Você sabe que, durante o julgamento, a juíza, a juíza branca, proibiu que o termo *filtragem racial* fosse usado no tribunal? — diz Wallace. — Ela queria garantir que os jurados soubessem que o caso não tinha a ver com raça, mas com homicídio.

Suas palavras me perfuram como flechas. São quase idênticas ao que Kennedy me disse sobre meu próprio caso.

— Trayvon era um bom garoto, um garoto inteligente. Você é uma enfermeira respeitada. A razão de a juíza não querer trazer a questão de raça, a mesma razão de sua advogada estar fugindo dela como se fosse uma praga, é que pessoas negras como você e Trayvon são vistas como exceções. Vocês são a própria definição de quando coisas ruins acontecem com pessoas boas. Porque essa é a única maneira de os guardiões brancos arrumarem desculpas para o própio comportamento. — Ele se inclina para a frente, com a xícara apertada nas mãos. — Mas e se isso não for a verdade? E se você e Trayvon não forem as exceções... mas a regra? E se a injustiça for o *padrão*?

— Tudo o que eu quero é fazer o meu trabalho, viver a minha vida, criar o meu filho. Não preciso da sua ajuda.

— Talvez não precise — ele diz —, mas, aparentemente, há muitas pessoas por aí que querem ajudar você mesmo assim. Mencionei o seu caso na semana passada, brevemente, no meu programa. — Ele muda de posição, enfia a mão no bolso interno do paletó e tira um pequeno envelope pardo. Depois se levanta e o entrega a mim. — Boa sorte, irmã. Vou rezar por você.

Assim que a porta se fecha, abro o envelope e despejo o conteúdo. Dentro dele há notas de dinheiro: dez, vinte, cinquenta. Há também dezenas de cheques de estranhos nominais para mim. Leio as cidades neles: Tulsa, Oklahoma. Chicago. South Bend. Olympia, Washington. Na base da pilha está o cartão profissional de Wallace Mercy.

Junto tudo dentro do envelope, enfio-o em um vaso vazio em uma prateleira na sala e então o vejo: meu boné desaparecido, em cima do conversor da TV a cabo.

Tenho a sensação de uma encruzilhada.

Ponho o boné na cabeça, pego a carteira e o casaco e saio para o meu turno.

Minha fotografia favorita de Wesley e eu fica na prateleira sobre a lareira em minha sala. Era nosso casamento, e o primo dele a tirou quando não estávamos olhando. Na foto, estamos de pé no saguão do hotel elegante onde fizemos a recepção — cujo aluguel foi o presente de casamento de Sam Hallowell para mim. Meus braços estão em volta do pescoço de Wesley e minha cabeça está virada para o outro lado. Ele está inclinado em minha direção, com os olhos fechados, sussurrando algo em meu ouvido.

Já tentei tanto, tanto, lembrar o que meu lindo marido, arrasador em seu smoking, estava me dizendo. Gostaria de acreditar que fosse "Você é a mulher mais linda que eu já vi" ou "Mal posso esperar para começar nossa vida juntos". Mas isso é coisa de romances e filmes e, na realidade, é mais provável que estivéssemos planejando nossa fuga do salão cheio de convidados para podermos fazer xixi.

A razão de eu saber disso é que, embora eu não consiga lembrar a conversa que Wesley e eu tivemos quando a foto foi tirada, lembro a que tivemos depois. Havia fila no banheiro feminino do saguão principal, e Wesley se ofereceu galantemente para ficar de guarda na porta do banheiro masculino para que ninguém entrasse enquanto eu usava. Levei um tempo considerável para manobrar meu vestido de noiva e fazer o que precisava, e, quando finalmente saí do banheiro, uns bons dez minutos haviam se passado. Wesley continuava do lado de fora da porta, meu sentinela, mas agora segurava um tíquete de manobrista.

— O que é isso? — perguntei. Não tínhamos carro na época; fomos de transporte público ao nosso próprio casamento.

Ele sacudiu a cabeça, rindo.

— Um cara acabou de passar por aqui e me pediu para trazer seu Mercedes.

Nós rimos e entregamos o tíquete no balcão dos manobristas. Rimos porque estávamos apaixonados. Porque, quando a vida está cheia de coisas boas, não parece importante se um cara branco vê um homem negro em um hotel caro e pressupõe naturalmente que ele deve trabalhar ali.

Depois de um mês trabalhando no McDonald's, começo a ver o paradoxo entre bom serviço e preparação cuidadosa dos alimentos. Embora todos os pedidos tenham que ser preparados em menos de cinquenta segundos, a maioria dos itens do cardápio leva mais tempo que isso para cozinhar. McNuggets e McFish fritam por quase quatro minutos. Chicken Selects leva seis minutos, e os que ficam mais tempo na fritura são os peitos de frango empanados. Hambúrgueres pequenos levam trinta e nove segundos para cozinhar; os grandes levam setenta e nove. O hambúrguer de frango é, na verdade, cozido no vapor. Tortas de maçã assam por doze minutos, cookies, por dois. No entanto, apesar de tudo isso, nós, funcionários, temos que dispensar o cliente em noventa segundos: cinquenta para a preparação dos alimentos e quarenta para uma interação simpática.

Os gerentes me amam, porque, ao contrário da maioria dos funcionários, não tenho que ajeitar os horários dos meus turnos para encaixá-los com os horários de aulas. Depois de décadas trabalhando à noite, não me importo de entrar às quinze para as quatro da manhã para ligar a chapa, que leva um tempo para esquentar antes de abrirmos as portas, às cinco. Por causa da minha flexibilidade, geralmente me dão minha função favorita: caixa. Gosto de conversar com os clientes. Considero um desafio pessoal fazê-los sorrir antes de eles saírem do balcão. E, depois de ter enfrentado mulheres literalmente jogando coisas na minha cabeça no auge do trabalho de parto, ouvir uma reclamação por ter entregado maionese em vez de mostarda realmente não me abala.

A maioria dos nossos clientes habituais vem de manhã. Há Marge e Walt, que usam moletons amarelos idênticos e caminham cinco quilômetros desde sua casa, depois ambos pedem torta mousse de chocolate e suco de laranja. Há Allegria, que tem noventa e três anos e vem uma vez por semana com seu casaco de pele, por mais quente que esteja dentro da loja, e come um Egg Cheese Bacon, sem carne e sem queijo. Há Consuela, que pega quatro chocolates gelados grandes para as meninas do seu salão de beleza.

Esta manhã, um dos desabrigados que andam pelas ruas de New Haven entra na loja. Às vezes meu gerente lhes dá comida, se estiver perto da hora de ser descartada, como as batatas fritas que não são vendidas em cinco minutos. Às vezes eles entram para se aquecer. Uma vez, um homem fez xixi na pia do banheiro. Hoje o homem que entra tem cabelos longos e emaranhados e uma barba que vai até a barriga. Sua camiseta manchada tem as palavras "ZEN PACIÊNCIA" e há crostas de sujeira sob suas unhas.

— Olá — digo. — Bem-vindo ao McDonald's. O que vai querer?
Ele me encara com seus olhos remelentos e azuis.
— Quero uma música.

— Como?

— Uma música. — A voz dele fica mais alta. — Quero uma música!

Minha gerente de plantão, uma mulher miúda chamada Patsy, vem até o balcão.

— Senhor — diz ela —, pode desimpedir a fila, por favor?

— *Eu quero uma porra de música!*

Patsy fica vermelha.

— Vou chamar a polícia.

— Não, espere. — Olho para o homem e começo a entoar Bob Marley. Eu cantava "Three Little Birds" para Edison como cantiga de ninar todas as noites; provavelmente vou me lembrar da letra até o dia em que morrer.

O homem para de gritar e sai da loja arrastando os pés. Colo um sorriso no rosto para poder atender o próximo cliente.

— Bem-vinda ao McDonald's — digo e me vejo de cara com Kennedy McQuarrie.

Ela está vestida com saia e blusa larga cinza-escura, segurando pela mão uma menininha de cachos loiros que irrompem do couro cabeludo em uma confusão de fios.

— Quero panquecas *e* sanduíche de ovo — a menina fala.

— Essa não é uma opção — Kennedy diz com firmeza, então me vê. — Uau, Ruth. Você está... trabalhando aqui.

Suas palavras me fazem sentir nua. O que ela esperava que eu fizesse enquanto tenta montar o meu caso? Que vivesse à custa da minha poupança infinita?

— Esta é a minha filha, Violet — diz Kennedy. — Hoje é um dia especial. A gente, hum, não vem muito ao McDonald's.

— A gente vem sim, mamãe — Violet intervém, e Kennedy fica vermelha.

Percebo que ela não quer que eu pense que ela é o tipo de mãe que alimenta a filha com fast-food no café da manhã, do mesmo modo como eu não quero que ela pense em mim como alguém que trabalharia aqui se tivesse escolha. Percebo que ambas queremos desesperadamente ser pessoas que não somos de fato.

Isso me deixa um pouco mais corajosa.

— Se eu fosse você — sussurro para Violet —, escolheria as panquecas.

Ela aperta as mãos e sorri.

— Então eu quero as panquecas.

— Mais alguma coisa?

— Só um café pequeno para mim — Kennedy responde. — Tenho iogurte no escritório.

— Está bem. — Pressiono os pedidos na tela. — São cinco dólares e sete centavos.

Ela abre a carteira e conta algumas notas.

— Então — pergunto, como quem não quer nada —, alguma novidade? — Digo isso no mesmo tom em que perguntaria do tempo.

— Ainda não. Mas isso é normal.

Normal. Kennedy pega a mão da filha e sai do balcão, com tanta pressa quanto eu de encerrar este momento. Forço um sorriso.

— Não esqueça o troco — digo.

Uma semana depois de começar a estudar na Escola Dalton, fiquei com dor de estômago. Embora eu não tivesse febre, minha mãe me deixou faltar na aula e me levou com ela para a casa dos Hallowell. Toda vez que eu pensava em passar pelas portas da escola, sentia uma pontada na barriga, ou vontade de vomitar, ou as duas coisas.

Com autorização da sra. Mina, minha mãe me enrolou em cobertores e me acomodou no escritório do sr. Hallowell com um pacote de biscoito água e sal, uma lata de água tônica e a televisão para me distrair. Ela me deu seu cachecol da sorte para usar, o que, segundo me disse, era o mesmo que tê-la junto de mim. Minha mãe vinha me olhar a cada meia hora, por isso fiquei surpresa quando o próprio sr. Hallowell entrou. Ele murmurou um cumprimento, atravessou a sala até a mesa e procurou em uma pilha de papéis até encontrar o que estava querendo: uma pasta vermelha. Depois, virou-se para mim.

— É contagioso?

Sacudi a cabeça.

— Não. — Quer dizer, eu *achava* que não era.

— Sua mãe disse que você está com dor de estômago.

Concordei com a cabeça.

— E veio de repente, depois que você começou a escola esta semana... Ele achava que eu estava mentindo? Eu não estava. A dor era real.

— Como *foi* a escola? — ele perguntou. — Você gostou da professora?

— Gostei. — A sra. Thomas era pequena e bonita e passava de uma carteira para outra entre os alunos do terceiro ano como um passarinho em um pátio no verão. Sempre sorria quando dizia o meu nome. Diferente da minha escola no Harlem no ano anterior, a escola em que minha irmã ainda estava, esta tinha janelas grandes e luz do sol banhando os corredores; os gizes de cera que usávamos na aula de artes não eram quebrados em toquinhos; os livros não eram rabiscados e tinham todas as páginas. Era como as escolas que víamos na televisão, que eu achava que eram só ficção, até pôr os pés em uma.

— Hum. — Sam Hallowell sentou no sofá ao meu lado. — Parece que você comeu um burrito estragado? Vai e vem em ondas?

Sim.

— Principalmente quando você pensa em ir para a escola?

Olhei bem para ele, imaginando se lia o meus pensamentos.

— Eu sei exatamente o que você tem, Ruth, porque peguei esse bichinho uma vez também. Foi logo depois que assumi a programação na rede de TV. Eu tinha um escritório bonito e todos se atropelavam para tentar me deixar feliz, e quer saber? Eu me sentia muito doente. — Ele olhou para mim. — Eu tinha certeza de que, a qualquer momento, todos iam olhar para mim e perceber que eu não devia estar ali.

Pensei em como era me sentar na linda cafeteria revestida de madeira e ser a única aluna com um saquinho de lanche. Lembrei que a sra. Thomas nos havia mostrado fotos de celebridades americanas e, embora todos soubessem quem eram George Washington e Elvis Presley, eu fui a única pessoa na classe que reconheceu Rosa Parks e isso me deixou orgulhosa e envergonhada ao mesmo tempo.

— Você não é uma impostora — Sam Hallowell me disse. — Você não está lá porque teve sorte, ou porque aconteceu de estar no lugar certo na hora certa, ou porque alguém como eu tinha conhecidos. Você está lá por ser *você*, e isso já é uma enorme conquista.

Essa conversa está em meus pensamentos enquanto escuto agora o diretor do colégio para alunos selecionados que Edison frequenta me dizer que meu filho, que não mataria um inseto, deu um soco no nariz de seu melhor amigo hoje na hora do almoço, o primeiro dia de volta às aulas depois do feriado de Ação de Graças.

— Nós temos conhecimento de que as coisas em casa estão... difíceis, sra. Jefferson, mas é evidente que não podemos tolerar esse tipo de comportamento — diz o diretor.

— Posso garantir ao senhor que isso não vai mais acontecer. — De repente estou de volta à Dalton, me sentindo menor, como se devesse agradecer por estar na sala deste diretor.

— Acredite, estou sendo compreensivo porque sei que há circunstâncias atenuantes. Pelas regras, isso deveria ir para a ficha permanente do Edison, mas estou disposto a relevar. Mesmo assim, ele vai ser suspenso pelo resto da semana. Nós temos uma política de tolerância zero aqui e não podemos deixar que os estudantes andem pela escola preocupados com a própria segurança.

— Sim, é claro — murmuro e saio da sala do diretor de cabeça baixa, humilhada. Estou acostumada a vir a esta escola envolta em uma nuvem virtual de triunfo: para ver meu filho receber um prêmio por sua nota em um exame nacional de francês; para aplaudi-lo quando é coroado o Atleta Acadêmico do Ano. Mas Edison não está subindo em um palco com um largo sorriso no rosto para apertar a mão do diretor neste momento. Ele está largado em um banco do lado de fora da porta, com a aparência de estar pouco se importando. Tenho vontade de lhe dar um tapa na orelha.

Ele faz uma careta quando me vê.

— Por que veio aqui *desse jeito*?

Olho para meu uniforme.

— Porque eu estava no meio do turno quando me ligaram da diretoria para dizer que o meu filho ia ser expulso.

— Suspenso...

Eu me irrito com ele.

— Você fique de boca fechada. E não me corrija. — Saímos da escola para um dia que arde na pele como o início do inverno. — Vai me dizer por que bateu no Bryce?

— Eu pensei que tinha que ficar de boca fechada.

— Não me provoque. O que você estava pensando, Edison?

Ele desvia os olhos.

— Você conhece uma pessoa chamada Tyla? Você trabalha com ela.

Vejo em minha mente uma menina magra com acne.

— Bem magrinha?

— É. Eu nunca falei com ela na vida. Hoje ela veio na hora do almoço e disse que conhecia você do McDonald's, e o Bryce achou divertidíssimo que a minha mãe trabalhe lá.

— Você devia ter ignorado — respondo. — O Bryce não saberia como é ter um dia de trabalho honesto nem com um revólver na cabeça.

— Ele começou a falar mal de você.

— Eu já te disse, não vale a pena gastar energia dando atenção ao que ele fala.

Edison aperta os lábios.

— O Bryce falou: "Qual é a semelhança entre a sua mãe e um Big Mac? Os dois são cheios de gordura e valem pouco".

Todo o ar foge dos meus pulmões. Eu viro de volta para a porta da escola.

— Tenho umas palavras a dizer para aquele diretor.

Meu filho segura meu braço.

— Não! Pelo amor de Deus, eu já sou o asssunto das piadas de todo mundo. Não piore ainda mais as coisas! — Ele sacode a cabeça. — Estou tão cansado disso. Detesto essa merda de escola, essas merdas de bolsa e essa merda de falsidade.

Nem sequer digo a Edison para maneirar o linguajar. Não consigo respirar.

Toda a minha vida eu prometi a Edison que, quando nos esforçamos e fazemos bem feito, conquistamos nosso lugar. Disse que não somos impostores, que merecemos aquilo que lutamos para conseguir e conseguimos. O que não lhe contei foi que, a qualquer momento, essas conquistas ainda podem ser arrancadas de nós.

É incrível como podemos olhar em um espelho a vida inteira e achar que estamos nos vendo claramente. E então, um dia, tiramos a fina camada cinzenta de hipocrisia e percebemos que, na verdade, nunca nos vimos de fato.

Luto para encontrar a resposta correta aqui: para dizer a Edison que ele estava certo em suas ações, mas que poderia bater em todos os meninos da escola e isso não faria nenhuma diferença em longo prazo. Luto para encontrar um modo de fazê-lo acreditar que, apesar disso, temos que pôr um pé na frente do outro todos os dias e rezar para que seja melhor na próxima vez que o sol nascer. Que, se o nosso legado não forem direitos, deve ser esperança.

Porque, se não for assim, então nos tornamos os deslocados, os errantes, os conquistados. Nós nos tornamos o que eles acham que somos.

Edison e eu pegamos o ônibus para casa em silêncio. Quando viramos a esquina de nosso quarteirão, digo que ele está de castigo.

— Por quanto tempo? — ele pergunta.

— Uma semana — respondo.

Ele fecha a cara.

— Essa história nem vai entrar na minha ficha.

— Quantas vezes tenho de lhe dizer que, se você quiser ser levado a sério, tem que ser duas vezes melhor que os outros?

— Ou talvez eu devesse bater em mais caras brancos — diz Edison. — O diretor me levou bem a sério quando fiz *isso*.

Minha boca se aperta.

— *Duas* semanas — digo.

Ele avança na minha frente, sobe os degraus da varanda em um só pulo e entra como um furacão pela porta, quase derrubando uma mulher que está de pé na frente dela com uma grande caixa de papelão.

Kennedy.

Estou tão brava com a suspensão de Edison que esqueci completamente que havíamos escolhido esta tarde para examinar a produção de provas do Estado.

— É uma hora ruim? — ela pergunta delicadamente. — Podemos remarcar...

Sinto um calor subir da gola da blusa para as faces.

— Não, tudo bem. Algo... inesperado... aconteceu. Desculpe por você ter tido que ouvir isso; meu filho não costuma ser tão grosseiro.

— Seguro a porta para ela entrar em minha casa. — Fica mais difícil quando a gente não pode mais virar um tapa nas costas porque eles estão maiores do que nós.

Ela parece chocada, mas disfarça rapidamente com um sorriso educado.

Enquanto pego o casaco dela para pendurar, dou uma olhada para o sofá e a única poltrona, a pequena cozinha, e tento enxergar pelos olhos dela.

— Quer beber alguma coisa?

— Água, por favor.

Vou para a cozinha e encho um copo — são só alguns passos da sala, separados por um balcão — enquanto Kennedy olha as fotografias na prateleira sobre a lareira. A foto mais recente de Edison na escola está ali, além de uma de nós dois no Mall em Washington, e a foto de Wesley e eu no dia de nosso casamento.

Ela começa a tirar as pastas da caixa quando me sento no sofá. Edison está no quarto, soltando fumaça.

— Dei uma olhada nas provas produzidas — Kennedy começa —, mas é aqui que realmente preciso da sua ajuda. É o prontuário do bebê. Eu sei ler juridiquês, mas não sou fluente em linguagem médica.

Abro a pasta e enrijeço os ombros quando viro a página fotocopiada do post-it de Marie.

— Está tudo correto. Altura, peso, índices de Apgar, olhos e coxa...

— Isso é o quê?

— Um colírio e uma aplicação de vitamina K. É padrão para recém-nascidos.

Kennedy estende o braço e aponta um número.

— O que isso significa?

— O nível de açúcar no sangue do bebê estava baixo. Ele não havia mamado. A mãe teve diabete gestacional, então isso não é muito surpreendente.

— Esta letra é sua? — ela pergunta.

— Não, ele não nasceu no meu turno. Foi Lucille; eu assumi quando o turno dela terminou. — Viro a página. — Esta é a avaliação do recém-nascido. É a ficha que *eu* preenchi. Temperatura de trinta e seis vírgula sete — leio —, nada preocupante com o cabelo ou fontanelas; glicemia em cinquenta e dois, o açúcar estava melhorando. Os pulmões estavam limpos. Nenhum hematoma ou formato anormal do crânio. Comprimento quarenta e nove vírgula cinco centímetros, perímetro cefálico trinta e quatro vírgula três centímetros. — Encolho os ombros. — Estava tudo certo no exame, exceto por um possível sopro cardíaco. Pode ver aqui onde eu anotei isso na ficha e pedi avaliação da equipe de cardiologia pediátrica.

— O que o cardiologista disse?

— Ele não teve tempo de diagnosticar. O bebê morreu antes. — Franzo a testa. — Onde estão os resultados do exame do pezinho?

— O que é isso?

— Teste de rotina.

— Vou solicitar — Kennedy diz, distraída. Ela começa a mexer nos papéis e pastas até encontrar uma rotulada com o selo do legista. — Ah, dê uma olhada nisto... "Causa da morte: hipoglicemia seguida de convulsão hipoglicêmica seguida de parada respiratória e parada cardíaca" — Kennedy lê. — Parada cardíaca? Tem a ver com algum defeito cardíaco congênito?

Ela me entrega o relatório.

— Bom, pelo menos eu estava certa — digo. — O bebê tinha persistência do canal arterial de grau um.

— Isso representa risco de vida?

— Não. Geralmente fecha sozinho no primeiro ano de vida.

— Geralmente — ela repete. — Mas não *sempre*.

Sacudo a cabeça, confusa.

— Não podemos dizer que o bebê estava doente se ele não estava.

— A defesa não tem o ônus da prova. Podemos dizer qualquer coisa: que o bebê foi exposto ao ebola, que um primo distante morreu de doença cardíaca, que ele foi o primeiro bebê a nascer com uma anomalia cromossômica incompatível com a vida... Só temos que produzir uma trilha de migalhas de pão para o júri e torcer que eles estejam com fome suficiente para seguir.

Viro as páginas do prontuário médico outra vez até encontrar a fotocópia do post-it.

— Podemos mostrar isso a eles.

— Isso não cria dúvida — Kennedy afirma. — Isso, na verdade, faz o júri pensar que você poderia ter uma razão para estar irritada. Deixe isso para lá, Ruth. O que realmente importa aqui? A dor de um pequeno arranhão no seu ego? Ou a guilhotina esperando sobre sua cabeça?

Minha mão aperta o papel com força e eu sinto a ardência de um corte na pele.

— Não foi um pequeno arranhão no meu ego.

— Ótimo. Então nós estamos de acordo. Você quer ganhar este caso? Me ajude a encontrar um problema médico que mostre que o bebê poderia ter morrido de qualquer jeito, mesmo que você tivesse feito todo o possível para tentar salvá-lo.

Quase conto a ela. Quase digo que tentei ressuscitar aquela criança. Mas aí eu teria que admitir que menti para ela antes, quando estou aqui lhe dizendo que é errado mentir sobre uma anomalia cardíaca. Então, em vez disso, ponho o dedo na boca e chupo o ferimento. Na cozinha, encontro uma caixa de band-aid, levo-a para a mesa e enrolo um curativo em meu dedo médio.

Este não é um caso sobre sopro cardíaco. Ela sabe disso e eu também.

Baixo os olhos para mesa da cozinha e passo o polegar na superfície de madeira.

— Você já fez sanduíches de geleia e creme de amendoim para sua filhinha?

— O quê? — Kennedy olha para mim. — Sim, claro.

— O Edison era difícil para comer quando pequeno. Às vezes ele decidia que não queria a geleia e eu tinha que tentar raspá-la. Mas, sabe, nunca dá para tirar toda a geleia de um sanduíche desses de amendoim depois que ela já está lá. A gente ainda sente o gosto.

Minha advogada me olha como se eu tivesse ficado louca.

— Você me disse que esse processo não tem a ver com raça. Mas foi isso que começou tudo. E não importa que você consiga convencer o júri de que eu sou a reencarnação da Florence Nightingale. Você nunca vai conseguir apagar o fato de que eu sou negra. A verdade é que, se a minha aparência fosse como a sua, isto não teria acontecido comigo.

Algo se mexe nos olhos dela.

— Primeiro — Kennedy diz, sem alterar a voz —, você poderia muito bem ter sido denunciada sendo de qualquer raça. Pais enlutados e hospitais que estejam tentando evitar que seu prêmio de seguro suba a níveis estratosféricos são uma receita perfeita para encontrar um bode expiatório. Segundo, eu não estou discordando de você. Claro que há conotações raciais neste caso. Só que, na minha opinião profissional, trazer isso para o tribunal tem mais probabilidade de atrapalhar do que de ajudar a conseguir uma absolvição, e eu não acho que esse seja um risco que você deva correr só para se sentir melhor em relação a um insulto percebido.

— Um insulto percebido — digo. Viro as palavras na boca, passando a língua pelas bordas cortantes. — Um insulto *percebido*. — Levanto o queixo e olho direto para Kennedy. — O que você pensa de ser branca?

Ela sacode a cabeça, com uma expressão confusa.

— Eu *não* penso sobre ser branca. Já lhe disse na primeira vez que conversamos. Eu não vejo cor.

— Nem todos nós temos esse privilégio. — Pego a caixinha de band-aid e os espalho sobre todos os gráficos, pastas e documentos dela. — Cor da pele — leio na caixa. — Agora me diga, qual desses é cor da pele? Cor da *minha* pele?

As faces de Kennedy ficam coradas.

— Você não pode me culpar por isso.

— Não posso?

Ela enrijece as costas.

— Eu não sou racista, Ruth. E entendo que você esteja brava, mas é um pouco injusto da sua parte descontar em mim, quando estou tentando fazer o melhor possível para ajudá-la. Pelo amor de Deus, se eu estou andando em uma rua e tem um homem negro vindo na minha direção e eu percebo que estou indo no caminho errado, continuo seguindo na direção errada em vez de me virar só para ele não pensar automaticamente que estou com medo dele.

— Isso é supercompensação e é igualmente ruim — falo. — Você diz que não vê cor... mas é *só* o que você vê. Está tão consciente disso, e de tentar parecer que não tem preconceito, que nem consegue entender que, quando diz que *raça não importa*, tudo o que eu ouço é você depreciando o que *eu* senti, o que *eu* vivi, o que é ser humilhada por causa da cor da minha pele.

Não sei qual de nós duas está mais surpresa com minha explosão. Kennedy, por ser confrontada por uma cliente que ela achava que deveria estar grata por poder contar com o brilho de seus conselhos profissionais, ou eu, por ter soltado a fera que devia estar escondida dentro de mim todos esses anos. Ela estava à espreita, só esperando que algo abalasse meu otimismo inabalável e a libertasse.

De lábios apertados, Kennedy concorda com a cabeça.

— Tem razão. Eu não sei como é ser negra. Mas eu sei como é estar em um tribunal. Se você levar a questão racial para o julgamento, vai perder. Os jurados gostam de clareza. Eles gostam de poder dizer: "Porque A, portanto B". Salpique racismo em cima disso e tudo fica nebuloso. — Ela começa a juntar seus arquivos e relatórios e os enfia de volta na pasta. — Não estou tentando fazer parecer que os seus sentimentos não importam para mim, ou que eu não acredito que o racismo é real. Eu só estou tentando fazer você ser absolvida.

A dúvida é como um frio congelando as bordas da minha mente.

— Talvez nós duas precisemos nos acalmar — Kennedy diz, diplomática. Ela se levanta e caminha para a porta. — Eu prometo a você, Ruth. Nós podemos ganhar esse caso, sem trazer essa questão para o tribunal.

Depois que a porta se fecha, eu me sento com as mãos cruzadas sobre o colo. *Como, penso, isso é ganhar?*

Mexo na ponta do band-aid em meu dedo. Então caminho até o vaso na prateleira perto da televisão. Pego o envelope pardo e procuro entre os cheques até encontrar o que desejo.

O cartão de Wallace Mercy.

TURK

Francis gosta de abrir sua casa para o pessoal do Movimento em tardes de domingo alternadas. Depois que os grupos pararam de rondar pelas ruas à procura de pessoas para atacar, quase não nos víamos mais. Dá para contatar muita gente pela internet, mas é uma comunidade fria e impessoal. Francis reconhece isso, e é por essa razão que, duas vezes por mês, a rua fica lotada de carros com placas de lugares tão distantes quanto New Jersey e New Hampshire, desfrutando uma tarde de hospitalidade. Ponho um jogo de futebol para os rapazes assistirem e as mulheres se reúnem na cozinha com Brit, organizando os pratos do almoço comunitário e trocando fofocas como se fossem figurinhas de um álbum de beisebol. Francis assume a tarefa de entreter as crianças mais velhas com palestras entusiasmadas. Quando se observa a distância, quase dá para ver as palavras saindo incandescentes de sua boca, como se ele fosse um dragão, enquanto os meninos se sentam hipnotizados aos pés dele.

Faz quase três meses que não temos uma sessão de domingo. Não vemos essas pessoas desde o funeral de Davis. Para ser sincero, nem pensei muito nisso, porque ainda estou atravessando os dias como um zumbi. Mas, quando Francis me pede para postar um convite no Lobosolitario.org, eu o faço. Não se diz não para Francis.

E, assim, a casa está cheia outra vez. O tom, porém, é um pouco diferente. Todos querem me procurar, perguntar como estou. Brit ficou no quarto, com dor de cabeça; ela nem quis fingir ser sociável.

Mas Francis ainda é o anfitrião alegre, abrindo cervejas e cumprimentando as mulheres por seu corte de cabelo ou pelos bebês de olhos azuis ou pelos brownies saborosos. Ele me encontra sentado sozinho perto da garagem, onde fui deixar um saco de lixo.

— As pessoas parecem estar se divertindo — diz ele.

Concordo com a cabeça.

— As pessoas gostam de cerveja grátis.

— Grátis para os outros — Francis responde, depois estreita os olhos e me observa. — Está tudo bem? — E, por *tudo*, ele quer dizer *Brit*. Quando dou de ombros, ele comprime os lábios. — Sabe, quando a mãe da Brit foi embora, eu não compreendia por que continuava aqui. Pensei em pedir a conta, se é que você entende o que estou falando. Eu estava cuidando da minha filha de seis meses e ainda não conseguia encontrar vontade para seguir em frente. E então, um dia, eu entendi: a razão de perdermos pessoas que amamos é para nos sentirmos mais gratos pelas que ainda temos. É a única explicação possível. Caso contrário, Deus seria um filho da puta miserável.

Ele me dá um tapinha nas costas e caminha para o pequeno pátio cercado. Os adolescentes que foram arrastados para cá pelos pais ficam repentinamente em alerta, despertados pelo magnetismo dele. Ele se senta em um toco de árvore e começa sua versão de uma escola dominical.

— Quem gosta de mistério? — Houve vários movimentos de cabeça e um murmúrio geral de aprovação. — Bom. Quem pode me dizer quem é Israel?

— Que lixo de mistério — alguém murmura e recebe uma cotovelada do menino ao lado.

Outro menino fala:

— Um país cheio de judeus.

— Levante a mão para falar — diz Francis. — E eu não perguntei *o que* é Israel. Eu perguntei *quem*.

Um menino com um tênue começo de barba sobre o lábio superior levanta a mão e é apontado.

— Jacó. Ele começou a ser chamado assim depois que lutou com o anjo em Peniel.

— E temos um vencedor — diz Francis. — Israel depois teve doze filhos. É daí que vêm as doze tribos de Israel, como vocês podem...

Volto para a cozinha, onde algumas mulheres estão conversando. Uma delas tem um bebê agitado no colo.

— Eu só sei que ela não dorme mais a noite toda, e estou tão cansada que saí de casa de pijama ontem para ir trabalhar e só percebi na rua.

— Olha — diz uma garota —, eu usava uísque, esfregando nas gengivas.

— Nunca é cedo demais para eles começarem — comenta uma mulher mais velha, e todas riem.

Então elas me veem parado ali e a conversa desaba como uma pedra de um penhasco.

— Turk — diz a mulher mais velha. Não sei o nome dela, mas reconheço seu rosto; ela já esteve aqui antes. — Não vi você entrar.

Não respondo. Meus olhos estão colados na bebê, que tem o rosto vermelho e agita os pequenos punhos. Ela chora tanto que mal consegue respirar.

Meus braços se estendem antes que eu possa me controlar.

— Posso...?

As mulheres se entreolham e, então, a mãe da menina a passa para meus braços. Não posso acreditar como o bebê é leve, com os braços rígidos e as pernas se agitando enquanto grita.

— *Shh* — digo, dando palmadinhas de conforto. — Quietinha... pronto.

Esfrego a mão nas costas dela. Deixo-a se enrolar como uma vírgula sobre meu ombro. Seus gritos vão cedendo.

— Olhe só para você, o Encantador de Bebês — a mãe diz, sorrindo.

É assim que poderia ter sido.

É assim que *deveria* ter sido.

De repente, percebo que as mulheres não estão mais olhando para o bebê. Elas estão olhando para algo atrás de mim. Eu me viro com o bebê adormecido, pequenas bolhas de saliva na fenda de seus lábios.

— Meu Deus — diz Brit, em tom de acusação. Ela se vira e sai correndo da cozinha. Ouço a porta do quarto bater.

— Desculpem — digo, tentando devolver a bebê para a mãe tão gentilmente e depressa quanto possível. E corro para Brit.

Ela está deitada em nossa cama, virada para o outro lado.

— Eu odeio todas elas. Odeio por estarem na minha casa.

— Brit. Elas só estão tentando ser gentis.

— É isso que eu mais odeio — ela responde, sua voz como uma lâmina. — Odeio o jeito como elas olham para mim.

— Não é o que...

— Tudo que eu queria era uma porra de um copo de água da minha própria cozinha. É pedir muito?

— Vou pegar a água para você...

— Não adianta, Turk.

— O *que* adianta? — sussurro.

Brit vira para mim. Seus olhos estão inundados de lágrimas.

— Exatamente — diz e começa a chorar tão forte quanto aquela bebê, mas, mesmo depois que eu a tomo nos braços e a aperto e acaricio suas costas, ela não para.

É tão estranho para mim consolar Brit enquanto ela soluça quanto foi ninar um bebê. Esta não é a mulher com quem eu me casei. Imagino se enterrei aquele espírito corajoso com o corpo do meu filho.

Ficamos ali, no casulo do quarto, até muito depois que o sol se põe e os carros vão embora e a casa está vazia outra vez.

Na noite seguinte, estamos todos sentados na sala vendo televisão. Meu notebook está aberto; estou escrevendo uma postagem para o Lobosolitario.org sobre algo que aconteceu em Cincinnati. Brit me traz uma cerveja e se senta enrolada em mim, o primeiro contato que ela iniciou desde, bem, eu nem me lembro mais.

— Em que você está trabalhando? — ela pergunta, esticando o pescoço para ler o que está na tela.

— Um garoto branco foi agredido por dois pretos na escola — digo. — Quebraram a coluna dele, mas não foram denunciados. Pode apostar que, se fosse o contrário, os garotos brancos teriam sido denunciados por agressão.

Francis aponta o controle remoto para a televisão e grunhe.

— Isso é porque Cincinnati está na faixa de noventa e nove por cento de escolas bosta — ele acrescenta. — A administração é toda de negros. O que *realmente* queremos para os nossos filhos?

— Isso é bom — digo, digitando as palavras dele. — Vou concluir assim.

Francis vira os canais da TV a cabo.

— Por que há uma Black Entertainment TV e nenhuma White Entertainment TV? — ele pergunta. — E as pessoas dizem que não existe racismo reverso. — Ele desliga a televisão e se levanta. — Vou dormir.

Ele beija Brit na testa e vai para o seu lado do duplex. Espero que ela se levante também, mas ela não faz nenhum movimento para sair.

— Isso não acaba com você? — pergunta Brit. — A espera?

Olho para ela.

— Como assim?

— É como se não existisse mais nada *imediato*. Você não sabe quem está lendo as coisas que publica. — Ela se vira para ficar de frente para mim, sentando-se de pernas cruzadas sobre o sofá. — As coisas eram bem mais claras. Eu aprendi as cores olhando os cadarços dos caras que vinham se encontrar com o meu pai. White Power e neonazistas tinham cadarços vermelhos ou brancos. SHARPs eram azuis ou verdes.

Faço uma careta.

— Não consigo imaginar seu pai se reunindo com SHARPs. — Os Skinheads Against Racial Prejudice, skinheads contra o preconceito racial, são os maiores traidores da raça que se pode encontrar. O alvo deles somos aqueles de nós que lutam a boa luta e tentam se livrar das raças inferiores. Eles pensam que são o Batman, cada um deles.

— Eu não disse que eram encontros... amistosos — responde Brit. — Mas às vezes ele os encontrava mesmo. Fazia o que fosse preciso, mesmo que parecesse ir contra toda a lógica, porque era uma questão de ver o cenário maior. — Ela olha para mim. — Você conheceu o Tio Richard?

Não pessoalmente, mas Brit conhecia. Era Richard Butler, o líder das Nações Arianas. Ele morreu quando Brit tinha uns dezessete anos.

— O Tio Richard era amigo de Louis Farrakhan.

O líder da Nação do Islã? Isso é novidade para mim.

— Mas... ele é...

— Negro? É. Mas ele odeia judeus e o governo federal tanto quanto nós. O papai sempre diz que o inimigo do meu inimigo é meu amigo. — Brit dá de ombros. — Era uma espécie de entendimento tácito: depois de trabalharmos juntos para derrubar o sistema, íamos lutar um contra o outro.

Nós venceríamos, disso não tenho dúvida.

Ela me examina com atenção.

— O que *realmente* queremos para nossos filhos? — diz Brit, repetindo a frase de Francis. — Eu sei o que quero para o *meu* filho. Quero que ele seja lembrado.

— Amor, você sabe que nós não vamos nos esquecer dele.

— Não nós. — As palavras de Brit são subitamente duras. — *Todos*.

Olho para ela. Sei o que ela está dizendo: que digitar em um blog pode de fato abalar alicerces, mas é muito mais impressionante, e mais rápido, explodir o prédio de cima para baixo.

De certo modo, eu entrei muito tarde no Movimento Skinhead, que teve seu apogeu dez anos antes de eu nascer. Eu imaginava um mundo em que as pessoas fugissem quando me vissem chegando. Pensava em como Francis e eu tínhamos passado os últimos dois anos tentando convencer os grupos de que o anonimato era mais insidioso — e aterrorizante — do que ameaças abertas.

— O seu pai não vai concordar com isso — digo.

Brit se inclina e me beija suavemente, depois recua e me deixa desejando mais. Nossa, como senti falta disso. Como senti falta *dela*.

— Quanto ao meu pai, o que os olhos não veem o coração não sente — ela responde.

Raine fica entusiasmado ao receber meu telefonema. Faz dois anos que não o vejo; ele não pôde vir ao meu casamento porque a esposa tinha acabado de ter o segundo bebê. Quando conto que estou passando o dia em Brattleboro, ele me convida para almoçar em sua casa. Ele se mudou, então anoto o endereço em um guardanapo.

Quando chego, acho que estou no lugar errado. É um pequeno rancho em uma rua sem saída, com uma caixa de correio em forma de gato. Há um escorregador de plástico vermelho brilhante no gramado da frente e um boneco de neve de madeira esquisito pendurado perto da porta. O capacho de boas-vindas diz: "OI! NÓS SOMOS OS TESCO!"

Então um lento sorriso se abre em meu rosto. O safado. Ele está levando a orientação de se esconder em plena vista para um novo nível.

Quem esperaria que o papai da casa ao lado, que lava a varanda com mangueira e deixa o filho usar a bicicleta com rodinhas no jardim, é na verdade um supremacista branco?

Raine abre a porta antes mesmo de eu ter tempo de bater. Está com um bebê rechonchudo no colo, e espiando entre as torres de suas pernas há uma menininha tímida com saia de bailarina e coroa de princesa. Ele sorri e se aproxima para me abraçar. Não posso deixar de notar que está usando esmalte rosa-choque nas unhas.

— Cara — digo, olhando para seus dedos. — Você está na moda.

— Você devia ver como eu sou bom em chás de boneca. Entre! Cara, que bom te ver.

Eu entro e a menininha se esconde atrás das pernas de Raine.

— Mira — diz ele, se agachando —, este é o Turk, amigo do papai.

Ela enfia o polegar na boca e me olha como se estivesse me avaliando.

— Ela não é muito boa com estranhos — diz Raine. Ele troca o bebê de braço. — Este molecão aqui é o Isaac.

Eu o sigo para dentro, passando por brinquedos espalhados como confete até a sala de estar. Raine pega uma cerveja gelada para mim, mas não para si.

— Eu vou beber sozinho?

Ele encolhe os ombros.

— A Sal não gosta que eu beba na frente das crianças. Acha que não é um bom exemplo, essa conversa toda.

— Onde está a Sally? — pergunto.

— No trabalho! Ela é radiologista no hospital de veteranos. Eu estou meio que entre empregos, então fico em casa com os hobbits.

— Legal — digo, tomando um grande gole no gargalo.

Raine põe Isaac no chão. O menino começa a cambalear pela sala como um bêbado bem pequenininho. Mira corre pelo corredor para o seu quarto, os pés soando como uma salva de artilharia.

— E aí, como está, cara? — Raine pergunta. — Tudo bem com você?

Apoio os cotovelos nos joelhos.

— Poderia estar melhor. É por isso que estou aqui.

— Problemas no paraíso?

Percebo que Raine não tem a menor ideia de que Brit e eu tivemos um bebê. Que perdemos esse bebê. Começo a lhe contar toda a história: desde a enfermeira preta até o momento em que Davis parou de respirar.

— Estou chamando todos os esquadrões. Desde o EMA de Vermont até os skinheads de Maryland. Quero um dia da vingança para honrar o meu filho.

Como Raine não responde, eu me inclino para a frente.

— Estou falando de vandalismo. Boas brigas à moda antiga. Bombas incendiárias. Qualquer coisa, menos mortes, acho. Fica a critério dos esquadrões individuais e seus líderes. Mas algo visível, que nos faça ser notados. E eu sei que isso vai contra o nosso esforço de nos integrarmos, mas talvez seja hora de um pequeno lembrete do nosso poder, entende? Um grande número tem força. Se fizermos uma demonstração suficientemente grande, eles não podem prender *todo mundo*. — Olho-o de frente. — Nós merecemos isso. O *Davis* merece isso.

Nesse momento, Mira chega dançando pelo corredor e põe uma coroa na cabeça do pai. Ele a tira e olha com seriedade para o círculo de metal barato.

— Meu bem, que tal ir me fazer um desenho? Isso, boa menina. — Ele segue a criança com os olhos enquanto ela volta para o quarto. — Parece que você não ficou sabendo — Raine me diz.

— Não fiquei sabendo do quê?

— Eu estou fora, cara. Não estou mais no Movimento.

Fico olhando para ele, chocado. Foi Raine que me introduziu no White Power. Quando entrávamos para o EMA, éramos irmãos para toda a vida. Não era como um emprego que simplesmente se pudesse largar. Era um chamado.

De repente, lembro da fileira de tatuagens de suástica que Raine tinha no braço inteiro. Olho para seu ombro, seu bíceps. As suásticas foram transformadas em uma manga de ramos entrelaçados. Não dá nem para saber que os símbolos já estiveram lá.

— Aconteceu uns dois anos atrás. A Sal e eu fomos para uma festa-comício no verão, como você, eu e os rapazes sempre fazíamos, e tudo estava ótimo, exceto que tinha uns caras esperando em fila para foder uma garota dentro da barraca dela. A Sal ficou apavorada de levar a nossa bebê para um lugar onde aquelas coisas aconteciam. Então eu comecei a ir às festas sozinho, deixando a Sal com a bebê. Depois fomos chamados na pré-escola porque a Mira tinha tentado enterrar uma criança chinesa na caixa de areia, dizendo que estava brincando de gatinho e era isso que os gatos fazem com o cocô. Eu agi como se estivesse chocado, mas, assim que saímos de lá, disse à Mira que ela era uma boa menina. Então, um dia, eu estava no supermercado com a Mira. Acho que ela tinha acabado de fazer três anos. A gente estava esperando na fila do caixa, com o carrinho cheio. As pessoas olhavam para mim, porque, você sabe, minhas tatuagens e tudo, e eu já estava acostumado com aquilo. Enfim. De pé atrás de nós na fila, tinha um homem negro. E a Mira, com seu jeitinho todo doce, falou: "Papai, olha esse crioulo". — Raine olha para mim. — Eu não liguei. Mas a mulher na nossa frente na fila me disse: "Você devia ter vergonha". E a caixa falou: "Como você tem coragem de ensinar isso para uma criancinha inocente?"Antes que eu me desse conta, a loja toda estava gritando e a Mira começou a chorar. Então eu a peguei e deixei o carrinho inteiro de compras para trás e corri para o carro. Aquele foi o momento em que comecei a pensar que talvez eu não estivesse fazendo a coisa certa. Eu achava que era a minha obrigação criar os meus filhos para serem guerreiros da raça, mas talvez isso não estivesse fazendo bem para a Mira. Talvez eu só a estivesse preparando para uma vida em que todos iam ter ódio dela.

Eu o encaro, boquiaberto.

— O que mais você vai me contar? Está trabalhando como voluntário no templo local? Seu melhor amigo é um japa?

— Talvez as coisas que a gente falava todos esses anos não sejam reais. É propaganda enganosa, cara. Eles nos prometeram que íamos ser parte de algo maior. Que teríamos orgulho da nossa origem e da nossa raça. E de repente isso é, sei lá, dez por cento da história. O resto é só odiar todas as outras pessoas por existirem. Depois que comecei a pensar nisso, não conseguia mais parar. Talvez fosse por isso que eu me sentia uma merda o tempo todo, como se eu quisesse meter porrada na cara de alguém só para lembrar a mim mesmo que eu podia. E por mim tudo bem. Mas não é assim que eu quero que os meus filhos cresçam. — Ele encolhe os ombros. — Quando a história se espalhou que eu queria sair, eu sabia que era questão de tempo. Um cara do meu próprio grupo me pegou no estacionamento depois que a Sal e eu saímos do cinema. Ele me deixou tão fodido que eu tive que levar pontos. Mas, aí, foi só isso.

Olho para Raine, que já foi meu melhor amigo, e é como se a luz mudasse e eu percebesse que estou olhando para algo completamente diferente. Um covarde. Um derrotado.

— Isso não muda nada — diz Raine. — Ainda somos irmãos, certo?

— Claro — digo. — Sempre.

— Talvez você e a Brit possam vir para cá esquiar no próximo inverno — ele sugere.

— Seria ótimo. — Termino a cerveja e dou uma desculpa de ter que voltar antes que escureça. Quando saio com o carro, Raine está acenando, e o bebê Isaac também.

Sei que nunca mais vou tornar a vê-los.

Dois dias mais tarde, já me encontrei com ex-líderes de esquadrões de toda a Costa Leste. Com exceção de Raine, todos são participantes ativos do Lobosolitario.org e todos sabiam sobre Davis antes mesmo de eu começar a contar a história. Todos eles têm histórias com Francis: já o ouviram falar em uma reunião, conheceram um cara que ele matou, foram pessoalmente contatados por ele para liderar um grupo.

Exausto e faminto, estaciono na frente de nossa casa. Quando vejo o brilho da televisão na sala de estar, embora sejam quase duas da manhã, solto o ar, desanimado. Esperava poder entrar em casa sem ser notado, mas agora vou ter que arrumar uma desculpa qualquer para Francis sobre o motivo de estar andando por aí sem ele saber.

Para minha surpresa, porém, não é Francis que está com insônia. Brit está sentada no sofá, vestida com um de meus moletons, que chega às coxas dela como um vestido. Atravesso a sala, me inclino e beijo o topo de sua cabeça.

— Oi, amor — digo. — Não conseguiu dormir?

Ela sacode a cabeça. Olho para a televisão, onde a Bruxa Malvada do Oeste está chegando perto de Dorothy e fazendo uma ameaça.

— Você já viu isso?

— Já. Quer que eu conte o fim? — brinco.

— Não, estou dizendo *ver* mesmo. É como um conto de fadas sobre o White Power. O bruxo que manda em todo mundo é um judeuzinho. A vilã tem uma cor estranha e trabalha com macacos.

Eu me ajoelho na frente dela, atraindo sua atenção.

— Fiz o que prometi. Eu me encontrei com todos os homens que lideravam esquadrões. Mas nenhum deles quer correr o risco. Acho que seu pai fez um trabalho bom demais enfiando na cabeça deles que a nossa nova abordagem é nos infiltrarmos. Eles não querem correr o risco de ir para a cadeia.

— Bom, eu e você poderíamos...

— Brit, se alguma coisa acontecer, a primeira coisa que os policiais vão procurar é alguém ligado ao Movimento. E o nosso nome já está na imprensa, por causa do processo. — Hesito. — Você sabe que eu faria qualquer coisa por você. Mas você está só começando a voltar para mim. Se eu for preso e tiver que cumprir pena, seria como perder você outra vez. — Eu a envolvo nos braços. — Desculpe, amor. Eu achei que conseguiria fazer isso funcionar.

Ela me beija.

— Eu sei. Valeu a tentativa.

— Você vem para a cama?

Brit desliga a televisão e vai para o quarto comigo. Lentamente, tiro o moletom que ela está usando; deixo-a puxar minhas botas e jeans. Sob as cobertas, eu me pressiono contra o seu corpo. Mas, quando vou me mover entre suas pernas, estou mole e deslizo de dentro dela.

Ela me olha no escuro, os olhos semicerrados, o braço cruzado sobre a barriga macia.

— É alguma coisa comigo? — ela pergunta, com uma voz tão pequena que tenho que me esforçar para ouvir.

— Não — eu lhe asseguro. — Você é linda. É toda essa merda dentro da minha cabeça.

Ela rola para o outro lado. Mesmo assim, posso sentir a pele dela esquentar, vermelha de vergonha.

— Desculpe — digo nas costas dela.

Brit não responde.

No meio da noite, eu acordo e a procuro. Não estou pensando em nada, e é por essa razão que faço isso. Talvez, se eu não ficar criando obstáculos, possa encontrar conforto. Minha mão desliza sobre os lençóis, buscando, mas Brit não está lá.

No início, havia muitos de nós e éramos todos diferentes. Era possível ser das Nações Arianas, mas não um skinhead, dependendo de seguir ou não a teologia da Identidade Cristã. Supremacistas brancos eram mais acadêmicos e publicavam tratados; skinheads eram mais violentos e preferiam ensinar as lições com os punhos. Separatistas brancos eram os caras que compravam terras em Dakota do Norte e tentavam dividir o país, e qualquer pessoa não branca era chutada para fora do perímetro que eles criavam. Neonazistas eram uma mistura entre as Nações Arianas e a Irmandade Ariana nas prisões — se havia um elemento criminoso de gangues de rua violentas no Movimento, eram eles. Havia Odinistas e Criacionistas e discípulos da Igreja Mundial do Criador. Mas, apesar da ideologia que nos dividia em facções, todos nos reuníamos em um dia do ano para comemorar: 20 de abril, o aniversário de Adolf Hitler.

Havia festas de aniversário espalhadas pelo país, mais ou menos como as antigas reuniões da KKK que eu costumava frequentar quando adolescente. Eram feitas geralmente em um terreno desocupado de alguém, ou em alguma área de conservação que ninguém monitorava, ou em qualquer coisa que tivesse jeito de aldeia alpina. As orientações para chegar ao local eram passadas de boca em boca, caminhos eram marcados com sinalizações minúsculas não maiores do que as usadas em cercas elétricas para cães, exceto que não eram de plástico cor-de-rosa, mas em vermelho SS.

Devo ter ido a uns cinco festivais arianos desde que entrei para o Movimento White Power, mas aquele foi especial. Naquele, eu estava me casando.

Bem, pelo menos em espírito. Legalmente, Brit e eu teríamos que ir ao cartório na semana seguinte e preencher os formulários oficiais. Mas, espiritualmente, aconteceria naquela noite.

Eu tinha vinte e dois anos e aquele era o ápice da minha vida.

Brit não me queria em volta enquanto se arrumava com as garotas, então fiquei andando pelo festival. De modo geral, havia muito menos gente ali do que nas festas-comício a que eu ia cinco anos antes, principalmente porque a polícia federal tinha começado a aparecer em qualquer lugar em que nos juntássemos. Mesmo assim, havia os grupos habituais de bêbados, alguns procurando briga, outros mijando atrás das barracas portáteis em que comerciantes vendiam de tudo, de salsichas empanadas no palito a sandálias de dedo com as palavras "AMOR SKINHEAD". Havia uma área para crianças com livros para colorir e um castelo de pula-pula com uma enorme bandeira da SS, atrás como no Sportpalast, em que Hitler costumava fazer seus discursos. No fim da fileira de vendedores de comida e mercadorias ficavam os tatuadores, que eram muito procurados em festivais como aquele.

Furei a fila, o que eu sabia que ia deixar puto o cara de trás. Tivemos a necessária briga e eu lhe dei um nariz sangrando, e então ele calou a boca e me deixou pegar seu lugar. Quando sentei na frente do tatuador, ele olhou para mim.

— O que vai ser?

Francis e eu vínhamos trabalhando havia seis meses para convencer os esquadrões a parar de exibir tatuagens do sol negro, cabeça raspada e suspensórios e começar a parecer pessoas comuns. Parte disso significava usar mangas compridas ou fazer tratamento com ácido para cobrir a tinta no rosto. Mas aquele era um dia especial. E eu queria que todos soubessem em que eu acreditava.

Quando saí da barraca, eu exibia oito letras góticas, cada uma tatuada em um dedo. Na mão direita, quando eu fechava o punho, lia-se "Ó-D-I-O". Na esquerda, o lado mais próximo do coração, estava "A-M-O-R".

Ao pôr do sol, era a hora. A distância soou o ronco gutural de motocicletas, e todos que ainda estavam no festival formaram duas filas. Eu esperava, com as mãos presas à frente, a pele ainda vermelha e inchada das novas tatuagens.

Então, de repente, o grupo de pessoas se abriu e eu vi Brit, iluminada por trás pelas luzes laranja e amarelas do fim do dia. Ela usava um vestido branco rendado que a fazia parecer um cupcake e suas botas Doc Martens. Comecei a sorrir. Sorri tanto que achei que meu rosto fosse rachar.

Quando ela chegou perto o suficiente para eu tocá-la, tomei o braço dela no meu. Se o mundo tivesse acabado naquele momento, estaria tudo bem para mim. Começamos a andar pelo corredor improvisado. Enquanto passávamos, braços se erguiam, todos fazendo a saudação nazista. No fim da linha estava Francis. Ele sorriu para nós, os olhos brilhantes e aguçados. Ele havia presidido dezenas de casamentos arianos, mas aquele era diferente.

— Florzinha — disse ele, emocionado. — Você está linda. — Depois virou para mim. — Se fizer merda com ela, eu mato você.

— Sim, senhor — consegui responder.

— Brittany — Francis começou —, você promete obedecer ao Turk e dar continuidade ao legado da raça branca?

— Sim — ela prometeu.

— E, Turk, você promete honrar esta mulher na guerra como sua noiva ariana?

— Sim — falei.

Nós nos viramos um para o outro. Olhei-a nos olhos, sem piscar, enquanto recitávamos as Catorze Palavras, o mantra que David Lane criou quando dirigia a Ordem: "Devemos assegurar a existência do nosso povo e um futuro para as crianças brancas".

Beijei Brit, enquanto, atrás de nós, alguém acendeu uma suástica de madeira para marcar o momento. Juro que senti uma mudança em mim naquele dia. Como se eu realmente tivesse entregado metade do meu coração para aquela mulher e ela tivesse me dado o seu, e a única maneira de ambos continuarmos vivendo era com essa costura.

Eu tinha uma vaga consciência de Francis falando, das pessoas aplaudindo. Mas me sentia atraído para Brit como se fôssemos as duas últimas pessoas no planeta.

E era mesmo como se fôssemos.

KENNEDY

— Minha cliente me odeia — digo a Micah enquanto lavamos a louça na cozinha.

— Tenho certeza de que ela não odeia você.

Olho para ele.

— Ela acha que eu sou racista.

— Ela tem um motivo para isso — Micah argumenta, mansamente, e eu me viro para ele com as sobrancelhas subindo até o alto da testa. — Você é branca e ela não, e vocês duas por acaso vivem em um mundo em que pessoas brancas têm todo o poder.

— Não estou dizendo que a vida dela não é mais difícil que a minha — contraponho. — Não sou dessas pessoas que acham que, só porque elegemos um presidente negro, superamos magicamente nossos problemas raciais. Eu trabalho todo dia com clientes das minorias que foram sacaneados pelo sistema de saúde, e pelo sistema de justiça criminal, e pelo sistema educacional. As prisões são administradas como uma empresa. *Alguém* está lucrando ao manter um fluxo contínuo de pessoas indo para a cadeia.

Havíamos recebido alguns colegas de Micah para o jantar. Eu nutrira grandes esperanças de servir uma refeição gourmet, mas acabamos comprando tacos e oferecendo como sobremesa uma torta de loja de doces que apresentei como feita em casa depois de quebrar um pouquinho as bordas da crosta para que ela ficasse ligeiramente menos perfeita. Durante a noite toda, minha mente divagou. Claro que a culpa não era minha quando a conversa virava para índices de perda de camada de fibras nervosas da retina no olho contralateral de pacientes de glaucoma com progressão unilateral. Mas eu não tirava da cabeça minha discussão com Ruth mais cedo. Se eu estava certa, então por que não conseguia parar de repassar as palavras que tinha dito?

— Mas não se traz a questão da raça para um julgamento criminal — digo. — É como uma daquelas regras implícitas, do tipo "Não use luz alta quando há veículos em sentido contrário..." ou "Não seja o babaca que entra com um carrinho cheio na fila para o máximo de doze itens". Mesmo os casos baseados na lei de legítima defesa tentam ficar longe disso, e noventa e nove por cento do tempo é um cara branco da Flórida que ficou com medo de um garoto negro e apertou o gatilho. Eu entendo que Ruth se sente discriminada por seu empregador. Mas nada disso tem a ver com uma acusação de homicídio.

Micah me passa uma bandeja para enxugar.

— Não me entenda mal, amor — diz ele —, mas às vezes, quando você tenta explicar alguma coisa e acha que está sendo sutil, na verdade parece mais uma motoniveladora.

Eu me viro para ele, agitando o pano de prato.

— E se uma das suas pacientes tivesse câncer e você estivesse tentando tratá-la, mas ela ficasse lhe dizendo o tempo todo que também tinha dermatite de contato alérgica. Você não diria a ela que era mais importante se concentrar em se livrar do câncer e *depois* cuidar da dermatite?

Micah reflete sobre isso.

— Bom, eu não sou oncologista. Mas às vezes, quando a gente tem uma coceira, fica coçando direto e nem percebe que está fazendo isso.

Estou totalmente perdida.

— O quê?

— A metáfora foi *sua*.

Suspiro.

— Minha cliente me odeia — digo outra vez.

Nesse momento, o telefone toca. São quase dez e meia da noite, o horário de telefonemas sobre ataques cardíacos e acidentes. Pego o fone com a mão úmida.

— Alô?

— É Kennedy McQuarrie? — troveja uma voz profunda, que eu já ouvi antes, mas não consigo situar.

— Sou eu.

— Excelente! Sra. McQuarrie, aqui é o reverendo Wallace Mercy.

O Wallace Mercy?

Nem percebo que disse isso em voz alta até que ele ri.

— As conversas sobre o meu estrelato são muito exageradas — ele diz. — Estou ligando por causa de uma amiga que temos em comum: Ruth Jefferson.

Imediatamente, entro em modo de bloqueio.

— Reverendo Mercy, não tenho a liberdade de conversar sobre os meus clientes.

— Eu lhe garanto que pode. A Ruth me pediu para atuar como uma espécie de assessor...

Aperto os dentes.

— Minha cliente não assinou nada referente a isso.

— A autorização, claro. Enviei o documento a ela por e-mail uma hora atrás. Vai estar na sua mesa amanhã de manhã.

Que história é essa? Por que Ruth assinaria algo assim sem me consultar? Por que ela nem mencionou que tinha conversado com alguém como Wallace Mercy?

Mas eu já sei a resposta: foi porque eu disse a Ruth que seu caso não tinha nada a ver com discriminação racial. E Wallace Mercy não tem a ver com nada *além* de discriminação racial.

— Escute o que vou lhe dizer — falo, com o coração batendo tão forte que posso ouvir a pulsação em cada palavra. — Conseguir que Ruth Jefferson seja absolvida é *meu* trabalho, não *seu*. Você quer melhorar sua audiência? Não pense que vai obter isso às minhas custas.

Encerro a ligação, pressionando o botão com tanta veemência que o fone voa da minha mão e desliza pelo chão da cozinha. Micah fecha a torneira.

— Que droga esses telefones sem fio — diz ele. — Era muito mais prático na época em que se podia batê-los, não é mesmo? — Ele se aproxima de mim, com as mãos nos bolsos. — Quer me contar o que aconteceu?

— Era Wallace Mercy no telefone. Ruth Jefferson quer que ele a *assessore*.

Micah dá um assobio longo e grave.

— Tem razão — ele diz. — Ela odeia você.

Ruth abre a porta de camisola e roupão.

— Por favor — digo —, só preciso de cinco minutos do seu tempo.

— Não está um pouco tarde?

Não sei se ela está falando sobre o fato de ser quase onze horas da noite ou sobre termos nos despedido em um tom tão hostil de tarde. Decido escolher o primeiro.

— Eu sabia que, se telefonasse, você ia reconhecer meu número e ignorar a ligação.

Ela pensou um pouco.

— Provavelmente.

Eu me enrolo mais em meu blusão. Depois do telefonema de Wallace Mercy, entrei no carro e comecei a dirigir. Nem lembrei de pegar um casaco primeiro. Tudo o que podia pensar era que precisava interceptar Ruth antes que ela mandasse aquele formulário de autorização.

Respiro fundo.

— Não é que eu não me importe com o jeito como você foi tratada. Eu me importo. É que eu sei que ter Wallace Mercy envolvido vai ter um custo para você agora, se não no futuro.

Ruth me vê tremer outra vez.

— Entre — diz ela, depois de um momento.

O sofá já está arrumado com travesseiros, lençóis e um cobertor, então eu me sento à mesa da cozinha na hora em que seu filho aparece na porta do quarto.

— Mãe? O que está acontecendo?

— Está tudo bem, Edison. Vá dormir.

Ele parece ficar na dúvida, mas recua e fecha a porta.

— Ruth — eu peço —, não assine aquela autorização.

Ela se senta à mesa também.

— Ele me prometeu que não iria interferir em nada do que você fizer no tribunal...

— Você vai sabotar a si mesma — digo sem rodeios. — Pense nisto: aglomerações de pessoas furiosas nas ruas, seu rosto na TV todas as noites, especialistas jurídicos esmiuçando seu caso nos programas matinais. Você não vai querer que eles assumam o controle da narrativa desse caso antes que *nós* tenhamos a chance de fazer isso. — Faço um gesto para a porta fechada do quarto de Edison. — E o seu filho? Você está preparada para ele ser arrastado para os olhos do público? Porque isso é o que acontece quando você se torna um símbolo. O mundo fica sabendo tudo sobre você, seu passado e sua família e a crucifica. Seu nome vai ficar tão conhecido quanto o de Trayvon Martin. Você nunca vai ter a sua vida de volta.

Ela me encara.

— Ele também não teve.

A verdade dessa afirmação nos separa como um cânion. Baixo os olhos para esse abismo e vejo todas as razões pelas quais Ruth não deveria fazer isso; ela baixa os olhos e sem dúvida vê todas as razões pelas quais *deveria* fazer.

— Ruth, eu sei que você não tem nenhum motivo para confiar em mim, especialmente pelo jeito que pessoas brancas a trataram recentemente. Mas, se Wallace Mercy assumir o palco, você não vai estar segura. A última coisa que deve querer é que o seu caso seja julgado pela mídia. Por favor, vamos fazer do meu jeito. Dê uma chance. — Hesito. — Eu suplico.

Ela cruza os braços.

— E se eu lhe disser que quero que o júri saiba o que aconteceu comigo? Que eles ouçam o meu lado da história?

Concordo com a cabeça, aceitando o trato.

— Então nós vamos colocar você na frente deles — prometo.

A coisa mais interessante em Jack DeNardi é que ele tem uma bola de elásticos sobre a mesa do tamanho da cabeça de um recém-nascido. Fora isso, ele é exatamente o que se esperaria encontrar trabalhando em um cubículo espremido no escritório do Hospital Mercy West Haven: barrigudo, pele cinzenta, cabelo penteado para disfarçar a careca. Ele faz trabalho burocrático, e a única razão de eu estar aqui é que estou sondando. Quero ver se aparece alguma coisa que eles digam sobre Ruth que possa ajudá-la — ou que possa prejudicá-la.

— Vinte anos — diz Jack DeNardi. — Foi o tempo que ela trabalhou aqui.

— Quantas vezes nesses vinte anos Ruth foi promovida? — pergunto.

— Vamos ver. — Ele examina os arquivos. — Uma.

— Uma vez em vinte anos? — digo, incrédula. — Não parece pouco para você?

Jack encolhe os ombros.

— Eu não tenho autorização para conversar sobre isso.

— Por quê? — pressiono. — Você trabalha em um hospital. Não faz parte do seu trabalho ajudar as pessoas?

— Pacientes — ele esclarece. — Não funcionários.

Eu bufo. As instituições podem esquadrinhar seus funcionários e encontrar e rotular cada falha, mas ninguém jamais volta sua lupa para eles.

Ele olha mais alguns papéis.

— O termo usado em sua avaliação de desempenho mais recente foi *irritadiça*.

Não posso discordar.

— Ruth Jefferson é bem qualificada — ele prossegue. — Mas, pelo que posso deduzir de seu arquivo, ela foi rejeitada para ser promovida porque era vista por seus superiores como um pouco... insolente

Franzo a testa.

— A superior de Ruth, Marie Malone... Há quanto tempo ela trabalha aqui?

Ele pressiona algumas teclas no computador.

— Quase dez anos.

— Então alguém que trabalhava aqui há dez anos dava ordens a *Ruth*, algumas delas bem duvidosas, aliás, e talvez Ruth a questionasse ocasionalmente? Isso a faz parecer insolente... ou apenas assertiva?

Ele olha para mim.

— Eu não saberia dizer.

Eu me levanto.

— Obrigada pelo seu tempo, sr. DeNardi. — Pego meu casaco e pasta e, pouco antes de passar pela porta, eu me viro de novo. — Insolente... ou assertiva. É possível que o adjetivo mude dependendo da cor do funcionário?

— Essa sugestão me ofende, sra. McQuarrie. — Jack DeNardi pressiona os lábios. — O Mercy West Haven não discrimina com base em raça, credo, religião ou orientação sexual.

— Ah, certo, eu entendo — digo. — Foi só um mero acaso que Ruth Jefferson tenha sido a funcionária que vocês escolheram para jogar aos leões.

Enquanto saio do hospital, reflito que nada dessa conversa poderá ser usado ou será usado no tribunal. Nem sei bem o que me levou a virar no último minuto e lançar aquela pergunta final ao funcionário de RH.

A não ser, talvez, que eu esteja sendo influenciada por Ruth.

Naquele fim de semana, uma chuva fria tamborila nas janelas. Violet e eu nos sentamos junto à mesinha de centro para colorir. Violet rabisca pela página, sem se importar com os contornos pré-desenhados de um guaxinim em seu livro de colorir.

— A vovó gosta de pintar dentro das linhas — minha filha me informa. — Ela diz que é o jeito certo.

— Não tem um jeito errado ou certo — digo automaticamente. Aponto para sua explosão de vermelhos e amarelos. — Olha como o seu está bonito.

Quem inventou essa regra, afinal? Por que há linhas, para começar?

Quando Micah e eu fomos para a Austrália em nossa lua de mel, passamos três noites acampando no deserto vermelho no centro do país, onde o solo é rachado como uma garganta seca e o céu noturno parece uma tigela de diamantes que foi entornada. Conhecemos um aborígene que nos mostrou o Emu no Céu, uma constelação perto do Cruzeiro do Sul que não é uma figura formada ponto a ponto, como as nossas constelações, mas pelos espaços entre eles, as nebulosas que giram em espirais no pano de fundo da Via Láctea e formam o longo pescoço e as pernas pendentes da grande ave. No começo, eu não conseguia encontrá-la. Mas, depois que vi uma vez, ela era tudo que eu via.

Quando meu celular começa a tocar e reconheço o número de Ruth, atendo de imediato.

— Está tudo bem? — pergunto.

— Sim. — A voz de Ruth parece tensa. — Eu queria saber se você por acaso tem algum tempo livre esta tarde.

Dou uma olhada para Micah, que entrou na sala. *Ruth*, murmuro.

Ele pega Violet no colo e faz cócegas nela, indicando para mim que posso ter todo o tempo de que precisar.

— Claro — respondo. — É alguma coisa na produção de provas que você quer comentar comigo?

— Não exatamente. Preciso sair para comprar um presente de aniversário para minha mãe. E achei que talvez você quisesse ir comigo.

Eu reconheço um cachimbo da paz quando o vejo.

— Eu gostaria muito — digo.

Enquanto dirijo para a casa de Ruth, penso nas razões que poderiam fazer disso um erro colossal. Quando eu estava começando como defensora pública, gastava meu salário, que mal dava para cobrir o supermercado da semana, com meus clientes quando via que eles precisavam de uma roupa limpa ou uma refeição quente. Levei um tempo para entender que a ajuda que eu lhes dava não podia se estender à minha conta bancária. Ruth, no entanto, parece orgulhosa demais para me arrastar para um shopping e insinuar que precisa de um par de sapatos novos. Acho que talvez ela só queira mesmo aliviar o clima entre nós.

Mas, enquanto seguimos juntas para as compras, só falamos do tempo: quando a chuva vai parar, se pode virar para neve. Depois conversamos sobre onde vamos passar as próximas férias. Por sugestão de Ruth, estaciono perto da loja de departamentos T.J.Maxx.

— Você está procurando alguma coisa em especial? — pergunto.

Ela sacode a cabeça.

— Vou saber quando vir. Há peças de roupa que parecem gritar o nome da minha mãe, geralmente as que são cheias de brilhos. — Ruth sorri. — O jeito que ela se veste para ir à igreja, quem vê acha que ela está indo para um casamento chique. Sempre achei que é porque ela usa uniforme a semana inteira, então talvez seja um modo de se libertar.

— Você foi criada aqui em Connecticut? — indago, enquanto saímos do carro.

— Não. No Harlem. Eu pegava o ônibus para Manhattan todos os dias com a minha mãe quando ela ia para o trabalho e descia na Dalton.

— Você e sua irmã estudaram na Dalton?

— Só eu. A Adisa não era muito... acadêmica. Foi o Wesley que me fez vir morar em Connecticut.

— Como vocês se conheceram?

— Em um hospital — diz Ruth. — Eu era estudante de enfermagem, na ala obstétrica, e havia uma mulher tendo um bebê. O marido dela estava no exército e ela não conseguia entrar em contato com ele. Ela estava tendo gêmeos um mês antes do tempo, apavorada e convencida de que ia ter os bebês sozinha. De repente, quando ela estava no meio do trabalho de parto, um cara entra correndo, usando uniforme do exército. Ele dá uma olhada para ela e cai duro como uma pedra. Como eu era só uma estudante, fiquei com a incumbência de cuidar do homem desmaiado.

— Espera aí — digo. — Então o Wesley era casado quando vocês se conheceram?

— Foi o que eu pensei. Quando ele acordou, começou a me dar cantadas, jogando charme. Eu achei que ele fosse o maior canalha que já tinha me aparecido, flertando enquanto a esposa tinha gêmeos, e disse isso a ele. Mas não eram filhos dele. O pai era o melhor amigo dele, mas estava fora em um treinamento e não conseguiu licença, então o Wesley prometeu ficar no lugar dele e ajudar a mulher até que ele pudesse chegar. — Ruth ri. — Foi quando comecei a achar que talvez ele não fosse o maior canalha do mundo, afinal. Tivemos anos muito bons, Wesley e eu.

— Quando ele morreu?

— Quando o Edison tinha sete anos.

Não posso imaginar perder Micah; não posso imaginar criar Violet sozinha. O que Ruth fez com sua vida, percebo, foi mais corajoso do que qualquer coisa que eu tenha feito.

— Sinto muito.

— Eu também — Ruth suspira. — Mas a gente segue em frente, certo? Porque não tem outra escolha. — Ela olha para mim. — Mamãe me ensinou isso, na verdade. Talvez eu encontre essa frase bordada em uma almofada.

— Com brilhos — digo, e entramos na loja.

Ruth me conta sobre Sam Hallowell, um nome do qual tenho alguma lembrança, e que sua mãe trabalha como empregada naquela casa há quase cinquenta anos. Ela fala de Christina, que lhe deu seu primeiro gole ilícito de conhaque aos doze anos de idade, roubado do armário do pai, e que pagou para passar em trigonometria, comprando as respostas dos testes de um estudante de intercâmbio de Beijing. Ela me conta também que Christina tentou lhe dar dinheiro.

— Ela parece horrível — comento.

Ruth pensa um pouco.

— Não, não é. Isso é só o que ela conhece. Ela nunca aprendeu outro modo de ser.

Andamos pelos corredores, contando histórias sobre nós. Ela confessa que queria ser antropóloga, até que estudou Lucy, a *Australopithecus*: "Quantas mulheres da Etiópia você conhece que se chamam Lucy?" Eu lhe conto que minha bolsa rompeu no meio de um julgamento e o puto do juiz não quis me conceder um adiamento. Ela me conta sobre Adisa, que a convenceu aos cinco anos de idade de que a razão de Ruth ser tão clara em comparação com ela era que estava se transformando em um fantasma, que tinha nascido preta como uma amora, mas estava desaparecendo pouco a pouco. Eu conto da cliente que se escondeu em meu porão por três semanas porque tinha certeza de que o marido ia matá-la. Ela me fala de um homem que, no meio do trabalho de parto, disse à namorada que ela precisava se depilar. Confesso que não vejo meu pai, que está em uma instituição para doentes de Alzheimer, há mais de um ano, porque na última vez fiquei tão triste que não consegui parar de pensar na visita por meses. Ruth admite que andar pela área em que Adisa mora lhe dá medo.

Estou morrendo de fome, então pego um pacote de pipoca caramelizada em uma prateleira e o abro enquanto conversamos. Ruth olha espantada para mim.

— O que está fazendo?

— Comendo — digo, com a boca cheia de pipoca. — Pegue um pouco. Eu adoro isto.

— Mas você ainda não pagou.

Eu a encaro como se ela estivesse louca.

— Eu *vou* pagar, claro, quando nós passarmos no caixa na saída. Qual é o problema?

— É que...

Mas, antes que ela possa responder, somos interrompidas por uma funcionária.

— Posso ajudar? — ela pergunta, olhando diretamente para Ruth.

— Só estamos olhando — Ruth diz.

A mulher sorri, mas não vai embora. Ela nos segue de longe, como um brinquedo de criança sendo puxado pela cordinha. Ruth não percebe, ou escolhe não perceber. Sugiro luvas, ou um belo cachecol, mas ela diz que sua mãe tem um cachecol da sorte que usa desde sempre e que nunca trocaria. Ruth continua conversando até chegarmos à seção de DVDs com desconto.

— Isso pode ser divertido. Eu podia pegar algumas das séries favoritas dela, embrulhar com um pacote de pipoca de micro-ondas e dizer que é uma noite no cinema. — Ela começa a procurar na infinidade de DVDs: *Uma galera do barulho. Três é demais. Buffy, a caça-vampiros.*

— *Dawson's Creek* — digo. — Nossa, isso me faz voltar no tempo. Eu tinha certeza de que ia crescer e me casar com Pacey.

— Pacey? Que nome esquisito.

— Você nunca assistiu?

Ruth sacode a cabeça.

— Tenho uns dez anos a mais que você. E, se a gente pode chamar uma série de "programa de meninas brancas", é essa.

Encontro mais no fundo uma temporada do *Cosby Show*. Penso em mostrar para Ruth, mas mudo de ideia e o escondo sob uma caixa de *Arquivo X*, porque e se ela achar que a única razão de eu ter pegado isso é a cor da pele dos atores? Mas Ruth vê e pega a caixa da minha mão.

— Você via isso quando passava na TV?

— Claro. Todo mundo via, não é? — digo.

— Acho que essa era a questão. Se você faz com que a família mais funcional na TV seja negra, talvez os brancos não fiquem tão aterrorizados.

— Não sei se eu usaria as palavras Cosby e *funcional* na mesma frase atualmente — comento, enquanto a funcionária da T.J.Maxx se aproxima de nós outra vez.

— Tudo certo?

— *Tudo* — digo, incomodada. — Nós avisamos se precisarmos de ajuda.

Ruth se decide por *Plantão médico*, porque sua mãe era apaixonada pelo George Clooney, e luvas com pelo de coelho de verdade costurado nas bordas. Pego dois pijamas para Violet e um pacote de camisetas regata para Micah. Quando caminhamos para o caixa, o gerente nos segue. Pago primeiro, dando meu cartão de crédito para a operadora, depois espero Ruth pagar.

— A senhora tem um documento de identidade? — a caixa pergunta. Ruth lhe dá sua carta de motorista e o cartão da Seguridade Social. A caixa olha para ela, confere a foto no documento, depois passa as compras.

Quando estamos saindo da loja, um segurança nos para.

— Senhora — diz ele para Ruth —, posso ver a nota fiscal?

Começo a procurar na bolsa para poder mostrar a minha, mas ele me manda passar.

— Pode ir — diz sem nem me olhar muito e volta a atenção para Ruth. Ele confere o conteúdo da sacola dela com o que foi pago na nota.

Então percebo que Ruth não quis que eu viesse aqui com ela porque precisava de ajuda para escolher um presente para a mãe.

Ruth quis que eu viesse aqui para entender o que é ser ela.

O gerente por perto, para o caso de tentativa de furto.

A cautela da caixa.

O fato de que havia uma dúzia de pessoas saindo da T.J.Maxx ao mesmo tempo, mas Ruth foi a única que teve a sacola conferida.

Sinto o rosto esquentar, constrangida por Ruth, constrangida porque eu não percebi o que estava acontecendo mesmo enquanto via acontecer. Quando o segurança devolve a sacola de Ruth, saímos da loja e corremos pela chuva até o meu carro.

Entramos ofegantes e ensopadas. A chuva é uma barreira entre nós e o mundo.

— Eu entendi — digo.

Ruth olha para mim.

— Você ainda nem *começou* a entender — ela responde, sem ser indelicada.

— Mas você não disse nada — comento. — Você se acostumou com isso?

— Não imagino que seja possível se acostumar com isso. Mas a gente aprende a conviver.

Escuto suas palavras sobre Christina ecoando em minha cabeça: *Ela nunca aprendeu outro modo de ser.*

Nossos olhares se encontram.

— Quer uma confissão verdadeira? A pior nota que tive na faculdade foi em um curso de história negra. Eu era a única aluna branca na classe. Fui bem nos exames, mas metade da nota era participação, e eu nunca abri a boca durante todo o semestre, nem uma vez. Achei que, se falasse, ia dizer a coisa errada, ou algo idiota que me fizesse parecer preconceituosa. Mas depois me preocupei que todos os outros alunos podiam pensar que eu não estava nem aí para o assunto, porque nunca contribuía para a discussão.

Ruth fica quieta por um momento.

— Confissão verdadeira? A razão de não falarmos sobre raça é que não falamos a mesma língua.

Ficamos sentadas por alguns instantes, ouvindo a chuva.

— Confissão verdadeira? Eu nunca gostei muito do *Cosby Show*.

— Confissão verdadeira? — Ruth sorri. — Nem eu.

Durante o mês de dezembro, redobro meus esforços para não perder o pique. Examino as provas produzidas, escrevo petições pré-julgamento e adianto os outros trinta casos que rivalizam com o de Ruth por um momento de minha atenção. Depois do almoço, tenho que tomar o depoimento de uma garota de vinte e três anos que foi espancada pelo namorado quando ele descobriu que ela estava dormindo com o irmão dele. Mas a testemunha se atrasa por causa de um incidente de trânsito no caminho e temos que remarcar, o que me deixa com duas horas livres. Olho para as montanhas de papéis que cercam minha mesa e tomo uma decisão súbita. Espio por cima da divisória de meu cubículo, na direção onde Howard está sentado.

— Se alguém perguntar — digo a ele —, fale que eu tive que sair para comprar absorvente.

— Ei, sério?

— Não. Mas assim eles vão ficar constrangidos, e é bem feito por virem conferir o que estou fazendo.

Está mais quente do que seria de esperar para a estação, quase dez graus. Eu sei que, quando o tempo está bom, minha mãe geralmente pega Violet na escola e caminha com ela para o parquinho. Elas fazem um lanchinho — maçãs e castanhas —, depois Violet brinca no trepa-trepa antes de irem para casa. Claro que Violet está pendurada de cabeça para baixo nas barras, com a saia caída sobre o queixo, quando me vê.

— Mamãe! — ela grita e, com uma graça e elasticidade que devem ter vindo dos genes de Micah, gira para o chão e corre para mim.

Quando eu a levanto nos braços, minha mãe me olha do banco.

— Você foi demitida? — ela me pergunta.

Franzo a testa.

— Essa é mesmo a primeira coisa que lhe vem à cabeça?

— Bom, na última vez que você fez uma visita inesperada no meio do dia, acho que o pai do Micah estava morrendo.

— Mamãe — Violet me diz —, eu fiz um presente de Natal na escola e é um colar que os passarinhos podem comer. — Ela se agita em meu abraço, então eu a ponho no chão e ela corre imediatamente de volta para o brinquedo.

Minha mãe bate no banco ao seu lado. Ela está toda enrolada, apesar da temperatura não tão baixa, tem um e-reader no colo e um pequeno pote de plástico ao lado com fatias de maçã e castanhas diversas.

— Então — diz ela —, se você não perdeu o emprego, a que devemos esta surpresa tão excelente?

— Um acidente de carro. Não meu. — Enfio um punhado de castanhas na boca. — O que você está lendo?

— Meu bem, eu nunca leria enquanto a minha netinha está no trepa-trepa. Não tiro os olhos dela.

Balanço a cabeça.

— O que você está lendo?

— Não lembro o nome. Algo sobre uma duquesa com câncer e o vampiro que se oferece para torná-la imortal. Parece que é um gênero chamado "sick lit" — diz minha mãe. — É para o clube de leitura.

— Quem escolheu?

— Não fui eu. Não escolho os livros. Eu escolho o vinho.

— O último livro que eu li foi *Todo mundo faz cocô* — comento —, então acho que não estou em posição de julgar ninguém.

Eu me recosto e levanto o rosto para o sol de fim de tarde. Minha mãe dá uma batidinha em seu colo e eu me deito no banco. Ela brinca com meus cabelos como costumava fazer quando eu tinha a idade de Violet.

— Sabe a coisa mais difícil de ser mãe? — digo, pensativa. — É que não se tem mais tempo para ser criança.

— Não se tem mais tempo, ponto — minha mãe responde. — E, antes que você se dê conta, a sua filhinha já está fora de casa salvando o mundo.

— Neste momento, ela só está enchendo a barriga — digo, estendendo a mão para pegar mais castanhas. Enfio uma na boca e cuspo de volta quase imediatamente. — *Argh*, eu detesto castanha-do-pará.

— É esse o nome? — minha mãe diz. — Tem gosto de pé. É o filho bastardo no pacote de mix de castanhas. Ninguém gosta.

De repente, eu me lembro de ter mais ou menos a idade de Violet e ir à casa da minha avó para o jantar de Ação de Graças. O lugar ficava lotado de tios e primos. Eu adorava a torta de batata-doce que ela fazia e as toalhinhas de crochê na mobília, todas diferentes umas das outras, como flocos de neve. Mas fazia o possível para evitar o tio Leon, irmão do meu avô, o parente que falava alto demais, bebia demais e sempre parecia errar e beijar você nos lábios quando mirava seu rosto. Minha avó costumava servir uma grande vasilha de castanhas como aperitivo e o tio Leon operava o quebra-nozes, descascando-as e passando-as para as crianças: nozes, avelãs e pecãs, castanhas de caju, amêndoas e castanhas-do-pará. Só que ele nunca as chamava de castanhas-do-pará. Levantava uma delas, marrom, alongada e enrugada, e dizia: "Pés de preto à venda. Quem quer um pé de preto?"

— Você lembra do tio Leon? — pergunto de repente, sentando. — De como ele chamava as castanhas-do-pará?

Minha mãe suspira.

— Sim. O tio Leon era uma figura.

Eu nem sabia na época que isso era ofensivo. Só ria, como todo mundo.

— Por que ninguém nunca disse nada? Por que não pediam para ele parar?

Ela olha para mim, impaciente.

— Ninguém achava que o Leon pudesse mudar.

— Não enquanto ele tivesse público — argumento. Faço um gesto para o tanque de areia, onde Violet está ao lado de uma menininha negra, mexendo na areia com um graveto. — E se ela repetisse o que o Leon costumava dizer porque não tem ideia do que significa? Como você acha que isso seria recebido?

— Naquela época, a Carolina do Norte não era como aqui — diz minha mãe.

— Talvez não fosse assim se pessoas como você tivessem parado de arranjar desculpas.

Eu me sinto mal assim que as palavras saem de minha boca, porque sei que estou censurando minha mãe quando, na verdade, queria criticar a mim mesma. Juridicamente, ainda sei que o curso de ação mais sensato para Ruth é evitar qualquer discussão de raça, mas, moralmente, estou tendo muita dificuldade para conciliar isso. E se a razão de eu ter sido tão rápida para descartar os elementos raciais no caso de Ruth não for porque nosso sistema jurídico não consegue suportar essa carga, mas porque eu nasci em uma família em que piadas com negros eram uma tradição tão habitual em festas quanto as porcelanas e o recheio do peru? Minha própria mãe cresceu com alguém como a mãe de Ruth na casa, cozinhando, limpando, caminhando com ela para a escola, levando-a a parquinhos como este.

Minha mãe fica quieta por tanto tempo que sei que a ofendi.

— Em 1954, quando eu tinha nove anos, um tribunal determinou que cinco crianças negras fossem para a minha escola. Lembro de um menino na minha classe que dizia que eles tinham chifres escondidos nos cabelos armados. E da professora, que nos alertou para termos cuidado para eles não roubarem o nosso dinheiro do almoço. — Ela vira para mim. — Na noite antes de elas começarem na escola, meu pai fez uma reunião. O tio Leon estava lá. As pessoas falaram que as crianças brancas iam sofrer bullying e que haveria problemas de disputa de controle na classe, porque aqueles alunos novos não sabiam se comportar. O tio Leon estava tão furioso que ficou com o rosto vermelho e suado. Ele disse que não queria que a filha dele fosse uma cobaia. Eles planejaram fazer um piquete na frente da escola no dia seguinte, mesmo sabendo que a polícia estaria lá para garantir que as crianças negras pudessem entrar. Meu pai jurou que nunca mais venderia nenhum carro para o juiz Hawthorne.

Ela começa a recolher as castanhas e as fatias de maçã.

— A Beattie, nossa empregada, também estava lá nessa noite. Servindo limonada e bolo que ela havia feito à tarde. No meio da reunião, fiquei entediada e fui para a cozinha, e a encontrei chorando. Eu nunca tinha visto a Beattie chorar. Ela me disse que o filho dela era uma daquelas cinco crianças que iam estudar lá. — Minha mãe sacode a cabeça. — Eu nem sabia que a Beattie tinha filho. Ela estava com a minha família desde antes de eu saber andar ou falar e nunca nem passou pela minha cabeça que ela poderia ter mais alguém além de nós.

— O que aconteceu? — pergunto.

— As crianças foram para a escola. A polícia entrou com elas. Outros alunos as chamaram de nomes horríveis. Um menino levou uma cusparada. Lembro dele passando por mim com o cuspe escorrendo para dentro do colarinho branco e imaginei se seria o filho da Beattie. — Ela encolhe os ombros. — Depois, foram aparecendo mais deles. Ficavam entre eles, comiam juntos no almoço e brincavam juntos no recreio. E nós ficávamos entre nós. Não posso dizer que aquilo funcionou muito bem como uma iniciativa de dessegregação.

Minha mãe faz um sinal com a cabeça na direção de Violet e sua amiguinha, que espalham grama sobre seus bolos de barro.

— Isso vem acontecendo há muito mais tempo do que você ou eu, Kennedy. Da sua perspectiva, parece que ainda temos muita distância a percorrer. Mas da minha? — Ela sorri na direção das meninas. — Eu olho para isso e acho que me surpreendo com o tanto que já percorremos.

Depois do Natal e do Ano-Novo, eu me vejo fazendo o trabalho de dois defensores públicos, literalmente, porque Ed está de férias com a família em Cozumel. Estou no tribunal para representar um dos clientes dele, que violou uma medida cautelar de afastamento, então decido dar uma olhada na súmula para ver qual juiz foi designado para o caso de Ruth. Um passatempo típico de advogados é registrar os detalhes da vida pessoal dos juízes: com quem eles se casam, se são ricos, se vão à igreja todo fim de semana ou só em feriados de alta visibilidade, se são burros como uma porta, se gostam de musicais, se saem para beber com advogados quando estão fora do horário de trabalho. Registramos esses fatos e boatos como esquilos que armazenam nozes para o inverno, e, quando vemos quem está designado para o nosso caso, podemos recuperar os detalhes e deduzir se temos alguma possibilidade de ganhar.

Quando vejo quem é, minha respiração fica presa na garganta.

O juiz Thunder faz por merecer seu nome de trovão. Ele é um juiz duro e prejulga os casos, e, se você for condenado, vai cumprir uma pena muito, muito longa. Sei disso não por ouvir dizer, mas por experiência pessoal.

Antes de eu ser defensora pública, quando trabalhava para um juiz federal, um dos meus colegas se viu enrolado com um problema ético envolvendo conflito de interesses com seu emprego anterior em uma firma de advocacia. Eu era parte da equipe que o representava, e, depois de anos construindo o caso, fomos a julgamento diante do juiz Thunder. Ele detestava qualquer tipo de circo midiático, e o fato de o funcionário de um juiz federal ter sido pego em uma violação ética havia transformado nosso julgamento exatamente nisso. Embora tivéssemos um caso bem sólido, Thunder quis estabelecer um precedente para outros advogados, e meu colega foi condenado e sentenciado a seis anos de prisão. Como se isso já não fosse suficientemente chocante, o juiz se virou para todos nós que estivemos em sua equipe de defesa. "Vocês deviam se envergonhar. O sr. Dennehy enganou todo mundo", nos repreendeu o juiz Thunder. "Mas não enganou este tribunal." Para mim, aquilo foi a gota-d'água. Eu estava estressada, trabalhando havia quase uma semana sem dormir. Estava doente, tomando remédio para gripe e doses pesadas de prednisona, esgotada e desanimada após perder o caso — então talvez eu não tenha sido tão cortês e lúcida quanto poderia ter sido naquele momento.

Eu talvez tenha dito ao juiz Thunder para ele chupar meu pau.

O que se seguiu foi uma reunião no gabinete do juiz em que implorei para não ter minha licença cassada e garanti que eu realmente não tinha nenhuma genitália masculina e que na verdade havia dito "Sensacional!", por ter ficado tão impressionada com sua atuação.

Tive dois casos diante do juiz Thunder desde então. Perdi os dois.

Resolvi não contar a Ruth sobre o meu histórico com o juiz. Talvez houvesse alguma magia ligada à terceira vez.

Aboto o casaco, me preparando para sair do tribunal, enquanto digo a mim mesma palavras de estímulo. Não vou deixar que um pequeno contratempo como esse afete todo o meu caso, não agora quando teremos a seleção dos jurados no próximo mês.

Quando saio do prédio, ouço o som de música gospel.

No parque em frente, há um mar de pessoas negras. Elas estão de braços dados. Suas vozes se harmonizam e enchem o céu: *Vamos vencer*. Carregam cartazes com o nome e a fotografia de Ruth.

Na frente e no centro, está Wallace Mercy, cantando a plenos pulmões. E, ao lado dele, de braços dados, está a irmã de Ruth, Adisa.

RUTH

Estou trabalhando no caixa, quase no fim do turno, que é quando meus pés doem e minhas costas ardem. Embora eu tenha feito tantas horas extras quanto pude, foi um Natal magro e triste, e Edison passou boa parte do tempo carrancudo e de mau humor. Ele está de volta à escola há uma semana, mas houve uma mudança imensa nele. Mal fala comigo, grunhindo respostas às minhas perguntas, beirando a grosseria até eu chamar sua atenção; parou de fazer a lição de casa na mesa da cozinha e, em vez disso, desaparece em seu quarto e ouve Drake e Kendrick Lamar no último volume; seu celular vibra constantemente com mensagens de texto, e, quando eu lhe pergunto quem precisa dele com tanta frequência, ele diz que não é ninguém que eu conheça. Não recebi mais telefonemas do diretor nem e-mails dos professores me dizendo que ele não faz suas tarefas, mas isso não quer dizer que eu não os esteja prevendo.

E então, o que eu vou fazer? Como posso incentivar meu filho a ser melhor do que a maioria das pessoas espera que ele seja? Como posso dizer, de cara limpa, "Você pode ser tudo o que quiser neste mundo", quando eu mesma me esforcei e me destaquei e mesmo assim acabei sendo julgada por algo que não fiz? Toda vez que Edison e eu chegamos a isso nos últimos tempos, posso ver o desafio nos olhos dele: *Quero ver você falar agora. Fale que ainda acredita nessa mentira.*

As aulas acabaram; sei disso por causa do fluxo de adolescentes que entram na loja como se fosse feriado, enchendo o espaço com risadas alegres e brincadeiras. Inevitavelmente eles conhecem alguém que trabalha na cozinha e chamam, implorando por McNuggets ou um sundae grátis. Geralmente não me incomodam; prefiro estar muito ocupada a ficar sem nada para fazer. Mas, hoje, uma menina vem até mim, com o rabo de cavalo loiro balançando e o celular na mão, enquanto suas amigas se aglomeram em volta para ler uma mensagem de texto que acabou de chegar.

— Bem-vinda ao McDonald's — digo. — O que vai querer?

Há uma fila de pessoas atrás, mas ela olha para as amigas.

— O que eu respondo para ele?

— Que você não pode conversar porque está saindo com outra pessoa — uma das meninas sugere.

Outra garota sacode a cabeça.

— Não, não escreva nada. Deixe ele esperando.

Assim como os clientes atrás dela na fila, estou começando a me irritar.

— Com licença — tento de novo, colando um sorriso no rosto. — Posso anotar seu pedido?

Ela levanta os olhos. O blush em suas faces tem brilho; isso a faz parecer terrivelmente nova, o que com certeza não é sua intenção.

— Você tem cebola empanada?

— Não, isso é no Burger King. O nosso cardápio está ali. — Aponto para cima. — Se ainda não tiver decidido, pode dar um passinho para o lado?

Ela olha para as amigas e suas sobrancelhas sobem até o alto da testa, como se eu tivesse dito algo ofensivo.

— Relaxa, irmã...

Congelo. Essa menina não é negra. Ela é o mais longe de negra que poderia ser. Por que está falando comigo desse jeito?

Sua amiga passa na frente e pede fritas grandes; a outra amiga pede uma Coca diet e um wrap. A garota pede um McLanche Feliz, e, enquanto enfio os itens na caixa com irritação, não posso deixar de notar a ironia.

Três clientes depois, ainda estou observando a garota pelo canto do olho enquanto ela come seu cheeseburger.

Eu me viro para o funcionário de apoio que está trabalhando no caixa comigo.

— Volto já.

Caminho até a área de refeições, onde a menina ainda está monopolizando a atenção das amigas.

— ... e então eu disse, bem na cara dela: "Quem pôs fogo no seu tampão?"

— Com licença — interrompo. — Não gostei do jeito como você falou comigo no balcão.

Ela fica muito vermelha.

— Opa, tudo bem. Desculpa — diz, mas seus lábios se movem em um meio riso.

Meu chefe de repente está de pé ao meu lado. Jeff era um gerente de nível médio em uma fábrica de rolamentos que foi cortado quando a economia desabou, e gerencia o restaurante como se fornecêssemos segredos de Estado e não batatas fritas.

— Ruth? Algum problema?

Há *tantos* problemas. Desde o fato de que eu não sou *irmã* dessa garota até o fato de que ela nem vai se lembrar desta conversa daqui a uma hora. Mas, se eu escolher este momento específico para afirmar minha posição, vou pagar um preço.

— Não, nenhum — digo a Jeff e, em silêncio, volto para o caixa.

Meu dia só piora quando saio do trabalho e vejo seis chamadas perdidas de Kennedy. Ligo imediatamente de volta para ela.

— Achei que você tivesse concordado que trabalhar com Wallace Mercy era uma ideia ruim — ela dispara, sem nem sequer dizer "alô".

— O quê? Eu concordei. Eu *concordo*.

— Quer dizer que você não tinha ideia de que ele ia liderar uma marcha em sua defesa hoje na frente do tribunal?

Paro de andar e deixo o tráfego de pedestres se desviar em volta de mim.

— Você não pode estar falando sério. Kennedy, eu *não* falei com o Wallace.

— A sua irmã estava do lado dele.

Bem, mistério resolvido.

— A Adisa tem uma tendência a fazer o que lhe dá na telha.

— Você não tem como controlar a sua irmã?

— Tenho tentado há quarenta e quatro anos, mas ainda não deu certo.

— Tente com mais empenho — Kennedy me diz.

E é por isso que acabo pegando o ônibus para o apartamento da minha irmã em vez de ir direto para casa. Quando Donté abre a porta para mim, Adisa está sentada no sofá jogando Candy Crush no celular, embora seja quase hora do jantar.

— Quem é vivo sempre aparece! — ela exclama. — Por onde você andou?

— Está uma loucura desde o Ano-Novo. Entre o trabalho e as preparações para o julgamento, não tive um momento livre.

— Eu passei lá outro dia. O Edison falou para você?

Chuto os pés dela para fora do sofá para ter espaço para sentar.

— Você foi para me contar que o seu novo melhor amigo é Wallace Mercy?

Os olhos de Adisa se acendem.

— Você me viu no noticiário hoje? Só apareceu meu cotovelo e até aqui no meu pescoço, mas dá para saber que sou eu pelo casaco. Eu usei aquele com gola de oncinha...

— Quero que você pare — interrompo. — Eu não preciso de Wallace Mercy.

— A sua advogada branca lhe disse isso?

— Adisa — suspiro —, eu nunca quis ser um símbolo para a causa de ninguém.

— Você nem deu uma chance para o reverendo Mercy. Sabe quantos de nós já tiveram experiências como a sua? Quantas vezes ouviram um "não" por causa da cor da pele? Isso é maior do que apenas a sua história, e, se algum bem puder resultar do que aconteceu com você, por que não deixar que isso aconteça? — Adisa endireita o corpo. — Tudo que ele quer é uma chance de conversar conosco, Ruth. Em rede nacional.

Sininhos de alerta soam em minha cabeça.

— *Conosco* — repito.

Adisa desvia o olhar.

— Bem — ela admite —, eu sugeri que talvez conseguisse fazer você mudar de ideia.

— Então isso nem tem a ver com me ajudar a seguir em frente. Tem a ver com *você* ganhar reconhecimento. Meu Deus, Adisa. Isso é descer baixo demais, mesmo para você.

— O que você está dizendo? — Ela se levanta e olha para mim com as mãos nos quadris. — Você acha mesmo que eu usaria a minha irmãzinha assim?

Eu a desafio.

— Depois de tudo isso você ainda vai querer que eu acredite?

Antes que ela possa responder, ouve-se um estrondo quando uma porta abre com força e colide com a parede. Tabari sai de um dos quartos com um amigo.

— Você roubou esse boné de um caminhoneiro? — Ele ri. Eles estão animados, falando alto, com a calça tão baixa que nem sei por que se dão o trabalho de usá-la. Só o que posso pensar é que eu nunca deixaria Edison sair de casa assim, como se estivesse querendo intimidar.

Então o amigo de Tabari se vira e eu percebo que é meu filho.

— Edison?

— Não é bom? — diz Adisa, sorrindo. — Os primos sendo amigos?

— O que você está fazendo aqui? — pergunta Edison, em um tom que não me deixa dúvidas de que não sou uma surpresa agradável.

— Você não tem lição para fazer?

— Já fiz.

— Inscrições para faculdades?

Ele olha para mim, apertando os olhos.

— Tá limpo até a próxima semana.

Tá limpo?

— Qual é o problema? — ele indaga. — Você vive me dizendo como é importante a *família*. — Ele diz essa palavra como se fosse um palavrão.

— Para onde você e o Tabari estão indo?

Tabari me olha.

— Para o cinema, tia — ele responde.
— Cinema. — *Sei*, penso. — Que filme vocês vão ver?
Ele e Edison se entreolham e começam a rir.
— A gente vai escolher quando chegar lá — Tabari diz.
Adisa se aproxima de braços cruzados.
— Você tem algum problema com isso, Ruth?
— Sim. Eu tenho — estouro. — Porque acho mais provável que o seu filho esteja levando o Edison até a quadra de basquete para fumar maconha do que para ver o próximo indicado ao Oscar.
Minha irmã fica boquiaberta.
— Está julgando a minha família quando é *você* que vai ser julgada por homicídio?
Seguro o braço de Edison.
— Você vem comigo — anuncio, depois viro para Adisa. — Divirta-se na sua entrevista com Wallace Mercy. Só não se esqueça de dizer a ele, e ao público de adoradores, que você e a sua irmã não estão mais se falando.
Com isso, arrasto meu filho para fora da casa dela. Arranco aquele boné da cabeça dele quando descemos as escadas e o mando puxar a calça para cima. Estamos a meio caminho do ponto de ônibus quando ele abre a boca.
— Desculpa — Edison começa.
— É bom mesmo se desculpar — respondo, virando para ele. — Você perdeu o juízo? Eu não te criei para ser assim.
— O Tabari não é tão ruim quanto os amigos dele.
Recomeço a andar e não olho para trás.
— O Tabari não é meu filho — digo.

Quando eu estava grávida de Edison, tudo que eu sabia era que não queria que minha experiência de dar à luz fosse como as de Adisa, que afirmava nem ter percebido que estava grávida por seis meses no primeiro bebê e que praticamente teve o segundo dentro do metrô. Eu queria o melhor acompanhamento que pudesse ter, os melhores médicos. Como Wesley estava fora a serviço, foi minha mãe que me acompanhou no parto. Quando chegou a hora, pegamos um táxi para o Mercy West Haven, porque minha mãe não dirige e eu não estava em condições de dirigir. Eu havia planejado um parto normal, porque, como enfermeira obstetra, tinha imaginado esse momento em minha cabeça um milhão de vezes, mas, como pode acontecer com qualquer plano cuidadoso, essa não foi uma opção para mim. Enquanto eu era transportada para o centro cirúrgico para uma cesariana, minha mãe cantava hinos batistas, e, quando voltei da anestesia depois do procedimento, ela estava segurando meu filho.

— Ruth — ela me disse, com os olhos tão cheios de orgulho que eram de uma cor que eu nunca tinha visto. — Ruth, olhe o que Deus fez para você.

Ela estendeu o bebê para mim, e eu percebi de repente que, embora tivesse planejado meu primeiro parto minuto a minuto, não havia organizado um único segundo do que viria depois. Não tinha ideia de como era ser mãe. Meu filho estava rígido em meus braços e, então, abriu a boca e começou a chorar, como se este mundo fosse uma afronta para ele.

Em pânico, olhei para minha mãe. Eu era uma aluna que só tirava notas máximas; meu desempenho em tudo era sempre excelente. Nunca havia imaginado que aquilo, o mais natural de todos os relacionamentos, ia me fazer sentir tão incompetente. Balancei o bebê nos braços, mas isso só o fez chorar mais alto. Seus pés chutavam como se ele estivesse pedalando uma bicicleta imaginária; seus braços se agitavam no ar, cada dedinho flexionado e duro. Seus gritos foram ficando cada vez piores, um fio irregular de irritação pontuado pelos pequenos nós de seus soluços. As faces estavam vermelhas com o esforço, enquanto ele tentava me dizer algo que eu não estava equipada para entender.

— Mãe? — implorei. — O que eu faço?

Estendi os braços para ela, na esperança de que ela o pegasse e o acalmasse. Mas ela só sacudiu a cabeça.

— Diga a ele quem você é — ela instruiu e deu um passo para trás, como para me lembrar de que eu estava nisso por minha conta.

Então baixei o rosto perto do dele. Pressionei-o contra meu coração, onde ele havia estado por tantos meses.

— Seu nome é Edison Wesley Jefferson — sussurrei. — Eu sou sua mamãe e vou lhe dar a melhor vida que eu puder.

Edison piscou. Ele olhou para mim com seus olhos escuros, como se eu fosse uma sombra que ele tivesse que distinguir do resto daquele mundo novo e estranho. Seus gritos deram duas brecadas, como um trem saindo dos trilhos, e terminaram em silêncio.

Pude identificar o minuto exato em que meu filho relaxou em seu novo ambiente. Sei desse detalhe porque foi o momento em que eu relaxei também.

— Viu? — falou minha mãe, de algum lugar atrás de mim, algum lugar fora do círculo de apenas nós dois. — Eu te disse.

Kennedy e eu nos encontramos a cada duas semanas, mesmo que não haja nenhuma informação nova. Às vezes ela me manda uma mensagem de texto ou passa pelo McDonald's para dar um "oi". Em uma dessas visitas, ela convida a mim e Edison para irmos jantar na casa dela.

Antes de ir para a casa de Kennedy, troco de roupa três vezes. Por fim, Edison bate na porta do banheiro.

— Nós vamos à casa da sua advogada ou a um encontro com a rainha?

Ele está certo. Não sei por que estou nervosa. Exceto que tenho a sensação de que isso ultrapassa os limites. Uma coisa é ela vir aqui para examinar informações sobre o meu caso, mas essa visita não tem nenhum trabalho associado. O convite foi mais como… uma visita social.

Edison está vestindo camisa social e calça cáqui e recebeu a advertência, sob risco de pena de morte, de que deve se comportar como o cavalheiro que eu sei que ele é ou acabo com ele em casa. Quando tocamos a campainha, o marido — Micah é o nome dele — atende, com uma menininha presa sob o braço como uma boneca de pano.

— Você deve ser a Ruth — diz ele, pegando o buquê de flores que lhe ofereço e apertando com cordialidade minha mão trêmula, depois a de Edison. Ele vira para um lado, depois para o outro. — Minha filha, Violet, está por aqui em algum lugar… Eu sei que ela queria dizer "oi".
— Enquanto ele vira, a menininha gira junto, seus cabelos voando, suas risadas caindo sobre meus pés como bolhas.

Ela desliza do braço do pai e eu me ajoelho no chão. Violet McQuarrie parece uma versão em miniatura da mãe, vestida com uma fantasia da princesa Tiana. Mostro a ela um jarro de vidro cheio de pequenas luzinhas brancas e, quando aciono o botão, ele se ilumina.

— Isto é para você — digo. — É um jarro de fadas.

Ela arregala os olhos.

— Uau! — Violet exclama, antes de pegar o jarro e sair correndo.

Eu me levanto.

— Também serve como um excelente abajur noturno — digo a Micah enquanto Kennedy vem da cozinha, usando jeans, blusão e um avental.

— Você veio! — ela diz, sorrindo. Tem molho de espaguete no queixo.

— Claro — respondo. — Devo ter passado na frente da sua casa uma centena de vezes. Só não sabia que era sua casa.

E ainda não saberia, se não tivesse sido denunciada por homicídio. Eu sei que ela também está pensando isso, mas Micah salva o momento.

— Um drinque? O que você prefere, Ruth? Temos vinho, cerveja, gin e tônica...

— Vinho, por favor.

Nós nos sentamos na sala de estar. Há uma bandeja de queijos sobre a mesinha de centro.

— Olhe ali — Edison murmura para mim. — Um cesto cheio de torradinhas.

Eu lhe lanço um olhar que poderia fazer um passarinho cair do céu.

— Foi gentileza vocês nos convidarem — digo educadamente.

— Não me agradeça ainda — Kennedy responde. — Jantar com uma criança de quatro anos não é exatamente uma experiência gourmet. — Ela sorri para Violet, que está colorindo do outro lado da mesinha de centro. — Nem preciso dizer que não fazemos muitos jantares por aqui.

— Eu me lembro de quando o Edison tinha essa idade. Nós comemos uma variação de macarrão com queijo todas as noites durante um ano inteiro.

Micah cruza as pernas.

— Edison, a minha mulher me contou que você é um ótimo aluno.

Sim. Porque eu não mencionei para Kennedy que ele foi suspenso recentemente.

— Obrigado — Edison responde. — Estou me inscrevendo para as faculdades.

— Ah, é? Muito bom. O que você quer estudar?

— História, talvez. Ou política.

Micah balança a cabeça, interessado.

— Você é um grande fã do Obama?

Por que as pessoas brancas sempre pressupõem isso?

— Eu era bem novo quando ele concorreu — diz Edison. — Mas saí com a minha mãe fazendo campanha para a Hillary, quando ela estava disputando contra ele. Acho que, por causa do meu pai, sou sensível a questões militares, e a posição dela sobre a Guerra do Iraque fazia mais sentido para mim. Ela era declaradamente a favor da invasão, e Obama se opôs desde o início.

Fico inchada de orgulho.

— Quem sabe um dia vamos ver o seu nome em uma cédula — diz Micah, impressionado.

Violet, claramente entediada com a conversa, passa por cima das minhas pernas e dá um giz de cera para Edison.

— Quer colorir? — ela pergunta.

— Hum, tá bom — responde Edison. Ele se ajoelha no chão, lado a lado com a menina de Kennedy, para alcançar o livro e começa a pintar o vestido de Cinderela de verde.

— Não — Violet o interrompe, como uma pequena déspota. — Tem que ser *azul*. — Ela aponta para o vestido, meio escondido sob a mão grande de Edison.

— Violet — diz Kennedy —, nós deixamos nossos convidados fazerem suas próprias escolhas, lembra?

— Tudo bem, sra. McQuarrie. Não quero irritar a Cinderela — responde Edison.

A menininha lhe entrega orgulhosamente o giz de cera certo, **azul**. Edison inclina a cabeça e começa a pintar outra vez.

— Na semana que vem você começa a seleção dos jurados? — pergunto. — Eu deveria me preocupar com isso?

— Não, claro que não. É só...

— Edison, isso é uma corrente? — Violet pergunta.

Ele toca a corrente de pescoço que tem usado ultimamente, desde que começou a andar com o primo.

— É, acho que é.

— Então quer dizer que você é um escravo — ela diz com naturalidade.

— Violet! — Micah e Kennedy gritam o nome dela ao mesmo tempo.

— Ah, meu Deus, Edison. Ruth. Desculpem — diz Kennedy, constrangida. — Não sei onde ela pode ter ouvido isso...

— Na escola — Violet responde. — O Josiah disse para a Taisha que pessoas como ela usavam correntes e que a história é que eles eram escravos.

— Vamos conversar sobre isso depois — diz Micah. — Tá bom, Vi? Não é algo para falarmos agora.

— Está tudo bem — eu digo, embora possa sentir o incômodo na sala, como se alguém tivesse tirado todo o oxigênio. — Você sabe o que é um escravo?

Violet sacode a cabeça.

— É quando alguém é dono de outra pessoa.

Observo a menininha pensar sobre isso.

— Como um bichinho de estimação?

Kennedy põe a mão em meu braço.

— Não precisa fazer isso — ela me diz baixinho.

— Você acha que eu nunca tive que fazer? — Olho de novo para sua filha. — Mais ou menos como um bichinho de estimação, mas também diferente. Muito tempo atrás, pessoas que tinham a aparência como a sua, da sua mãe e do seu pai encontraram um lugar no mundo onde as pessoas eram parecidas comigo e com o Edison e com a Taisha. E nós estávamos fazendo coisas tão bem por lá, construindo casas, preparando comida, criando algo a partir do nada, que eles quiseram isso no país deles também. Então trouxeram pessoas como eu sem pedir a nossa autorização. Nós não tivemos escolha. Então, um escravo é... alguém que não tem escolha do que fazer ou do que é feito com ele.

Violet baixa o giz de cera. Seu rosto está concentrado em pensamento.

— Nós não fomos os primeiros escravos — eu conto a ela. — Há histórias em um livro de que eu gosto que se chama Bíblia. Os egípcios tomaram como escravos os judeus, que construíam templos para eles que pareciam enormes triângulos e eram feitos de tijolos. Eles puderam escravizar os judeus porque eram os egípcios que tinham o poder.

Então, como a criança de quatro anos que é, Violet volta para seu lugar ao lado do meu filho.

— Vamos pintar a Rapunzel — ela anuncia, depois hesita. — Quer dizer, você *quer* pintar a Rapunzel?

— Tudo bem — diz Edison.

Talvez eu seja a única pessoa a notar, mas, enquanto eu explicava, Edison tirou a corrente do pescoço e guardou disfarçadamente no bolso.

— Obrigado — diz Micah, sincero. — Foi uma aula perfeita de história negra.

— A escravidão não é história negra — comento. — É história de *todos*.

Um timer toca e Kennedy levanta. Quando ela vai para cozinha, murmuro algo sobre ajudá-la e a sigo. Ela vira imediatamente, com as faces muito vermelhas.

— Eu sinto tanto, tanto por isso, Ruth.

— Deixe disso. Ela é muito pequena. Ainda não entende.

— Bom, você explicou muito melhor do que eu poderia.

Eu a vejo abrir o forno para tirar uma lasanha.

— Quando o Edison veio da escola e perguntou se nós éramos escravos, ele tinha mais ou menos a idade da Violet. E a última coisa que eu queria era ter essa conversa e fazê-lo se sentir uma vítima.

— A Violet me disse na semana passada que queria ser como a Taisha, porque ela usa contas no cabelo.

— O que você falou?

Kennedy hesita.

— Não lembro bem. Provavelmente alguma coisa desajeitada. Falei algo sobre como cada pessoa é diferente e que é isso que faz o mundo ser legal. Juro, quando ela me pergunta sobre raça, eu me transformo em um comercial da Coca-Cola.

Eu rio.

— Em sua defesa, você provavelmente não fala sobre isso tanto quanto eu. A prática leva à perfeição.

— Mas quer saber de uma coisa? Quando eu tinha a idade dela, havia uma Taisha na minha classe também, só que o nome dela era Lesley. E, nossa, eu queria ser ela. Eu sonhava que ia acordar negra. Não estou brincando.

Levanto as sobrancelhas, fingindo estar horrorizada.

— E abdicar do seu bilhete premiado? De jeito nenhum.

Ela olha para mim e nós duas rimos. Neste momento, somos apenas duas mulheres com uma lasanha falando a verdade. Neste instante, com nossas falhas e confissões aparecendo como uma combinação embaixo do vestido, temos mais coisas em comum do que diferenças.

Eu sorrio, e Kennedy sorri, e neste momento, pelo menos, nós realmente enxergamos uma à outra. É um começo.

De repente, Edison entra na cozinha com meu celular.

— O que foi? — brinco. — Não me diga que foi demitido porque pintou o cabelo da Ariel de marrom?

— Mãe, é a sra. Mina — diz ele. — Acho melhor você atender.

Em um Natal, quando eu tinha dez anos, ganhei uma Barbie negra. O nome dela era Christie e ela era igualzinha às bonecas que Christina tinha, exceto pela cor da pele e pelo fato de que Christina tinha uma caixa de sapatos inteira cheia de roupas da Barbie e minha mãe não podia comprar tanta coisa. Em vez disso, ela fez um guarda-roupa para Christie usando meias velhas e panos de prato. Fez uma casa de bonecas colando caixas de sapato. Eu estava radiante. Era ainda melhor que a coleção de Christina, eu disse para minha mãe, porque eu era a única pessoa no mundo que a tinha. Minha irmã, Rachel, que estava com doze anos, riu de mim. "Pode falar o que quiser", ela me disse. "Mas é só imitação."

As amigas de Rachel eram quase todas da idade dela, mas agiam como se tivessem dezesseis anos. Eu não ficava muito com elas, porque elas iam para a escola no Harlem e eu ia para a Dalton. Mas, nos fins de semana, se elas vinham à nossa casa, riam de mim porque eu tinha cabelos ondulados e não enrolados, e porque minha pele era clara. "Você pensa que é muita coisa", elas diziam, depois riam no ombro umas das outras como se aquela fosse a frase de efeito de uma piada secreta. Quando minha mãe deixava Rachel cuidando de mim nos fins de semana e nós pegávamos o ônibus para o shopping center, eu sentava na frente enquanto todas elas se sentavam no fundo. Elas me chamavam de afro-saxã em vez do meu nome. Cantavam músicas que eu não conhecia. Quando eu disse a Rachel que não gostava que as amigas dela ficassem rindo de mim, ela me falou para deixar de ser tão sensível. "Elas só estão te provocando", ela disse. "Talvez se você ignorasse um pouco, elas gostassem mais de você."

Um dia, cruzei com as amigas dela quando estava indo da escola para casa. Mas, dessa vez, Rachel não estava com elas.

— Óóóó, vejam o que temos aqui — disse a mais alta, Fantasee. Ela puxou a minhas trança, que era como as meninas da minha escola estavam usando o cabelo ultimamente. — Você acha que é tão cheia de estilo — falou, e as três me cercaram. — O que foi? Não consegue falar por si mesma? Precisa que a sua irmã fale por você?

— Parem — eu disse. — Me deixem em paz. Por favor.

— Acho que alguém está precisando lembrar de onde vem. — Elas pegaram minha mochila, abriram e despejaram o conteúdo nas poças do chão, depois me empurraram na lama. Fantasee agarrou minha boneca Christie e a desmembrou. De repente, como um anjo vingador, Rachel chegou. Ela puxou Fantasee e lhe deu um murro na cara. Derrubou uma das outras com uma rasteira e encheu a terceira de socos. Quando deixou as três no chão, ficou de pé sobre elas, ameaçando-as com o punho. Elas rastejaram para trás, como caranguejos na lama, depois se levantaram e correram. Eu agachei ao lado de minha Christie quebrada e Rachel se ajoelhou junto de mim.

— Você está bem?

— Estou — disse. — Mas você... você machucou suas amigas.

— Eu tenho outras amigas — Rachel respondeu. — Você é minha única irmã. — Ela me ajudou a levantar. — Venha, você tem que se limpar.

Caminhamos para casa em silêncio. Mamãe deu uma olhada para meu cabelo e minha calça legging rasgada e me enfiou no banho. Ela pôs gelo nos nós dos dedos de Rachel.

Mamãe colou Christie de novo, mas seu braço vivia soltando e havia uma falha permanente atrás da cabeça. Mais tarde naquela noite, Rachel veio para a minha cama. Fazia isso desde que éramos pequenas, durante tempestades. Ela me deu uma cadeirinha feita com uma embalagem vazia de cigarros, um pote de iogurte e uns pedaços de jornal. Sucata que ela havia montado com cola e fita adesiva.

— Achei que a Christie poderia usar isto — disse ela.

Concordei com a cabeça, virando a cadeira nas mãos. Provavelmente ia se desmanchar na primeira vez que Christie sentasse, mas não era esse o ponto. Levantei as cobertas e Rachel se acomodou junto de mim, abraçada às minhas costas. Passamos a noite assim, como se fôssemos irmãs siamesas, compartilhando um coração que batia entre nós.

Minha mãe sofreu o primeiro AVC enquanto passava o aspirador de pó. A sra. Mina ouviu o barulho de seu corpo caindo e a encontrou deitada sobre a borda do tapete persa, com o rosto pressionado nas franjas, como se as estivesse inspecionando. Sofreu o segundo AVC na ambulância, a caminho do hospital. E está morta quando chegamos lá. Encontro a sra. Mina à nossa espera, soluçando, aflita. Edison fica com ela enquanto vou ver mamãe.

Alguma enfermeira gentil deixou o corpo para mim. Entro no cubículo protegido por cortinas e me sento ao lado dela. Pego sua mão; ainda está quente.

— Por que eu não liguei para você ontem à noite? — murmuro. — Por que não fui visitar você no fim de semana passado?

Eu me sento na beira da cama, depois me enfio sob o braço dela por um momento, deitando com o rosto apoiado em seu peito imóvel. Esta é a última chance que terei de ser o seu bebê.

É uma coisa estranha estar de repente sem mãe. É como perder um leme que me mantinha no curso, ao qual eu nunca dei muita atenção até agora. Quem me ensinará a ser mãe, a lidar com a falta de gentileza de estranhos, a ser humilde?

Você já me ensinou, percebo.

Em silêncio, vou até a pia. Encho uma bacia de água morna e sabão e a coloco ao lado da minha mãe. Puxo o lençol que foi deixado sobre ela depois que as intervenções de emergência fracassaram. Não via minha mãe nua há séculos, mas é como olhar em um espelho com a distorção de alguns anos. É assim que meus seios vão ficar, minha barriga. Estas são as estrias que ficaram como lembrança de mim. Esta é a curva da coluna que trabalhou tanto para ela se fazer útil. Estas são as linhas de riso que irradiam de seus olhos.

Começo a lavá-la, do jeito como lavaria um recém-nascido. Passo a toalha pela extensão de seus braços e pernas. Limpo entre os dedos dos pés. Sento-a, apoiando-a contra a força do meu peito. Ela não pesa quase nada. Enquanto a água escorre por suas costas, pouso a cabeça em seu ombro, um abraço unilateral. Ela me trouxe a este mundo. Eu a ajudarei a deixá-lo.

Quando termino, envolvo-a nos braços e a acomodo novamente, de forma gentil, sobre o travesseiro. Subo o lençol e o enfio sob seu queixo.

— Eu amo você, mamãe — sussurro.

A cortina se abre de repente e Adisa está ali. Em um contraponto com minha dor silenciosa, ela está chorando, soluçando alto. Ela se joga sobre a mamãe, apertando o lençol nos punhos fechados.

Como qualquer fogo, sei que a chama vai baixar. Então espero até seus gritos se tornarem soluços. Quando ela se vira e me vê de pé ali, acho francamente que é a primeira vez que percebe que estou no quarto.

Não sei se foi ela que estendeu os braços para mim ou eu que estendi os braços para ela, mas nos abraçamos com muita força. Falamos uma por cima da outra — "A sra. Mina ligou para você? Ela andava se sentindo mal? Quando foi a última vez que você falou com ela?" O choque e a angústia circulam em um looping, de mim para ela e de volta.

Adisa me aperta muito. Minha mão se enrola nas tranças dela.

— Eu disse a Wallace Mercy para procurar outro assunto para a entrevista — ela sussurra.

Eu me afasto só o tempo suficiente para olhar em seus olhos.

Adisa encolhe os ombros, como se eu tivesse feito uma pergunta.

— Você é minha única irmã — diz.

O funeral da mamãe é um Acontecimento com A maiúsculo, exatamente como ela ia querer. A igreja que ela frequentava há tanto tempo no Harlem está lotada de paroquianos que a conhecem há anos. Eu me sento no banco da frente ao lado de Adisa, olhando para a cruz de madeira gigante pendurada na parede do altar principal, entre dois enormes vitrais, com uma fonte embaixo. No altar está o caixão da mamãe; compramos o mais elegante que o dinheiro pudesse comprar, o que foi uma insistência da sra. Mina, e é ela que está pagando o funeral. Edison está de pé ao lado do pastor Harold, com cara de atordoado, usando um terno preto que é curto demais nos punhos e tornozelos e seus tênis de basquete. Está de óculos escuros espelhados, embora estejamos dentro da igreja. A princípio achei que aquilo era desrespeitoso, mas então entendi a razão. Como enfermeira, eu vejo a visita da morte todo o tempo, mas esta é a primeira experiência dele; ele era pequeno demais para lembrar do pai sendo enviado para casa em um caixão coberto com uma bandeira.

Uma longa fila serpenteante de pessoas percorre o corredor central em uma dança macabra para olhar o caixão aberto da minha mãe. Ela está com seu vestido roxo favorito, com lantejoulas nos ombros, os sapatos pretos de couro que faziam seus pés doerem e os brincos de diamantes que a sra. Mina e o sr. Sam lhe deram de presente em um Natal e ela nunca usou porque tinha medo de que um caísse e ela o perdesse. Eu queria enterrá-la com o cachecol da sorte, mas, apesar de revirarmos seu apartamento de cabeça para baixo, não conseguimos encontrá-lo para trazer ao agente funerário. "Ela parece estar em paz", escuto repetidamente. Ou: "Ela está como sempre foi, não é?" Nada disso é verdade. Ela parece uma ilustração em um livro, bidimensional, quando deveria estar pulando da página.

Depois de todos terem tido a chance de passar pelo caixão, o pastor Harold começa o serviço.

— Senhoras e senhores, irmãs e irmãos... este não é um dia triste — diz ele e sorri gentilmente para minha sobrinha Tyana, que está soluçando sobre os coquinhos no cabelo da pequena Zhanice. — Este é um dia feliz, pois estamos aqui para celebrar nossa amada amiga, mãe e avó, Louanne Brooks, que finalmente está em paz caminhando ao lado do Senhor. Vamos começar com uma oração.

Baixo a cabeça, mas dou uma passada de olhos pela igreja, lotada de amigos. Todos são como nós, exceto a sra. Mina e Christina e, no fundo, Kennedy McQuarrie e uma senhora mais velha.

Eu me surpreendo ao vê-la ali, mas claro que ela sabe sobre minha mãe. Eu estava na casa dela quando recebi a notícia.

Ainda assim, parece que estamos misturando as coisas, como no dia do queijo e vinho em sua casa. Como se eu tentasse encaixá-la em um escaninho e ela sempre escapasse de dentro desses limites.

— Nossa amiga Louanne nasceu em 1940 — diz o pastor —, filha de Jermaine e Maddie Brooks, a mais nova de quatro irmãos. Teve duas filhas e deu o melhor de si depois que o pai delas foi embora, educando-as para serem mulheres boas e fortes. Dedicou a vida a servir os outros, criando um lar feliz para a família que a empregou por mais de cinquenta anos. Ganhou mais prêmios em nossas festas da igreja por seus bolos e tortas do que qualquer outra pessoa nesta congregação, e eu acredito realmente que pelo menos vinte quilos em volta da minha cintura podem ser creditados aos doces da Lou. Ela adorava música gospel, o programa *The View*, cozinhar e Jesus, e deixa as filhas e seis amados netos.

O coro canta os hinos favoritos da minha mãe: "Take My Hand, Precious Lord" e "I'll Fly Away". Depois, o pastor volta ao altar e ergue os olhos para a congregação.

— Deus é bom! — ele exclama.

— Todo o tempo! — todos respondem.

— E ele chamou seu anjo para a glória em sua casa!

Após uma rodada de "Améns", ele convida as pessoas que quiserem vir dar testemunho da importância que mamãe teve em sua vida. Vejo algumas de suas amigas se levantarem, movendo-se lentamente, como se soubessem que poderiam ser a próxima. "Ela me ajudou quando tive câncer de mama", uma diz. "Ela me ensinou a fazer bainha." "Ela nunca perdeu no bingo." É revelador. Eu conhecia minha mãe de uma maneira, mas, para os outros, ela era algo diferente: professora, confidente, cúmplice. Enquanto contam suas histórias que moldam o que mamãe havia sido, as pessoas choram, se balançam, falam palavras de louvor.

Adisa aperta minha mão e vai até a frente.

— Minha mãe — diz ela — era rígida. — Todos riem dessa verdade. — Ela era rígida sobre bons modos, e lição de casa, e namorados, e quanta pele a gente podia mostrar quando saía em público. Havia uma porcentagem, certo, Ruth? Variava dependendo da estação, mas prejudicava meu estilo o ano inteiro. — Adisa dá um sorriso triste, voltada para si mesma. — Lembro que, uma vez, ela arrumou a mesa de jantar para treinar meu comportamento e me disse: "Menina, quando você sair da mesa, isso *vai ficar*".

— Ah, era assim mesmo — ouço atrás de mim.

— Eu era uma criança rebelde. Talvez ainda seja. E minha mãe nos repreendia por coisas com que outros pais não pareciam se importar. Na época, eu achava que era tão injusto. Perguntei a ela que diferença ia fazer no grande esquema de Deus se eu usasse uma minissaia vermelha de pregas, e ela disse algo de que nunca vou me esquecer. "Rachel", ela me disse, "eu tenho um tempo muito pequeno e precioso para você pertencer a mim. Quero ter certeza de que esse tempo não vai ser menor do que deveria." Eu era jovem demais, e muito revoltada, para entender o que ela queria dizer. Mas agora entendo. O que eu não percebi era o outro lado dessa moeda: que eu tinha um tempo pequeno e precioso para ela ser minha mãe.

Ela desce com os olhos molhados, e eu subo. Para ser sincera, eu não sabia que Adisa podia ser uma oradora tão boa, mas é verdade que ela sempre foi a corajosa. Eu me escondo no segundo plano. Não queria falar no funeral, mas Adisa disse que as pessoas esperavam que eu falasse, então concordei. "Conte uma história", ela sugeriu. Eu subo, pigarreio e aperto a borda da madeira com um pânico incontrolável.

— Obrigada — digo, e o microfone chia. Dou um passo para trás. — Obrigada por terem vindo dizer adeus à mamãe. Ela adoraria saber que todos vocês se importaram e, se não tivessem vindo, sabem que ela estaria lá em cima no céu reprovando seus maus modos. — Dou uma olhada em volta. Isso deveria ser uma piada, mas ninguém está rindo.

Engulo em seco e vou em frente.

— A mamãe sempre pôs a si mesma em último lugar. Vocês sabem que ela alimentava quem aparecesse. Jamais alguém deixaria nossa casa com fome. Como o pastor Harold, aposto que todos vocês experimentaram suas tortas e bolos premiados. Uma vez, ela estava assando um bolo floresta negra para uma competição na igreja e insistiu que eu ajudasse. Eu estava na idade em que não era ajuda nenhuma, claro. Em certo ponto, derrubei a colher medidora dentro da massa e fiquei com vergonha de contar a ela, então a colher foi assada dentro do bolo. Quando o juiz da competição cortou o bolo e encontrou a colher, mamãe soube exatamente o que havia acontecido. Mas, em vez de ficar brava comigo, ela disse ao juiz que era um truque especial que ela usava para deixar o bolo úmido. Vocês provavelmente lembram que, no ano seguinte, vários dos bolos na competição tinham uma colher medidora de metal dentro da massa. Bem, agora sabem por quê. — Risos se espalham pelo público, e eu solto a respiração que nem havia notado que estava segurando. — Ouvi pessoas dizendo que a mamãe tinha orgulho de seus prêmios, de seus doces, mas, sabem, isso não é verdade. Ela se empenhava muito nisso. Ela se empenhava muito em tudo. O orgulho, ela nos dizia, é pecado. E, para ser sincera, a única coisa de que eu a vi se orgulhar éramos minha irmã e eu.

Ao dizer essas palavras, lembro da expressão em seu rosto no momento em que lhe contei sobre a denúncia. "Ruth", ela perguntou, quando saí da prisão e ela quis me ver pessoalmente para ter certeza de que eu estava bem, "como isso pôde acontecer com *você*?" Eu sabia o que ela queria dizer. Eu era sua menina de ouro. Eu havia escapado do círculo vicioso. Alcancei o sucesso. Rompi o teto em que ela tinha passado a vida inteira batendo a cabeça.

— Mamãe tinha tanto orgulho de mim — repito, mas as palavras são viscosas, balões que explodem quando atingem o ar e deixam um leve fedor de decepção.

"Está tudo bem, querida", escuto do público. E: "Vai ficar tudo bem".

Minha mãe nunca disse isso, mas será que *ainda* tinha orgulho de mim? Seria suficiente eu ser filha dela? Ou será que o fato de eu estar sendo julgada por um homicídio que não cometi era como uma daquelas manchas que ela fazia tanto esforço para remover?

Meu discurso ainda não acabou, mas tudo sumiu de minha cabeça. As palavras que anotei como roteiro em um cartãozinho poderiam estar escritas em hieróglifos. Olho para as pessoas, mas nada mais faz sentido. Não consigo imaginar um mundo onde eu possa ter que passar anos na prisão. Não consigo imaginar um mundo em que minha mãe não está.

Então, eu me lembro de algo que ela me disse uma vez, na noite em que fui à festa do pijama de Christina. "Quando estiver pronta para nós, vamos estar à sua espera." Nesse momento, sinto outra presença que nunca senti antes. Ou talvez nunca tenha notado. É sólido como uma parede e quente junto à pele. É uma comunidade de pessoas que sabem meu nome, mesmo que eu nem sempre lembre o delas. É uma congregação que nunca parou de rezar por mim, mesmo quando eu voei do ninho. São amigos que eu não sabia que tinha, que têm lembranças de mim que eu empurrei tão para o fundo da mente que esqueci.

Ouço o fluir da fonte atrás de mim e penso na água, que pode subir como neblina, flertar com a ideia de ser uma nuvem e retornar como chuva. Será que se poderia chamar isso de fracasso? Ou de volta para casa?

Não sei por quanto tempo fico ali de pé, chorando. Adisa vem até mim, com seu xale aberto como as grandes asas negras de uma garça. Ela me envolve nas penas do amor incondicional. E me leva consigo.

Depois que o coro canta "Soon and Very Soon", quando o caixão é carregado para fora da igreja e seguimos em fila atrás; depois da cerimônia do sepultamento, em que o pastor fala outra vez, nós nos reunimos no apartamento da minha mãe, o pequeno espaço onde eu cresci. As mulheres da igreja fizeram sua parte: há tigelas gigantes de salada de batata, maionese de repolho e cenoura e bandejas de frango frito arrumadas sobre bonitas toalhas de mesa cor-de-rosa. Há flores de tecido em praticamente todas as superfícies horizontais, e alguém lembrou de trazer cadeiras dobráveis, embora nem haja espaço suficiente para todos se sentarem.

Eu me refugio na cozinha. Olho as bandejas empilhadas de brownies e tortinhas de limão, depois vou até a prateleira sobre a pia. Há um pequeno caderno branco e preto ali e eu o abro, quase desabando de joelhos ao ver os montes e vales pontudos da caligrafia de minha mãe. "Torta de batata-doce", leio. "Beijinhos de coco. Bolo de chocolate para derrubar um homem." Sorrio para essa última receita: foi o que assei para Wesley antes de ele me pedir em casamento, ao que mamãe comentou apenas: "Eu disse".

— Ruth — escuto e, ao me virar, vejo Kennedy e a outra mulher branca que ela trouxe junto, parecendo deslocadas e estranhas na cozinha da minha mãe.

Busco no fundo do abismo os meus bons modos.

— Obrigada por vir. Foi importante para mim.

Kennedy dá um passo à frente.

— Queria apresentar minha mãe, Ava.

A mulher mais velha estende a mão daquele jeito sulino, como um peixe mole, pressionando apenas a ponta de seus dedos na ponta dos meus.

— Meus pêsames. Foi uma cerimônia muito bonita.

Agradeço com a cabeça. O que há para dizer?

— Como você está? — Kennedy pergunta.

— Fico pensando que a mamãe vai me dizer para falar para o pastor Harold usar o porta-copos para não estragar sua mesinha de centro. — Não tenho palavras para dizer a ela como me sinto de fato, vendo-a ali com sua própria mãe e sabendo que eu não tenho essa opção. Como é ser o balão quando alguém solta o fio que o segura.

Kennedy olha para o livro aberto em minhas mãos.

— O que é isso?

— Um livro de receitas. Não está completo. Minha mãe dizia que ia copiar todas as melhores para mim, mas sempre estava muito ocupada cozinhando para outras pessoas. — Percebo como pareço amarga. — Ela desperdiçou a vida trabalhando para os outros. Polindo pratarias, preparando três refeições por dia e esfregando vasos sanitários que deixavam sua pele sempre seca. Cuidando do filho dos outros.

Minha voz falha nessa última. Cai no abismo.

A mãe de Kennedy, Ava, procura algo dentro da bolsa.

— Eu pedi para vir aqui hoje com a Kennedy — diz ela. — Eu não conheci a sua mãe, mas conheci alguém como ela. Alguém de quem eu gostava muito.

Ela me mostra uma foto antiga, do tipo que tem as bordas onduladas. É o retrato de uma mulher negra com uniforme de empregada, carregando uma menininha nos braços. A menina tem cabelos claros como a neve e sua mão está pousada no rosto da empregada, em um contraste marcante. Há mais do que só obrigação entre elas. Há orgulho. Há amor.

— Eu não conheci a sua mãe. Mas, Ruth, ela não desperdiçou a vida dela.

Lágrimas enchem meus olhos. Devolvo a foto para Ava, e Kennedy me abraça. Ao contrário dos abraços rígidos de que eu me lembro de mulheres brancas como a sra. Mina ou a diretora do meu colégio, este não parece forçado, afetado, falso.

Ela me solta e me olha nos olhos.

— Sinto muito pela sua perda — diz Kennedy, e algo ressoa entre nós: uma promessa, uma esperança de que, quando formos a julgamento, essas mesmas palavras não vão atravessar seus lábios.

KENNEDY

No meu sexto aniversário de casamento, Micah me dá uma virose.

Começou na semana passada com Violet, como a maioria das viroses transmissíveis que entram em nossa casa. Depois Micah começou a vomitar. Eu disse a mim mesma que não tinha tempo para ficar doente e achei que estava segura até ter que levantar às pressas no meio da noite, banhada em suor, e correr para o banheiro.

Acordo com o rosto pressionado contra o piso de ladrilhos e Micah de pé ao meu lado.

— Não olhe para mim assim — digo. — Todo metido porque já passou por isso.

— Vai melhorar — Micah promete.

Eu gemo.

— Que bom.

— Eu ia trazer o café da manhã na cama para você, mas, em vez disso, optei por uma água tônica.

— Você é um príncipe. — Tento levantar, mas o banheiro gira.

— Espere, vá com calma. — Micah se agacha ao meu lado e me ajuda a ficar de pé. Depois me pega nos braços e me carrega para o quarto.

— Em qualquer outra circunstância — digo —, isso seria muito romântico.

Micah ri.

— É um vale-presente.

— Eu estou me esforçando muito mesmo para não vomitar em você.

— Nem tenho palavras para agradecer — ele diz, sério, e cruza os braços. — Quer começar a briga agora sobre como você não vai para o escritório? Ou quer acabar a água tônica primeiro?

— Você está usando a minha própria tática contra mim. É o tipo de opção que eu ofereço à Violet.

— Está vendo? E *você* acha que eu nunca escuto.

— Vou trabalhar — digo e tento me levantar da cama, mas tenho uma tontura e desabo. Quando pisco um momento depois, o rosto de Micah está a centímetros do meu. — Não vou trabalhar — murmuro.

— Boa resposta. Já chamei a Ava. Ela vai vir para ser sua enfermeira.

Eu resmungo.

— Não pode me matar de uma vez? Acho que não vou conseguir lidar com a minha mãe. Ela acha que uma dose de bourbon cura tudo.

— Vou trancar o armário de bebidas. Precisa de mais alguma coisa?

— Minha pasta — peço.

Micah sabe que é melhor não discutir. Enquanto ele desce para buscá-la, eu me apoio nos travesseiros. Tenho coisas demais a fazer para me dar ao luxo de *não* trabalhar, mas meu corpo não quer cooperar.

Cochilo nos poucos minutos que Micah leva para voltar ao quarto. Ele está tentando pôr a pasta com cuidado no chão para não me incomodar, mas eu estendo o braço para pegá-la, superestimando minha força. O conteúdo dela se espalha por toda a cama e pelo chão, e Micah se abaixa para recolher os papéis.

— Hum — diz ele, segurando uma folha. — O que você está fazendo com um laudo de laboratório?

Está amassado, porque escorregou entre os documentos e ficou espremido no fundo da minha pasta. Tenho que apertar os olhos e, então, uma sequência de gráficos entra em foco. São os resultados do exame de triagem neonatal que eu solicitei ao Hospital Mercy West Haven, os que faltavam no prontuário de Davis Bauer. Chegaram esta semana, e, por não entender nada de química, eu mal olhei os gráficos, esperando para mostrá-los a Ruth em algum momento depois do funeral de sua mãe.

— É só um exame de rotina — digo.

— Parece que não — Micah responde. — Há uma alteração nos exames de sangue.

Arranco o papel da mão dele.

— Como você sabe?

— Porque — diz Micah, apontando para a carta de introdução que não me preocupei em ler — diz aqui que há "uma alteração nos exames de sangue".

Passo os olhos pela carta, endereçada à dra. Marlise Atkins.

— Isso poderia ser fatal?

— Não tenho ideia.

— Você é médico.

— Eu estudo olhos, não enzimas.

Eu o encaro.

— O que você ia me dar de presente de aniversário?

— Eu ia levar você para jantar.

— Bom, em vez disso — sugiro —, me leve a um neonatologista.

Quando dizemos, nos Estados Unidos, que você tem o direito de ser julgado por um júri de seus iguais, não estamos dizendo exatamente a verdade. O conjunto disponível de jurados não é tão aleatório quanto se imaginaria, graças ao exame minucioso da defesa e da acusação para eliminar os dois extremos da curva de distribuição normal — as pessoas com maior probabilidade de votar contra os interesses de nosso cliente. Recusamos aqueles que acreditam que as pessoas são culpadas até que se provem inocentes, ou que nos dizem que veem pessoas mortas, ou que têm ressentimentos contra o sistema jurídico por já terem sido presos. Mas também fazemos a poda considerando a especificidade do caso. Se meu cliente for um desertor do serviço militar, tento evitar jurados que tenham orgulho de ter servido nas Forças Armadas. Se meu cliente for dependente de drogas, não quero um jurado que tenha perdido um familiar por overdose. Todo mundo tem ideias preconcebidas. É minha função garantir que elas trabalhem em favor da pessoa que estou representando.

Assim sendo, embora eu não vá entrar no jogo do preconceito racial quando estiver no julgamento — como passei meses explicando para Ruth —, com certeza vou levar isso em conta antes que ele comece.

E é por isso que, antes de iniciarmos o exame formal para a escolha dos jurados, entro na sala de meu chefe e digo a ele que estava errada.

— Sinto que estou um pouco sobrecarregada no fim das contas — digo a Harry. — Acho que talvez precise mesmo de alguém para trabalhar comigo.

Ele pega um pirulito em um jarro que tem sobre a mesa.

— O Ed tem um julgamento de maus-tratos de um bebê que vai começar esta semana...

— Eu não estava falando do Ed. Estava pensando no Howard.

— Howard. — Ele olha para mim com uma expressão incrédula. — O garoto que ainda traz as refeições em uma lancheira?

É verdade que Howard acabou de sair da faculdade de direito e que, até agora, nos poucos meses em que está no escritório, só lidou com crimes de menor potencial ofensivo, como violência doméstica e perturbação da ordem pública. Ofereço meu melhor sorriso.

— Sim. É só para ele me ajudar. Fazer um trabalho de apoio. E também vai ser bom para ele ganhar experiência em julgamento.

Harry desembrulha o pirulito e o enfia na boca.

— Que seja — ele diz, com os dentes fechados no palitinho.

Com sua aprovação, ou o mais próximo disso que pude obter, volto para meu cubículo e espio sobre a divisória que me separa de Howard.

— Adivinhe só — eu lhe digo. — Você vai me ajudar no caso Jefferson. A inquirição dos jurados é esta semana.

Ele me olha.

— Ei, espere aí. O quê? Sério?

É algo grande para um novato que ainda está fazendo serviços gerais no escritório.

— Estamos saindo — anuncio e pego meu casaco, sabendo que ele vai me seguir.

Eu realmente preciso de alguém para me dar uma mãozinha.

E também preciso que essa mãozinha seja negra.

Howard acompanha meus passos rápidos enquanto atravessamos os corredores do tribunal.

— Não fale com o juiz a menos que eu mande — eu o instruo. — Não demonstre nenhuma emoção, por mais teatral que seja a encenação de Odette Lawton. Promotores fazem isso para se sentir como Gregory Peck em O sol é para todos.

— Quem?

— Céus. Esqueça. — Olho para ele. — Quantos anos você tem?

— Vinte e quatro.

— Tenho blusões mais velhos que você — murmuro. — Vou lhe passar as provas produzidas para você ler à noite. Mais tarde vou precisar que você faça algum trabalho de campo.

— Trabalho de campo?

— É. Você tem carro, certo?

Ele confirma com a cabeça.

— E, quando estivermos com os jurados, você vai ser minha câmera de vídeo humana. Vai registrar cada tique, movimento de rosto e comentário que cada jurado potencial fizer em resposta às minhas perguntas, para depois podermos examinar e descobrir quais candidatos vão nos ferrar. Isso não tem a ver com quem vai *estar* no júri, mas com quem *não* vai estar. Tem alguma dúvida?

Howard hesita.

— É verdade que uma vez você ofereceu sexo oral ao juiz Thunder?

Paro de andar e o encaro, com as mãos nos quadris.

— Você ainda nem sabe limpar a máquina de café, mas já sabe *disso*?

Howard ajeita os óculos no nariz.

— Eu invoco a quinta emenda e escolho ficar calado.

— Bom, o que quer que você tenha ouvido, estava fora de contexto e eu estava dopada de prednisona. Agora cale a boca e veja se consegue parecer ter mais de doze anos, pelo amor de Deus. — Abro a porta do gabinete do juiz Thunder e o encontro sentado atrás de sua mesa, com a promotora já na sala. — Excelência. Olá.

Ele olha para Howard.

— Quem é esse?

— Meu assistente — respondo.

Odette cruza os braços.

— Desde quando?

— Meia hora atrás.

Todos olhamos para Howard, esperando que ele se apresente. Ele olha para mim, com os lábios firmemente fechados. *Não fale com o juiz a menos que eu mande.*

— Fale — sussurro.

Ele estende a mão.

— Howard Moore. Espero que tenha um dia excelente... hum... Excelência.

Levanto os olhos para o teto.

O juiz Thunder apresenta uma pilha enorme de questionários, que foram enviados para ser preenchidos pelas pessoas convocadas para o júri. Estão cheios de informações práticas, como onde a pessoa mora e onde trabalha. Mas também incluem perguntas específicas: "Você tem algum problema com a presunção de inocência? Se um réu não depuser, você pressupõe que ele esteja escondendo alguma coisa? Você compreende que a Constituição dá ao réu o direito de não dizer nada? Se o Estado provar que este caso está além de qualquer dúvida razoável, você teria algum escrúpulo moral quanto a condenar o réu?"

Ele divide a pilha no meio.

— Sra. Lawton, fique com esta parte por quatro horas; e sra. McQuarrie, fique com esta outra parte. Voltaremos a nos reunir aqui à uma da tarde, trocaremos as pilhas e a inquirição começa em dois dias.

Enquanto volto com Howard para nosso escritório, explico a ele o que estamos procurando.

— Um jurado de defesa sólido é uma mulher mais velha. Elas são as que têm mais empatia, mais experiência e são menos dadas a prejulgamentos. E são bastante duras com jovens arruaceiros como Turk Bauer. E cuidado com a Geração Y.

— Por quê? — Howard pergunta, surpreso. — Pessoas jovens não têm menos chance de ser racistas?

— Como o Turk? — eu o lembro. — A Geração Y é a geração do *eu*. Eles costumam pensar que tudo gira em volta deles e tomam decisões com base no que está acontecendo na sua vida e em como vai afetar a sua vida. Em outras palavras, eles são campos minados de egocentrismo.

— Entendi.

— Idealmente, queremos um jurado que tenha um status social alto, porque essas pessoas tendem a influenciar os outros jurados na hora da deliberação.

— Então estamos procurando um unicórnio — diz Howard. — Um homem branco hétero, sensível e com consciência de raça.

— Pode ser gay — respondo, séria. — Gay, judeu, mulher... tudo que possa ajudá-los a se identificar com alguma forma de discriminação vai ser um bônus para a Ruth.

— Mas nós não conhecemos nenhum desses candidatos. Como nos tornamos médiuns de um dia para o outro?

— Nós não nos tornamos médiuns. Nós nos tornamos detetives — digo. — Você vai pegar metade destes questionários e dirigir até os endereços que aparecem neles. Descubra tudo que puder. Eles são religiosos? São ricos? Pobres? Têm alguma propaganda de campanha política na frente da casa? Moram em cima do lugar em que trabalham? Têm uma haste de bandeira no jardim?

— O que isso pode ter a ver?

— Em geral, indica pessoas extremamente conservadoras — explico.

— E onde você vai estar? — ele pergunta.

— Fazendo o mesmo que você.

Observo Howard sair, com o primeiro endereço registrado no GPS de seu celular. Depois ando pelos corredores do escritório, perguntando a outros defensores públicos se eles já tiveram alguma dessas pessoas em seus júris — muitos dos jurados são chamados mais de uma vez. Ed está de saída para o tribunal, mas dá uma olhada na pilha de papéis.

— Eu lembro deste cara — ele diz, pegando um dos questionários. — Ele fez parte do meu júri segunda-feira. Um caso de furto qualificado. Ele levantou a mão durante a minha fala inicial e perguntou se eu tinha um cartão de visita.

— Você está brincando!

— Infelizmente — diz Ed —, não. Boa sorte, garota.

Dez minutos depois, registrei um endereço em meu GPS e estou dirigindo por Newhallville. Travo as portas, por segurança. O Presidential

Gardens, o bloco de apartamentos entre as avenidas Shelton e Dixwell, é um bolsão de baixa renda da cidade, com um quarto dos residentes vivendo abaixo da linha de pobreza, e as ruas em volta são um mercado de tráfico de drogas. Nevaeh Jones mora em algum lugar neste bloco. Vejo um menininho sair correndo pela porta de um dos prédios, sem casaco, e aumentar o passo quando sente o frio. Ele limpa o nariz na manga da blusa enquanto corre.

Será que uma mulher desta área veria Ruth e pensaria que armaram para ela? Ou será que verá a diferença socioeconômica entre elas e ficará ressentida?

É difícil saber. No caso específico de Ruth, o melhor jurado pode não ser alguém com a mesma cor de pele.

Ponho um ponto de interrogação no topo do questionário; vou ter que refletir melhor sobre este. Saio da área dirigindo devagar e espero até ver crianças brincando na rua. Então, paro o carro e ligo para o celular de Howard.

— E aí? — pergunto quando ele atende. — Como está indo?

— Humm — diz ele. — Estou meio empacado.

— Onde?

— East Shore.

— Qual é o problema?

— É um condomínio fechado. Há um muro baixo e eu até poderia olhar sobre ele, mas teria que sair do carro — diz Howard.

— Então saia do carro.

— Não posso. Quando eu estava na faculdade, estabeleci uma espécie de regra para mim mesmo: não saia do carro se não houver nenhuma pessoa negra viva e feliz à vista. — Ele solta o ar. — Estou esperando há quarenta e cinco minutos, mas as únicas pessoas nesta parte de New Haven são brancas.

Isso não é necessariamente ruim para Ruth.

— Você não pode dar só uma espiada por cima do muro? Ver se não há nenhuma propaganda do Trump no gramado?

— Kennedy... há avisos de patrulhas contra crimes por toda parte aqui. O que você acha que vai acontecer se eles virem um homem negro tentando espiar sobre o muro?

— Ah — digo, constrangida. — Entendi. — Olho pela janela para três crianças pulando sobre uma pilha de folhas e penso no menininho negro que vi correndo do Presidential Gardens. Ed me contou que, na semana passada, defendeu um menino de doze anos envolvido em um tiroteio de gangues com dois garotos de dezessete e que a acusação queria que os três fossem julgados como adultos. — Me dê uma hora e me encontre na Theodore Street, 560, em East End. E, Howard, quando chegar, é seguro sair do carro — acrescento. — É a minha casa.

Ponho a sacola de comida chinesa sobre a mesa do meu home office.

— Tenho presentinhos — digo, tirando o yakisoba do pacote e reservando-o para mim.

— Eu também — diz Howard e aponta para uma pilha de papéis que imprimiu.

São dez da noite e nós montamos acampamento em minha casa. Deixei Howard aqui a tarde inteira fazendo pesquisas na internet enquanto Odette e eu trocávamos nossa pilha de questionários. Durante horas, batalhei com o trânsito, cheguei mais jurados por área e examinei as listas de autores e réus para ver se algum dos jurados potenciais havia sido criminalmente processado ou tinha parentes que houvessem sido.

— Encontrei três homens que foram denunciados por violência doméstica, uma mulher cuja mãe foi condenada por incêndio criminoso e uma adorável senhorinha cujo neto tinha um laboratório de metadona que foi estourado pela polícia no ano passado — anuncia Howard.

A tela reflete um brilho verde em volta do rosto dele enquanto examina a página.

— Certo — diz ele, abrindo um recipiente plástico de sopa e tomando pela lateral, sem colher. — Caramba, estou morrendo de fome. Então, é o seguinte: dá para cavar muita sujeira no Facebook, mas depende das configurações de privacidade.

— Você tentou o LinkedIn?

— Sim — ele responde. — É uma mina de ouro.

Ele me faz um sinal para o chão, onde espalhou os questionários e prendeu papéis impressos com clipes em cada um deles.

— Este cara? A gente adora ele — diz Howard. — É professor de justiça social em Yale. E, melhor ainda... a mãe dele é enfermeira. — Batemos as mãos um com o outro. — Esta é a minha segunda favorita.

Ele me passa o questionário. Candace White. Quarenta e oito anos, afro-americana, mãe de três filhos. Parece alguém que poderia ser amiga de Ruth, não só se posicionar a favor da defesa.

Seu programa de TV favorito é *Wallace Mercy*.

Posso não querer o reverendo Mercy envolvido no caso de Ruth, mas as pessoas que assistem ao seu programa certamente vão ter simpatia pela minha cliente.

Howard continua falando de suas descobertas.

— Tenho três membros da União Americana pelas Liberdades Civis. E esta moça fez todo um tributo a Eric Garner no blog dela. Uma série chamada *Eu também não consigo respirar*.

— Bom.

— Do outro lado do espectro — diz Howard —, este adorável cavalheiro é o diácono da sua igreja e também apoia Rand Paul e defende a revogação de todas as leis de direitos civis.

Pego o questionário da mão dele e ponho um X vermelho sobre o nome no topo.

— Duas pessoas que postaram sobre redução de financiamento para programas sociais — diz Howard. — Não sei o que você quer fazer com isto.

— Ponha na pilha do meio — respondo.

— Esta moça atualizou seu status três horas atrás: "Jesus Cristo, um china qualquer acabou de raspar no meu carro".

Ponho o questionário dela sobre o do defensor de Rand Paul, e também alguém cuja foto de perfil no Twitter é Glenn Beck. Há dois candidatos que Howard riscou porque eles curtiam páginas no Facebook do Skullhead e do Day of the Sword.

— Isso é alguma coisa de *Game of Thrones*? — pergunto, perplexa.

— São bandas White Power — Howard explica e fica vermelho. — Encontrei um grupo chamado Vaginal Jesus também. Mas nenhum dos nossos jurados potenciais ouve isso.

— Graças a Deus pelas pequenas bênçãos. O que é essa pilha grande no meio?

— Indeterminados — Howard responde. — Tenho algumas fotos de pessoas fazendo gestos de gangues, um punhado de maconheiros, um idiota que fez um vídeo se injetando heroína, e trinta selfies de pessoas caindo de bêbadas.

— Não lhe dá uma sensação boa no fundo do coração saber que confiamos o sistema jurídico a essas pessoas?

Estou brincando, mas Howard me olha com ar sério.

— Para dizer a verdade, hoje foi um pouco chocante. Eu não tinha ideia de como as pessoas vivem a vida e do que elas fazem quando pensam que ninguém está vendo... — Ele olha para a foto de uma mulher balançando um copo vermelho. — Ou mesmo quando *estão* vendo.

Espeto um ravióli chinês com meu hashi.

— Quando a gente começa a ver o lado podre dos Estados Unidos — digo —, dá vontade de ir morar no Canadá.

— Ah, e também tem esta — diz Howard, apontando para a tela do computador. — Lide com isto. — Ele estende o braço e pega um ravióli chinês.

Franzo a testa para o nome de perfil no Twitter: @PoderBranco.

— Que jurado é este?

— Não é um jurado — diz ele. — E eu quase posso afirmar que Miles Standup é um nome falso. — Ele clica duas vezes na foto do perfil: um bebê recém-nascido.

— Por que eu acho que já vi essa foto antes...?

— Porque é a mesma foto de Davis Bauer que as pessoas estavam segurando do lado de fora do tribunal antes da audiência preliminar. Eu chequei a reportagem. Acho que é a conta de Turk Bauer.

— A internet é uma coisa linda. — Olho para Howard com orgulho. — Bom trabalho.

Ele me olha, esperançoso, sobre a tampa branca de papel-cartão.

— Então terminamos por hoje?

— Ah, Howard. — Eu rio. — Estamos só começando.

* * *

Odette e eu nos encontramos na manhã seguinte em um restaurante para conferir os números dos jurados potenciais que cada uma de nós quer recusar. Na rara ocasião em que nossos números batem (o rapaz de vinte e cinco anos que acabou de sair de um hospital psiquiátrico; o homem que foi preso no ano passado), concordamos em eliminá-los.

Não conheço Odette muito bem. Ela é durona, prática. Em congressos jurídicos, quando todos estão bebendo e cantando no karaokê, ela é a que está sentada em um canto tomando refrigerante com limão e arquivando lembranças que poderá usar para nos explorar depois. Sempre pensei nela como uma pessoa rígida. Mas agora estou me perguntando: será que, quando ela vai a uma loja, pedem que mostre a nota fiscal das compras antes de sair, como fizeram com Ruth? Será que ela obedece sem dizer nada? Ou fica brava e diz que ela é quem põe os ladrões de loja na cadeia?

Então, em uma tentativa de oferecer um cachimbo da paz, eu sorrio para ela.

— Vai ser um julgamento e tanto, hein?

Ela enfia seus formulários dentro da pasta.

— Todos são grandes julgamentos.

— Mas *este*... quer dizer... — Eu gaguejo, tentando encontrar as palavras.

Odette me encara. Seus olhos são como lascas de pederneira.

— Meu interesse por este caso é o mesmo que o seu interesse por este caso. Estou atuando como promotora nele porque todos no meu escritório estão sobrecarregados e exaustos e ele acabou caindo na minha mesa. E eu não me importo se a sua cliente é negra, branca ou xadrez. Homicídio é notavelmente monocromático. — E, com isso, ela se levanta. — Nos vemos amanhã — diz Odette e vai embora.

— Foi bom conversar com você também — murmuro.

Nesse momento, Howard entra, afobado. Seus óculos estão tortos e a camisa está fora da calça nas costas. Parece já ter tomado umas dez xícaras de café.

— Eu estava fazendo algumas pesquisas de apoio — ele começa, se sentando no lugar que Odette acabou de desocupar.

— Quando? No chuveiro? — Sei exatamente quando paramos de trabalhar na noite passada, o que deixa pouco espaço para tempo livre.

— Então, há um estudo feito na SUNY Stony Brook em 1991 e 1992 por Nayda Terkildsen sobre como eleitores brancos avaliam políticos negros que estão concorrendo e como o preconceito afeta a questão, e como isso muda para pessoas que tentam ativamente *não* ser preconceituosas...

— Primeiro — digo —, não vamos fazer uma defesa baseada em raça, vamos fazer uma defesa baseada em ciência. Segundo, a Ruth não está concorrendo a nada.

— É, mas há implicações no estudo que acho que podem nos dizer muito sobre jurados potenciais — diz Howard. — Só me escute, está bem? Então, Terkildsen pegou uma amostragem aleatória de cerca de trezentas e cinquenta pessoas brancas da lista de jurados do condado de Jefferson, em Kentucky. Ela preparou três kits sobre um falso candidato a governador que tinha a mesma biografia, o mesmo currículo e plataforma política. A única diferença era que em algumas das fotos o candidato era um homem branco. Em outras, a foto passou por Photoshop para mostrar um homem negro claro ou um homem negro escuro. Foi pedido que os eleitores declarassem se tinham algum viés racial e se tendiam a ter consciência desse viés racial.

Faço um gesto com as mãos para ele acelerar.

— O político branco recebeu as respostas mais positivas — diz Howard.

— Que surpresa.

— É, mas essa não é a parte interessante. Conforme o preconceito aumentava, a avaliação do homem negro claro caía mais depressa do que a avaliação do homem negro escuro. Mas, quando os eleitores preconceituosos eram divididos entre os que tinham consciência do próprio racismo e os que geralmente não tinham, as coisas mudavam. As pessoas que não se importavam em parecer preconceituosas eram mais duras com o homem negro escuro do que com o claro. Os eleitores que se preocupavam com o que as pessoas iam pensar se eles fossem racistas, no entanto, avaliaram o negro escuro bem acima do negro claro. Você percebe, não é? Se uma pessoa branca estiver se esforçando muito para *não* parecer racista, ela vai supercompensar o preconceito suprimindo seus sentimentos reais em relação à pessoa de pele mais escura.

Fico olhando para ele.

— Por que você está me falando isso?

— Porque a Ruth é negra. De pele clara, mas ainda negra. E não dá necessariamente para confiar nas pessoas brancas daquela lista de jurados se elas lhe disserem que não têm preconceito. Elas podem ser muito mais implicitamente racistas do que demonstram, e isso faz com que sejam imprevisíveis no júri.

Baixo os olhos para a mesa. Odette está errada. Homicídio não é monocromático. Sabemos disso pela proporção de negros nas prisões. Há tantas, tantas razões pelas quais o ciclo é difícil de romper, e uma delas é que jurados brancos chegam ao julgamento com um viés. É muito mais provável que eles façam concessões a um réu que se pareça com eles do que a outro que seja diferente deles.

— Tudo bem — digo a Howard. — Qual é o seu plano?

Quando deito na cama à noite, Micah já está dormindo. Mas então ele estende o braço e me puxa para si.

— Não — digo. — Estou cansada demais para fazer qualquer coisa agora.

— Mesmo para me agradecer? — ele pergunta.

Viro para ele.

— Agradecer por quê?

— Porque eu encontrei um neonatologista para você.

Eu me sento de imediato.

— E?

— E vamos falar com ele neste fim de semana. É um cara que eu conheci na faculdade de medicina.

— O que você disse para ele?

— Que a minha esposa advogada maluca está dando uma de Lisístrata para cima de mim até que eu consiga para ela um especialista na área.

Eu rio, seguro o rosto de Micah nas mãos e o beijo, longa e lentamente.

— Vai entender — digo. — Parece que recuperei as forças.

Em um movimento rápido, ele me segura e rola, me prendendo sob seu corpo. Seu sorriso cintila à luz do luar.

— Se você vai fazer isso por um neonatologista — murmura —, o que me daria se eu encontrasse algo *realmente* impressionante, como um parasitologista? Ou um leprologista?

— Você está me deixando mimada — respondo e o puxo para mim.

Encontro Ruth na entrada dos fundos do tribunal como medida de segurança, caso Wallace Mercy tenha decidido que a seleção dos jurados vale seu tempo e energia. Ela está vestindo um tailleur cor de ameixa que eu fui com ela comprar na T.J.Maxx na semana passada e uma camisa branca formal. Seu cabelo está puxado para trás, preso em um coque na nuca. Ela tem uma aparência totalmente profissional e eu imaginaria que está no tribunal como advogada, se não fosse o fato de seus joelhos tremerem tão incontrolavelmente que batem um no outro.

Seguro seu braço.

— Relaxe. Sinceramente, não vale a pena ficar nervosa por isso.

Ela me olha.

— É que, de repente, ficou... muito real.

Eu a apresento a Howard e, quando eles apertam as mãos, vejo algo quase imperceptível passar entre ambos, um reconhecimento de que é surpreendente para os dois estar naquele tribunal, por razões diferentes. Howard e eu seguimos um de cada lado de Ruth enquanto entramos na sala e ocupamos nossos lugares na mesa da defesa.

Por mais que o juiz Thunder seja escroto conosco, os advogados, os júris fazem sua festa. Ele é a própria imagem do juiz modelo, com os cabelos grisalhos ondulados e as linhas sérias da experiência emoldurando a boca, formando parênteses em torno de qualquer palavra de sabedoria que ele venha a pronunciar. Quando nossos cem jurados potenciais são aglomerados dentro da sala do tribunal, ele dá as instruções preliminares.

— Lembre-se — sussurro para Howard, me inclinando por trás de Ruth. — Seu trabalho é tomar notas. Anote tudo até dar câimbra na mão.

Se um desses jurados tiver alguma mudança de expressão ao ouvir uma determinada palavra, eu preciso saber a palavra. Se eles cochilarem, quero saber quando.

Ele concorda com a cabeça enquanto examino os rostos dos jurados potenciais. Reconheço alguns de suas fotos no Facebook. Mesmo aqueles de que não me lembro têm expressões que estou acostumada a ver no rosto dos que eu chamo secretamente de Escoteiros, deliciados por estar cumprindo seu dever para com o país. Há os Morgan Stanleys: homens de negócios que ficam toda hora olhando para o relógio porque seu tempo é claramente mais importante do que passar o dia em um júri. Há os Reincidentes, que já passaram por todo esse processo antes e se perguntam por que cargas d'água foram chamados outra vez.

— Senhoras e senhores, sou o juiz Thunder e gostaria de lhes dar as boas-vindas ao meu tribunal.

Ai, ai.

— O Estado está representado aqui pela nossa promotora Odette Lawton. O trabalho dela é demonstrar a suficiência das provas neste caso para além de qualquer dúvida razoável. A ré é representada por Kennedy McQuarrie.

Quando ele começa a listar as acusações pelas quais Ruth foi denunciada, homicídio doloso e homicídio culposo, os joelhos dela tremem tanto que tenho que alcançá-los por baixo da mesa e segurá-los.

— Vou lhes explicar mais tarde o que essas acusações significam — diz o juiz Thunder. — Mas, antes de tudo, há alguma pessoa neste grupo que conheça as partes envolvidas no caso?

Um dos jurados levanta a mão.

— Aproxime-se da mesa — o juiz pede.

Odette e eu também vamos até a mesa para ouvir a conversa, enquanto uma máquina de barulho é ligada para que os outros jurados não possam ouvir o que o homem diz. Ele aponta para Odette.

— Ela prendeu meu irmão por posse de drogas. É uma filha da puta mentirosa.

Desnecessário dizer que ele foi dispensado.

Depois de mais algumas perguntas gerais, o juiz sorri para o grupo.

— Muito bem, pessoal. Vou dispensá-los e o oficial de justiça vai levá-los para a sala dos jurados. Vamos chamá-los um por um, para que as advogadas possam fazer as perguntas individuais. Por favor, não conversem sobre suas experiências com os outros jurados. Como eu lhes disse, o Estado tem o ônus da prova. Ainda não começamos o exame das provas, então insisto que mantenham a mente aberta e sejam sinceros em suas respostas diante do tribunal. Queremos ter certeza de que vocês estarão em uma situação confortável para atuar como jurados neste caso, assim como as partes envolvidas têm o direito de sentir que seu processo vai ser julgado por alguém justo e imparcial.

Se ao menos pudesse ser igual com o juiz, penso.

A inquirição dos jurados é um coquetel sem as bebidas. Você quer bater papo com os jurados, quer que eles gostem de você. Você quer parecer interessada pelo trabalho deles, mesmo que esse trabalho seja controle de qualidade em uma fábrica de vaselina. Conforme cada jurado individual passa pela sua frente, você lhe dá uma nota. Um jurado perfeito é 5. Um jurado ruim é 1.

Howard vai fazer a lista das razões pelas quais um jurado não é aceitável, para que possamos manter o controle deles. No fim, vamos acabar aceitando jurados 3, 4 e 5, porque só temos sete recusas peremptórias que podemos usar para eliminar um jurado sem a necessidade de apresentar motivos. E não podemos usar todas as sete logo de cara, porque e se houver um jurado *muito* mais problemático ainda por vir?

O primeiro homem a entrar é Derrick Welsh. Ele tem cinquenta e oito anos, dentes ruins e está usando camisa xadrez por fora da calça. Odette o cumprimenta com um sorriso.

— Sr. Welsh, como está passando hoje?

— Bem. Com um pouco de fome.

Ela sorri.

— Eu também. Me diga, já trabalhamos em algum caso juntos?

— Não — ele responde.

— Qual é sua profissão, sr. Welsh?

— Eu tenho uma loja de ferragens.

Ela lhe pergunta sobre os filhos e idades. Howard bate no meu ombro. Ele estava procurando freneticamente nos questionários.

— Este é o que tem um irmão policial — ele sussurra.

— Eu leio o *The Wall Street Journal* — Welsh está dizendo quando viro de volta para ele. — E Harlan Coben.

— O senhor ouviu sobre este caso?

— Um pouco. No noticiário — ele admite. — Eu sei que a enfermeira foi acusada de matar um bebê.

Ao meu lado, Ruth estremece.

— O senhor tem alguma opinião sobre a ré ser ou não culpada desse crime? — Odette pergunta.

— Até onde eu sei, no nosso país todos são inocentes até prova em contrário.

— Como o senhor vê o seu papel como jurado?

Ele encolhe os ombros.

— Acho que tenho que ouvir as provas... e fazer o que o juiz disser.

— Obrigada, Excelência — Odette diz e se senta.

Eu me levanto da cadeira.

— Oi, sr. Welsh — digo. — O senhor tem um parente na polícia, não é?

— Sim, meu irmão é policial.

— Ele trabalha nesta comunidade?

— Há quinze anos — o jurado responde.

— Ele conta sobre o trabalho? Com que tipo de pessoas ele lida?

— Às vezes...

— Sua loja já sofreu vandalismo?

— Fomos assaltados uma vez.

— O senhor acha que o aumento na criminalidade se deve a um fluxo de minorias que vêm para a comunidade?

Ele reflete sobre isso.

— Acho que tem mais a ver com a economia. As pessoas perdem o emprego, ficam desesperadas.

— Quem o senhor acha que tem o direito de determinar o tratamento médico: a família do paciente ou o profissional de saúde? — pergunto.

— Depende do caso...

— O senhor ou alguém da sua família já teve algum problema em um hospital?

Welsh aperta os lábios.

— Minha mãe morreu na mesa de cirurgia durante uma endoscopia de rotina.

— O senhor culpou o médico?

Ele hesita.

— Nós chegamos a um acordo.

E eu vejo uma luzinha vermelha se acender.

— Obrigada — digo e, ao sentar, olho para Howard e sacudo a cabeça.

O segundo jurado potencial é um homem negro próximo dos setenta anos. Odette pergunta qual seu nível de instrução, se ele é casado, com quem mora, quais são seus hobbies. A maioria dessas perguntas já está no questionário, mas às vezes a gente quer fazê-las de novo para olhar nos olhos da pessoa quando ela lhe conta que faz apresentações encenando a Guerra Civil, por exemplo, para ver se ela só gosta de história ou é uma aficionada por armas.

— Vi que o senhor é segurança em um shopping center — ela diz. — O senhor se considera parte da força policial?

— Acho que em certo sentido — ele responde.

— Sr. Jordan, o senhor sabe que estamos procurando um júri imparcial — diz Odette. — Certamente não escapou à sua atenção que tanto o senhor como a ré são negros. Isso poderia influir na sua capacidade de tomar uma decisão justa?

Ele pisca. Depois de um momento, responde a Odette.

— Existe algo na *sua* cor que faz *a senhora* ser injusta?

Acho que o sr. Jordan talvez seja minha pessoa favorita no mundo neste instante. Eu me levanto quando Odette termina seu questionamento.

— O senhor acha que pessoas negras têm mais probabilidade de cometer crimes do que pessoas brancas? — pergunto.

Já sei a resposta, portanto não é por isso que estou perguntando.

Quero ver como ele reage a mim, uma mulher branca, fazendo uma pergunta como essa.

— Eu acredito — ele diz devagar — que pessoas negras têm mais probabilidade de acabar na cadeia do que pessoas brancas.

— Obrigada, senhor — digo e viro para Howard com um aceno imperceptível de cabeça, como para dizer: *Este é um dez.*

Passamos por várias pessoas que se encaixam em algum ponto entre terrível e perfeito e, então, a jurada número 12 ocupa o assento. Lila Fairclough tem a idade perfeita para uma jurada, é loira e vivaz. Ela leciona no centro da cidade, em uma classe com integração racial. É muito educada e profissional com Odette, mas sorri para mim no momento em que me levanto.

— Minha filha vai estudar no distrito escolar em que a senhora trabalha — eu lhe digo. — Foi por isso que nos mudamos para lá.

— Ela vai adorar — a mulher responde.

— Agora, cá estou eu, sra. Fairclough, uma mulher branca representando uma mulher negra, que está enfrentando uma das acusações mais sérias que podem ser feitas contra uma pessoa. Tenho algumas preocupações e gostaria de falar sobre elas, porque é tão essencial que a senhora se sinta confortável neste júri quanto que eu me sinta confortável representando a minha cliente. Todos nós dizemos que o preconceito é uma coisa ruim, mas ele é uma realidade. Por exemplo, há alguns tipos de casos em que eu nunca poderia ser selecionada para um júri. Eu amo animais. Se vejo alguém sendo cruel com eles, não consigo ser objetiva. Fico tão furiosa que a minha raiva passa por cima de qualquer pensamento racional. Se esse fosse o caso, eu teria muita dificuldade para acreditar em qualquer coisa que a defesa me dissesse.

— Entendo totalmente o que quer dizer, mas eu não tenho nenhum preconceito — a sra. Fairclough me garante.

— Se a senhora entrasse em um ônibus e houvesse dois assentos vagos, um ao lado de um homem afro-americano e o outro ao lado de uma senhora idosa branca, onde a senhora se sentaria?

— No que estivesse mais perto. — Ela sacode a cabeça. — Eu sei aonde quer chegar, sra. McQuarrie. Mas, sinceramente, não tenho nenhum problema com pessoas negras.

Nesse momento, Howard larga a caneta.

Ouço o som como se fosse um tiro de revólver. Eu me viro para ele, encontro seu olhar e começo a fingir um ataque de tosse digno do Oscar. Esse é nosso sinal combinado. Tusso como se estivesse pondo o pulmão pela boca, bebo água do copo colocado sobre a mesa da defesa e me dirijo ao juiz com a voz rouca.

— O meu colega vai concluir, Excelência.

Quando Howard se levanta, ele começa a engolir convulsivamente. Tenho certeza de que o juiz vai achar que toda a equipe de defesa está empesteada, e é quando vejo a reação no rosto de Lila Fairclough.

Ela congela no momento em que Howard para à sua frente.

É infinitesimal o tempo entre isso e a rapidez com que ela estende os lábios em um sorriso. Mas eu vi.

— Desculpe, sra. Fairclough — diz ele. — Só mais algumas perguntas. Qual é a porcentagem de crianças negras na sua classe?

— Bem, tenho uma classe de trinta alunos, e oito das minhas crianças são afro-americanas este ano.

— A senhora acha que as crianças afro-americanas precisam ser disciplinadas com mais frequência do que as brancas?

Ela começa a girar o anel no dedo.

— Eu trato todos os meus alunos igualmente.

— Vamos sair da sua classe por um momento. A senhora acha que, em geral, crianças afro-americanas precisam ser disciplinadas com mais frequência do que crianças brancas?

— Bom, eu não li estudos sobre isso. — Gira, gira. — Mas posso lhe garantir que não sou parte do problema.

O que, claro, quer dizer que ela acha que *há* um problema.

Quando terminamos as entrevistas individuais e o primeiro conjunto de catorze jurados é levado de volta para a sala de espera, Howard e eu nos reunimos e analisamos se há alguém que queremos eliminar por alguma razão.

— Estamos prontos para discutir as dispensas? — pergunta o juiz Thunder.

— Gostaria de dispensar o número 10 — diz Odette —, aquele que comentou que uma pessoa negra não consegue ter nem um emprego justo, quanto mais um julgamento justo.

— Nenhuma objeção — respondo. — Eu gostaria de dispensar o jurado número 8, cuja filha foi estuprada por um negro.

— Nenhuma objeção — diz Odette.

Dispensamos um homem cuja esposa está morrendo, uma mulher com um bebê doente e um homem que sustenta uma família de seis pessoas e cujo chefe lhe disse que não poderá faltar uma semana no trabalho sem o risco de perder o emprego.

— Eu gostaria de dispensar a jurada número 12 — digo.

— De jeito nenhum — diz Odette.

O juiz Thunder franze a testa para mim.

— Qual é sua objeção?

— Ela é racista? — explico, mas parece ridículo mesmo para mim. A mulher leciona para crianças negras e jurou que não tem preconceito. Eu poderia saber que ela tem um viés implícito com base em sua reação a Howard e em seu gesto nervoso de girar o anel, mas, se explicar nosso pequeno experimento para Odette ou para o juiz, vai pegar mal para mim.

Sei que chamá-la para um questionamento adicional não vai adiantar. O que significa que tenho que aceitá-la como jurada ou usar uma das minhas recusas peremptórias.

Odette usou uma de suas recusas contra uma enfermeira e outra contra um organizador comunitário que admitiu que consegue encontrar injustiça em qualquer lugar. Eu descartei uma mulher que perdeu um bebê, um homem que processou um hospital por erro médico e um cara que, graças a Howard e ao Facebook, eu sei que foi a um festival de música White Power.

Howard se inclina por trás de Ruth para poder sussurrar no meu ouvido.

— Use — ele diz. — Ela vai ser problema, mesmo que não pareça.

— Sra. McQuarrie — chama o juiz —, estamos todos convidados para a sua pequena sessão de fofocas?

— Desculpe, Excelência. Posso ter um momento para consultar meu assistente? — Viro de novo para Howard. — Não posso. Tenho mais oitenta e seis jurados para examinar e só mais quatro recusas sem justificativa. Nós não temos como saber. De repente Satã está no próximo grupo. — Eu o encaro. — Você estava certo. Ela é tendenciosa. Mas ela não *acha* que é e não quer ser *vista* desse jeito. Então talvez, apenas talvez, isso possa virar em nosso favor.

Howard olha para mim longamente. É evidente que ele quer dizer o que está pensando, mas acaba apenas balançando a cabeça.

— Você que manda — diz.

— Nós aceitamos a jurada número 12 — digo ao juiz.

— Quero recusar o jurado número 2 — Odette continua.

Esse é meu segurança negro, meu dez perfeito. Odette sabe, e é por isso que está disposta a usar uma recusa peremptória contra ele. Mas eu me levanto como um raio antes mesmo de ela terminar a frase.

— Excelência, podemos nos aproximar? — Nós paramos em frente à mesa. — Juiz, isso é uma violação flagrante de *Batson* — digo.

James Batson era um afro-americano que foi julgado por furto com arrombamento em Kentucky por um júri inteiramente branco. Durante a fase de inquirição do julgamento, quando os jurados estavam sendo selecionados, o promotor usou recusas peremptórias contra seis jurados potenciais — quatro dos quais eram negros. A defesa tentou cancelar o júri com base em que Batson não estava sendo julgado por uma amostra representativa da comunidade, mas o juiz negou e o homem acabou sendo condenado. Em 1986, a Suprema Corte decidiu em favor de Batson, afirmando que o uso de recusas peremptórias em um caso criminal não poderia ser baseado unicamente no fator racial.

Desde então, toda vez que uma pessoa negra é recusada em um júri, qualquer advogado de defesa digno desse nome invocará *Batson*.

— Excelência — continuo —, a Sexta Emenda garante ao réu o direito de ser julgado por um júri de pares.

— Obrigado, sra. McQuarrie. Eu sei exatamente o que diz a Sexta Emenda.

— Não foi minha intenção dizer o contrário. New Haven é um condado muito diverso, e o júri precisa refletir essa diversidade. Neste momento, esse senhor é o único jurado negro nesse grupo de catorze.

— Você só pode estar brincando — diz Odette. — Está dizendo que *eu* sou racista?

— Não, estou dizendo que é muito mais fácil para você montar um júri a favor do Estado sem ser acusada disso *por causa* da sua raça.

O juiz vira para Odette.

— Qual é a sua razão para exercer o direito de pedir uma recusa peremptória?

— Eu o achei beligerante — diz ela.

— Este é o primeiro grupo de jurados — o juiz Thunder me adverte. — Ainda não é hora de chutar o pau da barraca.

Talvez seja o fato de ele estar tão visivelmente favorecendo a promotoria neste momento. Talvez seja porque eu quero mostrar a Ruth que vou lutar por ela. Talvez seja apenas porque ele usou a palavra *pau* e isso me fez lembrar do meu resmungo alimentado a esteroides contra ele. Seja qual for a razão, ou talvez por todas elas, endireito as costas e aproveito a oportunidade para desequilibrar Odette logo de saída.

— Quero uma audiência sobre isso — solicito. — Quero que Odette apresente as anotações dela. Tivemos outras pessoas beligerantes nesse grupo, e eu quero saber se ela documentou essa característica para os outros jurados.

Com ar de enfado, Odette sobe para o banco das testemunhas. Tenho que admitir que há suficiente orgulho de defensora pública em mim para adorar ver uma promotora sentada ali, efetivamente confinada. Ela me olha com irritação quando me aproximo.

— Você indicou que o jurado número 2 foi beligerante. Ouviu as respostas do jurado número 7?

— Claro que sim.

— O que achou da postura dele? — pergunto.

— Eu o achei amistoso.

Consulto as excelentes anotações de Howard.

— Mesmo quando você lhe perguntou sobre afro-americanos e criminalidade e ele levantou do banco e disse que você estava sugerindo que ele era racista? Isso não é ser beligerante?

Odette encolhe os ombros.

— O tom foi diferente do usado pelo jurado número 2.

— Coincidentemente, a cor da pele também — rebato. — Diga, você fez alguma anotação sobre o jurado número 11 ser beligerante?

Ela dá uma olhada em sua planilha.

— Estávamos avançando depressa. Não anotei tudo que estava pensando, porque não era importante.

— Porque não era importante — questiono — ou porque o jurado era branco? — Eu me volto para o juiz. — Obrigada, Excelência.

O juiz Thunder se dirige à promotora.

— Não vou autorizar a recusa peremptória. Você não vai me colocar em uma situação *Batson* logo de início, sra. Lawton. O jurado número 2 permanece no grupo.

Volto para meu lugar ao lado de Ruth, muito entusiasmada. Howard está olhando para mim como se eu fosse uma deusa. Não é todo dia que se consegue desbancar um promotor. De repente, Ruth me passa um bilhete. Eu o abro e leio a palavra solitária: "Obrigada".

Quando o juiz nos dispensa e encerra o dia, digo para Howard ir para casa dormir. Ruth e eu saímos do tribunal juntas; dou uma espiada primeiro para me certificar de que a barra está livre da imprensa. Está, mas eu sei que isso vai mudar assim que começar o julgamento.

Ao chegarmos ao estacionamento, porém, nenhuma de nós parece estar com muita pressa de ir embora. Ruth mantém a cabeça baixa, e eu já a conheço suficientemente bem a esta altura para saber que há alguma coisa passando por sua mente.

— Quer tomar uma taça de vinho? Ou precisa voltar para cuidar do Edison?

Ela sacode a cabeça.

— Ele está fora de casa mais do que eu ultimamente.

— Você não parece muito entusiasmada com isso.

— Neste momento, eu não sou exatamente o modelo dele — diz Ruth.

Caminhamos até um bar virando a esquina, onde já estive muitas vezes antes, comemorando vitórias ou afogando derrotas. Está cheio de advogados que conheço, então eu escapo com ela para uma mesa reservada bem no fundo. Pedimos um pinot noir, e, quando as taças chegam, faço um brinde.

— À absolvição.

Vejo que Ruth não levanta sua taça.

— Ruth — digo delicadamente —, eu sei que esta foi sua primeira vez no tribunal. Mas, acredite em mim, hoje correu tudo muito, muito bem.

Ela gira o vinho na taça.

— Minha mãe costumava me contar uma história sobre como, uma vez, ela estava me empurrando no carrinho de bebê na nossa vizinhança no Harlem e duas moças negras passaram por ela. Uma delas disse para a outra: "Ela andando por aí como se o bebê fosse dela. Não é o bebê dela. Odeio quando as babás fazem isso". Minha pele era clara em comparação com a da minha mãe. Ela só achou graça, porque sabia a verdade. Eu era totalmente dela. Mas a questão é que, conforme fui crescendo, não eram as crianças brancas que faziam eu me sentir pior. Eram as crianças negras. — Ruth olha para mim. — Aquela promotora fez tudo isso voltar de repente para cima de mim. Ela estava querendo me *pegar*.

— Não sei se é assim tão pessoal para Odette. Ela só quer ganhar.

Eu me dou conta de que esta é uma conversa que nunca tive antes com alguma pessoa afro-americana. Eu geralmente me preocupo tanto em não ser vista como preconceituosa que ficaria paralisada de medo de dizer algo que fosse ofensivo. Já tive clientes afro-americanos antes, mas, nesses casos, eu me posicionava claramente como aquela que tinha todas as respostas. Ruth viu essa máscara escorregar.

Com Ruth, eu sei que posso fazer uma pergunta boba de garota branca e ela vai me responder sem julgar minha ignorância. Da mesma maneira, se eu disser algo indelicado, ela vai me avisar. Lembro da vez que ela me explicou a diferença entre entrelaçamento e megahair; ou quando ela me perguntou sobre queimaduras de sol e quanto tempo leva para uma pele com bolhas começar a descascar. É a diferença entre pisar em ovos com um conhecido e mergulhar no centro turbulento de uma amizade. Nem sempre é perfeito; nem sempre é agradável. Mas, por estar fundamentado em respeito, é inabalável.

— Você me surpreendeu hoje — Ruth admite.

Eu rio.

— Porque eu realmente sou boa no que faço?

— Não. Porque metade das perguntas que você fez foram baseadas em raça. — Ela me olha de frente. — Depois de todo esse tempo me dizendo que isso não acontece no tribunal.

— Não acontece — digo sem rodeios. — Na segunda-feira, quando o julgamento começar, tudo muda.

— Você ainda vai me deixar falar? — Ruth pergunta. — Porque eu preciso contar o meu lado.

— Eu prometo. — Baixo minha taça de vinho. — Ruth, o fato de nós fingirmos que o racismo não tem nada a ver com um caso não quer dizer que não tenhamos consciência dele.

— Então por que fingir?

— Porque isso é o que os advogados fazem. Mentem para ganhar a vida. Se eu achasse que seria útil para absolver você, poderia dizer ao júri que Davis Bauer era um lobisomem. E, se eles acreditassem, problema deles.

Ruth me encara.

— É uma distração. É um palhaço balançando as mãos na sua cara para você não notar o truque que está acontecendo atrás dele.

É estranho ouvir meu trabalho descrito dessa maneira, mas não é inteiramente falso.

— Então eu acho que tudo que podemos fazer é beber para esquecer. — Levanto minha taça.

Ruth finalmente toma um gole do vinho.

— Não há pinot noir suficiente no mundo.

Passo o polegar pela borda do guardanapo de papel.

— Você acha que vai chegar um dia em que o racismo deixará de existir?

— Não, porque isso significa que as pessoas brancas teriam que aceitar a ideia de sermos iguais. Quem *escolheria* desmontar o sistema que as faz serem especiais?

Sinto o pescoço esquentar. Ela está falando sobre mim? Está sugerindo que a razão de eu não resistir ao sistema é porque eu, pessoalmente, teria algo a perder?

— Mas quem sabe estou errada — Ruth completa.
Ergo minha taça e faço um brinde com a dela.
— Aos passinhos de formiga — digo.

Depois de mais um dia de seleção de jurados, temos nossos doze, mais dois reservas. Passo o fim de semana entocada em meu home office me preparando para a fala de abertura do julgamento na segunda-feira e saio apenas no domingo à tarde para me encontrar com o neonatologista. Micah conheceu Ivan Kelly-Garcia na aula de química orgânica no primeiro ano, quando, no exame de meio de curso, Ivan entrou atrasado vestido de cachorro-quente gigante faltando apenas meia hora para terminar, pegou um caderno da prova e tirou a nota máxima. A noite anterior havia sido Halloween, ele bebeu demais e apagou em uma república de meninas estudantes; ao acordar, percebeu que estava prestes a jogar no lixo seu futuro como médico. Ivan não só se tornou parceiro de estudos de Micah em química orgânica como foi estudar medicina em Harvard e se tornou um dos melhores neonatologistas de toda a região.

Ele ficou entusiasmado ao falar com Micah depois de tantos anos e mais entusiasmado ainda ao receber sua esposa advogada maluca e uma menininha de quatro anos muito rabugenta que não devia ter sido acordada de seu sono na cadeirinha do carro. Ivan mora em Westport, Connecticut, em uma casa tranquila em estilo colonial, com sua esposa — uma mulher que conseguiu fazer guacamole e molho de tomate picante em casa *depois* de seu treino matinal de vinte e cinco quilômetros de corrida. Eles ainda não têm filhos, mas têm um enorme cão bernese, que, no momento, está alternando entre tomar conta de Violet e enchê-la de lambidas.

— Olhe só para nós, cara — diz Ivan. — Casados. Empregados. *Sóbrios*. Lembra daquela vez que tomamos ácido e eu decidi subir em uma árvore, mas esqueci que tenho pânico de altura?

Olho para Micah.

—*Você* tomou ácido?

— Imagino que você também não contou para ela sobre a Suécia — Ivan comenta.

— Suécia? — Olho de um homem para o outro.

— Cone do silêncio — diz Ivan. — Código de brothers.

Imaginar Micah — que prefere suas cuecas *passadas* — como um *brother* me faz abafar o riso.

— A minha mulher está trabalhando no primeiro caso de homicídio dela — Micah muda de assunto sem se alterar —, então peço desculpas antecipadamente se ela te fizer dez mil perguntas.

— Vou querer saber toda essa história mais tarde — sussurro para ele, antes de sorrir para Ivan. — Eu queria que você me explicasse sobre triagem neonatal.

— Bom, basicamente, isso mudou a história da mortalidade de recém-nascidos. Graças a uma coisa chamada espectrometria de massa em tandem, que é feita no laboratório estadual, conseguimos identificar várias doenças congênitas que podem ser tratadas ou administradas. Com certeza a sua filha fez esse teste e você provavelmente nem ficou sabendo.

— Que tipo de doenças? — pergunto.

— Ah, um dicionário científico nerd inteiro. Deficiência de biotinidase, que é quando o corpo não consegue reutilizar e reciclar biotina livre suficiente. Hiperplasia congênita da suprarrenal e hipotireoidismo congênito, que são deficiências de hormônios. Galactosemia, que impede o bebê de processar um açúcar que existe no leite, leite materno e leites em pó. Hemoglobinopatias, que são problemas com as células vermelhas do sangue. Distúrbios do metabolismo dos aminoácidos, que causam aumento de aminoácidos no sangue ou na urina; distúrbios da oxidação dos ácidos graxos, que impedem o corpo de transformar gorduras em energia; e distúrbios de acidúria orgânica, que são uma espécie de híbrido entre os dois. Você provavelmente já ouviu falar de algumas delas, como anemia falciforme, que afeta muitos afro-americanos. Ou fenilcetonúria — diz Ivan. — Bebês que nascem com fenilcetonúria não conseguem processar alguns tipos de aminoácidos, que se acumulam no sangue ou na urina. Se essa doença não for detectada no bebê, leva a prejuízo cognitivo e convulsões. Mas, se for identificada logo depois do nascimento, pode ser controlada com uma dieta especial e o prognóstico é excelente.

Entrego a ele os resultados do laboratório.

— O laboratório diz que havia uma alteração na triagem neonatal deste paciente.

Ele dá uma olhada nas primeiras páginas.

— Ah, sim. Esta criança tem deficiência de MCAD. Dá para saber por estes picos no gráfico da espectrometria de massa aqui em C-6 e C-8. Esse é o perfil de acilcarnitinas. — Ivan olha para nós. — Está bem. Deixa eu explicar melhor. Bom, MCADD é o acrônimo para deficiência de acilcoenzima A desidrogenase de cadeia média. Esse é um distúrbio autossômico recessivo da oxidação dos ácidos graxos. O corpo precisa de energia para fazer as coisas: se mover, funcionar, digerir, até respirar. Nós obtemos o nosso combustível dos alimentos e o armazenamos nos tecidos na forma de ácidos graxos até precisarmos dele. Nesse ponto, oxidamos esses ácidos graxos para produzir energia para as funções corporais. Mas um bebê com um distúrbio na oxidação dos ácidos graxos não consegue fazer isso, porque lhe falta uma enzima essencial: nesse caso, a MCAD. Isso significa que, quando os estoques de energia se esgotam, esse bebê tem problemas.

— Que problemas?

Ele me devolve os laudos.

— O nível de açúcar vai desabar e ele vai ficar cansado, lento.

Essas palavras disparam um alarme em minha mente. O nível baixo de açúcar no sangue de Davis Bauer foi creditado à diabete gestacional da mãe. Mas e se não tiver sido isso?

— Poderia causar morte?

— Se não for diagnosticado logo. Muitas dessas crianças são assintomáticas até que algo desencadeie o problema: uma infecção, ou uma vacina, ou jejum. Então ela sofre um declínio rápido que se parece muito com a síndrome de morte súbita do lactente. Basicamente, o bebê caminha para uma parada cardíaca.

— Um bebê que entra em parada cardíaca ainda pode ser salvo se tiver MCADD?

— Depende muito da situação. Talvez sim. Talvez não.

Talvez, eu penso, *é uma palavra excelente para um júri.*

Ivan olha para mim.

— Suponho, já que há um processo envolvido, que esse paciente não sobreviveu.

Sacudo a cabeça.

— Ele morreu com três dias.

— Em que dia da semana o bebê nasceu?

— Quinta-feira. O teste do pezinho foi feito na sexta.

— A que horas foi enviado para o laboratório? — Ivan pergunta.

— Não sei — admito. — Faz diferença?

— Faz. — Ele se recosta na cadeira e olha para Violet, que agora tenta montar no cachorro. — O laboratório de Connecticut fecha aos sábados e domingos. Se a amostra da triagem tiver sido enviada do hospital depois de, digamos, meio-dia de sexta-feira, só chegou ao laboratório após o fim de semana. — Ivan olha para mim. — O que significa que, se essa criança tivesse nascido em uma segunda-feira, teria tido uma chance.

FASE 2

EXPULSÃO

Ela queria chegar ao ódio deles todos, esquadrinhá-lo e trabalhar nele até que encontrasse uma pequena fenda, e então puxar para fora um seixo, ou uma pedra, ou um tijolo, depois uma parte da parede e, uma vez começado, o edifício inteiro talvez ruísse e fosse destruído.

— RAY BRADBURY, *O homem ilustrado*

RUTH

Todos nós fazemos isso. Nos distraímos para não notar a passagem do tempo. Nos atiramos no trabalho. Focamos em não deixar a ferrugem contaminar nossos tomateiros. Enchemos o tanque de gasolina e recarregamos o bilhete do metrô e fazemos as compras no supermercado de modo que todas as semanas pareçam as mesmas na superfície. E então, um dia, a gente vira e nosso bebê é um homem. Um dia, olhamos no espelho e vemos cabelos brancos. Um dia, percebemos que resta menos vida para viver do que a parte que já foi vivida. E pensamos: *Como aconteceu tão depressa? Ontem mesmo eu bebi legalmente pela primeira vez, troquei as fraldas dele, fui jovem.*

Quando essa constatação nos alcança, começamos a fazer as contas. *Quanto tempo eu ainda tenho? Quanto posso encaixar nesse pequeno espaço?*

Alguns de nós deixam essa constatação nos guiar, imagino. Compramos viagens para o Tibete, aprendemos escultura, saltamos de paraquedas. Tentamos fingir que não está quase acabado.

Mas outros apenas enchem o tanque de gasolina, recarregam o bilhete do metrô e fazem compras no supermercado, porque, quando se vê apenas o caminho que está logo à frente, não se fica obcecado com a expectativa de quando chegará a borda do penhasco.

Alguns de nós nunca ficam sabendo.

E alguns ficam sabendo mais cedo que os outros.

* * *

Na manhã do julgamento, bato de leve na porta do quarto de Edison.

— Está quase pronto? — pergunto e, quando ele não responde, viro a maçaneta e entro. Edison está enterrado sob uma pilha de colchas, com o braço sobre os olhos. — Edison — chamo mais alto. — Vamos! Nós não podemos nos atrasar!

Ele não está dormindo. Posso dizer isso pela profundidade de sua respiração.

— Eu não vou — ele murmura.

Kennedy pediu que Edison faltasse à escola e fosse ao julgamento. Não contei a ela que, atualmente, ir para a escola não tem sido muito uma prioridade para ele, como é atestado pelo número de vezes que me ligam para falar de suas faltas. Implorei, argumentei, mas fazê-lo me ouvir tornou-se uma tarefa hercúlea. Meu menino doce, sério e estudioso é agora um rebelde — fechado no quarto ouvindo música tão alto que as paredes tremem ou conversando por mensagens de texto com amigos que eu não sabia que ele tinha; chegando em casa depois da hora combinada, cheirando a álcool e maconha. Briguei, chorei e, agora, não sei mais o que fazer. Toda a nossa vida está em processo de descarrilar; este é apenas um dos vagões que está saindo dos trilhos.

— Já conversamos sobre isso — eu digo.

— Não, não conversamos. — Ele aperta os olhos para me olhar. — *Você* falou comigo.

— A Kennedy disse que é mais difícil imaginar como assassina uma pessoa vista como maternal. Ela disse que a imagem que se apresenta para o júri às vezes é mais importante que as provas.

— A Kennedy disse. A Kennedy disse. Você fala como se ela fosse Deus...

— Ela é — interrompo. — Pelo menos neste momento. Todas as minhas orações são para ela, porque ela é a única coisa que está entre mim e uma condenação, Edison, e é por isso que estou pedindo... não, estou *implorando* que você faça só isso por mim.

— Eu tenho coisas para fazer.

Levanto uma sobrancelha.

— O que, por exemplo? Faltar na aula?

Ele vira para o outro lado.

— Por que você não vai embora de uma vez?

— Daqui a mais ou menos uma semana — revido — talvez o seu desejo se torne realidade.

A verdade é dura. Ponho a mão na frente da boca, como se pudesse recolher as palavras de volta. Edison luta para conter as lágrimas.

— Não foi isso que eu quis dizer — ele murmura.

— Eu sei.

— Não quero ir ao julgamento porque acho que não consigo ouvir o que vão falar de você — ele confessa.

Seguro o rosto dele entre as mãos.

— Edison, você me conhece. Eles *não*. O que quer que você ouça naquele tribunal, qualquer que seja a mentira que eles tentem contar, lembre-se de que tudo o que eu já fiz na vida foi por você. — Sem soltar o rosto dele, sigo a trajetória de uma lágrima com o polegar. — Você vai ser alguém na vida. As pessoas vão saber o seu nome.

Posso ouvir o eco da minha mãe me dizendo a mesma coisa. *Cuidado com o que deseja*, penso. Depois de hoje, as pessoas *vão* saber o meu nome. Mas não pelas razões que ela esperava.

— O que acontece com *você* importa — digo a Edison. — O que acontece comigo, não.

Ele levanta a mão e segura meu pulso.

— Importa *para mim*.

Ah, aí está você, penso, olhando nos olhos de Edison. Este é o menino que eu conheço. O menino em quem depositei minha esperança.

— Parece que estou precisando de um par para me levar ao meu próprio julgamento — digo com um sorriso.

Edison solta meu pulso. Ele me oferece o braço, dobrado na altura do cotovelo em um gesto antiquado e formal, embora ainda esteja de pijama, embora eu tenha um lenço enrolado nos cabelos, embora não seja a um baile que estamos indo, mas a algo mais parecido com um corredor polonês.

— Conceda-me a honra — diz ele.

* * *

Na noite passada, Kennedy apareceu em minha casa inesperadamente. O marido e a filha estavam junto; ela veio direto de alguma cidade a umas duas horas de viagem, ansiosa para me contar a novidade: a triagem neonatal de Davis Bauer tinha dado MCADD.

Olhei para os resultados que ela me mostrou, os mesmos que um médico amigo de seu marido lhe havia explicado.

— Mas isso... isso é...

— Uma boa surpresa — ela termina. — Para você, pelo menos. Não sei se estes resultados não entraram no prontuário acidentalmente ou se alguém os deixou de fora de propósito porque sabia que eles fariam você parecer menos culpada. Mas o importante é que nós temos a informação agora e vamos usá-la para conseguir uma absolvição.

MCADD é uma condição médica muito mais perigosa do que persistência do canal arterial de grau um, a doença cardíaca que Kennedy pretendia usar. Não é mais mentira dizer que o bebê Bauer tinha um transtorno que representava risco à vida.

Ela não estaria mentindo no tribunal. Apenas eu.

Tentei meia dúzia de vezes dizer a verdade a Kennedy, especialmente depois que nossa relação mudou de profissional para pessoal. Mas isso só tornava tudo pior. A princípio eu não podia lhe contar que havia interferido e tocado em Davis Bauer quando ele convulsionou porque não sabia se podia confiar nela, ou como a verdade se refletiria em meu caso. Mas, agora, eu não posso contar a ela porque sinto vergonha de ter mentido.

Comecei a chorar.

— É melhor que sejam lágrimas de felicidade — ela disse. — Ou de gratidão pelo meu notável talento jurídico.

— Aquele pobre bebê — consegui falar. — Isso é tão... arbitrário.

Mas eu não estava chorando por Davis Bauer e não estava chorando por causa da minha desonestidade. Eu estava chorando porque Kennedy estivera certa o tempo todo: realmente não importava se a enfermeira que atendeu Davis Bauer era negra, branca ou roxa. Não importava se eu tinha tentado ressuscitar o bebê ou não. Nada disso teria feito diferença.

Ela pôs a mão em meu braço.

— Ruth — Kennedy me lembrou. — Coisas ruins acontecem com pessoas boas todos os dias.

Meu celular toca no momento em que o ônibus para no ponto. Edison e eu descemos enquanto a voz de Adisa enche meu ouvido.

— Menina, você não vai acreditar. Onde você está?

Leio a placa da rua.

— College Street.

— Ande na direção do parque.

Olho em volta para me orientar e levo Edison a reboque. O tribunal fica a um quarteirão do parque público, e Kennedy me deu instruções expressas para *não* me aproximar por essa direção, porque eu seria bombardeada pela imprensa.

Mas com certeza não fará mal ver o que está acontecendo de longe.

Eu os ouço antes de vê-los, as vozes fortes entretecidas em harmonia e subindo como o pé de feijão de João, com destino ao céu. É um mar de rostos, tantos tons de marrom, cantando "Oh, Freedom". Na frente, em uma pequena plataforma improvisada com um logotipo de uma rede de televisão atrás, está Wallace Mercy. A polícia forma uma barreira humana, com os braços estendidos, como se tentassem lançar um feitiço para evitar violência. Enquanto isso, a rua do tribunal, a Elm Street, está ocupada por carros da imprensa, com suas antenas parabólicas erguidas para o sol, repórteres segurando os microfones de costas para o parque e cinegrafistas filmando.

— Meu Deus — murmuro.

— Eu não tive nada a ver com isso, mas é tudo para você — diz Adisa, orgulhosa. — Você devia entrar por aqueles degraus da frente com a cabeça erguida.

— Não posso. — Kennedy e eu combinamos um lugar de encontro.

— Está bem — Adisa responde, mas sinto a decepção em sua voz.

— Vejo você lá dentro. Adisa? Obrigada por ter vindo.

Ela faz um som de desdém.

— Para onde mais eu iria? — diz e desliga o telefone.

* * *

Edison e eu passamos em meio a um grupo de estudantes de Yale alheios à situação, que carregam mochilas nas costas como cascos de tartarugas; pelos prédios góticos das moradias estudantis para além de muros e portões pretos; pela Dama Poetisa, uma mulher em situação de rua que recita versos em troca de algum dinheiro. Quando chegamos à casa paroquial em Wall Street, escapamos para trás do edifício sem ser notados e chegamos a um terreno vazio.

— E agora? — pergunta Edison. Ele está usando o terno que vestiu no funeral da minha mãe. Em qualquer outro dia, poderia ser um rapaz indo para uma entrevista em uma faculdade.

— Agora nós esperamos — respondo. Kennedy tem um plano para me levar para dentro pela entrada dos fundos, onde eu não vou atrair a atenção da mídia. Pediu que eu confiasse nela.

Boba que sou, eu confio.

TURK

Na noite passada, quando não conseguia dormir, vi um programa na TV a cabo às três da manhã sobre como os índios viviam. Mostraram uma representação, um cara de tanga pondo fogo em uma pilha de folhas sobre um longo tronco de árvore que havia sido cortado no sentido do comprimento. Depois de queimado, ele raspou o tronco com o que parecia uma concha e foi repetindo o processo até cavar uma canoa. É como eu me sinto hoje. Como se alguém tivesse me raspado de dentro para fora até eu ficar vazio.

Isso é um pouco surpreendente, porque esperei tanto tempo por este dia. Achei que teria a energia do Super-Homem. Que lutaria pelo meu filho e nada poderia me deter.

Mas, estranhamente, tenho a sensação de que cheguei à zona de combate e a encontrei deserta.

Estou cansado. Tenho vinte e cinco anos e já vivi o suficiente para dez homens.

Brit sai do banheiro.

— Todo seu — ela diz. Está de sutiã e meia-calça, que a promotora recomendou que ela usasse para parecer conservadora.

— E você — a promotora sugeriu — deve usar um chapéu.

Foda-se o chapéu.

Para mim, este é o memorial que meu filho merece: se não posso tê-lo de volta, vou garantir que as pessoas responsáveis por isso sejam punidas e que outras como elas fiquem tremendo de medo.

Abro a água quente e mantenho as mãos sob a torneira. Depois passo o creme de barbear. Eu o esfrego por todo o meu couro cabeludo e começo a usar a navalha para raspar totalmente a cabeça.

Talvez seja porque eu não dormi; ou é possível que a cratera que fixou residência dentro de mim esteja me deixando trêmulo. Seja qual for a razão, eu me corto logo acima da orelha esquerda. Sinto a ardência quando o sabão escorre pelo corte.

Pressiono a toalha contra a cabeça, mas ferimentos no couro cabeludo demoram um pouco para parar de sangrar. Depois de um minuto, solto a toalha e observo o fio de sangue descer pelo pescoço, para dentro do colarinho.

Parece uma bandeira vermelha saindo de minha tatuagem da suástica. Fico fascinado pela combinação: a espuma branca do sabonete, a pele clara, a mancha vívida.

Primeiro, dirigimos na direção oposta ao tribunal. Há geada no para-brisa da picape e tem sol, o tipo de dia que parece perfeito até se perceber como está frio quando se põe o pé fora de casa. Estamos vestidos a caráter: eu com o terno que compartilho com Francis, e Brit com um vestido preto que costumava se agarrar ao corpo dela e agora fica solto sobre ele.

Somos o único carro no estacionamento. Depois que estaciono, saio e dou a volta até o lado de Brit. Isso não é porque sou um perfeito cavalheiro, mas porque ela não quer sair. Eu me ajoelho ao lado dela e pouso a mão em sua coxa.

— Está tudo bem — digo. — Podemos nos apoiar um no outro.

Ela levanta o queixo, como já a vi fazer quando acha que alguém está prestes a sugerir que ela seja fraca ou incapaz. E, então, se força a sair da picape. Está usando sapatilhas, como Odette Law a instruiu a fazer, mas seu casaco é curto e só chega até os quadris, e percebo como o vento a deve estar castigando através do tecido leve do vestido. Tento me posicionar entre ela e as rajadas, como se pudesse mudar o clima por ela.

Quando chegamos lá, o sol começa a bater na lápide de um jeito que a faz reluzir. Ela é branca. Ofuscantemente branca. Brit se abaixa e passa os dedos sobre as letras do nome de Davis. O dia de seu nascimento, o salto na amarelinha para a morte. E uma única palavra abaixo disso: "AMOR".

Brit queria escrever "AMADO". Essas foram as instruções que ela me deu para transmitir ao entalhador do granito. Mas, no último minuto, eu mudei. Isso nunca iria terminar, então por que escrever no passado?

Eu disse a Brit que foi o entalhador que se enganou. Não admiti que tinha sido eu.

Gosto da ideia de que a palavra no túmulo do meu filho combina com a tatuagem nos dedos da minha mão esquerda. É como se eu o levasse comigo.

Permanecemos junto ao túmulo até Brit ficar com frio demais. Há uma fina camada de grama, plantada depois do funeral, já ressecada. Uma segunda morte.

A primeira coisa que vemos no tribunal são os malditos pretos.

É como se todo o parque no meio de New Haven estivesse coberto por eles. Estão balançando bandeiras e cantando hinos.

É aquele calhorda da televisão, Wallace Alguma Coisa. O que se acha reverendo e provavelmente foi ordenado via internet por cinco dólares. Ele está dando uma espécie de aula de história de pretos, falando da Rebelião de Bacon.

— Em resposta, meus irmãos e irmãs — diz ele —, brancos e negros foram separados. Acreditavam que, se eles se unissem, poderiam causar muitos danos juntos. E, em 1705, os servos por contrato que eram cristãos, e brancos, receberam um pedaço de terra, armas, comida, dinheiro. Os outros foram escravizados. Nossa terra e animais de criação foram arrancados de nós. Nossos braços foram tomados. Se levantássemos a mão para um homem branco, nossa própria vida podia ser tirada. — Ele levanta os braços. — A história é contada por americanos anglodescendentes.

Exatamente. Olho para o tamanho da multidão que o ouve. Penso no Álamo, onde um punhado de texanos segurou um exército de chicanos por doze dias.

Bem, eles perderam, mas mesmo assim.

De repente, do meio do mar de negros, vejo um punho branco levantado. Um símbolo.

A multidão se movimenta enquanto o homem caminha em minha direção. Um cara grande, com a cabeça raspada e uma longa barba vermelha. Ele para na frente de mim e de Brit e estende a mão.

— Carl Thorheldson — diz ele, apresentando-se. — Mas você me conhece como Odin45.

É o nome de usuário de uma pessoa que escreve com frequência no Lobosolitario.org.

O homem que o acompanha aperta minha mão também.

— Erich Duval. WhiteDevil.

Logo se junta a eles uma mulher com gêmeos, pequenas crianças de cabelos muito claros equilibradas cada uma em um quadril. Depois um cara com roupa de exército. Três moças com delineador preto pesado nos olhos. Um homem alto com coturnos e um palito apertado entre os dentes. Um rapaz com óculos hipster de armação grossa e um notebook nas mãos.

Um fluxo contínuo de gente se reúne à minha volta. Pessoas que conheço por um interesse comum pelo Lobosolitario.org. São alfaiates, contadores e professores, são os milícias que patrulham as fronteiras no Arizona e as colinas de New Hampshire. São neonazistas que nunca deixaram de acreditar. Estiveram anônimos, se escondendo atrás das telas de nomes de usuários, até agora.

Pelo meu filho, eles estão dispostos a se expor outra vez.

KENNEDY

Na manhã do julgamento, eu durmo demais. Levanto da cama como uma bala de canhão, jogo água no rosto, prendo o cabelo em um coque na nuca e me enfio em uma meia-calça e no meu melhor conjunto azul-marinho. Literalmente três minutos para me arrumar e estou na cozinha, onde encontro Micah de pé na frente do fogão.
— Por que você não me acordou? — pergunto.
Ele sorri e me dá um beijo rápido.
—Também te amo, lua da minha vida. Vá se sentar ao lado da Violet.
Nossa filha está à mesa, olhando para mim.
— Mamãe? Você está com dois sapatos diferentes.
— Ah, meu Deus — murmuro e me viro para voltar ao quarto, mas Micah segura meu ombro e me faz sentar.
—Você vai comer isto enquanto está quente. Precisa de energia para engolir um skinhead e a esposa. Caso contrário vai perder o gás, e eu sei por experiência própria que a única opção de alimento naquele tribunal é uma coisa marrom que eles tentam passar por café e uma máquina que vende barras de granola do período jurássico. — Ele põe um prato na minha frente com dois ovos fritos, torrada com geleia e até batatas crocantes. Estou com tanta fome que já terminei os ovos antes que ele tenha tempo de pôr na mesa a última parte do meu café da manhã: um café com leite fumegante em sua velha caneca da Faculdade de Medicina de Harvard. — Olha só — ele brinca —, eu até servi seu café na caneca do privilégio branco.

Dou risada.

— Então vou levar comigo no carro para dar sorte. Ou culpa. Ou alguma coisa.

Beijo o topo da cabeça de Violet e pego o sapato certo no armário do quarto, além de meu celular, carregador, computador e pasta. Micah está me esperando à porta com a caneca de café.

— Quer saber? Eu tenho orgulho de você.

Eu me permito aproveitar um pouco este momento.

— Obrigada.

— Vá em frente e seja Marcia Clark.

Franzo a testa.

— Ela é promotora. Posso ser Gloria Allred?

Micah encolhe os ombros.

— Só caia matando.

Caminho para o carro.

— Essa é a última coisa que você devia dizer para alguém que vai ao julgamento de seu primeiro caso de homicídio — respondo e entro no carro sem derrubar uma gota sequer do meu café.

Isso deve ser algum sinal, certo?

Passo pela frente do tribunal só para ver o que está acontecendo, embora tenha combinado de me encontrar com Ruth em um lugar onde sei que não vamos ser assediadas. Um circo, essa é realmente a única maneira de descrever aquilo. Em uma das extremidades do parque, o bendito Wallace Mercy está transmitindo ao vivo, pregando para uma multidão por um megafone.

— Em 1691, a palavra *branco* foi usada no tribunal pela primeira vez. Na época, esta nação usava a regra de uma gota — eu o escuto dizer. — Bastava uma gota de sangue para ser considerado negro neste país...

Na outra ponta do parque há um aglomerado de pessoas brancas. A princípio acho que eles estão assistindo ao showzinho do Wallace, depois vejo um deles levantar a foto do bebê morto.

Eles começam a avançar pelo meio do grupo que está escutando Wallace. Há xingamentos, empurrões, um soco. A polícia entra imediatamente na confusão, separando negros e brancos.

Isso me lembra de um truque mágico que fiz para impressionar Violet no ano passado. Despejei água em uma forma e salpiquei a superfície com pimenta. Depois disse a ela que a pimenta tinha medo do sabão e, de fato, quando mergulhei a barra de sabão na água, a pimenta fugiu para os cantos.

Para Violet, aquilo foi mágica. Eu sabia, claro, que o que fez a pimenta fugir do sabão foi a tensão superficial.

O que é mais ou menos o que está acontecendo aqui.

Dirijo até os fundos da casa paroquial na Wall Street. Imediatamente, vejo Edison à espera, mas não Ruth. Saio do carro, sentindo o coração apressado.

— Ela...?

Ele aponta para o outro lado do terreno, onde Ruth está de pé na calçada, olhando para o movimento de pedestres na rua. Até agora, ninguém reparou nela, mas é um risco. Vou até lá para puxá-la de volta e toco seu braço, mas ela me afasta.

— Eu gostaria de ter um momento — ela diz com formalidade.

Eu recuo.

Estudantes e professores passam, com a gola da roupa puxada para cima para proteger do vento. Uma bicicleta tilinta em seu caminho e, então, o volume dinossáurico de um ônibus suspira ao parar junto à guia e vomita alguns passageiros antes de se mover outra vez.

— Eu fico tendo esses... pensamentos — diz Ruth. — Durante todo o fim de semana. Quantas vezes mais vou pegar o ônibus? Ou preparar o café da manhã? Será que esta é a última vez que vou preencher um cheque para pagar a conta de luz? Será que eu teria prestado mais atenção quando os narcisos apareceram em abril se soubesse que não ia voltar a vê-los?

Ela dá um passo na direção das árvores novas plantadas em uma fila ordenada. Suas mãos envolvem um tronco estreito como se o estivesse estrangulando, e ela levanta o rosto para os galhos desfolhados acima.

— Olhe para esse céu — ela diz. — É o tipo de azul que a gente encontra em tubos de tinta a óleo. Como a cor purificada até a sua essência. — Ela se vira para mim. — Quanto tempo demora para esquecer isso?

Ponho o braço sobre seus ombros. Ela está tremendo, e eu sei que não tem nada a ver com a temperatura.

— Se a minha palavra sobre isso tem algum valor — respondo —, digo que você nunca vai descobrir.

RUTH

Quando Edison era pequeno, eu sempre sabia se ele estava aprontando. Conseguia sentir, mesmo que não pudesse ver. "Tenho olhos na nuca", eu costumava dizer quando ele se surpreendia porque, mesmo de costas, eu sabia que ele estava tentando pegar alguma coisa escondido para comer antes do jantar.

Talvez seja por isso que, embora eu fique olhando para a frente como Kennedy me orientou, posso sentir os olhares de todos que estão sentados atrás de mim na sala do tribunal.

Eles me cutucam como alfinetes, flechas, picadas de insetos. Preciso de toda a minha concentração para não dar um tapa no pescoço a fim de espantá-los.

Quem estou querendo enganar? Preciso de toda a minha concentração para não me levantar, correr pelo meio dos bancos e sair desta sala.

Kennedy e Howard estão inclinados um junto do outro, focados em uma sessão de estratégia; eles não têm tempo para me tranquilizar agora. O juiz deixou claro que não vai tolerar interferências do público e que adotará uma política de tolerância zero: uma interrupção e você está fora. Certamente isso está mantendo os supremacistas brancos sob controle. Mas eles não são os únicos cujos olhares me perfuram.

Há um grande número de pessoas negras, muitos rostos que reconheço do funeral da minha mãe, que vieram me incluir em suas preces. Diretamente atrás de mim estão Edison e Adisa. Eles estão de mãos dadas sobre o apoio de braço entre seus assentos. Posso sentir a intensidade dessa ligação, como um campo de força. Escuto a respiração deles.

De repente, estou de volta ao hospital, fazendo o que eu fazia melhor, minha mão no ombro de uma mulher em trabalho de parto e meus olhos na tela que monitora seus sinais vitais. "Inspire", eu instruiria. "Expire. Inspire profundamente... expire longamente." E a tensão com certeza ia diminuir. Com o corpo mais relaxado, o progresso seria mais fácil.

É hora de seguir meu próprio conselho.

Inspiro tanto quanto posso, abrindo as narinas, respirando tão fundo que visualizo o vácuo que crio, as paredes se curvando para dentro. Meus pulmões se inflam no peito, cheios a ponto de explodir. Por um segundo, eu seguro o tempo.

E, então, eu solto.

Odette Lawton não me olha nos olhos. Ela está completamente focada nos jurados. Ela é um deles. Mesmo a distância que ela coloca entre si e a mesa da defesa é uma maneira de lembrar as pessoas que vão decidir meu futuro de que ela e eu não temos *nada* em comum. Não importa o que vejam quando olham para a nossa pele.

— Senhoras e senhores do júri — diz ela —, o caso que estão prestes a ouvir é horrível e trágico. Turk e Brittany Bauer estavam, como muitos de nós, entusiasmados por se tornarem pais. De fato, o melhor dia da vida deles foi 2 de outubro de 2015. Nesse dia, seu filho Davis nasceu. — Ela pousa a mão na grade da bancada do júri. — Diferentemente de todos os pais, porém, os Bauer têm algumas preferências pessoais que os levaram a não se sentir bem com uma enfermeira afro-americana cuidando de seu filho. Os senhores podem não gostar daquilo em que eles acreditam, podem não concordar com eles, mas não podem negar o justo direito deles como pacientes do hospital de tomar decisões sobre o atendimento médico de seu bebê. Exercendo esse direito, Turk Bauer solicitou que apenas determinadas enfermeiras cuidassem de seu filho. A ré não era uma delas. E, senhoras e senhores, essa foi uma ofensa que ela não conseguiu engolir.

Se eu não estivesse tão aterrorizada, iria rir. Então é isso? É assim que Odette passa por cima do racismo que levou àquele maldito post-it no prontuário? É quase impressionante o modo como ela manipulou de tal maneira que, antes de o júri ter tempo de enxergar o absurdo, eles já estavam olhando para outra coisa: os direitos dos pacientes. Olho para Kennedy e ela encolhe ligeiramente os ombros. *Eu lhe disse.*

— No sábado de manhã, o pequeno Davis Bauer foi levado ao berçário para a circuncisão. A ré estava sozinha naquela sala quando o bebê entrou em crise. Então, o que ela fez? — Odette hesita. — Nada. Esta enfermeira com mais de vinte anos de experiência, esta mulher que fez um juramento de prestar o melhor atendimento que pudesse, *só ficou ali parada*. — Ela se vira e aponta para mim. — A ré ficou ali, vendo o bebê lutar para respirar, e o deixou morrer.

Agora posso sentir os jurados me examinando, feito hienas sobre carniça. Alguns deles parecem curiosos, outros me olham com repulsa. Tenho vontade de me enfiar embaixo da mesa da defesa. Tomar um banho. Mas então sinto Kennedy apertar minha mão sobre meu colo e levanto o queixo. "Não deixe eles verem você suar", ela disse.

— O comportamento de Ruth Jefferson foi temerário, irresponsável e intencional. Ruth Jefferson é uma assassina.

Ouvir a palavra pronunciada contra mim, embora já fosse esperado, ainda me pega de surpresa. Tento construir uma barreira contra o choque, imaginando em rápida sucessão todos os bebês que tive nos braços, o primeiro toque de conforto que eles tiveram neste mundo.

— As provas mostrarão que a ré ficou ali parada sem fazer nada enquanto o bebê lutava pela vida. Quando os outros profissionais chegaram e a incitaram à ação, ela usou mais força do que era necessário e violou todos os padrões profissionais de cuidados. Ela foi tão violenta com o pequeno bebê que os senhores verão os hematomas nas fotos da autópsia.

Ela encara os jurados uma vez mais.

— Todos nós já fomos magoados, senhoras e senhores — diz Odette. — Mas, mesmo quando sentimos que uma escolha não foi feita corretamente, mesmo que a consideremos uma afronta moral, não retaliamos.

Não fazemos mal a um inocente para nos vingar de alguém que foi injusto conosco. No entanto, isso foi exatamente o que a ré fez. Se ela tivesse agido de acordo com sua formação de profissional da saúde, em vez de ser motivada por raiva e vingança, Davis Bauer estaria vivo hoje. Mas com Ruth Jefferson encarregada dele? — Ela me olha direto nos olhos. — Aquele bebê não teve nenhuma chance.

Ao meu lado, Kennedy se levanta tranquilamente. Ela caminha para os jurados, com o clique-clique dos saltos do sapato no piso de lajotas.

— A promotora — diz ela — quer que os senhores acreditem que este caso é preto no branco. Mas não da maneira como pensam. Estou representando Ruth Jefferson. Ela é graduada pela SUNY Plattsburgh, com um diploma de enfermagem por Yale. Trabalhou como enfermeira obstetra por mais de vinte anos no estado de Connecticut. Foi casada com Wesley Jefferson, que morreu no exterior servindo nossas Forças Armadas. Sozinha, ela criou um filho, Edison, aluno excelente que está se candidatando à universidade. Ruth Jefferson não é um monstro, senhoras e senhores. Ela é uma boa mãe, foi uma boa esposa e é uma enfermeira exemplar.

Kennedy volta para perto da mesa da defesa e põe a mão em meu ombro.

— As provas vão mostrar que, um dia, um bebê morreu no turno de Ruth. Mas não um bebê qualquer. O bebê era filho de Turk Bauer, um homem que a odiava por causa da cor de sua pele. E o que aconteceu? Quando o bebê morreu, ele foi à polícia e culpou Ruth. Apesar do fato de a pediatra, que os senhores vão ouvir, ter elogiado Ruth pela maneira como ela lutou para salvar aquele bebê durante a parada respiratória. Apesar do fato de a chefe de Ruth, que os senhores vão ouvir, ter ordenado que ela não tocasse naquela criança, quando o hospital não tinha nenhum direito de lhe dizer para abandonar seu dever como enfermeira.

Kennedy caminha para os jurados outra vez.

— Isto é o que as provas vão mostrar: Ruth foi confrontada com uma situação impossível. Ela devia seguir as ordens de sua superior e os desejos equivocados dos pais do bebê? Ou devia fazer todo o possível para salvar a vida da criança? A sra. Lawton disse que este caso era trágico, e ela está certa. Mas, novamente, não pela razão que os senhores imaginam. E sim porque nada que Ruth Jefferson fez ou deixou de fazer teria feito qualquer diferença para o pequeno Davis Bauer. O que os Bauer, e o hospital, não sabiam na ocasião era que o bebê tinha uma deficiência potencialmente fatal que ainda não havia sido identificada. E não teria importado se fosse Ruth no berçário com ele ou Florence Nightingale. Simplesmente não havia como Davis Bauer ter sobrevivido.

Ela estende as mãos para os lados, em uma concessão.

— A promotora quer que os senhores acreditem que a razão de estarmos aqui hoje é negligência. Mas não foi Ruth que foi displicente. Foram o hospital e o laboratório estadual, que não identificaram uma deficiência grave naquele bebê que, se diagnosticada mais cedo, poderia ter salvado sua vida. A promotora quer que os senhores acreditem que a razão de estarmos aqui hoje é raiva e vingança. Isso é verdade. Mas não foi Ruth que foi consumida pela raiva. Foram Turk e Brittany Bauer, que, em sua dor e seu luto, quiseram encontrar um bode expiatório. Se eles não puderam ter seu filho, vivo e saudável, queriam que alguém mais sofresse. E, assim, escolheram como alvo Ruth Jefferson. — Ela olha para o júri. — Já houve uma vítima inocente. Insisto que os senhores impeçam que haja uma segunda.

Não vejo Corinne há meses. Ela parece mais velha e há círculos escuros sob seus olhos. Eu me pergunto se ela está com o mesmo namorado, se andou doente, qual foi a crise que abalou sua vida ultimamente. Lembro como, quando comprávamos salada na cafeteria e comíamos na sala de intervalo, ela me dava seus tomates e eu lhe passava minhas azeitonas.

Se os últimos meses me ensinaram alguma coisa, foi que amizade é uma tela de fumaça. As pessoas que você acha que são sólidas acabam se revelando espelhos e luz; e, então, você olha e percebe que há outros que você nem notava e que são a sua base. Um ano atrás, eu teria dito que Corinne e eu éramos boas amigas, mas isso acabou se revelando como proximidade em vez de conexão. Éramos conhecidas que compravam presentes de Natal uma para a outra e saíam para beber nas quintas à noite não por termos muito em comum, mas porque trabalhávamos tanto e por tantas horas que era mais fácil continuar nossa conversa habitual do que diversificar e ensinar a linguagem para outra pessoa.

Odette pede que Corinne diga seu nome e endereço. Depois, pergunta:

— A senhora está empregada?

Do banco de testemunhas, Corinne olha para mim, então seu olhar se afasta.

— Sim. No Hospital Mercy West Haven.

— A senhora conhece a ré neste processo?

— Sim — responde Corinne. — Conheço.

Mas não conhece, não de verdade. Nunca conheceu.

Para ser sincera, acho que nem eu mesma sabia de verdade quem eu era.

— Há quanto tempo a conhece? — indaga Odette.

— Sete anos. Trabalhamos juntas como enfermeiras na ala obstétrica.

— Entendo — diz a promotora. — As duas estavam trabalhando no dia 2 de outubro de 2015?

— Sim. Começamos nosso turno às sete da manhã.

— A senhora cuidou de Davis Bauer naquela manhã?

— Sim — diz Corinne. — Mas estava assumindo o lugar da Ruth.

— Por quê?

— A nossa supervisora, Marie Malone, me pediu.

Odette faz um grande show para introduzir nas provas uma cópia autenticada do prontuário médico.

— Gostaria que a senhora examinasse a prova 24, à sua frente. Pode dizer ao júri o que é isso?

— Um prontuário médico — Corinne explica. — Davis Bauer era o paciente.

— Há uma nota anexada ao prontuário?

— Sim — Corinne responde e lê em voz alta. — "Este paciente não deve ser atendido por afro-americanos."

Cada palavra é como uma bala de revólver.

— Como resultado disso, o paciente foi passado para a senhora, correto?

— Sim.

— A senhora observou a reação de Ruth a essa nota? — pergunta Odette.

— Sim. Ela ficou brava e chateada. Disse para mim que Marie a havia tirado do caso porque ela é negra e eu falei que não parecia algo que Marie fizesse. Que devia ter acontecido mais alguma coisa, entende? Ela não quis ouvir. Disse: "Aquele bebê não significa nada para mim". E foi embora irritada.

Fui embora irritada? Eu desci pela escada em vez de pegar o elevador. É incrível como acontecimentos e verdades podem ser remodelados, feito cera que fica tempo demais ao sol. Não existem fatos. O que existe é apenas o modo como se viu o fato, em determinado momento. Como se relatou o fato. Como seu cérebro o processou. Não há como separar a história da pessoa que a conta.

— Davis Bauer era um bebê saudável? — continua a promotora.

— Parecia ser — Corinne responde. — Ele não mamava muito, mas isso não era particularmente significativo. Muitos bebês são lentos no começo.

— A senhora estava trabalhando na sexta-feira, 3 de outubro?

— Sim — diz Corinne.

— Ruth também estava?

— Não. Ela nem devia trabalhar naquele dia, mas estávamos com pouca gente e ela acabou tendo que dobrar o turno, começando às sete da noite e emendando com o sábado.

— Então a senhora foi a enfermeira de Davis durante a sexta-feira?

— Sim.

— Fez algum procedimento de rotina no bebê?

Corinne confirma com a cabeça.

— Por volta das duas e meia, colhi o teste do pezinho. É um exame de sangue padrão, não foi porque o bebê estivesse doente ou algo assim. Todos os recém-nascidos fazem, e a amostra é enviada ao laboratório estadual para análise.

— A senhora teve alguma preocupação com o paciente naquele dia?

— Ele ainda estava com dificuldade para pegar o peito para mamar, mas continuava não sendo nada extraordinário para uma mãe de primeira viagem e um recém-nascido. — Ela sorri para o júri. — Um cego conduzindo outro cego, essas coisas.

— A senhora teve alguma conversa com a ré sobre Davis Bauer quando ela chegou para seu turno?

— Não. Na verdade, ela pareceu ignorá-lo totalmente.

É como uma experiência fora do corpo: estar sentada aqui, em plena vista, e ouvir essas pessoas falarem sobre mim como se eu não estivesse presente.

— Quando viu Ruth depois disso?

— Bem, ela ainda estava trabalhando quando voltei para o turno das sete da manhã. Ela havia ficado a noite inteira e ia sair às onze horas.

— O que aconteceu naquela manhã? — Odette indaga.

— O bebê ia passar pela circuncisão. Geralmente os pais não gostam de ver isso ser feito, então nós levamos os bebês para o berçário. Damos alguma coisa doce para eles, basicamente água com açúcar, para acalmá-los um pouco, e a pediatra faz o procedimento. Quando cheguei com o berço, Ruth estava no berçário. Tinha sido uma manhã movimentada, e ela estava descansando um pouco.

— A circuncisão correu conforme o esperado?

— Sim, sem complicações. O protocolo é monitorar o bebê por noventa minutos para ter certeza de que não há sangramento ou nenhum outro problema.

— Foi isso que a senhora fez?

— Não — Corinne admite. — Fui chamada para uma cesariana de emergência de uma das minhas outras pacientes. Nossa enfermeira-chefe, Marie, me acompanhou ao centro cirúrgico, como é função dela. Com isso, Ruth era a única enfermeira que restava no andar. Então eu pedi que ela ficasse e olhasse Davis. — Ela hesita. — Vocês têm que entender, é um hospital muito pequeno. Temos um quadro de funcionários reduzido. E, quando emergências médicas acontecem, as decisões são tomadas rapidamente.

Ao meu lado, Howard rabisca uma anotação.

— Uma cesariana leva vinte minutos no máximo. Achei que estaria de volta ao berçário antes que o bebê acordasse.

— A senhora teve alguma preocupação ao deixar Davis aos cuidados de Ruth?

— Não — ela diz com firmeza. — Ruth é a melhor enfermeira que eu já conheci.

— Por quanto tempo a senhora ficou fora? — pergunta Odette.

— Tempo demais — Corinne diz baixinho. — Quando voltei, o bebê estava morto.

A promotora vira para Kennedy.

— A testemunha é sua.

Kennedy sorri para Corinne enquanto caminha na direção do banco das testemunhas.

— A senhora disse que trabalhou com Ruth por sete anos. Consideraria que eram amigas?

Corinne olha imediatamente para mim.

— Sim.

— Alguma vez teve dúvidas sobre o comprometimento dela com a profissão?

— Não. Ela era um modelo para mim.

— A senhora estava no berçário durante algum momento enquanto acontecia a intervenção médica em Davis Bauer?

— Não — diz Corinne. — Eu estava com a minha outra paciente.

— Então a senhora não viu Ruth agir.

— Não.

— E — Kennedy acrescenta — não viu Ruth *não* agir.

— Não.

Ela levanta o papel com a anotação que Howard lhe passou.

— A senhora afirmou, e eu cito: "Quando emergências médicas acontecem, as decisões são tomadas rapidamente". Lembra de ter dito isso?

— Sim...

—A cesariana foi uma emergência médica, certo?

— Sim.

— A senhora não diria também que um recém-nascido que sofre uma parada respiratória se qualifica como uma emergência médica?

— Hum, sim, claro.

— A senhora tinha conhecimento de que havia uma nota no prontuário que dizia que Ruth não podia cuidar daquele bebê?

— Objeção! — exclama Odette. — Não era isso que a nota dizia.

— Mantida — o juiz decide. — Sra. McQuarrie, reformule.

— A senhora tinha conhecimento de que havia uma nota no prontuário que dizia que nenhum afro-americano podia cuidar daquele bebê?

— Sim.

— Quantas enfermeiras negras trabalham no seu departamento?

— Só a Ruth.

— A senhora tinha conhecimento, quando pôs Ruth para cobri-la, de que os pais do bebê tinham expressado o desejo de proibir que ela cuidasse do recém-nascido?

Corinne se agita no banco de madeira.

— Eu não achava que fosse acontecer alguma coisa. O bebê estava bem quando eu saí.

— A razão para que seja preciso monitorar um bebê por noventa minutos depois de uma circuncisão é que, com recém-nascidos, as coisas podem mudar de uma hora para outra, correto?

— Sim.

— E o fato é que a senhora deixou aquele bebê com uma enfermeira que estava proibida de cuidar dele, correto?

— Eu não tive escolha — diz Corinne, na defensiva.

— Mas a senhora *deixou* o bebê aos cuidados de Ruth?

— Sim.

378

— E *sabia* que ela não podia tocar naquele bebê?
— Sim.
— Então, essencialmente, a senhora errou duas vezes?
— Bom...
— Engraçado — Kennedy interrompe. — Ninguém acusou a *senhora* de matar aquele bebê.

Na noite passada, sonhei com o funeral da minha mãe. Os bancos estavam cheios e não era inverno, mas verão. Apesar do ar-condicionado e das pessoas agitando leques e folhetos, estávamos todos molhados de suor. A igreja não era uma igreja, mas um armazém que parecia ter sido remodelado depois de um incêndio. A cruz atrás do altar era feita de duas traves chamuscadas amarradas juntas como um quebra-cabeça.

Eu tentava chorar, mas não tinha mais lágrimas. Toda a umidade em meu corpo se transformara em transpiração. Tentava me abanar, mas não tinha um folheto.

Então, a pessoa sentada ao meu lado me deu um.

— Pegue o meu — disse ela.

Olhei para agradecer e percebi que mamãe estava na cadeira ao lado. Sem fala, eu me levantei cambaleando.

Espiei no caixão para ver quem estava lá em vez dela.

Estava cheio de bebês mortos.

Marie foi contratada dez anos depois de mim. Naquela época, ela era enfermeira obstetra, como eu. Sofremos com turnos dobrados e reclamamos da falta de benefícios e sobrevivemos à reforma do hospital. Quando a enfermeira-chefe se aposentou, Marie e eu ficamos com o nome na mesa. Quando o RH escolheu Marie, ela me procurou, arrasada. Disse que estava torcendo para que eu ficasse com a vaga, assim ela não teria que pedir desculpas a mim por ter sido a escolhida. Mas, realmente, estava tudo bem para mim. Eu tinha Edison para cuidar, em primeiro lugar. E ser a enfermeira-chefe representava muito mais trabalho administrativo e muito menos contato direto com as pacientes. Enquanto observava Marie se adaptar à nova função, eu agradecia à minha sorte por ter funcionado assim.

— O pai do bebê, Turk Bauer, pediu para falar com um supervisor — Marie diz, respondendo à promotora. — Ele tinha uma preocupação quanto ao atendimento do bebê.

— Qual foi o teor da conversa?

Ela baixa os olhos para o colo.

— Ele não queria que nenhum negro encostasse no filho. E me disse isso enquanto revelava uma tatuagem da bandeira dos Confederados no braço.

Alguém do júri chega a soltar uma exclamação de espanto.

— A senhora já tinha recebido alguma solicitação semelhante de algum pai ou mãe?

Marie hesita.

— Nós recebemos solicitações de pacientes o tempo todo. Algumas mulheres preferem médicas mulheres para ter o bebê, ou não querem ser atendidas por um estudante de medicina. Fazemos o possível para atender os pacientes, por mais complicado que seja.

— Nesse caso, o que a senhora fez?

— Escrevi uma nota e anexei ao prontuário.

Odette pede que ela examine a apresentação de prova com o prontuário médico e leia a nota em voz alta.

— A senhora falou com a sua equipe sobre a solicitação desse paciente?

— Sim, falei. Expliquei para a Ruth que tinha recebido uma solicitação de que ela se afastasse do caso, em virtude das crenças filosóficas do pai.

— Qual foi a reação dela?

— Ela tomou isso como uma afronta pessoal — Marie responde, sem se alterar. — Eu não pretendia que fosse assim. Eu disse a ela que era apenas uma formalidade. Mas ela saiu batendo a porta da minha sala.

— Quando a senhora tornou a ver a ré? — Odette pergunta.

— No sábado de manhã. Eu estava na emergência com outra paciente que tinha sofrido uma complicação durante o parto. Como enfermeira-chefe, sou responsável por fazer a transferência para o centro cirúrgico com a enfermeira que está atendendo a paciente, que era Corinne. Corinne tinha deixado Ruth olhando seu outro paciente, Davis Bauer, após a circuncisão. Então, assim que pude, corri de volta para o berçário.

— Conte o que viu, Marie.

— Ruth estava de pé ao lado do berço — diz ela. — Eu perguntei o que ela estava fazendo, e ela respondeu: "Nada".

A sala se fecha sobre mim, e os músculos em meu pescoço e braços se enrijecem. Eu me sinto paralisada outra vez, atordoada pelo azulado marmóreo das faces do bebê, a imobilidade de seu pequeno corpo. Ouço as instruções dela:

Ressuscitador.

Acione o código.

Estou nadando, estou afundando, sou como um pedaço de madeira.

Comece as compressões.

Pressionando com dois dedos a flexibilidade delicada da caixa torácica, prendendo os eletrodos com a outra mão. O berçário apertado demais para todas as pessoas que de repente estão lá dentro. A agulha inserida para o acesso subcutâneo na cabeça, a enxurrada de palavrões quando ela escapa antes de acertar uma veia. Um frasco rolando para fora da mesa. Atropina esguichada nos pulmões, revestindo o tubo plástico. A pediatra voando para dentro do berçário. A visão do balão do ressuscitador sendo jogado no lixo.

Hora? 10h04.

— Ruth? — Kennedy sussurra. — Você está bem?

Não consigo mover os lábios. Estou afundando. Sou como um pedaço de madeira. Estou me afogando.

— O paciente desenvolveu bradicardia severa — diz Marie.

Lápides.

— Nós não conseguimos oxigená-lo. A pediatra acabou declarando o óbito. Não percebemos que os pais estavam no berçário. Havia tanta coisa acontecendo… e… — Sua voz falha. — O pai, o sr. Bauer, correu para o lixo e pegou o balão do ressuscitador. Tentou encaixá-lo no tubo que ainda estava na garganta do bebê. Ele implorou que lhe mostrássemos o que fazer. — Ela enxuga uma lágrima. — Eu não queria… Desculpem.

Consigo mover um pouco a cabeça e vejo que há várias mulheres na bancada do júri fazendo a mesma coisa. Mas eu… Não me restam mais lágrimas.

Estou me afogando nas lágrimas de todos os *outros*.

Odette vai até Marie e lhe entrega uma caixa de lenços de papel. O som suave de soluços me rodeia, como algodão batendo de todos os lados.

— O que aconteceu depois? — a promotora pergunta.

Marie enxuga os olhos.

— Eu enrolei Davis Bauer em um cobertor. Pus o gorrinho de volta. E o entreguei à mãe e ao pai.

Sou de madeira.

Fecho os olhos. E afundo, afundo.

Levo alguns minutos para focalizar Kennedy, que já começou a inquirição de Marie quando consigo clarear minha mente.

— Algum paciente já reclamou para a senhora da competência de Ruth como enfermeira antes de Turk Bauer?

— Não.

— Ruth fez alguma coisa que estivesse abaixo do padrão?

— Não.

— Quando a senhora escreveu aquela nota no prontuário do bebê, sabia que só haveria duas enfermeiras trabalhando em cada turno e que haveria a possibilidade de que o paciente ficasse sem atendimento em algum momento durante a estada dele no hospital?

— Isso não é verdade. A outra enfermeira do turno teria coberto.

— E se essa enfermeira estivesse ocupada? E se — diz Kennedy — ela fosse chamada para uma cesariana de emergência, por exemplo, e a única enfermeira disponível no andar fosse afro-americana?

Marie abre e fecha a boca, mas não diz nada.

— Desculpe, sra. Malone, eu não ouvi.

— Davis Bauer não foi deixado sem atendimento em nenhum momento — ela insiste. — Ruth estava lá.

— Mas a senhora, a chefe dela, a havia proibido de atender esse paciente específico. Não é verdade?

— Não, eu...

— Sua nota a proibia de atender ativamente esse paciente específico.

— Em *geral* — explica Marie. — Obviamente não em caso de *emergência*.

Os olhos de Kennedy cintilam.

— Isso estava escrito no prontuário do paciente?

— Não, mas...

— Isso estava escrito na sua nota no post-it?

— Não.

— A senhora orientou Ruth no sentido de que, em determinadas circunstâncias, o juramento de Nightingale como enfermeira deveria passar por cima das suas ordens?

— Não — Marie murmura.

Kennedy cruza os braços.

— Então, como — ela pergunta — Ruth poderia saber?

Quando a sessão é interrompida para o almoço, Kennedy se oferece para comprar algo para comermos, para que Edison e eu não tenhamos que passar pelo corredor polonês da imprensa. Digo a ela que não estou com fome.

— Eu sei que não parece — ela me diz —, mas foi um bom começo.

Eu lhe dirijo um olhar que diz exatamente o que estou pensando: não há como aqueles jurados não imaginarem Turk Bauer tentando ressuscitar o próprio filho.

Depois que Kennedy nos deixa, Edison se senta ao meu lado e afrouxa a gravata.

— Você está bem? — pergunto a ele, apertando sua mão.

— Não acredito que é você que está me perguntando isso.

Uma mulher passa por nós e se senta ao lado de Edison no banco do lado de fora da sala do tribunal. Ela está profundamente envolvida em uma troca de mensagens em seu celular. Ela ri e franze a testa e sacode a cabeça, como uma ópera humana de um só ator. Então, por fim, levanta os olhos como se só nesse momento tivesse reparado onde está.

Ela vê Edison a seu lado e se afasta um pouco, para pôr um centímetro de espaço entre eles. Depois sorri, como se isso pudesse consertar tudo.

— Quer saber? — digo. — Estou com um pouco de fome.

Edison sorri.

— Eu estou *sempre* com fome.

Nós nos levantamos juntos e saímos discretamente pelos fundos do tribunal. Nem me importo a esta altura se der de cara com toda a imprensa ou com o próprio Wallace Mercy. Ando pela rua de braço dado com Edison até encontrarmos um lugar que vende pizza.

Pedimos nossas fatias e nos sentamos, esperando que nos chamem no balcão. Na mesa, Edison se arqueia sobre sua Coca-Cola e suga com força o canudo até chegar ao fundo do copo com um ruído. Eu também estou perdida em pensamentos e lembranças.

Acho que antes eu não percebia que um julgamento não é só um assassinato de caráter autorizado. É um jogo psicológico em que a armadura do réu é descascada escama por escama, até que não se possa evitar pensar se o que a promotoria diz não teria alguma verdade.

E se eu *tiver* feito aquilo de propósito?

E se eu tiver hesitado não por causa do post-it de Marie, mas porque, bem no fundo, eu *quis*?

Sou despertada pela voz de Edison. Pisco e volto ao presente.

— Eles chamaram o nosso nome?

Ele sacode a cabeça.

— Ainda não. Mãe, eu posso... posso te perguntar uma coisa?

— Sempre.

Ele pensa por um momento, como se escolhesse as palavras.

— Foi mesmo... daquele jeito?

Um sino toca no balcão. Nossa comida está pronta.

Não me movimento para buscá-la. Em vez disso, encontro o olhar de meu filho.

— Foi pior — respondo.

O anestesiologista chamado naquela tarde como testemunha do Estado é alguém que eu não conheço muito bem. Isaac Hager não trabalha no meu andar a menos que um código seja acionado, quando, então, ele chega com o restante da equipe. Quando ele veio atender Davis Bauer, eu nem sabia seu nome.

— Antes de responder ao código — pergunta Odette —, o senhor já havia se encontrado com esse paciente?

— Não — diz o dr. Hager.

— Conhecia os pais dele?

— Não.

— Pode nos contar o que fez quando chegou ao berçário?

— Eu entubei o paciente — o dr. Hager responde. — E, quando meus colegas não conseguiam obter um acesso intravenoso, tentei ajudar.

— O senhor fez algum comentário para Ruth durante esse procedimento? — Odette indaga.

— Sim. Ela estava fazendo compressões e eu a instruí mais de uma vez a parar para vermos como o paciente estava reagindo. Em certo ponto, quando achei que ela estava sendo um pouco agressiva em suas compressões torácicas, eu a alertei sobre isso.

— Pode descrever o que ela estava fazendo?

— Compressões torácicas em um bebê envolvem pressionar o esterno cerca de um centímetro, umas duzentas vezes por minuto. Os complexos estavam aparecendo muito altos no monitor; achei que Ruth estava pressionando com muita força.

— Pode explicar para um leigo o que isso significa?

O dr. Hager olha para os jurados.

— Compressões torácicas são o modo como produzimos manualmente um batimento cardíaco, se o coração não estiver fazendo isso sozinho. A ideia é estimular fisicamente o bombeamento cardíaco... mas depois aliviar a pressão por tempo suficiente para deixar o sangue encher o coração. Não é muito diferente de desentupir um vaso sanitário. É preciso exercer pressão, mas, se continuarmos fazendo isso sem parar, criando sucção, o vaso não vai encher de água. Da mesma forma, se você fizer compressões muito rápido ou com muita força, vai estar bombeando, bombeando, bombeando, mas não vai haver sangue circulando no corpo.

— O senhor se lembra exatamente do que disse para Ruth?

Ele pigarreia.

— Eu disse para ela fazer mais leve.

— É incomum um anestesiologista sugerir uma modificação para a pessoa que está fazendo as compressões?

— De jeito nenhum — responde o dr. Hager. — É um sistema de freios e contrapesos. Estamos todos observando uns aos outros durante um código. Eu podem ter observado se ambos os lados do tórax estavam subindo e, se não estivessem, teria dito a Marie Malone para ventilar mais.

— Por quanto tempo Ruth foi excessivamente agressiva?

— Objeção! — exclama Kennedy. — Ela está pondo palavras na boca da testemunha.

— Vou reformular. Por quanto tempo a ré foi agressiva em suas compressões torácicas?

— Foi só ligeiramente agressiva e por menos de um minuto.

— Em sua opinião de especialista médico, doutor — pergunta Odette —, as ações da ré podem ter causado danos ao paciente?

— O ato de salvar uma vida pode parecer bem violento, sra. Lawton. Nós cortamos o corpo, quebramos costelas, damos choques com voltagens extremas. — Depois ele vira para mim. — Fazemos o que temos que fazer e, se tivermos sorte, funciona.

— Mais nada a perguntar — diz a promotora.

Kennedy se aproxima do dr. Hager.

— As emoções estavam muito à flor da pele naquele berçário, não estavam?

— Sim.

— As compressões que Ruth estava fazendo… elas estavam afetando adversamente a vida do bebê?

— Pelo contrário. Estavam mantendo o bebê vivo enquanto tentávamos uma intervenção médica.

— Elas contribuíram para a morte do bebê?

— Não.

Kennedy se apoia na grade da bancada dos jurados.

— É justo dizer que, naquele berçário, todos estavam tentando salvar a vida do bebê?

— Totalmente.

— Até mesmo Ruth?

O dr. Hager olha direto para mim.

— Sim — ele responde.

Há um recesso depois do depoimento do anestesiologista. O juiz sai e os jurados são retirados de sua bancada. Kennedy me leva rapidamente para uma sala de reuniões, onde devo permanecer para ficar afastada da mídia.

Quero conversar com Edison. Quero um abraço de Adisa. Mas, em vez disso, eu me sento junto a uma pequena mesa em uma sala com lâmpadas fluorescentes zumbindo e tento desemaranhar esse jogo de xadrez em minha cabeça.

— Alguma vez você já pensou no que faria se não fosse advogada? — pergunto.

Kennedy me olha.

— Essa é a sua maneira de me dizer que meu trabalho está sendo uma merda?

— Não, só estou pensando. Em… recomeçar.

Ela desembrulha um chiclete e passa o restante da caixa para mim.

— Não ria, mas houve uma época em que eu queria ser doceira.

— Sério?

— Frequentei uma escola de culinária por três semanas. No fim, fui vencida pela massa folhada. Não tenho paciência suficiente para isso.

Um sorriso dança em meu rosto.

— Quem diria.

— E você? — Kennedy pergunta.

Olho para ela.

— Não sei — admito. — Eu sempre quis ser enfermeira, desde os cinco anos. Sinto que sou velha demais para começar de novo, e, mesmo que tivesse que fazer isso, eu não saberia que outro caminho seguir.

— Esse é o problema de ter *vocação* — diz Kennedy. — Não paga o aluguel.

Vocação. Foi por isso que abri o cobertor de Davis Bauer quando ele não estava respirando?

— Kennedy — começo —, tem uma coisa…

Mas ela interrompe.

— Você poderia voltar à faculdade. Fazer medicina. Ou um curso de socorrista — ela sugere. — Ou trabalhar como cuidadora particular.

Nenhuma de nós diz a verdade que se espreme dentro da pequena sala conosco: *criminosa condenada* não fica bem em um currículo.

Quando ela vê minha expressão, seus olhos se enternecem.

— Vai dar certo, Ruth. Existe um plano maior.

— E se? — digo baixinho. — E se o plano maior não acontecer?

Ela aperta os lábios.

— Então eu vou fazer tudo o que puder para a sua sentença ser minimizada.

— Eu teria que ir para a prisão?

— Neste instante, o Estado tem várias acusações contra você. A qualquer momento, se eles decidirem que não têm provas suficientes para corroborar essas acusações, podem retirar uma acusação mais grave em favor de uma condenação por um crime menor. Então, se eles não puderem provar homicídio doloso, mas acharem que podem ganhar com homicídio culposo por negligência médica, a Odette pode tentar ir pelo lado mais seguro. — Ela me olha de frente. — Homicídio doloso tem uma sentença mínima de vinte e cinco anos. Mas negligência médica? Menos de um ano. E, para ser sincera, eles vão ter muita dificuldade para provar intenção. A Odette vai ter que pisar em ovos quando inquirir o Turk Bauer, ou o júri vai odiá-lo.

— Você quer dizer tanto quanto eu?

Os olhos de Kennedy se aguçam.

— Ruth — ela adverte —, não quero nunca mais ouvir você dizer essas palavras em voz alta. Está entendendo?

Em um segundo, percebo que Kennedy não é a única que está pensando seis lances à frente. Odette também está. Ela *quer* que o júri odeie Turk Bauer. Ela quer que os jurados se sintam ultrajados, ofendidos, moralmente enojados.

E é exatamente assim que ela vai provar a motivação.

Sempre admirei a dra. Atkins, a pediatra, mas, depois de ouvir suas qualificações e dar uma olhada em seu currículo, estou ainda mais impressionada. Ela é uma daquelas raras pessoas que têm mais prêmios e distinções do que se esperaria, porque é humilde o bastante para não mencioná-los. Também é a primeira testemunha a ocupar o assento que olha diretamente para mim e sorri antes de voltar sua atenção para a promotora.

— Ruth já tinha feito o exame de rotina no recém-nascido — diz a dra. Atkins. — Ela ficou preocupada com um possível sopro cardíaco.

— Essa era uma preocupação significativa? — indaga Odette.

— Não. Muitos bebês nascem com persistência do canal arterial. Um buraquinho minúsculo no coração. Ele geralmente fecha sozinho no primeiro ano de vida. No entanto, por segurança, agendei uma consulta cardiológica pediátrica para antes da alta do paciente.

Eu sei, por Kennedy, que Odette deve estar imaginando que o problema médico a que Kennedy se referiu em sua fala de abertura é esse sopro cardíaco. E que ela já está tratando de minimizá-lo para o júri.

— Dra. Atkins, a senhora estava trabalhando no sábado, 4 de outubro, o dia da morte de Davis Bauer?

— Sim. Eu fiz a circuncisão do paciente às nove horas.

— Poderia explicar esse procedimento?

— Claro, é uma cirurgia muito simples em que o prepúcio do pênis do recém-nascido é removido. Eu estava bem em cima da hora porque tive outro paciente com uma emergência.

— Havia mais alguém presente?

— Sim, duas enfermeiras. Corinne e Ruth. Perguntei a Ruth se o paciente estava pronto e ela disse que não era mais enfermeira dele. Corinne confirmou que o bebê estava pronto para o procedimento e eu o realizei sem nenhum incidente.

— Ruth lhe disse alguma coisa sobre a circuncisão?

A dra. Atkins faz uma pausa.

— Ela disse que eu talvez devesse esterilizar o bebê.

Atrás de mim, alguém sussurra: "Vaca".

— Como a senhora respondeu?

— Não respondi. Eu tinha um trabalho a fazer.

— Como transcorreu o procedimento?

A pediatra encolhe os ombros.

— Ele chorou depois, como acontece com todos os bebês. Nós o enrolamos bem e ele adormeceu. — Ela levanta os olhos. — Quando saí, ele estava dormindo... como um bebê.

— A testemunha é sua — diz Odette.

— Doutora, a senhora trabalha no hospital há oito anos? — Kennedy começa.

— Sim. — Ela dá uma risadinha. — Uau, o tempo voa.

— Durante esse tempo, a senhora trabalhou com Ruth antes?

— Muitas vezes e com prazer — diz a dra. Atkins. — Ela é uma excelente enfermeira, que faz tudo que está ao seu alcance pelos pacientes.

— Quando Ruth fez o comentário sobre esterilizar o bebê, como a senhora entendeu?

— Como uma brincadeira — responde a dra. Atkins. — Eu sabia que ela estava brincando. Ruth não é o tipo de pessoa maldosa em relação aos pacientes.

— Depois da circuncisão de Davis Bauer, a senhora continuou no hospital?

— Sim, em outro andar, na clínica pediátrica.
— A senhora soube da emergência no berçário?
— Sim. Marie acionou o código. Quando cheguei, Ruth estava fazendo as compressões torácicas.
— Ruth fez tudo de acordo com os padrões mais elevados de tratamento?
— Até onde eu pude ver, sim.
— Ela demonstrou alguma animosidade ou parcialidade contra aquela criança? — pergunta Kennedy.
— Não.
— Eu gostaria de voltar um pouco no tempo — diz Kennedy. — A senhora solicitou algum exame de sangue para Davis Bauer após o nascimento dele?
— Sim, a triagem neonatal, que é feita pelo estado de Connecticut.
— Para onde vai a amostra de sangue?
— O exame é feito no laboratório estadual em Rocky Hill. Nós não o fazemos internamente.
— Como a amostra é transportada para o laboratório estadual?
— Por mensageiro — diz a dra. Atkins.
— Quando o sangue de Davis Bauer foi colhido para a triagem?
— Às duas e meia da tarde da sexta-feira, 3 de outubro.
— A senhora chegou a receber os resultados do teste de triagem neonatal do laboratório estadual de Connecticut?

A dra. Atkins franze a testa.
— Para ser sincera, não lembro de ter visto os resultados. Mas, claro, quando eles chegaram já não fazia diferença.
— Qual é a finalidade do teste?

Ela cita uma série de doenças raras. Algumas são causadas por mutação genética. Algumas são relacionadas a não ter a quantidade suficiente de uma enzima ou proteína no corpo. Outras resultam de não conseguir processá-las.
— A maioria de vocês nunca ouviu falar dessas condições — diz a dra. Atkins —, porque a maioria dos bebês não as apresenta. Mas, quando elas aparecem... bem, algumas são tratáveis se identificadas

precocemente. Fazendo adaptações na dieta, ou por meio de medicamentos, ou terapia hormonal, com frequência é possível evitar retardos de crescimento significativos e comprometimento cognitivo se houver um início imediato do tratamento.

— Alguma dessas condições é fatal?

— Algumas são, se não forem tratadas.

— A senhora não tinha o benefício dos resultados desse teste quando Davis Bauer teve uma convulsão, não é? — pergunta Kennedy.

— Não. O laboratório estadual fecha nos fins de semana. Geralmente só recebemos os resultados das sextas-feiras na terça seguinte.

— O que a senhora está dizendo — Kennedy observa — é que demora o dobro do tempo para receber os resultados dos testes se o bebê tiver a infelicidade de nascer nos últimos dias úteis da semana.

— Sim, infelizmente.

Percebo os jurados ficando atentos, fazendo anotações, ouvindo com interesse. Atrás de mim, Edison se movimenta no banco. Talvez Kennedy esteja certa. Talvez eles só precisem da ciência.

— A senhora conhece um distúrbio chamado MCADD? — indaga Kennedy.

— Sim, é um distúrbio na oxidação de ácidos graxos. Basicamente, um bebê com essa condição vai ter dificuldade para processar gorduras e isso faz com que o açúcar no sangue caia a níveis perigosamente baixos. Essa condição pode ser administrada com detecção precoce, uma dieta cuidadosa, alimentações frequentes.

— Vamos dizer que ela não seja detectada. O que acontece?

— Bom, bebês com MCADD têm um risco significativo de morte durante o primeiro episódio clínico de hipoglicemia, quando o nível de açúcar sanguíneo desaba.

— Como seriam os sintomas disso no bebê?

— Ele ficaria sonolento, pouco ativo. Irritável. Não mamaria bem.

— Digamos, hipoteticamente, que um bebê com MCADD não diagnosticada e não tratada fosse passar por uma circuncisão. Há alguma coisa nesse procedimento que poderia exacerbar o quadro?

A pediatra confirma com a cabeça.

— Normalmente, há um jejum a partir das seis horas da manhã em preparação para a cirurgia. Para um bebê com MCADD, isso levaria a uma queda de açúcar no sangue e a um episódio potencial de hipoglicemia. Em vez disso, o procedimento seria administrar dextrose dez por cento para o bebê antes e depois.

— A senhora coletou sangue de Davis Bauer durante o código, não foi?

— Sim.

— Pode dizer ao júri o resultado do exame de açúcar no sangue naquele momento? — pede Kennedy.

— Vinte.

— Em que nível um recém-nascido é considerado hipoglicêmico?

— Quarenta.

— Então o nível de açúcar no sangue de Davis Bauer estava perigosamente baixo?

— Sim.

— Isso teria sido suficiente para fazer uma criança com MCADD não diagnosticada e não tratada entrar em parada respiratória?

— Não posso afirmar com certeza. Mas é possível.

Kennedy levanta um documento.

— Eu gostaria de apresentar isto como a prova 42 — diz ela. — É o resultado da triagem neonatal de Davis Bauer, solicitado pela defesa.

Odette se levanta como um raio.

— Excelência, que truque é esse? A defesa não compartilhou isso com a promotoria...

— Porque eu só recebi estes resultados dias atrás. No entanto, eles estavam *convenientemente* ausentes na produção de provas há *meses* — responde Kennedy. — O que eu poderia alegar como obstrução da justiça...

— Aproximem-se. — O juiz chama as duas advogadas até a mesa. A máquina de ruído é ligada, de modo que não posso ouvir o que eles falam, tampouco o júri. Quando terminam, porém, é depois de muitos gestos e de uma intensa expressão de raiva subir ao rosto de Kennedy. Mas o documento é entregue ao escrivão para ser incluído nas provas.

— Dra. Atkins, pode nos contar o que é isso que a senhora está vendo? — Kennedy indaga.

— É o resultado de um teste de triagem neonatal — a pediatra explica, virando as páginas. Então, de repente, ela para. — Ah, meu Deus

— Há algum achado de particular interesse nos resultados, dra. Atkins? Nos resultados que não foram processados porque o laboratório estadual estava fechado o fim de semana inteiro? Nos resultados que a senhora só recebeu *depois* da morte de Davis Bauer?

A pediatra levanta os olhos.

— Sim. Davis Bauer testou positivo para MCADD.

Kennedy está entusiasmada quando a sessão é encerrada naquele primeiro dia. Ela fala rápido, como se tivesse acabado de tomar quatro xícaras grandes de café, e parece sentir que ganhamos o caso, embora a promotoria esteja só começando e nós ainda nem tenhamos começado a defesa. Ela me diz que deveríamos tomar uma grande taça de vinho para comemorar um fenomenal dia de testemunhas, mas, sinceramente, tudo o que quero fazer é ir para casa e me enfiar na cama.

Minha cabeça dói com imagens de Davis Bauer, e com a expressão no rosto da dra. Atkins quando ela viu os resultados do exame. É verdade que Kennedy já os havia mostrado para mim há duas noites, mas isso foi mais doloroso ainda. Ver mais uma pessoa do hospital, alguém de quem eu gostava e em quem confiava, pensar silenciosamente: *Se ao menos...* Isso mudou meu foco um pouco.

Sim, é um julgamento contra mim.

Sim, eu fui apontada como culpada por algo que não fiz.

Mas, no fim de tudo isso, ainda há um bebê morto. Ainda há uma mãe que não pode vê-lo crescer. Eu poderia ser absolvida; poderia me tornar uma luz brilhante para a causa de Wallace Mercy; poderia mover uma ação por perdas e danos na justiça comum e ganhar uma indenização que acabaria com minhas preocupações com as contas da faculdade de Edison. E, ainda assim, eu saberia que ninguém realmente *ganhou* este caso.

Porque não se pode apagar a perda colossal, trágica, de uma vida que apenas se iniciava.

É isso que passa pela minha cabeça enquanto espero os corredores esvaziarem para que eu e Edison possamos ir para casa sem atrair atenção. Ele está à minha espera em um banco do lado de fora da sala de reuniões.

— Onde está a sua tia?

Ele encolhe os ombros.

— Ela disse que queria chegar em casa antes que a neve aumentasse.

Dou uma olhada pela janela e vejo os flocos caindo. Estive tão voltada para dentro que nem percebi a tempestade se aproximando.

— Só espere eu usar o banheiro — digo a Edison, e caminho pelo corredor vazio.

Entro no cubículo, faço o que preciso, dou descarga e saio para lavar as mãos. De pé junto à pia está Odette Lawton. Ela olha para mim no espelho e fecha seu batom.

— A sua advogada teve um bom primeiro dia — ela comenta.

Não sei o que dizer, então só deixo a água quente correr sobre meus pulsos.

— Mas, se eu fosse você, não ficaria muito triunfante. Você pode conseguir convencer Kennedy McQuarrie de que é Clara Barton, mas eu sei o que você pensou depois que aquele racista quis pôr você no seu lugar. E *não* eram pensamentos caridosos.

Isso é demais. Algo borbulha dentro de mim, um gêiser, uma constatação. Fecho a torneira, seco as mãos e a encaro.

— Sabe, eu passei a vida fazendo tudo certo. Estudei muito, sorri muito e joguei de acordo com as regras para chegar aonde estou. E eu sei que você também. Por isso para mim é *muito* difícil entender por que uma mulher afro-americana inteligente e profissional se empenharia tanto para derrubar outra mulher afro-americana inteligente e profissional.

Algo cintila nos olhos de Odette, como um sopro em uma chama. Mas desaparece com a mesma rapidez, substituído por um olhar de aço.

— Isto não tem nada a ver com raça. Estou só fazendo o meu trabalho.

Jogo minha toalha de papel no lixo e ponho a mão na maçaneta da porta.

— Que sorte você tem, não é? — digo. — Ninguém te impediu de fazer isso.

Nessa noite, estou sentada junto à mesa da cozinha, perdida em pensamentos, quando Edison me traz uma xícara de chá

— Por que isso, querido? — digo, sorrindo.

— Achei que seria bom — ele me diz. — Você parece cansada.

— E estou — confesso. — Estou muito cansada.

Nós dois sabemos que eu não vou falar sobre os dois primeiros dias de depoimentos.

Edison se senta ao meu lado e eu aperto sua mão.

— É exaustivo, não é? Tentar com tanto empenho provar que você é melhor do que eles esperam que seja?

Ele concorda com a cabeça e sei que entende o que estou dizendo.

— O tribunal é diferente do que eu achei que ia ser, do que eu via na TV.

— Mais demorado — digo, na mesma hora em que ele diz:

— Chato.

Nós dois rimos.

— Eu conversei um pouco com aquele cara, o Howard, durante um dos recessos — conta Edison. — É bem legal o trabalho dele. E o da Kennedy. Sabe, essa ideia de que todos têm direito a um bom advogado, mesmo que não possam pagar. — Ele olha para mim com uma interrogação escrita no rosto. — Você acha que eu seria um bom advogado, mãe?

— Você é mais inteligente do que eu. E eu posso dar meu testemunho de como você é bom para argumentar — brinco. — Edison, você vai ter sucesso em qualquer coisa que escolher fazer.

— É engraçado — diz ele. — Eu ia gostar de fazer o que eles fazem, trabalhar para pessoas que não podem pagar um advogado. Mas é meio como se toda a minha vida tivesse me preparado para o outro lado: a promotoria.

— Por que você diz isso?

Ele encolhe os ombros.

— O Estado tem o ônus da prova — diz Edison. — É mais ou menos o que nós fazemos, todos os dias.

A neve cai forte e intensa à noite, de modo que os limpa-neves não conseguem acompanhar o ritmo e o mundo se torna completamente branco. Calço minhas botas de neve com a mesma saia que usei a semana inteira, só trocando a blusa, e ponho os sapatos de salto dentro de uma sacola. O rádio está cheio de notícias de escolas fechadas, e o ônibus que eu e Edison pegamos quebra, então temos que correr para uma linha diferente e fazer duas baldeações. Como resultado, chegamos ao tribunal com cinco minutos de atraso. Mandei uma mensagem de texto para Kennedy e sei que não temos tempo para nos esgueirar pelos fundos. Em vez disso, ela me encontra nos degraus da frente, onde imediatamente microfones são enfiados na minha cara e pessoas me chamam de assassina. Edison me envolve com o braço e eu baixo a cabeça de encontro ao seu peito, deixando-o formar uma barreira.

— Quem sabe nós damos sorte e o juiz Thunder teve dificuldade para sair com o carro hoje — ela murmura.

— Foi o ônibus que...

— Não importa. Não precisamos dar ao tribunal nenhuma razão extra para não gostar de você.

Corremos para a sala do tribunal, onde Odette está sentada toda cheia de si à mesa da promotoria, com cara de quem chegou às seis da manhã. Eu não me surpreenderia se ela dormisse aqui. O juiz Thunder entra, curvado, e todos ficamos em pé.

— Um cretino bateu na minha traseira no caminho para o trabalho, e, como resultado, minhas costas estão oficialmente fora de combate — diz ele. — Peço desculpas pelo atraso.

— Está tudo bem, Excelência? — Kennedy pergunta. — Precisa que chamemos um médico?

— Agradeço a demonstração de solidariedade, sra. McQuarrie, embora imagine que a senhora preferisse me ver incapacitado em algum hospital. De preferência sem analgésicos por perto. Sra. Lawton, chame a sua testemunha antes que eu abandone toda a coragem judicial e tome um Vicodin.

A primeira testemunha da acusação hoje é o detetive que me interrogou quando fui presa.

— Detetive MacDougall — Odette começa, depois de fazê-lo dizer seu nome e endereço —, onde o senhor trabalha?

— Em East End, Connecticut.

— Como se envolveu no caso que estamos examinando hoje?

Ele se recosta, parecendo transbordar da cadeira e preencher todo o espaço.

— Recebi um telefonema do sr. Bauer e lhe pedi para ir à delegacia registrar a queixa. Ele estava muito perturbado na ocasião. Acreditava que a enfermeira que cuidava do filho dele tinha negado intencionalmente o atendimento de emergência, o que levou à morte do bebê. Eu entrevistei a equipe médica envolvida no caso e tive vários encontros com o legista... e com a senhora promotora.

— O senhor interrogou a ré?

— Sim. Depois de obter um mandado de prisão, nós fomos à casa da sra. Jefferson e batemos na porta, com força, mas ela não atendeu.

Nisso, eu quase me levanto da cadeira. Howard e Kennedy põem a mão em meus ombros para me impedir. Eram três horas da manhã. Eles não bateram, eles derrubaram a porta. Apontaram uma arma para mim.

Eu me inclino para Kennedy, com as narinas dilatadas.

— É mentira. Ele está *mentindo* no banco das testemunhas — sussurro.

— *Shh* — diz ela.

— O que aconteceu em seguida? — pergunta a promotora.

— Ninguém atendeu.

Kennedy aperta meu ombro com mais força.

— Ficamos com receio de que ela pudesse fugir pela porta dos fundos. Então, eu orientei minha equipe a usar o aríete e arrombar a porta.

— Vocês arrombaram a porta e prenderam a sra. Jefferson?

— Sim — diz o detetive —, mas primeiro fomos confrontados por um elemento negro grande...

— *Não* — digo baixinho, e Howard me chuta sob a mesa.

— ... que depois soubemos que era o filho da sra. Jefferson. Também ficamos preocupados com a segurança dos policiais, então fizemos uma busca rápida pelo quarto, enquanto algemávamos a sra. Jefferson.

Eles derrubaram meus móveis. Quebraram meus pratos. Puxaram minhas roupas dos cabides. Agrediram meu filho.

— Eu a instruí sobre os direitos dela — o detetive MacDougall continua — e li as acusações.

— Como ela reagiu?

Ele faz uma careta.

— Ela não cooperou.

— O que aconteceu depois?

— Nós a levamos para a delegacia de East End. Tiramos as impressões digitais, as fotos e a pusemos em uma cela provisória. Então minha colega, a detetive Leong, e eu a levamos para a sala de interrogatório e informamos que ela tinha direito a um advogado, a não dizer nada e que, se quisesse parar de responder às perguntas a qualquer momento, estava livre para fazer isso. Dissemos a ela que suas respostas poderiam ser usadas no tribunal. Depois perguntamos se ela tinha entendido tudo. Ela rubricou todos os parágrafos, confirmando que havia entendido.

— A ré solicitou um advogado?

— Não nesse momento. Ela estava bastante disposta a explicar sua versão dos acontecimentos. Afirmou que não encostou no bebê até o início do código de emergência. Também admitiu que ela e o sr. Bauer... como foi que ela disse?... *tinham discordâncias*.

— Então o que aconteceu?

— Bem, nós queríamos que ela percebesse que estávamos abertos para ouvir. Se tinha sido um acidente, explicamos, era só nos dizer, então o juiz pegaria leve com ela e nós poderíamos esclarecer toda aquela confusão e ela continuaria cuidando do filho. Mas aí ela se fechou e disse que não queria mais falar. — Ele encolhe os ombros. — Eu acho que *não foi* um acidente.

— Objeção — diz Kennedy.

O juiz Thunder faz uma careta ao tentar se virar para o estenógrafo.

— Mantida. Remova o último comentário da testemunha dos autos.

Mas ele flutua no espaço entre nós, como o brilho de um letreiro de neon depois que o plugue é tirado da tomada.

Sinto que a pressão some do meu ombro e percebo que Kennedy me soltou. Ela já está na frente do detetive.

— O senhor tinha um mandado?

— Sim.

— O senhor ligou para Ruth para avisar que estava indo até a casa dela? Pediu que ela se apresentasse voluntariamente na delegacia?

— Isso não é o que fazemos em mandados por homicídio — diz MacDougall.

— A que horas foi concedido o mandado?

— Por volta das cinco da tarde.

— E a que horas vocês foram à casa de Ruth?

— Lá pelas três da manhã.

Kennedy olha para o júri como se dissesse: *Dá para acreditar?*

— Alguma razão em particular para a demora?

— Foi totalmente intencional. Um dos princípios da ação policial é ir quando a pessoa menos espera. Isso desarma o suspeito e ajuda o processo a avançar.

— Quando o senhor bateu na porta de Ruth e ela não o recebeu imediatamente com bolo, café e um abraço, é possível que tenha sido porque estava dormindo às três horas da manhã?

— Não posso falar sobre os hábitos de sono da ré.

— A busca rápida que vocês fizeram... na verdade vocês não esvaziaram gavetas, derrubaram móveis e destruíram propriedade da sra. Jefferson quando ela estava algemada e incapaz de ter acesso a qualquer arma?

— Nunca se sabe quando uma arma pode estar ao alcance de alguém.

— Também não é verdade que vocês derrubaram o filho dela no chão e prenderam os braços dele nas costas para subjugá-lo?

— Isso é procedimento padrão para segurança dos policiais. Não sabíamos que ele era filho da sra. Jefferson. Vimos um rapaz negro grande e bravo, visivelmente nervoso.

— É mesmo? — diz Kennedy. — E ele também estava de moletom com capuz?

O juiz Thunder elimina esse comentário dos autos, e, quando Kennedy se senta, ela parece tão surpresa quanto eu com sua explosão.

— Desculpe — ela murmura. — Escapou sem querer.

Mas o juiz está furioso. Ele chama as advogadas para conversar. A máquina de ruído impede novamente que eu ouça o que ele diz, mas, pela cor em seu rosto e o ar de irritação com que ele repreende minha advogada, sei que não a chamou para elogiá-la.

— É por isso — diz Kennedy, um pouco pálida quando volta a se sentar — que não se traz a questão de raça para o tribunal.

O juiz Thunder decide que sua dor nas costas justifica a suspensão do julgamento pelo resto do dia.

Por causa da neve, levamos mais tempo para chegar em casa. Quando Edison e eu viramos a esquina do nosso quarteirão, estamos molhados e exaustos. Um homem tenta desenterrar seu carro usando apenas as mãos enluvadas. Dois meninos da vizinhança estão no meio de uma acirrada guerra de bolas de neve; uma delas acerta as costas de Edison.

Há um carro parado na frente da nossa casa. É um sedã preto com motorista, algo que não se vê com muita frequência por aqui, pelo menos não fora do campus de Yale. Quando me aproximo, a porta de trás se abre e uma mulher sai. Ela usa uma jaqueta de esqui e botas com pele e está embrulhada em camadas de lã: um gorro, um cachecol. Levo um momento para perceber que é Christina.

— O que você está fazendo aqui? — pergunto, sinceramente surpresa. Em todos estes anos em que moro em East End, Christina nunca veio me visitar. Em todos estes anos, eu nunca a convidei.

Não é que eu tenha vergonha da minha casa. Eu adoro onde eu moro, *como* eu moro. É que acho que não conseguiria lidar com suas exclamações excessivas de como é bonito, como é aconchegante, como é *a minha cara*.

— Estive no tribunal esses dois dias — ela conta, e eu fico espantada. Olhei para o público presente. Não a notei ali, e Christina é bem difícil de não notar.

Ela abre o zíper da jaqueta, revelando uma camisa de flanela velha e uma calça larga, tão distantes de seus vestidos ajustados de alta-costura.

— Eu fui camuflada — diz ela, sorrindo timidamente. Ela olha sobre meu ombro para Edison. — Edison! Meu Deus, eu não te vejo desde que você era mais baixo que a sua mãe...

Ele move o queixo em um cumprimento desajeitado.

— Edison, pode ir entrando — sugiro e, quando ele vai, encaro Christina. — Eu não entendo. Se a imprensa descobrisse que você estava lá...

— Eu mandaria eles se ferrarem — ela completa com firmeza. — Para o inferno com o Congresso. Eu disse ao Larry que iria e que isso não era negociável. Se alguém da imprensa perguntar, vou dizer simplesmente a verdade: que você e eu nos conhecemos há muito tempo.

— Christina — pergunto de novo —, o que você está fazendo *aqui*?

Ela poderia ter mandado uma mensagem de texto. Poderia ter telefonado. Poderia apenas ter assistido às sessões no tribunal para me dar apoio moral. Mas, em vez disso, está esperando na frente da minha casa sabe-se lá há quanto tempo.

— Eu sou sua *amiga* — ela diz baixinho. — Acredite ou não, Ruth, isso é o que amigas fazem. — Ela me encara e eu percebo que tem lágrimas nos olhos. — O que eles disseram que aconteceu com você... A polícia invadindo a sua casa. As algemas. O jeito como eles agrediram o Edison. Eu nunca imaginei... — Ela hesita, depois separa o joio de seus pensamentos e me oferece o mais triste e sincero buquê. — Eu não sabia.

— Por que você saberia? — respondo. Não brava, não magoada, apenas registrando um fato. — Você nunca vai precisar saber.

Christina enxuga os olhos, manchando o rímel.

— Não sei se eu já te contei essa história — diz ela. — É sobre a sua mãe. Faz muito tempo, quando eu estava na faculdade. Eu estava vindo de carro de Vassar para o feriado de Ação de Graças e havia um homem andando no acostamento na Taconic Parkway. Ele era negro e tinha uma perna ruim, estava andando de muletas. Então eu parei e perguntei se ele queria uma carona. Eu o levei até a Penn Station para ele pegar o trem e ir visitar a família em Washington. — Ela puxa a jaqueta para se proteger melhor. — Quando cheguei em casa e a Lou veio ao meu quarto me ajudar a desfazer a mala, eu contei para ela o que tinha feito. Achei que ela ia ter orgulho de mim por ter sido uma boa samaritana e tal. Em vez disso, ela ficou tão brava. Ruth! Eu juro, nunca tinha visto a sua mãe daquele jeito. Ela segurou os meus braços e me sacudiu; não conseguia nem falar a princípio. "Você nunca, nunca mais faça isso", ela me disse, e eu fiquei tão assustada que prometi que não faria. — Christina olha para mim. — Hoje, sentada naquele tribunal, eu ouvi aquele detetive contar que derrubou a sua porta no meio da noite e algemou você e imobilizou o Edison, e fiquei ouvindo a voz da Lou na minha cabeça, depois que eu falei para ela sobre o andarilho negro. Eu sabia que a sua mãe tinha reagido daquele jeito porque ficou com medo. Mas, durante todos esses anos, eu achei que ela estava tentando me proteger. Agora eu sei que era *ele* que ela estava tentando proteger.

Percebo que, por anos, pus na cabeça que Christina olhava para mim como alguém do passado a ser tolerado, uma infeliz a ser ajudada. Quando crianças, eu sentia que éramos iguais. Mas depois que crescemos, depois que nos tornamos mais conscientes do que era diferente em vez do que era similar, senti um abismo se abrir entre nós. Eu a criticava em segredo por fazer julgamentos sobre mim e sobre minha vida sem me perguntar diretamente. Ela era a diva e eu era a atriz coadjuvante em sua história. Mas esqueci convenientemente de lembrar a mim mesma que fui *eu* que a coloquei nesse papel. Eu culpava Christina por construir aquela parede invisível sem admitir que eu mesma havia acrescentado alguns tijolos.

— Deixei o dinheiro embaixo do seu capacho de boas-vindas — conto.

— Eu sei — diz Christina. — Eu devia ter colado na sua mão.

Há um passo de distância e um mundo de contrastes entre mim e Christina. No entanto, eu também sei como é difícil arrancar a camada de verniz da vida e ter um vislumbre do real. É como acordar em um quarto escuro, sair da cama e perceber que toda a mobília mudou de lugar. A gente acaba se localizando, mas vai ser lento e é bem possível que se acabe com alguns hematomas no caminho.

Estendo o braço e aperto a mão de Christina.

— Quer entrar?

O dia seguinte está claro e gelado. As lembranças da tempestade de neve de ontem foram raspadas das ruas e a temperatura mantém parte da multidão longe dos degraus da frente do tribunal. Até o juiz Thunder parece plácido, tranquilizado pelos remédios que deve estar tomando para a dor nas costas ou pelo fato de que estamos nos aproximando do fim da inquirição das testemunhas da acusação. Hoje a primeira pessoa chamada é o legista público Bill Binnie, que foi aluno do famoso dr. Henry Lee. Ele é mais jovem do que eu teria imaginado, com mãos delicadas que esvoaçam durante as respostas, como passarinhos treinados em seu colo; e tem a aparência de um astro de cinema, então as mulheres do júri estão atentas a suas respostas, mesmo quando elas são apenas a enfadonha ladainha de todas as qualificações em seu currículo.

— Quando o senhor ouviu falar de Davis Bauer pela primeira vez, doutor? — pergunta a promotora.

— O meu departamento recebeu uma ligação de Corinne McAvoy, enfermeira do Hospital Mercy West Haven.

— E o senhor atendeu?

— Sim. Nós recolhemos o corpo do bebê e fizemos a autópsia.

— Poderia nos contar como isso é feito?

— Claro — diz ele, voltando-se para os jurados. — Eu faço um exame externo e interno. Durante o exame externo, procuro hematomas ou alguma outra marca. Faço medidas do corpo, da circunferência da cabeça e fotografo. Colho amostras de sangue e bile. Depois, para o exame interno, faço uma incisão em Y no peito, afasto a pele e examino os pulmões, o coração, o fígado e outros órgãos, para verificar se há alguma ruptura ou alguma anomalia visível. Nós pesamos e medimos os órgãos. Colhemos amostras de tecidos. Depois mandamos as amostras para a toxicologia e esperamos os resultados, para chegar a uma conclusão factual e razoável quanto à causa da morte.

— Quais foram as suas observações significativas durante a autópsia? — pergunta Odette.

— O fígado estava ligeiramente aumentado. Havia uma ligeira cardiomegalia e uma persistência do canal arterial de grau mínimo, mas outros defeitos congênitos estavam ausentes. Não havia nenhuma anormalidade valvular ou vascular.

— O que isso quer dizer?

— O órgão estava um pouco aumentado e havia um pequeno buraco no coração. Mas os vasos sanguíneos não apresentavam nenhum erro — diz ele. — Não havia defeitos de septo.

— Alguma dessas descobertas poderia sugerir a causa da morte?

— Na verdade, não — responde o legista. — Havia boas razões para elas. De acordo com o prontuário médico, a mãe teve diabete gestacional.

— O que é isso?

— Uma condição que leva a um nível alto de açúcar no sangue da mãe durante a gravidez. Infelizmente, isso também tem um efeito no bebê.

— Como assim?

— Bebês que nascem de mães com diabete são frequentemente maiores que a média. O fígado, o coração e as glândulas suprarrenais podem estar aumentados. Esses bebês também podem ser hipoglicêmicos depois do nascimento, por causa do nível mais alto de insulina no sangue. Com base no prontuário médico que eu analisei, os exames pós-natal do paciente indicaram baixo nível de açúcar no sangue, assim como a amostra da artéria femoral durante a emergência. Todos os achados da autópsia, bem como o nível baixo de açúcar no sangue, seriam compatíveis com um bebê nascido de uma mãe diabética.

— E quanto ao buraco no coração da criança? Isso parece sério...

— Parece pior do que é. Na maioria dos casos, o canal arterial fecha sozinho — diz o dr. Binnie e olha para o júri. A mulher que é professora, jurada número 12, começa a se abanar.

— Foi possível determinar como o bebê morreu?

— Na verdade — diz o legista —, isso é mais complicado do que a maioria das pessoas pensa. Nós, especialistas médicos, fazemos uma distinção entre o jeito como a pessoa morreu e a alteração efetiva no corpo que causa a interrupção da vida. Por exemplo, digamos que ocorra um tiro de arma de fogo e alguém morra. A causa da morte é o ferimento a bala. Mas o mecanismo da morte, o evento físico que levou a ela, seria a exsanguinação, ou perda de sangue.

Ele volta a atenção de Odette para os jurados.

— E há a circunstância da morte, como ela aconteceu. O ferimento a bala foi acidente? Suicídio? Foi uma agressão deliberada? Isso se torna importante quando... bem... estamos em um tribunal como este.

A promotora traz outra prova.

— O que os senhores vão ver — Odette alerta os jurados — pode ser extremamente perturbador.

Ela coloca em um cavalete uma fotografia do corpo de Davis Bauer.

Sinto a respiração parar na garganta. Os dedos pequeninos, a curvatura das pernas. A bolinha do pênis, ainda com sangue da circuncisão. Se não fossem os hematomas, a tonalidade azul da pele, ele poderia estar dormindo.

Eu peguei esse corpo no necrotério. Eu o segurei em meus braços. E o embalei em direção ao céu.

— Doutor — Odette começa —, poderia nos dizer...

Mas, antes que ela possa terminar, ouve-se um barulho alto no meio do público. Todos nos viramos e vemos Brittany Bauer de pé, com os olhos arregalados. O marido está à sua frente, segurando seus ombros. Não sei se ele está tentando controlá-la ou mantê-la em pé.

— Me solta! — ela grita. — É o meu *filho*!

O juiz Thunder bate o martelo.

— Eu exijo ordem — ele diz, sem rispidez. — Senhora, por favor, sente-se...

Mas Brittany aponta um dedo trêmulo diretamente para mim. Poderia bem ser um Taser a julgar pela corrente que percorre meus ossos.

— Você matou o meu bebê. — Ela sai cambaleante para o corredor e se aproxima de mim, enquanto eu me sinto imobilizada pela força de seu ódio. — Você vai pagar por isso nem que seja a última coisa que eu faça.

Kennedy chama o juiz, que bate o martelo outra vez e acena para o oficial de justiça. O pai de Brittany Bauer tenta acalmá-la também, sem sucesso. Há um estremecimento de choque e falatório enquanto ela é escoltada para fora da sala. Seu marido está paralisado, indeciso entre sair para confortá-la e ficar para ouvir o depoimento. Depois de um momento, ele se vira e corre para fora das portas duplas.

Quando o juiz pede ordem, todos olhamos para a frente outra vez, atraídos pela fotografia gigante do bebê morto. Uma das juradas começa a chorar, e são necessários outros dois para acalmá-la, e então o juiz Thunder decreta um recesso.

Ao meu lado, Kennedy solta o ar.

— Que merda — ela diz.

Quinze minutos depois, todos, exceto Brittany e Turk Bauer, estão de volta à sala do tribunal. No entanto, a ausência deles é quase ainda mais visível, como se o espaço negativo fosse um lembrete constante do motivo de termos tido que interromper a sessão. Odette mostra ao legista uma série de fotografias do corpo do bebê, de todos os ângulos possíveis. Ela lhe pede para explicar os diferentes resultados de testes — o que é padrão, o que é desviante da norma. Por fim, pergunta:

— Foi possível determinar a causa da morte de Davis Bauer?

O dr. Binnie confirma com a cabeça.

— Para Davis Bauer, a causa da morte foi hipoglicemia, levando a uma convulsão hipoglicêmica, que levou a uma parada respiratória, depois cardíaca. Em outras palavras, o baixo nível de açúcar no sangue fez o bebê ter convulsão, parar de respirar, e isso, por sua vez, parou o coração. O mecanismo da morte foi asfixia. E a circunstância foi indeterminada.

— Indeterminada? Isso significa que as ações da ré não tiveram nada a ver com a morte do bebê? — pergunta Odette.

— Pelo contrário. Só significa que não ficou perfeitamente claro se foi uma morte violenta ou natural.

— Como foi feita essa pesquisa?

— Eu li os prontuários médicos, claro, e também o relatório policial, que trazia informações.

— Por exemplo?

— O sr. Bauer disse à polícia que Ruth Jefferson bateu agressivamente no peito do filho dele. Os hematomas que encontramos no esterno poderiam corroborar essa alegação.

— Havia mais alguma coisa no relatório policial que o levou a preencher o laudo da forma como foi feito?

— De acordo com vários relatos, havia uma indicação de que a ré não adotou nenhuma medida de ressuscitação até que outros profissionais entrassem na sala.

— Por que isso é importante para os resultados da autópsia?

— Tem relação com a maneira da morte — responde o dr. Binnie. — Eu não sei por quanto tempo o bebê esteve com dificuldade para respirar. Se a parada respiratória tivesse sido aliviada antes, é possível que a parada cardíaca não tivesse ocorrido. — Ele olha para os jurados. — Se a ré tivesse agido, é possível que nenhum de nós estivesse sentado aqui hoje.

— A testemunha é sua — diz Odette.

Kennedy se levanta.

— Doutor, havia alguma coisa no relatório policial que pudesse indicar atitude criminosa ou trauma intencional contra esse bebê?

— Eu já mencionei os hematomas no esterno...

— Sim, o senhor mencionou. Mas não é possível que os hematomas também pudessem ser coerentes com uma manobra de ressuscitação vigorosa e medicamente necessária?

— Sim, é — ele concorda.

— É possível que tenham ocorrido outros cenários, que não atitude criminosa, que possam ter levado à morte desse bebê?

— É possível.

Kennedy pede que ele examine os resultados da triagem neonatal que ela introduziu nas provas anteriormente.

— Doutor, poderia dar uma olhada na prova 42?

Ele pega o arquivo e procura.

— Poderia dizer ao júri o que é isso?

Ele levanta os olhos.

— São os resultados da triagem neonatal de Davis Bauer.

— O senhor teve acesso a essas informações enquanto estava fazendo a autópsia?

— Não.

— O senhor trabalha no laboratório estadual onde esses testes foram feitos, não é?

— Sim.

— Poderia explicar a seção destacada na página 1?

— É um teste para transtorno na oxidação dos ácidos graxos chamado MCADD. Os resultados mostram uma alteração.

— O que isso significa?

— O laboratório enviaria estes resultados para o hospital e o médico seria notificado imediatamente.

— Bebês com MCADD apresentam sintomas desde o nascimento?

— Não — diz o legista. — Não. Essa é uma das razões para que o estado de Connecticut faça a triagem.

— Dr. Binnie — diz Kennedy —, o senhor estava ciente do fato de que a mãe do bebê tinha diabete gestacional e que o bebê tinha baixo nível de açúcar no sangue, correto?

— Sim.

— O senhor afirmou anteriormente que a diabete foi o que causou a hipoglicemia no recém-nascido, não é?

— Sim, essa foi a minha conclusão depois da autópsia.

— Não é possível também que a hipoglicemia tenha sido causada por MCADD?

Ele concorda.

— Sim.

— Não é possível que a falta de energia, a letargia e a carência de apetite em um recém-nascido sejam causadas por MCADD? — Kennedy indaga.

— Sim — ele admite.

— E o coração aumentado, isso é potencialmente um efeito colateral não só de diabete gestacional materna… mas também desse tipo específico de distúrbio metabólico?

— Sim.

— Dr. Binnie, o senhor soube pelos prontuários do hospital que Davis Bauer tinha MCADD?

— Não.

— Se esses resultados tivessem chegado a tempo, o senhor os teria usado para determinar a causa da morte e a circunstância da morte no seu laudo da autópsia?

— Claro — diz ele.

— O que acontece com um bebê que tem esse transtorno, mas não foi diagnosticado?

— Com frequência eles são assintomáticos, até que aconteça alguma coisa que cause uma descompensação metabólica.

— O que, por exemplo?

— Uma doença. Uma infecção. — Ele pigarreia. — Jejum.

— Jejum? — Kennedy repete. — Como o tipo de jejum que é feito antes da circuncisão de um bebê?

— Sim.

— O que acontece com um bebê com MCADD não diagnosticado que sofra um desses episódios agudos?

— Podem ocorrer convulsões, vômitos, letargia, hipoglicemia… coma — diz o médico. — Em cerca de vinte por cento dos casos, o bebê pode morrer.

Kennedy caminha em direção à bancada dos jurados e vira de modo que fique de costas para eles e olhando para a testemunha, assim como eles.

— Doutor, se Davis Bauer tivesse MCADD, e se ninguém no hospital soubesse disso, e se o protocolo médico fosse deixá-lo em jejum por três horas antes da circuncisão como qualquer outro bebê *sem* o transtorno, *e* se um episódio metabólico agudo ocorresse em seu pequeno corpo... não há uma chance de que Davis Bauer estivesse morto mesmo que Ruth Jefferson tivesse executado todas as intervenções médicas concebíveis?

O legista olha para mim, seus olhos cinzentos suavizados em um pedido de desculpas.

— Sim — ele admite.

Ah, meu Deus. Ah, meu Deus. Sinto a energia na sala do tribunal mudar. O público está tão quieto que posso ouvir o roçar de uma roupa, o aceno de uma possibilidade. Turk e Brittany Bauer ainda não voltaram, e, em sua ausência, a esperança floresce.

Howard, ao meu lado, murmura: "Ela é fo-da".

— Nada mais, Excelência — diz Kennedy e volta para a mesa da defesa piscando para mim. *Eu te disse.*

Minha alegria não dura muito.

— Eu gostaria de reinquirir a testemunha — diz Odette, e se levanta antes que o dr. Binnie seja dispensado. — Doutor, digamos que esse resultado alterado tivesse chegado a tempo ao hospital. O que teria acontecido?

— Há alguns resultados alterados que requerem que uma carta seja enviada posteriormente aos pais sugerindo aconselhamento genético — diz o legista. — Mas este... é uma bandeira vermelha que qualquer neonatologista consideraria uma emergência. O bebê seria monitorado de perto e testado para confirmar o diagnóstico. Às vezes, encaminhamos a família para um centro de tratamento do metabolismo.

— Não é verdade, doutor, que muitas crianças com MCADD não são formalmente diagnosticadas por semanas? Ou meses?

— Sim — diz ele. — Depende da rapidez com que conseguimos que os pais venham para uma confirmação.

— Uma *confirmação* — ela repete. — Então um resultado alterado na triagem neonatal não é um diagnóstico final.

— Não.

— Davis Bauer voltou para um teste adicional?

— Não — responde o dr. Binnie. — Ele não teve tempo.

— Então o senhor não pode afirmar, para além de qualquer dúvida médica razoável, que Davis Bauer tinha MCADD.

Ele hesita.

— Não.

— E o senhor não pode afirmar, para além de qualquer dúvida médica razoável, que Davis Bauer morreu de um transtorno metabólico.

— Não inteiramente.

— E, na verdade, a ré e a equipe jurídica dela poderiam estar fazendo uma tentativa desesperada de tentar lançar alguma dúvida em outra direção, em qualquer direção, que não aponte para a circunstância de Ruth Jefferson ter prejudicado intencionalmente um recém-nascido inocente, primeiro negando tratamento, depois reagindo com tanta violência a ponto de deixar hematomas no corpo dele?

— Objeção! — Kennedy exclama.

— Retiro — diz Odette, mas o mal já está feito. Porque as últimas palavras que os jurados ouviram são como balas de revólver abatendo no ar o meu otimismo.

À noite, Edison fica em silêncio no caminho para casa. Ele me diz que está com dor de cabeça e, quase imediatamente depois que entramos e vou para a cozinha preparar o jantar, volta do quarto vestido com seu casaco e me diz que vai sair para clarear as ideias. Eu não o impeço. Como posso? Como posso dizer qualquer coisa que apague o que quer que ele tenha sentido, sentado atrás de mim a cada dia como uma sombra, ouvindo pessoas tentarem me pintar como alguém que ele nunca acreditou que eu pudesse ser?

Janto sozinha, mas, na verdade, só belisco a comida. Cubro as sobras com papel-alumínio e fico sentada na cozinha à espera de Edison. Digo a mim mesma que vou comer quando ele voltar.

Mas uma hora se vai. Duas. Quando passa de meia-noite e ele não volta e não responde às minhas mensagens, baixo a cabeça sobre o travesseiro de meus braços.

Começo a pensar na Suíte Canguru no hospital. É um quarto com um nome não oficial que tem um mural com esses marsupiais na parede. É onde colocamos as mães que perderam seu bebê.

Para ser sincera, eu sempre odiei esse termo —*perder*. Essas mães sabem onde seus filhos estão. Elas, na verdade, fariam qualquer coisa, *dariam* qualquer coisa, até a própria vida, para tê-los de volta.

Na Suíte Canguru, deixamos os pais ficarem com o bebê morto por todo o tempo que quiserem. Tenho certeza de que Turk e Brittany Bauer foram levados para lá com Davis. É um quarto que fica no canto, ao lado da sala da enfermeira-chefe, intencionalmente afastado de outros quartos de parto, como se o sofrimento fosse uma doença contagiosa.

O isolamento significa que os pais não precisam passar por todos os outros quartos com mamães e bebês saudáveis. Eles não precisam ouvir o choro de recém-nascidos vindo para o mundo, quando seu próprio filho os deixou.

Na Suíte Canguru, colocamos as mães que sabiam, graças a um ultrassom, que seu bebê nasceria de um jeito incompatível com a vida. Ou as mães que tiveram que interromper a gravidez por causa de alguma anomalia grave. Ou as que tiveram o bebê normalmente e, para seu grande choque, viveram o melhor e o pior momento de sua vida com intervalo de horas.

Se eu era a enfermeira que estava atendendo uma paciente cujo bebê havia morrido, fazia impressões das mãos do bebê em gesso. Ou cortava mechas de cabelo. Havia fotógrafos profissionais que eu podia chamar e sabiam como tirar uma foto do bebê morto e retocá-la para fazê-lo parecer lindo, vibrante e vivo. Eu montava uma caixa de lembranças, para que, quando os pais deixassem o hospital, não saíssem de mãos vazias.

Minha última paciente que usou a Suíte Canguru foi uma mulher chamada Jiao. Seu marido estava fazendo mestrado em Yale e ela era arquiteta. Durante toda a gravidez, ela teve líquido amniótico demais e vinha semanalmente drenar e fazer amniocentese para checar o bebê. Uma noite, tirei quatro litros de líquido dela, para dar uma ideia. E, obviamente, isso não é normal, não é saudável. Perguntei à médica dela o que achava que poderia ser; será que o bebê não tinha esôfago? Um bebê no útero normalmente engole líquido amniótico, mas, se estava havendo um acúmulo tão grande, o bebê não o devia estar ingerindo. Mas os ultrassons eram normais e ninguém conseguia convencer Jiao de que havia um problema. Ela tinha certeza de que o bebê ficaria bem.

Um dia, ela veio e foi detectado que o bebê tinha hidropisia — acúmulo de líquido sob a pele. Ela ficou conosco por uma semana e a médica tentou induzir o parto, mas o bebê não aceitou bem. Jiao fez uma cesariana. O bebê tinha hipoplasia pulmonar — os pulmões não funcionavam. Ele morreu nos braços dela logo depois do nascimento, distendido, inchado, como se tivesse sido montado com marshmallows.

Jiao foi levada para a Suíte Canguru e, como muitas mães que precisam aceitar aos poucos que o bebê não sobreviveu, estava robótica, entorpecida. Mas, ao contrário de outras mães, ela não chorou e se recusou a ver o bebê. Foi como se tivesse em sua mente a imagem de um menininho perfeito e não conseguisse conciliar nada diferente. O marido tentou fazê-la segurar o bebê; a médica tentou fazê-la segurar o bebê. Por fim, quando ela estava em sua oitava hora de catatonia, enrolei o menino em cobertores quentes e pus um gorrinho em sua cabeça. Carreguei-o de volta para o quarto.

— Jiao — falei —, você gostaria de me ajudar a dar banho nele?

Ela não respondeu. Olhei para seu marido, seu pobre marido, que me incentivou com um movimento de cabeça.

Enchi uma bacia de água morna e peguei uma pilha de toalhinhas umedecidas. Gentilmente, ao pé da cama de Jiao, desembrulhei o bebê. Mergulhei uma toalhinha na água morna e a passei pelas pernas roliças, pelos braços azulados. Limpei seu rosto inchado, seus dedos rígidos.

Então, entreguei a Jiao uma toalhinha úmida. Pressionei-a contra a palma de sua mão.

Não sei se foi a água que a despertou ou se foi o bebê. Mas, com minha mão para guiá-la, ela lavou cada prega e curva do filho. Ela o enrolou no cobertor. Ela o segurou de encontro ao peito. Por fim, com um soluço que soou como se ela rasgasse um pedaço de si, entregou o corpo do bebê de volta para mim.

Consegui manter o controle enquanto o carregava para fora da Suíte Canguru. Então, enquanto ela desmoronava nos braços do marido, eu me descontrolei. Solucei sobre aquele bebê por todo o caminho até o necrotério e, quando cheguei lá, não foi mais fácil para mim deixá-lo do que havia sido para a mãe.

Agora, a chave vira na fechadura e Edison entra. Seus olhos se ajustam ao escuro; ele anda na ponta dos pés, porque imagina que eu esteja dormindo. Em vez disso, com a voz clara, digo seu nome do lugar onde me encontro, junto à mesa da cozinha.

— Por que você não está dormindo? — ele pergunta.

— Por que você não estava em casa?

Posso vê-lo claramente, uma sombra entre as sombras.

— Eu estava sozinho. Estava andando.

— Por seis horas? — explodo.

— É, por seis horas — Edison desafia. — Por que você não põe um chip de GPS em mim de uma vez, se não confia em mim?

— Eu confio em você — digo com cuidado. — É do resto do mundo que não tenho tanta certeza.

Eu me levanto e ficamos a centímetros um do outro. Todas as mães se preocupam, mas mães negras têm que se preocupar um pouco mais.

— Mesmo andar pode ser perigoso. Mesmo *ser* pode ser perigoso, se você estiver no lugar errado na hora errada.

— Eu não sou bobo — diz Edison.

— Eu sei disso melhor do que ninguém. Esse é o problema. Você é inteligente o bastante para arrumar desculpas para pessoas que não são. Você dá o benefício da dúvida quando outras pessoas não dão. Isso é o que faz você ser *você* e é o que o faz tão especial. Mas você precisa aprender a ser mais cuidadoso. Porque eu posso não estar aqui por muito mais tempo para… — Minha frase se rompe, se desmancha. — Posso ter que deixar você.

Vejo o pomo de adão dele descer e voltar e sei o que ele esteve pensando todo esse tempo. Imagino-o andando pelas ruas de New Haven, tentando se distanciar do fato de que o julgamento está chegando ao fim. E, quando ele terminar, tudo vai ser diferente.

— Mãe — ele diz, sua voz pequena. — O que eu vou fazer?

Por um momento, tento pensar em como resumir uma vida de lições em minha resposta. Depois olho para ele, com os olhos brilhantes.

— Ter sucesso — digo.

Edison se afasta de mim. Um instante depois, ouço a porta de seu quarto bater. A música afoga todos os outros sons que eu tento em vão discernir.

Acho que sei agora por que o quarto se chama Suíte Canguru. É porque, ainda que a mãe não tenha mais o filho, ela o carrega para sempre.

É o mesmo quando um pai ou mãe é arrancado do filho, mas a suíte é do tamanho do mundo. No funeral da minha mãe, pus um punhado da terra fria do seu túmulo no bolso do meu melhor casaco de lã. Alguns dias eu uso o casaco dentro de casa, só porque dá vontade. Mexo na terra com os dedos, aperto-a na palma da mão.

E me pergunto o que será que Edison vai guardar de mim.

TURK

Seguro o rosto de Brit nas mãos e encosto a testa na dela.
— Respire — digo a ela. — Pense em Viena.
Nenhum de nós jamais esteve em Viena, mas Brit encontrou uma velha fotografia em uma loja de antiguidades uma vez e a pendurou na parede do nosso quarto. Nela está o bonito prédio da prefeitura, a praça na frente, cheia de pedestres e mães levando os filhos pela mão, todos eles brancos. Sempre pensamos que poderíamos economizar para passar férias lá, um dia. Quando Brit estava fazendo seus planos para o parto, Viena era uma das palavras que eu devia usar para que ela não perdesse a concentração.

Não me escapa que estou sussurrando a mesma palavra que usei para acalmá-la quando ela estava tendo Davis — mas agora a repito para ajudá-la a parar de ver a imagem do nosso filho morto.

De repente, a porta da sala de reuniões se abre e a promotora entra.
— Aquilo foi ótimo. O júri adora uma mãe que faz o tipo tão perturbada que nem consegue se controlar. Mas a ameaça no meio da sala do tribunal? Essa parte não foi muito inteligente.

Brit levanta a cabeça na mesma hora. Ela se afasta de mim e chega perto do rosto da advogada.
— Eu não estou fazendo tipo nenhum — diz ela, com a voz perigosamente baixa. — E não venha me dizer o que é ou não é uma boa ideia, sua vaca.

Eu seguro o braço dela.

— Meu amor, por que não vai lavar o rosto? Eu cuido disto.

Brit nem pisca. Só se mantém como um muro na frente de Odette Lawton, como um cachorro alfa postado na frente de um vira-lata até que este tenha o bom senso de recuar. Então, abruptamente, ela sai e bate a porta.

Eu sei que já foi um grande favor terem deixado Brit e eu ficarmos na sala do tribunal, mesmo que estejamos inscritos para depor. Houve uma audiência sobre isso e tudo, antes do início do julgamento. Aquela maldita defensora pública achou que poderia nos manter de fora pedindo que todas as testemunhas ficassem isoladas, mas o juiz disse que merecíamos estar lá porque éramos os pais de Davis. Tenho certeza de que a promotora não deseja dar a ele nenhuma boa razão para repensar essa decisão.

— Sr. Bauer — a advogada diz —, nós precisamos conversar.

Cruzo os braços.

— Por que você não faz simplesmente o que tem que fazer? Que é ganhar este caso?

— É um pouco difícil, com a sua esposa agindo como uma valentona intimidadora e não como uma mãe enlutada. — Ela me encara. — Eu não posso chamá-la para depor como testemunha.

— O quê? Mas nós fizemos todo aquele ensaio...

— Sim, mas eu não confio na Brittany — ela diz, sem meias palavras. — A sua esposa é uma incógnita. E não se pode colocar pessoas que são uma incógnita no banco das testemunhas.

— Os jurados precisam ouvir a mãe do Davis.

— Não se nós não pudermos ter certeza de que ela não vai começar a gritar ofensas racistas para a ré. — Ela me olha com frieza. — Você e a sua esposa podem me detestar, como detestam todos que são como eu, sr. Bauer. E, francamente, pouco me importa. Mas eu sou a melhor chance, a *única* chance que vocês têm de obter justiça para o seu filho. Portanto, não só vou lhes dizer o que é e o que não é uma boa ideia como vou dar todas as ordens aqui. E isso significa que a sua esposa não vai depor.

— O juiz e os jurados vão achar que tem alguma coisa errada se ela não for testemunha.

— O juiz e os jurados vão achar que ela está abalada. E você sozinho já vai ser uma testemunha sólida.

Isso significa que eu amava Davis menos? Que a minha dor não é suficiente para me impedir de me controlar, como acontece com Brit?

— Você ouviu ontem a defesa apresentar a tese de que o seu filho tinha uma doença metabólica não diagnosticada?

Foi quando a pediatra estava depondo. Houve um monte de jargão médico que eu não entendi, mas peguei o sentido geral.

— É, ouvi — digo. — Foi uma jogada de desespero.

— Nem tanto. Enquanto vocês estavam fora da sala, o legista examinou os resultados. O exame do Davis deu positivo para MCADD. Fiz o possível para levar o júri a desconsiderar o depoimento dele, mas o fato é que a defesa plantou uma semente que já criou raízes: que o seu filho testou positivo para uma doença potencialmente fatal e os resultados chegaram tarde demais. E, se nada disso tivesse acontecido, ele ainda poderia estar vivo.

Sinto os joelhos cederem e me sento pesadamente sobre a mesa. Meu filho estava mesmo doente e nós não sabíamos? Como um hospital poderia negligenciar isso?

É tão... aleatório. Tão sem sentido.

A promotora toca meu braço e não posso evitar: eu me retraio.

— Não faça isso. Não se perca na sua mente. Só estou te contando isso para que você não se surpreenda durante a inquirição. Mas tudo o que Kennedy McQuarrie fez foi encontrar um *possível* diagnóstico. Não chegou a ser confirmado. O Davis não foi tratado. É o mesmo que ela ter dito que o seu filho iria desenvolver uma doença cardíaca depois de adulto porque essa era a sua predisposição genética. Isso não significa que teria necessariamente que acontecer.

Penso em meu avô, caindo morto com um ataque cardíaco.

— Estou te contando isso porque, quando voltarmos lá para dentro — diz Odette —, eu vou chamar você para depor. E você vai responder exatamente do jeito que ensaiamos no meu escritório. Tudo que você precisa lembrar é que não há lugar para *talvez* neste julgamento. Não há *isso poderia ter acontecido*. Isso *já* aconteceu. O seu filho está morto.

Concordo com a cabeça. Há um corpo. E alguém tem que pagar.

* * *

O senhor jura dizer a verdade?

Meus dedos se flexionam sobre a Bíblia de couro. Eu não a leio muito mais. Mas jurar sobre ela me faz lembrar de Big Ike, da época em que eu estava preso. E de Twinkie.

Penso muito nele, para ser sincero. Imagino que ele esteja solto agora. Talvez comendo o macarrão enlatado que tanto queria. O que aconteceria se eu desse de cara com ele na rua? Em um Starbucks? Será que daríamos aquele abraço rápido de homens? Ou fingiríamos nem nos conhecer? Ele sabia o que eu era do lado de fora, assim como eu sabia o que ele era. Mas na prisão tudo era diferente, e o que me ensinaram a acreditar não se aplicava. Se nossos caminhos se cruzassem agora, ele ainda seria o Twinkie para mim? Ou seria apenas mais um preto?

Brit finalmente retorna para a sala do tribunal, apoiada em Francis. Quando ela voltou do banheiro, com o rosto ainda úmido do lenço de papel e o nariz e as faces rosadas, eu disse que havia falado para a promotora que ninguém manda no modo como minha esposa sente seu luto. E que eu não suportaria vê-la desmoronar outra vez, então falei para Odette Lawton que de jeito nenhum eu a deixaria pôr minha esposa no banco das testemunhas. Disse a Brit que a amava e que me doía demais vê-la sofrendo.

Ela acreditou.

O senhor jura dizer a verdade?

— Sr. Bauer — a promotora pergunta —, Davis era o seu primeiro filho com a sua esposa, Brittany?

O suor desce pelas minhas costas. Posso sentir os jurados olhando fixamente para a tatuagem da suástica em minha cabeça. Mesmo os que estão fingindo não olhar a espiam de relance. Aperto o assento da cadeira com as mãos. A sensação da madeira é boa. Sólida. Como uma arma.

— Sim. Nós estávamos muito felizes.

— Vocês sabiam que ia ser um menino?

— Não — respondo. — Queríamos que fosse surpresa.

— Houve alguma complicação durante a gravidez?

— A minha esposa teve diabete gestacional. O médico nos disse que não era um grande problema, desde que ela cuidasse da dieta. E ela cuidou. Ela queria um bebê saudável, tanto quanto eu.

— E quanto ao parto, sr. Bauer? Foi parto normal?

— Foi tudo tranquilo — digo. — Se bem que não era eu que estava fazendo o trabalho pesado. — As mulheres no júri sorriem, como a promotora disse que fariam se eu falasse como qualquer pai comum.

— E onde você e a sua esposa tiveram o bebê?

— No Hospital Mercy West Haven.

— Você pegou o seu filho, Davis, no colo depois que ele nasceu, sr. Bauer?

— Peguei — digo. Quando ensaiamos isso na sala da promotora, como se fôssemos atores aprendendo falas, ela me disse que seria muito eficaz se eu chorasse. Eu disse que não conseguia chorar por encomenda, que porra, mas agora, pensando no momento em que Davis nasceu, minha garganta fecha. É louco, não é, que se possa amar tanto uma garota a ponto de realmente criar outro ser humano? É como esfregar dois pauzinhos e produzir fogo. De repente, há algo vivo e intenso lá que não existia um minuto antes. Lembro dos pezinhos de Davis batendo em mim. De sua cabeça na palma da minha mão. Daqueles olhos enevoados e sem foco tentando me entender. — Nunca me senti daquele jeito na vida — confesso. Estou fora do script, mas não me importo. — Achei que era mentira quando as pessoas diziam que se apaixonavam por um bebê à primeira vista. Mas é verdade. Era como se eu pudesse ver todo o meu futuro ali no rosto dele.

— Você conhecia algum dos funcionários do hospital antes de ir para esse hospital específico?

— Não. A obstetra da Brit trabalhava lá, então foi uma escolha automática.

— Teve uma boa experiência nesse hospital, sr. Bauer?

— Não — respondo com firmeza. — Não tive.

— Foi assim desde o momento da internação da sua esposa?

— Não. Isso foi bem. A preparação para o parto e o parto também.

A promotora caminha em direção à bancada do júri.

— Então, quando as coisas começaram a mudar?

— Quando outra enfermeira entrou, depois que acabou o turno da primeira. E ela era negra.

A promotora pigarreia.

— Por que isso era um problema, sr. Bauer?

Inconscientemente, levanto a mão e a passo pela tatuagem em minha cabeça.

— Porque eu acredito na superioridade da raça branca.

Alguns dos jurados olham com mais atenção para mim, curiosos. Alguns sacodem a cabeça. Outros baixam os olhos.

— Então você é um supremacista branco — a promotora diz. — Acredita que pessoas negras, como eu, deveriam ser subordinadas.

— Eu não sou antinegros — digo a ela. — Sou pró-brancos.

— Você entende que muitas pessoas no mundo, na verdade muitas pessoas aqui, podem achar as suas crenças ofensivas.

— Mas os hospitais têm que tratar bem todos os pacientes — digo —, mesmo que não gostem das ideias deles. Se um atirador em uma escola for ferido quando os policiais tentarem prendê-lo e ele for levado para a emergência, os médicos o operam para salvar a vida dele, mesmo que ele tenha matado uma dúzia de pessoas. Eu sei que o jeito como a minha esposa e eu vivemos não é o jeito que outros escolhem viver. Mas o bom neste país é que todos temos o direito de acreditar no que quisermos.

— O que você fez quando descobriu que havia uma enfermeira negra cuidando do seu filho recém-nascido?

— Eu fiz uma exigência. Pedi que ela não tocasse no meu bebê.

— A enfermeira afro-americana a que você se refere está aqui hoje?

— Está. — Aponto para Ruth Jefferson. Acho que talvez ela tenha se encolhido em sua cadeira.

Pelo menos quero pensar que sim.

— Para quem você pediu? — pergunta a promotora.

— Para a enfermeira-chefe — respondo. — Marie Malone.

— Como resultado dessa conversa, o que aconteceu?

— Eu não sei, mas ela não ficou mais conosco.

— Em algum momento, a ré interagiu com seu filho outra vez?

— Sim. O Davis ia fazer uma circuncisão. Não devia ser grande coisa. Ele ia para o berçário e voltaria assim que terminasse. Mas, de repente, tudo virou um caos. As pessoas estavam gritando, pedindo ajuda, carrinhos estavam sendo empurrados pelo corredor e todo mundo corria para o berçário. O meu filho estava lá e eu... acho que a Brit e eu *soubemos*. Nós fomos para o berçário e havia uma multidão de pessoas amontoadas em volta do meu filho, e aquela mulher, ela estava com as mãos no meu filho outra vez. — Engulo em seco. — Ela estava machucando o meu filho. Estava batendo no peito dele com tanta força que parecia que queria partir o corpo dele ao meio.

— Objeção! — a outra advogada exclama.

O juiz aperta os lábios.

— Vou aceitar a declaração da testemunha.

— Como você reagiu, sr. Bauer?

— Eu não disse nada. A Brit e eu estávamos chocados. Eles nos disseram que aquele procedimento não era *nada*. Nós íamos *para casa* naquela tarde. Era como se o meu cérebro não conseguisse processar o que estava na frente dos meus olhos.

— E então o que aconteceu?

Os jurados, percebo, estão inclinados para a frente. Todos os rostos estão voltados para mim.

— Os médicos e as enfermeiras estavam todos se movendo tão rápido que eu nem sabia dizer de quem eram as mãos. Então a pediatra entrou, a dra. Atkins. Ela trabalhou um pouco com o meu filho, depois ela. depois ela disse que não havia mais nada a fazer. — As palavras se tornaram tridimensionais, um filme que não consigo desligar. A pediatra olhando para o relógio. O jeito como todos os outros recuaram, com as mãos levantadas, como se alguém apontasse uma arma para eles. O meu filho, muito parado.

Um soluço sobe de dentro de mim. Aperto a cadeira com força. Se eu soltar, meus punhos vão assumir o controle. Vou encontrar alguém para castigar. Levanto os olhos e, por apenas um segundo, deixo todos eles verem como estou vazio por dentro.

— Ela disse que o meu filho estava morto.

Odette Lawton vem até mim com uma caixa de lenços de papel. Ela a coloca na grade entre nós, mas não faço nenhum movimento para pegar um. Estou feliz agora por Brit não ter que passar por tudo isso. Não quero que ela tenha que reviver aquele momento.

— O que você fez em seguida?

— Eu não podia deixar eles pararem. — As palavras parecem vidro em minha língua. — Se eles não iam salvar o meu filho, eu ia. Então, fui até a lata de lixo e peguei o balão que estavam usando para ajudar o Davis a respirar. Tentei descobrir como prender aquilo no aparelho outra vez. Eu não ia desistir do meu próprio filho.

Ouço um som, um lamento agudo, que reconheço das semanas em que Brit não saiu da cama, mas sacudiu nossa casa com a força de sua dor. Ela está dobrada em sua cadeira, um ponto de interrogação humano, como se todo o seu corpo perguntasse por que aquilo aconteceu conosco.

— Sr. Bauer — a promotora diz gentilmente, trazendo minha atenção de volta. — Algumas pessoas aqui o chamariam de supremacista branco e diriam que foi você quem começou tudo isso ao exigir que uma enfermeira afro-americana fosse impedida de atender seu filho. Poderiam até culpá-lo pelo seu próprio infortúnio. Como você responderia?

Respiro fundo.

— Tudo que eu queria fazer era dar ao meu bebê a melhor chance que ele pudesse ter na vida. Isso faz de mim um supremacista branco? — pergunto. — Ou faz de mim apenas um pai?

Durante o recesso, Odette me instrui na sala de reuniões.

— O trabalho *dela* é fazer o que puder para os jurados odiarem você. Um pouco disso é até bom, porque mostra a motivação da enfermeira. Mas só um pouco. O *seu* trabalho é fazer o que puder para mostrar o que eles têm em comum com você, não o que os separa. Este caso deve ser sobre como você amava o seu filho. Não atrapalhe tudo mudando o foco para quem você odeia.

Ela me deixa sozinho com Brit por alguns minutos antes de sermos chamados de volta para a sala do tribunal.

— Ela — diz Brit, assim que a promotora sai. — Eu odeio *ela*.

Eu me viro para minha esposa.

— Você acha que ela está certa? Acha que nós causamos tudo isso?

Fiquei pensando no que Odette Lawton disse. Se eu não tivesse rejeitado a enfermeira negra, será que tudo isso teria terminado diferente? Ela teria tentado salvar Davis no momento em que percebeu que ele não estava respirando? Teria tratado meu filho como qualquer paciente em situação crítica, em vez de querer me machucar como eu a havia machucado?

Meu filho teria cinco meses agora. Estaria sentando sozinho? Será que sorriria quando me visse?

Eu acredito em Deus. Acredito em um Deus que reconhece o trabalho que estamos fazendo para ele nesta terra. Mas, então, por que ele puniria seus guerreiros?

Brit se levanta com uma expressão de desgosto.

— Quando foi que você virou esse boiola? — ela pergunta e se afasta de mim.

Nas últimas semanas da gravidez de Brit, nossos vizinhos, um casal de chicanos da Guatemala que provavelmente entraram no país pulando alguma cerca, arranjaram uma cachorrinha. Era uma dessas coisinhas que parecem uma bola de pelos do mal cheia de dentes e nunca parava de latir. O nome da cachorra era Frida, e ela costumava vir para o nosso jardim e cagar no nosso gramado; quando não estava fazendo isso, estava latindo. Toda vez que Brit deitava para cochilar, a maldita cachorra começava de novo e a acordava. Ela ficava irritada, e então *eu* ficava irritado, e saía e socava a porta deles e dizia que, se não amordaçassem aquela praga de animal, eu ia dar um jeito de me livrar dele.

Então, um dia, cheguei em casa depois do trabalho e encontrei o chicano cavando um buraco sob uma moita de azaleias e sua esposa, histérica, segurando uma caixa de sapatos. Quando entrei, Brit estava sentada no sofá.

— Parece que a cachorra deles morreu — ela anunciou.

— Eu percebi.

Ela pôs o braço para trás e pegou um frasco de anticongelante.

— Tem gosto doce. O papai me dizia para deixar longe do nosso cachorrinho, quando eu era pequena.

Fiquei olhando para ela por um segundo.

— Você envenenou a Frida?

Brit me encarou com tanta firmeza que, por um instante, só pude ver Francis nela.

— Eu não conseguia dormir. Era o nosso bebê ou aquela merda de cachorro.

Kennedy McQuarrie provavelmente toma chai latte. Aposto que ela votou no Obama e faz doações depois de assistir àqueles comerciais sobre cachorros tristes e acredita que o mundo seria um lugar lindo e feliz se ao menos as pessoas conseguissem *se entender*.

Ela é exatamente o tipo de liberal de coração sensível que eu não suporto.

Mantenho isso bem focado em minha mente quando ela se aproxima de mim.

— O senhor ouviu a dra. Atkins testemunhar que o seu filho tinha uma condição chamada MCADD, certo?

— Bom — digo —, eu a ouvi dizer que ele testou positivo para isso.

A promotora me instruiu para essa pergunta.

— O senhor entende, sr. Bauer, que um bebê com MCADD não diagnosticado que tenha uma queda no nível de açúcar no sangue pode entrar em parada respiratória?

— Sim.

— E o senhor entende que um bebê que entra em parada respiratória pode ter uma parada cardíaca?

— Sim.

— E que esse bebê pode morrer?

Confirmo.

— Sim.

— O senhor entende, sr. Bauer, que em nenhum desses casos faria diferença se uma enfermeira tentasse ou não todas as intervenções médicas possíveis para salvar a vida desse bebê? Que o bebê, mesmo assim, possivelmente morreria?

— Possivelmente — repito.

— O senhor percebe que, nesse cenário, se o seu filho fosse esse bebê, nem a Madre Teresa poderia salvá-lo?

Cruzo os braços.

— Mas esse *não era* o meu filho.

Ela inclina a cabeça.

— O senhor ouviu o depoimento médico da dra. Atkins, corroborado pelo dr. Binnie. O seu bebê realmente tinha MCADD, sr. Bauer. Não é verdade?

— Não sei. — Movo a cabeça na direção de Ruth Jefferson. — Ela o matou antes de poderem fazer o teste de confirmação.

— O senhor realmente, verdadeiramente acredita nisso? — ela pergunta. — Mesmo diante de provas científicas?

— Acredito — respondo, com ar de desafio.

Os olhos dela faíscam.

— O senhor acredita — ela repete — ou *tem* que acreditar?

— O quê?

— O senhor acredita em Deus, não é, sr. Bauer?

— Sim.

— E acredita que as coisas acontecem por uma razão?

— Sim.

— Sr. Bauer, o senhor usa o perfil @PoderBranco no Twitter?

— Uso — respondo, mas não tenho ideia do que isso tem a ver com as perguntas dela, que parecem uma rajada de vento vindas cada vez de uma direção diferente.

Ela pede que a impressão de uma tela de computador seja acrescentada como prova.

— Esta é uma postagem da sua conta no Twitter, feita em julho? Pode ler em voz alta? — ela pede, depois que eu confirmo que é minha.

— "Todos nós merecemos o que acontece conosco" — digo.

— Então eu imagino que o seu filho mereceu o que aconteceu com ele, certo?

Minhas mãos apertam a grade na frente do banco das testemunhas.

— O que você disse? — Minha voz é grave, feroz.

— Eu disse que o seu filho deve ter recebido o que merecia — ela repete.

— O meu filho era inocente. Um guerreiro ariano.

Ela ignora minha resposta.

— Pensando bem, acho que o senhor recebeu o que merecia, também...

— Cale essa boca.

— É por isso que o senhor está acusando uma mulher inocente de uma morte inteiramente fortuita, não é? Porque se acreditar, em vez disso, no que é *realmente* verdade, ou seja, que o seu filho tinha uma doença genética.

Eu me levanto, furioso.

— Cale essa...

A promotora está gritando, e a advogada vagabunda está gritando acima dela.

— O senhor não consegue aceitar o fato de que a morte do seu filho foi absolutamente sem sentido e nada além de má sorte. Precisa culpar Ruth Jefferson, porque, se não o fizer, então será o culpado, porque o senhor e a sua esposa geraram, por algum motivo, uma criança *ariana* com DNA defeituoso. Não é verdade, sr. Bauer?

Pelo canto do olho, vejo Odette Lawton caminhar até o juiz. Mas eu já estou fora da cadeira, inclinado sobre a grade. O monstro que dormia dentro de mim está de repente acordado e cuspindo fogo.

— Sua vaca — digo, indo direto para o pescoço de Kennedy McQuarrie. Já estou pulando a grade quando um oficial de justiça imbecil metido a policial me ataca. — Seu maldito traidor da raça!

A distância, ouço o juiz batendo o martelo e ordenando que a testemunha seja removida. Eu me sinto ser arrastado para fora da sala, com os sapatos deslizando pelo chão. Ouço Brit chamar meu nome e o grito de guerra de Francis, e os aplausos estrondosos dos frequentadores do LoboSolitario.org.

Não lembro de muita coisa depois disso. Exceto que pisquei e, de repente, não estava mais na sala do tribunal. Estava em uma cela em algum lugar, com paredes de blocos de cimento, uma cama e um vaso sanitário.

Parece demorar uma vida, mas apenas meia hora se passa antes de Odette Lawton aparecer. Quase dou risada quando o delegado abre a porta da cela e Odette está ali. Minha salvadora é uma mulher negra. Quem diria.

— Aquilo — diz ela — foi uma enorme tolice. Houve inúmeras vezes que eu quis matar um advogado de defesa, mas nunca *tentei* realmente fazer isso.

— Eu nem encostei nela — digo, franzindo a testa.

— *Não faz diferença* para os jurados. Tenho de lhe dizer, sr. Bauer, que a sua explosão desfez qualquer vantagem que o Estado pudesse ter neste caso. Não há mais nada que eu possa fazer.

— Como assim?

Ela olha para mim.

— A promotoria terminou.

Mas eu não. Nunca.

KENNEDY

Se eu pudesse dar uma cambalhota na sala do juiz Thunder, teria feito isso.

Deixo Howard sentado com Ruth em uma sala de reuniões. Há uma chance excelente de eu resolver esse caso todo de uma vez. Entrei com um pedido de sentença absolutória e posso dizer, assim que entro na sala do juiz, que Odette sabe que perdeu.

— Senhor Juiz — começo —, nós sabemos que o bebê morreu, o que é trágico, mas não há absolutamente nenhuma prova de qualquer ação proposital, temerária ou negligente de Ruth Jefferson. A alegação de homicídio doloso feita pelo Estado não é corroborada e, na verdade, deve ser rejeitada.

O juiz volta-se para Odette.

— Promotora? Onde estão as provas de premeditação? De intenção criminosa?

Odette dança em volta de uma resposta.

— Eu consideraria um comentário público sobre esterilizar o bebê como um forte indicador.

— Excelência, essa foi a resposta amarga de uma mulher submetida a discriminação — argumento. — Tornou-se incomodamente relevante diante dos acontecimentos posteriores. Mas, ainda assim, não aponta para um plano de homicídio.

— Eu tenho que concordar com a sra. McQuarrie — diz o juiz Thunder. — Rancoroso, sim; homicida, não pela letra da lei. Se os advogados fossem considerados responsáveis pelos comentários vingativos que fazem sobre os juízes quando um caso não corre como esperavam, seriam todos acusados de homicídio. A primeira acusação está rejeitada e, sra. McQuarrie, seu pedido de sentença absolutória para a acusação de homicídio doloso está aceito.

Enquanto volto pelo corredor para a sala de reuniões para contar a excelente notícia a minha cliente, olho para trás para garantir que a barra esteja limpa e dou uns pulinhos. Não é todo dia que a maré de um julgamento por homicídio vira a seu favor; e certamente não é todo dia que isso acontece em seu *primeiro* julgamento de homicídio. Eu me permito imaginar como Harry vai me chamar à sua sala e, em seu jeito seco de poucas palavras, me dizer que o surpreendi. Imagino-o me deixando ter minha cota de casos grandes daqui em diante e promovendo Howard para cobrir meus casos atuais.

Entro na sala, sorridente. Howard e Ruth olham para mim, esperançosos.

— Ele retirou a acusação de homicídio doloso — digo, radiante.

— Isso aí! — Howard ergue o punho no ar.

Ruth é mais cautelosa.

— Eu sei que é uma boa notícia... mas quanto ela é boa?

— É *excelente* — digo. — Homicídio culposo por negligência é uma história totalmente diferente em termos jurídicos. O pior cenário nesse caso, uma condenação, envolve um tempo mínimo de prisão, e, sinceramente, nossas provas médicas são tão fortes que eu ficaria surpresa se o júri não absol...

Ruth me interrompe com um abraço.

— Obrigada.

— Só imagine isso — digo. — Até o fim da semana, pode estar tudo terminado. Eu vou ao tribunal amanhã dizer que a defesa encerra o seu caso, e, se o júri voltar com um veredito tão depressa quanto eu imagino que vai...

— Espere — Ruth interrompe. — O quê?

Explico melhor.

— Nós criamos uma dúvida razoável. Isso é tudo de que precisamos para ganhar.

— Mas eu ainda não dei o meu depoimento — diz Ruth.

— E eu não acho que você deve dar. Neste momento, tudo está indo *muito* bem para nós. Se a última coisa que os jurados tiverem na cabeça for aquele maluco do Turk Bauer tentando vir atrás de mim, você já tem todo o apoio deles.

Ela fica muito, muito ereta.

— Você prometeu.

— Eu prometi que faria o melhor que pudesse para absolver você, e fiz isso.

Ruth sacode a cabeça.

— Você *prometeu* que eu poderia falar.

— Mas o bom disto é que você *não precisa* falar — ressalto. — O júri dá o veredito e você volta para o seu trabalho. Pode até fingir que isso nunca aconteceu.

A voz de Ruth é baixa, mas fria como aço.

— Você acha que eu posso fingir que isso nunca aconteceu? — ela pergunta. — Eu vejo isso todos os dias, em todo lugar. Você acha que eu vou simplesmente entrar lá e pegar o meu emprego de volta? Acha que eu não vou ser sempre a enfermeira negra que causou problemas?

— Ruth — digo, incrédula —, eu tenho noventa e nove por cento de certeza de que o júri vai absolver você. O que mais você pode querer?

Ela inclina a cabeça.

— Você ainda precisa perguntar?

Eu sei do que ela está falando.

De tudo que eu me *recusei* a falar no tribunal: como é saber que você foi um alvo por causa da cor da sua pele. O que significa trabalhar com empenho, ser uma funcionária impecável e ver que nada disso faz diferença diante do preconceito.

É verdade, eu disse que ela poderia ter um momento para contar ao júri o seu lado da história. Mas para que isso, se nós já lhes demos uma base para a absolvição?

— Pense no Edison — digo.

— Eu *estou* pensando no meu filho! — Ruth responde, exaltada. — Estou pensando no que ele vai achar de uma mãe que não se manifestou. — Ela estreita os olhos. — Eu sei como a justiça funciona, Kennedy. Sei que o Estado tem o ônus da prova. Também sei que você tem que me pôr no banco das testemunhas se eu te pedir isso. Então imagino que a pergunta é: Você vai fazer a sua parte? Ou vai ser apenas mais uma pessoa branca que mentiu para mim?

Olho para Howard, que assiste à nossa troca de palavras como se estivéssemos na final feminina do U.S. Open.

— Howard — digo calmamente —, você poderia sair um momento para eu conversar sozinha com a nossa cliente?

Ele concorda com a cabeça e sai. Eu me viro para Ruth.

— Que história é essa? Este *não* é o momento para fazer uma declaração de princípios. Você tem que confiar em mim. Se você sentar naquele banco e começar a falar de raça, vai apagar a vantagem que nós temos agora na cabeça dos jurados. Vai tocar em questões que farão eles se sentirem incomodados e pouco à vontade. Além disso, vai deixar nítido e claro que você está brava e revoltada, e isso vai destruir qualquer simpatia que eles tenham por você no momento. Eu já disse tudo que o júri precisa ouvir.

— Menos a verdade — diz Ruth.

— Do que você está falando?

— Eu tentei ressuscitar aquele bebê. Eu disse a você que não tinha encostado nele antes do código de emergência. Disse isso para todo mundo. Mas encostei.

Sinto o estômago revirar.

— Por que você não me contou antes?

— Primeiro eu menti porque achei que ia perder o emprego. Depois eu menti porque não sabia se podia confiar em você. E aí, toda vez que eu tentava dizer a verdade, me sentia tão constrangida por ter escondido isso por tanto tempo que ficava cada vez mais difícil. — Ela respira fundo. — Isso é o que eu deveria ter te contado no primeiro dia em que nos encontramos: eu tinha ordens para não encostar no bebê; isso estava no prontuário dele. Mas, quando ele ficou azulado, eu abri o cobertorzinho dele. Eu o movimentei. Bati nos pés dele e o virei de lado, fiz todas as coisas que se faz quando se está tentando fazer um bebê voltar a reagir. Então ouvi passos e o enrolei outra vez. Não queria que ninguém me visse fazendo o que eu não tinha autorização para fazer.

— Por que reescrever a história, Ruth? — pergunto, depois de um momento. — O júri pode ouvir isso e pensar que você fez todo o possível. Mas também pode pensar que você fez algo errado que causou a morte do bebê.

— Eu quero que eles saibam que eu fiz o meu trabalho — diz ela. — Você vive me dizendo que isso não tem nada a ver com a cor da minha pele, que tem a ver com a minha competência. Bom, além de tudo o mais, eu quero que eles saibam que eu *sou* uma boa enfermeira. Eu tentei salvar aquele bebê.

— Você tem essa ideia de que vai sentar naquele banco, vai poder contar a sua história e vai ficar no controle da situação. Não é assim que funciona. A Odette vai acabar com você. Ela vai fazer de tudo para destacar que isso significa que você é uma mentirosa.

Ruth olha para mim.

— É melhor pensarem que sou mentirosa do que assassina.

— Se você sentar lá e apresentar uma versão diferente da que nós já apresentamos — explico com cuidado —, você perde a credibilidade. *Eu* perco a credibilidade. Eu sei o que é melhor para você. Sou sua defensora. Escute o que estou dizendo.

— Estou cansada de seguir ordens. Da última vez que segui ordens, me meti nesta confusão. — Ruth cruza os braços. — Você vai me pôr naquele banco amanhã — ela declara com firmeza. — Ou eu vou dizer ao juiz que você não quer me deixar depor.

E assim, em um estalar de dedos, eu sei que vou perder este caso.

Uma noite, quando Ruth e eu trabalhávamos na cozinha nos preparando para o julgamento, Violet estava a todo vapor, correndo em círculos de calcinha pela casa e fingindo ser um unicórnio. Seus gritos pontuavam nossa conversa, mas, de repente, o som não foi de alegria, e sim de dor. No instante seguinte, a menina começou a chorar e nós duas corremos para a sala, onde Violet estava no chão, sangrando profusamente na têmpora.

Senti os joelhos amolecerem, mas, antes que eu conseguisse chegar à minha filha, Ruth já a havia aninhado nos braços e pressionava a ponta da camisa sobre o ferimento.

— Pronto — ela falou, tranquilizando-a. — O que aconteceu?

— Eu escorreguei — Vi balbuciou em meio aos soluços, enquanto seu sangue encharcava a camisa de Ruth.

— E fez um cortezinho aqui — Ruth disse, com calma. — Eu vou cuidar disso. — Ela começou a me dar ordens em minha própria casa, me instruindo eficientemente a pegar uma toalha úmida, pomada antibiótica e um band-aid em um kit de primeiros socorros. Não largou Violet nem um minuto e não parou de falar com ela. Mesmo quando sugeriu que fôssemos até o Hospital Yale New Haven para ver se havia necessidade de pontos, Ruth foi firme, controlada, enquanto eu continuava em pânico, imaginando se Violet ficaria com uma cicatriz, se eu seria advertida pelo conselho tutelar por não tomar conta direito da minha filha ou por deixá-la correr de meia em um piso de madeira escorregadio. Quando Violet precisou levar dois pontos, não foi a mim que ela se agarrou, mas a Ruth, que prometeu a ela que, se cantasse bem alto, não sentiria nada. E, assim, nós três berramos "Let It Go" a plenos pulmões e Violet não chorou. Mais tarde naquela noite, depois de ela estar com um curativo limpo na testa, dormindo em sua cama, agradeci a Ruth.

— Você é boa nisso — eu disse a ela.

— Eu sei — ela respondeu.

Isso é tudo o que ela quer. Deixar as pessoas saberem que ela foi tratada injustamente por causa de sua raça e manter sua reputação de cuidadora intacta, mesmo que isso signifique que ela seja manchada por um veredito de culpa.

— Bebendo sozinha? — diz Micah quando chega em casa do hospital e me encontra no escuro, na cozinha, com uma garrafa de syrah. — Sabe que esse é o primeiro sinal, não é?

Levanto a taça e tomo um grande gole.

— De quê?

— Vida adulta, provavelmente — ele responde. — Teve um dia difícil?

— Começou muito bem. Fabuloso, até. E então tudo desmoronou depressa.

Micah se senta ao meu lado e afrouxa a gravata.

— Quer falar sobre isso? Ou devo pegar minha própria garrafa?

Empurro o vinho na direção dele.

— Eu achei que tinha uma absolvição na palma da mão. — Suspiro. — E aí a Ruth resolveu arruinar tudo.

Enquanto ele se serve de uma taça de vinho, eu lhe conto a história inteira. Desde o jeito como Turk Bauer despejou sua retórica de ódio até a expressão em seus olhos quando veio para cima de mim; da adrenalina quando meu pedido de sentença absolutória foi aceito à confissão de Ruth sobre ter tentado ressuscitar o bebê à atordoante constatação de que eu tinha que pôr Ruth no banco das testemunhas, se ela pedisse. Mesmo que isso significasse arruinar minhas chances de ganhar meu primeiro caso de homicídio.

— O que eu faço amanhã? — digo. — O que quer que eu pergunte para a Ruth no banco das testemunhas, ela vai incriminar a si mesma. E isso nem sequer começa a levar em conta o que a promotora vai fazer com ela. — Eu estremeço, pensando em Odette, que nem sabe que está prestes a receber esse presente. — Não posso acreditar que eu estava tão perto. Não posso acreditar que ela vai arruinar tudo.

Micah pigarreia.

— Pensamento radical número um: talvez você precise se tirar dessa equação.

Bebi o suficiente para estar um pouco tonta, então talvez não tenha ouvido direito.

— Como é?

— *Você* não estava tão perto. A *Ruth* estava.

Eu bufo.

— Questão de semântica. Nós duas ganhamos ou nós duas perdemos.

— Mas ela tem mais em jogo que você — Micah diz, gentilmente. — A reputação dela. A carreira. A vida. Esse é o primeiro julgamento que realmente importa para você, Kennedy. Mas é o único que importa para a Ruth.

Passo a mão pelo cabelo.

— Qual é o pensamento radical número dois?

— E se a melhor coisa para a Ruth *não for* ganhar este caso? — diz Micah. — E se a razão de isso ser tão importante para ela não for o *que* ela vai falar... mas o fato de ela finalmente ter uma chance de falar?

Vale a pena conseguir dizer o que se precisa dizer, se o preço for acabar na cadeia? Se o resultado for uma condenação? Isso vai contra tudo que eu aprendi, contra tudo em que sempre acreditei.

Mas não sou eu que estou sendo julgada.

Pressiono os dedos contra as têmporas. As palavras de Micah giram em minha cabeça.

Ele pega sua taça e esvazia na minha.

— Você precisa disso mais do que eu — diz e me dá um beijo na testa. — Não demore muito para ir deitar.

Na sexta-feira de manhã, enquanto me apresso para encontrar Ruth no estacionamento, passo pelo memorial no parque perto da prefeitura. Ele homenageia Sengbe Pieh, um dos escravos envolvidos no motim do *Amistad*. Em 1839, um navio transportava um grupo de africanos arrancados de seus lares para serem escravizados no Caribe. Os africanos se revoltaram, mataram o capitão e o cozinheiro e forçaram os marinheiros a bordo a voltar para a África. Os marinheiros, porém, enganaram os africanos e seguiram para o norte — e o navio foi abordado por autoridades americanas. Os africanos foram presos em um armazém em New Haven, à espera de julgamento.

Os africanos se revoltaram porque um cozinheiro mestiço tinha ouvido que a tripulação branca pretendia matar os negros e comer sua carne. Os brancos a bordo acreditavam que os africanos fossem canibais.

Nenhuma das duas suposições era correta.

Quando chego ao estacionamento, Ruth nem olha para mim. Ela começa a andar depressa em direção ao tribunal, com Edison a seu lado, até que seguro seu braço.

— Ainda está decidida a fazer isso?

— Você achou que uma noite de sono poderia me fazer mudar de ideia? — ela pergunta.

— Eu tive essa *esperança* — admito. — Eu imploro a você, Ruth.

— Mãe? — Edison olha para ela, depois para mim, confuso.

Levanto as sobrancelhas, como se dissesse: *Pense no que está fazendo com ele.*

Ela dá o braço para o filho.

— Vamos — responde e começa a andar outra vez.

A multidão se aglomerou na frente do tribunal; agora que a imprensa noticiou que o lado da acusação no caso está encerrado, a sede de sangue está ficando mais forte. Vejo Wallace Mercy e sua equipe pelo canto do olho, mantendo a vigília. Talvez eu devesse ter atiçado Wallace para cima de Ruth; talvez ele a tivesse convencido a baixar a cabeça e deixar a justiça trabalhar a seu favor. Se bem que, conhecendo Wallace, ele não teria abdicado de uma oportunidade de expor suas opiniões. Ele provavelmente teria se oferecido para instruir Ruth no que ela sente que precisa dizer.

Howard está andando de um lado para o outro na frente da sala do tribunal.

— Então — ele diz, nervoso. — Nós vamos encerrar? Ou...

— Sim — respondo depressa. — Ou.

— Caso você queira saber, os Bauer estão de volta. Eles já estão lá dentro.

— Obrigada, Howard — digo, sarcástica. — Agora eu me sinto ainda melhor.

Falo com Ruth só mais uma vez, momentos antes de solicitarem que fiquemos em pé na chegada do juiz.

— Vou lhe dar só um conselho — sussurro. — Fique tão controlada e calma quanto possível. No minuto em que você levantar a voz, a promotoria vai cair matando. E o que você responder para mim deve ser exatamente igual às respostas que der para a Odette depois.

Ela me olha. É rápido o modo como nossos olhares se encontram, mas é suficiente para eu ver a trepidação neles, o medo. Abro a boca, sentindo a fragilidade, querendo fazê-la voltar atrás, mas então me lembro do que Micah disse.

— Boa sorte — falo.

Eu me levanto e chamo Ruth Jefferson para depor.

Ela parece de algum modo menor sentada na cadeira das testemunhas. Seu cabelo está puxado para trás em um coque baixo, como de hábito. Eu já tinha notado como isso lhe dá um ar sério? Suas mãos estão cruzadas, rígidas, sobre o colo. Sei que é porque ela está tentando se controlar para não tremer, mas os jurados não sabem. Para eles, só parece que ela é excessivamente formal, austera. Ela repete o juramento em voz baixa, sem trair nenhuma emoção. Eu sei que é porque ela se sente exposta. Mas timidez pode ser confundida com altivez, e isso pode ser um golpe fatal.

— Ruth — começo —, qual é a sua idade?

— Quarenta e quatro anos — ela responde.

— Onde você nasceu?

— No Harlem, em Nova York.

— Foi lá que você frequentou a escola?

— Só por alguns anos. Depois fui transferida para a Dalton com uma bolsa de estudos.

— Você completou a faculdade? — pergunto.

— Sim, fui para a SUNY Plattsburgh, depois obtive meu diploma de enfermeira em Yale.

— Pode nos dizer qual foi a duração do curso de enfermagem?

— Três anos.

— Quando você se graduou como enfermeira, fez um juramento?

— Sim. Chama-se juramento de Florence Nightingale — responde Ruth.

Apresento um papel para ser introduzido nas provas e o mostro para ela.

— Este é o juramento?

— Sim.

— Leia em voz alta, por favor.

— "Juro, livre e solenemente, dedicar minha vida profissional a serviço da pessoa humana, exercendo a enfermagem com consciência e dedicação; guardar sem desfalecimento os segredos que me forem confiados, respeitando a vida desde a concepção até a morte; não participar voluntariamente de atos que ponham em risco a integridade física ou psíquica do ser humano."— Ruth respira fundo e segue em frente: — "Manter e elevar os ideais da minha profissão, obedecendo aos preceitos da ética e da moral, preservando sua honra, seu prestígio e suas tradições." — Ela levanta os olhos para mim.

— Esse juramento é fundamental para você como enfermeira?

— Nós o levamos muito a sério — Ruth confirma. — É o equivalente ao juramento de Hipócrates para os médicos.

— Por quanto tempo você esteve empregada no Hospital Mercy West Haven?

— Um pouco mais de vinte anos — diz Ruth. — Toda a minha vida profissional.

— Quais são suas responsabilidades?

— Sou enfermeira neonatal. Ajudo nos partos, acompanho as cesarianas no centro cirúrgico, cuido das mães e, depois do parto, dos recém-nascidos.

— Quantas horas por semana você trabalhava?

— Mais de quarenta — ela responde. — Com frequência éramos chamadas para fazer horas extras.

— Ruth, você é casada?

— Sou viúva — diz ela. — Meu marido estava no exército e morreu no Afeganistão. Isso foi uns dez anos atrás.

— Você tem filhos?

— Sim, meu filho Edison. Ele tem dezessete anos. — Seus olhos brilham e ela procura o garoto no público.

— Você se lembra de quando chegou ao trabalho na manhã de 2 de outubro de 2015?

— Sim — diz Ruth. — Cheguei às sete para um turno de doze horas.

— Você recebeu a incumbência de atender Davis Bauer?

— Sim. Ele havia nascido naquela manhã. Fui incumbida do atendimento pós-parto típico para Brittany Bauer e do exame do recém-nascido.

Ela descreve o exame e diz que o fez no quarto do hospital.

— Então Brittany Bauer estava presente?

— Estava — responde Ruth. — E o marido dela também.

— Houve algum achado significativo durante esse exame?

— Registrei um sopro cardíaco no prontuário. Não me pareceu alarmante. É uma condição muito comum em recém-nascidos. Mas era sem dúvida algo para a pediatra observar na próxima vez que viesse, e foi por isso que eu registrei.

— Você conhecia o sr. e a sra. Bauer antes do nascimento do filho deles?

— Não — responde Ruth. — Eu os conheci quando entrei no quarto. Dei os parabéns pelo lindo bebê e expliquei que estava lá para fazer um exame de rotina.

— Por quanto tempo você ficou no quarto com eles?

— Dez a quinze minutos.

— Você teve alguma conversa com os pais nesse período?

— Mencionei o sopro cardíaco e disse que não era motivo para preocupação. E disse a eles que a glicemia do bebê tinha melhorado desde o nascimento. Depois, quando terminei de limpar o bebê, sugeri que tentássemos amamentá-lo.

— Que resposta você recebeu?

— O sr. Bauer me disse para sair de perto da esposa dele. Depois pediu para falar com a minha supervisora.

— Como você se sentiu com isso, Ruth?

— Fiquei surpresa. Não sabia o que poderia ter feito para chateá-los.

— O que aconteceu depois?

— Minha chefe, Marie Malone, pôs uma nota no prontuário do bebê determinando que nenhum funcionário afro-americano deveria entrar em contato com a criança. Eu a questionei sobre isso e ela respondeu que era exigência dos pais e que eu não seria mais encarregada deles.

— Quando você voltou a ver o bebê?

— No sábado de manhã. Eu estava no berçário quando Corinne, a enfermeira que ficou incumbida do bebê, o trouxe para a circuncisão.

— Quais foram as suas responsabilidades naquela manhã?

Ela franze a testa.

— Tinha duas... não, três pacientes. Foi uma noite movimentada; era um turno que não seria meu, mas outra enfermeira ficou doente. Eu tinha ido ao berçário pegar lençóis limpos e comer uma barrinha de cereal, porque não havia comido nada durante o meu turno.

— O que aconteceu depois da circuncisão do bebê?

— Eu não estava presente, mas acho que foi tudo normal. Então Corinne saiu do berçário, me chamou e pediu que eu olhasse o bebê porque outra paciente dela tinha sido levada às pressas para o centro cirúrgico e o protocolo exigia que o bebê fosse monitorado depois da circuncisão.

— Você concordou?

— Eu nem teria outra opção. Não havia mais ninguém para ficar lá. Eu sabia que Corinne ou Marie, a enfermeira-chefe, voltariam logo para assumir o meu lugar.

— Quando você viu o bebê, como ele estava?

— Estava lindo — diz Ruth. — Todo enroladinho, dormindo profundamente. Mas, alguns momentos depois, eu olhei e vi que a pele dele tinha ficado acinzentada. Ele estava fazendo pequenos grunhidos. Percebi que estava com dificuldade para respirar.

Eu caminho para a bancada dos jurados e ponho a mão sobre a grade.

— O que você fez nesse instante, Ruth?

Ela respira fundo.

— Eu abri o cobertor. Comecei a tocar no bebê, a bater nos pés dele, a tentar fazê-lo reagir.

Os jurados parecem confusos. Odette se recosta na cadeira, de braços cruzados, um sorriso no rosto.

— Por que você fez isso? A sua chefe não havia mandado você *não* encostar naquele bebê?

— Eu tive que fazer — Ruth confessa. Percebo a maneira como ela se liberta, como uma borboleta deixando a crisálida. Sua voz é mais leve, as linhas em volta de sua boca se suavizam. — É o que qualquer boa enfermeira faria naquela situação.

— E depois?

— A etapa seguinte teria sido acionar o código de emergência e chamar a equipe inteira para a ressuscitação. Mas eu ouvi passos. Vi que alguém estava vindo e fiquei sem saber o que fazer. Achei que enfrentaria problemas se me vissem interagindo com o bebê, porque eu tinha ordens para não fazer isso. Então o enrolei outra vez, me afastei e Marie entrou no berçário. — Ruth baixa os olhos. — Ela me perguntou o que eu estava fazendo.

— O que você respondeu, Ruth?

Quando ela levanta o rosto, seus olhos estão cheios de vergonha.

— Eu disse que não estava fazendo nada.

— Você mentiu?

— Sim.

—Mais de uma vez, aparentemente. Quando foi interrogada pela polícia mais tarde, você afirmou que não havia feito nenhuma tentativa de ressuscitar o bebê. Por quê?

—Eu estava com medo de perder o emprego. — Ela se vira para os jurados, defendendo seu caso. — Cada fibra do meu ser dizia que eu tinha que ajudar aquele bebê... mas eu também sabia que seria repreendida se desobedecesse às ordens da minha supervisora. E, se eu perdesse o emprego, quem ia cuidar do meu filho?

—Então você se viu basicamente diante da opção de incorrer em negligência ou desobedecer às ordens da sua supervisora?

Ela confirma com a cabeça.

—Era uma situação sem saída.

—O que aconteceu depois?

—A equipe de emergência foi chamada. Meu trabalho foi fazer as compressões. Eu fiz o melhor que pude, todos nós fizemos, mas, no fim, não foi suficiente. — Ela levanta os olhos. — Quando a pediatra falou a hora da morte, e quando o sr. Bauer pegou o balão do ressuscitador no lixo e tentou continuar sozinho, eu estava quase desabando. — Como uma flecha buscando seu alvo, os olhos dela encontram Turk Bauer no público. — Eu pensei: *O que eu não percebi? Poderia ter feito algo diferente?* — Ela hesita. — E então pensei: *Eu teria permissão para fazer algo diferente?*

—Duas semanas depois, você recebeu uma carta — digo. — Pode nos contar sobre isso?

—Era do Departamento de Saúde Pública, revogando minha licença de enfermagem.

—O que passou pela sua cabeça quando a recebeu?

—Eu percebi que estava sendo considerada responsável pela morte de Davis Bauer. Eu sabia que seria suspensa do meu trabalho, e foi isso que aconteceu.

—Você teve outro emprego depois disso?

—Durante pouco tempo recebi benefícios da assistência social — diz Ruth. — Depois arrumei um emprego no McDonald's.

—Ruth, como a sua vida mudou após esses acontecimentos?

Ela respira fundo.

— Eu não tenho mais nenhuma poupança. Nós vivemos de semana em semana. Estou preocupada com o futuro do meu filho. Não posso usar o meu carro, porque não tenho condições de pagar o licenciamento.

Eu me viro para o outro lado, mas Ruth ainda não acabou de falar.

— É engraçado — ela diz suavemente. — A gente pensa que é um membro respeitado de uma comunidade: do hospital onde trabalha, da cidade em que vive. Eu tinha um emprego maravilhoso. Tinha colegas que eram amigas. Morava em uma casa de que me orgulhava. Mas era apenas uma ilusão de óptica. Eu nunca fui membro de nenhuma dessas comunidades. Eu era tolerada, mas não aceita. Eu era, e sempre vou ser, diferente deles. — Ela levanta a cabeça. — E, por causa da cor da minha pele, vou ser aquela que leva a culpa.

Ah, meu Deus, penso. *Ah, meu Deus, ah, meu Deus, feche essa boca, Ruth. Não comece com isso.*

— Não tenho mais perguntas — digo, tentando conter os danos.

Porque Ruth não é mais uma testemunha. Ela é uma bomba-relógio.

Quando volto a me sentar na mesa da defesa, Howard está boquiaberto. Ele me empurra um pedaço de papel: "O QUE FOI ISSO???"

Escrevo embaixo: "Esse foi um exemplo do que você não quer NUNCA que uma testemunha faça".

Odette caminha a passos largos até o banco das testemunhas.

— Você foi instruída a não encostar naquele bebê?

— Sim — responde Ruth.

— E, até hoje, você disse que não havia encostado no bebê até receber instruções expressas para isso da sua enfermeira-chefe?

— Sim.

— No entanto, acabou de testemunhar que você *encostou* no bebê enquanto ele estava com dificuldade respiratória?

Ruth confirma com a cabeça.

— É verdade.

— Qual é a história, afinal? — Odette pressiona. — Você encostou ou não em Davis Bauer quando ele começou a parar de respirar?

— Encostei.

— Então vamos esclarecer isso. Você mentiu para a sua supervisora?
— Sim.
— E mentiu para a sua colega Corinne?
— Sim.
— Você mentiu para a equipe de gestão de riscos do Mercy West Haven, não foi?
Ela confirma.
— Sim.
— Mentiu para a polícia?
— Sim, menti.
— Mesmo sabendo que eles têm o dever e a obrigação moral de tentar descobrir o que aconteceu com aquele bebê morto?
— Eu sei, mas...
— Você estava preocupada em proteger o seu emprego — Odette continua — porque, no fundo, sabia que estava fazendo algo duvidoso. Não é verdade?
— Bem...
— Se você mentiu para *todas* essas pessoas — diz Odette —, por que cargas d'água o júri deveria acreditar em qualquer coisa que você diga agora?

Ruth vira para os homens e mulheres espremidos na bancada dos jurados.
— Porque eu estou dizendo a verdade.
— Certo — diz Odette. — Mas esta não é a sua única confissão secreta, é?

Aonde ela quer chegar com isso?
— No momento em que o bebê morreu, quando a pediatra anunciou a hora da morte, você, bem no fundo, estava pouco se importando. Não é, Ruth?
— Claro que não! — Ela se endireita na cadeira. — Nós nos esforçamos tanto, como faríamos com qualquer paciente...
— Ah, mas esse não era qualquer paciente. Era o bebê de um supremacista branco. O bebê de um homem que menosprezou os seus anos de experiência e a sua competência como enfermeira...

— Você está errada.

— ... um homem que questionou a sua capacidade de fazer o seu trabalho simplesmente por causa da cor da sua pele. Você ficou ressentida com Turk Bauer, e ficou ressentida com o bebê dele, não é mesmo?

Odette está a um passo de distância de Ruth agora, gritando no rosto dela. Ruth fecha os olhos a cada rajada de palavras, como se enfrentasse um furacão.

— Não — ela murmura. — Eu nunca pensei dessa forma.

— No entanto, você ouviu a sua colega Corinne contar que você estava brava depois de saber que não poderia mais cuidar de Davis Bauer, certo?

— Sim.

— Você trabalhou vinte anos no Mercy West Haven?

— Sim.

— Você testemunhou que era uma enfermeira experiente e competente e que amava o seu trabalho, é correto dizer isso?

— É — Ruth concorda.

— No entanto, o hospital não teve nenhum problema em atender aos desejos do paciente, passando por cima do respeito devido à própria funcionária e afastando você da função profissional que exerceu por todos estes anos?

— Aparentemente.

— Isso deve ter deixado você furiosa, certo?

— Eu fiquei chateada — ela admite

Controle-se, Ruth, eu penso.

— Chateada? Você disse, e eu cito: "Aquele bebê não significa nada para mim".

— Foi algo que eu falei no calor do momento..

Os olhos de Odette faíscam.

— O calor do momento! Foi isso que aconteceu também quando você disse à dra. Atkins para esterilizar o bebê durante a circuncisão?

— Aquilo foi uma piada — Ruth responde. — Eu não devia ter dito. Foi um erro.

— O que *mais* foi um erro? — Odette pergunta. — O fato de ter parado de atender o bebê enquanto ele lutava para respirar, simplesmente porque você teve medo de que isso pudesse *te* prejudicar?

— Eu tinha ordens para não fazer nada.

— Então você fez a escolha consciente de ficar parada do lado daquela pequena criança que estava ficando azul, enquanto pensava: *E se eu perder o meu emprego?*

— Não...

— Ou talvez você estivesse pensando: *Este bebê não merece a minha ajuda. Os pais dele não querem que eu encoste nele porque eu sou negra, e eu vou atender o desejo deles.*

— Isso não é verdade..

— Entendo. Você estava pensando: *Eu odeio os pais racistas dele.*

— Não! — Ruth leva as mãos à cabeça, tentando abafar a voz de Odette.

— Ah, então talvez fosse: *Eu odeio este bebê porque odeio os pais racistas dele.*

— Não! — Ruth explode tão alto que parece que as paredes da sala do tribunal balançam. — Eu estava pensando que era melhor o bebê morrer do que ser criado por *ele*.

Ela aponta direto para Turk Bauer, enquanto uma cortina de silêncio recai sobre o júri e o público e, sim, sobre mim. Ruth tapa a boca com a mão. *Tarde demais*, penso.

— O-Objeção! — Howard exclama. — Peço exclusão dos autos!

Neste exato momento, Edison corre para fora da sala

Agarro o punho de Ruth assim que somos dispensados e a arrasto para a sala de reuniões. Howard é esperto o bastante para nem vir junto. Fecho a porta e viro para ela.

— Parabéns. Você fez *exatamente* o que não deveria fazer, Ruth.

Ela caminha até a janela, de costas para mim.

— Falou tudo o que queria? Está contente por ter dado o seu depoimento? Tudo que os jurados vão ver agora é uma mulher negra furiosa.

Uma mulher tão raivosa e vingativa que eu não me surpreenderia se o juiz se arrependesse de ter rejeitado a acusação de homicídio doloso. Você acabou de dar àqueles catorze jurados todas as razões para acreditar que estava suficientemente brava para deixar o bebê morrer diante dos seus olhos.

Lentamente, Ruth se vira. O sol da tarde produz um halo etéreo à sua volta.

— Eu não *fiquei* brava. Eu *estou* brava. Estou brava há anos. Eu só não demonstrava. O que você não entende é que, trezentos e sessenta e cinco dias por ano, eu tenho que pensar em não parecer ou soar *negra demais*, então eu desempenho um papel. Eu ponho uma máscara, como uma camada de gesso. É exaustivo. É tão exaustivo. Mas eu faço isso, porque não tenho dinheiro para a fiança. Faço isso porque tenho um filho. Faço isso porque, se eu não fizer, posso perder o meu emprego. A minha casa. Eu mesma. Então eu trabalho e sorrio e concordo e pago as contas e fico em silêncio e finjo estar satisfeita, porque é isso que as pessoas querem... não... *precisam* que eu seja. E a grande, triste pena é que, por anos demais da minha vida patética, eu entrei nessa farsa. Eu achei que, se fizesse todas essas coisas, poderia ser um de vocês.

Ela caminha em minha direção.

— Olhe só para você — Ruth diz com desdém. — É tão orgulhosa de ser defensora pública e trabalhar com pessoas negras que precisam de ajuda. Mas você já pensou que o nosso infortúnio está diretamente relacionado à sua boa sorte? Talvez a casa que os seus pais compraram estivesse no mercado porque os vendedores não quiseram a *minha* mãe morando na área. Talvez as notas boas que permitiram que você chegasse à faculdade de direito tenham sido possíveis porque a sua mãe não precisou trabalhar dezoito horas por dia e estava presente para ler para você à noite e acompanhar a sua lição de casa. Quantas vezes você se lembra de como tem sorte por ser proprietária da sua casa, porque pôde acumular capital ao longo de gerações, de uma maneira que famílias negras não conseguem? Quantas vezes você abre a boca no trabalho e pensa como é fantástico que ninguém pense que você está falando por todas as pessoas com a mesma cor de pele que você? Qual é a dificuldade que você tem para encontrar um cartão de aniversário para a sua filhinha com a imagem de uma criança que tenha a mesma cor de pele que ela? Quantas vezes você viu um quadro de Jesus em que ele se parecia com você? — Ela para, ofegante, as faces coradas. — O preconceito tem dois lados. Há pessoas que sofrem com ele e há pessoas que lucram com ele. Quem morreu e fez de você Robin Hood? Quem disse que eu precisava ser salva? Aqui está você, toda superior, me dizendo que eu estraguei o caso em que você se esforçou tanto, se orgulhando de ser a advogada de uma mulher negra, pobre e trabalhadora como eu... mas você é parte da razão de eu estar no chão, para começar.

Estamos a centímetros de distância. Posso sentir o calor de sua pele; posso me ver refletida em suas pupilas quando ela começa a falar outra vez.

— Você disse que poderia me representar, Kennedy. Você não pode me representar. Você não me *conhece*. Nunca nem tentou. — Os olhos dela se fixam nos meus. — Você está demitida — Ruth diz e sai da sala.

Por alguns minutos, fico de pé sozinha na sala de reuniões, lutando com um exército de emoções. Isso sim é uma *prova*. Nunca me senti tão furiosa, envergonhada, humilhada. Em todos os meus anos exercendo a advocacia, tive clientes que me odiaram, mas nenhum nunca me demitiu.

É assim que Ruth se sente.

Certo, eu entendo: ela foi injustiçada por um punhado de pessoas brancas. Mas isso não significa que possa me incluir entre essas pessoas tão facilmente, julgar um indivíduo pelos demais.

É assim que Ruth se sente.

Como ela ousa me acusar de não ser capaz de representá-la, só porque eu não sou negra? Como ela ousa dizer que eu nem tentei conhecê-la? Como ela ousa pôr palavras em minha boca? Como ela ousa me dizer o que estou pensando?

É assim que Ruth se sente.

Gemendo, eu me lanço para a porta. O juiz nos espera em seu gabinete.

Howard aparece na frente da porta assim que a abro. Meu Deus, eu tinha até esquecido dele.

— Ela demitiu você? — ele pergunta, depois acrescenta, acanhado: — Eu fiquei escutando.

Começo a avançar a passos largos pelo corredor.

— Ela não pode me demitir. O juiz nunca vai deixar que ela faça isso a esta altura do julgamento. — A alegação formal que Ruth vai fazer é de assistência jurídica ineficaz, mas, se alguém foi ineficaz aqui, foi a cliente. Ela arruinou a própria absolvição.

— Então, o que acontece agora?

Paro de andar e olho para ele.

— Eu sei tanto quanto você — respondo.

Quando um caso se aproxima do final, o advogado de defesa apresenta um pedido de sentença absolutória. Mas, desta vez, quando chego à frente do juiz Thunder com Odette, ele me olha como se não pudesse acreditar que eu ainda tenha a cara de pau de sequer levantar essa questão.

— Não há prova de que a morte de Davis Bauer tenha resultado das ações de Ruth. Ou de suas inações — acrescento debilmente, porque, a esta altura, nem *eu* sei bem em que acreditar.

— Excelência — diz Odette. — Está claro que este é um último recurso desesperado da defesa, em vista de tudo o que ouvimos durante esse depoimento. Na verdade, eu gostaria de solicitar humildemente que o tribunal reverta a decisão sobre a petição anterior de rejeitar a acusação de homicídio doloso. Ruth Jefferson claramente deu provas de intenção criminosa.

Meu sangue congela. Eu sabia que Odette ia vir para cima, mas não tinha previsto *isso*.

— Excelência, a decisão tem que ser mantida. O senhor já rejeitou a acusação de homicídio doloso. Aplica-se o princípio do *non bis in idem*; Ruth não pode ser denunciada duas vezes pelo mesmo crime.

— Neste caso particular — diz o juiz Thunder, de má vontade —, a sra. McQuarrie está correta. Já teve a sua chance, sra. Lawton, e eu já rejeitei a acusação de homicídio doloso. Mas eu me reservo o direito de decidir sobre o novo pedido de sentença absolutória da defesa. — Ele olha alternadamente para nós duas. — As alegações finais começam na segunda-feira de manhã. Vamos tentar não fazer disso uma merda maior do que já está, certo?

Digo a Howard para tirar o resto do dia de folga e vou para casa. Tenho a sensação de que minha cabeça está abarrotada, a mente apertada demais dentro do crânio, como se lutasse contra um resfriado. Quando chego em casa, ela cheira a baunilha. Entro na cozinha e vejo minha mãe com um avental da Mulher-Maravilha e Violet ajoelhada sobre um banquinho com a mão dentro de uma tigela de massa de cookies.

— Mamãe! — ela grita, levantando os punhos melados. — Estamos fazendo uma surpresa para você, então faz de conta que você não consegue ver.

Há algo nessa frase que gruda em minha garganta. *Faz de conta que você não consegue ver.*

Saindo da boca de criancinhas.

Minha mãe dá uma olhada para mim e franze a testa acima da cabeça de Violet.

— Tudo bem? — ela me pergunta, só movendo os lábios.

Em resposta, eu me sento ao lado de Violet, pego um pouco de massa de cookies com os dedos e ponho na boca.

Minha filha é canhota, embora Micah e eu não sejamos. Temos até uma foto de um ultrassom dela sugando o polegar esquerdo dentro do útero.

— E se for tão simples assim? — murmuro.

— Se *o que* for tão simples?

Olho para minha mãe.

— Você acha que o mundo é tendencioso em favor dos destros?

— Hum, nunca pensei sobre isso.

— Porque você *é* destra — comento. — Mas pense nisso. Abridores de lata, tesouras, até carteiras escolares, são todos feitos pensando nas pessoas destras.

Violet levanta a mão que segura a colher e a olha com ar intrigado.

— Meu amor — diz minha mãe —, vá lavar as mãos para depois poder experimentar a primeira fornada.

Minha filha desliza para fora do banquinho com as mãos erguidas como as de Micah antes de entrar na sala de cirurgia.

— Você quer que a criança tenha pesadelos? — minha mãe me repreende. — Por favor, Kennedy! De onde você tirou isso? Tem a ver com o seu caso?

— Eu li que os canhotos morrem jovens porque têm mais risco de acidente. Quando você era criança, as freiras não batiam na mão dos alunos que escreviam com a mão esquerda?

Minha mãe apoia a mão no quadril.

— Tudo tem suas vantagens e desvantagens. Parece que os canhotos são mais criativos. Michelangelo, Da Vinci e Bach não eram canhotos? E, nos tempos medievais, era uma sorte ser canhoto, porque a maioria dos homens lutava com a espada na mão direita e o escudo na esquerda, então dava para fazer um ataque inesperado — ela avança sobre mim com uma espátula e me cutuca no lado direito do peito — assim.

Eu rio.

— Como você sabe essas coisas?

— Eu leio romances, querida — ela responde. — Não se preocupe com a Violet. Se ela quiser mesmo, pode aprender a ser ambidestra. O seu pai era bom com as duas mãos. Para escrever, martelar, até para chegar à segunda base. — Ela sorri. — E eu não estou falando de beisebol.

— Ai, mãe — digo. — Pare. — Mas, enquanto isso, meu cérebro está trabalhando: E se o quebra-cabeça do mundo fosse de uma forma em que você não se encaixa? E a única maneira de sobreviver fosse se mutilar, cortar as pontas, lixar as arestas, modificar-se para caber?

Por que não conseguimos alterar o quebra-cabeça em vez disso?

— Mãe? — pergunto. — Pode ficar com a Vi por mais algumas horas?

Lembro de ter lido um romance uma vez que dizia que os habitantes nativos do Alasca que entraram em contato com missionários brancos acharam, a princípio, que eles fossem fantasmas. E por que não pensariam isso? Como fantasmas, as pessoas brancas se movem sem esforço através de limites e fronteiras. Como fantasmas, podemos estar onde quisermos.

Decido que é hora de sentir as paredes à minha volta.

A primeira coisa que faço é deixar o carro em casa e caminhar mais de um quilômetro até o ponto de ônibus. Gelada até os ossos, entro em uma farmácia para me aquecer. Paro na frente de um mostrador em que nunca havia parado antes e pego uma caixinha roxa. Creme para relaxamento capilar. Olho a mulher negra e bonita na foto. "Para cabelos de textura média", leio. "Cabelos lindos, lisos e brilhantes." Passo os olhos pelas instruções, o processo em várias etapas necessário para obter um cabelo que fique parecido com o meu depois que o seco com secador.

Em seguida, pego um frasco, óleo hidratante para cabelos. Um pote preto de gel modelador. Uma touca de cetim que serve para minimizar o frizz e a quebra de cabelos à noite.

Esses produtos são estranhos para mim. Não tenho ideia do que eles fazem, de por que são necessários para pessoas negras ou de como usá-los. Mas aposto que Ruth sabe a marca de cinco xampus que pessoas brancas usam, sem nem pensar muito, graças às propagandas constantes na televisão.

Caminho para o centro, onde me sento um pouco em um banco para esperar outro ônibus e observo dois moradores de rua pedindo dinheiro a estranhos na rua. Eles escolhem principalmente pessoas brancas bem-vestidas em roupas de trabalho, ou estudantes universitários ligados em seus fones de ouvido, e talvez um em cada seis ou sete enfia a mão no bolso para tirar uns trocados. Dos dois moradores de rua, um recebe donativos com mais frequência do que o outro. Ela é idosa, e branca. O outro — um jovem negro — é mais evitado pelas pessoas.

A área de Hill em New Haven é uma das que têm pior reputação na cidade. Tive dezenas de clientes de lá, a maioria envolvida com venda de drogas perto das residências de baixa renda em Church Street South. É também onde mora Adisa, a irmã de Ruth.

Ando pelas ruas. Há crianças correndo, brincando de perseguir umas às outras. Meninas andando agrupadas e falando um espanhol muito rápido. Homens de pé nas esquinas, de braços cruzados, sentinelas silenciosos. Sou o único rosto branco nas redondezas. Já está começando a escurecer quando entro em uma lojinha. A moça no balcão fica me olhando enquanto caminho pelos corredores. Posso sentir seu olhar como um relâmpago em minhas costas.

— Precisa de ajuda? — ela pergunta, por fim.

Sacudo a cabeça e saio.

É perturbador não ver ninguém que se pareça comigo. As pessoas que passam por mim não me olham. Sou a estranha em seu meio, a que se destaca, a diferente. No entanto, ao mesmo tempo, eu me tornei invisível.

Quando chego a Church Street South, caminho em torno dos prédios. Alguns dos apartamentos, eu sei, foram condenados por mofo e falhas estruturais. É como uma cidade fantasma: cortinas fechadas, moradores entocados. Embaixo de uma escada, vejo dois rapazes passando dinheiro um para o outro. E uma senhora tenta puxar um tanque de oxigênio pelos degraus acima deles.

— Com licença — digo. — Posso ajudar?

Todos os três param e olham para mim. Os homens levantam a cabeça e um deles põe a mão no cinto de seu jeans, onde tenho a impressão de ver o cabo de um revólver. Minhas pernas ficam que nem geleia. Antes que eu tenha tempo de recuar, a mulher diz: "No *hablo* inglês" e sobe os degraus mais depressa.

Minha intenção era viver como Ruth por uma tarde, mas não se isso significar ficar em perigo. Sim, o perigo é relativo. Tenho um marido com um bom emprego, uma casa quitada e não preciso me preocupar que algo que eu diga ou faça ameace minha capacidade de pôr comida na mesa ou pagar minhas contas. Para mim, o perigo tem uma cara diferente: é qualquer coisa que possa me separar de Violet, de Micah. Mas, qualquer que seja a cara que você ponha em seu bicho-papão pessoal, ele dá pesadelos. Tem o poder de aterrorizá-lo e levá-lo a fazer coisas que você normalmente não imaginaria que faria, tudo no esforço para se manter seguro.

Para mim, isso significa correr por uma noite que vai se fechando à minha volta, até ter certeza de que não estou sendo seguida. Vários quarteirões depois, reduzo o passo em um cruzamento. Agora, minha pulsação não está mais acelerada, o suor esfriou sob meus braços. Um homem mais ou menos da minha idade se aproxima, aperta o mesmo botão de pedestres e espera. A pele escura de seu rosto é marcada, um mapa de sua vida. Nas mãos, ele segura um livro grosso, mas não consigo ver o título.

Decido tentar mais uma vez. Faço um gesto com a cabeça na direção do livro.

— É bom? Estou procurando alguma coisa para ler.

Ele me olha, depois vira de novo para a frente. E não responde.

Sinto as faces quentes quando o farol de pedestres abre. Atravessamos a rua lado a lado em silêncio, depois ele entra por uma travessa.

Eu me pergunto se ele de fato pretendia entrar naquela rua ou se só quis pôr alguma distância entre nós. Meus pés doem, todo o meu corpo está tremendo de frio e eu me sinto totalmente derrotada. Percebo que foi uma experiência que durou pouco, mas pelo menos eu tentei entender o que Ruth estava dizendo. Eu tentei.

Eu.

Enquanto caminho para o hospital em que Micah trabalha, penso nesse pronome. Penso nas centenas de anos durante os quais um homem negro poderia se ver em apuros por falar com uma mulher branca. Em alguns lugares deste país ainda é assim, e pode levar à ação de justiceiros. Para mim, a consequência horrível daquela conversa no sinal de pedestres foi me sentir ignorada. Para ele, foi algo totalmente diferente. Foram dois séculos de história.

A sala de Micah fica no terceiro andar. É incrível como, no momento em que entro pela porta do hospital, estou em minha zona de conforto outra vez. Conheço o sistema de saúde, sei como serei tratada, conheço os rituais e as reações. Posso passar pelo balcão de informações sem que ninguém questione para onde estou indo ou por que estou ali. Posso acenar para o pessoal do departamento de Micah e entrar na sala dele.

Hoje é dia de cirurgia. Sento na cadeira dele, com o casaco desabotoado, sem sapatos. Reparo no modelo de olho humano sobre a mesa, um quebra-cabeça tridimensional, enquanto meus pensamentos giram como um ciclone. Toda vez que fecho os olhos, vejo a mulher idosa na

Church Street South fugindo da minha oferta de ajuda. Ouço a voz de Ruth me dizendo que estou despedida.

Talvez eu mereça isso.

Talvez eu esteja errada.

Passei meses tão focada em conseguir uma absolvição para Ruth, mas, para ser realmente honesta, a absolvição era para *mim*. Para meu primeiro julgamento de homicídio.

Passei meses dizendo a Ruth que um processo criminal não é o lugar para falar de raça. Se o fizer, você não consegue ganhar. Mas, se não o fizer, ainda há custos, porque se estará perpetuando um sistema falho, em vez de tentar mudá-lo.

Era isso que Ruth estava tentando dizer, mas eu não escutei. Ela foi corajosa o bastante para se arriscar a perder o emprego, seu meio de subsistência, a *liberdade* para contar a verdade, e eu sou a mentirosa. Eu havia dito a ela que a questão racial não era bem-vinda no tribunal, quando, no fundo, sei que já está lá. *Sempre* esteve. E, só porque eu fecho os olhos, isso não significa que ela desapareça.

As testemunhas juram sobre a Bíblia no tribunal que dirão a verdade, somente a verdade, nada mais que a verdade. Mas mentiras de omissão são tão erradas quanto qualquer outra falsidade. E encerrar o caso de Ruth Jefferson sem declarar, abertamente, que o que aconteceu a ela foi por causa da cor de sua pele poderia ser uma perda ainda maior que a condenação.

Talvez, se houvesse advogados mais corajosos que eu, não ficássemos com tanto medo de falar sobre raça nos lugares em que isso mais importa.

Talvez, se houvesse advogados mais corajosos que eu, não houvesse outra Ruth em algum outro lugar, sendo denunciada como resultado de outra ocorrência de motivação racial que ninguém quer admitir que é uma ocorrência de motivação racial.

Talvez, se houvesse advogados mais corajosos que eu, corrigir o sistema fosse tão importante quanto absolver o cliente.

Talvez eu devesse ser mais corajosa.

Ruth me acusou de querer salvá-la, e talvez essa seja uma avaliação justa. Mas ela não precisa ser salva. Ela não precisa dos meus conselhos, porque, na verdade, quem sou eu para dá-los se nunca vivi a vida dela? Ela só precisa de uma chance de falar. De ser ouvida.

Eu nem tenho certeza de quanto tempo se passa até Micah chegar.

Ele está usando roupa cirúrgica, o que sempre achei sexy, e Crocs, que *não* são sexy. Seu rosto se ilumina ao me ver.

— Que surpresa boa.

— Eu estava aqui perto — digo. — Pode me dar uma carona para casa?

— Onde está o seu carro?

Sacudo a cabeça.

— Longa história.

Ele junta alguns papéis, dá uma olhada em uma pilha de recados, depois pega o casaco.

— Está tudo bem? Você estava a um milhão de quilômetros daqui quando eu entrei na sala.

Levanto o modelo de olho e o giro nas mãos.

— Eu me sinto como se estivesse de pé embaixo de uma janela aberta bem quando um bebê é jogado por ela. Eu pego o bebê, claro, porque quem não pegaria? Mas então outro bebê é jogado, aí eu passo o bebê para outra pessoa e pego o seguinte. E isso continua acontecendo. E, antes que eu me dê conta, há toda uma multidão de pessoas que se tornaram muito boas em passar bebês de uma para outra, assim como eu sou boa em pegá-los, mas ninguém nunca pergunta quem é que está jogando os bebês pela janela, para começar.

— Humm. — Micah inclina a cabeça. — De que bebê nós estamos falando?

— Não é um bebê, é uma metáfora — digo, irritada. — Eu faço o meu trabalho, mas e daí, se o sistema continua criando situações em que o meu trabalho é necessário? Será que não deveríamos focar o quadro mais amplo, em vez de apenas pegar tudo que for caindo da janela a cada momento?

Micah me olha como se eu tivesse ficado louca. Atrás de seu ombro há um cartaz pendurado na parede: a anatomia do olho humano. Há o nervo óptico, o humor aquoso, a conjuntiva. O corpo ciliar, a retina, a coroide.

— A sua profissão — murmuro — é fazer as pessoas verem.

— Hum, sim — diz ele.

Olho diretamente para Micah.

— É isso que eu preciso fazer também.

RUTH

Edison não está em casa, nem meu carro.

Espero por ele, mando mensagem de texto para ele, ligo para ele, rezo, mas não há resposta. Eu o vejo andando pelas ruas, ouvindo minha voz ecoando em seus ouvidos. Ele está imaginando se tem aquilo em si também, aquela capacidade de raiva. Se o que fala mais alto é a natureza ou a criação; se ele está duplamente ferrado.

Sim, eu odiei aquele pai racista por me menosprezar. Sim, eu odiei o hospital por ficar do lado dele. Não sei se isso interferiu em minha capacidade de cuidar de um paciente. Não sei dizer se, por um momento, isso não passou pela minha cabeça. Se eu não olhei para aquele bebê inocente e pensei no monstro que ele se tornaria.

Isso faz de mim a vilã aqui? Ou faz de mim apenas humana?

E Kennedy. O que eu disse não estava em minha cabeça, estava em meu coração. E não me arrependo de uma sílaba. Toda vez que penso na sensação de ter sido eu que saí daquela sala — eu tive esse *privilégio*, uma vez na vida —, me sinto leve, como se estivesse voando.

Quando ouço passos do lado de fora, corro para abrir a porta, mas não é meu filho. É só minha irmã. Adisa está ali de braços cruzados.

— Achei que você estaria em casa — diz ela, passando para a minha sala de estar. — Depois daquilo, não imaginei que ia continuar lá no tribunal.

Ela se põe à vontade, deixando o casaco sobre uma cadeira na cozinha, se acomodando no sofá e apoiando os pés na mesinha de centro.

— Você viu o Edison? Ele está com o Tabari? — pergunto.

Ela sacode a cabeça.

— O Tabari está em casa, servindo de babá.

— Estou preocupada, A.

— Com o Edison?

— Entre outras coisas.

Adisa bate no sofá ao seu lado. Eu me sento e ela aperta minha mão.

— O Edison é um menino esperto. Ele vai se virar bem.

Engulo em seco.

— Você... Você vai cuidar dele para mim? Garantir que ele não... desista?

— Se você estiver fazendo o seu testamento, eu sempre gostei daquelas suas botas de couro pretas. — Ela sacode a cabeça. — Ruth, relaxa.

— Não posso relaxar. Não posso ficar aqui sentada e pensar que o meu filho vai jogar fora o futuro dele e que a culpa é minha.

Ela me olha de frente.

— Então é melhor você tratar de estar aqui para ficar de olho nele.

Mas nós duas sabemos que isso não está em minhas mãos. Antes que eu me dê conta, me sinto dobrada ao meio, atingida na barriga por uma verdade tão dura e assustadora que não consigo respirar: perdi o controle do meu futuro. E é tudo minha culpa.

Eu não joguei de acordo com as regras. Fiz o que Kennedy me disse para não fazer. E agora estou pagando o preço por ter usado a minha voz.

Adisa me abraça e pressiona meu rosto em seu ombro. Só então percebo que estou chorando.

— Estou com medo — soluço.

— Eu sei. Mas eu sempre estive do seu lado — ela diz. — Vou fazer um bolo com uma lixa de metal dentro.

Isso me faz rir.

— Não, não vai.

— Tem razão — diz ela, reconsiderando. — Eu não sei fazer merda de bolo nenhum. — De repente, ela levanta do sofá e enfia a mão no bolso do casaco. — Achei que isto devia ficar com você.

Eu conheço pelo cheiro — um toque de perfume, com um forte aroma de sabão — o que ela está me dando. Adisa joga o cachecol da sorte da minha mãe enrolado em meu colo, onde ele se abre como uma rosa.

— *Você* estava com ele? Eu procurei por toda parte.

— É, porque eu achei que você ia pegar ou então enterrar a mamãe com ele, e ela não precisava mais de sorte, mas Deus sabe como eu preciso. — Adisa encolhe os ombros. — E você também.

Ela se senta ao meu lado outra vez. Esta semana, suas unhas estão pintadas de amarelo vibrante. As minhas estão roídas até a carne. Ela pega o cachecol e o enrola em meu pescoço, prendendo as pontas do jeito que eu costumava fazer para Edison, depois pousa as mãos em meus ombros.

— Pronto — diz, como se agora eu estivesse preparada para sair na tempestade.

Depois da meia-noite, Edison volta. Está agitado e de olhos arregalados, as roupas úmidas de suor.

— Por onde você andou? — pergunto.

— Fui correr. — Mas quem corre de mochila?

— Nós temos que conversar...

— Não tenho nada para te dizer — ele responde e bate a porta do quarto.

Eu sei que ele está transtornado com o que viu em mim hoje: minha raiva, a admissão de que sou uma mentirosa. Vou até a porta, pressiono as palmas contra a madeira, fecho a mão em punho para bater, para forçar essa conversa, mas não consigo. Não há mais nada em mim.

Não arrumo a cama; em vez disso, durmo um sono agitado no sofá. Sonho com o funeral da minha mãe, de novo. Dessa vez ela está sentada ao meu lado na igreja e somos as únicas pessoas presentes. Há um caixão no altar. "É uma pena, não é?", mamãe diz.

Olho para ela, depois para o caixão. Não consigo ver sobre a borda. Então levanto pesadamente e percebo que meus pés estão enraizados no chão da igreja. Vinhas cresceram em volta dos tornozelos e através das tábuas do piso. Tento me mover, mas estou presa.

Faço um esforço em meus sapatos e consigo espiar sobre a borda do caixão aberto para ver o morto.

Do pescoço para baixo, é um esqueleto, com a carne derretida dos ossos.

Do pescoço para cima, tem o meu rosto.

Acordo com o coração batendo forte e percebo que as batidas estão vindo de outro lugar. *Déjà vu*, penso, enquanto viro para a porta, que balança com a força dos golpes. Pulo do sofá e alcanço a maçaneta e, no momento em que a giro, a porta voa para trás nas dobradiças, quase me derrubando. Mas os policiais que invadem minha casa me empurram do caminho. Eles esvaziam gavetas, viram cadeiras.

— Edison Jefferson? — um deles grita, e meu filho sai do quarto, sonolento e descabelado.

Ele é imediatamente agarrado, algemado e arrastado para a porta.

— Você está preso sob acusação de crime de ódio — o policial informa.

O quê?

— Edison! — grito. — Esperem. Isso é um engano!

Outro policial sai do quarto de Edison, trazendo a mochila aberta em uma das mãos e uma lata de tinta spray vermelha na outra.

— Bingo — diz ele.

Edison vira para mim o melhor que pode.

— Desculpe, mãe, eu *tive* que fazer isso — diz e é puxado para fora.

— Você tem o direito de permanecer calado... — ouço, e, tão rapidamente como entraram, os policiais vão embora.

A calmaria me paralisa, pressiona as têmporas, a garganta. Estou sufocando, estou sendo esmagada. Consigo passar as mãos sobre a mesinha de centro e encontrar meu celular, que está carregando. Puxo-o da parede e pressiono os números, embora seja de madrugada.

— Preciso da sua ajuda.

A voz de Kennedy é segura e forte, como se ela estivesse me esperando.

— O que aconteceu? — ela pergunta.

KENNEDY

Passa um pouco das duas da manhã quando meu celular toca e vejo o nome de Ruth no visor. Estou imediatamente desperta. Micah se senta, alerta do jeito que médicos sempre estão, e eu sacudo a cabeça para ele. *É comigo.*

Quinze minutos depois, estaciono no departamento de polícia de East End.

Caminho até o policial de plantão como se tivesse todo o direito de estar ali.

— Vocês trouxeram um garoto chamado Edison Jefferson? — pergunto. — Qual é a acusação?

— Quem é você?

— A advogada da família.

Que foi demitida horas atrás, penso. O policial aperta os olhos.

— O garoto não disse nada sobre advogada.

— Ele tem dezessete anos. Provavelmente estava assustado demais até para lembrar o próprio nome. Ouça, não vamos fazer isso mais difícil do que já é, está bem?

— Ele apareceu nas câmeras de segurança do hospital pichando as paredes com tinta spray.

Edison? Vandalizando?

— Tem certeza de que pegou a pessoa certa? Ele é um aluno exemplar. Vai para a faculdade.

— Os guardas da segurança o identificaram. E ele estava dirigindo um carro com licenciamento vencido registrado em nome de Ruth Jefferson. Nós o seguimos. Até a frente da casa dele.

Ah. Droga.

— Ele estava pintando suásticas. E escreveu "Morte aos negros".

— O quê? — digo, atordoada.

Isso significa que não é só vandalismo. É um crime de ódio. Mas não faz nenhum sentido. Abro a bolsa e confiro quanto dinheiro tenho.

— Escute, veja se pode providenciar uma audiência preliminar especial para ele? Eu pago para o juiz auxiliar vir. Assim o garoto sai daqui ainda esta noite.

Sou levada até a cela, onde Edison está sentado no chão, com as costas apoiadas na parede e os joelhos puxados até o queixo. Lágrimas marcam seu rosto. No minuto em que ele me vê, fica em pé e vem até as grades.

— Que ideia foi essa? — pergunto.

Ele limpa o nariz na manga da blusa.

— Eu queria ajudar a minha mãe.

— Como é que fazer merda e acabar na cadeia ajuda a sua mãe neste momento?

— Eu queria encrencar o Turk Bauer. Se não fosse ele, nada disso teria acontecido. E, depois de hoje, todo mundo estava culpando ela, e era ele que deviam culpar... — Ele se vira para mim com os olhos vermelhos. — Ela é a vítima aqui. Como ninguém vê isso?

— Eu vou ajudar você — digo. — Mas o que eu e você conversarmos é informação privilegiada, o que significa que você não pode contar nada para a sua mãe. — Mas acho que Ruth vai descobrir logo. Provavelmente quando ler a primeira página do maldito jornal. É uma notícia boa demais: "FILHO DE ENFERMEIRA ASSASSINA PRESO POR CRIME DE ÓDIO". — E, pelo amor de Deus, não diga nada na frente do juiz.

Quinze minutos depois, o juiz auxiliar vem à cela. Audiências preliminares especiais são como truques de magia; todo tipo de regra pode ser flexibilizado quando se está disposto a pagar um extra. Há um policial atuando como promotor, Edison, o juiz pago e eu. A acusação é lida, e os direitos de Edison.

— O que está acontecendo aqui? — pergunta o juiz auxiliar.

Eu me apresento.

— Excelência, esta é uma circunstância muito peculiar, um incidente isolado. Edison é um atleta colegial e um aluno exemplar que nunca teve nenhum problema com a justiça antes. A mãe dele está enfrentando um julgamento de homicídio culposo por negligência médica e ele está abalado com isso. As emoções estão um tanto descontroladas no momento e esta foi uma tentativa extremamente equivocada de ajudar a mãe dele.

O juiz auxiliar olha para Edison.

— Isso é verdade, jovem?

O garoto olha para mim, sem saber se deve responder. Eu confirmo com a cabeça.

— Sim, senhor — ele diz em voz baixa.

— Edison Jefferson — fala o juiz auxiliar —, você foi acusado de um crime de ódio com motivação racial. Como isso é um crime, você terá uma audiência no tribunal na segunda-feira. Não será obrigado a responder a nenhuma pergunta e tem direito a um advogado. Se não puder pagar um advogado, terá um designado para você. Vejo que tem a sra. McQuarrie aqui em sua defesa e o caso vai ser encaminhado ao escritório da Defensoria Pública formalmente em primeira instância. Você não pode sair do estado de Connecticut, e tenho o dever de adverti-lo de que, se for preso por algum outro delito enquanto este caso estiver aberto, será levado para o presídio estadual. — Ele olha bem para Edison. — Não se meta em confusão, rapaz.

Leva uma hora. Estamos ambos bem despertos quando entramos em meu carro para eu levar Edison para casa. O brilho no retrovisor reflete em meus olhos quando o espio no banco do passageiro. Ele está segurando um brinquedo de Violet, uma fadinha de asas cor-de-rosa, que parece impossivelmente pequena em suas mãos.

— Que merda foi essa, Edison? — digo com a voz séria. — Pessoas como Turk Bauer são horríveis. Por que você está se rebaixando a esse nível?

— Por que *você* está? — ele pergunta, virando para mim. — Você está fingindo que o que eles fazem nem importa. Eu estive lá durante todo o julgamento, isso praticamente nem apareceu.

— Isso o quê?

— Racismo — ele responde.

Respiro fundo.

— Pode nunca ter sido discutido explicitamente durante o julgamento, mas Turk Bauer estava bem visível. Exposto como em um museu.

Ele me olha com a testa franzida.

— Você realmente acha que Turk Bauer é a única pessoa naquele tribunal que é racista?

Paramos em uma vaga na frente da casa de Ruth. As luzes estão acesas do lado de dentro, amanteigadas e aconchegantes. Ela abre a porta e vem ao nosso encontro, apertando o casaco em volta do corpo.

— Graças a Deus — murmura e abraça Edison. — O que aconteceu?

Edison olha para mim.

— Ela me disse para não contar para você.

Ruth faz um som de desdém.

— É, ela é boa nisso.

— Eu pichei uma suástica na parede do hospital. E... umas outras coisas.

Ela o segura à sua frente e espera.

— Eu escrevi "Morte aos negros" — Edison murmura.

Ruth dá um tapa no rosto dele. Ele recua, levando a mão à face.

— Seu idiota. Para que fazer isso?

— Eu achei que Turk Bauer ia levar a culpa. Queria que as pessoas parassem de falar coisas horríveis sobre você.

Ruth fecha os olhos por um momento, como se lutasse para manter o controle.

— O que vai acontecer agora?

— Ele vai passar pela audiência preliminar no tribunal na segunda-feira. A imprensa provavelmente vai estar lá — digo.

— O que eu faço? — ela pergunta.

— Você não faz nada. Eu cuido disso.

Eu a vejo hesitar, relutante em aceitar a oferta.

— Está bem — Ruth responde.

Noto que, durante todo o tempo, ela mantém contato com o filho. Mesmo depois de bater nele, a mão dela está em seu braço, seu ombro, suas costas. Quando me afasto, eles ainda estão juntos na varanda, enlaçados no lamento mútuo.

Quando chego em casa, são quatro da manhã. Parece bobagem voltar para a cama e, de qualquer maneira, estou ligada na tomada. Decido fazer um pouco de limpeza e, depois, preparar panquecas para o café antes que Violet e Micah acordem.

É inevitável que, no decorrer de um julgamento, meu home office fique cada vez mais atulhado. Mas o caso de Ruth já está encerrado. Então, entro na ponta dos pés no quarto extra que uso como escritório e me ponho a guardar os documentos nas caixas. Empilho papéis, pastas e anotações que fiz nas provas. Tento encontrar como tudo começou.

Acidentalmente, esbarro em uma pilha sobre a mesa e a derrubo no chão. Ao recolher as páginas, passo os olhos pelo depoimento de Brittany Bauer, que acabou não chegando ao julgamento, e pelos resultados fotocopiados do laboratório estadual que identificou o transtorno metabólico de Davis Bauer. É uma longa lista de todas as patologias testadas. Quase todos os itens dizem "normal", exceto, claro, a linha da MCADD.

Olho para o restante da lista, em que nunca tinha prestado muita atenção, porque agarrei a oportunidade e corri com ela. Davis Bauer parecia ser um bebê normal em todos os outros aspectos, com um teste padrão.

Então viro a página e percebo que há coisas impressas no verso também.

Ali, no meio de um mar de normalidade, está a palavra *alterado* outra vez. Está muito mais para o fim da lista de resultados agregados — menos importante talvez, menos ameaçador? Comparo o resultado com os testes incluídos no laudo do laboratório que solicitei como prova, uma confusão de listas de proteínas com nomes que nem sei pronunciar e gráficos pontudos de espectrometria que não sei ler.

Paro em uma página que parece um tingimento manchado. "Eletroforese", leio. "Hemoglobinopatia." Na base da página, o resultado: "HbAS/heterozigoto".

Eu me sento junto ao computador e procuro a informação no Google. Se isso for mais alguma coisa que estava clinicamente errada com Davis Bauer, posso reapresentar a prova, mesmo agora. Posso solicitar um novo julgamento, por causa de novas provas.

Posso começar outra vez com um novo júri.

"Condição de portador geralmente benigna", leio, perdendo as esperanças. Lá se vai outra causa potencial de morte natural.

"Recomendado teste/aconselhamento familiar."

"As hemoglobinas são listadas na ordem de hemoglobina presente (F>A>S). FA = normal. FAS = portador, traço falciforme. FSA = talassemia beta mais."

Isso me faz lembrar de algo que Ivan disse.

Sento no chão, puxo a pilha de transcrições de depoimentos e começo a ler.

Então, embora sejam quatro e meia da manhã, pego o celular e desço pelo histórico de chamadas até encontrar a que estou procurando.

— Aqui é Kennedy McQuarrie — digo quando Wallace Mercy atende, a voz pastosa de sonhos. — E eu preciso de você.

Na segunda-feira de manhã, os degraus estão lotados de câmeras e repórteres, muitos agora de fora do estado, que haviam sabido da história do garoto negro que escreveu um insulto racial contra sua própria gente, filho de uma enfermeira que estava sendo julgada naquele mesmo prédio pela morte do bebê de um supremacista branco. Embora eu tenha deixado tudo preparado para Howard no caso de não poder estar presente, o juiz Thunder me espanta outra vez ao concordar em retardar as alegações finais até as dez horas, para que eu possa atuar como advogada de Edison antes de retomar a defesa de Ruth — ainda que apenas para ser formalmente demitida.

As câmeras nos seguem pelo corredor, embora eu esteja com um braço sobre os ombros de Ruth e Howard esteja escudando Edison. A audiência preliminar inteira leva menos de cinco minutos. Edison é liberado sob palavra e é marcada uma data para a audiência prejulgamento. Então eu me esquivo da imprensa por todo o caminho de volta.

Nunca fiquei tão contente por voltar ao tribunal do juiz Thunder, em que não são permitidas câmeras ou imprensa.

Entramos e nos dirigimos à mesa da defesa. Edison se acomoda discretamente na fileira atrás. Mas, assim que chegamos ao nosso lugar, Ruth franze a testa para mim.

— O que você está fazendo?

Eu não entendo.

— O quê?

— O fato de você estar representando Edison não significa que a situação tenha mudado — ela diz.

Antes que eu possa responder, o juiz assume seu posto. Ele olha para mim, que estou claramente no meio de uma conversa tensa com minha cliente, e para Odette, do outro lado da sala.

— As partes estão prontas para prosseguir? — ele indaga.

— Excelência — diz Ruth. — Eu gostaria de dispensar minha advogada.

Estou certa de que o juiz Thunder achou que nada mais neste julgamento poderia surpreendê-lo, até aquele momento.

— Sra. Jefferson, a troco de que a senhora iria querer dispensar sua advogada depois que a defesa encerrou o caso? Só faltam as alegações finais.

Ruth levanta o queixo.

— É pessoal, Excelência.

— Eu recomendaria fortemente que não fizesse isso, sra. Jefferson. Ela conhece o caso e, contrariando todas as expectativas, se preparou muito bem. Ela está aqui para defender os seus interesses. É meu trabalho comandar este julgamento e garantir que ele não sofra mais atrasos. Nós temos um júri sentado na bancada que já ouviu todas as provas; não temos tempo para a senhora sair procurando outro advogado, e a senhora não tem condições de representar a si própria. — Ele olha para mim. — Inacreditavelmente, estou lhe concedendo mais meia hora de recesso, sra. McQuarrie, para que a senhora e a sua cliente possam se entender.

Encarrego Howard de ficar com Edison para a imprensa não poder se aproximar dele. Para chegar à nossa sala de reuniões habitual, seria preciso passar pela imprensa também, então, em vez disso, levo Ruth por uma porta dos fundos para o banheiro feminino.

— Desculpe — digo para uma mulher que vem atrás de nós e tranco a porta.

Ruth se apoia na bancada de pias e cruza os braços.

— Eu sei que você acha que nada mudou, e talvez não tenha mudado para você. Mas para mim *mudou* — digo a ela. — Eu escuto você, em alto e bom som. Talvez eu não mereça, mas estou te pedindo para me dar uma última chance.

— Por que eu deveria? — Ruth pergunta, em tom de desafio.

— Porque eu te disse uma vez que não vejo cor... e, agora, é *tudo* que eu vejo.

Ela começa a andar para a porta.

— Não preciso da sua piedade.

— Tem razão — concordo. — Você precisa de equidade.

Ruth para, ainda de costas para mim.

— Você quer dizer igualdade — ela corrige.

— Não, quero dizer equidade. Igualdade é tratar todos da mesma maneira. Mas equidade é levar em conta as diferenças, para que todos tenham uma chance de vencer. — Olho para ela. — A primeira *parece* justa. A segunda *é* justa. Igualdade é dar o mesmo teste impresso para duas crianças. Mas, se uma for cega e a outra não, isso não é mais igual. É preciso dar a uma um teste em braille e à outra um teste impresso, ambos cobrindo a mesma matéria. Por todo esse tempo, eu vim dando aos jurados um teste impresso, porque não percebi que eles eram cegos. Que *eu* era cega. Por favor, Ruth. Eu acho que você vai gostar de ouvir o que eu tenho a dizer.

Lentamente, Ruth se vira.

— Uma última chance — ela concorda.

Quando levanto, não estou sozinha.

Sim, há uma sala inteira esperando por minhas alegações finais, mas estou cercada de histórias que inflamaram os meios de comunicação, embora tenham sido praticamente ignoradas nos tribunais. As histórias de Tamir Rice, Michael Brown, Trayvon Martin. De Eric Garner e Walter Scott e Freddie Gray. De Sandra Bland e John Crawford III. Das mulheres afro-americanas do exército que queriam usar o cabelo natural e das crianças do distrito escolar de Seattle que ouviram da Suprema Corte que distribuir os alunos nas escolas segundo uma seleção que mantivesse a diversidade era inconstitucional. Das minorias do sul que ficaram sem proteção federal enquanto esses estados promulgavam leis que limitavam seus direitos de voto. Dos milhões de afro-americanos que foram vítimas de discriminação em moradia e discriminação no emprego. Do morador de rua negro em Chapel Street cuja vasilha nunca vai ficar tão cheia de moedas como a da moradora de rua branca.

Eu me viro para os jurados.

— E se, senhoras e senhores, eu lhes dissesse que todos os que nasceram em uma segunda, terça ou quarta-feira estão dispensados para ir embora agora? Além disso, essas pessoas teriam direito às vagas de estacionamento mais centrais na cidade e às casas maiores. Conseguiriam entrevistas de emprego antes dos outros que nasceram mais para o fim da semana e seriam chamadas primeiro para o consultório do médico, independentemente de quantos pacientes estivessem esperando na fila. Se vocês tivessem nascido entre quinta-feira e domingo, poderiam tentar alcançar os outros, mas, como estariam muito atrás, sempre seriam rotulados de ineficientes. E, se reclamassem, seriam menosprezados por quererem usar a desculpa do dia de nascimento. — Encolho os ombros. — Parece bobo, certo? Mas e se, apesar desses sistemas arbitrários que inibissem suas chances de sucesso, todos continuassem a dizer a vocês que as condições, na verdade, são iguais?

Caminho na direção deles e continuo.

— Eu disse quando começamos este caso que ele se referia a Ruth Jefferson ter sido colocada diante de uma escolha impossível: ou fazer seu trabalho como enfermeira, ou obedecer às ordens de sua supervisora. Eu disse aos senhores que as provas iriam mostrar que Davis Bauer sofria de condições de saúde subjacentes que o levaram à morte. E isso é verdade, senhoras e senhores. Mas este caso se refere a muito mais do que aquilo que eu apresentei. De todas as pessoas que interagiram com Davis Bauer no Hospital Mercy West Haven durante a curta vida dele, apenas uma está sentada neste tribunal na mesa da defesa: Ruth Jefferson. Apenas uma pessoa está sendo acusada de um crime: Ruth Jefferson. Eu passei o julgamento inteiro evitando uma pergunta muito importante: *por quê?* Ruth é negra — digo, sem rodeios. — Isso incomodou Turk Bauer, um supremacista branco. Ele não suporta pessoas negras, ou pessoas asiáticas, ou gays, ou qualquer outro que não seja igual a ele. Como resultado, ele pôs em movimento uma cadeia de eventos que acabaria levando Ruth a se tornar o bode expiatório na morte trágica do filho dele. Mas nós não falamos de raça no sistema de justiça criminal. Devemos fingir que esse é apenas um detalhe de qualquer acusação que seja trazida à mesa, e não a substância. Devemos ser os guardiões legais de uma sociedade pós-racial. Mas, sabem, a palavra *ignorância* tem uma ideia ainda mais importante em seu núcleo: *ignorar*. E eu não acho que é certo continuar a ignorar a verdade.

Olho direto para a jurada número 12, a professora.

—Terminem esta frase — digo. — *Eu sou...?* — Faço uma pausa. — Talvez vocês respondessem: *tímida*. Ou *loira. Gentil. Nervoso, inteligente, irlandês*. Mas a maioria de vocês não diria *branco*. Por que não? Porque isso é óbvio. É uma identidade implícita. Aqueles de nós que tiveram a sorte de nascer brancos nem se dão conta dessa bênção. Mas somos todos alegremente inconscientes de muitas coisas. Provavelmente vocês não agradeceram por terem tomado banho esta manhã, ou por terem um teto sobre a cabeça na noite passada. Por tomarem o café da manhã e por terem roupas de baixo limpas. Isso acontece porque todos esses privilégios invisíveis são fáceis de passar despercebidos. Claro, é muito mais fácil ver os ventos contrários do racismo, o modo como as pessoas negras são discriminadas. Vemos isso agora, quando um homem negro é morto pela polícia e uma menina de pele marrom sofre bullying na escola por usar um hijab. É um pouco mais difícil ver, e admitir, os ventos a favor do racismo, o modo como aqueles de nós que não somos de minorias étnicas nos beneficiamos unicamente por ser brancos. Podemos ir ao cinema e ter a certeza de que a maioria dos personagens será como nós. Podemos chegar atrasados a uma reunião e não ter a culpa disso atribuída à nossa raça. Eu posso ir ao gabinete do juiz Thunder e levantar uma objeção sem que me seja dito que estou usando a questão da raça como desculpa. — Faço uma pausa. — A ampla maioria de nós não chega em casa do trabalho e diz: "Viva! Não fui parado e revistado hoje!" A ampla maioria de nós não chegou à faculdade e pensou: *Eu entrei na universidade que escolhi porque o sistema educacional realmente trabalha a meu favor.* Nós não pensamos essas coisas, porque não precisamos.

Percebo que o júri começa a se incomodar. Eles se agitam e mudam de posição, e, pelo canto do olho, vejo o juiz Thunder me observando de cara fechada, embora as alegações finais sejam minhas para eu dizer o que quiser e, teoricamente, se eu quisesse ler *Grandes esperanças* em voz alta, poderia.

— Eu sei que vocês estão pensando: *Eu não sou racista*. Ora, nós até tivemos um exemplo do que é racismo *de verdade*, na forma de Turk Bauer. Duvido que haja muitos de vocês no júri que, como Turk, acreditem que seus filhos são guerreiros arianos ou que pessoas negras são tão inferiores que não devem nem ter permissão para encostar num bebê branco. Mas, mesmo que pegássemos todos os supremacistas brancos do planeta e os enviássemos para Marte, ainda haveria racismo. Isso porque o racismo não é só ódio. Todos nós somos tendenciosos, mesmo quando achamos que não. É porque o racismo tem a ver também com quem tem poder... e quem tem acesso a ele. Quando eu comecei a trabalhar neste caso, senhoras e senhores, não me via como racista. Agora, percebo que sou. Não porque eu odeie pessoas de raças diferentes, mas porque, com ou sem intenção, desfruto de uma vantagem pela cor da minha pele, assim como Ruth Jefferson sofreu uma desvantagem por causa da cor da pele dela.

Odette está sentada com a cabeça baixa na mesa da promotoria. Não sei se ela está radiante por eu construir meu próprio caixão com palavras ou apenas perplexa por eu ter tido coragem de antagonizar o júri a esta altura do jogo.

— Há uma diferença entre racismo ativo e passivo. É mais ou menos como quando a gente entra na esteira rolante no aeroporto. Se você andar por ela, vai chegar mais depressa do outro lado do que se apenas ficar parado. Mas, no fim, vai acabar chegando ao mesmo ponto. Racismo ativo é ter a tatuagem de uma suástica na cabeça. Racismo ativo é dizer à enfermeira-chefe que uma enfermeira afro-americana não pode encostar no seu bebê. É rir de uma piada preconceituosa. Mas racismo passivo? É notar que existe uma única pessoa negra no seu escritório e não perguntar ao seu chefe por quê. É ler o currículo escolar da quarta série do seu filho e ver que a única história negra abordada é a escravidão, e não questionar por quê. É defender uma mulher no tribunal cuja acusação resultou diretamente da raça dela... e passar por cima desse fato, como se não fosse muito importante. Imagino que os senhores não estejam se sentindo muito à vontade agora. Eu também não estou. É difícil falar sobre isso sem ofender as pessoas ou se sentir ofendido. É por isso que os advogados não costumam dizer essas coisas para jurados como os senhores. Mas, no fundo, se os senhores se perguntarem o que está *realmente* em jogo neste julgamento, devem saber que é mais do que apenas se Ruth teve ou não algo a ver com a morte de um paciente. Na verdade, tem muito pouco a ver com Ruth. Tem a ver com sistemas que estão em vigor há uns quatrocentos anos, sistemas destinados a garantir que pessoas como Turk possam fazer uma solicitação absurda e ser atendidas. Sistemas voltados a garantir que pessoas como Ruth sejam mantidas em seu lugar.

Eu me viro para os jurados, suplicante.

— Se não querem pensar sobre isso, não precisam, e podem absolver Ruth mesmo assim. Eu lhes dei provas médicas suficientes para mostrar que há muita dúvida quanto ao que levou à morte daquele bebê. Os senhores ouviram o próprio legista dizer que, se os resultados da triagem neonatal tivessem chegado mais cedo, Davis Bauer poderia estar vivo hoje. Sim, também ouviram Ruth ficar brava no banco das testemunhas. Isso aconteceu porque, quando se espera quarenta e quatro anos para ter uma chance de falar, as coisas nem sempre saem do jeito que a gente quer. Ruth Jefferson só queria a chance de *fazer o seu trabalho*. De cuidar daquele bebê como se preparou para fazer.

Eu me volto, por fim, para Ruth. Ela respira fundo e eu sinto isso em meu próprio peito.

— E se as pessoas que nasceram na segunda, terça ou quarta-feira nunca fossem sujeitas a extensas verificações de crédito quando pedissem um empréstimo? E se pudessem fazer compras sem medo de os seguranças ficarem andando atrás delas? — Faço uma pausa. — E se os resultados da triagem neonatal de seus bebês chegassem ao pediatra a tempo, possibilitando uma intervenção médica que pudesse evitar sua morte? De repente — digo —, esse tipo de discriminação arbitrária já não parece tão bobo, não é?

RUTH

Depois de tudo aquilo.

Depois de meses me dizendo que raça não tem lugar no tribunal, Kennedy McQuarrie levou o elefante para o meio da sala e o fez desfilar na frente do juiz. Espremeu-o para dentro da bancada dos jurados, de modo que aqueles homens e mulheres não tivessem como ignorar o aperto.

Observo os jurados, todos perdidos em pensamentos e em completo silêncio. Kennedy vem se sentar ao meu lado, e, por um momento, eu só olho para ela. Minha garganta se move enquanto tento encontrar palavras para expressar tudo que estou sentindo. O que Kennedy disse para todos esses estranhos foi uma narrativa da minha vida, o perímetro dentro do qual sempre vivi. Mas eu poderia ter gritado isso de cima dos telhados e não teria adiantado nada. Para que os jurados ouvissem, *realmente* ouvissem, o discurso tinha que partir de um dos deles.

Ela se vira para mim antes que eu possa falar.

— Obrigada — ela me diz, como se fosse eu que tivesse lhe feito o favor.

Pensando bem, talvez eu tenha.

O juiz pigarreia e nós duas levantamos a cabeça e o encontramos nos olhando de cara feia. Odette Lawton se levantou e está de pé no lugar que Kennedy acabou de desocupar. Passo a mão pelo cachecol da sorte da minha mãe, enrolado em meu pescoço, quando ela começa a falar.

— Sabe, eu admiro a sra. McQuarrie e seu clamor por justiça social. Mas não é para isso que estamos aqui hoje. Estamos aqui porque a ré, Ruth Jefferson, abandonou o código de ética de sua profissão como enfermeira obstetra e não agiu adequadamente diante da crise médica de um bebê.

A promotora se aproxima dos jurados.

— O que a sra. McQuarrie disse... é verdade. As pessoas têm preconceito e, às vezes, tomam decisões que não fazem sentido para nós. Quando eu estava no colégio, trabalhava no McDonald's.

Isso me surpreende; tento imaginar Odette cronometrando a fritura das batatas e não consigo.

— Eu era a única menina negra que trabalhava ali. Houve vezes que eu estava no caixa e via um cliente entrar, olhar para mim e entrar na fila de outro caixa para fazer o pedido. Como isso me fazia sentir?
— Ela encolhe os ombros. — Não muito bem. Mas eu cuspia na comida deles? Não. Eu derrubava o hambúrguer no chão e depois o enfiava no pão? Não. Eu fazia o meu trabalho. Eu fazia o que era minha função. Agora vamos voltar a Ruth Jefferson, está bem? Um cliente dela escolheu a outra fila, por assim dizer, mas *ela* continuou fazendo o que era sua função? Não. Ela não deixou a ordem de não cuidar de Davis Bauer passar como a simples solicitação de um paciente. Ela a transformou em um incidente racial. Ela não honrou o juramento de Nightingale de ajudar os pacientes *em qualquer circunstância*. Ela agiu com total desconsideração pelo bem-estar do bebê porque estava brava e descontou a raiva naquela pobre criança. É verdade, senhoras e senhores, que a ordem de Marie Malone de retirar Ruth do atendimento a Davis Bauer foi uma decisão racista, mas não é Marie quem está sendo julgada aqui por suas ações. É Ruth, por não cumprir o juramento que fez como enfermeira. É verdade também que muitos de vocês ficaram incomodados com o sr. Bauer e as crenças dele, porque elas são extremas. Neste país, ele tem permissão para expressar essas opiniões, mesmo que elas causem incômodo. Mas, se disserem que ficaram abalados pelo modo como Turk Bauer é cheio de ódio, devem admitir que Ruth também está cheia de ódio. Os senhores ouviram quando ela dis-

se que era melhor o bebê morrer do que crescer como o pai dele. Talvez tenha sido o único momento em que ela foi sincera conosco. Pelo menos Turk Bauer é honesto quanto às próprias crenças, por mais repulsivas que possam parecer. Porque Ruth, nós sabemos, é mentirosa. Como ela mesma admitiu, ela *interveio* e *encostou* naquele bebê no berçário, apesar de ter dito à supervisora e à gestão de riscos e à polícia que não havia encostado nele. Ruth Jefferson começou a salvar o bebê. E o que a fez parar? Medo de perder o emprego. Ela pôs os próprios interesses na frente dos interesses do paciente… que é exatamente o que um profissional de saúde jamais deve fazer.

A promotora faz uma pausa.

— Ruth Jefferson e sua advogada podem montar todo um show sobre resultados de laboratório atrasados, ou a situação das relações raciais neste país, ou qualquer outra coisa — diz ela. — Mas isso não muda os fatos deste caso. E não vai trazer aquele bebê de volta à vida.

Após o juiz dar as instruções aos jurados, eles são conduzidos para fora da sala do tribunal. O juiz Thunder sai também. Howard se levanta.

— Nunca vi nada assim!

— É, e provavelmente nunca mais vai ver — Kennedy murmura.

— Foi como se eu estivesse vendo Tom Cruise: *Você não aguenta a verdade!* Como...

— Como dar um tiro no meu próprio pé — Kennedy completa. — De propósito.

Ponho a mão no braço dela.

— Eu sei que o que você disse lá teve um custo para você — falo.

Kennedy me olha com ar sóbrio.

— Ruth, é mais provável que tenha um custo ainda maior para *você*.

Ela me explicou que, como a acusação de homicídio doloso foi rejeitada antes do meu depoimento, o júri só tem que decidir sobre a acusação de homicídio culposo por negligência. Embora nossos documentos médicos criem definitivamente uma dúvida razoável, uma explosão de raiva é como um atiçador de fogo enfiado na mente do júri. Ainda que eles não estejam decidindo sobre homicídio premeditado agora, podem ainda sentir que eu não cuidei daquele bebê tão bem quanto poderia. E, se isso era possível, dadas as circunstâncias, nem eu sei mais.

Penso na noite que passei na prisão. Imagino-a se desdobrando em muitas noites. Semanas. Meses. Penso em Heidi Vina e em como a conversa com ela seria agora muito diferente da que tive então. Eu começaria dizendo que não sou mais ingênua. Fui forjada em um cadinho, como aço. E o milagre do aço é que se pode martelá-lo e deixá-lo tão fino a ponto de esticá-lo até o limite, mas isso não significa que ele vá quebrar.

— Mesmo assim, valeu a pena ouvir — digo a Kennedy.

Ela dá um pequeno sorriso.

— Valeu a pena dizer.

De repente, Odette Lawton está parada à nossa frente. Sinto um ligeiro pânico. Kennedy também disse que havia outra saída que a promotora poderia escolher: rejeitar *todas* as acusações e começar outra vez com a solicitação de uma nova sentença de pronúncia, usando meu depoimento para demonstrar intencionalidade no calor do momento e reapresentar a acusação de homicídio doloso.

— Vou pedir a extinção do caso contra Edison Jefferson — diz Odette, rígida. — Achei que você gostaria de saber.

Abro a boca, espantada. De tudo que achei que ela pudesse dizer, *essa* não era uma opção.

Pela primeira vez neste julgamento, ela me olha de frente. Exceto pelo nosso encontro no banheiro, ela não fez contato visual comigo durante todo o tempo em que estive sentada à mesa da defesa, sempre olhando para além de mim ou sobre a minha cabeça. Kennedy diz que isso é padrão; é o modo como promotores lembram aos réus que eles não são humanos.

E funciona.

— Eu tenho uma filha de quinze anos — diz Odette, um fato e uma explicação. Depois ela se vira para Kennedy. — Bela alegação final, doutora — fala e vai embora.

— E agora? — pergunto.

Kennedy respira fundo.

— Agora — diz ela —, só nos resta esperar.

Mas, primeiro, temos a imprensa para lidar. Howard e Kennedy formulam um plano para me tirar do tribunal sem que eu tenha contato com os repórteres.

— Se não conseguirmos evitá-los completamente — ela me explica —, a resposta certa é "sem comentários". Estamos esperando a decisão do júri. Ponto.

Concordo com a cabeça.

— Não sei se você entendeu, Ruth. Eles vão vir com sede de sangue: vão cutucar e provocar tentando fazer você explodir para eles poderem filmar. Nos próximos cinco minutos, até sair deste prédio, você é cega, surda e muda. Entendeu?

— Entendi — respondo.

Meu coração é como um tambor quando passamos pelas portas duplas da sala do tribunal. Imediatamente, há flashes e microfones enfiados no meu rosto. Howard fica na frente e os empurra do caminho, enquanto Kennedy nos conduz rapidamente pelo meio daquele circo: repórteres acrobatas, tentando alcançar uns sobre a cabeça dos outros para obter uma declaração; palhaços fazendo seu show: os Bauer em uma entrevista raivosa para uma estação de rádio conservadora; e eu, tentando cruzar sobre a corda bamba sem cair.

Aproximando-se de nós pela direção oposta, vejo Wallace Mercy. Ele e seus apoiadores formam uma barreira humana, de braços unidos, o que significa que não teremos como passar. Wallace e uma mulher estão no meio; enquanto observo, eles se adiantam à frente dos outros. A mulher usa um conjunto de lã cor-de-rosa. Seu cabelo muito curto está tingido de vermelho forte. Ela mantém o corpo reto como uma flecha, o braço firmemente preso no de Wallace.

Olho para Kennedy em uma pergunta silenciosa. *O que vamos fazer?*

Mas minha pergunta logo é respondida. Wallace e a mulher não vêm em nossa direção. Em vez disso, desviam para o outro lado do saguão, onde Turk Bauer ainda está conversando com um repórter, com a esposa e o sogro do lado.

— Brittany — a mulher diz, com os olhos se enchendo de lágrimas. — Ah, Senhor. Como você está linda.

Ela estende o braço para Brittany Bauer, com as câmeras filmando. Mas não estamos no tribunal do juiz Thunder, e aqui ela pode dizer ou fazer o que quiser. Vejo a mão da mulher se aproximando dela como se fosse em câmera lenta e sei, mesmo antes de acontecer, que Brittany Bauer vai empurrá-la.

— Saia de perto de mim!

Wallace Mercy se aproxima.

— Acho que esta é uma pessoa que você vai querer conhecer, sra. Bauer.

— Ela não precisa, Wallace — a mulher murmura. — Nós nos conhecemos vinte e seis anos atrás, quando ela nasceu de dentro de mim. Brit, minha querida, você se lembra de mim, não é?

O rosto de Brittany Bauer explode em vermelho: de vergonha, ou raiva, ou ambos.

—*Mentirosa*. Sua mentirosa nojenta! — Ela se lança sobre a mulher mais velha, que cai com facilidade.

As pessoas se apressam para puxar Brittany e tentar tirar a mulher de seu alcance. Ouço as vozes: "Ajudem aqui!" E: "Está filmando?"

Então, escuto alguém gritar:

— Pare! — A voz é forte, grave e autoritária. Brit recua na mesma hora.

Ela se vira, colérica, e olha furiosa para o pai.

— Você vai deixar esta preta vagabunda dizer essas coisas de mim? De *nós*?

Mas seu pai não está mais olhando para a filha. Ele está pálido, com os olhos fixos na mulher que agora voltou para junto do grupo de Wallace Mercy e pressiona o lenço de Wallace no lábio cortado.

— Oi, Adele — ele diz.

— Por essa eu não esperava — sussurro, olhando para Kennedy.

E é quando percebo que *ela* esperava.

TURK

As câmeras estão filmando quando o caos se instala. Em um minuto, Brit e Francis estão parados ao meu lado, me ouvindo falar a um apresentador qualquer de uma rádio de direita que apenas começamos a lutar, e de repente essa se torna uma declaração literal. Uma mulher negra vem até Brit e toca seu braço. Naturalmente, Brit a repele, então a mulher solta uma mentira deslavada: que Brittany Bauer, a princesa do Movimento White Power, é metade negra.

Olho para Francis, do jeito como olho para ele há anos. Ele me ensinou tudo que sei sobre ódio; eu iria para a guerra ao lado dele; na verdade, eu *fui*. Dou um passo para trás, esperando que Francis despeje sua famosa retórica para colocar a vagabunda no lugar dela de oportunista em busca de quinze minutos de fama. Mas ele não faz isso.

Ele diz o nome da mãe de Brittany.

Eu não sei muito sobre Adele, porque Brit também não sabe. Apenas o nome, e o fato de ela ter traído Francis com um cara negro e ele ter ficado tão furioso que lhe deu um ultimato: deixá-lo com a bebê e desaparecer da vida deles para sempre ou morrer durante o sono. Sabiamente, ela escolheu a primeira opção, e isso era tudo que Brit precisava saber a seu respeito.

Mas eu olho para os longos cabelos escuros de Brit.

Nós vemos o que nos é dito para ver.

Ela levanta os olhos para Francis também.

— Papai?

De repente, não consigo respirar. Eu não sei quem minha esposa é. Não sei quem *eu* sou. Durante anos, eu diria tranquilamente que preferiria enfiar a faca em um negro a me sentar para tomar café com um deles, e, durante todo esse tempo, estive vivendo com uma.

Eu fiz um *bebê* com uma.

O que significa que meu próprio filho era parte negro também.

Há um zumbido em meus ouvidos que me dá a sensação de que estou em queda livre, empurrado de um avião sem paraquedas. O chão se aproxima depressa.

Brittany levanta e vira em um círculo, seu rosto tão contraído que me dói o coração.

— Meu amor — Francis tenta, e ela faz um som grave, vindo do fundo da garganta.

— Não — ela diz. — Não.

E, então, ela corre.

Ela é pequena e rápida. Brit consegue se mover entre as sombras. E por que não conseguiria? Ela aprendeu, como eu, com o melhor.

Francis tenta pedir que os membros do Lobosolitario.org que estiveram no tribunal em solidariedade nos ajudem a procurar Brit, mas há um muro entre nós agora. Alguns já desapareceram. Não tenho dúvida de que vão encerrar suas contas, a menos que Francis consiga fazer um controle de danos suficiente para impedi-los.

Nem sei se isso me importa.

Só quero encontrar minha mulher.

Pegamos o carro e andamos por toda parte à sua procura. Nossa rede, invisível, mas ampla, não está mais disponível. Estamos sozinhos agora, completamente isolados.

Cuidado com o que você deseja, penso.

Enquanto dirijo, esquadrinhando os cantos mais escondidos da cidade, eu me viro para Francis.

— Se importa de me contar a verdade?

— Faz muito tempo — ele diz baixinho. — Antes de eu entrar para o Movimento. Conheci a Adele em um restaurante. Ela me serviu uma torta. Pôs o nome e o número de telefone na conta. Eu liguei. — Ele encolhe os ombros. — Três meses depois, ela estava grávida.

Sinto o estômago revirar só de pensar em transar com uma delas. Mas, no fim, eu fiz isso, não foi?

— Deus me ajude, Turk, eu a amava. Não importava se estávamos fora dançando até de madrugada, ou sentados em casa vendo televisão. Cheguei a um ponto em que não me sentia inteiro se ela não estivesse comigo. E então nós tivemos Brit, e eu comecei a ficar apavorado. Tudo parecia muito perfeito, entende? E, quando uma coisa está perfeita, significa que, mais cedo ou mais tarde, algo vai dar errado.

Ele esfrega a mão na testa.

— Ela ia à igreja aos domingos, a mesma igreja que frequentava quando era criança. Uma igreja de negros, com toda aquela porra de cantos e aleluias. Eu não suportava. Então ia pescar e dizia a ela que aquele era o meu lugar sagrado. Mas o regente do coro começou a ficar interessado na Adele. Disse que a voz dela era como a de um anjo. Eles começaram a passar muito tempo juntos, ensaiando a qualquer hora do dia ou da noite. — Ele sacode a cabeça. — Não sei, talvez eu tenha ficado um pouco louco. Eu a acusei de me trair. Talvez ela tenha feito isso, talvez não. Eu bati nela, o que foi errado, eu sei. Mas não consegui evitar, ela estava me rasgando por dentro, eu tinha que fazer alguma coisa com toda aquela dor. Você sabe como é, não sabe?

Confirmo com a cabeça.

— Ela correu para esse cara em busca de ajuda e ele a acolheu. Meu Deus, Turk, eu joguei ela direto nos braços dele. Não demorou para ela dizer que ia me deixar. Eu falei que, se ela fosse, ia ser de mãos vazias. Não ia permitir que ela tirasse a minha filha de mim. Falei que, se ela tentasse, seria a última coisa que ia fazer. — Ele olha para mim com tristeza. — Eu nunca mais a vi.

— E você nunca contou para a Brit?

Ele sacode a cabeça.

— O que eu ia dizer? Que ameacei matar a mãe dela? Não. Comecei a levar a Brit para os bares e a deixava na cadeirinha no carro enquanto eu entrava e me embebedava. Foi assim que conheci Tom Metzger.

É estranho imaginar o líder do Exército da Aliança Branca virando uma cerveja, mas coisas mais estranhas já aconteceram.

— Ele estava com alguns dos homens dele. Me viu entrar no carro e se recusou a me deixar dirigir quando viu a Brit no banco de trás. Ele nos levou para casa e disse que eu precisava dar um jeito na vida, pela minha filha. Eu estava caindo de bêbado e contei a ele que a Adele tinha me deixado por um preto. Acho que nunca mencionei que ela era negra também. Seja como for, o Tom me deu um papel para ler. Um panfleto. — Francis aperta os lábios. — Esse foi o começo. Era tão mais fácil odiar a eles do que odiar a mim mesmo.

Meus faróis altos atravessam um trilho de trem, um lugar onde o esquadrão de Francis costumava se encontrar, na época em que estava ativo.

— E agora — diz Francis —, eu vou perder a Brit também. Ela sabe como esconder seus rastros, como desaparecer. Eu *ensinei* para ela.

Ele está se equilibrando na beira de um abismo de dor e choque, mas, francamente, não tenho tempo para a crise de Francis. Tenho coisas mais importantes a fazer, como encontrar minha mulher.

E tenho mais uma ideia.

Temos que invadir o cemitério; já anoiteceu e os portões estão trancados. Escalo a cerca e quebro a fechadura com uma marreta que estava no porta-malas do carro, para Francis poder entrar também. Esperamos nossos olhos se ajustarem, porque sabemos que Brit poderia fugir se avistasse o brilho de uma lanterna.

A princípio, não consigo vê-la; está muito escuro e ela está usando um vestido azul-marinho. Mas, então, ouço um movimento quando me aproximo do túmulo de Davis. Por um momento, as nuvens que cobrem a lua se separam e a lápide se ilumina. Há um brilho de metal também.

— Não chegue mais perto — diz Brit.

Levanto as mãos, como uma bandeira branca. Muito devagar, dou mais um passo. Ela golpeia uma vez. É um canivete, que ela carrega na bolsa. Lembro o dia em que ela o comprou, em um comício do White Power. Ela pegou vários modelos, brandindo ônix, madrepérola. Pressionou um cheio de brilhos contra a minha garganta, em um ataque simulado. "Qual combina mais comigo?", perguntou, brincando.

— Ei, amor — digo, com gentileza. — É hora de ir para casa.

— Não posso. Estou horrível — ela murmura.

— Está tudo bem. — Eu me agacho, me movendo do jeito que faria para me aproximar de um cachorro bravo. Seguro sua mão, mas minha palma desliza sobre a dela.

Olho para baixo e vejo sangue em meus dedos.

— Meu Deus! — exclamo, no momento em que Francis, atrás de mim, aponta a lanterna de seu iPhone para Brit e grita. Ela está sentada com as costas apoiadas no túmulo de Davis. Seus olhos estão muito abertos e atordoados, sem brilho. Seu braço esquerdo foi cortado profundamente, sete ou oito vezes.

— Não consigo achar — ela diz. — Estava tentando tirar.

— Tirar o quê, meu amor? — digo, tentando pegar a lâmina outra vez. Mas ela se encolhe para longe de mim.

— O sangue dela. — Enquanto olho, ela pega o canivete e corta o pulso.

A lâmina cai da mão de Brit e, quando seus olhos giram, eu a levanto nos braços e começo a correr para o carro.

Demora um tempo até Brit ficar estável outra vez, e esse é um termo generoso. Estamos no Yale New Haven, um hospital diferente daquele em que ela teve Davis. Seus cortes foram suturados, o pulso foi enfaixado; o sangue foi lavado de seu corpo. Ela está internada na ala psiquiátrica e fico grato por isso. Não sei como desemaranhar os nós em sua cabeça.

Mal consigo desemaranhá-los na minha.

Digo para Francis ir para casa descansar. Eu vou passar a noite no saguão de visitantes, para garantir que, se Brit acordar e precisar de mim, ela saiba que alguém está aqui junto dela. Mas neste momento ela está inconsciente, nocauteada com sedativos.

Um hospital depois da meia-noite é fantasmagórico. As luzes ficam mais baixas e os sons são sinistros: o rangido dos sapatos de uma enfermeira, o gemido de um paciente, os bipes e sopros de uma máquina de medir pressão. Compro um gorro na loja de presentes, feito pensando em pacientes de quimioterapia, mas não me importo. Ele cobre minha tatuagem, e, neste momento, eu quero ser igual a todo mundo.

Sento na cafeteria com uma xícara de café, tentando desembaraçar o emaranhado de pensamentos. Há um limite para o número de coisas que se pode odiar. Para o número de pessoas em que se pode bater, para as noites em que se pode ficar bêbado, para as vezes que se pode culpar outras pessoas por suas próprias merdas. É uma droga, e, como qualquer droga, uma hora para de fazer efeito. E aí?

Minha cabeça dói com as três verdades incompatíveis dentro dela: 1. *Pessoas negras são inferiores. 2. Brit é metade negra. 3. Eu amo Brit com todo o meu coração.*

Os itens 1 e 2 não deveriam tornar o item 3 impossível? Ou Brit é a exceção à regra? Adele também era?

Penso em mim e Twinkie sonhando atrás das grades com as comidas que desejávamos.

Quantas exceções é preciso existir antes que se comece a perceber que talvez as verdades que lhe disseram não sejam realmente verdades?

Quando termino meu café, ando pelos corredores do hospital. Leio um jornal abandonado no saguão. Vejo as luzes piscantes da ambulância pelas portas de vidro da emergência.

De repente, me encontro por acidente na UTI neonatal de prematuros. Acredite, eu não quero estar nem perto de uma ala obstétrica; as cicatrizes ainda são muito sensíveis, mesmo que se trate de outro hospital. Mas paro junto ao vidro ao lado de outro homem.

— Aquela é a minha — diz ele, apontando para um bebê aflitivamente pequeno com um cobertor cor-de-rosa. — O nome dela é Cora.

Sinto um certo pânico; que anormal para na frente de uma UTI neonatal sem conhecer nenhum dos bebês? Então aponto para uma criança com um cobertor azul. Há um pouco de brilho no vidro de sua incubadora, mas mesmo daqui posso notar o marrom de sua pele.

— Davis — minto.

Meu filho era tão branco quanto eu, pelo menos do lado de fora. Ele não se parecia com esse recém-nascido. Mesmo que se parecesse, agora percebo que o teria amado. A verdade é que, se aquele bebê fosse Davis, não importaria que sua pele fosse mais escura que a minha.

Só importaria que ele estivesse vivo.

Enfio as mãos trêmulas nos bolsos do casaco, pensando em Francis e em Brit. Talvez o tanto que você tenha amado alguém seja o mesmo tanto que se pode odiar. É como um bolso virado ao contrário.

É razoável pensar que o oposto possa ser verdadeiro também.

KENNEDY

No tempo que leva para o júri voltar com um veredito, participo de mais quarenta audiências preliminares, trinta e oito das quais são de homens negros. Micah faz seis cirurgias. Violet vai a uma festa de aniversário. Leio um artigo na primeira página do jornal sobre uma marcha em Yale de estudantes negros que querem, entre outras coisas, rebatizar um dos prédios que atualmente se chama John C. Calhoun, um vice-presidente americano que apoiou a escravidão e a secessão.

Por dois dias, Ruth e eu nos sentamos no tribunal e esperamos. Edison volta para a escola, dedicando-se com renovado entusiasmo. É surpreendente o que uma pequena experiência com a lei pode fazer por um garoto que está flertando com a delinquência. Ruth também, com a minha bênção, e comigo ao seu lado, apareceu no programa de televisão de Wallace Mercy por câmera remota. Ele elogiou sua coragem e lhe ofereceu um cheque para cobrir parte do dinheiro que ela perdeu por estar fora do trabalho há meses — doações de pessoas de locais tão próximos como East End e tão distantes como Johanesburgo. Depois, lemos os bilhetes que vieram com algumas das contribuições:

PENSO EM VOCÊ E NO SEU FILHO.

NÃO TENHO MUITO, MAS QUERO QUE VOCÊ SAIBA
QUE NÃO ESTÁ SOZINHA.

OBRIGADA POR TER TIDO A CORAGEM DE FALAR
QUANDO EU NÃO TIVE.

Ficamos sabendo de Brittany Bauer, que está sofrendo do que a promotoria chama de estresse, e Ruth diz que é loucura pura e simples. Ninguém teve notícia de Turk Bauer ou Francis Mitchum.

— Como você soube? — Ruth me perguntou, imediatamente depois da confusão que aconteceu quando Wallace trouxe Adele Adams ao tribunal para cruzar "acidentalmente" com Francis e sua filha.

— Tive um palpite — eu lhe disse. — Eu estava olhando a triagem neonatal e vi algo que nenhum de nós tinha notado antes, porque ficamos tão focados na MCADD: anemia falciforme. Lembrei do que o neonatologista disse, sobre como essa doença específica é mais comum na comunidade afro-americana do que em outros grupos. E também lembrei que Brit disse no depoimento dela que não conheceu a mãe.

— Foi um chute e tanto — disse Ruth.

— É, mas foi por isso que eu fiz algumas pesquisas. Um em cada doze afro-americanos é portador do traço falciforme. Uma em cada dez mil pessoas brancas é portadora. Com essas informações, ficou parecendo menos um chute. Então eu liguei para o Wallace. O resto foi com ele. Ele descobriu o nome da mãe na certidão de nascimento da Brit e a procurou.

Ruth olhou para mim.

— Mas isso, na verdade, não tinha nada a ver com o caso.

— Não, não tinha — admiti. — Esse foi um presente de você para mim. Achei que não haveria nada que pudesse dar um exemplo mais nítido da hipocrisia de tudo aquilo.

Agora, quando chegamos perto do encerramento do segundo dia sem nenhuma palavra do júri, estamos todos um pouco aflitos.

— O que você está fazendo? — pergunto a Howard, que tem mantido vigília conosco. Ele está digitando furiosamente em seu celular. — Tem um encontro?

— Estive pesquisando as diferenças de sentenças para posse de crack e de cocaína — diz ele. — Até 2010, uma pessoa condenada por posse com intenção de tráfico de cinquenta gramas ou mais de crack pegava um mínimo de dez anos de prisão. Para pegar a mesma sentença com cocaína, era preciso traficar cinco mil gramas. Mesmo agora, a disparidade nas sentenças é de dezoito para um.

Sacudo a cabeça.

— Por que você precisa saber disso?

— Estou pensando em um recurso — ele diz, entusiasmado. — Isto é claramente um precedente para preconceito em sentenças, já que oitenta e quatro por cento das pessoas condenadas por tráfico de crack são negras, e negros envolvidos em delitos com drogas têm vinte por cento mais probabilidade de ser presos do que brancos que cometem o mesmo delito.

— Howard — digo, massageando as têmporas. — Desligue esse maldito celular.

— Isso é ruim, certo? — diz Ruth. Ela passa as mãos pelos braços, embora o radiador esteja roncando e esteja quente na sala. — Se eles fossem absolver, teria sido rápido, aposto.

— Más notícias chegam depressa — eu minto.

No fim do dia, o juiz chama os jurados de volta para a sala do tribunal.

— Chegaram a um veredito?

A presidente do júri se levanta.

— Não, Excelência. Estamos divididos.

Eu sei que o juiz vai fazer para eles uma "Allen charge", uma exortação motivacional jurídica. Ele se vira para o júri, majestoso, para lhes transmitir determinação.

— Os senhores sabem que o Estado gastou muito dinheiro para realizar este julgamento, e ninguém conhece os fatos mais do que os senhores. Conversem entre si. Permitam-se escutar o ponto de vista dos outros. Eu os incentivo a chegar a um veredito, para que não tenhamos que repetir todo este procedimento.

O júri é dispensado e eu olho para Ruth.

— Acho que você precisa voltar para casa.

Ela olha para o relógio.

— Ainda tenho algum tempo.

Então caminhamos lado a lado pela rua, apertadas uma contra a outra por causa do frio, para tomar um café. Saímos do vento cortante para dentro do falatório agitado de uma lanchonete.

— Depois que eu percebi que não daria certo como doceira, comecei a pensar em abrir um café — comento. — Queria dar a ele o nome de Grão-Mestre.

Somos as próximas a pedir; pergunto a Ruth como quer seu café. "Preto", ela diz, e de repente começamos a rir tanto que a barista nos olha como se estivéssemos loucas ou como se falássemos uma língua que ela não entende.

O que, imagino, não está assim tão longe da verdade.

Na manhã seguinte, o juiz Thunder convoca Odette e a mim a seu gabinete.

— Recebi um comunicado da presidente do júri. Temos um impasse. Onze a um. — Ele sacode a cabeça. — Eu sinto muitíssimo, senhoras.

Depois que ele nos dispensa, encontro Howard andando de um lado para o outro no corredor.

— E então?

— Julgamento anulado. O júri ficou indeciso. Onze a um.

— Quem foi o renitente? — pergunta Howard, mas é uma pergunta retórica; ele sabe que não tenho essa informação.

De repente, porém, ambos paramos de andar e olhamos um para o outro.

— Jurada número 12 — dizemos simultaneamente.

— Dez dólares? — diz Howard.

— Feito — respondo.

— Eu sabia que devíamos ter usado nossa recusa peremptória com ela.

— Você ainda não ganhou essa aposta — falo. Mas, no fundo, imagino que ele esteja certo. A professora que não admitia ter nenhum racismo implícito deve ter ficado extremamente ofendida com minhas alegações finais.

Ruth está à minha espera na sala de reuniões. Ela me olha, esperançosa.

— Eles não conseguiram chegar a um veredito — digo.

— E agora?

— Depende — explico. — O caso pode ir a julgamento outra vez, mais para a frente, com um novo júri. Ou Odette pode apenas desistir e não querer levar isto adiante.

— Você acha que ela...?

— Aprendi há muito tempo a não fingir que consigo pensar como um promotor — admito. — Vamos ter que esperar para ver.

Na sala do tribunal, os jurados entram, parecendo exaustos.

— Senhora presidente do júri — diz o juiz. — Entendo que o júri não conseguiu chegar a um veredito. Isso é correto?

A presidente do júri se levanta.

— Sim, Excelência.

— A senhora acha que mais algum tempo poderia permitir que finalmente resolvessem esse caso entre o Estado e a sra. Jefferson?

— Infelizmente, Excelência, alguns de nós não conseguiram chegar a um acordo.

— Obrigado por seu serviço — diz o juiz Thunder. — O júri está dispensado.

Os homens e mulheres saem. No público, ouvem-se sussurros, com as pessoas tentando entender o que isso significa. Procuro avaliar em minha cabeça a probabilidade de que Odette vá voltar ao início e solicitar uma sentença de pronúncia com uma acusação de homicídio culposo.

— Há uma última coisa que precisa ser feita neste julgamento — prossegue o juiz Thunder. — Estou preparado para decidir sobre o pedido renovado de sentença absolutória feito pela defesa.

Howard olha para mim sobre a cabeça de Ruth. *O quê?*

Caramba. O juiz Thunder vai usar a saída de emergência que eu dei a ele como mero procedimento de rotina. Seguro a respiração.

— Eu analisei a lei e estudei as provas deste caso com muito cuidado. Não há nenhuma prova conclusiva de que a morte dessa criança esteja causalmente relacionada a alguma ação ou inação da ré. — Ele olha para Ruth. — Eu sinto muito por ter tido que passar pelo que passou no seu local de trabalho, senhora. — Ele bate o martelo. — Eu aceito o pedido da defesa.

Em uma lição de humildade, aprendo neste momento que não só não consigo pensar como um promotor como estou terrivelmente equivocada sobre os processos mentais de um juiz. Eu me viro, com uma risada de surpresa explodindo dentro de mim. Ruth está com a testa franzida.

— Não entendi.

Ele não declarou o julgamento nulo. Ele concedeu uma absolvição definitiva.

— Ruth — digo, sorrindo. — Você está livre.

RUTH

A liberdade é um talo frágil de narciso, depois do mais longo dos invernos. É o som de sua voz, sem ninguém a sufocando. É ter a graça de dizer "sim" e, mais importante, o direito de dizer "não". No coração da liberdade bate a esperança: uma pulsação de possibilidade.

Sou a mesma mulher que era cinco minutos atrás. Estou congelada na mesma cadeira. Minhas mãos estão apoiadas na mesma mesa gasta. Ainda tenho meus advogados cada um de um lado. Aquela lâmpada fluorescente no teto ainda está zumbindo como uma barata. Nada mudou, e tudo é diferente.

Em uma névoa, eu saio da sala. Uma supersafra de microfones floresce à minha frente. Kennedy informa a todos que, embora sua cliente esteja obviamente radiante com o veredito, não vamos dar nenhuma declaração antes da entrevista coletiva oficial para a imprensa amanhã.

Que, neste momento, sua cliente precisa ir para casa se encontrar com o filho.

Há alguns insistentes, ainda na esperança de uma frase de efeito, mas eles acabam indo embora. Há um professor passando pela audiência preliminar no fim do corredor por posse de pornografia infantil.

O mundo gira e há outra vítima, outro perseguidor. É o curso da história de alguma outra pessoa agora.

Mando uma mensagem de texto para Edison. Ele me liga, mesmo tendo que sair da classe para isso, e ouço o alívio entrelaçado em suas palavras. Ligo para Adisa no trabalho e tenho que afastar o telefone do ouvido quando ela grita de alegria. Sou interrompida por uma mensagem de Christina: uma linha inteira de emojis sorridentes, depois um hambúrguer, uma taça de vinho e um ponto de interrogação.

Vamos marcar com certeza, digito de volta.

— Ruth — diz Kennedy, quando me encontra parada com o celular na mão, olhando para o nada. — Você está bem?

— Não sei — respondo, absolutamente sincera. — Acabou mesmo?

Howard sorri.

— Definitivamente.

— Obrigada — digo. Eu o abraço, depois olho para Kennedy. — E você... — Sacudo a cabeça. — Nem sei o que dizer.

— Então vá pensando — responde Kennedy enquanto me abraça. — Você pode me contar na semana que vem, quando almoçarmos juntas.

Dou um passo para trás e nossos olhares se encontram.

— Com muito prazer — digo, e algo se transfere entre nós. É poder, percebo, e estamos totalmente empatadas.

De repente, eu me lembro de que, em meu espanto com o veredito, esqueci o cachecol da sorte da minha mãe na sala.

— Esqueci uma coisa. Encontro vocês lá embaixo.

Quando chego às portas duplas, há um oficial de justiça do lado de fora.

— Pois não?

— Desculpe, eu esqueci um cachecol. Posso...?

— Claro. — Ele faz sinal para eu entrar.

Estou sozinha na sala. Desço pelo corredor central, passo pela grade de separação do público, até o lugar onde estive sentada. O cachecol da minha mãe está enrolado embaixo da mesa. Eu o pego e o passo pelas minhas mãos.

Olho em volta na sala vazia. Um dia, Edison vai estar defendendo um caso aqui, em vez de estar sentado ao lado de um advogado como eu estive. Um dia, talvez ele até esteja no lugar do juiz.

Fecho os olhos para poder guardar este minuto. Escuto o silêncio.

Parecem anos-luz desde que fui trazida a outra sala no fim do corredor para minha audiência preliminar, de algemas e camisola, sem permissão para falar por mim mesma. Parece uma vida desde que me disseram o que eu não podia fazer.

— Sim — digo baixinho, porque isso é o oposto de contenção. Porque isso rompe correntes. Porque eu *posso*.

Fecho as mãos em punhos, inclino a cabeça para trás e deixo a palavra irromper da minha garganta. *Sim.*

Sim.

Sim.

FASE 3

PÓS-PARTO

SEIS ANOS DEPOIS

As pessoas aprendem a odiar e, se puderam aprender a odiar, podem ser ensinadas a amar.

— Nelson Mandela,
Longa caminhada até a liberdade

TURK

Na sala de exames da clínica, pego uma luva de borracha, assopro dentro dela e amarro a base. Pego uma caneta e desenho olhos, um bico.

— Papai — minha filha diz. — Você fez uma galinha.

— Galinha? — falo. — Não acredito que você acha que é uma galinha. Este *claramente* é um galo.

Ela franze a testa.

— Qual é a diferença?

Bem, fui eu mesmo que me meti nessa, não fui? Mas de jeito nenhum vou descrever os passarinhos e as abelhas para minha filha de três anos enquanto esperamos que ela faça o exame de faringite. Vou deixar isso para Deborah quando ela chegar do trabalho.

Deborah, minha esposa, é corretora de ações. Adotei o sobrenome dela quando nos casamos, na esperança de recomeçar como alguém novo, alguém melhor. É ela quem trabalha em horário convencional, enquanto eu fico em casa com Carys e encaixo minhas palestras entre os horários da escolinha dela e de suas brincadeiras com os amiguinhos. Trabalho na divisão local da Liga Antidifamação. Vou a colégios, prisões, templos e igrejas falar sobre ódio.

Conto a esses grupos que antigamente eu batia nas pessoas porque estava tão mal comigo mesmo que machucava os outros para não me machucar. Explico que isso me fazia sentir que eu tinha um propósito. Conto a eles sobre os festivais que frequentava, onde os músicos cantavam sobre supremacia branca e as crianças brincavam com brinquedos e jogos racistas. Descrevo o tempo que passei na prisão e meu trabalho como webmaster de um site sobre ódio. Conto sobre minha primeira esposa. Digo que o ódio a consumiu de dentro para fora, mas o que realmente aconteceu foi mais prosaico: um frasco de comprimidos engolidos com uma garrafa de vodca. Ela não conseguiu suportar ver o mundo como ele realmente era e, por fim, encontrou uma maneira de manter os olhos fechados para sempre.

Digo a eles que não há nada mais egoísta do que tentar mudar a mente de outra pessoa porque ela não pensa como você. Só porque algo é diferente não significa que não deva ser respeitado.

Eu lhes digo isto: a parte do cérebro, fisiologicamente, que nos permite jogar a culpa de tudo em cima de pessoas que nem conhecemos é a mesma parte do cérebro que nos permite sentir compaixão por estranhos. Sim, os nazistas fizeram os judeus de bodes expiatórios até o ponto da quase extinção. Mas esse mesmo pedaço de tecido cerebral foi o que levou outros a mandar dinheiro, suprimentos e auxílio, mesmo estando a meio mundo de distância.

Em minha palestra, descrevo o longo caminho que percorri para sair dessa. Começou com uma visita no meio da noite: indivíduos encapuzados e anônimos enviados por outros em posição de poder que quebraram a nossa porta e nos espancaram. Francis foi jogado escada abaixo; eu tive três costelas quebradas. Foi a nossa festa de despedida, imagino. Fechei o site Lobosolitario.org no dia seguinte. Depois foram os papéis do divórcio que eu estava preparando quando Brit se matou.

Mesmo agora, eu cometo erros. Ainda sinto a necessidade de bater em algo ou alguém de tempos em tempos, mas atualmente descarrego isso em uma pista de hóquei no gelo. Provavelmente sou mais cauteloso do que deveria com pessoas negras. Mas sou ainda mais cauteloso com brancos em picapes com a bandeira dos Confederados na janela traseira. Porque eu fui quem eles são e sei do que são capazes.

Muitos dos grupos que me ouvem não acreditam que eu possa ter mudado tão drasticamente. É quando eu lhes conto sobre minha esposa. Deborah sabe tudo sobre mim, sobre meu passado. Ela conseguiu me perdoar. E, se ela pôde me perdoar, como eu poderia não tentar perdoar a mim mesmo?

Cumpro minha penitência. Três a quatro vezes por semana, revivo meus erros diante do público. Sinto-os me odiarem. Acho que mereço isso.

— Papai — diz Carys —, minha garganta está doendo.

— Eu sei, querida. — Eu a puxo para o meu colo bem no momento em que a porta se abre.

A enfermeira entra examinando a ficha que preenchemos para Carys quando chegamos à clínica.

— Olá — diz ela. — Meu nome é Ruth Walker.

Ela levanta os olhos com um sorriso no rosto.

— Walker — repito, enquanto ela aperta a minha mão.

— Sim, é o mesmo nome da clínica. Eu sou proprietária da Clínica Walker, mas também trabalho aqui. — Ela sorri. — Não se preocupe. Sou muito melhor em enfermagem do que em contabilidade.

Ela não me reconhece. Pelo menos, eu *acho* que não.

Na verdade, é o sobrenome de Deborah que está na ficha. Além disso, minha aparência é muito diferente agora. Deixei só uma das minhas tatuagens e removi todas as outras. Meu cabelo cresceu e tem um corte conservador. Perdi uns quinze quilos de músculos e corpulência desde que comecei a praticar corrida. E talvez o que está dentro de mim agora esteja lançando um reflexo diferente no exterior também.

Ela se vira para Carys.

— Então alguma coisa não está indo muito bem, não é? Posso dar uma olhada?

Ela deixa Carys sentada em meu colo enquanto passa mãos gentis sobre os gânglios inchados da minha filha, mede a temperatura e brinca com ela para abrir a boca encenando um concurso de canto que Carys, claro, ganha. Meu olhar percorre a sala, observando coisas que eu não tinha notado antes: o diploma na parede com o nome Ruth Jefferson escrito em letra cursiva. A foto emoldurada de um rapaz negro bonito vestido com barrete e beca no campus de Yale.

Ela tira as luvas e isso atrai minha atenção. Noto que está usando um pequeno anel de brilhantes e uma aliança na mão esquerda.

— Noventa e nove por cento de certeza de que é faringite estreptocócica — ela me diz. — A Carys tem alergia a algum medicamento?

Sacudo a cabeça. Não consigo encontrar minha voz.

— Vou colher material da garganta dela, fazer um teste rápido e, com base nesses resultados, nós podemos entrar com o antibiótico — diz ela e brinca com as tranças de Carys. — Logo você vai estar ótima — ela promete.

Então pede licença para ir buscar o material de que precisa para o teste.

— Ruth — chamo quando ela põe a mão na maçaneta da porta.

Ela se vira. Por um momento, seus olhos se apertam um pouco, e eu imagino... Eu imagino. Mas ela não pergunta se já nos conhecemos; ela não menciona nossa história. Apenas espera que eu fale o que estou sentindo necessidade de falar.

— Obrigado — eu digo a ela.

Ela responde com um movimento da cabeça e sai da sala. Carys se vira no meu colo.

— Ainda está doendo, papai.

— A enfermeira vai fazer melhorar.

Satisfeita com isso, Carys aponta para os nós dos dedos da minha mão esquerda, a única tatuagem que resta em meu corpo.

— Esse é o meu nome? — ela pergunta.

— Mais ou menos — respondo. — O seu nome significa a mesma coisa em uma língua chamada galês.

Ela está começando a aprender as letras. Então, vai apontando para cada uma delas.

— A — ela lê. — M. O. R.

— Muito bem — eu a cumprimento, orgulhoso. Esperamos que Ruth volte até nós. Seguro a mão da minha filha, ou talvez ela segure a minha, como se estivéssemos em um cruzamento e meu trabalho seja levá-la em segurança para o outro lado.

NOTA DA AUTORA

Cerca de quatro anos depois de começar minha carreira de escritora, eu quis escrever um livro sobre racismo nos Estados Unidos. Fui motivada por um acontecimento real na cidade de Nova York, em que um policial negro à paisana foi alvejado nas costas, várias vezes, por colegas brancos — apesar de o policial à paisana estar usando o que era chamado de "a cor do dia", uma pulseira que permitia que os policiais identificassem quem estava em uma operação especial. Comecei o romance, empaquei e desisti. De alguma maneira, eu não estava conseguindo fazer justiça ao tema. Não sabia como era crescer negro neste país e estava com dificuldade para criar um personagem que parecesse verdadeiro.

Vinte anos depois. Uma vez mais, eu quis desesperadamente escrever sobre racismo. Estava incomodamente consciente de que, quando escritores brancos falavam de racismo na ficção, esta geralmente era histórica. E, uma vez mais, que direito eu tinha de escrever sobre uma experiência que não havia vivenciado? No entanto, se eu escrevesse apenas sobre aquilo que conheço, minha carreira teria sido curta e entediante. Eu cresci branca e em uma classe privilegiada. Durante anos, fiz minha lição de casa e minhas pesquisas, usando extensas entrevistas pessoais para dar um canal às vozes das pessoas que eu não era: homens, adolescentes, suicidas, esposas vítimas de abuso, vítimas de estupro. O que me levou a escrever essas histórias foi a indignação e o desejo de dar espaço a essas narrativas, de aumentar a consciência daqueles que não as haviam vivido. Por que escrever sobre uma pessoa negra seria diferente?

Porque raça é diferente. Racismo é diferente. É tenso, e difícil de discutir, e o resultado disso é que com frequência não falamos dele.

Então eu li uma notícia sobre uma enfermeira afro-americana em Flint, no Michigan. Ela trabalhava com obstetrícia havia vinte anos, e, um dia, o pai de um bebê pediu para falar com sua supervisora. Ele solicitou que essa enfermeira, e outros que fossem como ela, não tocassem em seu bebê. Ficou-se sabendo depois que ele era um supremacista branco. A supervisora registrou o pedido do pai no prontuário; um grupo de funcionários afro-americanos entrou com um processo por discriminação e ganhou. Mas isso me deixou pensando, e comecei a compor uma história.

Eu sabia que queria escrever do ponto de vista de uma enfermeira negra, de um pai skinhead e de uma defensora pública — uma mulher que, como eu e muitos de meus leitores, era uma pessoa branca bem-intencionada que nunca havia se considerado racista. De repente, eu soube que poderia, e iria, terminar este romance. Ao contrário de minha primeira tentativa abortada, eu não estava escrevendo para contar a pessoas negras como era sua vida. Eu estava escrevendo para minha própria comunidade, pessoas brancas, que podem com muita facilidade apontar para um skinhead neonazista e dizer que ele é racista... mas não conseguem reconhecer o racismo em si mesmas.

Verdade seja dita, eu poderia muito bem estar descrevendo a mim mesma não muito tempo atrás. Os leitores muitas vezes me falam sobre quanto aprenderam com os meus livros — mas, quando escrevo um romance, eu também aprendo muito. Dessa vez, porém, eu estava aprendendo sobre mim mesma. Estava explorando meu passado, minha criação, meus vieses, e estava descobrindo que eu não era tão progressista e livre de culpa quanto havia imaginado.

A maioria de nós pensa que a palavra *racismo* é sinônimo da palavra *preconceito*. Mas racismo é mais do que apenas discriminação baseada na cor da pele. Também tem a ver com quem tem o poder institucional. Assim como o racismo cria desvantagens para pessoas negras que as fazem encontrar mais dificuldade para ter sucesso na vida, também dá vantagens a pessoas brancas que tornam o sucesso mais fácil de alcançar. É difícil ver essas vantagens, quanto mais admiti-las. E eu percebi que era por isso que eu *precisava* escrever este livro. Quando se fala em justiça social, o papel do aliado branco não é ser um salvador ou um remediador. Em vez disso, o papel do aliado é encontrar outras pessoas brancas e falar com elas para fazê-las enxergar que muitos dos benefícios de que desfrutaram na vida são resultado direto do fato de que alguma outra pessoa *não* teve os mesmos benefícios.

Comecei minha pesquisa me sentando com mulheres negras. Embora eu soubesse que encher pessoas negras de perguntas não é a melhor maneira de se educar, eu esperava convidar essas mulheres para um processo, mas, em troca, elas me deram um presente: compartilharam suas experiências de como é realmente a sensação de ser negra. Sou tão imensamente grata a essas mulheres, não só por tolerarem minha ignorância, mas por se mostrarem dispostas a me ensinar. Depois, tive o prazer de conversar com Beverly Daniel Tatum, ex-presidente do Spelman College e educadora racial renomada. Li livros da dra. Tatum, de Debby Irving, Michelle Alexander e David Shipler. Matriculei-me em uma oficina de justiça social chamada Undoing Racism (Desfazendo o Racismo) e saí com os olhos molhados todas as noites, conforme começava a remover as camadas de quem eu achava que era e descobrir quem eu realmente era.

Depois, me encontrei com dois ex-skinheads para aprender um vocabulário de ódio para o meu personagem supremacista branco. Minha filha, Sammy, foi quem encontrou Tim Zaal — um ex-skinhead que havia falado por Skype com a classe dela no colégio. Anos antes, Tim havia agredido um homem gay e o abandonado aparentemente morto. Depois de sair do movimento, ele começou a trabalhar no Simon Wiesenthal Center falando sobre crimes de ódio e um dia ficou sabendo que o homem que ele quase havia matado trabalhava lá também. Houve pedidos de desculpas e perdão e agora eles são amigos que falam sobre sua própria experiência para grupos todas as semanas. Ele também está bem casado agora, com uma mulher judia. Frankie Meeink, outro ex-skinhead, trabalha na Liga Antidifamação. No passado, ele recrutou membros para gangues de ódio em Philly, e agora dirige o Harmony Through Hockey, um programa para promover a diversidade racial entre crianças.

Esses homens me ensinaram que os grupos White Power acreditam na separação das raças e acham que são soldados em uma guerra santa racial. Eles explicaram que os recrutadores de grupos de ódio miram garotos que sofrem bullying, são marginalizados ou vêm de lares abusivos. Eles distribuíam panfletos antibrancos em uma área branca e observavam quem reagia dizendo que os brancos estavam sob ataque. Então se aproximavam dessas pessoas e falavam: "Você não está sozinho". A ideia era redirecionar a raiva do recruta para o racismo. A violência se tornava uma descarga, uma exigência. Eles também me ensinaram que, hoje, a maioria dos grupos de skinheads não é formada por *gangues* atrás de violência, mas por pessoas que trabalham em redes clandestinas. Agora, os supremacistas brancos se vestem como gente comum. Eles se integram, o que é um tipo totalmente diferente de terror.

Quando chegou a hora de dar um título a este livro, eu me vi em dificuldade outra vez. Muitos de vocês que são meus fãs de longa data sabem que esse não era o título original do romance. *Small Great Things* faz referência a uma citação frequentemente atribuída ao reverendo dr. Martin Luther King Jr.: "Se eu não puder fazer coisas grandes, posso fazer coisas pequenas de forma grandiosa". Mas, sendo uma mulher branca, teria eu o direito de parafrasear esses sentimentos? Muitas pessoas da comunidade afro-americana não gostam que pessoas brancas usem as palavras de Martin Luther King Jr. para refletir suas próprias experiências, e com boas razões. No entanto, eu também sabia que tanto Ruth como Kennedy têm momentos neste romance em que fazem uma coisa pequena que tem repercussões grandes e duradouras. Além disso, para muitos brancos que estão apenas começando a percorrer o caminho da autoconsciência racial, as palavras do dr. King são com frequência o primeiro passo da jornada. Sua eloquência sobre um tema que a maioria de nós se sente incapaz de expressar em palavras é inspiradora e uma lição de humildade. E, embora mudanças individuais não possam erradicar completamente o racismo — há sistemas e instituições que precisam ser revistos também —, é por pequenos atos que o racismo é tanto perpetuado *como* parcialmente desmontado. Por todas essas razões, e porque espero que isso possa incentivar as pessoas a aprender mais sobre o dr. King, escolhi esse título.

De todos os meus romances, este livro vai ficar destacado para mim por causa da enorme mudança que inspirou na maneira como penso em mim mesma, e porque me fez consciente da distância que ainda tenho a percorrer no que se refere à consciência racial. Nos Estados Unidos, gostamos de pensar que a razão de termos tido sucesso é que trabalhamos muito para isso ou fomos inteligentes. Admitir que o racismo desempenhou um papel em nosso sucesso significa admitir que o sonho americano não é tão acessível para todos. Uma educadora em justiça social chamada Peggy McIntosh indicou algumas dessas vantagens: ter acesso a empregos e a moradia, por exemplo. Entrar em um salão de beleza aleatório e encontrar alguém que possa cortar seu cabelo. Comprar bonecas, brinquedos e livros infantis que representam pessoas da sua raça. Ganhar uma promoção sem ninguém desconfiar de que só conseguiu isso por causa da cor da sua pele. Pedir para conversar com a pessoa responsável e ser direcionado a alguém da sua raça.

Quando eu estava pesquisando para este livro, perguntei a mães brancas com que frequência elas falavam sobre racismo com seus filhos. Algumas disseram que ocasionalmente; outras admitiram que nunca haviam falado sobre o assunto. Quando fiz a mesma pergunta para mães negras, todas elas responderam: "Todos os dias".

Passei a perceber que a possibilidade de ignorar é um privilégio também.

Então, o que eu aprendi de útil? Bom, se você é branco, como eu, não pode se livrar do privilégio que tem, mas pode fazer bom uso dele. Não diga "Eu nem percebo a raça!", como se fosse algo positivo. Em vez disso, reconheça que as diferenças entre as pessoas fazem com que algumas tenham mais dificuldade para cruzar a linha de chegada e crie caminhos justos para o sucesso que acomodem essas diferenças e sirvam para todos. Eduque-se. Se achar que a voz de alguém está sendo ignorada, peça aos outros para ouvirem. Se um amigo fizer uma piada racista, chame a atenção dele para isso, em vez de apenas deixar passar. Se os dois ex-skinheads que conheci puderam viver uma mudança tão radical, tenho certeza de que pessoas comuns também podem.

Eu sei que encontrarei objeções a este livro. Haverá pessoas negras me criticando por ter escolhido um tema que não pertence a mim. Haverá pessoas brancas me questionando por chamar atenção para seu racismo. Acreditem, não escrevi este romance porque achei que seria divertido ou fácil.

Eu o escrevi porque acreditava que era a coisa certa a fazer, e porque as coisas que nos deixam mais incomodados são aquelas que nos ensinam o que todos precisamos saber. Como disse Roxana Robinson: "Um escritor é como um diapasão: reagimos quando algo nos faz vibrar... Se tivermos sorte, transmitiremos uma nota forte e pura, que não é nossa, mas que passa através de nós". Para as pessoas negras que estão lendo *Um milhão de pequenas coisas:* espero ter escutado bem aqueles de sua comunidade que abriram o coração para mim e ser capaz de representar suas experiências com exatidão. E, para as pessoas brancas que estão lendo *Um milhão de pequenas coisas:* somos todos obras em andamento. Pessoalmente, eu não tenho as respostas e ainda estou evoluindo dia a dia.

Há um incêndio ativo, e nós temos duas escolhas: virar as costas ou tentar combatê-lo. Sim, falar de racismo é difícil e, sim, nós tropeçamos nas palavras — mas nós que somos brancos precisamos ter essa discussão entre nós. Porque assim um número cada vez maior de nós vai ouvir, e, espero, a conversa vai se espalhar.

— Jody Picoult, *março de 2016*

AGRADECIMENTOS

Se não fosse por uma infinidade de pessoas e recursos, este livro nunca teria sido escrito.

Agradeço a Peggy McIntosh pelo conceito da mochila invisível. A dra. Beverly Daniel Tatum literalmente desbravou uma tempestade de gelo em Atlanta para se encontrar comigo, e é uma de minhas heroínas — espero que ela não se importe por eu ter pegado emprestada a explicação que ela deu a seu próprio filho sobre a cor de sua pele ser algo *a mais*, e não algo *a menos*. Também tenho que agradecer a Debby Irving por sua experiência como educadora em justiça social, por estar disponível a todas as horas do dia e por tão generosamente me deixar roubar suas metáforas e melhores frases, incluindo o conceito de ventos contrários e ventos a favor do privilégio (conforme brilhantemente descrito por Verna Myers) e o fato de *ignorância* conter a palavra *ignorar*. Obrigada também a Malcolm Gladwell, que, no programa *Q&A*, na C-SPAN, em 8 de dezembro de 2009, usou um exemplo de seu livro *Fora de série* que examinava as datas de nascimento de corte para jovens jogadores de hóquei canadenses e como isso se traduz em sucesso na NHL — cuja premissa usei para as alegações finais de Kennedy. Obrigada ao People's Institute for Survival and Beyond, que organizou a oficina Undoing Racism, patrocinada pelo Haymarket People's Fund de Boston, a qual me encorajou a perceber meus próprios privilégios — eles recebem todo o crédito pela metáfora de Kennedy sobre jogar os bebês pela janela.

Sou grata à professora Abigail Baird pela pesquisa sobre tendenciosidade que ela me forneceu (bem como por ter me apresentado à notável Sienna Brown). A Betty Martin, a mulher que eu sempre chamaria primeiro se quisesse matar um recém-nascido ficcional. A Jennifer Twitchell, da ADL, Sindy Ravell, Hope Morris, Rebecca Thompson, Karen Bradley e Ruth Goshen. Obrigada a Bill Binnie, por seu nome e sua doação à Families in Transition, que proporciona moradia segura e acessível e serviços sociais abrangentes para pessoas que não têm onde morar ou que estão em risco de se tornar moradores de rua no sul de New Hampshire. Pelas informações sobre o McDonald's: Natalie Hall, Rachel Daling, Rachel Patrick, Autumn Cooper, Kayla Ayling, Billie Short, Jessica Hollis, M.M., Naomi Dawson, Joy Klink, Kimberly Wright, Emily Bradt, Sukana Al-Hassani.

Obrigada aos muitos médicos e enfermeiros que compartilharam sua experiência, seus jargões e suas melhores histórias comigo: Maureen Littlefield, Shauna Pearse, Elizabeth Joseph, Mindy Dube, Cecelia Brelsford, Meaghan Smith, dra. Joan Barthold, Irit Librot, dr. Dan Kelly.

À minha fantástica equipe jurídica, que me jurou que raça é um assunto que nunca se leva ao tribunal — espero tê-los feito mudar de ideia. Lise Iwon, Lise Gescheidt, Maureen McBrien-Benjamin e Janet Gilligan — vocês são sempre muito divertidas para serem consideradas apenas colegas de trabalho. Jennifer Sargent, muito obrigada por chegar em cima da hora e revisar as cenas de tribunal para garantir a exatidão.

Obrigada a Jane Picoult e Laura Gross, por ficarem indignadas, emocionadas e pensativas em todos os lugares certos quando leram os primeiros rascunhos. Auriol Bishop tem o crédito por encontrar o título. E obrigada à melhor equipe editorial do planeta: Gina Centrello, Kara Welsh, Kim Hovey, Debbie Aroff, Sanyu Dillon, Rachel Kind, Denise Cronin, Scott Shannon, Matthew Schwartz, Anne Speyer, Porscha Burke, Theresa Zoro, Paolo Pepe, Catherine (eu-dirijo-secretamente-a-vida-da--Jodi) Mikula, Christine Mykityshyn, Kaley Baron. Um agradecimento especial à incomparável editora Jennifer Hershey, que me desafiou para que cada palavra destas páginas fosse pensada e exata. Também devo agradecimentos à principal líder de torcida/rainha da estrada/chefe de gabinete de facto e não e*Scandal*osa Susan Corcoran, tão indispensável que eu realmente não sei como teria sobrevivido até aqui sem ela.

A Frank Meeink e Tim Zaal — sua coragem e compaixão são ainda mais inspiradoras por vocês terem ido tão longe. Obrigada por me orientarem pelo mundo do ódio e por mostrar a tantos outros como sair dele.

A Evelyn Carrington, minha Amiga Irmã, e Shaina — e a Sienna Brown: uma das grandes alegrias de escrever este livro foi poder conhecer vocês. Obrigada por sua sinceridade, sua coragem e seu coração aberto. A Nic Stone — quem poderia saber quando eu estava presa em Atlanta que iria fazer uma amizade para a vida toda? Eu não poderia ter escrito este livro sem você segurando minha mão e me dizendo para não duvidar de mim mesma. Todos aqueles textos altas horas da noite levaram a esta versão. Obrigada por me dar segurança, por corrigir meus erros de garota branca e por acreditar que eu poderia e deveria escrever isto. Mal posso esperar que o *seu* romance chegue às prateleiras.

A Kyle e Kevin Ferreira van Leer — vocês dois são o que eu quero ser quando crescer: modelos de justiça social. Obrigada por terem sido os que me abriram os olhos para aqueles ventos a favor. A Sammy: obrigada por chegar em casa da escola e dizer: "Sabe, acho que eu tenho uma pessoa com quem você devia conversar sobre o seu livro". A Jake: obrigada por saber qual área de estacionamento fica atrás do tribunal do condado de New Haven e por explicar as decisões da Suprema Corte para mim; eu sei que um dia você será o tipo de advogado que muda o mundo. E a Tim, obrigada por servir meu café na caneca do "privilégio branco" de Harvard. Amo você por isso, e por tudo o mais.

BIBLIOGRAFIA

Os livros e artigos a seguir foram usados como pesquisa e/ou inspiração.

ALEXANDER, Michelle. *A nova segregação: racismo e encarceramento em massa*. São Paulo: Boitempo, 2018.

COATES, Ta-Nehisi. *Entre o mundo e eu*. Rio de Janeiro: Objetiva, 2015.

COLBY, Tanner. *Some of My Best Friends Are Black: The Strange Story of Integration in America*. Nova York: Viking, 2012.

HARRIS-PERRY, Melissa V. *Sister Citizen: Shame, Stereotypes, and Black Women in America*. New Havan: Yale University Press, 2011.

HURWIN, Davida Wills. *Freaks and Revelations*. Boston: Little, Brown, 2009.

IRVING, Debby. *Waking Up White: And Finding Myself in the Story of Race*. Cambridge: Elephant Room Press, 2014.

MCINTOSH, Peggy. "White Privilege: Unpacking the Invisible Knapsack", *Independent School* 49, n. 2 (inverno 1990), p. 31. Extraído de "White Privilege and Male Privilege: A Personal Account of Coming to See Correspondences Through Work in Women's Studies" (Working Paper 189, Wellesley Center for the Study of Women. Wellesley, 1988).

MEEINK, Frank e ROY, Jody M. *Autobiography of a Recovering Skinhead*. Portland: Hawthorne Books, 2009.

PHILLIPS, Tom. "Forty-Two Incredibly Weird Facts You'll Want to Tell All Your Friends", http://www.buzzfeed.com/tomphillips/42-incredibly-weird-facts-youll-want-to-tell-people-down-the#.kuYgj5yGd.

SHIPLER, David K. *A Country of Strangers: Blacks and Whites in America*. Nova York: Vintage Books, 1998.

TATUM, Beverly Daniel. *Assimilation Blues: Black Families in White Communities: Who Succeeds and Why?* Nova York: Basic Books, 2000.

———. *Can We Talk About Race? And Other Conversations in an Era of School Resegregation.* Boston: Beacon Press, 2008.

———. *"Why Are All the Black Kids Sitting Together in the Cafeteria?" and Other Conversations About Race.* Nova York: Basic Books, 1997.

TOCHLUK, Shelly. *Witnessing Whiteness: The Need to Talk About Race and How to Do It.* Lanham: Rowman & Littlefield Education, 2010.